JAN GUILLOU
Feind des Feindes

SERIE PIPER

Zu diesem Buch

In seinem vierten Coq-Rouge-Abenteuer holt den seelisch-moralisch angeschlagenen Titelhelden Carl Gustaf Gilbert Graf Hamilton alias Coq Rouge seine linksradikale Vergangenheit ein. Trotz hoher internationaler Auszeichnungen bringt ihn eine Verleumdung in den Verdacht, ein russischer Agent zu sein. Er kann sich nur durch einen Mord entlasten, den er zur Zufriedenheit seiner Vorgesetzten diskret über die Bühne bringt. Danach aber erhält er überraschenden Besuch in Stockholm: Die Russen vermuten, daß eine unbekannte Macht versucht, einen offenen Krieg zwischen schwedischem und russischem Geheimdienst zu schüren. Um das zu verhindern, muß Coq Rouge das Unerwartete tun – sich mit den Feinden verbünden.

Jan Guillou, 1944 in Södertälje geboren, ist mit seinen »Coq-Rouge-Romanen« zum erfolgreichsten Thriller-Autor Schwedens avanciert. Der Journalist und Fernsehmoderator, der selbst unter Spionageverdacht im Gefängnis saß, nahm immer wieder illegale Spionageaktionen seines Landes kritisch unter die Lupe. Guillous Recherchen erregten weltweit Aufsehen. Mit Coq Rouge hat er eine der eindrucksvollsten Agentenfiguren nach James Bond geschaffen. Im Piper Verlag erschien von ihm zuletzt der Coq-Rouge-Thriller »Der einzige Sieg«.

JAN GUILLOU

Feind des Feindes

Ein Coq-Rouge-Thriller

Aus dem Schwedischen von
Hans-Joachim Maass

Piper München Zürich

Von Jan Guillou liegen in der Serie Piper außerdem vor:
Coq Rouge (5578)
Der demokratische Terrorist (5592)
Im Interesse der Nation (5634)
Der ehrenwerte Mörder (5644)
Unternehmen Vendetta (5654)
Niemandsland (5656)

Der 8. Band des Coq-Rouge-Thriller erschien 1996 als Hardcover-Ausgabe ebenfalls im Piper-Verlag.

Deutsche Erstausgabe
1. Auflage Februar 1994
2. Auflage Januar 1997

Titel der schwedischen Originalausgabe:
»Fiendens Fiende«, Norstedts Förlag, Stockholm 1989

Umschlag: Büro Hamburg
Simone Leitenberger, Susanne Schmitt, Andrea Lühr
Umschlagabbildung: © CSA Archive
Foto Umschlagrückseite: Ulf Lodin
Satz: Clausen & Bosse, Leck
Druck und Bindung: Ebner Ulm
Printed in Germany ISBN 3-492-25632-5

DER FEIND

I

Seine Versuche, eine Frau zu erdrosseln, waren alle erfolglos geblieben.

Doch das war sein altes Ich gewesen. Er war krank, verwirrt oder verzweifelt oder ganz einfach nur betrunken gewesen, und außerdem hatte er keine ganz ernst gemeinten mörderischen Absichten gehabt. Jetzt war alles anders.

Sie mißverstand ihn, als er in der Koje das Licht ausmachte, und sie hatte noch Zeit, ein Kichern hören zu lassen, als er sie auf den Bauch drehte und sich rittlings auf sie setzte.

Dann begann er sie fast zärtlich zu erdrosseln, als wäre es ein Liebesakt, als wäre sie tatsächlich seine Ehefrau.

Er verlagerte das Gewicht seiner Knie auf ihre Oberarme und suchte mit dem Daumen behutsam ihren Nacken ab, bis er den Punkt fand, an dem Schädel und Halswirbel aufeinanderteffen, und dann griff er mit den Fingern tiefer um ihren Hals.

Es dauerte ein paar Sekunden, bis sie zu begreifen schien, was mit ihr geschah. Sie zappelte etwas, schlug mit den Beinen um sich, so wie ein Fisch an Land mit der Schwanzflosse schlägt. Doch die weiche Bettwäsche verschluckte den Laut, und nach fünfzehn sehr langen Sekunden, als sie infolge der abgequetschten Blutzufuhr zum Gehirn bewußtlos wurde, blieb sie reglos liegen.

Nur langsam lockerte er den Griff. Dann erhob er sich schwer atmend und blieb eine Weile lautlos in der Dunkelheit stehen, während er sich die steifen Finger massierte.

Er öffnete das Kabinenbullauge, zog einen Hocker zu sich heran und steckte den Kopf hinaus. Kalter Wind und ein harter Regen peitschten ihm ins Gesicht. Er versuchte nach oben und zur Seite zu blicken, doch der Wind und der Eisregen machten es unmöglich, etwas zu erkennen.

Es war zwei Uhr nachts in der dunkelsten Zeit des Jahres, und das Schiff befand sich draußen in der Ostsee auf offenem Meer. Das Risiko, daß irgendein Mitpassagier an Deck stand und die Aussicht aufs Meer bewunderte, war gleich Null. Er zog den Kopf herein, stieg von dem Hocker herunter und trocknete sich mit der Gardine das Gesicht. Dann holte er ein paarmal tief Luft, sammelte sich, ging zur Koje hinüber und zwängte der Frau das Nachthemd über den Kopf. Es war ein weicher, seidenähnlicher Stoff, vermutlich ein allzu luftdichtes Kunstfasergewebe. Unter dem Stoff konnten sich Luftkissen bilden.

Dann nahm er ihr Ringe und Armbanduhr ab und warf sie hinaus. Er bog sich ihren rechten Arm über die Schulter, schleppte sie zu der runden Öffnung des Bullauges und bekam nur mit einiger Mühe ihren Oberkörper und beide Arme ins Freie. Er umfaßte ihre Knie und schob sie nach oben, bis sie über den Rand des Bullauges hinwegglitt. Urplötzlich und lautlos war sie verschwunden.

Er schraubte das Bullauge fest, beugte sich vor und legte die Stirn an das kalte, feuchte Glas.

Ihre Kabine lag etwa mittschiffs. Die Fallhöhe betrug fast zehn Meter. Die Wahrscheinlichkeit, daß die Turbulenz des Wassers sie in mehr als zehn Meter Tiefe herunterziehen oder in den Sog der Schiffsschraube geraten lassen würde, war recht hoch. Dagegen war es ziemlich unwahrscheinlich, daß sie auf schwedischem Territorium an Land gespült und identifiziert werden würde.

Und außerdem spielte das keine Rolle. In dem Augenblick hätte er schon gewonnen oder verloren, dann wäre alles schon entschieden.

Er ging zur Tür und schaltete das Licht an. Dann nahm er ein Handtuch und wischte das Regenwasser um das Bullauge und auf dem Fußboden auf.

Er stopfte ihre Habseligkeiten in die kleine Reisetasche; die Hygieneartikel legte er geordnet ins Reisenecessaire, darauf das weiße, seidenähnliche Nachthemd. Dann zog er sich an, zog die Bettwäsche in der unteren Koje zurecht und legte sich mit unter dem Kopf gefalteten Händen darauf. Vor drei Tagen war er fünfzig geworden. Aus Anlaß dieses Feiertags hatte er in Übereinstimmung mit irgendwelchen Paragraphen einen Hafturlaub von achtundvierzig Stunden bekommen; bei Ablauf dieses Urlaubs würde er sich schon auf der anderen Seite befinden. Wahrscheinlich würde man erst dann mit der Fahndung nach ihm beginnen. Vermutlich würden die Kollegen, die in einem Wagen vor *ihrer* Wohnung in einem Vorort saßen... vor der Wohnung, in der *sie* gewohnt hat, korrigierte er sich... vermutlich würden die Kollegen einander nur ablösen, weiterhin einen leeren Käfig sowie einen Leihwagen bewachen, der nie benutzt werden würde, jedoch auffallend und höchst vorschriftswidrig vor der Haustür geparkt stand.

Falls wider Erwarten eine Fahndung bevorstünde, würde die Polizei am Kai in Nådendal nach einem Paar mittleren Alters in einem Leihwagen Ausschau halten. Alleinreisende schwedische Männer würden sie weitgehend unbeachtet lassen. Er hatte noch acht Stunden Zeit, vier bis Helsinki und dann vier weitere, bis die Fähre nach Tallinn ablegte.

Ohne sie wäre es nie gegangen. Sie hatte die Wagen gemietet, die Tikkets gekauft, und sie war der Grund dafür gewesen, daß er unbewacht seinen Urlaub verbringen durfte. Es war eine der zahlreichen humanen

Besonderheiten des schwedischen Strafvollzugs, daß Eheleute nach Möglichkeit in Ruhe gelassen wurden, wenn sie zusammenkamen. Vermutlich hatte man nicht mal ihre Wohnung abgehört. Schweden war ein schlappes Land, von Naivität und Dummheit geprägt.

Sie hätte es ohnehin nicht geschafft, den Rest ihres Lebens in Moskau zu verbringen. Er hatte ihr vorgegaukelt, daß sie schon nach wenigen Jahren von Kindern und Enkeln besucht werden könnten, und sie war Schwedin genug gewesen, ihm zu glauben. Er hatte ihr gesagt, daß er als Major des russischen Geheimdienstes GRU ein Recht auf eine Stadtwohnung und ein Sommerhäuschen am Schwarzen Meer habe, und sie hatte auch das geglaubt.

Sie war jetzt bestimmt glücklicher, als sie je hätte werden können. Wenn er nach der Reise erklärt hätte, sie sei nur ein Cover gewesen, um ihm die Flucht zu ermöglichen – etwas anderes hätte er nie gesagt –, hätten sie sie nach Sibirien verbannt oder erschossen.

Unter Umständen hätte er sie auf dieser Reise sogar begleiten müssen. Denn wenn die Russen es sich in den Kopf gesetzt hätten, daß einer ihrer Spione, der in einem feindlich gesinnten Land verurteilt worden war, nicht einfach mit Hafturlaub davonspazieren konnte, wären sie natürlich zu dem Schluß gekommen, daß irgendein westlicher Nachrichtendienst ihn umgedreht hatte und jetzt versuchte, was bislang noch immer mißlungen war: einen Doppelagenten in das Hauptquartier des GRU in Moskauf einzuschleusen. Dies hätte sein Ende bedeutet.

Andererseits würde sich mit seiner Flucht in aller Öffentlichkeit bestätigen, daß es wirklich ein Land auf der Erde gab, in dem ein sowjetischer Spion nach Recht und Gesetz Hafturlaub erhielt, eine Pension, Dienstalterszulagen, einen neuen Namen und einen echten Paß.

Allerdings hatte er sie aus dem Weg geräumt. Das hätten die schwedischen Behörden natürlich nicht mitgemacht, wenn es darum ging, einem Spion ein Cover zu verschaffen. Und falls man seine Version in diesem Punkt anzweifelte, so war die einzige Alternative, daß die Behörden in Schweden sie einfach hätten verschwinden lassen. Ein solches Manöver wäre jedoch unmöglich in einem Land, in dem alle Staatsbürger eine Geburtsnummer haben, in einem Land, in dem alle Telefone abgehört werden können und in dem alles in der Zeitung steht.

Es war also ein Teil seiner Lebensversicherung, daß er sie getötet hatte.

In manchen Augenblicken hatte er sie zudem verabscheut. Sie war ein Weibsbild, das fast zehn Jahre älter war als er und entsprechend aussah. Sie hatte sich allen Ernstes vorgestellte, daß er sie »liebte« und den Rest seines Lebens mit ihr zusammenleben wollte, nur weil sie sich vor einer Ewigkeit in einem Sommer ein paarmal getroffen hatten, als er bei einer

Wehrübung gewesen war. Und ein paar Jahre nach dem Urteil hatte sie damit begonnen, ihm zu schreiben, zu einem Zeitpunkt, als er ziemlich am Boden gewesen war.

Jetzt war er zwar schon fünfzig, aber weit besser in Form, als er seit seinem Wehrdienst bei der Küstenwache je gewesen war. Seit sieben Jahren hatte er nüchtern und gesund gelebt und täglich trainiert; das immerhin hatte er dem Gefängnis zu verdanken. Er wog zwanzig Kilo weniger als bei seiner Verurteilung und schaffte jetzt fünfundsiebzig Liegestütze und neunzig Kilo auf der Trainingsbank, und die Zeit der Demütigungen war vorbei.

Er spürte, wie Haß in ihm hochkam, so daß sein Puls plötzlich im ganzen Körper zu pochen begann.

Die Israelis hätten ihn um ein Haar zerbrochen, das ließ sich nicht leugnen. Er war in einem schlechten Zustand gewesen, hatte getrunken und war unvorsichtig gewesen, und sie hatten ihn schon nach einem Tag in Israel geschnappt. Dann hatten sie ihn mit Whisky abgefüllt. Sie drohten ihm mit einer außergerichtlichen Erschießung, falls er nicht mit ihnen zusammenarbeitete. Er hatte trotzdem darauf gesetzt, daß sie nicht alles wußten, was sie zu wissen behaupteten, und erklärt, seine Arbeit habe sich gegen Schweden gerichtet und nicht gegen Israel. Und dann hatte er ihnen einige tatsächliche und einige erfundene Operationen innerhalb Schwedens heruntergebetet, um freigelassen zu werden.

Am Ende füllten sie ihn nochmals ab und setzten ihn in eine El Al-Maschine nach Kopenhagen. In seinem benebelten Zustand glaubte er eine Zeitlang tatsächlich, er sei davongekommen. Doch in Kopenhagen wartete die schwedische Polizei. Sie hatten per Telex schon die Vernehmungsprotokolle und die Berichte erhalten.

Seine schwedischen Kollegen nahmen den Israelis alles ab und machten ihn ausschließlich zu einem Operateur gegen schwedische Interessen, und folglich hätte es nichts anderes geben können als lebenslange Haft. Außerdem stellten sie ihm einen jüdischen Anwalt, der von irgendwelchen Unregelmäßigkeiten in Israel nichts hören wollte, sondern statt dessen im Namen des Inhaftierten alles gestand, was den Kollegen von der Sicherheitspolizei weiterhalf. Und als er sich nach etwa einem halben Jahr so weit aufgerafft hatte, daß er begriff, aus welchen Gründen er das Urteil anfechten konnte, war der Anwalt zur Säpo gerannt und hatte ihm eingeprügelt, daß eine Berufung nur zu einer noch härteren Strafe führen würde. Außerdem drohte man damit, auch seine Frau zu einer mehrjährigen Gefängnisstrafe zu verurteilen, wenn er darauf beharrte, den Prozeß fortzusetzen. Und da hatte er resigniert, sich in die Gefängniszelle verkrochen und sogar versucht, sich das Leben zu nehmen. Der Rechtsstaat, den sie alle zu verteidigen behaupteten, sah ungefähr genauso aus wie das

Propagandabild von der Sowjetunion. Für sie und diesen Rechtsstaat war er jedoch nicht verantwortlich.

Er war Offizier des GRU, das war alles. Er war Offizier und Profi, und nur die Arbeit war sein Vaterland. Ohne Nachrichtendienste wäre die Welt im übrigen bedeutend unsicherer, und bei dieser Gleichung spielte es keine große Rolle, auf welcher Seite die Nachrichtenoffiziere oder Spione, wie sie von den Leuten meist genannt wurden, arbeiteten. Das glich sich alles aus.

Er hatte noch mindestens fünfzehn Berufsjahre vor sich und würde von nun an in seinem Beruf sehr gut sein. Keinen Schnaps, keine Frauen, jedenfalls nicht in dem Ausmaß wie früher. Zwei seiner Kollegen waren sogar zur Säpo übergelaufen und hatten ihn als Spion angezeigt. Zum Glück arbeitete die andere Seite damals nach einer Theorie, die darauf hinauslief, daß die Sowjetunion erstens nicht mehr mit herkömmlichen Spionen operierte (so erklärte man die Tatsache, daß sowjetische Spione in Schweden nie gefaßt wurden), zweitens konnte Stig Sandström auch kein Spion sein, da er vielmehr ganz im Gegenteil Sicherheitsbeamter war, und drittens war es der internationale Terrorismus, unterstützt durch »Linksdemonstranten« und »Chaoten«, der die Hauptgefahr darstellte.

Also. Ein neues Leben mit Ordnung und Disziplin und weniger Schnaps und weniger Frauen. Es war überdies mehr als wahrscheinlich, daß die Russen die weitere Zusammenarbeit von der Erfüllung dieser Bedingungen abhängig machen würden.

Als das Schiff sich Nådendal näherte, stand er auf, rasierte sich und verstaute seine Toilettenartikel in seiner Pilotentasche. Er prüfte, ob er nichts vergessen hatte, und wischte alle Flächen ab, die er oder sie berührt haben konnte. Dann nahm er die beiden Taschen, ging die Treppen zum Autodeck hinunter, stellte ihre Tasche in den Kofferraum und seine auf den Rücksitz. Ihm war erstaunlich ruhig zumute, obwohl die Reise sich jetzt ihrem kritischsten Punkt näherte.

Es war noch immer dunkel draußen, als die Wagen von der Fähre zu rollen begannen. Doch nichts sah danach aus, daß es in der Nähe aufmerksame Polizeibeamte gäbe. Außerdem gab es keine Zollkontrolle. Das Ganze ging fast besorgniserregend leicht.

Er hielt auf dem Weg nach Helsinki alle Geschwindigkeitsbeschränkungen ein und unterbrach die Fahrt nur einmal, um Kaffee zu trinken und Ausschau nach möglichen Verfolgern zu halten.

Als er sich Helsinki näherte, war er überzeugt, es zu schaffen.

In einem Vorort außerhalb der Stadt verließ er die Autobahn, hielt an einer Straßenausbuchtung, nahm seine Tasche vom Rücksitz und wollte gerade den Wagen verlassen, als er an seine Fingerabdrücke im Wagen dachte. Aber in ein oder zwei Wochen würde man ohnehin den Wagen finden, und dann wäre der Zusammenhang klar.

Mit dem rechten Mittelfinger stempelte er einen deutlichen Fingerabdruck auf das Armaturenbrett.

Er lächelte in sich hinein und reckte den Mittelfinger mit einem letzten Abschiedsgruß an die Kollegen in die Höhe. Dann schlug er die Tür zu, schloß ab und ging auf das Vorortzentrum zu, von wo aus er sicherlich einen Bus in die Innenstadt finden würde.

Jetzt blieb nur noch ein Problem. Etwa eine Stunde vor Ablegen der Fähre mußte er den Ersten Steuermann erwischen.

Welcher Mann an diesem Tag auch den Dienst versah, es war der Mann des GRU, mit dem er an Bord ein paar Worte unter vier Augen wechseln mußte. Dann würde er für immer aus dem Blickfeld des schwedischen Sicherheitsdienstes verschwinden. Und dann würden sie endlich für alles bezahlen.

Er stellte sich eine lange Bahnreise von Tallinn über Leningrad nach Moskau vor.

Er irrte sich. Nachdem er vierundzwanzig Stunden in Tallinn eingesperrt worden war, wurde er abgeholt und mit einer Militärmaschine direkt zum alten Flughafen von Moskau gebracht. Als die Maschine auf ein hohes Gebäude am hinteren Ende des Flughafens zuzurollen begann, ging ihm auf, wohin man ihn gebracht hatte. Das Gebäude war nicht nur eins der am besten bewachten Bauwerke der Welt, sondern auch eins der legendenumwobensten. Es war *Zentral*, wo etwa fünftausend Menschen arbeiteten; das Herz im weltumspannenden Netz des GRU.

Achtundzwanzig Stunden nach der Flucht des sowjetischen Spions Stig Sandström oder, um der offiziellen schwedischen Terminologie zu folgen, »nach dem Mißbrauch seines Hafturlaubs«, wurde in Schweden eine landesweite Fahndung nach ihm ausgelöst. Um diese Zeit war er schon sechs Stunden lang im Hafen von Tallinn in einem unaufgeräumten Zimmer eingeschlossen gewesen.

Aus sowjetischer Sicht oder vielmehr der des GRU stellte sich jetzt die Hauptfrage, was es mit dieser unglaublichen Fluchtgeschichte auf sich hatte. Falls die Flucht von schwedischen oder anderen westlichen Behörden arrangiert worden war, um dem GRU einen Infiltranten als Laus in den Pelz zu setzen, war die Konsequenz einfach und logisch. Dann würde Stig Sandström für immer verschwinden, am besten nach einem Geständnis.

Falls sich jedoch das Unmögliche bestätigen sollte, daß ein zu lebenslänglicher Haft verurteilter Spion ohne jede Bewachung Hafturlaub bekommen kann, würde die Frage auftauchen, ob und auf welche Weise man sich des früheren Informanten bedienen konnte.

Das Risiko, allzu unsichere Schlußfolgerungen zu ziehen, war nicht unbedeutend. Und für Jurij Tschiwartschew, offiziell Militärattaché im Rang eines Obersten in der Botschaft der Union der Sozialistischen Sowjetrepubliken, in Wahrheit jedoch Beauftragter des GRU in Skandinavien und Generalmajor, mußte früher oder später seinen Namen unter einen Bericht setzen, der ihn vielleicht seine Karriere kosten konnte, bestenfalls nur sie.

Es war also unerhört wichtig, daß *Zentral* einen korrekten Bericht mit einer zutreffenden Analyse der Ereignisse erhielt. Doch würden die Kollegen in Moskau vermutlich schwer zu überzeugen sein.

Diese letzte Vermutung beruhte auf Jurij Tschiwartschews spontaner und intuitiver Schlußfolgerung: In keiner mittelamerikanischen Bananenrepublik, selbstverständlich auch nicht in einem der »harten« westlichen Länder, jedoch auch nicht irgendwo in der Dritten Welt, in einem sozialistischen Staat oder auch nur in einem der »weichen« westlichen Staaten wie Österreich oder Finnland würde ein zu lebenslänglicher Haft verurteilter sowjetischer Spion während eines unbewachten Hafturlaubs einfach davonspazieren und mit neuem Paß, neuem Aussehen und Geld in der Tasche, das er von den Behörden in Form von Pension und Krankengeld erhalten hatte, außer Landes reisen können. In keinem einzigen Land der Erde. Mit Ausnahme Schwedens. Es war also theoretisch möglich, daß es sich um eine echte Flucht handelte.

Im übrigen fiel es Jurij Tschiwartschew schwer zu glauben, daß schwedische Sicherheitsorgane den Mut aufbrächten oder auch nur die Logistik hätten, eine Operation nach britischem oder amerikanischem Vorbild aufzuziehen.

Hätte sich das Ganze in Großbritannien ereignet oder in irgendeinem anderen westlichen Land, hätte der Doppelagent nach seiner Ankunft nicht mehr lange zu leben gehabt. Doch hier ging es nun um Schweden, und das stellte jede Logik auf den Kopf.

Jurij Tschiwartschew seufzte, stand auf und unternahm einen seiner gewohnten Spaziergänge in seinem geräumigen Dienstzimmer, um nachzudenken. Er blieb am Fenster stehen und warf einen nachdenklichen Blick auf die blaue Leuchtreklame an der Spitze des Klinkerbaus gegenüber, die ihm nicht zum ersten und wohl auch nicht zum letztenmal verriet, daß in dem Haus ein Presseorgan arbeitete, das sich in seiner strammen antisowjetischen Haltung in Skandinavien von niemandem übertreffen ließ.

Andererseits jedoch war *Svenska Dagbladet* in seinem ständigen Bemühen, der sozialdemokratischen Regierung mit Hilfe geheimer militärischer Angaben etwas am Zeug zu flicken, zugleich eine der wichtigsten und zuverlässigsten offenen Quellen für die Nachrichtenbeschaffung des GRU: ein sehr hilfreicher Feind also.

Und das galt auch für diesen Fall, dem sich die Zeitung mit einer ausführlichen Hintergrundanalyse widmete.

Er hatte den Bericht noch nicht unterzeichnet, sondern nur einige Anlagen mit seiner Paraphe versehen. Die eigentliche Zusammenfassung lag daneben auf seinem im übrigen völlig leeren Schreibtisch.

Er ging zurück und las die Zusammenfassung noch einmal durch.

Alle logischen Folgerungen mußten von der Chronologie der Ereignisse ausgehen.

Am 26. September hatte die schwedische Regierung Stig Sandströms Gnadengesuch abgelehnt. Die Strafvollzugsbehörden und der zivile Sicherheitsdienst hatten das Gesuch befürwortet, aber die militärische Führung hatte abgelehnt.

Eine Woche vor seinem achtundvierzigstündigen Hafturlaub am 6. und 7. November hatte Sandström erfahren, daß er so gut wie unbewacht sein würde. Dieses wiederum bedeutete, daß ein Beamter der Strafvollzugsbehörde ihn bis zur Wohnung seiner Frau gefahren hatte. Die Sicherheitspolizei hatte zwei Mann dazu abgestellt, das Haus zu überwachen, jedoch nur von der Vorderseite. Da der Häftling folglich durch den Hinterausgang entwichen war, hatte der Chef der schwedischen Reichspolizeiführung erklärt – in vollem Ernst, nämlich im offiziellen Nachrichtenprogramm des staatlichen Fernsehens –, man habe nur die Vorderseite des Hauses bewacht, »da normalerweise kein Besucher durch den Hintereingang kommt«.

Und da die Sicherheitsbeamten ihre Überwachung zudem um vierundzwanzig Uhr abgebrochen hatten, was offenbar etwas mit Überstundenregelungen und Vereinbarungen mit der Gewerkschaft zu tun hat, hatte derselbe Reichspolizeichef auf die gleiche offizielle Weise erklärt, »normalerweise dürften nach Mitternacht keine Besucher mehr zu erwarten sein«.

Die neuen Bewacher des Sicherheitsdienstes hatten am folgenden Morgen um acht Uhr ihren Dienst angetreten, etwa acht Stunden nach dem vermuteten Zeitpunkt der Flucht, und sie hatten sich überdies nicht der Anwesenheit des Beobachtungsobjekts versichert, sondern sich damit begnügt, gut vier Stunden in ihrem Wagen zu sitzen und eine Haustür und einen Leihwagen anzustarren.

Und als der begleitende Beamte der Strafvollzugsbehörde erschienen war, um den Häftling abzuholen, hatten sie ihren Dienst ohne weiteres beendet und waren weggefahren.

Als der Beamte der Strafvollzugsbehörde die Wohnung leer fand, rief er zunächst das Gefängnis in Norrköping an, dann die diensthabenden Kriminalbeamten in Norrköping und schließlich den Sicherheitsdienst.

Beim Sicherheitsdienst fand man es eigentümlich, daß Sandström verschwunden sein sollte, »denn sein Wagen stand doch noch vor der Haustür«, was die wachhabenden Beamten bestätigen konnten.

Der Sicherheitsdienst entschloß sich daher, zusammen mit dem Beamten der Strafvollzugsbehörde zum Stockholmer Hauptbahnhof zu fahren, »um zu sehen, ob Sandström auftauchen würde«.

Er tat es nicht.

Die Polizei in Norrköping ging davon aus, daß die Säpo eine landesweite Fahndung ausgelöst hatte. Die Säpo wiederum war der Meinung, eine landesweite Fahndung sei eine Maßnahme, die nicht vom Sicherheitsdienst veranlaßt werden müsse. Folglich hatte niemand Alarm geschlagen. Um diese Zeit befand sich Sandström schon in Helsinki.

Gut vierundzwanzig Stunden nach der Flucht wurde die landesweite Fahndung ausgelöst. Die Polizei veröffentlichte von Sandström und seiner Frau falsche Fahndungsfotos.

Weitere vierundzwanzig Stunden später wurde entdeckt, daß Frau Annalisa Sandström nicht einen, sondern drei Wagen gemietet hatte. Das wurde von der kurz zuvor eingesetzten Fahndungsleitung der Polizei als »Durchbruch in den Ermittlungen« bezeichnet.

Anschließend hatte man sich rund vierundzwanzig weitere Stunden der Aufgabe gewidmet, einen der drei Leihwagen zu bewachen, der mit deutlichen Diebstahlspuren in einem Stockholmer Vorort aufgefunden worden war.

Danach war die Djursholm-Villa der PLO acht Stunden lang überwacht worden, jedoch ohne Erfolg. Etwa eine Woche nach der Flucht »wurden die Grenzen gesperrt«.

Etwa so war der Verlauf der Ereignisse.

Jurij Tschiwartschew seufzte. Wenn man sich damit begnügte, den vordergründigen Tatsachenverlauf zu analysieren, war nur eine Schlußfolgerung möglich. Kein Sicherheitsdienst der ganzen Welt, nicht einmal der schwedische, konnte derart inkompetent auftreten. Demnach hatten sie ihren Spion umgedreht und mit dem Selbstmordauftrag nach Moskau geschicht, *Zentral* zu unterwandern.

Es gab jedoch auch eine Version, die das Gesamtbild in einem völlig anderen Licht erscheinen ließ.

Die schwedischen Behörden und die Regierung hatten sich in einem komplizierten Spiel um die Verantwortung verheddert, bei dem jeder einzelne davonzukommen versuchte, ohne als letzter mit dem Schwarzen Peter in der Hand dazusitzen.

Die Strafvollzugsbehörde hatte betont, sie sei nur für die Überwachung des Spions im Haus zuständig gewesen. Außerhalb des Hauses sei er in den Zuständigkeitsbereich der Sicherheitspolizei gefallen.

Dies war von der Säpo entschieden verneint worden. Dort hatte man betont, als einzelne Behörde habe man Entscheidungen einer anderen Behörde nicht überprüfen können, da dies nur der Regierung möglich sei.

Darauf erwiderte die Strafvollzugsbehörde, die Regierung sei über die Umstände des Hafturlaubs unterrichtet gewesen, was vom Justizministerium zunächst entschieden abgestritten wurde.

Später stellte sich jedoch heraus, daß das Justizministerium ein auf dem Amtsweg mit Eingangsstempel bestätigtes Schreiben erhalten hatte, dessen Ausgang bei der Strafvollzugsbehörde ordnungsgemäß registriert worden war und in dem es hieß, Sandström werde zu seinem fünfzigsten Geburtstag einen nur teilweise überwachten Hafturlaub erhalten.

Der Beamte, der das Schreiben entgegengenommen hatte, hatte es in die Schublade gesteckt, ohne es zu lesen, und war anschließend in Urlaub gegangen. Immerhin hatte er seinem Chef eine Aktennotiz hinterlassen, in der es hieß, er habe das Schreiben nicht gelesen.

Sein Chef las es ebenfalls nicht und war folglich außerstande, seinem Chef, dem Justizminister, darüber Meldung zu machen.

Dies führte nach einiger Zeit sowohl zum erzwungenen Rücktritt des Justizministers wie zu der vorzeitigen Pensionierung der beiden Beamten.

Diese letzte Tatsache war für Jurij Tschiwartschew von entscheidender Bedeutung. Denn wenn das Ganze eine Operation des schwedischen Nachrichtendienstes war – die Sicherheitspolizei kam wegen ihrer mangelnden Kompetenz nicht in Frage –, wäre ein Arrangement nicht mehr glaubhaft, das die Köpfe mehrerer politisch verantwortlicher Personen gekostet hätte. Denn um die Geschichte zu decken, hätten rund zehn Bürokraten und Politiker von Anfang an mit allem einverstanden sein müssen, was dann geschehen war.

Eine solche Operation wäre folglich viel zu riskant gewesen. Nicht mal der Alte oder einer seiner jungen Gehilfen in der geheimen Abteilung des Nachrichtendienstes hätte solche Risiken auf sich nehmen können oder wollen.

Ferner hätte das ganze Unternehmen hinter dem Rücken des Sicherheitsdienstes vom Nachrichtendienst durchgeführt werden müssen. Einen solchen Plan hätte der Alte nicht gebilligt. Nicht einmal er durfte von der vollständigen Unfähigkeit des schwedischen Sicherheitsdienstes ausgehen. Wem sollte es gelingen, einen Plan aufzuziehen, bei dem eine der wichtigsten Voraussetzungen darin bestand, daß sich der eigene Sicherheitsdienst bei der Bewachung eines Spions zum Narren machte?

Niemand, nicht mal die schwedische Militärführung, die sich einem harten Läuterungsprozeß hatte unterziehen müssen, würde mit einem derartigen Verhalten rechnen können.

Folglich blieb jetzt nur eine einzige und entscheidende Frage übrig. War der schwedische Sicherheitsdienst mit einer umfassenden Operation einverstanden gewesen, die die eigene Öffentlichkeit, die Staatsführung und den sowjetischen Nachrichtendienst gleichermaßen in die Irre geführt hätte?

Diese Möglichkeit konnte Jurij Tschiwartschew guten Gewissens ausschließen. In keinem westlichen Sicherheitsdienst war das GRU so zahlreich vertreten wie beim schwedischen. Eine komplizierte Aufdeckungsaktion bei der schwedischen Säpo hätte ohne jeden Zweifel dazu geführt, daß das GRU Berichte über die geplante Operation erhalten hätte.

Die Berichte, die man jetzt erhalten hatte, sprachen jedoch eine völlig andere Sprache; sämtliche sowjetischen Agenten bei der schwedischen Sicherheitspolizei berichteten von Panik und Verwirrung.

Jurij Tschiwartschew hob seinen dicken französischen Füllfederhalter und schraubte langsam die Kappe ab. Er betrachtete kurz die Goldfeder, schlug dann entschlossen die letzte Seite des zusammenfassenden Berichts auf und unterschrieb langsam und deutlich. Danach drückte er den Knopf der Gegensprechanlage, mit dem er seinen persönlichen Chiffriertechniker zu sich rief.

Ein blasser und etwas pickliger Fähnrich aus einer der Baltenrepubliken trat ein und erhielt Anweisung, den Haupttext chiffriert an *Zentral* weiterzuleiten und das Original mit der nächsten Diplomatenpost nach Moskau zu schicken.

»So ja, mein guter Genosse Sandström«, brummte er, als er wieder allein war, »du bis soeben mit dem Leben davongekommen. Möglicherweise hast du einen neuen Job bekommen, wie du ihn dir vielleicht nicht vorgestellt hast.«

Sandström war nur ein einfacher Agent gewesen, einer von vielen bei der schwedischen Sicherheitspolizei. Jurij Tschiwartschew erinnerte sich noch recht genau an die Einzelheiten des Falls Sandström, obwohl die Akte schon vor gut einer Woche nach Moskau geschickt worden war. Sandström unterschied sich von den anderen vor allem dadurch, daß man ihn erst lange nach seiner Ernennung zum Offizier und Sicherheitsbeamten angeworben hatte. Das war sonst nicht üblich. Normalerweise ging man beim GRU von der einfachen Voraussetzung aus, daß die schwedische Sicherheitspolizei ihren Nachwuchs bei der Polizei rekrutiert. So war es dem GRU gelungen, Studenten anzuwerben und sie zu überreden, ihre akademischen Studien aufzugeben und sich statt dessen bei der Polizeischule in Solna zu bewerben. Die Fortsetzung war bis auf einzelne Ausnahmen immer die gleiche. Die jungen Leute brauchten sich nach einigen Jahren Dienst bei der Sicherheitspolizei nicht einmal selbst zu bewerben, sie wurden angeworben. Seit fünfundzwanzig Jahren war dies das ideale Einfallstor gewesen.

Sandström hatte sich jedoch als nachlässig erwiesen, als Weiberheld,

Alkoholiker, Abenteurer und zudem als etwas so Einfältiges wie ein überzeugter Antisemit. Man hatte ihn ursprünglich während seiner Dienstzeit für die UNO im Nahen Osten gewinnen und dazu bewegen können, für die »Sache des Friedens und der Gerechtigkeit« zu arbeiten, indem er Nachrichten über die Israelis beschaffte. Allerdings gegen gute Bezahlung.

Die Frage war, ob eine solche Person den Arbeitsaufgaben, die jetzt in Frage kamen, überhaupt gewachsen war. Die Agenten in Schweden arbeiteten mit passiver Nachrichtenbeschaffung, und beim GRU wurde sorgfältig darauf geachtet, daß sie nicht in Situationen gerieten, in denen sie ihre Kollegen gefährden konnten.

Ein Skandinavien-Direktorat von *Zentral* hatte jedoch eher offensive Aufgaben. Jetzt sollten also die Möglichkeiten geprüft werden, diesen Saufkopf zu einem offensiven Instrument gegen seine Landsleute umzumodeln.

Doch darüber brauchte sich Jurij Tschiwartschew nicht mehr den Kopf zu zerbrechen. Wenn die Umschulung in Moskau oder woanders einigermaßen erfolgreich war, würde Tschiwartschew früher oder später erfahren, welche operativen Ziele diesem Sandström in Schweden gestellt werden würden.

Tschiwartschew wollte die Überlegungen über Sandström gerade beenden, als sein Blick auf ein Porträt in Öl fiel, das seinem Schreibtisch gegenüber an der Wand hing, neben den Karten von Schweden und der Region Stockholm.

Fjodor Matrejewitsch Apraksin stand auf einem kleinen Messingschild unter dem Bild. Außer Jurij Tschiwartschew selbst wußte in der Botschaft kein Mensch, warum dort das Porträt eines Seehelden des zaristischen Rußland hing. Niemand hatte gewagt, auch nur eine Andeutung von Kritik zu äußern oder sich überhaupt nach dem Grund zu erkundigen; ein Resident des GRU kann sich fast alles erlauben.

Apraksin war jedoch der Name einer von drei sowjetischen Unterwasser-Anlagen in den Schären von Stockholm gewesen. Es waren mit Hightech vollgestopfte Anlagen gewesen, die zum Besten gehört hatten, was die Streitkräfte der Sowjetunion entwickelt hatten, und in einem eventuellen, nun ja, höchst eventuellen Krieg hätten diese Spielzeuge eine sehr interessante Rolle übernehmen können.

Leute vom schwedischen Nachrichtendienst hatten jedoch vor dreizehn Monaten alle drei Anlagen gesprengt. Dieses Kommando hatte sogar hinter dem Rücken der eigenen Regierung operiert, um den Erfolg zu sichern.

Als Militär und Kollege mußte Tschiwartschew zugeben, daß die schwedischen Offiziere eine glänzende Opeeration durchgeführt hatten.

Bei denen hatte man es nicht gerade mit dem »Irrenhaus auf Kungsholmen« zu tun – so wurde der zivile Sicherheitsdienst genannt. Oder war es das »Affenhaus auf Kungsholmen«?

Das spielte jetzt keine Rolle mehr.

Für den Sowjetbürger Jurij Tschiwartschew war es jedoch ein tragisches Ereignis gewesen. Zweihundertachtundvierzig seiner Landsleute waren gefallen, waren wie Ratten ertränkt worden.

Und Jurij Tschiwartschew hatte eine sehr klare Vorstellung davon, wer für diese schwedische Operation verantwortlich gewesen war und wer sie durchgeführt hatte: ein junger Korvettenkapitän, der inzwischen einer von Schwedens höchstdekorierten Offizieren sein mußte, dem jedoch auch die Aufmerksamkeit, die ihm die Kollegen vom KGB widmeten, auf die Nerven gehen mußte.

Eines stand aber fest: Wenn sich die Frage stellte, wo es mögliche Ziele für taktischen operativen Nachrichtendienst – d.h. Spionage – in Schweden gab, würden die Kollegen beim SSI, insbesondere dieser junge Korvettenkapitän, ganz vorn auf Jurij Tschiwartschews Vorschlagsliste landen.

Kommt Zeit, kommt Rat. Jurij Tschiwartschew rief seine Leute zu der morgendlichen Lagebesprechung zusammen, und seine ehrerbietigen Untergebenen betraten nacheinander den Raum.

2

Ausnahmsweise sieht es nach einem schönen, echten, sonnigen Mittsommer aus, wie früher, dachte er. Auf dem Weg von Berga überschritt er leicht die Geschwindigkeitsbegrenzung. Er hatte beide Seitenscheiben zur Hälfte heruntergekurbelt und Glenn Goulds Version von Bachs Goldberg-Variationen auf höchste Lautstärke gedreht.

Die Tonqualität hätte besser sein können, aber der Wagen gehörte dem Generalstab und nicht ihm. Er vermied es seit einem halben Jahr, seinen eigenen Wagen zu benutzen, da das Außenpersonal des KGB in Stockholm ihm ein ebenso beharrliches wie schwer erklärliches Interesse entgegenzubringen begann. Worauf sie immer aus sein mochten, es war unangenehm und hatte ihn leicht reizbar gemacht.

Wohl deshalb blinkte er jetzt den Volvo, der auf der Überholspur vor ihm fuhr, mit dem Fernlicht an.

Der Volvo blieb auf der Spur und verringerte demonstrativ die Geschwindigkeit. Die Fahrerin war eine junge Frau, neben ihr saß eine Begleiterin. Beide schienen etwa fünfundzwanzig bis dreißig Jahre alt zu sein. Er blinkte erneut, auch diesmal ohne jede Wirkung, blieb mit der

Hand auf der Hupe und schaltete gleichzeitig herunter. Als der Volvo widerwillig nach rechts fuhr, beschleunigte er wütend und überholte.

Als er jedoch sah, daß der Volvo die Verfolgung aufnahm, wurde er nachdenklich. Inzwischen kannte er schon die meisten Tschekisten, und diese beiden sahen ganz entschieden wie normale schwedische Mädchen aus. Als sie sich ihm entschlossen näherten, nahm er den Fuß vom Gas. Er beugte sich zum Handschuhfach hinüber, nahm seinen Revolver heraus und legte ihn unter die Lederjacke auf dem Beifahrersitz, worauf er auf die rechte Fahrspur wechselte.

Der Volvo überholte, schnitt ihn und fuhr dann vor ihm her. Ein paar Sekunden später kurbelte das rechts sitzende Mädchen die Seitenscheibe herunter und hielt eine Kelle hinaus, an deren rundem, rot-weißem Ende in deutlich lesbarer Schrift stand: POLIZEI.

Der Volvo wurde langsamer. Beide Wagen fuhren an den Straßenrand und hielten an.

Als er die beiden blonden Mädchen aussteigen und mit entschlossenen Schritten auf sich zukommen sah, mußte er laut auflachen. Er schaltete die Warnblinkanlage ein und kurbelte die Seitenscheibe herunter.

Er lachte immer noch, als sie bei ihm waren; die eine junge Frau, die ihm entgegenkam, hielt ihren Polizeiausweis vor sich, während die zweite Block und Stift in der rechten Hand hatte. Beide trugen Jeans und amerikanische Sportjacken.

»Hör zu, du Macho, das Lachen wird dir schon vergehen. Das wird eine teure Angelegenheit«, sagte die Beamtin, die ihm am nächsten stand, als sie ihren Ausweis einsteckte.

»Das glaube ich nicht«, erwiderte er, während er gleichzeitig Lederjacke und Revolver hinter seinem Sitz auf den Boden legte. Dann machte er die Stereoanlage aus, damit die beiden einsteigen und mit den Formalitäten beginnen konnten.

»Was ist daran nur so komisch?« fragte die andere, als sie sich auf den Beifahrersitz gesetzt und ihren Block aufgeklappt hatte. »Übrigens, hast du einen Führerschein?«

»Ja, bitte sehr«, erwiderte er, da er ihn schon in der Hand hatte. »Ich habe aber eben daran gedacht, daß manche von Gott auf der Stelle bestraft werden. Man denkt, verdammte Weiber, und drückt noch etwas aufs Gaspedal, dann wird man sozusagen mit dem Finger im Marmeladentopf erwischt.«

»Carl Gustaf Gilbert Hamilton«, las die Beamtin auf dem Beifahrersitz laut vor. »Arbeitsplatz?«

»Generalstab.«

»Wo dort?«

»Generalstab reicht.«

»Ein Offizier und Gentleman, der sich heute ein bißchen auf der Straße austoben will«, kicherte die Blondine auf dem Rücksitz.

»Offizier schon, aber Gentleman war ich eben ja nicht unbedingt. Gott muß Feminist geworden sein. Aber welche Geschwindigkeit wollen wir denn aufschreiben?«

»145. Wir sind mehrere hundert Meter mit mindestens 145 hinter dir hergefahren«, erwiderte die Beamtin auf dem Vordersitz.

»Ach nein, schreib lieber 135, dann können wir das gleich hinter uns bringen. Sonst muß ich widersprechen, und dann müßt ihr aussagen, und am Ende werden es doch nur 135. Wir hätten dann viel Zeit vertrödelt, und außerdem kann man nicht viele Sekunden lang 145 fahren, wenn es nur ein paar hundert Meter sein sollen, und da kennt ihr euch bestimmt nicht besser aus als ich«, entgegnete Carl. Er spürte, wie sich seine Laune besserte und überdies auf die beiden jungen Frauen ansteckend wirkte, die bestimmt schon unangenehmere Zeitgenossen beim Schnellfahren erwischt hatten.

»Na schön«, sagte die Frau auf dem Vordersitz. »Deine private Adresse und Beruf?«

»Korvettenkapitän, Drakens Gränd in Gamla stan...«

»Was, zum Teufel, ist Korvettenkapitän?« unterbrach die schreibende Beamtin.

»So was wie Major, nur in der Marine. So heißt das heuzutage«, stellte die Beamtin auf dem Rücksitz fest, während sie sich behaglich zurücklehnte und etwas breitbeiniger hinsetzte. Carl schielte zu ihrem rechten Fuß hinunter, der plötzlich weniger als zehn Zentimeter von seinem versteckten Revolver entfernt war.

»Solltest du jetzt nicht draußen auf See sein und Torpedoboot fahren? Dann könntest du deinen Gelüsten auf gesetzliche Weise Auslauf verschaffen«, murmelte das Mädchen mit den Formularen, während sie eine Visitenkarte abschrieb, die Carl ihr gereicht hatte.

»Torpedoboote gibt es nicht mehr«, seufzte Carl, dessen Miene sich plötzlich verdüsterte. »Ebensowenig Zerstörer und Kreuzer.«

»Du beteiligst dich also nicht an der Jagd nach diesen russischen U-Booten?« fragte die junge Frau auf dem Rücksitz. »Sind es überhaupt russische?«

»Ja, es sind Russen. Nein, ich sitze meist am Schreibtisch und fülle Papiere aus, genau wie ihr, wenn ihr unterwegs seid und unschuldige, normalerweise meist gesetzestreue Verkehrsteilnehmer hereinlegt.«

»So ja, jetzt brauche ich nur noch die Unterschrift da unten, dann bist du einen Tausender los«, stellte die Frau auf dem Vordersitz fest, als sie ihm das ausgefüllte Formular reichte.

Die beiden jungen Frauen scherzten über den zahmsten Verkehrssünder der Woche und wollten gerade aussteigen, als Carl ein ebenso plötzlicher wie unerwarteter Einfall kam.

»Wann habt ihr heute abend Schichtende?« fragte er in dem Moment, in dem eine gerade die Wagentür öffnete.

»Wie bitte? Was hast du gesagt?« fragte das Mädchen vom Rücksitz und beugte sich mit gespieltem Erstaunen vor, während sie die Sonnenbrille hochzog. Sie hatte dunkelblaue Augen. Die Sonnenbrille war von dem Typ, den amerikanische Feministinnen vor ein paar Jahren getragen hatten.

»Ich habe gefragt, wann ihr heute abend Schichtende habt«, wiederholte Carl verlegen. Er bereute seine Frage schon jetzt.

»Um siebzehn Uhr. Wieso?«

»Weil ich mir gedacht habe, wir sollten das feiern. Immerhin hat man mich zum ersten Mal als Verkehrssünder erwischt, dazu noch zwei Frauen. Ich würde euch beide gern zum Essen einladen.«

»Soll das ein Bestechungsversuch sein? Du bist ganz schön dreist«, kicherte sie, ließ die Sonnenbrille auf die Nase gleiten und rief ihre Kollegin, die schon dem Volvo zustrebte, zu sich zurück.

»Hast du gehört? Der Kerl will uns zum Essen einladen!« sagte sie fröhlich. Die Kollegin erstarrte, drehte sich dann demonstrativ langsam um, kam näher und stützte die Ellbogen auf die halb heruntergekurbelte Seitenscheibe auf der rechten Seite.

»Hör mal, du Casanova«, fauchte sie. »Das Bußgeld st ausgeschrieben, und außerdem bin ich mit einem verdammt eifersüchtigen und verdammt großen und starken Polizisten verheiratet.«

»Wunderbar«, gab Carl kalt zurück, »Dann schlage ich vor, daß du ihn mitbringst. Dann können wir beim Kaffee fingerhakeln, Polizei gegen Marine.«

»Du kannst mich mal kreuzweise, du Casanova«, erwiderte sie gedehnt, drehte den Kaugummi im Mund um und ging erneut auf den Volvo zu.

»Was soll man dazu sagen?« seufzte Carl mit gespielter Resignation. »Also um sieben Uhr im *Reisen* an der Skeppsbron. Findest du hin? Ich bestelle einen Tisch.«

»Hältst du dich etwa für unwiderstehlich? Oder glaubst du, du könntest das Bußgeld wegquatschen«, lächelte die Beamtin mit der Feministinnenbrille.

»Im Augenblick ganz und gar nicht. Das Bußgeld ist ja nur ein Tausender, das Essen dürfte bedeutend teurer werden. Offenbar klappt es weder geschäftlich noch privat mit Bestechungen«, seufzte Carl und streckte die Hand nach dem Zündschlüssel aus.

»Na schön, ich komme«, erwiderte sie schnell. »Um sieben im *Reisen*, du heißt Hamilton, und ich heiße...«

»Jönsson. Eva-Britt Jönsson, wenn dein Polizeiausweis echt ist.«

»Du hast ja eine Beobachtungsgabe wie ein Polizist. Wenn du aber nicht kommst, erhöhe ich das Bußgeld oder erhöhe die Geschwindigkeit auf 145 Sachen. Dann bist du der Dumme und nicht ich, vergiß das nicht.«

Sie lachte und schüttelte den Kopf, als sie zu ihrem Wagen zurückging, den Motor anließ und in einer Wolke blauer Abgase verschwand.

Carl blieb noch sitzen. Er fühlte sich dumm und hereingelegt und glaubte nicht eine Sekunde, daß sie kommen würde. Aber die Einladung war nicht mehr zurückzunehmen.

Auf dem Weg in die Stadt hielt er sich an die vorgeschriebene Geschwindigkeit, und als er in Enskede war, schob er den Kunststoffdeckel über dem Autotelefon zur Seite und bestellte für sieben Uhr im *Reisen* einen Tisch für zwei Personen.

Fünf Minuten vor sieben saß er an seinem gewohnten Fenstertisch im *Reisen* und sah auf die immer noch im Sonnenlicht glitzernde Wasserfläche zum Skeppsholmen hin. Er glaubte nicht, daß sie auftauchen würde, beschloß aber, der Form halber mindestens eine Viertelstunde zu warten. Als der Kellner ihn fragte, ob er vor dem Essen einen Drink wünsche, antwortete er zum allerersten Mal mit Ja. Er erinnerte sich vage an etwas, was aus Tequila und etwas Süßem bestand und am oberen Rand des Glases einen Salzring hatte. Er erfuhr, daß es eine Marguerita war, bestellte eine und versank dann wieder im Anblick des glitzernden Wassers.

Operation Big Red lag jetzt mehr als ein Jahr zurück. Das Wasser der Ostsee sah aber aus, wie es vermutlich schon immer ausgesehen hatte, wo immer er es zu sehen bekam. Und die Schweden glaubten immer noch, daß die Streitkräfte bei ihren Versuchen, die fremden U-Boote zu erwischen – falls es die überhaupt gab –, von Mißerfolg zu Mißerfolg eilten.

Seit etwa einem Monat hatte er Schlafstörungen. Er redete sich ein, daß es an den hellen Nächten lag, obwohl ihm die früher nie etwas ausgemacht hatten. Wenn er dann endlich einschlief, manchmal nach mehreren Stunden unter Laken, die wie Taue zusammengerollt waren, bekam er Alpträume. In einem ständig wiederkehrenden Alptraum war er in eine Art U-Boot tief unter der Wasseroberfläche eingesperrt. Plötzlich entstand ein Leck, und ein metallharter Strahl weißen Wassers strömte herein und füllte den Raum immer mehr, bis er oben in einer Ecke in der letzten Luftblase herumschwamm, die immer kleiner und kleiner wurde, bis er endlich aufwachte.

Der Hintergrund dieses Traums war ihm nur zu bewußt. Vor etwas mehr als einem Jahr war eine unbekannte Zahl sowjetischer Seeleute und Offiziere weniger als dreißig Kilometer von seinem Fenstertisch entfernt auf diese Weise ums Leben gekommen.

Er fragte sich, ob Stålhandske und Lundwall Ähnliches erlebt hatten. In weniger als einem halben Jahr würden die beiden aus Kalifornien zurückkehren, um ihren Dienst in der Operationsabteilung aufzunehmen.

Samuel Ulfsson, der Chef des gesamten OP fünf, hatte den Gedanken, das irritierende Interesse des KGB für Carl habe etwas mit dem Unternehmen Big Red zu tun, immer mit einer ärgerlichen Handbewegung abgetan. Sam zufolge war es mehr als zweifelhaft, daß die Stockholmer KGB-Residentur von den sowjetischen Installationen auf schwedischem Territorium überhaupt wußte, und noch unwahrscheinlicher war, daß sie wußten, wer und welche Männer das Unternehmen zum Erfolg geführt hatten.

Die Fahndungseinsätze der Russen hatten jedoch bewirkt, daß Carl nun oben im Generalstab bei Sam Ulfsson beschäftigt wurde, während die Reorganisation von *Hamilton Data System* ohne ihn weiterlief. Das neue Büro war fertig und als Beraterfirma eines multinationalen Unternehmens im Stadtteil Gärdet mit Geschäftsräumen im obersten Stockwerk eingerichtet worden. Carl war bisher nur ein paarmal dort gewesen, obwohl es sein eigentlicher Arbeitsplatz war.

Sie erschien völlig aus der Puste zehn Minuten zu spät. Sie trug ein geblümtes Sommerkleid und hatte sich eine rosa Wolljacke um die Schultern gelegt. Sie trug keine Strümpfe und hatte kräftige und geschmeidige Beine. Der Schulterpartie merkte man Spuren von Krafttraining an – wäre das nicht gewesen, hätte sie als Büromädchen durchgehen können; eine rotblonde schwedische Büroangestellte mit halblangem Haar und einer Pilotenbrille, die eine leichte Kurzsichtigkeit verriet.

Carl stand schnell auf, ging um den Tisch herum und zog ihr den Stuhl heraus. Er bemerkte, daß sie sich Mühe gab, ihre Überraschung über die höfliche Geste zu tarnen.

»Ich hoffe, du kannst meine Verspätung als Offizier und Gentleman entschuldigen«, lächelte sie sichtlich verlegen.

Als sie die Handtasche auf den freien Stuhl neben sich legte, bemerkte Carl ein leises Klappern. Außerdem war die Tasche viel zu schwer. Als er um den Tisch herumging, unterdrückte er einen Impuls, sie zu fragen, ob es zu ihren Gewohnheiten gehöre, mit Dienstwaffe und Handschellen im Gepäck auszugehen, wenn sie sich mit einem Mann treffe.

»Ich kann der Polizeiassistentin Jönsson versichern, daß ich mir die größte Mühe geben werde, mehr Gentleman zu sein als beim letzten Mal«, gab er ihr lächelnd zurück.

»Polizeiinspektor, zumindest Polizeiinspektor auf Anstellung«, korrigierte sie schnell.

»Nicht schlecht für neunundzwanzig Jahre.«

»Woher weißt du, daß ich neunundzwanzig bin?«

»Immer noch von deinem, wie ich annehmen muß, echten Polizeiausweis. Du bist am sechzehnten Mai geboren, im Tierkreiszeichen des Stiers.«

»Du hättest Bulle werden sollen, Kriminaler, bei der Spurensicherung oder so. Warum hast du mich eingeladen?«

»Weil ich plötzlich den Einfall hatte, weil ich dich süß fand, weil ich allein lebe und nur mit Kollegen Umgang habe und ständig nur an den Job denke und darüber spreche. Weshalb bist du gekommen?«

»Weil ich dich für einen interessanten Typ hielt, nicht so aggressiv wie andere Kerle, die sich am Steuer blamieren, weil ich allein lebe und nur mit Kollegen Umgang habe und immerzu nur an den Job denke und darüber quatsche.«

»Was willst du essen und trinken?«

»Keine Ahnung. Das hier ist doch so ein Luxusschuppen, da bin ich sozusagen nicht ganz zu Hause, wenn ich das so sagen darf.«

»Fisch oder Fleisch?«

»Fisch.«

»Du sprichst, als kämst du aus der Arbeiterklasse und dem Süden Stockholms. Hast du Verwandte in Skåne?«

»Ja, wieso?«

»Weil du Jönsson heißt. War nur eine Vermutung. Ich habe auch Verwandte in Skåne.«

»Aber nicht gerade unter den Zuckerrübenpflückern, nicht wahr?«

»Nein, wieso?«

»Weil du Hamilton heißt.«

»Überlaß das Bestellen von Essen und Wein mir. Ich verspreche, daß alles gut sein wird.«

»Diese Sorgen überläßt man am besten der Oberschicht. Willst du mir imponieren?«

»Nein, ich möchte am liebsten jeden Eindruck vermeiden, als hätte ich das vor. Das ist mein Problem. Wenn es aber um Restaurantessen geht, ist die Oberschicht besser als die Arbeiterklasse. Nur das habe ich andeuten wollen.«

Er klappte Speise- und Weinkarte zusammen, winkte den Kellner zu sich heran und bestellte als Vorspeise eine Aal- und Lachspâté mit einem kräftigen elsässischen Gewürztraminer sowie als Hauptgericht gegrillten Steinbutt, dazu einen weißen Burgunder Château Meursault 1984.

Als sie später die Weine kommentierte, fand sie den Elsässer »etwas ungewohnt, aber absolut in Ordnung« und den weißen Burgunder »wirklich verdammt gut«. Soweit er sich erinnern konnte, waren dies die besten Kommentare zu Wein, die er seit mehreren Jahren gehört hatte, zumal in einem immer rücksichtsloser und egoistischer werdenden Land, in dem der Wein-Snobismus zunehmend lächerliche Formen anzunehmen begann.

Nach einer Weile legten sie ihre Reserviertheit ab, und er begann, sie über die Polizeiarbeit auszufragen, teils aus persönlicher Neugier, teils aus beruflichem Interesse.

Sie war abwechselnd mit Fahndungs- und Ermittlungsarbeiten und einigen Kommandoaufgaben betraut, und zwar in der VD eins, der berüchtigtsten Polizeiwache Stockholms. Sie hatte schon immer Polizistin werden wollen, seit der Grundschule. Möglicherweise hatte ihre religiöse Erziehung sie dazu gebracht, die Polizeiarbeit in erster Linie als eine Art sozialen Hilfseinsatz zu sehen. Sie war immer noch Mitglied im Schwedischen Missionsverband. Das soziale Engagement sah sie immer noch als Hauptbestandteil ihrer Arbeit an. In ihrer Wache ließ sich dieser Standpunkt jedoch nicht leicht verteidigen. Dort mußte sie meist Betrunkene über Nacht einsperren, Straßenschlägereien schlichten, kleine Ganoven und Dealer festnehmen, die oft schneller auf freiem Fuß waren, als es gedauert hatte, sie festzunehmen.

Sie wohnte allein in einem Haus draußen in Spånga an einem kleinen See. Bis auf einen Schäferhund namens Roy lebte sie allein. In der Freizeit malte sie Aquarelle, meist Landschaften. Sie sprach in einer kontrastreichen Mischung aus männlichem Polizeijargon und Sozialarbeitersprache. Möglicherweise fanden sich in ihrer Sprache gelegentlich christlich geprägte Redewendungen, die von einem aufrichtigen Mitgefühl für die Unglückskinder der Gesellschaft erfüllt waren.

Er fragte sie, ob es für sie nicht Konflikte mit sich bringe, eine gläubige Christin zu sein und einen Beruf zu haben, der so durch Gewalt geprägt sei. Würde sie es etwa fertigbringen, in einer Situation, in der es die Dienstvorschrift vorschrieb, einen Ganoven zu erschießen?

Sie erwiderte, das sei ihr noch nie passiert, und wenn es ihr passierte, werde sie vermutlich nicht schießen. Die Frage sei jedoch nicht leicht zu beantworten, und von einem Soldaten sei sie übrigens auch sehr merkwürdig. Werde er denn selbst in einer solchen Lage schießen? Er sah ihr erst in die Augen und wandte dann den Blick zur Wasserfläche zwischen Skeppsbron und Skeppsholmen, die immer noch in der Abendsonne glitzerte, und antwortete zögernd, bisher habe er nie eine Wahl und zudem kaum Anlaß gehabt, darüber nachzudenken. Im stillen überschlug er, wie viele Menschen er getötet und wie viele er davon gekannt hatte.

Als sie ihn anschließend nach seinem Job befragte, beschrieb er in unklaren Wendungen, er beschäftige sich mit Datenprogrammen zur Analyse von Sonardaten, die je nach Salzgehalt in verschiedenen Schichten der Ostsee voneinander abwichen, mit akustischen Effekten in unterschiedlichen Abständen und Wassertiefen und derlei. Seine Auskünfte waren nicht direkt unwahr, jedoch so mathematisch gehalten, daß sie uninteressant wurden. So gelang es ihm, bei der zweiten Flasche Wein das Gespräch auf sie zurückzulenken und persönlicher zu werden. Er fragte sie, warum sie nicht verheiratet sei, und ihre Antwort ergab, daß zwei Beziehungen mit Kollegen aufgrund »unterschiedlicher Einstellungen zum Leben« gescheitert seien. Er hatte den Eindruck, daß es etwas mit ihrer Religion zu tun hatte, aber nach einiger Zeit vermutete er, daß eher Gewalt der Grund gewesen war. Sie war mit einem der zehn bis fünfzehn Polizeibeamten verlobt gewesen, die am häufigsten wegen Körperverletzung im Dienst angezeigt worden waren. Sie sagte, er sei eigentlich ein netter Mensch gewesen, doch aus ihrem Mund hörte sich das Wort ›eigentlich‹ an, als wäre er ein Sadist.

Dann war sie wieder an der Reihe. Nun fragte sie, weshalb er mit seinen vierunddreißig Jahren noch nicht verheiratet sei. Er bemühte sich, so wahrheitsgemäß wie möglich zu schildern, daß er allzu lange hoffnungslos verliebt gewesen war, in eine Frau, die er während seiner Studienzeit in Kalifornien kennengelernt hatte. Diese Frau, Tessie O'Connor, fuhr er fort, habe viele Vorzüge, sei aber in einem anderen Land und in einer völlig anderen Kultur zu Hause und zudem mit einer Ausbildung geschlagen, mit der in Schweden nichts anzufangen sei. Und außerdem sei sie in Santa Barbara mit einem reichen Geschäftsmann verheiratet und habe ein Kind mit ihm.

Sie kicherte, als er die letzten Hindernisse nannte, und es wirkte anstekkend, daß sie die Sache von der humorvollen Seite nahm. Er erzählte mit etwas gezwungener Ausgelassenheit, wie er sich vor einem Jahr blamiert hatte, als er in ihr Haus eingedrungen und vom Ehemann vor die Tür gejagt worden sei, der damit gedroht habe, die Hunde auf ihn zu hetzen. Er erwähnte jedoch mit keinem Wort, daß er dann die Hunde getötet hätte. Ebenso verschwieg er, wie er später vor Zorn am ganzen Körper zitternd am Strand gestanden und Steinchen in das grau-grünblaue Wasser geworfen und versucht hatte, seine mörderischen Phantasien zu unterdrücken.

»Wie es scheint, bin ich immer noch in Tessie verliebt«, sagte er. »Es mag zwar hoffnungslos sein, aber es muß wohl so sein, und das hat dazu geführt, daß meine Beziehungen zu Frauen in den letzten Jahren recht seltsam gewesen sind. Ich treffe meist nur Frauen für eine Nacht, aber so ein Gespräch wie dieses habe ich seit Jahren nicht mehr geführt.«

Während er von Tessie berichtete, kam ihm plötzlich der Gedanke, daß dieser Volvo draußen am Nynäsvägen auf ihn gewartet haben könnte. Eine Polizeibeamtin, die in ihrer Freizeit in einem Restaurant eine Dienstwaffe bei sich hatte, war nicht die Norm. Er beschloß jedoch, diese Frage auf sich beruhen zu lassen. Statt dessen fragte er sie, wann sie an den nächsten Tagen arbeite. Er nahm sich vor, sie unter irgendeinem Vorwand während der Dienstzeit anzurufen, um festzustellen, daß sie sich tatsächlich im Dienst befand.

»Und warum bist du Militär geworden?« fragte sie und halbierte den letzten Schluck in ihrem Weinglas.

»Soll ich noch etwas Wein bestellen?« fragte er mit einem Blick auf ihr fast leeres Glas.

»Nein, danke. Ich habe morgen zwar erst Spätschicht, aber trotzdem. Versuch nicht, das Thema zu wechseln. Warum bist du Militär geworden?«

Er sah wieder aufs Wasser hinaus, während er darüber nachdachte, ob er sich diese Frage auch nur selbst beantworten konnte. Eins hatte sich aus dem anderen ergeben. Der Alte hatte ihn während der Grundausbildung aufgefischt und ihm auf Kosten der Streitkräfte eine fünfjährige Ausbildung in den USA angeboten. Fünf Jahre später war ihm alles irgendwie selbstverständlich erschienen.

»Das läßt sich nicht so leicht beantworten«, sagte er und blickte immer noch aufs Wasser. »Aber zunächst war es so, daß ich mit einigen Genossen in Clarté und in der Kommunistischen Partei eine Eliteausbildung haben wollte, als wir unseren Wehrdienst ableisten sollten. Einige wurden natürlich vom Sicherheitsdienst enttarnt und schon früh ausgesondert, aber einige andere wurden Fallschirmjäger oder landeten bei der Küstenwache... nun ja, und später wollte ich in der Reserve bleiben, und so ist es auch gekommen, und dann bin ich irgendwann dabeigeblieben.«

»Bist du Kommunist gewesen?«

»Ja, das muß ich schon zugeben.«

»Und was bist du heute?«

»Offizier.«

»Ich meine politisch.«

»Das weiß ich nicht. Kein Kommunist, kein Sozi, kein Bourgeois, vor allem das nicht. Und wo stehst du selbst?«

»Sozi. Aber du hast meine Frage nicht beantwortet. Ich wollte nicht wissen, wie du Offizier geworden bist, sondern warum.«

»Das Verhör geht weiter?«

»Ja.«

»Ich glaube, es ist etwa so gewesen. Ich bekam eine teuflisch komplizierte Ausbildung, von der ich glaubte, sie auf ehrliche Weise nutzen zu müssen. Um diese Zeit waren die Sozis aber dabei, Schweden abzurüsten, weil sie sich vorstellten, man könnte die Russen durch schöne Reden in die Knie zwingen, statt sich um eine angemessene militärische Stärke zu bemühen... na ja, der kleine schwedische Igel, du kennst dieses Bild. Ich war damals der Meinung, nur so handeln zu können, das entsprach meiner Überzeugung.«

»Es ist immer der Mühe wert, die Freiheit zu verteidigen, und dieses Zeug?«

»Ja, aber für mich ist das kein Scherz.«

»Für mich auch nicht, Verzeihung. Ich habe es auch nicht so gemeint, auch wenn es sich so angehört hat. Aber wird man als Offizier nicht lausig bezahlt?«

»O ja, wohl ähnlich wie Polizisten.«

»Dann sollten wir uns die Rechnung lieber teilen.«

»Nein, kommt gar nicht in Frage, ich habe dich eingeladen.«

»Ein Offizier der alten Schule sollte einer emanzipierten Polizistin von heute nicht sagen, wie sie sich in Grundsatzfragen zu verhalten hat.«

»Es geht mir nicht um eine Grundsatzfrage«, entgegnete er und reichte einem vorbeieilenden Kellner ein Plastikkärtchen, »es geht um eine praktische Frage, um Gleichstellung und Gerechtigkeit.«

»Ich habe dich doch schon einen Tausender an Bußgeld gekostet.«

Beide lachten laut auf.

Doch als die Rechnung kam und er das Kreditkartenformular unterschrieben und die Hand nach der Rechnung ausgestreckt hatte, um sie zu zerknüllen, war sie schneller. Sie nahm die Rechnung in eine Hand und sah sie aus dem Augenwinkel an, während sie die andere Hand nach der Handtasche ausstreckte. Als sie den Betrag sah, hielt sie mitten in der Bewegung inne.

»Es ist der Wein«, stellte er fest. »Ich habe einen besseren Vorschlag. Beim nächsten Mal lädst du mich ein.«

»Was soll dieses Imponiergehabe? Was soll das?«

»Ich kann es mir leisten, du nicht.«

»Läuft das unter Werbungskosten?«

»Mit einer Polizistin, die mich beim Schnellfahren erwischt hat? Ich möchte den Finanzbeamten sehen, der das anerkennt. Nein, ich bin reich. Du kannst das Ganze als eine privatsozialistische Form des Ausgleichs ansehen. Beim nächsten Mal können wir ja bei dir zu Hause Kohlrouladen essen und Leichtbier trinken.«

Er streckte die Hand nach der Rechnung aus, die sie zwischen den Brüsten an den Körper gepreßt hielt, erwischte sie, zerriß sie und warf die Schnipsel in den Aschenbecher.

»Wie reich bist du genau?«

In ihrer Stimme lag plötzlich eine gewisse Schärfe. Zum ersten Mal an diesem Abend sah sie erkennbar wie eine Polizeibeamtin aus.

»Das weiß ich nicht«, erwiderte er leise.

»Dummes Gewäsch. Bist du Millionär?«

»Ja.«

»Wie viele Millionen?«

»Das weiß ich nicht. Das ist eine Frage der Buchführung oder, wenn man so will, eine philosophische oder politische Frage.«

»Und du bezahlst Steuern?«

»Ja, selbstverständlich. Du meinst auf mein Einkommen?«

»Ja, zum Beispiel.«

»120 Prozent, würde ich schätzen. Zufrieden?«

»Du bist also keiner von diesen Scheißkerlen, die ihr Einkommen auf Null herunterrechnen.«

»Nein, aber ich hätte gar nichts dagegen, mehr Steuern zu zahlen. Das ist allerdings komplizierter, als du glaubst.«

»Mehr als 120 Prozent?«

»Nun ja, aber entscheidend ist die Vermögenssteuer. Ich bezahle einiges an Vermögenssteuer, und deshalb ergibt das 120 Prozent auf mein mageres Gehalt, aber... hör mal, können wir nicht von etwas anderem sprechen?«

»Ist dir das Thema unangenehm?«

»Ja, und es würde mich wirklich traurig machen, wenn Sie mich jetzt nicht irgendwo zum Kaffee einladen, Frau Polizeiinspektor.«

»Bei mir?«

»Nein, nicht am ersten Abend. Laß uns in ein anderes Lokal gehen.«

Sie sah ihn mit einem vollkommen festen, neutralen Blick lange an. Dann lachte sie auf.

»Gar nicht so schlecht für so einen reichen Typen. Na schön, ich lade dich irgendwo auf Djurgården zum Kaffee ein.«

Sie gingen Arm in Arm den Strandvägen entlang. Sie hatte sich bei ihm mit dem linken Arm eingehakt und hielt ihre etwas zu schwere Handtasche in der rechten. Sie winkte ein paar Kollegen in einem vorbeifahrenden Dodge-Bus in Blau und Weiß zu. Da sie mit der Handtasche winken mußte, sah er deutlich, wie schwer sie war.

Sig-Sauer, dachte er. Sie hat die neue Dienstwaffe. Neun Millimeter und fünfzehn Schuß im Magazin, genau wie bei der Beretta.

Auf seinen Vorschlag hin betraten sie hinter der Djurgårdsbron das Gartencafé von Ulla Winblad. Sie sah sich ständig aufmerksam um, aber er fragte nicht weshalb. Vielleicht war das ein automatisches Verhalten, ohne jeden Hintergedanken.

Nur Kaffee zu bestellen war gegen die Bestimmungen, und da sie beide keinen Schnaps trinken wollten, bestellten sie Bier.

Als sie das Bier zur Hälfte ausgetrunken hatten, fragte sie, ob er mal einen Segeltörn mitmachen wolle. Sie teile sich mit einem knappen Dutzend Kollegen und Kolleginnen zwei kleine Hochseejachten, die nach einem komplizierten System allen zur Verfügung stünden. An diesem Wochenende würden fast alle dabei sein, sieben hätten sich angemeldet. »Ich als alleinstehendes Mädchen habe das Recht, einen Mann mitzubringen, vorausgesetzt, er kann einigermaßen segeln und ist nicht von der Säpo.«

»Warum das denn nicht?« fragte er erstaunt.

»Weil die irgendwie keine richtigen Bullen sind. Ziemlich dreiste Typen, und dann gibt es leicht Streit an Bord.«

»Aber Marineoffizier ist in Ordnung?«

»Ja. Kannst du beispielsweise navigieren?«

»Witzige Frage. Die nächste.«

»Übermorgen nachmittag um drei am Anleger von Stavsnäs. Kannst du kommen?«

Er sagte spontan zu, bevor ihm einfiel, daß er seiner Mutter und ihren Verwandten versprochen hatte, sie zum ersten Mal seit mehreren Jahren zu besuchen. Er beschloß jedoch auf der Stelle, diesen Besuch abzusagen und seinem Job die Schuld zu geben.

Später begleitete er sie in einem Taxi zum Haus in Spånga, das an einem See lag. Er stieg aus, hielt ihr die Wagentür auf und lehnte ab, als sie ihn zu einer Tasse Kaffee einladen wollte.

Er blieb noch die halbe Nacht auf, um Musik zu hören.

Seit einem halben Jahr hatte Carl seinen Arbeitsplatz oben im Ostflügel des roten Generalstabsgebäudes am Lidingövägen. Würde man der Arbeitsplatzbeschreibung sein ironisches Urteil zugrunde legen, war er in der Bürokratie des Nachrichtendienstes ein Mittelding zwischen Mädchen für alles und Chefsekretärin. Er war dem Chef des OP fünf unterstellt, was beide als vorübergehend betrachteten, solange die Operationsabteilung noch reorganisiert wurde. Diese war listigerweise in den hinteren Räumen von Hamilton Data System AB untergebracht, einem kleinen Unternehmen der Berater- und Buchhaltungsbranche, das nach außen hin Carl gehörte und sich einer verlustbringenden Tätigkeit widmete, die jedoch den Schein wahren half. Entscheidend war jedoch die Tätigkeit in den hinteren Regionen, zu denen nur Militärpersonal Zutritt hatte und wo die großen IBM-Maschinen herrschten.

Es war vermutlich ein origineller Zug beim schwedischen Nachrichtendienst, eine operative Abteilung mit einer Analyse- und Bearbeitungsabteilung zu kombinieren. Doch dafür gab es praktische Gründe. Sowohl Carl wie seine späteren Nachfolger hatten ihre Ausbildung in Kalifornien zum großen Teil in EDV-Technik und dem erhalten, was normalerweise und mit vorsichtiger Wortwahl als »operative Feldtätigkeit« beschrieben wurde. Am Tage ordentliche Beamte, die sich mit Analysen und EDV-

Programmen beschäftigen, und in der Nacht Meuchelmörder, wie Sam zu scherzen pflegte.

Zum Gesamtbild gehörte jedoch auch, daß »operative Feldtätigkeit« eine dem Umfang nach sehr bescheidene Pflanze im schwedischen Garten der Sicherheits- und Nachrichtendienste war. Besonders viele Meuchelmorde hatte es bislang nicht gegeben – auf schwedischem Territorium überhaupt nicht –, und für die gewalttätigen Zwischenfälle, an denen in den letzten Jahren »Personal des schwedischen Nachrichtendienstes beteiligt gewesen war«, wie es in der Aktensprache der Militärs hieß, war Carl so gut wie allein verantwortlich gewesen.

Es fiel Samuel Ulfsson nicht ganz leicht, sich eine persönliche Auffassung von Korvettenkapitän Hamilton zu bilden. Es ließ sich kaum vermeiden, über das Zwiespältige an ihm nachzudenken, über den jungen Mann einerseits, der höflich und wohlerzogen war wie ein Flaggenkadett, der ruhig und systematisch arbeitete und all seine seltsamen EDV-Listen zum rechten Zeitpunkt immer am rechten Ort hatte, und dem außerordentlich speziell ausgebildeten Saboteur und Mörder andererseits, der infolge des Zufalls der Umstände und zweifelsohne auch aus eigenem Antrieb ein professionelles israelisches Mörderkommando erledigt, eine westdeutsche Terroristenorganisation vernichtet, eine Flugzeugentführung verhindert und die Operation Big Red geleitet hatte, was in altmodischen Begriffen den größten militärischen Sieg Schwedens gegen Rußland seit der Schlacht bei Narwa darstellte.

Was macht der Kerl in solchen Situationen? fragte sich Samuel Ulfsson, während er in einigen Sekunden Carl mit seinem Bericht erwartete. Rannte er in eine Telefonzelle, um sich erst als Supermann zu verkleiden? Lag es nur an dieser fünfjährigen teuflischen Ausbildung in den USA? Wie viele Hamiltons hatten dann wohl die Amerikaner? Von den Russen ganz zu schweigen? Auf die Sekunde pünktlich klopfte es an Samuel Ulfssons Tür, was ihn nicht im mindesten erstaunte.

»Komm rein, Carl«, rief er und streckte die Hand nach seiner extraleichten Blend Ultima aus, die er auf Drängen seiner Frau rauchte.

»Guten Morgen, Herr Kapitän«, sagte Carl und nahm Haltung an, ohne dabei allzu demonstrativ oder nachlässig zu wirken.

»Setz dich, Carl, und außerdem genügt Sam, wenn wir unter vier Augen sprechen. Hast du Vorschläge?«

»Danke, Sam. Ja, ich habe eine Liste denkbarer Angaben gemacht, die publiziert werden könnten oder müßten, weil sie schon woanders veröffentlicht worden sind, sowie von Angaben, von denen ich meine, wir sollten sie für geheim erklären. Also, unter *wir* verstehe ich ...«

»Im großen und ganzen also uns beide, abgesehen vom Oberbefehlshaber und dem Marinechef, nicht wahr?«

»Ja, das ist richtig.«

Carl griff nach seiner Aktenmappe, der er drei Berichte mit Kopien entnahm, die er auf sechs Haufen verteilte, um dann mit seinem Vortrag zu beginnen. »Da gibt es mehrere kitzlige Probleme. Der Vierteljahresbericht des Oberbefehlshabers über Unterwasser-Operationen fremder Mächte, der kurzerhand zum Halbjahresbericht erklärt wurde, ist ohnehin schon zu spät erstellt worden. Einander widerstreitende Interessen machen es jedoch schwierig, einen konsensfähigen Text für die Veröffentlichung zusammenzustellen.«

»Würden die Politiker und bestimmte Teile der militärischen Führung«, fuhr Carl fort, »ihren Willen durchsetzen, dürfte überhaupt nichts über die Aktivitäten der Sowjetunion veröffentlicht werden. Hingegen würden andere Kreise der militärischen Hierarchie, vor allem bei der Marine, am liebsten alles veröffentlichen, was bekannt war, unter anderem die Namen und Nummern mehrerer sowjetischer und zweier polnischer U-Boote, die man mit Hilfe der EDV-Technik ebenso sicher identifizieren könnte wie Fingerabdrücke, sobald man nur Propellergeräusche von mehr als fünf Sekunden Dauer auf Band hat.«

Solche Angaben wollte der militärische Nachrichtendienst am liebsten insgesamt für geheim erklären. Möglicherweise hatte Schweden den Russen in technologischer Hinsicht nicht vieles voraus, doch mit den wenigen technischen Vorsprüngen, die Schweden besaß, sollte man nicht auch noch prahlen.

Und zu all diesen wohlbekannten Gegensätzen, die dazu führten, daß die Steuerzahler über das meiste in Unwissenheit gehalten wurden, kamen noch ein paar besondere Umstände, die Samuel Ulfsson schon gleich nach Carls Eintreffen angedeutet hatte.

Vor gut einem Jahr hatte »Personal in den operativen Abteilungen des schwedischen Nachrichtendienstes an einer geheimen Operation unbekannten Ausmaßes« teilgenommen, wie es im Jahresbericht des Oberbefehlshabers an die Regierung hieß.

Aus diesem Grund war es besonders interessant, Anzeichen von Unterwassertätigkeit in der Nähe der ehemaligen Stationen Bodisko, Tschitschagow und Apraksin zu studieren.

So war beispielsweise unbekannt, ob sich die Russen bemühten, Material und Tote nach Hause zu bringen. Oder ob sie versuchten, die Taktik woanders anzuwenden.

Carl hatte eine Liste mit Angaben, die im Hinblick auf diesen Aspekt für geheim erklärt werden sollten, sowie eine kürzere Liste von Ereignissen, beispielsweise der wie üblich mißlungenen Jagd im letzten Winter auf Unterwasserfahrzeuge in der Nähe von Vaxholm. Solche Informationen mußten veröffentlicht werden, weil sie schon einige Publizität erlangt hatten.

Carl hatte eine recht klare und einfache Einteilung vorgenommen, die in säuberlichem Computerausdruck vorlag, und Samuel Ulfsson sah schon nach kurzem Nachdenken ein, daß er das Ganze nur zu unterschreiben und an den Oberbefehlshaber weiterzuleiten brauchte. Nach nur vier Ultima Blend waren die beiden mit allem durch.

»Wie steht's, Carl, gefällt es dir bei uns?« fragte Samuel Ulfsson, als die Besprechung beendet und Carl dabei war, seine Kopien einzustecken, die ins Archiv sollten.

Carl machte ein überraschtes Gesicht, und da er seinem Chef schräg gegenübersaß, fiel sein Blick auf ein merkwürdiges Bild an der Längswand. Das Gemälde stellte die Zwangsrekrutierung eines Bauernknechts irgendwann im neunzehnten Jahrhundert dar. Der Junge hatte Holzschuhe an und sah ängstlich aus, wofür er vermutlich Grund hatte. Der Feldwebel hatte einen Säbel und einen Karolinerhut und sah sehr gebieterisch aus, wofür er wohl ebenfalls alle erdenklichen Gründe hatte.

»Nun, nicht in *jeder* Beziehung«, erwiderte Carl mit einem Kopfnicken zu dem Bild hin, da er gesehen hatte, daß sein Chef seinem Blick gefolgt war.

»Aber so gut wie in allen « beharrte Samuel Ulfsson.

»Nein, darum geht es mir nicht. Aber was wir jetzt tun, kommt mir nicht richtig vor. Ich sollte doch aufrichtig antworten und nicht höflich?«

»Aber ja, wir sind ja unter uns. Wieso?«

»Wir sitzen in Stockholm, unserer Hauptstadt, und sind dazu da, unser Land zu schützen und herauszufinden, was die Russen vorhaben und tun, aber die Bürger dürfen es nicht erfahren. Da draußen glauben die meisten, daß wir uns nur um Etatsteigerungen bemühen, und wir müssen alles für geheim erklären, damit die Steuerzahler nicht merken, daß sie eigentlich mehr Geld für die Verteidigung opfern müssen. Ich habe dabei ein unangenehmes Gefühl.«

»Kennst du irgendeinen zuverlässigen Journalisten?«

»Ja, ich glaube schon, zumindest einen.«

»Könntest du dir mal überlegen ... na ja, du weißt schon.«

»Zu einem bestimmten Zeitpunkt würden es sich wohl alle überlegen. Aber so weit bin ich noch nicht und Sie vermutlich auch nicht, Herr Kapitän.«

»Sam. Nenn mich Sam, wenn wir allein sind. Nein, ich wohl auch nicht. Aber bist du ungeduldig? Willst du wieder in die operative Abteilung zurück?«

»Nun ja ... hier ist es ziemlich lehrreich gewesen, aber ich bin nicht dafür geschaffen, in Papieren zu blättern.«

»Wofür bist du denn geschaffen, Carl?«

Samuel Ulfsson stellte seine Frage so sanft, daß sie sich vergiftet anhörte. Und sie blieb eine Weile in der Luft hängen, während er sich eine neue Zigarette anzündete.

»Nun, Carl?« beharrte er und blies eine Rauchwolke aus, die erstaunlich dick war. Immerhin entstammte sie einer rauch-, nikotin- und tabakfreien Zigarette, wenn man der Werbung glauben sollte.

Der muß die halbe Zigarette mit einem Zug reingezogen haben, dachte Carl, während er fieberhaft überlegte, wie er der Beantwortung entkommen konnte.

»Ich bin dafür geschaffen, Russen aufzuspüren, ihnen zuvorzukommen und ihnen, falls nötig, entgegenzutreten«, erwiderte Carl zögernd.

Samuel Ulfsson ließ ein herzerfrischendes Lachen hören.

»Entgegenzutreten! Wunderbar, Carl! Du meinst natürlich, ihnen den Hals durchzuschneiden?«

»Wenn ich solche Anweisungen erhalte, ja!« erwiderte Carl mit gespielter Heiterkeit. Die Angelegenheit kam ihm nicht im mindesten komisch vor.

»Mal im Ernst, Carl. Macht dir das mit den Tschekisten Kummer?«

»Daß sie mich verfolgen und beschatten?«

»Ja.«

»Nun ja, das hängt damit zusammen, daß ich im vergangenen Jahr keine falsche Identität benutzen durfte. Seit dieser Flugzeugentführungsgeschichte wissen sie ja, wer ich bin. Sie wollten wohl herausfinden, wo unsere operative Abteilung ihre Büros hat, und das dürften sie auch geschafft haben. Die Frage ist, ob sie auch unsere neue Adresse bekommen, indem sie mich verfolgen. Ich nehme doch an, daß ich wieder zurück soll?«

»Ja, natürlich. Aber es dürfte uns gelingen, ein Gegenmittel zu finden. Wichtig ist ja nicht, daß sie wissen, wo wir sitzen, sondern daß sie nicht wissen, was wir tun und denken und meinen. Wir haben jetzt schönes Wetter. Du solltest dir frei nehmen.«

»Dann haben die Russen in den Schären auch schönes Wetter.«

»Nun ja, in dem Fall werden wir dich holen müssen. Wir sehen uns beim Montagsvortrag. Ich danke dir für die Papierarbeit. Ach, das hatte ich dir noch gar nicht gesagt, du bist darin sehr gut.«

»Danke, Kap... danke, Sam.«

»Schönes Wochenende.«

»Ebenfalls, Sam.«

Carl ging zu seinem Arbeitsraum ein Stück weiter im Korridor zurück, räumte Arbeitsnotizen vom Schreibtisch, schob sie in eine Kunststofftüte, die er versiegelte und in einen Ausgangskorb für den Reißwolf legte, bevor er ging.

Am Abend widmete er in seinem verschlossenen Zimmer hinter der

Stahltür mit dem elektronischen Kombinationsschloß mehr als zwei Stunden einem wütenden Training. Er hatte entdeckt, daß er jetzt vierundneunzig Kilo wog, und das waren drei Kilo mehr, als er je gewogen hatte. Er hatte probeweise an der Taille einen Rettungsring herausgezogen oder zumindest ein Stück subkutanen Fettgewebes, das in seiner Vorstellungswelt einem Rettungsring entsprach, jedoch kaum in der seiner Umwelt.

Er war vierunddreißig Jahre alt und fühlte sich seit einiger Zeit alt und etwas steif und bearbeitete mit schwer zu begreifendem Zorn seinen dikken ledernen Sandsack mit den fast ausradierten Menschenumrissen mehr als eine Stunde lang.

Als er mit dem körperlichen Trainingsprogramm fertig war, schoß er zehn Serien mit einer kleinkalibrigen Pistole auf dem selbstgebauten Schießstand des Zimmers. Er war der Meinung, möglichst viel schießen zu müssen, wenn er verschwitzt und müde und wütend war, da er im Ruhezustand beim Schießen auf unbewegte Ziele allmählich viel zu gut wurde. Er war der Meinung, ein derartiges Training sei nützlich, da es in der Realität nur in Momenten der Erregung zu einem Schußwechsel kommen konnte.

Er hatte das Gefühl, als könnte er mit Hilfe einer Waffe auch sämtliche Gefühle zügeln. Sobald er das Magazin in den Kolben schob, überkam ihn eine ungewöhnliche Ruhe. Seine gesamte Konzentration und sein gesamter Wille ließen sich in einem Punkt vereinen, der Linie zwischen Korn und Kimme, die zu einem klaren Punkt verschmolzen, während das Ziel verschwommen im Hintergrund blieb.

Er schoß drei Serien mit fünfzig Punkten, vier Serien mit neunundvierzig und zwei mit achtundvierzig. Schießen war ja neuerdings die einzige Sportart, in der er sich behaupten konnte.

Als er seinen Trainingsraum verschlossen und geduscht hatte, trank er einen Liter Apfelsinensaft, kochte Tee und setzte sich eine Stunde mit Tee, flüssigem kalifornischem Honig und Bachs Goldberg-Variationen hin, die er zuletzt bei der unverhofften Bekanntschaft mit dieser bemerkenswerten Polizistin gehört hatte. Danach hatte der Nachschweiß aufgehört. Trotz der Wärme draußen verschloß er alle Fenster, ging ins Schlafzimmer, zog die Beretta unter dem Kopfkissen hervor und legte sie auf den Nachttisch. Zum ersten Mal seit langer Zeit schlief er fast sofort ein.

Als er aufwachte, wußte er nicht, warum oder wie lange er geschlafen hatte. Er fühlte nur, daß er plötzlich gespannt und hellwach war. Automatisch streckte er die Hand nach seiner Pistole aus, zog sie unter die Bettdecke und entsicherte sie mit einer Bewegung.

Dann richtete er sich vorsichtig auf und dachte nach.

Er hatte keinen Alptraum gehabt. Er sah auf die Uhr. Es war kurz nach drei.

Die Laken fühlten sich weich und kühl an. Er hatte nicht geschwitzt. Trotzdem saß er jetzt hellwach mit einer Pistole in der Hand da.

In der Stille konnte er das Ticken der Wanduhr draußen im Flur hören. Er spürte jedoch die Anwesenheit von etwas Fremdem und war sicher, sich nichts einzubilden.

Da hörte er die ersten deutlichen Laute.

Jemand ging leise durch den Flur; Carl konnte nichts erkennen, weil die Schlafzimmertür halb geschlossen war.

Er wälzte sich leise aus dem Bett, zerknüllte Decke und Kopfkissen, so daß ein Eindringlich glauben konnte, da läge jemand, und bewegte sich mit nackten Füßen zu der gegenüberliegenden Wand, um mit erhobener Waffe neben der Tür stehen zu können.

Jetzt erst konzentrierte er sich wieder aufs Lauschen. Der Eindringling hatte die Bibliothek betreten.

Carl warf einen vorsichtigen Blick in den Flur und sah den Lichtschein einer Taschenlampe in der Bibliothek. Da war jemand. Jemand hatte sich nachts mit einem Nachschlüssel Zutritt verschafft und suchte in der Bibliothek nach etwas, obwohl sich dort nichts anderes als Bücher, Platten mit klassischer Musik und etwas Schnaps befanden, und dieser selbe Jemand hatte sich nicht mal vergewissert, daß die Wohnung leer war, bevor er mit der Arbeit begann.

Das erforderte einiges Nachdenken. Das Verhalten des Eindringlings war gegen alle Regeln.

Carl zog sich behutsam ein paar Hosen an, vergewisserte sich, daß er nichts Spitzes in den Taschen hatte, spannte den Gürtel fest und schob die Schlafzimmertür vorsichtig mit der linkten Hand auf. Sie öffnete sich lautlos; Carl verabscheute quietschende Türen und hielt sie immer gut geölt.

Er schlich sich vorsichtig in den Flur, der zu diesem Zeitpunkt der dunkelste Platz der Wohnung war. Draußen sangen die Amseln. In der Bibliothek mußte es hell sein, was eine Taschenlampe überflüssig machte.

Er ging an der geschlossenen Eßzimmertür vorbei und sah, daß der Schlüssel wie gewohnt im Schloß steckte. Die Tür war folglich verschlossen.

Als er nur noch einen Meter von der Ecke zwischen Flur und Bibliothek entfernt war, spannte er den Hahn seiner Pistole, holte tief Luft und ging schnell und leise mit vorgehaltener Waffe um die Ecke.

Vier Meter entfernt war eine männliche Person dabei, das Schloß seines antiken Schreibtischs mit einem Nachschlüssel zu öffnen. Daneben lag die Taschenlampe. Der Mann hatte langes helles Haar, ausgefranste

Jeans und Turnschuhe mit Streifen; einer der Schuhe war nachlässig zugeschnürt, so daß die Schnürsenkel bis auf den Boden hingen.

Ein Amateur, dachte Carl, ein gottverdammter Amateur ist dabei, mitten in der Nacht meine Schreibtischschublade zu knacken. Einen Amateur darf ich nicht weidwund schießen.

Carl ging vorsichtig einen Schritt zurück um die Ecke und versuchte nachzudenken. Dann sicherte er die Pistole mit beiden Händen, ohne daß sie dabei klickte, und entschloß sich dann zu zwei Dingen. Erst ging er zur Wohnungstür, schloß das obere Schloß zu und steckte den Schlüssel ein. Dann ging er zurück und entdeckte dabei, daß die Fernbedienung des Fernsehgeräts aus irgendeinem Grund auf dem Zeitungstisch im Flur lag. Er nahm sie an sich und ging in den Teil des Flurs zurück, der sich zur Bibliothek hin erweiterte.

Der Mann war immer noch dabei, sich an dem Schreibtischschloß zu schaffen zu machen, und drehte Carl den Rücken zu. Neben der Taschenlampe lag eine große Kamera.

Carl grübelte kurz darüber nach, wie er die Szene deuten sollte. Doch dann zuckte er die Achseln und drückte auf die Fernbedienung, was den Fernseher sofort losrauschen ließ. Der Mann zuckte zusammen, sah sich um, entdeckte den Fernseher und ging auf ihn zu. In diesem Augenblick schaltete Carl das Licht des Kronleuchters an, hielt die Pistole vor sich und wartete ruhig darauf, entdeckt zu werden. Der Abstand betrug fünf Meter, und die Lage war damit vollständig unter Kontrolle.

Der Mann, der sich jetzt umdrehte und Carl erschreckt ansah, schien in einem unbestimmten Alter zwischen dreißig und vierzig zu sein. Er trug eine abgetragene Lederjacke, riß verängstigt die Augen auf, und die stark vergrößerten Pupillen ließen vermuten, daß er unter Drogen stand. Als er die große schwarze Pistole in Carls Hand entdeckte, hob er sacht die Hände und mußte sich zusammennehmen, um etwas sagen zu können.

»Schieß nicht, schieß nicht, zum Teufel«, sagte er mit gesprungener, heiserer Stimme.

Carl betrachtete ihn stumm und dachte nach.

»Runter auf den Fußboden, Gesicht auf den Boden und Arme und Beide ausstrecken«, befahl er schließlich.

Der andere gehorchte blitzschnell. Carl ging zu ihm hinüber und nahm ihm einen großen Schraubenzieher, zwei Spritzen und ein dickes Schlüsselbund ab. Er warf die Sachen auf den Schreibtisch.

»Bleib liegen. Beweg dich nicht, denn sonst schieß ich dir den Schädel runter«, befahl er und ging schnell zu seinem verschlossenen Raum. Er öffnete die vordere Eichentür, tippte den Code des Schlosses zur Innentür aus Stahl, betrat das vollkommen dunkle Zimmer, öffnete einen seiner Waffenschränke und riß ein paar amerikanische Handschellen an sich.

Zu seinem Erstaunen lag der Mann in der gleichen Stellung da, in der er ihn verlassen hatte; Carl hatte sich schon darauf eingestellt, in den Flur gehen und den Mann von der verschlossenen Wohnungstür reißen zu müssen.

Carl legte dem Mann die Handschellen an, so daß er das ganze Bündel an den Armen zu einem Sofa am hinteren Ende der Bibliothek schleifen konnte, auf das er sein Opfer warf.

Er schaltete eine Tischlampe ein und setzte sich in einen Sessel dem Mann gegenüber hin.

»Bist du Bulle?« fragte der Eindringling mit einem ebenso plötzlichen wie schwer verständlichen Optimismus in der Stimme.

»Nein, bedaure, die Freude kann ich dir nicht machen. Du hast es erheblich schlechter getroffen. Jetzt wollen wir uns mal unterhalten, du und ich, und wenn ich erfahre, was ich wissen will, kann ich dir die Bullen ersparen.«

»Den Teufel auch. Ruf lieber die Bullen an«, entgegnete der andere trotzig.

Carl beugte sich vor und zog dem Dieb die Brieftasche aus der Jacke. Er entnahm ihr eine Monatskarte für den Bus und ein Methadon-Rezept, die beide auf den gleichen Namen ausgestellt waren.

»Wie heißt du?« fragte er. »Und welche Geburtsnummer hast du?«

»Das kann dir doch scheißegal sein, du mieser Wichser, ruf lieber die Bullen an«, entgegnete der andere mit sichtlich gestiegenem Selbstvertrauen in der Stimme.

Carl seufzte und stand auf. Dann trat er schnell zwei Schritte vor und schlug dem anderen mit dem Handrücken quer über Gesicht und Nase, mehr um ihn einzuschüchtern, als ihn zu verletzen.

»Wie heißt du und welche Geburtsnummer hast du?« brüllte er.

»Ich werde dich wegen Mißhandlung im Amt anzeigen, du Scheißkerl...«

Carl schlug erneut zu, diesmal bedeutend härter. Als der andere wieder zu sich kam, antwortete er.

»640117-1279, Kenneth Henrik Carlsson, Carlsson mit C. Und ruf jetzt die Bullen an, du Arschloch.«

Carl steckte nachdenklich die Pistole wie gewohnt in den Hosenbund auf dem Rücken. Warum wollte der Dieb unbedingt von der Polizei abgeholt werden?

»Ja, ich werde die Polizei anrufen«, sagte er und ging zum Schreibtisch hinüber. Er nahm den Hörer ab und wollte gerade die Nummer wählen, als ihm aufging, daß er nur die Nummer der Sicherheitspolizei kannte. Die normale Polizei hatte er noch nie angerufen.

»Kennst du die Nummer?« fragte er mit einem Lächeln.

Er bekam die Nummer und verlangte die Wachhabende in der Revierwache 1. Sie nahm selbst ab. »Hallo, ich bin es, Carl. Ich brauche deine Hilfe bei etwas.«

»Du kommst doch morgen, oder?«

»Ja, ich komme wie verabredet, aber kannst du jetzt im Fahndungsregister einen Dieb für mich raussuchen?«

»Das ist nicht öffentlich.«

»Ich weiß, aber ich habe den Dieb bei mir und möchte gern seine Identität feststellen.«

»Soll ich einen Wagen vorbeischicken und ihn abholen lassen?«

»Nun ja, er scheint selber nichts anderes zu wünschen, und das liegt wohl daran, daß ihr ihn sofort wieder laufen laßt. Bevor ich ihn rausschmeiße, muß ich aber etwas über ihn wissen.«

»Er bedroht dich doch nicht irgendwie? Hast du die Lage unter Kontrolle?«

»Ja, absolut.«

»Na schön. Wie heißt er?«

»640117-1279 Kenneth Henrik Carlsson», las Carl von dem Methadon-Rezept ab.

Sie blieb ein paar Minuten weg. Carl legte den Hörer beiseite und zog die Vorhänge am Erkerfenster der Bibliothek zurück. Er betrachtete kurz die Umgebung des Hauses, sah jedoch nichts Verdächtiges. Dort unten auf dem Kopfsteinpflaster waren St. Georg und der Drache in ihrem ewigen Kampf allein. Über den Hausdächern hatte Carl fast freie Sicht auf Skeppsholmen und die drei Masten der af Chapman. Er öffnete die Fenster, und das einzige, was zu hören war, waren Amseln und ein paar vereinzelte Autos unten auf der Skeppsbron.

»Ja, das ist eine lange Geschichte, das hier«, seufzte Eva-Britt Jönsson, als sie wieder am Telefon war. »Willst du alles im Detail oder nur ein allgemeines Bild. Was meinst du?«

»Ich möchte ganz allgemein wissen, was für ein Typ er ist. Das würde mir genügen«, erwiderte Carl mit einem Blick auf seinen mürrischen Gefangenen.

»Tja... etwas mehr als dreißig Punkte im Strafregister. Diebstahl, Drogenvergehen, schwerer Diebstahl, Mundraub, Bedrohung, Drogenvergehen, Raubüberfall, Diebstahl, schwerer Diebstahl, Mundraub, Widerstand gegen die Staatsgewalt, und so weiter. Wird Kenta genannt, kein Gewaltverbrecher, Dieb und drogensüchtig, bekommt legale Methadon-Zuteilungen... Genügt das? Netten Besuch hast du da.«

»Besondere Kennzeichen?«

»Laß mich mal sehen... ja, Tätowierungen an den Unterarmen, wie sie Knastbrüder haben. Eine der Tätowierungen auf dem linken Unterarm ist eine Art Kreuz mit einer Kompaßrose, und um das Handgelenk steht ›Kicki‹.«

»Das genügt. Wir sehen uns morgen.«

»Bist du sicher, daß wir ihn nicht abholen sollen?«

»Aber ja. Das hat keinen Sinn. Er hat nicht die Zeit gehabt, etwas zu klauen. Wir sehen uns morgen.«

Carl wartete die Antwort nicht ab, sondern legte auf. Dann holte er den kleinen Schlüssel für die Handschellen hervor, ging zu dem Dieb hinüber und schloß die linke Handschelle auf. Er schob seinem Gefangenen den linken Hemdsärmel hoch und stellte fest, daß sich dort die angegebenen Tätowierungen befanden. Dann schloß er die freie Handschelle um das eine Bein des Sofas, so daß sein Gefangener gezwungen war, mit ausgestrecktem rechten Arm am Fußboden vornübergebeugt dazusitzen. Dann ging Carl zum Schreibtisch hinüber und musterte kurz die dort liegenden Gegenstände. In dem Schlüsselbund, das er dem Dieb aus der Tasche genommen hatte, war Carls Türschlüssel mit der Zahl drei bezeichnet. Das war ein entscheidender Hinweis.

Er ging ins Schlafzimmer, zog sich Hemd, Strümpfe und Schuhe an und kehrte dann in die Bibliothek zurück. Er blieb mitten auf dem Fußboden stehen. Der Dieb sah jetzt eher wütend als ängstlich aus.

»So, Kenta, jetzt müssen wir beide ein ziemlich langes Gespräch führen«, begann er, wurde jedoch sofort unterbrochen.

»Den Teufel auch, du darfst bloß die Bullen anrufen, sonst ist das Freiheitsberaubung. Das ist ein Verbrechen, das in der Gesellschaft als ziemlich ernst gilt. Ich bin nur ein kleiner Dieb, ich kriege also keine Strafe, aber du kriegst Ärger an den Hals, wenn du mich nicht freiläßt.«

Carl mußte unwillkürlich lächeln. Was der Dieb sagte, war grundsätzlich wahr. Sein eigenes *Verbrechen* konnte ohne jeden Zweifel als ernster gelten als versuchter Diebstahl.

»Nun ja«, sagte er zögernd. »Du hast wohl nicht kapiert, in welcher teuflischen Klemme du dich befindest. Ich kann mir vorstellen, daß du nicht weißt, wer ich bin?«

»Ist mir doch scheißegal. Ruf lieber die Bullen an. Du hast kein Recht, mich zu vernehmen.«

»Willst du was zu trinken? Whisky, Wein, Bier?«

»Ein Schnäpschen wär' nicht übel, aber dann mußt du mir diese verfluchten Handschellen abnehmen«, erwiderte der Dieb mit plötzlich aufblitzendem Optimismus in den Augen.

Carl warf einen Seitenblick auf die offenen Fenster. Nach einer Ganovenjagd über die Dächer von Gamla Stan, der Altstadt, war ihm jetzt nicht zumute. Er schloß zunächst die Fenster, holte dann eine Flasche Jack Daniels und zwei Gläser hervor, goß ein Glas halbvoll, bedeckte beim anderen nur den Boden mit Whisky, stellte beide Gläser auf den Tisch vor dem Sofa mit dem Gefangenen. Dann legte er eine Platte auf, schloß die Handschellen auf und zog einen Sessel heran, so daß beide Männer nur einen Meter voneinander entfernt waren.

»Skål, Kenta«, sagte Carl und hob sein Glas, während er den Dieb betrachtete, der sein Glas zögernd an die Lippen führte, einen Schluck trank, das Glas abstellte und sich abwartend die Handgelenke zu massieren begann. Der Mann war ohne Zweifel ein richtiger Dieb. Er sah wachsam, ängstlich und gammelig aus, hatte einen schlechten Teint und verströmte einen ziemlich unangenehmen Geruch.

»Jetzt ist es so, Kenta, hier kommst du erst weg, wenn ...«, versuchte Carl so sanft wie möglich zu beginnen, wurde jedoch sofort unterbrochen.

»Hör mal, was soll das? Ich bin kein Singvogel, ich bin Profi, kapiert? Hier wird weder mit dir noch mit irgendeinem Arsch von Bullen gequatscht.«

»Doch, Kenta. Unterbrich mich nicht. Du wirst schon hören.«

Carl machte eine Pause, bevor er fortfuhr.

»Wenn du ein gewöhnlicher Dieb bist, der einen gewöhnlichen Einbruch zu begehen versucht, hast du recht mit dem, was du sagst. Für den Einbruch Nummer 2000 oder worum es sich bei dir auch handeln mag, gibt es keine Strafe. Nein, hör jetzt zu! Also ... ich bin Offizier und arbeite im Generalstab, und meine Arbeit hat sehr viel mit militärischen Geheimnissen zu tun. Du kommst mit einem Schlüssel her, gehst auf direktem Weg zu einer bestimmten Schreibtischschublade. Du bist nicht hier, um etwas zu stehlen, dann hättest du nur den Schraubenzieher genommen und die Schublade aufgebrochen. Dies ist kein gewöhnlicher kleiner Bruch, Kenta. Ob du es weißt oder nicht, du arbeitest für eine fremde Macht. Und das nennt man weder Einbruch noch schweren Diebstahl, das nennt man Spionage. Dafür und für ein paar andere Dinge, die du verbrochen hast, gibt es nicht ein paar Monate, die du auf einer Backe absitzen kannst, sondern du riskierst zehn Jahre Gefängnis. Verstehst du, wovon die Rede ist?«

»Nee, ich kapiere gar nichts«, erwiderte der Dieb mit greifbarer Angst in der Stimme.

»Doch, Kenta, du kapierst sehr wohl. Dies bedeutet auch, daß du nicht bei den gewöhnlichen Bullen landen wirst. Erst prügele ich hier die Wahrheit aus dir heraus, und bilde dir bloß nicht ein, du könntest mich wegen Polizeibrutalität oder derlei anzeigen. Wenn es um die Sicherheit des Reiches geht, gelten die üblichen Vorschriften nicht. Dann verfrachte ich dich an irgendeinen finsteren Ort, an dem du ein paar Monate lang verhört werden wirst, bis wir alles wissen, und dann darfst du eine ziemlich lange Strafe absitzen. Nein, unterbrich mich nicht. Das ist die unangenehme Möglichkeit, die wir haben. Jetzt will ich von der angenehmen erzählen. Du bist Dieb, nicht wahr. Jemand hat dich angeheuert. Dir ist nicht klar gewesen, welches Risiko dieser Jemand dir auferlegt hat. Wir wollen aber nicht dich, denn du bist nur ein Dieb. Wir wollen die Leute schnappen, die dich angeheuert haben.«

»Ich bin kein Singvogel...«

Die Stimme klang sehr zögernd. Carl nahm das Glas, prostete dem Dieb zu, der einen reellen Schluck nahm, ging zum Schreibtisch und fingerte an der großen Kamera herum, die dort lag. Es war eine Polaroidkamera, die jeder Amateur bedienen konnte.

»Du solltest hier etwas fotografieren, Kenta. Anschließend solltest du alles wieder so herrichten, wie du es vorgefunden hast. Ich weiß, woher der Schlüssel stammt, den man dir gegeben hat, um hier reinzukommen. Nun, Kenta? Was solltest du fotografieren? Doch wohl keine geheimen Akten?«

»Nein, so was nicht. Es kam mir ein bißchen verrückt vor, aber ich hab doch nicht kapiert, daß man das als Spionage oder so bewerten kann. Mit U-Booten oder so hat es ja gar nichts zu tun.«

»Nun, was solltest du denn fotografieren?«

Carl setzte sich wieder in seinen Sessel und sah den Dieb an, während dieser mit seiner Diebesehre und seiner Angst kämpfte. Am Ende gewann die Angst die Oberhand.

»Das waren doch nur so ein paar Scheißmedaillen. Wie soll das denn Spionage sein?«

»Medaillen?«

»Ja, die sollten da in der Schublade liegen.«

Carl stand auf und ging nachdenklich wieder zum Schreibtisch. Es stimmte. In der Schublade lagen einige private Papiere, doch hinten befanden sich auch einige blaue Etuis mit Carls gesammelten Auszeichnungen. Er hatte es inzwischen selbst schon fast vergessen.

Er wählte einen Schlüssel aus dem Schlüsselbund aus, das der Dieb bei sich gehabt hatte, öffnete die Schublade und holte die Etuis hervor. Er wählte eine Schachtel mit den Initialen RF, öffnete sie, ließ das Kommandeurskreuz der Ehrenlegion am Zeigefinger baumeln und hielt es dem verblüfften Dieb hin.

»Solche Dinger, waren es die, die du fotografieren solltest?«

»Ja, und was ist schon dabei? Das ist doch kein Grund zum Jammern. Es ging um eine Wette.«

»Worum hatten sie gewettet?«

»Na ja, es ging um diese kleinen gelben runden Dinger, ob es eins oder zwei sind.«

Carl ging zum Schreibtisch zurück, entnahm ihm eine zweite Schachtel, öffnete sie und kehrte dann mit der königlich schwedischen Medaille für Tapferkeit im Feld zurück, die er an dem kleinen blaugelben Seidenband zwischen Zeigefinger und Daumen hielt und vor der Nase des Diebs baumeln ließ.

»Es ging also um die hier?«

»Ja, da soll etwas über Tapferkeit oder so was stehen.«

»Und das war das Wichtige?«

»Ob es eine Medaille oder zwei sind. Darum hatten sie gewettet.«

»Wer hatte gewettet?«

»Woher zum Teufel soll ich das wissen?«

Carl warf die Medaille auf den Couchtisch und goß seinem Gefangenen einen neuen Whisky ein. Dann verstummte er für einige Zeit und dachte nach. Es hatte den Anschein, als lauschte er der Musik, immer noch Bachs Goldberg-Variationen. Er hatte vergessen, die Platte wegzulegen.

Der Dieb Kenta trank vorsichtig von dem Whisky. Schließlich schien der Kerl sich entschieden zu haben.

»So ist die Lage«, begann Carl in entschlossenem Ton. »Es ist der sowjetische Nachrichtendienst, der behauptet, es gehe um eine Wette. Die wollen bestimmte Informationen über mich, bei denen es um mehr geht, als du ahnst. Ich kann dir nicht sagen, worum es geht, denn das, was die Russen sich verschaffen wollen, sind Erkenntnisse über Geheimnisse des Reiches. Damit erhebt sich jetzt die Frage, was wir tun. Wieviel wollten sie dir übrigens bezahlen?«

»Dreitausend. Erst tausendfünfhundert und dann tausendfünfhundert bei der Ablieferung des Bilds.«

»Wo hast du deine tausendfünfhundert?«

»Hab das meiste verknallt. Ich hatte einige Schulden und so.«

»Hm. Du hast sicher nichts dagegen, die restlichen fünfzehnhundert auch noch zu kassieren.«

»Nee, natürlich nicht. Aber ich bin ja kein Spion. Ich bin ein ehrlicher Dieb, aber kein gottverdammter Spion.«

»Es freut mich, daß du Patriot bist. Ich kann dir folgenden Vorschlag machen. Wir machen ein Bild für sie. Du lieferst und bekommst dein Geld, läßt aber keinen Ton darüber verlauten, daß du gesungen hast. Aber ich muß erfahren, wer dir den Auftrag gegeben hat, und das mußt du auf Band sprechen.«

»Hältst du mich für völlig bescheuert? Soll ich hier zugeben, daß ich Spion oder so was bin und mich dann einbuchten lassen? Nie im Leben.«

»Nein, es ist genau umgekehrt. Wenn du für mich arbeitest, wirst du urplötzlich schwedischer Agent. Dann kannst du nur noch reinfallen, wenn du gegen deine Schweigepflicht verstößt, denn dann würdest du mit dem Feind zusammenarbeiten. Aber solange du schwedischer Agent bist, begehst du kein Verbrechen.«

»Kann ich das schriftlich haben?«

»Nein, natürlich nicht, das bekommt niemand. Aber wenn du ein Weilchen wartest, kannst du ein militärisches Formular ausfüllen.«

Carl stand auf und ging in sein Allerheiligstes. Er öffnete den zweiten großen Waffenschrank. Auf einem der obersten Regale lag ein dünner Stapel Formulare mit der Aufschrift Generalstab Nr. 107 in der linken unteren Ecke. Das Formular hieß »Urkunde über die Verpflichtung zur Wahrung der Schweigepflicht« und war auf kleine Gauner in der Gegend von Stockholm anwendbar, was schon aus den einleitenden Sätzen hervorging: »Ich bin an diesem Tag von ... darauf hingewiesen worden, daß ich nicht befugt bin, unbefugten Dritten über geheime Daten und Vorkommnisse Mitteilung zu machen, weder während meiner Arbeit noch nach deren Abschluß. Was die Sicherheit am Arbeitsplatz betrifft, die Handhabung von Akten geheimen Inhalts sowie sonstige Vorsichtsmaßnahmen habe ich besondere Anweisungen erhalten ...«

Carl mußte an sich halten, um nicht loszukichern, als er sich an den Schreibtisch setzte und seinen Namen und den Kentas hinschrieb. Es war unleugbar eine interessante Frage, was im Fall Kenta »während meiner Arbeit oder nach deren Abschluß« bedeutete. Doch grundsätzlich wurde jetzt ein echtes Dokument aufgesetzt.

»So«, sagte er, als er zu Kenta zurückging und ihm das Formular auf den Tisch legte. »Lies das sorgfältig durch, und dann unterschreibst du ganz unten. Und beachte die letzten Zeilen vor deiner Unterschrift: ›Mir ist bekannt, daß ein Bruch dieser Schweigepflicht eine Strafe nach sich zieht, auch wenn dies nur fahrlässig und ohne verbrecherische Absicht geschieht.‹ Unterschreib das, dann bist du ein schwedischer Agent. Nun ja, nur in diesem besonderen Fall, und das einzige Verbrechen, das du begehen kannst, ist, daß du über mich singst. Im übrigen bist du davongekommen. Wie findest du das?«

Der Dieb beugte sich gespannt vor und las den Text zweimal langsam durch. Dann nahm er Carl feierlich den Füller aus der Hand und setzte seine Unterschrift zögernd an die vorgesehene Stelle.

Carl nahm ihm Formular und Füller ab und unterschrieb als Offizier, der die Urkunde entgegengenommen hatte.

»So«, sagte er, »jetzt können wir mit der Arbeit anfangen. Willkommen beim Geheimdienst Seiner Majestät.«

Fröhlich vor sich hinpfeifend kehrte er in das Allerheiligste zurück und holte einen kleinen Kassettenrekorder, den er auf dem Rückweg in die

Bibliothek ausprobierte. Er legte ihn auf den Tisch, schaltete ihn ein und begann:

»Heute ist Freitag, der 17. Juni, 3.26 Uhr. Wir befinden uns zu Hause in meiner Wohnung, Korvettenkapitän Carl Hamilton, bei mir sitzt ein Dieb... äh, 640117-1279 Kenneth Henrik Carlsson, der in der Absicht, für andere Auftraggeber in meiner Wohnung einige Fotos zu machen, bei mir eingedrungen ist. Stimmt das, Kenneth?«

»Läuft dieser verdammte Kassettenrekorder jetzt mit?«

»Ja. Ich frage dich, ob es stimmt.«

»Natürlich stimmt es.«

»Von wem hast du den Auftrag erhalten, bei mir zu fotografieren, Kenta?«

»Von einem Typ namens Lelle.«

»War es dieselbe Person, die dir den Schlüssel zu meiner Wohnung gegeben hat?«

»Ja. Er sagte, du wärst übers Wochenende verreist.«

»Wir sprechen also von einem Mann, der etwa dreißig Jahre alt ist, 1,75 Meter groß, von kräftigem Körperbau mit schwarzem, lockigem Haar?«

»Ja, das ist die richtige Personenbeschreibung.«

»Was solltest du fotografieren?«

»Deine Medaillen... die da hinten in deiner Schreibtischschublade liegen.«

»Worauf solltest du beim Fotografieren besonders achten?«

»Ob es von diesen runden gelben schwedischen Dingern nur eins gibt oder zwei. Ich sollte alle Medaillen nebeneinanderlegen und eine Aufnahme von allen machen. Dann sollte ich alles zurücklegen. Es sollte also nichts geklaut werden.«

»Nein, verstehe. Was solltest du dafür erhalten?«

»Dreitausend. Die Hälfte gleich, die andere Hälfte bei Lieferung.«

»Was weißt du über den Auftraggeber dieses Lelle?«

»Nichts. Er sagte, ein paar Figuren hätten gewettet. Sie seien neidisch auf dich oder so was, und außerdem sei es nicht gefährlich und nicht mal Diebstahl.«

»Danke, das genügt, Kenta.«

Carl stellte den Kassettenrekorder ab und trat wieder an den Schreibtisch. Er legte das deutsche Bundesverdienstkreuz darauf, das Kommandeurskreuz der französischen Ehrenlegion und eine seiner zwei schwedischen Tapferkeitsmedaillen; die zweite versteckte er diskret in der Schublade. Dann machte er ein Foto von der etwas reduzierten Medaillensammlung und wartete ab, bis das Bild klar wurde. Auf dem Foto waren sowohl die Auszeichnungen als auch ein Teil der Wohnung zu sehen.

»Das dürfte genügen«, sagte er. »Das ist das Bild, das du liefern sollst. Aber von dir will ich jetzt auch ein Bild haben. Komm her, stell dich neben die Medaillen.«

Kenta Carlsson gehorchte widerwillig. Carl machte zunächst ein Foto, doch dann fiel ihm etwas ein. Er ging in den Flur und holte *Dagens Nyheter*, die Zeitung, die unter dem Briefschlitz lag, und steckte sie dem widerwillig posierenden Kenta in die Hand. Dann machte er ein neues Foto.

»So, Kenta, jetzt kann es losgehen. Du hast nur noch eins zu tun. Du lieferst dieses Bild, so wie es deine Auftraggeber erwarten. Dann kassierst du deine restlichen tausendfünfhundert und versuchst anschließend, die ganze Geschichte zu vergessen. Wenn sie von dir aber irgendeinen weiteren Einbruch erwarten, mußt du von dir hören lassen. Dazu bist du als schwedischer Agent verpflichtet, vergiß das nicht. Und kein Wort nach draußen. Du hast dich schriftlich zum Schweigen verpflichtet.«

»Ist das alles? Hab ich dann wieder eine weiße Weste?«

»Ja, wenn du die Schnauze hältst und nur das Bild ablieferst und sagst, es sei alles nach Plan verlaufen. Dann passiert dir nichts. Wenn du aber plapperst, gehst du in den Knast. Kein Singen, kein Plappern und keine Prahlerei in der Stadt, du seist ein Geheimagent oder so was. Sind wir uns einig?«

»Teufel auch, ja, abgemacht. Kann ich noch einen Schnaps haben?«

Carl befand sich in seinem vorläufigen, jedoch zunehmend vertrauter werdenden Dienstzimmer im OP fünf lange vor Dienstbeginn um acht Uhr morgens. Er schwitzte immer noch nach seinem Trainingsprogramm im Allerheiligsten; er hatte sich entschlossen, sich keine Ausreden mehr zu gönnen, was sein Training betraf, bevor die drei überflüssigen Kilo verschwunden waren.

Eine seiner ersten Amtshandlungen an diesem Morgen bestand darin, ein Antragsformular auszufüllen, um das Register der Sicherheitspolizei einsehen und eventuelle Angaben über seinen eigenen Hausmeister erhalten zu können, Lars-Erik Sundberg, der sich bei bestimmten Anlässen offenbar Lelle nannte.

Carl hatte vergessen, dem Hausmeister mitzuteilen, daß er doch nicht vier Tage verreist sein würde und daß Sundberg die Blumen nicht zu gießen brauche. Der Gedanke an vertrocknete, tote Blumen verursachte bei Carl ein Gefühl großen Unbehagens, seit er von einem unerwartet langen und unangenehmen Aufenthalt in Westdeutschland zurückgekommen und seine sämtlichen Blumen auf Zeitungspapier vor dem Sofa in der Bibliothek tot vorgefunden hatte.

Der Hausmeister hatte zu Beginn seiner beruflichen Laufbahn einigen linken Gruppierungen angehört. FNL und derlei. Dann hatte er einige

Zeit bei der winzigen Stockholmer Sektion der moskautreuen Norrbotten-Kommunisten zugebracht, um anschließend alle Kontakte mit der Linken abzubrechen. Er verdiente seinen Lebensunterhalt als eine Art Künstler und als Hausmeister in Carls Immobiliengesellschaft.

Wahrscheinlich war er das direkte Bindeglied mit den Russen.

Carl brachte einen einigermaßen vollständigen Bericht zu Papier, fertigte drei Kopien an, für den Chef von OP fünf, Sam, für den Chef des militärischen Abschirmdienstes beim Generalstab sowie für den Chef seiner Abteilung, Fregattenkapitän Lallerstedt.

Carl legte alle drei Berichte kurz nach zehn Uhr auf Samuel Ulfssons Schreibtisch und brachte so eine vierstündige Konferenz mit Samuel Ulfsson und Oberstleutnant Borgström in Gang, dem Chef des militärischen Abschirmdienstes.

Borgström war der Meinung, die Sache solle sofort der zivilen Sicherheitspolizei übergeben werden, damit sie sich diesen Hausmeister schnappen oder zumindest eine Fahndung nach ihm einleiten könne. Schließlich, bemerkte er, erhalte man nicht jeden Tag einen sicheren Tip über einen sowjetischen Agenten.

Carl wandte sich entschieden gegen den Vorschlag. Der Agent sei schon enttarnt, und man könne ihn sich jederzeit schnappen, zumindest bei einer passenderen Gelegenheit. Der Mann habe jetzt jedoch einige Angaben erhalten, die vom GRU oder den Tschekisten bestellt worden seien und die er weiterbefördern solle. Und diese Angaben seien in einem wichtigen Punkt von ihm selbst, Carl, verfälscht worden. Folglich sei es besser, einfach abzuwarten und den Russen ihre falschen Angaben zukommen zu lassen. Wenn man den Agenten schnappe, fliege alles auf.

Borgström ließ ein paar ironische Bemerkungen fallen. Hier müsse man wohl zwischen einem jungen Korvettenkapitän und dessen persönlichen Launen einerseits und der Aufgabe, feindliche Agenten aufzuspüren und unschädlich zu machen, abwägen.

In Anwesenheit des Sicherheitschefs hatte Carl nicht argumentieren können und bat jetzt darum, Samuel Ulfsson unter vier Augen zu sprechen. Was am Ende bewilligt wurde.

Als sie schließlich allein waren, hatten Samuel Ulfssons ewige Blend Ultima das Zimmer schon stark verräuchert.

»Also, Carl, raus damit«, sagte der Kapitän, als er sich an der Kippe, die er in der Hand hielt, eine neue Zigarette anzündete. »Hinter was sind sie her?«

»Sie wollen wissen, ob ich eine oder zwei Medaillen wegen Tapferkeit im Feld erhalten habe.«

»Ja, und du hast ja zwei davon, du Scheißkerl. Könnte wetten, daß nicht einmal von Döbeln zwei bekommen hat. Ja, und?«

»Und dieser dämliche Borgström weiß doch nicht...«

»Ich bitte mir eine etwas gepflegtere Sprache aus, wenn von Vorgesetzten die Rede ist.«

»Ja, Verzeihung. Unsere Nachwuchsbegabungen beim Abschirmdienst kennen die Pointe ja nicht und dürfen sie auch nicht erfahren.«

»Nämlich?«

»Die zweite Medaille habe ich für die Operation Big Red erhalten. Die Russen wollen nämlich wissen, ob ich dabeigewesen bin. Jetzt haben sie eine falsche Auskunft bekommen. Vielleicht sind sie in den letzten sechs Monaten nur hinter mir hergerannt, um etwas darüber zu erfahren. Sie wollen wissen, wer sie in die Luft gejagt hat.«

»Ein unangenehmer Gedanke.«

»Ja, sehr.«

»Was spielt es für eine Rolle, wer die Operation durchgeführt hat?«

»Woher, zum Teufel, soll ich das wissen? Es sieht den Russen nicht sehr ähnlich, sich an einzelnen Operateuren rächen zu wollen. Ich verstehe es nicht.«

»Und was willst du von mir? Was soll ich tun?«

»Du bist der Chef. Befehle geben.«

»Welche Befehle?«

»Du sollst diesem verschwitzten Bürohengst Borgström sagen, die Angelegenheit ruhe bis auf weiteres und werde als geheim eingestuft und dürfe auf keinen Fall dem Affenhaus auf Kungsholmen gemeldet werden, bevor weitere Befehle folgen.«

»Und wann soll das sein?«

»Keine Ahnung.«

»Aber wir können russische Agenten doch nicht frei herumlaufen lassen. Da hat Oberstleutnant Borgström mit seiner Ansicht unleugbar recht.«

»Schon möglich, aber dieser Hausmeister ist vermutlich nur ein kleiner Fisch. Er ist ein Botenjunge, sie können ihn jederzeit schnappen und wegen sonst was verurteilen lassen. Seine Führungsoffiziere können wir des Landes verweisen, das ist alles. Wenn die Russen aber hinter der Operation Big Red her sind, steht etwas Größeres auf dem Spiel.«

»Fürchtest du um deine Sicherheit?«

»Jetzt haben sie den fotografischen Beweis dafür erhalten, daß ich nur eine Tapferkeitsmedaille habe, und folglich bin ich an Big Red nicht beteiligt gewesen. Sollten sie etwas Gegenteiliges erfahren, haben wir sie, ich zumindest, auch weiterhin auf der Pelle. Teufel auch, Sam, ich will in die operative Abteilung zurück. Ich will ins Feld, ich kann hier nicht herumsitzen und in Papieren blättern, bis man mich pensioniert.«

»Was willst du draußen im Feld?«

»Wenn Stålhandske und Lundwall aus Kalifornien zurückkommen, haben wir einige interessante Tauchprojekte, um die wir uns kümmern könnten. Einerseits haben wir Kapazität und Ausrüstung, die besser sind als bei unserem normalen Personal... Himmel, Sam, wir müssen weitere Beweise beschaffen!«

»Seltsam, das gerade von dir zu hören.«

»Inwiefern?«

»Du gehörst zu den wenigen Menschen in Schweden, die keine Beweise mehr brauchen. Du weißt besser als jeder andere, wie es da unten aussieht.«

»Nun ja, das wird ja auf ewig geheim bleiben. Aber die machen weiter, Sam. Sie sind verdammich jeden Tag da draußen und haben eine neue Teufelei vor. Wir müssen sie schnappen, Sam.«

»Die Maus brüllt. Ich habe dich übrigens noch nie so viel fluchen hören.«

»Ach was! Wenn wir ihnen einmal was aufs Maul geben konnten, können wir es wieder. Ich glaube jedoch, daß es schon einige Bedeutung hat, daß sie nicht wissen, wer sie beim ersten Mal eingeseift hat. Lundwall, Stålhandske und ich sind recht wertvoll, Sam. Denk doch nur daran, wie teuer unsere Ausbildung in Kalifornien gewesen ist.«

»Du hast natürlich recht. Ihr habt eine teure Ausbildung hinter euch. Und es wäre schon recht unangenehm, wenn es den Russen einfiele, in Friedenszeiten Aktionen gegen unser Personal durchzuführen. Verdammt unangenehm... Nicht nur für dich selbst, möchte ich betonen. Na schön, wir lassen die Sache vorerst auf sich beruhen. Der Spion darf also bis auf weiteres frei herumlaufen.«

»Wahrscheinlich ist er kein Spion, sondern nur ein mieser kleiner Agent.«

»Ja, der kann warten. Sagen wir ein halbes Jahr?«

»Das kommt darauf an, wie du ihn haben willst. Wenn du die Sache dem Affenhaus auf Kungsholmen überläßt, werden die ihn nie schnappen.«

»Ja, ja. Das ist auf jeden Fall eine spätere Frage. Was hast du am Wochenende vor?«

»Ich will in den Schären segeln.«

»Ein privater Ausflug also. Ist das sehr klug?«

»Ich werde mit sieben Polizeibeamten zusammen sein, von denen drei weiblich sind. Ach, übrigens. Man hat mir ein Bußgeld wegen zu schnellen Fahrens aufgebrummt, und ich möchte, daß du mir das beglaubigst.«

Die Polizeiinspektorin auf Anstellung, Eva-Britt Jönsson, hatte einige Mühe, aus Carl Hamilton schlau zu werden.

Es war nicht zu bezweifeln, daß er ein richtiger Marineoffizier war. In der Polizistengruppe waren alle Amateursegler, und mochten zwei von ihnen auch den Hochseesegelschein haben, so war es doch Carl, der schnell und fast nebenbei alle Navigationsprobleme lösen konnte. Schließlich war er auch in der Lage, militärische Seezeichen anzulaufen, die nur auf den Seekarten der Marine erklärt wurden.

Er wirkte ruhig und entspannt und sprach nicht viel hinter seiner Sonnenbrille. Als die jungen Männer versuchten, ihn zu testen, wie es unter jungen Leuten üblich ist, verhielt er sich ausweichend, ohne sich auch nur im geringsten um die Hackordnung unter Männern Gedanken zu machen.

Davon hatte sie nach fast zehnjährigem Umgang mit Polizeibeamten einiges erlebt.

Sie waren zunächst nach Sandhamn gesegelt und dann weiter zu der Schärengruppe Hästholmarna, bevor sie für den Abend vor Anker gingen. Die Boote wurden in Lee an einer steilen Felswand vertäut. Bedauerlicherweise war es dort recht tief, stellte man fest, als eine der Kolleginnen beim Anlegen eine teure Armbanduhr verlor. Der Meeresgrund war nicht zu sehen, und die Kollegin begann auf höchst unpolizeiliche Weise zu weinen. Eine Freundin von ihr war Stewardeß und hatte es ihr ermöglicht, die Rolex in Stahl und Gold auf dem Flughafen von Amsterdam billig zu kaufen.

Die Jungs hatten getaucht, obwohl das Wasser zwölf oder dreizehn Grad kalt war. Doch schon bald gaben sie auf und erklärten, den Grund nicht erkennen zu können.

Sie hatte Carl verstohlen von der Seite angeblickt, doch der saß reglos mit der Sonnenbrille auf der Nase, obwohl es schon Abend geworden war. Schließlich, als die anderen aufgegeben hatten, hatte es den Anschein, als ob er lange zögerte, bevor er um eine Taucherbrille bat. Als er dann das T-Shirt auszog, das er bisher die ganze Zeit anbehalten hatte, sah sie, daß seine ganze Brust von Messerstichen entstellt war; sie hatte im Dienst schon viele Narben von Messerstichen gesehen, doch nie etwas Vergleichbares. Und es hatte den Anschein, als versuchte er es zu verbergen, denn kaum hatte er sich ausgezogen, sprang er ins Wasser und hielt sich mit einer Hand an der Reling fest, während er mit den Zähnen den Riemen der Taucherbrille ein wenig straffer zog. Dann legte er den Kopf im Wasser in den Nacken, so daß sich das dunkelblonde Haar eng an den Kopf legte und befestigte die Taucherbrille mit einer Hand, als hätte er im Leben nie etwas anderes getan. Er holte tief Luft und verschwand ohne den kleinsten Spritzer.

Zu ihrer Verblüffung, die langsam in Schrecken überging, schien er einfach verschwunden zu sein. Er mußte zwei oder drei Minuten untergetaucht sein. Dann war sein weißer Körper im Wasser zu sehen, und er tauchte auf. Mit der einen Hand ergriff er die Reling, mit der anderen warf er die Uhr an Deck. Anscheinend ohne jede Anstrengung schwang er sich an Bord und ging sofort ins Roof, um sich anzuziehen. Eva-Britt hatte gerade noch Zeit, das zu sehen, wonach sie unbewußt suchte.

Über den Messernarben auf der Brust befand sich eine andere Narbe, wie es schien, eine Geschoßnarbe gleich unter dem rechten Schlüsselbein. Als er sich jetzt bückte, um das Roof zu betreten, sah sie das Austrittsloch. Die Kugel hatte sein rechtes Schulterblatt glatt durchschlagen, und das Austrittsloch war so groß wie eine große Münze.

Als er herauskam, trug er Jeans und einen blauen Militärpullover, und als sie sich auf ihn stürzten und ihn fragten, woher, zum Teufel, er so tauchen könne, und wie tief es wohl sei, erwiderte er kurz, etwa zehn bis zwölf Meter, Sandboden, es sei dort recht leicht, einen blanken Gegenstand zu finden. Überdies habe er seine Grundausbildung als Marinetaucher absolviert, und Tauchen sei folglich etwas, was er beherrschen müsse.

Er wirkte vollkommen ruhig und schien sofort wieder an etwas anderes denken zu können. Die anderen hätten an seiner Stelle noch lange von der Tat erzählt. Nachdem sie gegessen hatten, Kartoffeln aus der Dose und Matjeshering mit Schmand und Schnittlauch, holte jemand eine leere Bierdose, die er zu einem Drittel mit Wasser füllte, ins Wasser setzte und achteraus schob.

Hier draußen vor Hästholmarna konnten sie sich ungestört einem beliebten Spiel widmen. Mit zwei Wettkampfpistolen des Kalibers .22 schossen sie nacheinander auf die Dose; wer am weitesten danebenlag, sollte am Ende den Abwasch erledigen. In den ersten Jahren war es fast selbstverständlich gewesen, daß eins der Mädchen den Küchendienst übernehmen mußte.

Sie betrachtete ihn verstohlen, als er aufmerksam das Schießen verfolgte. Sie war überzeugt, daß auch er schießen würde; von Zeit zu Zeit hatte er fast unmerklich über die weniger gelungenen Schüsse der anderen gelächelt. Doch als einer der Kollegen ihm die Pistole reichte, sagte er nur, er sei nicht sonderlich fürs Schießen zu haben, werde aber trotzdem gern abwaschen, was er dann auch tat.

Gegen Abend, als einige der Jungs etwas zuviel Bier getrunken hatten und lauter wurden, nahm er seinen Schlafsack, ein recht extravagantes Modell, wie es schien, und verschwand mit der Erklärung, er schlafe lieber draußen. In der Kajüte sei es zu stickig.

Sie war früh aufgewacht, vor den anderen, stahl sich hinaus und begann in die Richtung zu gehen, in der er am Abend verschwunden war.

Als sie auf der anderen Seite der Insel ankam, entdeckte sie, daß er im Wasser schwamm und tauchte, als wäre es mitten im Sommer, als betrüge die Wassertemperatur zwanzig und nicht zwölf Grad.

Sie setzte sich ein Stück vom Schlafsack entfernt hin, wo er sie nicht sehen konnte, und betrachtete ihn. Er machte eine Übung, die er immer wiederholte. Zunächst schwamm er fünfzehn bis zwanzig Meter mit großer Geschwindigkeit und tauchte dann weg. Es dauerte lange, bis er wieder auftauchte. Dann wurde die Übung wiederholt.

Anschließend schwamm er langsam noch ein Stück weiter hinaus und holte tief Luft. Da blickte sie zur Uhr, um die Zeit zu verfolgen. Er tauchte erst nach zwei Minuten und vierzig Sekunden wieder auf.

Er schwamm in Richtung Land, auf den steilen Felsen zu, auf dem sie saß; tauchte und verschwand.

Diesmal vergingen fast vier Minuten, und sie glaubte schon, er sei irgendwo hängengeblieben, und beugte sich unruhig über die Felskante, um nach ihm zu sehen.

»Hallo«, ertönte es hinter ihr, und sie schrak zusammen.Er stand zwei Meter hinter ihr. »Gehört es zu Ihren Gewohnheiten, Frau Inspektorin, nackten Männern nachzuspionieren? Du weißt doch, wie peinlich klein er in kaltem Wasser wird.«

Er hatte sich schon die Jeans angezogen.

»Vor kaltem Wasser schreckst du jedenfalls nicht zurück, wie es scheint.« Sie atmete hörbar auf. Von der Überraschung hatte sie sich noch nicht ganz erholt.

»Nein. Ich habe in Kalifornien viele Tauchübungen gemacht. Dort ist das Wasser kälter, als die meisten Leute glauben. Es ist einfach eine Sache der Gewohnheit.«

Sein Oberkörper war nackt, und als er ihren forschenden Blick sah, ging er zum Schlafsack und zog sich seinen blauen Pullover an. Sie ging zu ihm hinüber und setzte sich neben ihn.

»Was ist da mit deiner Brust passiert?« fragte sie.

»Du meinst die Narben?«

»Ja.«

»Ich habe im Sommer mal ohne Taucheranzug in Korallengewässern Tauchübungen gemacht. Als ich durch eine Höhlenöffnung wollte, wurde es zu eng.«

Er blickte zur Seite, als er antwortete, und es war nicht herauszuhören, daß er log. Sie beschloß, nicht weiter in ihn zu dringen und sich auch nicht nach Einschuß- und Austrittsloch zu erkundigen, die sich kaum mit Korallen erklären ließen.

»Wenn wir wieder in der Stadt sind, bist du mit einer Einladung zum Essen dran«, sagte er nach einer Weile.

»Gern«, erwiderte sie. »In einem teuren Lokal oder bei mir zu Hause?«
»Lieber bei dir.«

Sie fühlte sich stärker von ihm angezogen, als sie sich eingestehen wollte. Die meisten Männer, die sich plötzlich in Gesellschaft von sechs außerordentlich großen und kräftig gebauten Polizeibeamten befanden, würden sich dabei nicht wohl fühlen. Einmal hatte eines der anderen Mädchen einen Architekten zu einer solchen Segeltour mitgeschleift, und das Ganze hatte mit Streit, Unannehmlichkeiten und fast einer Schlägerei geendet. Doch Carl wich den üblichen Hahnenkämpfen geschickt aus, ohne dabei unsicher zu wirken. Er hatte etwas Eigenartiges an sich, wovon er nichts erzählte, was er auch nicht andeuten wollte. Auf der linken Wange hatte er eine Narbe, die in der Polizeisprache nur von einem harten stumpfen Gegenstand herrühren konnte. Auf der Brust Spuren einer Messerstecherei, die das meiste übertraf, was selbst die gefährdetsten Kollegen je erlebt hatten. Und überdies hatte sie einen weiteren Durchschuß bei ihm entdeckt: auf dem rechten Oberschenkel. Das Eintrittsloch auf der Vorderseite war nur als kleiner weißer Fleck zu sehen, das Austrittsloch jedoch war zu einer länglichen Narbe geworden, auf der die drei Stiche noch deutlich zu sehen waren. Soweit Eva-Britt beurteilen konnte, waren die Verletzungen nur ein paar Jahre alt.

Normalerweise konnte ein Mensch mit solchen Verletzungen, der kein Polizeibeamter war, nur ein Verbrecher sein. Doch hier bestand keinerlei Zweifel, daß es sich bei Carl um einen richtigen Offizier handelte. Auf dem Rückweg in die Stadt unterhielt er die ganze Gesellschaft mit unendlich vielen Seemannsknoten, die er an einem Stück Tau demonstrierte. Und als in der Ferne ein U-Bootsturm auftauchte, was großes Aufsehen erregte, warf er nur einen Blick durch seinen mit Gummi überzogenen Militärfeldstecher und stellte fest, es sei HMUB Västergötland, Schwedens modernstes U-Boot. Wer es bezweifle, solle gern die drei gelben Kronen auf blauem Grund sowie die schlaffe, nasse schwedische Flagge studieren, sobald der Turm näherkomme; im übrigen führen schwedische U-Boote in der Nähe bebauter Gegenden oft mit dem ganzen Turm über Wasser, damit nicht ständig wegen vermeintlich russischer U-Boote Alarm gegeben werde.

Nein, natürlich war er ein richtiger Marineoffizier. Ob er die Verletzungen bei irgendeiner UNO-Mission erhalten hatte?

Carl war entschieden guter Laune. Ihm gefielen die Polizisten, er fühlte sich entfernt mit ihnen verwandt, und sie erschienen ihm ausnahmslos als vollkommen ehrliche Menschen. Sie hatten zwar, einige sogar bedauernd, zugegeben, daß sie bei der Behandlung von Ganoven manchmal etwas zu hart zuschlügen. Doch so etwas passierte meist den unerfahrensten Leuten, und bei der Polizei war es wie überall in der Gesellschaft: gleich und gleich gesellt sich gern. Jeder suchte sich Kollegen aus, die ähnlich dachten und die gleichen Interessen hatten. Und diese Truppe war innerhalb der recht großen und kunterbunten Schar der Innenstadtwache 1 ein ungewöhnlich netter und umgänglicher Verein. Zumindest hieß es so. Carl bezweifelte es nicht. Er wollte den Umgang mit ihnen gern fortsetzen, da seine Einsamkeit ihn zu stören begann. Überdies durfte er bei Polizisten Verständnis erwarten, wenn er gezwungen war, auf bestimmte Fragen keine Antwort zu geben. Denn wenn er sich weiterhin mit diesen Leuten traf, würden zwangsläufig Fragen auftauchen.

Seine Tauchvorführung hatte sich nicht vermeiden lassen, doch andererseits war nichts dabei, daß ein ehemaliger Marinetaucher etwas besser tauchen konnte als Polizisten. Und er hatte sich nicht einmal anstrengen müssen, um auf die Schießübung zu verzichten. Auch Fingerhakeln und Ringkämpfe hatte er lächelnd abgelehnt. Früher hätte er solche Gelegenheiten nie ausgelassen. Noch vor ein paar Jahren hätte er draußen in den Schären eine Pistole an sich gerissen und ein ganzes Magazin auf die Bierdose leergeschossen, und hinterher hätte er sich stolz gefühlt wie ein Kind. Und die beiden größten Burschen hätte er fast spielerisch auf die Matte gelegt. Und überflüssige Verwunderung erregt und sich damit lächerlich gemacht.

Es war herrlich gewesen, wieder in der Ostsee zu tauchen. Er erinnerte sich an seine Kindheit und an den halbsüßen Geschmack im Mund. Und das Wasser dort draußen war erstaunlich klar gewesen. Selbst weit unter dem Zehn-Meter-Niveau war die Sicht noch einigermaßen gut gewesen. Er hatte sich fast glücklich gefühlt, als er sich unter dem braunen Seetang und dem hellgrünen Seegras da unten an der Grenze zwischen Sonnenlicht und Dunkelheit bewegt hatte. Er glaubte, noch genausogut wie vor ein paar Jahren zu tauchen. Seine Lungenkapazität war nicht geringer geworden, obwohl er sich sehr anstrengen mußte, um im Training zu bleiben. Er war vierunddreißig Jahre und hatte angefangen, sich ein wenig fett zu fühlen. Außerdem sorgte er sich um seinen Haarausfall, hatte aber versucht, seine Besorgnis durch das Tauchen zu kompensieren.

Er verscheuchte den Gedanken, Eva-Britt sei am Morgen nur erschienen, um ihm nachzuspionieren. Es war ja nichts dabei, und als er sie entdeckt hatte und weggetaucht war, um außerhalb ihres Sehfelds an Land zu gehen und sie eine Zeitlang von hinten zu studieren, hatte sie nur besorgt ausgesehen.

Sie war ein gutes Mädchen. Sie hatte ihren Beruf gewählt, weil sie daran glaubte, und sie war mit Sicherheit eine sehr gute Polizistin. Trotz eines etwas grobkörnigen Teints war sie recht süß, und ihre Sprache mit der Mischung aus hartem Polizeijargon und einem fast pastorenhaften, ländlichen Ton bezauberte ihn.

Es war zwar merkwürdig, daß sie mit Dienstwaffe und Handschellen bewaffnet ein Restaurant besuchte. Doch das gehörte vielleicht zu ihrer berufsmäßigen Routine. Immerhin hatte sie viel mit Fahndung zu tun.

Das einzige, was nagende Unruhe in ihm auslöste, war das, was nach dem Essen bei ihr zu Hause passieren würde, wenn sie beide auf dem Sofa saßen und Aquarelle studierten, oder was sonst in Frage kam. Er hatte ein wenig Angst davor, daß sie versuchen würde, ihn zu verführen, oder umgekehrt; es war eine eigentümliche Unruhe, die er meist verdrängte, doch es fiel ihm schwer, Frauen zu verführen, die er schätzte. Entweder wollte er bei Tessie sein oder bei einer anderen Frau, die ihm nicht sonderlich gefiel. Dann war es leicht. Eine christliche Polizistin schien ihm sehr schwierig.

Es war später Nachmittag, und die Sonne schien ihm nicht mehr ins Gesicht. Er nahm die Sonnenbrille ab und lachte leise vor sich hin, weil sein einziger Kummer in diesem Leben im Augenblick nur darin bestand, ob er es schaffen würde, mit einer Polizistin zu schlafen.

Im selben Moment braute sich über ihm etwas zusammen, wovon er noch nichts ahnte.

3

Sir Geoffrey Hunt, *Assistant Director* des MI 6, der stellvertretende Chef des britischen Nachrichtendienstes, war bester Laune, als er sich draußen am Stockholmer Flughafen Arlanda von seinem Freund und Kollegen verabschiedete. Er würde noch rechtzeitig zu seiner Whistpartie wieder in London sein, und trotz des zumindest für die schwedischen Kollegen recht düsteren Inhalts seines Auftrags war es in Stockholm recht angenehm gewesen. Immerhin hatte er ihnen in Übereinstimmung mit der Kooperationsvereinbarung, die vor drei Jahren getroffen worden war, einen Hinweis geben können, und außerdem würde wohl die *Opposition* – er belegte die Russen nie anders als mit diesem Jargon-Begriff – infolge der TRISTAN-Papiere die eine oder andere Niederlage erleiden.

Doch da konnte man natürlich nie allzu sicher sein. Die schwedischen Agentenjäger hatten sich wegen ihrer Effizienz international noch nie einen Namen gemacht. Doch das war immerhin nicht seine Sorge. Satt und zufrieden nach einem Essen mit *Gravlax*, einer beachtlichen schwedischen Spezialität, wie er zugeben mußte, und kühlem Weißwein, war er jetzt auf dem Weg nach Hause.

Sein Begleiter wirkte düster und bedrückt, doch das lag in der Natur der Sache, und im übrigen erweckte der Kapitän zur See Ulfsson ebensowenig wie die Schweden im allgemeinen den Eindruck, ein Bruder Lustig zu sein. Im Grunde waren die Schweden so etwas wie weichere Deutsche.

Sir Geoffrey Hunt bestieg seine British Airways-Maschine und dachte von Stund an mehr an die abendliche Whistpartie im Club als an die Folgen des TRISTAN-Berichts, soweit sie die Schweden betrafen. Für die britische Seite war das Unternehmen jetzt abgeschlossen. Was von der Affäre noch übrigblieb, ging den britischen Nachrichtendienst nichts mehr an. Für den Anwalt der Krone waren nur noch die Reste zusammenzufegen und drei sowjetische Agenten vor Gericht zu stellen, die schon gestanden hatten. Möglicherweise würde das Foreign Office die Ausweisung des einen oder anderen Führungsoffiziers der *Opposition* verlangen. Soweit es das MI 6 betraf, war die Affäre TRISTAN eine Sache fürs Archiv, die allenfalls noch durch einen Bericht der Schweden zur Kenntnis der Briten vervollständigt werden würde.

Doch für den Kapitän zur See Samuel Ulfsson, der um die gleiche Zeit in einem Repräsentationswagen des Generalstabs auf dem Weg in die Stockholmer Innenstadt war, ließ sich die Lage nur als tiefe Krise beschreiben.

Nein, es war mehr als eine Krise. Es war eine ausgewachsene Katastrophe. Samuel Ulfsson hatte seinem englischen, seinem sogar sehr englischen Kollegen gegenüber nicht einmal angedeutet, welche Schlußfolgerungen sich aus dem TRISTAN-Bericht ziehen ließen. Sollten sich die Angaben als korrekt erweisen, so bedeutete dies, daß die Sowjetunion in den letzten Jahren zu fast jeder wichtigen Informationsquelle der zivilen Sicherheitspolizei Zugang gehabt hatte. Angefangen beim Stab des Oberbefehlshabers, der für taktische Dispositionen gegenüber der sowjetischen Unterwassertätigkeit auf schwedischem Territorium zuständig war, und außerdem... Samuel Ulfsson brachte es nicht fertig, den Gedanken zu Ende zu führen.

Er begab sich direkt in sein Dienstzimmer, rief den Wachhabenden zu sich und bat ihn, eine telefonische Verbindung mit dem Oberbefehlshaber, dem Chef der operativen Abteilung, dem stellvertretenden und künftigen Chef der operativen Tätigkeit und dem Chef des militärischen Abschirmdienstes herzustellen. Er bat, die Telefonate auf eine abhörsichere Leitung zu legen, und zwar jedes einzelne, sobald die Verbindung hergestellt war. Anschließend ging er zu seinem Panzerschrank, holte erneut den TRISTAN-Bericht hervor und legte ihn auf die dunkelbraune Schreibtischplatte.

Als er die Hand nach seiner Zigarettenschachtel und dem Aschenbecher ausstreckte, befiel ihn ein ebenso spontaner wie schwer erklärlicher Tobsuchtsanfall. Er zerknüllte mit weiß werdenden Knöcheln die Zigarettenschachtel und warf sie zusammen mit dem Aschenbecher in den leeren Papierkorb unter dem Tisch.

Es war ein merkwürdig gewählter Anlaß, mit dem Rauchen aufzuhören. Er hatte lange und harte Arbeitstage vor sich.

Er nahm sich den Bericht noch einmal vor.

Es war dem MI 6 also gelungen, einen Überläufer des GRU anzuwerben, und es war natürlich von entscheidender Bedeutung, daß es sich um eine Anwerbung handelte. Die Initiative war von den Briten ausgegangen und nicht von TRISTAN.

TRISTAN – der Codename lautete so, und der Himmel allein wußte, was er zu bedeuten hatte – war im Londoner Büro der Aeroflot angestellt gewesen. Er hatte eine Liebesgeschichte mit einer Frau angefangen, die etwas mit dem MI 6 zu tun hatte. Worin die Verbindung bestand, wurde nicht gesagt, doch aus diesem Grund war die Angelegenheit offenbar beim MI 6 gelandet.

Das Unternehmen war also gelungen. Sie hatten ihn draußen am Flughafen Heathrow geschnappt, ihn in eine sichere Wohnung irgendwo am Rande Londons gefahren und ihm das gesamte Programm zugesagt. Nach etlichen Komplikationen beim Foreign Office und mit der sowjetischen Botschaft, die aufgeschrien und von Entführung gesprochen hatte, hatten sie weitermachen können.

Soweit es die Engländer betraf, war das Ergebnis nicht schlecht. TRISTAN nannte nicht nur die Namen der anderen GRU-Offiziere bei Aeroflot, von denen mindestens zwei den Engländern unbekannt waren, obwohl sie auf der Liste denkbarer oder wahrscheinlicher GRU-Offiziere standen. TRISTAN verriet überdies seinen eigenen kleinen Spionagering, und das hatte anschließend dazu geführt, daß man drei Briten komplett mit Beweisen und Unterlagen in ihren Wohnungen hatte festnehmen können. Bei der Konfrontation mit den Ergebnissen der Hausdurchsuchungen hatten sie schließlich gestanden und warteten jetzt auf Gefängnisstrafen, von denen keine zwanzig Jahre unterschreiten würde. Der Fall war dabei, als große Spionageaffäre in Großbritannien bekannt zu werden, und der Premierminister würde sie zu einem politisch opportunen Zeitpunkt, was immer das bedeuten mochte, im Parlament bekanntgeben.

In dem britischen Teil der Affäre, der TRISTANS ureigenes Tätigkeitsgebiet betraf, blieb nichts mehr zu wünschen übrig. Es war ein klassisch durchgeführtes Unternehmen gewesen, allem Anschein nach ein voller Erfolg.

Das Problem betraf nur die schwedische Verbindung.

TRISTAN hatte offenbar vor ein paar Jahren bei *Zentral* in Moskau gearbeitet und war unmittelbarer Nachbar des Siebten Direktorats gewesen, das für Skandinavien zuständig war.

Sein Zimmernachbar war für die Auszahlung von Honoraren an skandinavische Agenten zuständig gewesen und hatte urkomische Geschichten über Schwierigkeiten mit einigen der Agenten erzählt.

In einem Fall ging es um einen Beamten des schwedischen Sicherheitsdienstes, der sich so auffallend kleidete – es ging in erster Linie um ein Jackett mit übergroßen Karos –, daß sowohl sein Führungsoffizier beim GRU als auch sein Vorgesetzter beim schwedischen Sicherheitsdienst sich bemüht hatten, ihn zu einer etwas zurückhaltenderen Kleidung zu überreden. Ein Sicherheitsbeamter, der sich so kleidete, daß er in einer Menschenansammlung von hundert Personen der einzige war, an den sich seine Umgebung erinnern würde, war ein Unding.

Doch dem GRU und dem schwedischen Sicherheitsdienst war es nicht einmal mit vereinten Anstrengungen gelungen, die Gewohnheiten dieses Mannes zu ändern. Und das war immerhin sehr komisch.

Und was einen Offizier anging, der praktisch auf dem Schoß des schwedischen Oberbefehlshabers arbeitete, hieß es, er habe die lustige Unart, ein zusätzliches Paar Sonnengläser hochzuklappen, die er auf seiner gewöhnlichen Sonnenbrille befestigt hatte, so daß sie wie Flügel von seinen Augenbrauen abstanden. Das hatte ihm den Codenamen FISCHADLER eingetragen.

Für Samuel Ulfsson, der sofort gewußt hatte, wer der FISCHADLER war, nahm sich die Beschreibung nicht im mindesten komisch aus.

Das Komische an dem dritten Agenten, so hieß es, habe zweierlei Ursachen. Erstens habe er an einer Flugzeugentführung teilgenommen, bei der die Entführer, ohne es selbst zu wissen, nur mit Platzpatronen ausgerüstet gewesen seien, und trotzdem habe der Mann es beinahe geschafft, ein Chaos anzurichten. Zweitens sei er während seiner Ausbildungszeit in den USA in Kalifornien angeworben worden, und es sei das einzige Mal überhaupt gewesen, daß man ausgerechnet in Kalifornien einen schwedischen Agenten angeheuert habe. Das hielten die Russen also für sehr lustig.

Der Oberbefehlshaber rief an. Über die vor lauter Elektronik jaulende abhörsichere Leitung erzählte Samuel Ulfsson kurz, der Dienst stehe vor der größten Krise aller Zeiten. Er forderte die Genehmigung, am nächsten Morgen zwei Konferenzen einzuberufen, eine mit den beteiligten Militärs und eine mit Vertretern des Abschirmdienstes. Beides wurde sofort bewilligt. Die erste Konferenz wurde für 6.30 Uhr morgens festgesetzt.

Unmittelbar darauf rief der Alte an. Er befand sich auf seiner Apfelplantage in Kivik.

»Ich habe sehr traurige Neuigkeiten und werde versuchen, mich kurz zu fassen«, begann Samuel Ulfsson und tastete nach seiner Zigarettenschachtel, bevor ihm aufging, daß er das Rauchen soeben aufgegeben hatte.

»Kannst du morgen früh um 6.30 Uhr hier sein?« fuhr er fort.

»Ich werde später kommen müssen«, brummte der Alte am anderen Ende. »Die frühere Maschine von Sturup geht erst um 6.20 Uhr.«

»Nimm noch heute abend einen Wagen von Skåne. Wenn es nicht anders geht, requirieren wir beim Militärstab Süd eine Transportgelegenheit. Wenn du dich zu einem Militärflugplatz begeben kannst, fliegen wir dich her.«

»Ist es wirklich so ernst?«

»Ja.«

»Dieses Jaulen hier in der Leitung – gibt es noch einen weiteren Abhörschutz außer dem, daß wir selbst kaum ein Wort verstehen können?«

»Ich hoffe es wenigstens.«

»Kannst du sagen, worum es geht?«

»Nein. Morgen früh hier im Stab zur festgesetzten Zeit. Willst du mit dem Wagen kommen oder fliegen?«

»Mit dem Wagen.«

»Gut. Ich erledige das. Du wirst heute abend gegen elf abgeholt. Wir sehen uns morgen. Hej.«

Samuel Ulfsson ging in den leeren Korridor hinaus und streckte sich. Er ging zur Toilette am Ende des Korridors weiter, statt seine eigene zu benutzen. Warum, begriff er nicht. Er spülte sich das Gesicht mit kaltem Wasser ab und betrachtete sich eine Weile im Spiegel; er sah einen etwas dünnhaarigen, grauen ehemaligen Seeoffizier, der seit vielen Jahren Schreibtischplatten abnutzte und der jetzt vor der größten beruflichen Krise seiner Laufbahn stand.

Er kehrte in sein Zimmer zurück, rief seine Frau an und erzählte, er werde sich verspäten. Er bekam fast einen hysterischen Lachanfall, als seine Frau unter Hinweis auf die baldige Ankunft der Gäste betonte, nichts könne so wichtig sein, daß es den heutigen Abend gefährden dürfe. Sie hatten ein paar gute und vermutlich auch erwartungsvolle Freunde zum Essen eingeladen.

Samuel Ulfsson sagte, er werde sich nach Möglichkeit beeilen und warf den Hörer auf die Gabel, ohne weiter zu argumentieren. Soweit er sich erinnerte, war es das erste Mal überhaupt, daß er seine Frau so abgefertigt hatte.

Dann entnahm er dem großen Panzerschrank der Abteilung sämtliche Akten über Korvettenkapitän Carl Gustaf Gilbert Hamilton.

Falls Hamilton ein sowjetischer Agent war, waren die Konsequenzen vollkommen unübersehbar. Wenn die Russen ihn überdies in Kalifornien angeworben hatten, bedeutete dies, daß dieser Ausbildungsweg für schwedische Militärs künftig verschlossen sein würde, und außerdem würde es bei dem unausweichlichen Informationsaustausch mit den Amerikanern eine Menge Unannehmlichkeiten geben.

Hamilton also.

Der persönliche Rekrut des Alten. Der Alte hatte ihn aus einem ganzen Jahrgang von Wehrpflichtigen herausgepickt und war nach eigener Aussage bei der Auswahl der Person extrem sorgfältig vorgegangen. Immerhin ging es ja um die Einführung einer Funktion, an die der Alte zu dem fraglichen Zeitpunkt bei der Militärführung fast als einziger geglaubt hatte.

Da sich bei der Unterbringung Hamiltons nach seiner Rückkehr Schwierigkeiten ergaben, landete er vorübergehend als Angestellter beim zivilen Sicherheitsdienst. Das hatte zu einem Massaker an israelischen Agenten in Stockholm geführt. Auf Initiative des ermordeten Ministerpräsidenten hin war Hamilton als erster schwedischer Offizier seit 1905 mit der Medaille für Tapferkeit im Feld ausgezeichnet worden.

Sollte er schon damals sowjetischer Agent gewesen sein? Nun ja, die fragliche Operation stand wahrhaftig nicht im Widerspruch zu den Interessen der Sowjets.

Im folgenden Jahr hatte man ihn an den westdeutschen Verfassungsschutz ausgeliehen. Es war ein streng geheimes Unternehmen gewesen, das mit einem neuen Massaker geendet hatte. Diesmal an westdeutschen Terroristen.

Auch dieses Unternehmen ließ sich beim besten Willen nicht als gegen sowjetische Interessen gerichtet darstellen.

Doch vergangenes Jahr hatte dieser selbe Hamilton unter gelinde gesagt spektakulären Umständen einen sowjetischen Überläufer nach Schweden gebracht.

Und jetzt wurde es kompliziert. Wenn es ein echter Überläufer war, stand dieses Unternehmen absolut kristallklar im Widerspruch zu sowjetischen Interessen.

Wenn es sich jedoch um einen falschen Überläufer handelte, hätten die verschiedenen heldenhaften Einsätze Hamiltons die Funktion, die Echtheit des falschen Überläufers zu bezeugen.

Allerdings hatten die Russen den Überläufer gefunden und ihn auf schwedischem Territorium ermordet. Und soweit bekannt, hatte es sich um einen echten Vizeadmiral mit bekannter Identität und bekannter Funktion als stellvertretender Wehrbereichskommandeur in Kaliningrad etcetera etcetera gehandelt.

Aber war er das wirklich gewesen?

Und all das hatte zu dem bestgehüteten militärischen Geheimnis Schwedens geführt: der Operation Big Red.

Hamilton und seine beiden kalifornischen Helfer hatten drei sowjetische Unterwasserbasen auf schwedischem Territorium gesprengt.

Hatten sie es tatsächlich getan?

Die Fortsetzung weiterer Überlegungen hing sehr davon ab, was die beiden anderen kalifornischen Rekruten erlebt hatten. Sofern Hamilton nicht auch sie angeworben hatte.

Falls ja, hatten die militärische Führung und die schwedische Regierung ihre größte Krise seit dem Zweiten Weltkrieg in einem einzigen langen Schauspiel erlebt, das von der Sowjetunion arrangiert worden war. Was sich da entwickelt hatte, ließ sich als eine Art begrenzter militärischer Staatsstreich bezeichnen. Mit der Sowjetunion am Ruder?

Samuel Ulfsson vermochte nicht weiterzudenken. Wenn die Engländer glaubten, TRISTAN habe zwar die Wahrheit gesagt, jedoch nur ziemlich triviale Neuigkeiten gebracht, ahnten sie nicht einmal etwas von den Konsequenzen für Schweden. Samuel Ulfsson konnte nicht mehr weiterdenken.

Sie setzte ihn auf der Skeppsbron gegenüber dem Hotel Reisen ab. Er beugte sich vor und küßte sie kühl und verlegen auf die Wange. Sie sah süß aus in ihrer Polizeiuniform, sogar anziehender als in Jeans und Pullover.

Er sah eine Weile ihrem Volvo-Kombi mit dem Hundekäfig nach, als er in Richtung Innenstadt verschwand, trat dann an den Rand der Kaimauer und betrachtete das Wasser und die drei Masten der af Chapman.

Er fühlte sich vernichtet und als Mann wertlos; es war genauso gekommen, wie er befürchtet hatte, und als er jetzt zwanghaft daran zurückdachte, brach ihm kalter Schweiß aus. Er konnte ganz einfach nicht. Er konnte nicht mit einer Frau schlafen, die er sehr mochte, aber zu wenig liebte.

Sie hatte natürlich gesagt, es mache ihr nichts aus. Sie sollten keine große Geschichte daraus machen, das passiere allen Männern mal, und so weiter. Sie war ganz verflucht verständnisvoll gewesen, und das machte die Sache in Wahrheit nur schlimmer.

Er sah ins Wasser. Es war an der Kaimauer völlig klar, und er entdeckte ein Fahrrad und einen Papierkorb, die gerade noch erkennbar waren.

Dann warf er sich die Wildlederjacke und die grüne Militärtasche über die Schulter und ging mit langsamen Schritten und gesenktem Kopf nach Hause.

Das Bild von gestern stand ihm deutlich vor Augen. Er hatte eine Hand kurz in das kalte Wasser gehalten, als einer der anderen an Bord in der Ferne HMUB VÄSTERGÖTLAND entdeckte. In diesem Augenblick hatte er sich glücklicher gefühlt als seit langem. Jetzt war er beschämt und verzweifelt und schwankte, ob er sie und ihre Polizistenfreunde nie mehr wiedersehen oder auf irgendeine unergründliche Weise eine sexuelle Revanche zustande bringen sollte.

Ohne größere Gemütsbewegung stellte er fest, daß in seiner Abwesenheit niemand die Wohnung betreten hatte. Am Anrufbeantworter blinkte das grüne Lämpchen. Er ging hin und schaltete ihn ein, immer noch mit Tasche und Jacke über der Schulter.

Es war Sams Sekretärin Ulrika. Sie teilte ihm mit, er solle sich so schnell wie möglich beim Generalstab einfinden und sich außerdem melden, sobald er die Nachricht erhalten habe. Es war erst zehn nach acht Uhr morgens, und da er glaubte, so etwas wie Urlaub zu haben, kam er zu dem Schluß, daß es sich um nichts handeln konnte, was nicht noch weitere eineinhalb Stunden warten konnte; er wollte jede Ausrede vermeiden, die es ihm erlaubte, vor dem Training zu kneifen.

Gegen seine Gewohnheit beschloß er, mit dem Schießen zu beginnen. Er wollte sehen, wie seine gegenwärtig deprimierte Stimmung die Präzision beeinflußte. Wer verzweifelt, wütend, erschreckt oder aufgeregt ist, zielt wesentlich schlechter als sonst.

Er wählte den Revolver und schoß in Sechserserien auf die maßstabgerecht verkleinerten Zielscheiben, aber das Ergebnis geriet ganz und gar nicht so, wie er es erwartet hatte. Im Gegenteil: Bei sieben der acht Serien, welche die Munitionsschachtel erlaubte, schoß er so gut wie fehlerfrei. Waffen verwandelten ihn. Das war eben so. In dem Augenblick, in dem sich seine Hand um den Kolben schloß, verschwand alles andere. Es war, als wäre die gesamte Umwelt ausgelöscht bis auf die Signale zwischen rechtem Zeigefinger, Gehirn und Auge. Es war, als wäre genau dies seine einzige richtige Identität, das einzige, was nicht Verstellung und Unsicherheit war.

Er sprühte den Revolver mit Waffenöl ein und reinigte ihn, bevor er ihn wieder an seinen Platz legte und den Waffenschrank zuschloß. Dann zog er sich um und absolvierte in einer Mischung aus Wut und Verzweiflung sein Gymnastik- und Gewaltprogramm.

Als er geduscht und sich rasiert hatte, rief er Sams Sekretärin an und erklärte, er werde in einer halben Stunde eintreffen. Sie konnte ihm nicht sagen, worum es ging, doch es müsse um etwas Großes gehen, erklärte sie, denn seit sechs Uhr morgens jage eine Konferenz die andere. Alle Leute schienen ziemlich aufgeregt zu sein.

Er überlegte, ob er ein Taxi nehmen sollte, kam dann aber zu dem Schluß, daß er sich genausogut etwas später melden konnte, wenn die Konferenzen schon zu Entscheidungen geführt hatten. Er war immerhin nur Operateur, und wenn die Strategen irgendwelche Beschlüsse gefaßt hatten, war er nur selten in der Lage, mehr als marginale Vorschläge für taktische Verbesserungen zu machen. Er beschloß, einen Spaziergang zum Generalstab zu machen. Es war immerhin ein sehr schöner Sommermorgen.

Um 9.13 Uhr waren die Vertreter des zivilen Sicherheitsdienstes zum Kungsholmen zurückgekehrt, um für den Chef des *Russenbüros*, dem wegen seiner seltsamen Jacketts wohlbekannten Polizeidirektor Stig Larsson die Tore der Hölle zu öffnen.

Der TRISTAN-Bericht war den Säpo-Leuten nur in dem Teil, der ihren eigenen Mann betraf, mitgeteilt worden. Dagegen war nichts über Carl oder den Obersten bei der marinetaktischen Einheit des Generalstabs gesagt worden, der TRISTAN zufolge den Codenamen FISCHADLER erhalten hatte.

Die operative Reihenfolge war selbstverständlich. Da der vermeintliche FISCHADLER Urlaub hatte und sich schon in seinem Sommerhäuschen draußen in Furusund befand, sollte er bis auf weiteres nur einer optischen Überwachung und dem Abhören seines Telefons ausgesetzt werden. Dagegen sollten Verhöre und Hausdurchsuchungen gegen Polizeidirektor Larsson sofort erfolgen. Doch das war einzig und allein Angelegenheit der Säpo.

Die militärische Konferenz hatte eineinhalb Stunden vor Eintreffen der Säpo-Vertreter begonnen. Und die Hauptfrage galt der eventuellen Geheimhaltung der Abschnitte des TRISTAN-Berichts über Korvettenkapitän Hamilton vor den zivilen Kollegen. Rein juristisch war das eine zweifelhafte Maßnahme. Formell war es Sache der Sicherheitspolizei, bei Spionageverdacht gegen militärisches sowie ziviles Personal in Schweden Ermittlungen anzustellen.

Praktisch und politisch jedoch sah die Sache völlig anders aus. Was der Oberbefehlshaber wußte, was Samuel Ulfsson und der Alte sowie Fregattenkapitän Lallerstedt über Carl und Operation Big Red wußten, war dem Chef des eigenen Abschirmdienstes, Oberstleutnant Borgström, vollkommen unbekannt. Folglich hatte er darauf bestanden, der TRISTAN-Bericht müsse der Säpo in voller Länge vorgetragen werden.

Zugleich war es unmöglich, sich an der selbstverständlichen Entscheidung vorbeizumogeln, daß gerade Borgström bei Verhören und Ermittlungen, die sich gegen Korvettenkapitän Hamilton richteten, federführend sein mußte.

Nach der Konferenz mit den Säpo-Leuten rief der Oberbefehlshaber erneut eine Sitzung ein, an der Sicherheitschef Borgström nicht teilnahm. Statt dessen wurde der Chef des Generalstabs dazugeholt. Borgström hatte Anweisung erhalten, mit den Vernehmungen Hamiltons gleich nach dem Mittagessen zu beginnen.

Bevor man Hamilton selbst hereinrief, mußte entschieden werden, ob man ihn mit dem Abschnitt des Berichts bekanntmachen sollte, der ihn selbst betraf, oder nicht. Da die unvermeidlichen Verhöre ohnehin relativ schnell ergeben würden, worum es dabei ging, und da Hamilton ein in höchstem Maße professioneller Nachrichtenoffizier war, wurde beschlossen, ihn sofort mit dem Inhalt des Berichts bekanntzumachen. Immerhin setzte die bevorstehende interne Ermittlung auch die vollständige Zusammenarbeit mit den Verdächtigen voraus.

Hamilton konnte nicht wissen, ob dies alles war, was gegen ihn vorlag, oder nur eine Auswahl von Angaben und Behauptungen über ihn.

Carl hatte etwa eine Stunde in Samuel Ulfssons Amtszimmer gesessen. Man hatte ihm die eigentümliche Anweisung erteilt, den Raum nicht zu verlassen, bevor man ihn rufe. Er wertete dies als ein Anzeichen nervöser, übertriebener Entschlossenheit, und als er schließlich durch die Flure zum anderen Ende des Hauses ging, in dem der Oberbefehlshaber seine Büroräume hatte, stellte er sich nichts anderes vor, als daß etwas Großes im Gang sei und daß es vermutlich um die Russen gehe. Er war von etwas wie gespannter Erwartung erfüllt.

Das erste, was Carl auffiel, als er den großen Konferenzraum des OB betrat, waren die Stimmung und die starren Blicke, die sich auf ihn richteten. Die Anwesenden begrüßten ihn äußerst reserviert, und als er fragend den Blick des Alten suchte, blickte dieser zur Seite. Carl mußte sich an das hintere Ende des länglichen Tischs setzen, so daß er mehrere Meter von den anderen Männern entfernt saß.

»Lies bitte den Bericht, der vor dir liegt«, sagte der OB kurz angebunden. Die anderen saßen mucksmäuschenstill, als Carl zu lesen begann. Sie ließen ihn spüren, daß er von ihren Blicken durchbohrt wurde.

Die einleitenden Abschnitte des TRISTAN-Berichts hatte er schnell hinter sich gebracht, da ihm klar war, daß die Verbindung zu Schweden folgen mußte. Doch nach der Einleitung folgte urplötzlich eine Seite mit rund zehn Zeilen, die mit AGENT III überschrieben waren.

Nach zwei Zeilen konnte Carl sich nicht mehr konzentrieren und mußte von vorn beginnen. Dann las er unter Aufbietung erheblicher Willenskraft den Text durch, langsam, jedoch nur einmal. Schließlich schob er den Bericht sacht von sich, womit er zu erkennen gab, daß er fertig war. Er sah zu dem Oberbefehlshaber hin, der ihm gegenübersaß und den Blick nicht von ihm wandte. Carl glaubte einen Moment, die Anwesenden würden laut über ihren entsetzlichen Scherz auflachen. Im nächsten Augenblick meinte er, gleich ohnmächtig zu werden.

»Nun«, sagte der OB schließlich.

Carl hatte das Gefühl, als wäre sein Kopf ein ausgeblasenes Ei. Sollte er sich verteidigen, oder was wollten sie von ihm?

»Nun, wie lautet dein spontaner Kommentar?« wiederholte der OB.

»Ich weiß gar nicht, was ich sagen soll«, begann Carl schließlich und hatte das Gefühl, als würden ihm die Worte in einem absolut trockenen Mund festkleben. »Sollen wir das etwa ernst nehmen? Was soll ich denn nur sagen?«

»Du bist also der Meinung, die Angaben seien falsch?«

»Ja, natürlich.«

»Sie entbehren jeder Grundlage?«

»Vollkommen richtig.«

»Es liegt also nicht so etwas wie ein Mißverständnis vor, das du erklären oder aus der Welt schaffen könntest?«

»Nein, die Angaben sind frei erfunden. Von A bis Z.«

»Überzeuge uns!«

Carl mußte einen nervösen Impuls bezwingen, vor Lachen laut herauszuplatzen. Es kam ihm vor, als hallte der Raum von einem Echo wieder, als hörte er sich alles in einem Traum an.

»Das kann ich natürlich nicht«, erwiderte Carl, während er verzweifelt versuchte, sein Gehirn unter Kontrolle zu bekommen. »Keiner der Herren hier im Raum könnte sich gegen einen derart geschickt formulierten Bericht zur Wehr setzen. Ich kann nur sagen, daß ich unschuldig bin und daß ich natürlich dem Oberbefehlshaber zur Verfügung stehe, wenn es um alle denkbaren... nun ja, Ermittlungen geht, um eine Erklärung für das hier zu finden.«

»Dann argumentiere doch wenigstens«, fiel der Generalstabschef ein. »Nimm dir eine Behauptung nach der anderen vor und fang mit deren Analyse an.«

Carl riß den Bericht an sich und las ihn erneut durch, während die anderen reglos und unter vollständigem Schweigen warteten.

»Der Bericht ist natürlich bowdlerisiert?« fragte Carl, als er erneut aufblickte.

»Bowdler... was?« fragte der Oberbefehlshaber irritiert.

»Also umformuliert oder so umgeschrieben, daß man die ursprünglichen Formulierungen der Akte nicht mehr erkennen kann. *Bowdlerized*, ein englischer Terminus«, erklärte Samuel Ulfsson verlegen. »Doch, natürlich ist er das. Das geht ja möglicherweise schon daraus hervor, daß er auf schwedisch abgefaßt ist«, fuhr er fort und bereute im selben Augenblick seine Ironie. Er litt mit Carl, wollte es aber natürlich nicht zeigen.

»Nun...«, sagte Carl, dessen Gedankentätigkeit endlich wieder in Gang kam. »Gehen wir Punkt für Punkt durch. Ich werde also in Kalifornien angeworben... Ich kann doch hier frei sprechen, ohne Rücksicht auf Staatsgeheimnisse?«

»Selbstverständlich. Das liegt sozusagen in der Natur der Sache«, fiel der OB ein und ließ die Brillengläser aufblitzen. »Sie haben selbstredend volle Freiheit, alles zu erwähnen, was für die Sache von Bedeutung ist, Korvettenkapitän Hamilton. Fahren Sie fort!«

»Im vorigen Jahr, vor etwas mehr als einem Jahr...«, begann Carl und holte tief Luft, »griffen die Unterfeldwebel Stålhandske und Lundwall und ich unter Wasser und auf schwedischem Territorium drei sowjetische Anlagen an. Die Ziele wurden zerstört. Die sowjetischen Verluste sind uns zwar unbekannt, doch wenn man von den Angaben Vizeadmiral Koskows ausgeht, dürften es nicht weniger als fünfzig und nicht mehr als 300 Mann gewesen sein. Für einen sowjetischen Agenten scheint mir das ein reichlich unkonventionelles Verhalten zu sein.«

»Aber was ist, wenn dieses Unternehmen nicht in der Wirklichkeit stattgefunden hat, sondern nur in Ihrem Bericht, Hamilton«, wandte der OB ein und betonte dabei jede Silbe. Die fünf Männer am anderen Ende des Tischs starrten Carl unverwandt an.

»Aber...«, fuhr Carl zögernd fort, während er sich das Unfaßbare durch den Kopf gehen ließ, »wir hatten doch Kontakt mit dem Gegner. Wir hörten ihn. Bei der letzten Basis machte er sogar einen Ausbruchsversuch mit einem Unterwasserfahrzeug. Feldwebel Stålhandske setzte sein Leben aufs Spiel, als er... als er das Ziel zerstörte. Lallerstedt hier hat uns doch empfangen, als der Hubschrauber auf Lidingö landete. Wir wiesen einige Symptome von Taucherkrankheit auf, und mein Trommelfell war geplatzt... überhaupt muß diese Argumentation voraussetzen, daß wir alle drei für die Sowjetunion gearbeitet haben. Genau! Die Russen lassen ja keinen Laut über Operation Big Red verlauten. Das liegt natürlich daran, daß sie nicht wissen, wer sie durchgeführt hat, und aus diesem Grund sind sie auch hinter mir her gewesen, deshalb haben sie herauszufinden versucht, ob ich möglicherweise eine zweite Tapferkeitsmedaille habe. Im Augenblick wagen sie nicht mal zu vermuten, daß ich dabei war, und deshalb sagen sie auch nichts dazu. Von Lundwall und Stålhandske wissen sie überhaupt nichts. Dort platzt meiner Meinung nach die Argumentation. Sie wissen nicht genau, wen sie denunzieren sollen und welche logischen Konsequenzen daraus erwachsen, daß sie mit dem Finger auf mich zeigen.«

»Das ist eine bedenkenswerte und möglicherweise nicht in Bausch und Bogen zurückzuweisende Behauptung, Hamilton. Wir nehmen das zur Kenntnis. Doch jetzt versuchen Sie, weiter nachzudenken. Ich glaube, es ist von gewisser Bedeutung, was wir bei diesem ersten spontanen Ver... Gespräch erreichen«, erwiderte der OB sichtlich beherrscht und mit mahlenden Kiefern.

»Wird unser Gespräch aufgezeichnet?« fragte Carl, dem plötzlich auffiel, daß sich keiner der anderen Notizen machte.

»Natürlich. Fahren Sie jetzt bitte fort, Korvettenkapitän«, knurrte der OB ungeduldig.

»Ich habe Vizeadmiral Koskow hergebracht«, fuhr Carl fort. Er spürte jetzt, daß er allmählich seine Lähmung überwand. »Dem war ein Notruf vorausgegangen, und das Ganze kostete drei Menschen das Leben, darunter zwei Terroristen. Die Franzosen schnappten sich den Überlebenden, und soviel ich weiß, sitzt er in Frankreich noch im Gefängnis. Ich habe eine der Kugeln der Männer an mich genommen, sie abgeliefert und die Beschlagnahme in meinem Schlußbericht erwähnt. Übrigens müssen die Franzosen sowohl die Waffen als auch die Munition der Entführer mitgenommen haben. Außerdem haben die Entführer eine Person getötet, die sie für mich gehalten haben, und zwar mit dieser Munition. Der KGB oder vermutlich eher das GRU hatte Vizeadmiral Koskow aufgespürt, als er sich hier in Schweden befand. Ich selbst hatte keine Ahnung von seinem Aufenthaltsort, und es muß sich ja feststellen lassen, wer ihn kannte. Mir war er bekannt. Im übrigen bin ich immer der Meinung gewesen, daß Koskows Informationen für uns von unschätzbarem Wert waren und sich außerdem immer als korrekt erwiesen haben. Wenn man den Gesamtzusammenhang der Operation Big Red betrachtet, haben die Russen also zunächst einen echten Vizeadmiral oder zumindest einen Mann, der diese Rolle mit absoluter Überzeugungskraft spielen konnte, zu uns geschickt, haben ihm einen Haufen unschätzbarer Informationen für uns mitgegeben, um ihn anschließend zum Dank für seine Hilfe zu liquidieren, womit er natürlich nicht einverstanden war. Sie haben ihn aufgespürt. Das Ganze hätte zu sehr großen eigenen Verlusten geführt... Ach ja, es gibt eine sichere Möglichkeit, den Bluff zu entlarven.«

»Wie denn!?« fragte der OB, bevor die anderen den Mund aufmachen konnten.

»Untersuchen Sie die Standorte. Holen Sie eine der Einrichtungen heraus, lassen Sie Taucher runter und besorgen Sie einen Hebekran, der das Ganze hochholt, damit die Leute es sich ansehen können. Das Risiko, daß die Russen alles schon entfernt haben, ist minimal. Außerdem kann es ihnen nicht gelungen sein, sämtliche Spuren zu beseitigen. Wenn die Operation Big Red stattgefunden hat, wie es in meinem Bericht heißt, muß ich ja wohl unschuldig sein. Das scheint mir eine einfache Schlußfolgerung zu sein.«

»Wir nehmen es zur Kenntnis. Gibt es noch weitere spontane Überlegungen, die Sie uns mitzuteilen haben, Hamilton?« fragte der OB sanft. Es hatte den Anschein, als wäre Carls letztes Argument bei ihm nicht ohne Eindruck geblieben.

»Ja. Da ist noch etwas. Es ist zwar nicht von so großer Bedeutung, aber immerhin. Der Einbrecher. Ich habe vor ein paar Tagen von einem Dieb

Besuch bekommen, dessen Auftrag, soviel ich weiß, ausschließlich darauf hinauslief festzustellen, ob ich eine zweite königliche Medaille erhalten habe. Die Antwort auf diese Frage ist zugleich die Antwort auf die Frage, ob ich an der Operation Big Red teilgenommen habe, an der die Russen jedenfalls nicht zweifeln. In der Hinsicht bringt mir der Feind mehr Vertrauen entgegen als mein eigener Generalstab.«

»Wir verbitten uns solche Kommentare, Korvettenkapitän!« schnitt ihm der Generalstabschef das Wort ab.

»Ich habe für Schweden mein Leben aufs Spiel gesetzt. Ich hätte mehrmals für Schweden sterben können...«

»Ja, ja, dessen sind wir uns bewußt. Fahren Sie fort, Hamilton, und versuchen Sie, beim Thema zu bleiben«, sagte der OB mit einem kaum hörbaren flehentlichen Unterton.

»Ja, Verzeihung. Also, der Dieb. Ich habe sein Geständnis auf Band. Er ist zweifelsfrei identifiziert. Ich habe ihn bei mir zu Hause mit Angabe des Datums fotografiert...«

»Mit Angabe des Datums?« unterbrach ihn der Generalstabschef.

»Ja, mit einer Zeitung in der Hand. Der Zeitung vom Tage. Eine klassische Methode. Falls man ihn zu einer Vernehmung holen sollte. Wenn man seinen Auftraggeber festnimmt, der zufällig ein bei mir angestellter Hausmeister ist, erhalten wir eine definitive Bestätigung dafür, daß die Russen erfahren wollten, ob ich bei diesem Unternehmen dabeigewesen bin oder nicht, bei Big Red also.«

»Noch etwas?« fragte der OB gedehnt.

Carl dachte mit einem Anflug von Verzweiflung nach. Doch dann überwältigte ihn erneut das traumhaft Absurde der ganzen Situation.

»Nein«, sagte er schließlich. »Im Augenblick fällt mir nichts mehr ein, was von entscheidender Bedeutung sein könnte.«

»Gut, Korvettenkapitän Hamilton. Wir wollen kurz beraten. Kannst du so lange draußen warten?«

Carl erhob sich, ohne noch etwas zu sagen, streckte sich und verneigte sich steif wie vor einem Gericht und ging nach nebenan ins Vorzimmer des OB. Dort saß ein bewaffneter Wachposten.

Carl sank auf einen der Besucherstühle und nahm den Kopf zwischen die Hände. Ein bewaffneter Wachposten! Ein einziger bewaffneter Wachposten und zudem ein Schwede mit vorschriftsmäßiger Sicherungsklappe an der Waffe. Das war eher eine Beleidigung als eine Sicherheitsvorkehrung. Wenn er tatsächlich ein sowjetischer Agent wäre, würde zunächst der Wachposten sterben, bevor er Zeit hatte, auch nur an seiner verdammten Sicherungsklappe herumzufingern, und anschließend würden ausgewählte Teile der militärischen Führung Schwedens folgen, und es war nicht völlig undenkbar, daß es Carl anschließend gelingen würde, das Gebäude zu verlassen und sich in die Sowjetunion abzusetzen.

Wenn er ein sowjetischer Agent wäre.

WENN ER EIN SOWJETISCHER AGENT WÄRE!

Sie mußten verrückt geworden sein. Seit der Clarté-Zeit hatte er die Sowjetunion nicht nur als Feind des Sozialismus in der Welt angesehen, sondern zunächst und in erster Linie als Feind Schwedens. Aus dem Grund hatte er sich um einen Eliteverband bemüht, als man ihn zum Wehrdienst einberief. Und das war auch der Grund, warum es dem Alten gelungen war, ihn anzuwerben. Fünf harte Jahre lang hatte er sich in Kalifornien mit der doppelten Ausbildung wie ein Hund gequält, um danach für Schweden das Leben zu riskieren.

Und jetzt fragten sie sich in allem Ernst, ob er ein sowjetischer Agent war.

Er wußte nicht, wie lange er gewartet hatte, als er wieder hereingerufen wurde. Er ging zu seinem Platz und setzte sich hin, nachdem er einen kurzen fragenden Blick auf den Oberbefehlshaber gerichtet hatte.

Die Männer auf der anderen Seite des Tischs schwiegen, was nichts Gutes verhieß. Der OB überlegte offensichtlich, wie er anfangen sollte. Schließlich räusperte er sich. Die anderen blickten auf die helle Tischplatte.

»Wir haben jetzt einige Beschlüsse gefaßt, Korvettenkapitän Hamilton«, begann der Oberbefehlshaber sichtlich angestrengt. »Ich möchte zunächst eines sagen. Wir sind der Meinung, daß die Angaben fehlerhaft sein müssen. Wir sind aber auch der Meinung, daß wir ihnen auf den Grund gehen müssen...« Er machte eine kurze Pause, bevor er fortfuhr.

»Wir haben zunächst eine weitere Frage. Ich werde sie gleich stellen. Diesem TRISTAN-Bericht zufolge sollen Sie während Ihrer Studienzeit in Kalifornien von einer fremden Macht angeworben worden sein. Falls diese Angabe falsch ist, so setzt sie trotzdem voraus, daß diese fremde Macht Kenntnis von einer solchen Ausbildung in Kalifornien hatte. Wie läßt sich das erklären?«

Carl überlegte. Während der fünf Jahre in Kalifornien hatte er nicht mal Tessie erzählt, was er tat, als er in regelmäßigen Abständen die University of California in San Diego verließ, um sich zur Sunset Farm und dem geheimen, militärischen Teil der Ausbildung zu begeben. Gerade deshalb war ihre Beziehung in die Brüche gegangen.

»Das kann ich mir nicht erklären«, erwiderte er schließlich. »Ich gebe zu, daß das unangenehm ist. Das Wissen um meine Ausbildung in Kalifornien stammt entweder von der US Navy oder hier vom Generalstab. Eine andere Quelle ist meiner Ansicht nach nicht denkbar. Von mir kommen die Angaben jedenfalls nicht, das steht fest.«

»Vielleicht hast du dich mal verplappert«, sagte Samuel Ulfsson in bittendem Tonfall. »Immerhin warst du jung und recht unerfahren, und außerdem bist du fünf Jahre dort gewesen?«

»Nein, ich weiß genau, daß ich nie etwas habe verlauten lassen. Die Liebe meines Lebens ist deswegen in die Brüche gegangen, und das bereue ich seitdem. Ich bin also absolut sicher. Die Angaben über Kalifornien, wie sie auch aussehen mögen, denn es liegt bestimmt mehr vor, als Sie mir gezeigt haben, stammen auf jeden Fall nicht von mir. Das ist alles, was ich dazu sagen kann.«

Die Anwesenden versanken wieder in bekümmertes Schweigen. Schließlich ergriff der OB erneut das Wort.

»Dann habe ich unseren Beschluß zu verkünden. Wir müssen also irgendeine Form von Untersuchung einleiten, von der nichts nach außen dringen darf. Du wirst von Lennart Borgström vernommen werden. Die Verhöre beginnen gleich nach dem Mittagessen. Bei den Vernehmungen gibt es für dich eine Einschränkung. Du darfst auf keinen Fall, ich wiederhole, auf gar keinen Fall die sogenannte Operation Big Red erwähnen. Ist das klar?«

»Ja, das ist verstanden.«

»Welche Maßnahmen würdest du selbst vorschlagen?«

»Verzeihung?«

»Nun ja, du bist ja Profi. Welche Maßnahmen würdest du selbst vorschlagen?«

Carl fühlte sich versucht, hysterisch loszukichern. Er fing sich jedoch schnell und beschloß, die Frage professionell zu beantworten.

»Erstens«, begann er leicht angestrengt, »würde ich eine tiefgehende Analyse der Informationen vorschlagen, die von Vizeadmiral Koskow stammen. Zweitens, daß die Reste der zerstörten sowjetischen Anlagen an den drei bekannten Positionen in unseren Schären untersucht werden. Drittens ein Verhör der Unteroffiziere Stålhandske und Lundwall. Viertens eine technische Untersuchung des Projektils, das ich von dieser Air France-Maschine mitgenommen habe, eventuell zusätzliche Anfragen bei den Franzosen, die eigene Untersuchungen angestellt haben müssen oder zumindest noch das Material besitzen. Fünftens eine Vernehmung dieses Einbrechers und eine eventuell anschließende Aktion gegen seinen Auftraggeber, meinen Hausmeister. Allerdings würde ich mit diesem Teil der Aktion warten, falls sie nicht für absolut notwendig gehalten wird. Und sechstens, doch da muß ich gestehen, daß ich mehr als zögern würde, würde ich eine Untersuchung meiner Wohnung vorschlagen.«

»Aha. Das entspricht in etwa dem, was wir uns selbst gedacht haben«, brummelte der OB. »Darf ich aber fragen, weshalb wir dieser Spur des Diebs nicht folgen sollten, und warum keine Untersuchung deiner Wohnung?«

Carl seufzte. Er hatte versucht, logisch und professionell zu antworten, hatte aber offenbar nur den Eindruck erweckt, als wollte er sich einer Untersuchung entziehen.

»Nun«, sagte er, »wenn es um diesen Lars-Erik Sundberg geht, ja, der Hausmeister heißt so, wird er, wenn alles gut gelaufen ist, seinen sowjetischen Auftraggebern gerade Angaben übermitteln, aus denen hervorgeht, daß ich an der Operation Big Red *nicht* beteiligt war. Schnappen wir den Agenten, verhindern wir die Übermittlung dieser Nachricht, was ich bedauerlich fände, da ich mich für unschuldig halte, wie Sie inzwischen wissen. Und was eine Hausdurchsuchung angeht... nun ja, mein Gott. Wenn ich ein sowjetischer Spion bin, unterscheide ich mich in manchem von anderen Spionen. Ich bin nämlich Profi. Was man bei mir zu Hause suchen könnte, wäre nur das übliche, die klassischen Dinge, ein Sender, der vielleicht in einem Transistorradio versteckt ist, vor allem aber Codeschlüssel. Der einschlägigen Literatur zufolge verwenden sowjetische Agenten Einmalcodes. Sie sehen wie kleine Notizblöcke aus, von denen man einen Code nach dem anderen abreißt. Dieser Notizblock oder wie man das nennen soll ist nicht größer als eine Briefmarke, und in einer Vier-Zimmer-Wohnung mit Küche in einem Haus aus dem achtzehnten Jahrhundert kann ein professioneller Spion mehr als tausend gute Verstecke finden. Außerdem habe ich Zugang zu rund zehn Gebäuden im Großraum Stockholm, Häusern mit Dachböden und Kellern und allem, was dazugehört. Eine Ausrüstung dieser Art könnte ich überall verstecken. Ich brauchte nicht mal einen eigenen Kurzwellensender, da mir ja die Ausrüstung des Generalstabs zur Verfügung steht. Ja, ungefähr so.«

»Du widersetzt dich aber trotzdem nicht einer solchen Untersuchung deiner Wohnung. Falls ja, müssen wir die Polizei hinzuziehen«, knurrte der OB, obwohl er an das Vorhaben nicht sonderlich zu glauben schien.

»Nein, natürlich nicht. Aber es dürfte drei bis vier Tage dauern und die Wohnung in einem traurigen Zustand zurücklassen. Trotzdem, ich widersetze mich natürlich nicht einer solchen Untersuchung und werde, falls gewünscht, alle Panzerschrankkombinationen und Zahlenschloßcodes herausgeben.«

»Könntest du für drei oder vier Tage auf deine Wohnung verzichten?« fragte der Alte. Er meldete sich zum allererstenmal zu Wort.

»Ja, das läßt sich problemlos machen. Ich gehe davon aus, daß ich noch auf freiem Fuß bin. Ich kann in ein Hotel gehen und mir etwas neue Kleidung und ein paar Toilettenartikel kaufen. Auf Kosten der Armee, versteht sich. Womit kann ich sonst noch dienen?«

Der OB seufzte.

»Für dich gilt folgendes. Du meldest dich sofort bei Borgström, und dann beginnen einige Verhöre. Es ist Borgströms Sache, damit fortzufahren, solange er es für notwendig hält. Du kehrst erst dann nach Hause zurück, wenn du grünes Licht bekommst. Du übergibst Borgström Schlüssel und Codes und alles andere, was nötig ist. Ist das alles klar?«

»Ja, völlig klar.«

Als Carl gegangen war und sich auf dem Weg zum anderen Ende des Gebäudes befand, um sich ein Stockwerk tiefer zu den ersten Verhören in der Sicherheitsabteilung einzufinden, herrschte im Zimmer des OB zunächst langes Schweigen.

Die fünf Männer waren wie gelähmt, und jeder schien darauf zu warten, daß ein anderer sich als erster äußerte. Samuel Ulfsson spürte eine brennende Gier auf eine Zigarette, sah aber ein, daß er mit dem Rauchen aufgehört hatte und daß dies nicht die Stunde für einen Rückfall war, als hinge das sehr Große mit dem sehr Kleinen zusammen.

Schließlich räusperte sich der Oberbefehlshaber. Es war offenkundig, daß die anderen auf ihn warteten und daß es bis in alle Ewigkeit still bleiben konnte, wenn er nicht etwas sagte.

»Die Frage ist, wann ich die Regierung informieren soll. Teilen die Herren übrigens meinen Eindruck, daß dies alles einfach nicht wahr sein kann, oder ist das nur ein Ausdruck für ein in diesem Zusammenhang recht verständliches Wunschdenken?«

Seine Frage blieb eine Zeitlang unbeantwortet.

»Wir können es kaum unterlassen, die Regierung zu informieren. Die Frage ist nur, wie wir alles darstellen sollen. Wir haben Informationen einer freundlich gesinnten Nation erhalten, die wir ernst nehmen müssen, und wir haben eine Untersuchung eingeleitet und müssen sie auf dem laufenden halten, und so weiter«, überlegte der Generalstabschef laut.

»Können wir es nicht so machen, wie Hamilton es vorgeschlagen hat, ein paar Taucher hinunterschicken und die sowjetischen Basen untersuchen? Damit wäre das ganze Problem gelöst. Es ist wie bei dem Gordischen Knoten. Zumindest was Hamilton angeht. Falls sich herausstellt, daß er die Wahrheit sagt – und ich neige dazu, ihm zu glauben, da dieser Vorschlag sogar von ihm gekommen ist, und zwar ganz spontan – ist die Sache ja aus der Welt. Zumindest was ihn betrifft, und dies ist ja der ernsteste Teil der Angelegenheit.«

Der Alte hatte sich geäußert. Er hatte sich bemüht, ruhig und beherrscht zu sprechen, obwohl es in ihm kochte.

»Nein«, erwiderte der OB, »dieser Weg steht uns leider nicht zu Gebote. Die Regierung, nun ja, zumindest der Ministerpräsident, hat schon im letzten Jahr beschlossen, daß wir an diesen Wracks unter gar keinen Umständen herumfingern dürfen. Das würde nur dazu führen, daß die Sache herauskommt. Tote sowjetische Marinesoldaten, etcetera, etcetera. Und das wollen sie um jeden Preis vermeiden.«

Das Schweigen senkte sich lähmend auf die Anwesenden, doch dann schienen sich plötzlich alle auf einmal einen Ruck zu geben, worauf in der folgenden Viertelstunde eine Reihe konkreter Beschlüsse gefaßt wurden.

Samuel Ulfsson sollte persönlich eine neue Untersuchung der Erkenntnisse der ermordeten Vizeadmirals Koskows leiten. Außerdem sollte er das Materialprüfungswerk der Streitkräfte bitten, eine technische Analyse der Munitionsprobe vorzunehmen, die Carl vor einem Jahr aus der entführten Air-France-Maschine mitgenommen hatte.

Die Alternative, amerikanische Behörden einzuweihen, wurde vorerst verworfen. Das konnte zumindest so lange warten, bis andere Untersuchungen Ergebnisse erbracht hatten, ob positive oder negative. Der Einbrecher, der bei Carl den Schreibtisch durchwühlt hatte, durfte vorerst auf freiem Fuß bleiben, damit man über ihn zu seinen Auftraggebern und Hintermännern gelangen konnte.

Damit blieb nur noch ein kleines praktisches Problem, nämlich die Frage, wer für die Hausdurchsuchung bei Hamilton in Frage kam. Die Sachkenntnis lag bei der zivilen Sicherheitspolizei, doch es lag auf der Hand, daß es unangenehm war, diese schon in einem so frühen Stadium in die Sache einzuweihen. Im Affenhaus auf Kungsholmen wurde so viel getratscht, daß man ebensogut gleich zum *Expressen* gehen konnte.

Außerdem waren sämtliche Anwesende der Überzeugung, daß die zivile Sicherheitspolizei des Landes allzu viele direkte Drähte nach Moskau habe. Die Enthüllung, die den Chef des »Russenbüros« betraf, diesen Polizeidirektor Soundso, wurde von niemandem bezweifelt.

Das Problem wurde dadurch gelöst, daß man Personal des Sicherheitsdienstes anfordern und später einweihen wollte, um es mit einer Schweigepflicht gegenüber seinem zivilen Arbeitgeber zu belegen.

Damit war die Konferenz beendet. Der OB hatte sich um etliche dringende Angelegenheiten zu kümmern, und im Vorzimmer drängten sich schon ungeduldige Besucher.

Als Samuel Ulfsson in sein Dienstzimmer kam, fand er eine Notiz über einen Anruf, der nichts Gutes verhieß. Er solle eine wohlbekannte Durchwahlnummer in der amerikanischen Botschaft anrufen.

Natürlich, dachte er. Die USA, der große Bruder der Engländer. Die haben natürlich schon den TRISTAN-Bericht.

Samuel Ulfsson tastete nach seiner Zigarettenschachtel, bis ihm sein Vorsatz wieder einfiel. Er griff nach dem Hörer, um sein zweites zigarettenfreies Telefonat seit mehr als zwanzig Jahren zu führen.

Carl saß in einem karg möblierten Raum an einem Tisch mit Mikrophonen in der Mitte. Ihm gegenüber saß der Chef der Sicherheitsabteilung des Generalstabs mit einem seiner subalternen Mitarbeiter. Allmählich kochte es in Carl vor Wut. Er hatte mit Lennart Borgström bislang nicht viel zu tun gehabt, empfand aber eine entschiedene Abneigung gegen den Mann. Dies hing möglicherweise damit zusammen, daß Borgström sich seiner Anstellung beim Verteidigungsministerium lange Zeit widersetzt hatte. Borgström zufolge war Carl wegen seiner politischen Vergangenheit nämlich ein Sicherheitsrisiko. Wegen der gleichen politischen Vergangenheit, die für den Alten ein wichtiger Grund gewesen war, gerade Carl aus den vielen Rekruten herauszufischen.

Auf Carl machte Borgström überdies einen ausnehmend dummen Eindruck, doch er gab sich jetzt größte Mühe, von all dem abzusehen. Er nahm sich vor, sich nicht provozieren zu lassen oder auch nur etwas von der Wut und der Demütigung zu zeigen, die in ihm brannten.

»Jaa...«, begann C. Gst/Si, wie er in den Formularen genannt wurde, »auf uns wartet ja reichlich Arbeit. Darf ich zunächst mal voraussetzen, daß du zur Zusammenarbeit bereit bist?«

Carl nickte säuerlich.

»Du mußt antworten, sonst haben wir es nicht auf Band« (...) fuhr Borgström in einem Tonfall fort, als spräche er zu einem Kind.

»Ja, verstanden«, murmelte Carl. »Ich bin bereit, nach bestem Wissen und Gewissen zu dieser Untersuchung beizutragen.«

»Und du bist der Meinung, die Beschuldigung werde zu Unrecht erhoben?«

Borgström lächelte verbindlich. Carl mußte sich anstrengen, um antworten zu können.

»Ja, auch das ist richtig.«

»Dann fangen wir also an«, fuhr Borgström in einem geschäftsmäßigeren Ton fort. »Bei einem Bandwechsel unterbrechen wir und teilen dabei jeweils die Uhrzeit mit. Jetzt, bei Beginn des Verhörs, haben wir den 20. Juni, es ist 12.15 Uhr, und wir befinden uns in den Büros des OP 5. Vernommen wird Korvettenkapitän Carl Hamilton, und Vernehmungsbeamter ist Oberstleutnant Lennart Borgström. Können wir anfangen?«

Carl nickte mürrisch, bis es ihm wieder einfiel.

»Ja, wir können anfangen«, knurrte er und blickte auf das kleine schwarze Mikro auf dem grünen Tisch.

»Wollen Sie dann, Herr Korvettenkapitän, zunächst einmal darlegen, wie Sie erstmals mit der kommunistischen Lehre in Berührung gekommen sind, wie Sie sich dann, wie sollen wir sagen, haben überzeugen lassen, um sich danach linksextremistischen oder staatsfeindlichen Organisationen anzuschließen?«

Der Vernehmer hatte die Frage mit zusammengebissenen Zähnen hervorgestoßen, etwa so, wie man eine schwere Billardkugel über eine vollkommen glatte Fläche schiebt, als würde man eine verborgene Kraft in Bewegung setzen. Und er sah ziemlich zufrieden aus. Die Situation schien ihm zu gefallen. In seinen Brillengläsern blitzte es, und auf der Oberlippe entdeckte Carl einen Schweißtropfen. Borgströms Gesicht glänzte.

Carl sah hoch und beschloß erneut, seinen Zorn zu zügeln. Er suchte den Blick des Vernehmers, doch dieser wich aus.

»Können wir vielleicht... anfangen?« sagte Borgström leichthin und sah aus dem Fenster.

»Ist die Frage ernst gemeint?« fragte Carl schließlich mit fester, wenn auch etwas zu lauter Stimme.

»Ja, natürlich. Bitte fangen Sie an.«

Carl spürte, daß es ihm immer schwerer fallen würde, sich zu beherrschen. Die Situation war vollkommen grotesk.

»Hören Sie mal, Borgström«, begann er vorsichtig. »Egal, welche Vorstellungen Sie von mir und meinem politischen Hintergrund haben, möchte ich eins festhalten: Ich bin Profi. Ich habe mehr als sechs Jahre militärischer Ausbildung hinter mir, davon fünf Jahre Spezialausbildung mit Schwerpunkt in strategischem und taktischem Nachrichtendienst und bin seit sechs Jahren im schwedischen Geheimdienst.«

Carl brachte es nicht über sich, fortzufahren.

»Ja, dessen sind wir uns bewußt, aber ich wäre Ihnen dankbar, wenn Sie sich allmählich der Sachfrage zuwenden könnten, Herr Korvettenkapitän«, lächelte der Vernehmer verbindlich.

Carl nahm einen erneuten Anlauf.

»Die Sachfrage«, sagte er zunächst zögernd, bis er in Fahrt kam, »die Sachfrage ist ganz einfach die, daß dieses Verhör nicht so albern sein darf, wenn es überhaupt einen Sinn haben soll. Sie vernehmen keinen verdächtigen Blumenverkäufer, sondern einen Kollegen. Mein politischer Hintergrund findet sich in aller Ausführlichkeit in meiner Personalakte. Und wenn ich mich recht erinnere, gibt es darüber auch einigermaßen korrekte Unterlagen im Archiv des Sicherheitsdienstes. Ich weigere mich ganz einfach, unsere Zeit mit solchen Albernheiten zu verplempern.«

»Wollen Sie damit andeuten, Herr Korvettenkapitän, daß Sie heute nicht mehr Anhänger der kommunistischen Lehre sind?« fragte der Vernehmer in einem Ton, der Carl davon überzeugte, daß es sich nur um ein sadistisches Spiel handelte.

»Ich denke nicht daran, mir solche Dummheiten bieten zu lassen. Das ist nicht nur für mich beleidigend, sondern auch für den gesamten Geheimdienst. Sie können in einer so ernsten Angelegenheit nicht ein Verhör beginnen, als wären wir noch in den vierziger Jahren und befänden uns in einem Keller der Gestapo. Ich möchte Sie daran erinnern, Herr Oberstleutnant, daß wir uns dem Jahr 2000 nähern und uns im schwedischen Generalstab befinden.«

Carl wischte sich den Mund ab und versuchte erneut, seine Adrenalinstöße zu bändigen.

»Darf ich das so auffassen, daß Sie nicht mit uns zusammenarbeiten wollen, Herr Korvettenkapitän?« fuhr der Vernehmer im gleichen Tonfall wie zuvor fort.

Carl seufzte. Dann stand er auf und ging. Er knallte die Tür nicht zu.

Er rannte jedoch fast den Korridor hinunter und nahm statt des Fahrstuhls die Treppen zum Erdgeschoß, ging dann nach rechts und verließ das Gebäude durch den Haupteingang. Er hatte schon einen guten Teil des Lidingövägen hinter sich gebracht, als er stehenblieb. Er wollte wenigstens versuchen, in Ruhe nachzudenken.

Die Eichen waren jetzt schon üppig und dicht belaubt, und die Sonnenstrahlen, die das hellgrüne Laub durchdrangen, ließen ihn an die französischen Impressionisten denken, an so etwas wie das Frühstück im Grünen.

Er zog sich langsam die Jacke an und vergrub die Hände tief in den Taschen. Die rechte Hand schloß sich um etwas, was wie ein Schweizer Armeeklappmesser aussah und sich auch so anfühlte, in Wahrheit jedoch eine Kombination aus Einbruchswerkzeugen und dem war, was im amerikanischen Polizeijargon eine *verborgene Waffe* genannt wird.

Die linke Hand schloß sich fest um ein Schlüsselbund. Ihm fiel ein, daß er nicht nach Hause gehen konnte.

Verdammt, dachte er. Verdammt, die Schlüssel brauchen sie ja auch.

Er ging zunächst zögernd zum Haupteingang zurück, beschleunigte jedoch bald seine Schritte und rannte schließlich die Treppen zu Samuel Ulfssons Büro im vierten Stock hoch. Er ging sofort hinein, ohne anzuklopfen, und blieb atemlos und unschlüssig im Raum stehen.

Samuel Ulfsson und der Alte, die einander an dem kleinen Nebentisch gegenübersaßen, blickten erstaunt hoch.

Keiner sagte etwas. Carl drehte sich um, schloß die Tür und holte tief Luft, um wieder zu Atem zu kommen.

»Setz dich«, sagte Samuel Ulfsson kurz.

Carl zog einen Stuhl heran, so daß alle drei an dem kleinen Tisch recht nahe beieinander saßen. An der Wand hing das Gemälde mit der Zwangsrekrutierung, dem Feldwebel und dem Bauernburschen.

»Nun?« fragte der Alte.

»Was heißt nun?« brummelte Carl. »Dieser Borgström ist ein Idiot, und ich werde verrückt, wenn ich bei dem sitzen soll, um mit ihm mein ganzes Leben durchzugehen. Wißt ihr, wie er angefangen hat? ›Wollen

Sie so freundlich sein, Herr Korvettenkapitän, mir darzulegen, wie Sie erstmals mit der kommunistischen Lehre in Berührung gekommen sind, wie Sie sich ihr zugewandt und dann beschlossen haben, zum Landesverräter zu werden?‹ Etwa so. Muß ich es mir bieten lassen, daß so ein Holzkopf wie Borgström mich mit derlei vollsabbelt? Ist das wirklich euer Ernst?«

»Wir verstehen, wie dir zumute ist«, erwiderte Samuel Ulfsson leise. »Es wäre jedoch gut, wenn du alles nicht noch schwieriger machst, als es ohnehin schon ist.«

»Versteht ihr, wie mir zumute ist!? Das bezweifle ich. Stellt euch doch mal vor, ihr werdet zum OB bestellt, und dann schleudert man euch eine Anschuldigung ins Gesicht, Landesverräter zu sein. Versucht doch mal, euch in meine Lage zu versetzen.«

»Was sollen wir deiner Meinung nach tun? Wenn du hier schon so hereinplatzt, muß dir ja irgend was vorschweben«, sagte der Alte mit einer Härte in der Stimme, die seinen Gefühlen keineswegs entsprach.

»Schafft mir diesen Pavian vom Hals. Ich lasse mich gern verhören, aber…«

»Aber nicht vom Chef der Sicherheitsabteilung des Generalstabs«, stellte Samuel Ulfsson fest. »Hör mal, Hamilton. Du mußt dich zusammennehmen. Der Alte und ich sind auf deiner Seite. Die Anschuldigung hätte genausogut gegen uns selbst gerichtet sein können, und auf gewisse Weise ist sie das auch. Wir sitzen hier, um bestimmte Arbeiten unter uns aufzuteilen. Wir haben weiß Gott nicht die Absicht, die Hände einfach in den Schoß zu legen, bis diese Geschichte ausgestanden ist. Aber du mußt uns helfen. Ich hoffe, du siehst das ein.«

»Was habt ihr vor, und wie kann ich euch helfen?«

»Was wir vorhaben, sollte ich dem Verdächtigen wohl lieber vorenthalten. Ja, du mußt schon entschuldigen.«

Samuel Ulfsson zeigte ein schiefes Lächeln. Er war unsicher, ob es angebracht war, gerade jetzt mit Hamilton zu scherzen. Er hatte den Mann noch nie in einem solchen Zustand gesehen. Verständlich war es jedoch. Auf den Wahrheitsgehalt des TRISTAN-Berichts kam es insoweit gar nicht an.

»Und zweitens«, fuhr Samuel Ulfsson fort, während er sich unbewußt nach seiner nicht vorhandenen Zigarettenschachtel umsah, »bitten wir dich nur um eins: Spiel diese Komödie mit Borgström bitte bis zum Ende mit. Ja, ja, ich kann deine Einwände gegen ein solches, wie soll ich sagen, konventionelles Vernehmungsmuster verstehen, dem er zu folgen scheint. Doch in der Sache spielt das keine Rolle. Seine Vernehmungsprotokolle werden am Ende nur Staub ansetzen und in irgendeinem Archiv verschwinden.«

»Warum müssen die Verhöre überhaupt stattfinden? Warum läßt man mich nicht ein richtiges Verhör durchlaufen? Außerdem möchte ich darauf hinweisen, daß ich so nicht einmal auf das zu sprechen kommen darf, was für mich am wichtigsten ist: die Möglichkeit, meine Unschuld zu beweisen. Wie zum Teufel soll ich aus diesen Vernehmungen etwas Vernünftiges machen, wenn ich nur leugnen darf, ein Landesverräter zu sein?«

»Der OB hat beschlossen, daß diese Geschichte in der Familie bleiben muß«, fuhr Samuel Ulfsson entschlossen fort. »Er ist der Ansicht, der Chef der Sicherheitsabteilung sei in diesem Stadium der Untersuchung am besten geeignet, die Vernehmung zu führen. Wir können das in Frage stellen, wenn du willst, vor allem nach dem, was du uns erzählt hast. Aber das spielt keine Rolle. Du solltest das nicht allzu ernst nehmen, sondern nur dafür sorgen, daß du es hinter dich bringst...«

Das Telefon läutete. Samuel Ulfsson erhob sich mühsam mit einem Anflug von Verzweiflung im Blick. Die hatte jedoch eher etwas mit der Kombination Telefon und nichtrauchendem Chef des Nachrichtendienstes zu tun als mit dem Ernst der Stunde.

»Ja! Ulfsson!« schrie er ins Telefon und lauschte dann eine Weile, bevor er fortfuhr.

»Nein, Hamilton sitzt bei mir. Er wird sich in fünf Minuten wieder bei dir einfinden, und versuch bitte, seine Empörung zu verstehen... Nein, weiter ist nichts. Er kommt in fünf Minuten.«

Samuel Ulfsson knallte den Hörer irritiert auf die Gabel.

»Na ja, du hast es ja gehört«, sagte er zu Carl.

»Also wieder zurück zu diesem Pavian«, stellte Carl resigniert fest.

»Ich finde den Ausdruck zwar unpassend, aber in der Sache hast du recht!« bemerkte Samuel Ulfsson barsch.

Carl nickte, stand auf und ging, ohne noch etwas zu sagen.

Die beiden Männer im Raum wechselten einen langen Blick.

»Man muß ihn ja verstehen«, sagte der Alte.

»Ja, und wir werden jetzt wohl anfangen müssen. Jeder mit seiner Arbeit. Wann reist du ab?«

»Morgen irgendwann.«

»Wenn du Glück hast, bist du zu Mittsommer wieder da.«

»Nun ja, soviel ich weiß, frühestens am Sonntag. Kinder und Enkelkinder und all das und die letzte Zeit der Apfelblüte. Ja, ich habe ein paar späte Sorten, die dann immer noch blühen. Aber die Arbeit muß getan werden.«

»Ja, diese Arbeit muß wirklich erledigt werden. Wann gehst du in Pension?«

»In drei Monaten. Na ja, vorausgesetzt, wir schaffen es, diese Geschichte bis dahin aufzuklären.«

»Weidmannsheil.«
»Danke gleichfalls.«

Carl stand zehn Sekunden vor der Tür, bevor er anklopfte. Er rechnete mit einer Qual von drei Tagen, da er voraussetzte, die Vernehmer würden sich ihren Mittsommer nicht verderben wollen, weil sie diese Angelegenheit eher für spaßig als ernst hielten. Diese Annahme war jedoch nicht ganz richtig.

Als Carl eintrat, übergab er zunächst seine Schlüssel und schrieb dann die Kombination der Stahltür zum Allerheiligsten sowie die Zahlenkombinationen der beiden großen Waffenschränke auf. Dann hängte er seine Jacke auf den Stuhl und setzte sich erneut vors Mikrophon. Erst da äußerte sich sein Vernehmer.

»Aha«, sagte er. »Das Verhör wird um 12.58 Uhr wiederaufgenommen. Gleicher Tag und gleicher Ort wie zuvor. Also, Herr Korvettenkapitän Hamilton. Seien Sie bitte so freundlich und schildern Sie, wie Sie erstmals mit der kommunistischen Lehre in Berührung gekommen sind, wie Sie deren Ideologie angenommen haben und wie dies anschließend zu Ihrem Beitritt bei verschiedenen Organisationen staatsfeindlichen Zuschnitts geführt hat?«

Carl seufzte. Doch jetzt, bei seinem zweiten Besuch im Haus, hatte er sich zum erstenmal einigermaßen unter Kontrolle.

»Es begann mit dem Vietnamkrieg«, sagte er. Er erzählte zwanzig Minuten lang ohne Unterbrechung, während der Oberstleutnant dabei in dem Archivmaterial las, in dem das meiste schon festgehalten war.

4

Der Alte saß in einem Wagen der US Navy mit verhangenen Fenstern. Er hatte noch eine Stunde Fahrt durch die Wüste vor sich, bevor er endlich da war. Seine Gemütsverfassung schwankte zwischen deprimierter Niedergeschlagenheit und Wut oder zumindest wütender Entschlossenheit.

Es gab zwei Alternativen.

Entweder war es dem Gegner gelungen, Carl ausgerechnet hier in Kalifornien anzuwerben, und damit wäre den Russen ein Unternehmen gegen Schweden gelungen, das über jedes faßbare Maß hinausging. Dann hätte die Operation Big Red vermutlich nie stattgefunden, und das bedeutete, daß die Sowjetunion in Schweden schalten und walten konnte, wie sie wollte. Sie wäre fähig, Regierung und Militärs nach Belieben gegeneinander auszuspielen. Das war ein unerhörter Gedanke.

Oder aber die Russen hatten wieder einmal etwas geschafft, was ihnen schon bei vielen anderen Gelegenheiten gelungen war, eine *maskirowka*, nämlich einen falschen Überläufer einzusetzen, der zunächst zahlreiche korrekte Informationen geliefert hatte, sozusagen als Köder, um dann mit falschen Informationen Verwirrung zu stiften. Oder sie hatten – wie ein paarmal in England geschehen – verschiedene sicherheits- und nachrichtendienstliche Organe in einer endlosen Gespensterjagd nach Verrätern, die keine Verräter waren, aufeinander gehetzt. Während die tatsächlichen Verräter vermutlich eher unter denen saßen, welche die Unglücklichen verhörten und quälten.

Der Alte hatte die überwiegende Zeit seiner Offizierslaufbahn beim Nachrichtendienst zugebracht und war seit fast dreißig Jahren Chef des geheimsten Teils des schwedischen Nachrichtendienstes. Er gehörte der Generation an, die besser Deutsch als Englisch sprach, und der größte Teil seiner Fachliteratur war auf deutsch abgefaßt. Über die peinlichen Erfahrungen der Engländer mit Überläufern, die Desinformation streuten, war er nicht ausreichend informiert. Aber die Engländer müßten doch im Grunde gegenüber allen Überläufern zutiefst mißtrauisch sein? Wenn überhaupt jemand, sollten sie in der Lage sein, eine Provokation zu wittern.

Andererseits hatten sie keine realistischen Möglichkeiten gehabt, die Auswirkungen der schwedischen Nebeninformation zu beurteilen. Sie hatten nur die Angaben beurteilen können, die eine Verbindung zu Großbritannien gehabt und offenbar dazu geführt hatten, daß tatsächliche russische Agenten vor Gericht gestellt und verurteilt werden konnten.

Die Russen hätten demnach also in England einen Spionagering geopfert, um Schweden auf Hamilton anzusetzen?

Falls ja – was wollten sie damit erreichen? Was war so wichtig, daß sie sogar ihre eigenen Agenten »verbrannten«, um ihr Ziel zu erreichen?

Es gab eine denkbare Antwort. Sie konnten bei den Schweden den Eindruck hervorrufen, die Operation Big Red habe nie stattgefunden, es habe auf schwedischem Territorium nie sowjetische Basen gegeben, es sei alles nur ein in hektischem Aktionismus inszenierter Bluff des schwedischen Militärs gewesen.

Das wiederum setzte jedoch voraus, daß es ihnen in dem letzten Jahr gelungen war, sämtliche Spuren ihrer Einrichtungen aus dem Weg zu räumen.

Das bedeutete aber, daß sie sich vollkommen sicher fühlten und davon ausgehen konnten, daß die schwedische Regierung es militärischem Personal nie erlauben würde, die Standorte der Einrichtungen zu inspizieren.

Auch diese Möglichkeit war höchst unangenehm. Sie setzte eine weit stärkere sowjetische Beherrschung politischer und militärischer Abläufe in Schweden voraus, als man sich selbst in den dunkelsten, pessimistischsten Stunden hatte vorstellen können.

Andere Möglichkeiten konnte der Alte nicht erkennen. Wahrscheinlich lag die Lösung des Rätsels hier draußen in der kalifornischen Wüste, im US Naval Weapon Center, das Carl »The Sunset Farm« nannte, eine der wohl bemerkenswertesten militärischen Ausbildungseinrichtungen der Welt, zumindest der westlichen. Hier wurden Männer wie Carl Gustaf Gilbert Hamilton erschaffen, und hier befanden sich jetzt auch zwei weitere Schweden in der Schlußphase ihrer fünfjährigen Ausbildung.

An diesen beiden hing alles. Entweder waren auch sie sowjetische Agenten, oder aber die Provokation des GRU scheiterte daran, daß die Russen von der Existenz der beiden Feldwebel Stålhandske und Lundwall nichts wußten.

Obwohl sie offenbar von einer Ausbildung in Kalifornien erfahren hatten.

Der Wagen hielt am Haupttor, und der Alte erhielt einen sehr höflichen amerikanischen Empfang durch junge Offiziere, bei denen er als Oberst sowie »Assistant Director of Swedish military intelligence« angekündigt war.

Man führte ihn in ein Gästezimmer. Dort konnte er duschen und sich umziehen, bevor ihn ein junger Leutnant zu dem Mann brachte, der sowohl für Carls Ausbildung als auch die der neuen Feldwebel verantwortlich war.

Oberstleutnant Skip Harriers Amtszimmer war klein und überladen. Die Klimaanlage brummte laut, und an mehreren Stellen lagen leere Bierdosen herum. Sein Schreibtisch war in chaotischer Unordnung, obwohl er Besuch erwartete.

Skip Harrier war ein Mann mit grauem, kurzgeschorenem Haar, knapp unter fünfzig, wie der Alte schätzte, ein Mann, der mit einem allzu harten und amerikanischen Handschlag grüßte, der jedoch zu seiner Ausstrahlung von Kraft gut paßte. Die linke Brustseite seiner Uniform beschrieb etwas, was man sich wohl als sehr lange und wilde Kampferfahrung vorzustellen hatte: Er besaß fünf Reihen mit militärischen Auszeichnungen. Der Alte empfand so etwas wie Dankbarkeit für seine Zivilkleidung.

»Nun, *Oberst*«, begann Skip Harrier, sobald der Alte sich gesetzt und verblüfft eine Bierdose entgegengenommen hatte, »diese mutterfickenden Russkis haben uns ja in eine ziemlich üble Lage gebracht, wenn Sie nichts dagegen haben, daß ich mich so ausdrücke.«

»Wie meinen, Oberst?« fragte der Alte, den die Wortwahl ebenso störte wie die Kenntnisse, die sich in der sachlich korrekten Feststellung des Amerikaners unzweifelhaft verbargen.

»Na ja, denn wenn …«, fuhr Skip Harrier fort, um dann einen Schluck aus der Bierdose zu nehmen, »nun ja, denn wenn diese Mutterficker Carl angeworben haben, bin ich Mickey Mouse. Und ich sage es lieber gleich: Ich liebe diesen Jungen. Können Sie mir folgen, Oberst?«

»Ja... ich muß wohl zugeben, daß ich für Korvettenkapitän Hamilton ähnliche Gefühle empfinde. Aber woher wissen Sie das eigentlich? Nun, ich frage, weil ich darauf nicht vorbereitet gewesen bin«, erwiderte der Alte. Der Sprachgebrauch seines Kollegen machte ihn ebenso fassungslos wie dessen Kenntnisse.

»Also, wir hatten gestern ein paar Knallköpfe von Naval Intelligence und DIA hier, und die haben diese ganze Pisse aus dem TRISTAN-Bericht der Briten heruntergeleiert. Ich habe denen klipp und klar gesagt, sie sollten sich verdrücken und sich ins Knie ficken, obwohl ich das möglicherweise in einer passenderen Form ausgedrückt habe. Ferner habe ich meine Ansicht über die Wahrscheinlichkeit einer sowjetischen Anwerbeaktion hier auf der Sunset Farm dargelegt. Im großen und ganzen wäre ich ja dann selbst der Anwerber gewesen. Am Ende habe ich gesagt, sie sollten verschwinden und sich selber ficken, und zwar im Klartext.«

»Aha«, sagte der Alte etwas matt. »Und das haben die Leute getan? Ich meine, haben sie sich mit dem Bescheid abspeisen lassen, oder was?«

»Woher zum Teufel soll ich das wissen. Wahrscheinlich sind sie jetzt dabei, San Diego auf den Kopf zu stellen, aber das geht ja weder Sie noch mich was an. Aber hier, das kann ich Ihnen versichern, laufen keine verdammten russischen Anwerber herum.«

»Das ist eine optimistische Ansicht.«

»Optimistisch? Wissen Sie, wie schwer es ist, für eine solche Ausbildung angenommen zu werden? Haben Sie eine Ahnung davon, was für verdammte Sicherheitskontrollen vorher eingebaut sind? Und außerdem müssen alle, die hierher kommen, dafür geschaffen sein, und das sind weiß Gott nicht viele. So, und jetzt versuchen Sie sich mal vorzustellen, Sie müßten zu den Bedingungen hier einen Infiltranten einschmuggeln.«

»Ja, ich verstehe, worauf Sie hinauswollen. Aber wie steht es mit ausländischen Rekruten? Ich nehme an, daß es hier nicht nur Schweden gibt?«

»Nein, aber es sind nur wenige. Die meisten unserer Verbündeten bilden diese Leute selbst aus. Und außerdem haben Sie ja selbst diese Burschen ausgesucht. Ich nehme an, daß Sie zu Hause dabei sind, den Mann in die Mangel zu nehmen, der Carl bei Ihnen angeworben hat?«

»Na ja, das wohl kaum. Das habe ich nämlich selbst getan.«

»Aber Oberst! Herzlichen Glückwunsch! Dann sind Sie ja selbst so ein Scheiß-Tschekist oder so was, wenn es Ihnen gelungen ist, hier einen Infiltranten unterzubringen. Gratuliere zu Ihrer Entdeckung. Sie haben es geschafft, bei einer Bevölkerung von acht Millionen jemanden zu finden, der sowohl sowjetischer Agent als auch ein Genie in unserem Handwerk ist. Eine überzeugende Wahrscheinlichkeitsrechnung, verehrter Kollege, wie die Engländer gesagt hätten.«

»Ja, diese Behauptungen der Engländer machen mir einigen Kummer.«

»Diese elenden Schwuchteln! Deren Nachrichtendienst wird seit den vierziger Jahren doch mehr oder weniger von Moskau aus gesteuert! Wie zum Teufel können Sie deren Gerede ernst nehmen?«

»Wir sind zwar skeptisch, aber die Angelegenheit muß schließlich untersucht werden. Wissen die beiden anderen Schweden hier, weshalb ich hier bin?«

»O nein. Die Engländer haben ja nur über Carl geplappert. Aber sehen Sie nicht, daß es sich nur um eine Tschekisten-Provokation handelt, eine typische *maskirowka*? Die wollen sich doch nur revanchieren, weil Carl ihnen eins auf die Schnauze gehauen hat, oder?«

»Was wissen Sie darüber?« fragte der Alte und spürte, wie ihm plötzlich am ganzen Körper kalt wurde.

»Nicht so verdammt viel, wie ich gern wissen würde. Aber Carl ist ja letztes Jahr hier gewesen und hat die Jungs zu irgendeiner Operation abgeholt. Er wollte mir nicht sagen, worum es ging, aber irgend so ein Bürokrat hier hat mir eine Liste zur Genehmigung vorgelegt, und wissen Sie, was auf dieser Liste stand?«

»Nein.«

»Sprengausrüstung. Bomben mit zielgerichteter Sprengladung für Unterwassergebrauch, unsere kompliziertesten Taucheraggregate, Mark 15 oder wie die Dinger heißen, Timer eines bestimmten Typs und etliche andere Kleinigkeiten. Ich bin zwar nur ein einfacher kleiner Kommunistenwürger, aber ganz hinterm Mond bin ich auch nicht, so daß mir ein einfacher Blick auf die Weltkarte genügte. Sie haben in Ihrem kleinen Schweden einen gewissen Nachbarn, der für eine bestimmte Art von Unterwassertätigkeit bekannt ist, und Carl kommt also her und leiht sich zwei Jungs aus, die auf dem gleichen Gebiet Spezialisten sind wie er, und einen Monat später kommen die Burschen wieder her und haben diesen geistesabwesenden Blick. Ich weiß nicht, wie ich das nennen soll. Mir war jedenfalls klar, daß sie ihren ersten Ernstfall erlebt hatten. Natürlich hat der Russe da ein Recht darauf, ein bißchen sauer zu sein und sich eine kleine Teufelei auszudenken. Habe ich nicht recht, Oberst?«

»Ihr Gedankengang entbehrt nicht der Logik, Oberst. Haben die beiden anderen Jungs angedeutet, woran sie teilgenommen haben?«

»Nein, mit keinem Wort. Und Carl habe ich nur das halbe Eingeständnis abpressen können, es sei irgend was Großes gewesen, aber das war mir schon nach Lektüre der Materialliste klar. Ich brauchte also nicht lange zu raten.«

»Wann kann ich sie sehen?«

»Wann Sie wollen, Oberst. Ich habe sie in je einer Baracke eingebuchtet, und da warten sie. Ich bin davon ausgegangen, daß Sie sie einzeln sprechen wollen. Sagen Sie bloß nicht, daß die auch russische Agenten sind, denn dann lache ich mich tot.«

»Mögen Sie die beiden auch?«

»Ja, es sind gute Jungs. Wirklich gute Jungs, Oberst. Sie scheinen eine feine kleine Plantage dort in Schweden zu haben. Wenn es hart auf hart geht, können die Schweden wohl mehr als nur Steckrüben anbauen.«*

»Wie waren sie nach ihrer Rückkehr? Ich meine, können Sie mir etwas mehr über ihr Verhalten nach dieser, äh, vermuteten Operation sagen.«

»Nicht ganz auf dem Posten, aber nichts Ernstes. Ich glaube, es hatte etwas mit großen Tauchtiefen und Kompressionszeit und solchen Dingen zu tun, aber das ist nicht mein Gebiet. Sie durften eine Woche lang mit halber Kraft fahren. Es gab ein paar medizinische Tests und solche Dinge.«

»Wiesen sie denn irgendwelche Symptome auf?«

»Fragen Sie nicht mich. Fragen Sie den Arzt oder lesen Sie die medizinischen Journale.«

»Werden solche geführt?«

»Über jeden gibt es eins, über mich selbst auch. Verdammte Schrumpfleber, hehe.«

»Kann ich eine Kopie davon bekommen?«

»Natürlich, Oberst, das läßt sich schon machen. Ich erledige das, während Sie die beiden verhören.«

»Werden die Vernehmungszimmer abgehört?«

»Nicht von uns. Ich bin für unsere interne Sicherheit verantwortlich, und diese Mutterficker der Naval Intellegence und anderer Agenturen laufen hier bei uns nicht frei herum. Wir sind nämlich sichere Kantonisten.«

»Ich brauche mit den Jungs also nicht in die Prärie zu fahren, um sie dort zu verhören?«

»In die Wüste, Oberst, wir sind hier nicht in der Prärie. Nein, Sie haben mein Wort darauf, so wahr ich diesen Jungen liebe. Wenn Sie Carl auch nur ein Haar krümmen, trete ich Ihnen die Eier weg. Habe ich mich klar ausgedrückt, Oberst?«

»Ja, sehr. Ich weiß Ihre Aufrichtigkeit zu schätzen. Es ist nur so, daß ich diese offene Sprache nicht gewohnt bin. Sie besorgen Kopien dieser ärztlichen Journale, und dann sehen wir uns, wenn ich mit den Jungs gesprochen habe?«

* Engl. »Swede« bedeutet sowohl »Schwede« als auch »Steckrübe«. (Anmerkung des Übersetzers.)

»Aber gern. Wie lange brauchen Sie, Oberst?«

»Schwer zu sagen. Mindestens einen Tag, höchstens zwei.«

Der Alte grinste übertrieben fröhlich vor sich hin, als die Ordonnanz ihn zu einer Baracke führte, in der Schwedens neue Carl Hamiltons ihn in je einem Vernehmungszimmer erwarteten.

Joar Lundwall saß schon seit zwei Stunden allein in einem stickigen Barackenraum. Er wußte nur eins: Der Chef des geheimen Teils des schwedischen Nachrichtendiensts würde mit ihm ein Kontrollgespräch führen.

Er nahm an, daß es um seine eventuelle Mitarbeit ging, ob er unterschreiben sollte oder nicht. Er hatte sich schon vor langer Zeit entschlossen. Er würde unterschreiben.

Er hatte im letzten Jahr so gut wie seine gesamte Zeit und sein ganzes Interesse der Ausbildung gewidmet und war jetzt besser trainiert als je zuvor in seinem Leben. Er fühlte sich stark und optimistisch.

Das stundenlange Warten machte ihm so wenig aus, daß er nicht einmal darüber nachdachte. Er war dazu ausgebildet, Verhöre wochen- und monatelang zu überstehen, schlimmstenfalls jahrelang. Er hatte in der Wildnis von Alaska gelebt und nur ein Messer und einen Flintstein als Ausrüstung gehabt. Er hatte gelernt, Nachrichten bei Höllenlärm und innerhalb einer vorgegebenen Zeit zu dechiffrieren. Er war bei hoher Geschwindigkeit und niedriger Höhe in völliger Dunkelheit mit einem schwarzen Fallschirm über dem Meer abgeworfen worden, ebenso aus zehntausend Meter Höhe mit einem vorgegebenen Ziel im Meer. Er hatte gelernt, sich kilometerweit seitlich bis zum vorgegebenen Ort durch die Luft zu bewegen. Er beherrschte mehr als einhundert Waffentypen und etwa ebenso viele Methoden, einen Mitmenschen ohne Waffen zu töten. Er war fast sechsundzwanzig Jahre alt, würde bald Leutnant der schwedischen Küstenartillerie sein und war von einem unendlichen Selbstvertrauen durchdrungen. Und er sah voller Erwartung der Begegnung mit dem Chef entgegen, von dem er nur wußte, daß es ein alter Mann mit buschigen Augenbrauen war, die ihm das Aussehen eines Uhus verliehen.

Das stimmte. Der Mann, der plötzlich in der Tür stand, sah aus wie ein Uhu.

Joar Lundwall sprang automatisch auf und nahm Haltung an, wie es ihn der amerikanische Drill gelehrt hatte. Er blickte starr geradeaus, ohne etwas zu sagen und ohne den Blick des Uhus zu suchen.

Dieser ging einmal um ihn herum, brummelte etwas Unverständliches und zog dann einen Stuhl heran, den er umdrehte, bevor er sich setzte, ein kleines Aufnahmegerät aus der Jackentasche zog und sich den Schweiß von der Stirn wischte. Erst danach sagte er etwas.

»Stehen Sie bequem, Feldwebel! So, hol dir einen Stuhl und setz dich hier gegenüber hin.«

Joar Lundwall gehorchte blitzschnell.

»Guten Tag, Feldwebel.«

»Guten Tag, Oberstleutnant!« brüllte Joar Lundwall.

»Vielleicht sollten wir uns lieber auf etwas schwedischere Weise miteinander unterhalten. Sprichst du mit deinem Kollegen Schwedisch oder Englisch?«

»Englisch, Oberstleutnant!« bellte Joar Lundwall mit ausdruckslosem Gesicht und starrte weiterhin geradeaus, ohne dem Blick des Alten zu begegnen.

Dieser seufzte und zupfte sein Jackett zurecht.

»Ich will dir zwei Fragen stellen, Joar. Du solltest dich ein wenig entspannen. Wir sind jetzt nicht in den USA, sondern in Schweden. Nur du und ich. Verstanden?«

»Ja, Sir! Ich meine, verstanden«, fügte Joar Lundwall hinzu und hatte das Gefühl, als würde er erröten.

»Die erste Frage an dich: Hast du die Absicht, dich nach beendeter Ausbildung um eine Anstellung bei mir zu bewerben?«

»Ja.«

»Bist du dir da ganz sicher?«

»Ich habe lange gezweifelt, Sir... Verzeihung, ich habe lange gezweifelt, aber im letzten Jahr stand mein Entschluß fest.«

»Nach der Operation Big Red?«

Joar Lundwall zögerte.

»Können wir hier darüber sprechen, Sir?«

»Ja. Du mußt wissen, daß meine *clearance* genau wie deine ist. Du hast dich also nach der Operation Big Red entschlossen?«

»Ja.«

»Warum?«

»Ich weiß nicht. Es ist einfach so. Aber ich glaube, daß...«

Joar Lundwall zögerte erneut.

»Ja? Du glaubst was?«

»Ich glaube, daß jemand, der so etwas mitgemacht hat und, wie heißt das noch? *Pulled the thing?* Ja, dem es also gelungen ist, daß der also für immer dabei ist.«

Der Alte blieb eine Weile schweigend sitzen und betrachtete nachdenklich eine der geheimsten und vermutlich eine der effektivsten Waffen im Arsenal der schwedischen Streitkräfte. Zumindest war dies seine Theorie gewesen, als er diesen Versuch gegen harten Widerstand einiger Teile des Generalstabs vor vielen Jahren durchgesetzt hatte.

Ein junger und sichtlich durchtrainierter Mann, der wie ein Leichtathlet aussah; man hätte beispielsweise auf Stabhochsprung tippen können; ein junger Mann mit einem Aussehen, das ihn jederzeit als Mitteleuropäer, Russe, Schwede, Amerikaner oder sonst etwas durchgehen lassen würde, gekleidet in tarnfarbene Übungsuniform ohne andere Kennzeichen als ein paar goldfarbene Schwingen mit einem kleinen Symbol in der Mitte, die auf der rechten Uniformseite befestigt waren.

»Sag mal, was ist das für ein Abzeichen da?« fragte der Alte und zeigte.

»Das sind die goldenen Schwingen von SEAL, Sir. Verzeihung, ich meine Oberstleutnant.«

»Aha. Und was ist es?«

»Die Auszeichnung?«

»Ja.«

»Wenn man bestimmte Prüfungen im Rahmen der SEAL-Ausbildung besteht, bekommt man so ein Ding. Es ist aus achtzehnkarätigem Gold.«

»Was für Prüfungen?«

»Meist athletische Übungen. Tauchen, nächtliche Fallschirmübungen, Überlebenstraining, von allem etwas. Etwa zehn Prozent der Absolventen der normalen SEAL-Ausbildung erhalten die Schwingen.«

»Aha. Hat dein Kollege sie auch?«

»Stålhandske. Ja, der hatte keine größere Schwierigkeiten, und dann selbstverständlich Korvettenkapitän Hamilton. Aber...«

»Ja?«

»Die Schwingen sind kein Teil der Uniform, sondern eine Auszeichnung. Man hat also das Recht, sie etwa so wie andere Auszeichnungen und Orden an der Uniform zu tragen.«

»Etwa wie die Tapferkeitsmedaille des Königs?«

»Richtig.«

Der Alte lächelte. Der Junge war sechsundzwanzig Jahre alt und noch nicht mal Fähnrich, und trotzdem hatte er mehr Gold an der Uniform, vor allen Dingen höherkarätiges Gold als jeder lebende schwedische General.

»Lauft ihr immer mit diesen Dingern herum?« fragte er lächelnd.

»Nein. Aber... Nun ja, man könnte sagen, daß ich mich für dieses Gespräch etwas herausgeputzt habe.«

»Diese Schwingen werden also auch die Fähnrichsuniform zu Hause in Schweden schmücken?«

»Ja, falls ich überhaupt Uniform tragen werde.«

»Hm. So. Nein, jetzt müssen wir zu einem etwas unangenehmeren Thema übergehen. Herzlichen Glückwunsch übrigens zur Tapferkeitsmedaille. Ich halte sie für wohlverdient.«

»Danke, Sir!«

»Und hör auf, mich dauernd Sir zu nennen.«

»Ja, Oberstleutnant!«

Der Alte seufzte erneut.

»Erzähl mir, wie ihr die Operation Big Red durchgeführt habt«, begann er.

Zunächst war Joar Lundwall der Meinung, der Alte sei nur neugierig und wolle etwas abschweifen, und so gab er einen recht kurz gefaßten Bericht.

Doch der Mann, der wie ein Uhu aussah, verlangte unermüdlich nach immer neuen Einzelheiten, sprach von Tauchtiefe, Kompressionsverhältnissen und anderen Dingen, von denen er offensichtlich nicht viel verstand, ferner von Zeitfaktoren, den Transporten von einem Punkt zum anderen, den Vorbereitungen, Übungen, dem Unterschied zwischen schwedischer und amerikanischer Ausrüstung, der Wirkung gezielter Sprengungen unter Wasser, er fragte nach Anzeichen dafür, ob die Ziele bemannt gewesen seien und was bei dem letzten Ziel passiert sei, bei dem Feldwebel Stålhandske irgendein Unterwasserfahrzeug angegriffen und zerstört habe.

Das Verhör dauerte jetzt schon eineinhalb Stunden. Von Zeit zu Zeit legte der alte Uhu ruhig eine neue Kassette ein, und das, was sich bei Joar Lundwall zunächst als nagende Unruhe bemerkbar gemacht hatte, wurde schließlich zur Gewißheit.

Die Befragung war ein Verhör und nichts sonst. Man bezweifelte offenbar, daß die Operation überhaupt stattgefunden hatte. Man schien den Verdacht zu hegen, daß die Ziele noch an Ort und Stelle waren, daß sie nicht zerstört worden waren, oder etwas in der Richtung.

Als Joar Lundwall endgültig Klarheit über den Zweck des Verhörs gewonnen zu haben glaubte und der Alte eine Pause einlegte, um wieder eine Kassette zu wechseln, konnte er nicht mehr an sich halten.

»*Permission to speak, Sir!* Verzeihung, ich meine, darf ich eine Frage stellen?«

»Aber ja.«

Der Alte sah Joar Lundwall forschend ins Gesicht.

»Natürlich, bitte, frag ruhig.«

Joar Lundwall schwieg eine Weile, als müßte er sich sammeln.

»Verzeihung, wenn ich es rundheraus sage, Oberstleutnant. Aber das, was Sie hier machen, ist nichts als *bullshit*. Wir haben sie gehört, wir haben sie getötet, und vor allem wären wir selbst um ein Haar gestorben. Und dieses Verhör läuft doch darauf hinaus... aber wenn Sie zweifeln, brauchen Sie doch nur die Überreste zu untersuchen?«

»Wie wärt ihr beinahe umgekommen? Lag das an dieser zu sehr ausgedehnten Kompressionszeit?« fragte der Alte kalt weiter, ohne sich durch den entscheidenden Einwand beirren zu lassen.

»Nein, nicht nur daran. Beim letzten Ziel hatten die Russen inzwischen gemerkt, daß da etwas faul war. Möglicherweise hat man sie von Kaliningrad aus über Langwelle informiert oder sonstwie, und außerdem besaßen sie automatische Notbojen, die mit einem Sender an die Oberfläche stiegen, als die Anlagen gesprengt wurden… sie hatten jedenfalls was gemerkt. Sie bereiteten jedenfalls einen Ausbruchsversuch vor, und Korvettenkapitän Hamilton stellte den Timer auf so kurze Zeit ein, daß es höchst unsicher war, ob er und ich uns noch rechtzeitig würden entfernen können, bevor es knallte. Und dann befahl er Stålhandske, sich dieses Mini-U-Boot vorzunehmen, das die Station gerade verließ. Und dann hat er Stålhandske losgeschnitten. Ja, und danach sind wir mit dem Hubschrauber über diesem Abschnitt gekreist und glaubten schon, wir würden Stålhandske nie mehr wiedersehen…«

»Befahl? Wie bewerkstelligt man das unter Wasser?«

»Er durchschnitt die Signalleine zwischen uns, nahm Stålhandske bei der Hand, gab ihm eine Sprengladung und einen Timer und zeigte. Das ist der übliche Befehlsablauf unter Wasser. Wir sind darauf trainiert, einander zu verstehen, und hatten vorher ja auch einige Zeit gemeinsam geübt.«

Der Alte stellte den Rekorder ab und erhob sich mühsam. Er fühlte sich alt und etwas müde, war aber der Meinung, genug gehört zu haben.

Joar Lundwall war automatisch aufgesprungen und hatte Haltung angenommen, sobald der Alte sich erhoben hatte. Dieser lächelte ihn an, als er ihm die Hand hinstreckte.

»Wenn der *Leutnant* Lundwall beim SSI eintritt, werde ich leider schon in Pension gegangen sein«, sagte er. Er zögerte, bevor er weitersprach. Was er jetzt sagen wollte, konnte er im Grunde nicht garantieren, ganz und gar nicht. »Vielleicht macht es dir aber Freude zu hören, daß dein nächsthöherer Vorgesetzter Korvettenkapitän Hamilton sein wird, wenn du deinen Dienst antrittst.«

»Danke, Sir!« schrie Joar Lundwall. Er sah unendlich erleichtert aus.

Der Alte gab ihm die Hand und ging, ohne noch etwas zu sagen.

Fünf Minuten später traf er den Feldwebel Åke Stålhandske. Es fiel ihm sehr schwer, bei dieser Begegnung seine Bestürzung zu verbergen.

Stålhandske war ein Riese, ein weißblonder Finnlandschwede, jedoch mit dem gleichen Tarnanzug und den gleichen goldenen Schwingen auf der Brust wie sein etwas menschlicher aussehender Kollege. Die Prozedur der Begrüßung folgte dem gleichen amerikanischen Drillmuster wie vor ein paar Stunden.

Bei der Vernehmung Stålhandskes ging es in erster Linie darum, wie er sich an einer Art Mini-U-Boot festgehalten hatte, wie er die Sprengladung angebracht, scharf gemacht und wie er eine Weile »wie so ein verfluchter Wimpel« mit einer Hand an dem Gefährt gehangen und gleichzeitig mit der anderen die Zeit eingestellt hatte, während er überlegte, was passieren würde, wenn er losließ. Vermutlich wäre er von einem oder zwei Propellern angesaugt und am anderen Ende »als tschekistisches Beef Stroganoff« herausgekommen. Stålhandske erklärte jedoch, daß er beschlossen habe, ein Risiko auf sich zu nehmen. So habe er die Ampulle für die Schwimmweste ausgelöst und sei dann wie ein Korken an die Oberfläche geflogen. Soweit der Alte folgen konnte, brachte das auch einige Gefahrenmomente mit sich. Aber immer noch eine bessere Wahl als die Stroganoff-Alternative.

Der Alte war der Meinung, die Verhöre an einem Tag geschafft zu haben, und verabschiedete sich eilig von Oberstleutnant Skip Harrier, den er für einen höchst eigenwilligen Charakter hielt.

»Nun, Oberst? Sind die Jungs russische Agenten?« lachte Skip Harrier. Er schien die Angelegenheit nicht im mindesten ernst zu nehmen.

»Wenn ja, sind wir alle beide Mickey Mouse.« Der Alte lächelte. Er war zufrieden, einem Amerikaner zum erstenmal amerikanisch geantwortet zu haben.

»Und jetzt wollen Sie nach Hause und einigen Leuten in den Hintern treten?«

»Nein, ich fliege nach London.«

»Kann ich mir denken. Geben Sie diesen miesen Tunten auch von mir eine Abreibung. Quetschen Sie ihnen die Scheiße aus dem Leib.«

»Nun ja«, lächelte der Alte vorsichtig, »ich werde jedenfalls ein sehr ernstes Gespräch mit ihnen führen.«

In dem großen Militärkomplex am Lidingövägen in Stockholm brannte nur noch in wenigen Fenstern Licht.

Das erste Licht der Morgendämmerung begann durch die Jalousien ins Vernehmungszimmer zu dringen, und die drei Männer hatten Bartstoppeln und leicht blutunterlaufene Augen.

Carl hielt ihren Versuch, ihn zu erschöpfen, für aussichtslos. Die beabsichtigte Wirkung mußte ja zwangsläufig ausbleiben. Während der zwei Jahre seiner Vernehmungsausbildung auf der Sunset Farm hatte er Tricks kennengelernt, welche die schwedischen Vernehmer an ihrem Verstand zweifeln lassen würden.

Carl war ziemlich sicher, den meisten Formen körperlicher Folter widerstehen zu können, wenn die Sache wichtig genug war. Und die Dinge, denen man sich nicht widersetzen konnte, etwa bestimmte chemische Präparate, die einige Teile der Gehirntätigkeit außer Gefecht setzen, ließen sich theoretisch durch ein sinnloses Geplapper neutralisieren.

Diese letzte Theorie stand jedoch auf eher wackeligen Beinen und ließ sich unter realistischen Bedingungen auch nicht üben.

Doch das altmodische Polizeiverhör, bei dem die Vernehmer ständig nach kleinen Lügen und Widersprüchen suchten, die Art von Verhör, das jetzt im Gang war, war fast so etwas wie eine intellektuelle Beleidigung.

Seine Wut hatte Carl nun schon lange genug im Zaum gehalten. Was sich jedoch im Verlauf des amateurhaften Gefasels immer tiefer in seine Seele einbrannte, war die Erniedrigung.

Der Vernehmungsleiter, Lennart Borgström, ging von einer leicht zu durchschauenden Hypothese aus. Sie lief auf folgendes hinaus: Da Carl während der Schulzeit Kommunist geworden war und Kommunisten Anhänger der Sowjetunion waren, waren pro-sowjetische junge Leute leichte Rekrutierungsobjekte. Folglich hatte sich Carl bewußt um eine Anstellung beim schwedischen Nachrichtendienst bemüht, gerade weil er schon als Oberschüler sowjetischer Agent gewesen war, das heißt FNL-Anhänger etcetera, was sich beweisen ließ. Ohne die Geduld zu verlieren und ohne aufzubrausen hatte Carl beharrlich zu erklären versucht, daß es da Unterschiede gebe: Die pro-sowjetischen linksgerichteten Organisationen, die unter den schwedischen Linksparteien schon immer eine unbedeutende Minderheit gewesen seien, seien etwas völlig anderes als jene antiimperialistisch ausgerichtete Linke.

Jede dieser Erklärungen nutzten die Vernehmer, um Carl in Bedrängnis zu bringen. Er solle gestehen, daß er ein Gegner des »sogenannten US-Imperialismus« sei, denn das sei er immerhin gewesen. O ja, er sei es noch heute.

Auf diese Weise hoffte man nachweisen zu können, daß Carl durch eine Art Automatik zum Anhänger des sowjetischen Imperialismus geworden sei.

Carl verwies darauf, daß er vor einem Jahr der Afghanistan-Sammlung zwei Millionen Kronen geschenkt habe. Doch Borgström interpretierte dies als cleveres Manöver, sich eine reine Weste zu verschaffen.

Carl erwähnte, er habe einen Überläufer nach Schweden gebracht, den auch seine Vorgesetzten als echten Überläufer beurteilt hätten, Vizeadmiral Koskow. Doch in Borgströms Augen war das nur ein Beweis, daß er dem sowjetischen Nachrichtendienst bei der Verbreitung von Desinformation geholfen habe. Borgström war vermutlich nicht autorisiert, sämtliche Koskow-Akten einzusehen.

Carl wies darauf hin, daß er auf dem Heimflug mit Koskow einer Gruppe von Flugzeugentführern entgegengetreten sei und dabei zwei getötet und den dritten unschädlich gemacht habe. Diese Flugzeugentführung habe unmöglich ein Zufall sein können, und sämtliche Berichte und Zeugenaussagen beispielsweise der französischen Ermittlungen zeigten, daß Koskow und er selbst das Ziel der Aktion gewesen seien.

Das sah Borgström jedoch nur als Beweis dafür an, zu welch einzigartig geschickten Verwirrungsaktionen der sowjetische Nachrichtendienst fähig sei. Überdies seien »die sogenannten Flugzeugentführer« ja nur mit Platzpatronen ausgerüstet gewesen.

Carl wandte ein, diese »Platzpatronen« seien scharf genug gewesen, einen amerikanischen Fluggast zu töten, den die Entführer vermutlich mit ihm verwechselt hätten. Borgström erklärte das damit, daß diese Patrone gerade für diesen Teil des Unternehmens gesondert mitgeführt worden sei, oder möglicherweise habe Carl selbst den Mord begangen.

Carl wandte ohne die Stimme zu heben ein, es gebe zahlreiche Zeugen dafür, daß er, Carl, den amerikanischen Fluggast nicht getötet habe.

Doch Borgström fuhr mit der Behauptung fort, das, was dieser Koskow zu sagen gehabt habe, habe zu keinerlei konkreten oder operativen Ergebnissen geführt.

Carl schüttelte den Kopf und lächelte in sich hinein. Er durfte Borgström nicht erzählen, welche recht konkreten operativen Ergebnisse sich hinter dem Decknamen Operation Big Red verbargen.

Er wandte aber ein, immerhin hätten die Russen Koskow aufgespürt und ermordet, und er selbst, Carl, müsse nachweislich in glücklicher Unkenntnis über Koskows Aufenthaltsort geschwebt haben, und wenn man ihn gerade dann ermordet habe, als er zu plaudern begonnen habe, sei Koskow ein merkwürdiger falscher Überläufer gewesen.

Doch dann fing Borgström wieder von vorn an, sprach von Carls linker Vergangenheit, als wollte er ihn mürbe und erschöpft machen.

So schleppten sich die Verhöre dahin, Stunde um Stunde, immer wieder von vorn. Tag um Tag. Carl verließ das rote Gebäude erst am Abend des Mittsommertages. Er hatte die Genehmigung erhalten, nach Hause zu gehen, und man hatte ihm seine Schlüssel zurückgegeben.

Er fand seine Wohnung demoliert vor, als hätte ein Filmteam der vierziger Jahre dort eine Saloon-Schlägerei inszeniert. Die Fußbodendielen waren an mehreren Stellen aufgebrochen, der offene Kamin in der Bibliothek bestand nur noch aus einem Haufen Ziegelsteine und Mörtel, Marmorplatten lagen herum, die Küche war vollständig zerstört, sämtliche Bucher entfernt und Bücherregale zerbrochen.

Der Stereoanlage fehlten etliche technische Komponenten, und sie funktionierte nicht mehr. Ein Teil der Schußwaffen war ebenfalls verschwunden.

Das Badezimmer war ebenfalls demoliert. Carl nahm seine Toilettenartikel, ging in die Küche und wusch sich über der Spüle. Das Wasser lief noch.

Falls die kommende Wahl so verlief, wie sie sollte, was im Augenblick nur schwer vorhersehbar war, würde Peter Sorman der vermutlich einzige Außenminister der Welt werden, der in Karate Träger des Schwarzen Gürtels war.

Das war ein Hobby oder vielmehr eine Leidenschaft, welche die wenigen Genossen, die davon wußten, nie hatten verstehen können. Und die Genossen, denen unbekannt war, daß der Staatssekretär mehrere Stunden pro Woche mit seltsamen Gewaltübungen verbrachte und dabei eine Art weißen Schlafanzug trug, hätten solchen Angaben nie Glauben geschenkt oder sie allenfalls als eine der üblichen bürgerlichen Verleumdungen der Bewegung angesehen, wenn sie davon erfahren hätten.

Man hielt ihn für eiskalt, für einen Mann mit fast vollständiger Kontrolle über Gefühle und Intelligenz. Peter Sorman betrachtete jedoch diese seine Eigenschaften in einem klaren Zusammenhang mit den Prinzipien Konzentration und Kontemplation, die einen bedeutenden Teil der asiatischen Kampfkunst ausmachten.

Er arbeitete hart, härter als die meisten. Er galt als cleverer als alle anderen, auch das eine Auffassung, die er im großen und ganzen teilte.

Deshalb schien es nicht ungewöhnlich zu sein, daß er an diesem Tag unter den höheren Chargen im Außenministerium als letzter noch anwesend war. Der Außenminister, der nach der Wahl in Pension gehen und den Job folglich Sorman übergeben sollte, hatte das Glück gehabt, schon vor einigen Tagen in Urlaub gegangen zu sein.

Was Sorman betraf, war es zweifelhaft, ob er über Mittsommer würde dienstfrei nehmen können. Seine Kinder und die beiden letzten Ehefrauen warteten schon draußen auf der Schäreninsel und hatten ihn drei- oder viermal angerufen, bis er seinen Direktanschluß abschaltete.

Vor ihm auf dem Rokoko-Schreibtisch lagen drei Dokumentenstapel, die nichts miteinander zu tun hatten. Dennoch waren sie so etwas wie politische Zeitbomben. Falls es nicht gelang, sie zu entschärfen, würde das den bevorstehenden Wahlkampf derart erschüttern, daß es nur noch um »Skandale« und »Affären« ginge sowie um die Frage, welche Verantwortung die Regierung für das trage, was nicht geschehen war, welche Verantwortung sie dafür trage, was Genossen eventuell getan hatten und was die Regierung in diesem Fall gewußt oder nicht gewußt hatte.

Kampagnen dieser Art waren in den letzten Jahren fast zu einem Verhaltensmuster geworden. In mehreren Fällen hatte man ahnen können, daß es der Sicherheitsdienst des Landes gewesen war, der das politische Klima durch gezielte Indiskretionen der Presse gegenüber zu beeinflussen suchte. Die Partei hatte sich deshalb vorgenommen, den Sicherheitsdienst nach der Wahl so nachhaltig zu kastrieren, daß sich solche Operationen nie mehr wiederholen ließen.

Man konnte ahnen, daß wiederum der Sicherheitsdienst hinter dem jüngsten Skandal steckte. Eine Person, die im inneren Kreis der Partei als *besonderer Vertrauter des Regierungschefs galt*, wie Sorman den Mann selbst beschrieb, den er im stillen zudem von Herzen verabscheute, war von Polizeibeamten des Rauschgiftdezernats wegen Kokainbesitzes festgenommen worden. Man hatte den Mann in seiner eigenen Wohnung geschnappt. Bei einem Fest. Genossen, Journalisten und Politiker waren anwesend gewesen. Der bürgerlichen Presse zufolge waren jetzt mehrere »Spitzensozis« verdächtig, Rauschgiftvergehen begangen zu haben, und man wußte zu erzählen, derlei habe es schon seit Jahren gegeben. Jedoch hätten »Spitzensozis« immer außerhalb des Gesetzes gestanden oder selbst gemeint, außerhalb oder vielmehr über dem Gesetz zu stehen. Mehrere Personen seien vorläufig festgenommen worden, darunter ein Beamter der Einwanderungsbehörde, der mit Flüchtlingsfragen befaßt sei.

Zwei der bei dem Fest Anwesenden, der Beamte der Einwanderungsbehörde und die hochstehende Person im inneren Kreis der Partei, hätten überdies seit einem halben Jahr aus schwer nachvollziehbaren Gründen ausgesuchte Polizeibeamte als Leibwächter zur Verfügung gehabt. Was natürlich die vermeintlichen Delikte in einem noch seltsameren Licht erscheinen ließ.

Zwei Dinge waren der Öffentlichkeit noch nicht bekannt geworden. Der Tip ans Rauschgiftdezernat der Stockholmer Polizei war von der Sicherheitspolizei gekommen. Aus diesem Grund hatte man auch nicht gezögert, trotz der hohen gesellschaftlichen Stellung der Festteilnehmer zuzuschlagen.

Der zweite Sachverhalt war schlimmer, obwohl das Risiko einer Veröffentlichung in der Presse nicht allzu groß zu sein schien. Die ausgesuchten Polizeibeamten waren homosexuell, und gerade diese Veranlagung war bei der Auswahl die herausragende Qualifikation gewesen, da sie von den zwei zu schützenden »Spitzensozis« geteilt wurde. Die Polizisten waren folglich sozusagen Lustknaben von Amts wegen.

Eine solche Geschichte konnte im Wahlkampf verheerende Konsequenzen haben.

Die unwichtigste Angelegenheit auf Sormans Schreibtisch, jedenfalls der Papiermenge nach, galt einer möglicherweise drohenden Spionageaffäre. Der Oberbefehlshaber hatte Sorman schriftliche Informationen über Angaben des britischen Nachrichtendienstes zukommen lassen, die darauf hinausliefen, daß ein Beamter der Sicherheitspolizei und zwei Offiziere eventuell sowjetische Spione seien.

Es war schwer zu beurteilen, wie eine solche Affäre sich politisch auswirken würde. Peter Sorman hoffte für sich, die Angaben würden sich zumindest im Fall des Verdächtigen bei der Sicherheitspolizei als korrekt erweisen. Einmal hätten die Sicherheitsleute plötzlich mit einem anderen Fall alle Hände voll zu tun, zum andern konnte man den Spionageskandal gegen sie wenden, wenn es nach der Wahl an der Zeit war, das Schlachtmesser zu ziehen.

Was die beiden Offiziere anging, hatte das Verteidigungsministerium beschlossen, die Ermittlungen zunächst intern zu führen, bevor der zivile Sicherheitsdienst hinzugezogen wurde. Was eine höchst verständliche Maßnahme war. Überdies hatte man auf die Verdächtigungen gegen einen bestimmten Offizier in der geheimsten Sektion des schwedischen Nachrichtendiensts äußerst skeptisch reagiert.

Peter Sorman hatte einige Dokumente über Carl Gustaf Gilbert Hamilton vor sich auf dem Schreibtisch. Er war dem Mann nie begegnet und wußte nicht einmal, wie er aussah, obwohl Hamilton das Außenministerium schon etliche Male in arge Verlegenheit gebracht hatte. Olof Palme hatte sich jedoch günstig über ihn geäußert und ihm sogar irgendeine Medaille verliehen.

Überdies war er einer der Männer hinter dem Unternehmen, das die Militärs, das heißt die wenigen, die überhaupt von der Sache wußten, aus unerfindlichen Gründen *Operation Big Red* nannten.

Hamilton und seine Mitarbeiter hatten in dem Glauben gehandelt, vom Verteidigungsministerium und der Regierung einen Befehl erhalten zu haben. In Wahrheit war es ein inzwischen glücklicherweise pensionierter Marinechef gewesen, der aus eigenem Antrieb und in einem fast verzweifelten Zustand Befehl gegeben hatte, mit der Vernichtung zu beginnen.

Jetzt stellten die Militärs in Frage, daß das Ganze überhaupt stattgefunden hatte. Sorman lächelte still vor sich hin, als er sich die Verlegenheit vorstellte, die jetzt in bestimmten Abteilungen des Generalstabs herrschte.

Er selbst wußte allerdings, daß die Operation Big Red tatsächlich stattgefunden hatte, da er sie in vertraulichen Gesprächen mit dem sowjetischen Regierungschef besprochen hatte. Man hatte bei dieser Gelegenheit einige vernünftige Entschlüsse gefaßt, die, wie man sagen könnte, in hohem Maß vom Geist von Glasnost geprägt waren. Vor allem hatte man sich auf absolute beiderseitige Diskretion geeinigt.

Die Vorstellung, daß Hamilton, einer der Operateure, gleichzeitig ein sowjetischer Agent gewesen sein sollte, war vollkommen absurd. Dazu waren die auf sowjetischer Seite angedeuteten Verluste viel zu schwer gewesen.

Im Grunde hatte diese Spionagegeschichte mit den anderen Dingen nichts zu tun.

Wenn man jedoch das dritte Problem betrachtete, entstand so etwas wie eine Kombinationsmöglichkeit.

Bei dem dritten Problem ging es um zwei schwedische Ärzte, die sich seit drei Tagen in Libanon in Geiselhaft befanden. Man vermutete, daß die Entführer zu assoziierten Organisationen der PLO gehörten.

Jassir Arafat hatte telefonisch aus Tunis beteuert, die PLO habe nicht das geringste mit der Sache zu tun, und versprochen, sich dafür einzusetzen, daß die schwedischen Geiseln befreit werden könnten.

Dies war jedoch eine zu nichts verpflichtende Zusage. Schweden besaß kein diplomatisches Personal mehr in Libanon, und der nur schwach besetzten Botschaft in Damaskus ließen sich keine Verhandlungsexpeditionen in die palästinensischen Flüchtlingslager abverlangen. Weder dort noch woanders war eine direkte Zusammenarbeit mit der PLO denkbar.

Mit Carl Gustaf Gilbert Hamilton verhielt es sich den Dokumenten zufolge jedoch auf spektakuläre Weise anders. Er hatte bei zwei Gelegenheiten mit dem Nachrichtendienst der PLO im Nahen Osten zusammengearbeitet. Beide Male hatte dies zu dramatischen Ergebnissen geführt, wie man mit einiger diplomatischer Vorsicht die Ereignisse nannte.

Hamilton hatte offenbar eine direkte Zusammenarbeit mit der PLO gepflegt. Und im Moment schien Hamilton das Vertrauen der Nation sehr nötig zu haben.

Wenn es möglich wäre, die gefangenen schwedischen Geiseln freizubekommen, würde sich das in all dem sonstigen Elend als politisch außerordentlich vorteilhaft erweisen. Einmal würde die Regierung des Landes ein Happy End zustande bringen, zum andern könnten kraftvolle Maßnahmen einen wohltuenden Gegensatz zu künftigen Krawall-Artikeln der Skandalpresse bilden.

Das ließ es als vorrangig erscheinen, die schwedischen Geiseln freizubekommen. Und Hamilton konnte mit seinen Möglichkeiten dazu beitragen. Überdies hatte der Mann im Moment offenbar nichts zu verlieren.

Carl befand sich in einem Zustand des Chaos, sowohl innerlich wie äußerlich. Sein Zuhause war total demoliert, und er mußte vorsichtig zwischen Mörtel und Ziegelsteinen balancieren. An einer Stelle hatten sich die Eindringlinge durch eine fast zwei Meter dicke Ziegelmauer hindurchgearbeitet. Vor ein paar hundert Jahren war noch solide gebaut worden.

Die Eindringlinge hatten sich sogar beim Schnaps bedient. Als Carl eine Whiskyflasche in die Hand nahm, sah er, daß mindestens ein Drittel fehlte. Er setzte sich in der Bibliothek, der ehemaligen Bibliothek, in einen Sessel oder vielmehr auf die Überreste des zerfetzten Sitzkissens und trank ein halbes Wasserglas Whisky, ohne es abzusetzen, bis ihm aufging, daß er im Grund keine Lust dazu hatte.

Es gab nichts, womit er sich auf andere Gedanken bringen konnte. Es war Mittsommerabend, und er hätte sich jetzt bei seiner Mutter und seinen Verwandten unten in Skåne aufhalten sollen. Vielleicht sollte er sich einen Dienstwagen nehmen und hinunterfahren. Vielleicht durfte er im Augenblick keinen Dienstwagen benutzen? Nun, dann konnte er sich einen Leihwagen nehmen. War das an einem solchen Abend überhaupt möglich?

Die Wohnung mußte von seinem eigenen Unternehmen restauriert werden, aber die Angestellten hatten übers Wochenende dienstfrei, und danach begann die Urlaubszeit.

Carl überlegte, ob er Eva-Britt anrufen sollte, verwarf den Gedanken aber. Entweder war sie dabei, erste Opfer des Mittsommerfeierns einzusammeln, oder sie hatte ihren Dienst schon hinter sich und befand sich irgendwo draußen auf der Ostsee. Es war schönes Wetter.

Dann wollte er den Alten anrufen, war sich aber nicht sicher, ob er es in der jetzigen Lage tun konnte. Seine Gedanken bewegten sich zähflüssig wie Teer. Er versuchte sich an Trivialitäten und praktischen kleinen Problemen festzuhalten. Er ließ das leere Wasserglas absichtlich auf den Steinfußboden fallen, so daß die Scherben flogen, die er eine Zeitlang betrachtete.

Als das Telefon läutete, wollte er erst gar nicht herangehen. Es gab jedoch nur wenige, die seine Nummer kannten. Entweder war sie es oder der Alte.

Nach dem fünften Läuten nahm er ab.

Eine hochmütige Sekretärin teilte ihm mit, der Staatssekretär erwarte ihn. Es sei eilig.

Er wandte lahm ein, er sei müde und unrasiert, außerdem sei es Mittsommerabend, und als er sich selbst so reden hörte, hatte er das Gefühl, einen Kurzschluß in sich zu haben, so daß das Gehirn nur mit halber Kraft lief. Er besaß keine Widerstandskraft mehr. Als er kurze Zeit später frisch rasiert und mit einem frischen Hemd in Richtung Gustaf Adolfs Torg zum Palast des Außenministeriums ging, hatte er das Gefühl, wie Strandgut über den Bürgersteig gespült zu werden.

Der Wachmann der Firma Abab hatte ihn auf einer Liste, und hinter den Panzerglastüren stand eine Sekretärin, die ihn zu dem Zimmer des Staatssekretärs begleitete. Der Raum war sehr groß und sehr hell und sah im übrigen aus wie aus einem Illustriertenbericht über die Wohnkultur besserer Herrschaften früherer Zeiten.

Vor dem zierlich gearbeiteten Schreibtisch stand ein Gästestuhl. Peter Sorman streckte Carl die Hand zu einem festen Handschlag entgegen und wies dann wie ein Militär mit der ganzen Hand auf den Stuhl.

»Wie ich höre«, sagte Peter Sorman, lehnte sich in den blauen Samt zurück und legte die Fingerspitzen aneinander, »hast du es in den letzten Tagen nicht ganz leicht gehabt. Es ist übrigens höchste Zeit, daß wir uns kennenlernen.«

Carl antwortete zunächst nicht. Doch da Sorman keinerlei Anstalten machte fortzufahren, wurde das Schweigen im Raum immer spürbarer und durch eine irgendwo im Hintergrund laut tickende Wanduhr noch verstärkt.

»Ja«, erwiderte Carl schließlich, »die letzte Zeit ist nicht ganz leicht gewesen, stimmt.«

»Worin bestehen die Verdächtigungen gegen dich? Hat man etwas Konkretes außer diesem TRISTAN-Bericht?«

»Ist dies ein Verhör? Darf ich hier wirklich über diese Dinge sprechen?«

»Nein, es ist kein Verhör. Ich habe den ganzen TRISTAN-Bericht gelesen, so daß wir wohl offen sprechen dürfen.«

»Außer dem TRISTAN-Bericht haben sie natürlich nichts.«

»Hast du eine Ahnung, worum es eigentlich geht? Kann es mit der Operation Big Red zu tun haben?«

Carl spürte, wie er allmählich aufwachte und zugleich immer mißtrauischer wurde. Er dachte kurz nach und antwortete langsam und gedehnt.

»Mit ist nicht ganz klar, wie ich hier mit einem Außenstehenden, den ich nicht mal kenne, über streng geheime Dinge sprechen kann.«

Peter Sorman saß noch genauso da wie zuvor. Jetzt zeigte er ein dünnes Lächeln, während er gleichzeitig erneut die Fingerspitzen aneinanderlegte.

»In der Regierung waren wir vier Personen, die mit der sogenannten Operation Big Red befaßt waren. Seitdem habe ich mit den Russen über die Angelegenheit diskutiert, und zwischen den beiden Staaten ist die Sache ausgestanden. Der Grund dafür, daß ich die Geschichte zur Sprache bringe, ist folgender. Die damaligen Ereignisse dürften es doch eigentlich unmöglich machen, daß man dich so verdächtigt.«

»Ich darf mit meinen Vernehmern nicht darüber sprechen. Denen sind die damaligen Ereignisse nämlich nicht bekannt.«

»Scheint mir eine knifflige Lage zu sein.«

»Ja. Aber worum geht es?«

»Worum es geht?«

»Ja. Du hast mich doch hergebeten.«

Peter Sorman antwortete nicht. Statt dessen beugte er sich plötzlich vor, zog eine Schreibtischschublade heraus und entnahm ihr einen Diplomatenpaß, den er vor Carl auf den Tisch legte.

»Ist der immer noch gültig?« fragte Carl halb mürrisch, halb neutral, da diese Geste, ihm seinen alten und nur kurze Zeit benutzten Diplomatenpaß auf den Tisch zu legen, nicht sonderlich aufschlußreich war.

»Ja, er ist immer noch gültig. Für die Bürokratie bist du bei uns immer noch stellvertretender Marineattaché in Kairo. Obwohl es damals eine kurze Expedition war. Wobei ich noch anmerken möchte, daß einiges von dem Tun und Lassen des Herrn Korvettenkapitäns nachträglich schwer zu erklären ist.«

Carl empfand innere Spannung und Irritation. Sein Gegenüber wich aus und wollte offensichtlich nicht zur Sache kommen. Statt zu antworten oder weitere Fragen zu stellen, lehnte Carl sich leicht zurück und äffte Sormans Geste mit den aneinandergelegten Fingerspitzen nach.

Beide fixierten einander schweigend, bis Sorman sich plötzlich entschlossen zu haben schien, zur Sache zu kommen.

»Ich nehme an, du hast in den Zeitungen von unseren entführten Ärzten im Libanon gelesen«, begann er mit spürbarer Temposteigerung. »Wir wollen sie nach Hause bekommen. Die PLO hat uns ihre Hilfe zugesagt. Ich habe solche Zusagen von Arafat persönlich erhalten, zuletzt heute am Telefon. Unser diplomatisches Personal in Damaskus hat nur begrenzte Kontakte, während es in diesen Dokumenten ja heißt, du hättest außerordentlich gute Beziehungen zum Nachrichtendienst der PLO. Sind diese Verbindungen noch intakt?«

»Soviel ich weiß, ja«, erwiderte Carl schnell, da Sorman deutlich zeigte, daß er fortfahren wollte.

»Wir wollen, daß du in unserem Auftrag reist und versuchst, einen indirekten Verhandlungskontakt mit der PLO herzustellen. Das soll die offenen diplomatischen Kontakte begleiten. Du sollst versuchen, den Aufenthaltsort der Geiseln herauszufinden oder uns Erkenntnisse darüber zu verschaffen, wer sie festhält und in welcher Beziehung diese Leute zur PLO stehen. Wir wollen bei unseren Verhandlungen den Druck verstärken.«

Carl zwang sich, nicht spontan zu antworten, da ihn die Ausdrucksweise des Diplomaten mit all ihren eingebauten oder beabsichtigten Unklarheiten irritierte. Statt dessen versuchte er mit einer Formfrage etwas Zeit zu gewinnen.

»Soviel ich weiß«, begann Carl zögernd, »bin ich im Augenblick nicht mal im Dienst. Solange diese Ermittlung andauert, bin ich vom Dienst suspendiert, während man mich gleichzeitig angewiesen hat, mich zur Verfügung zu halten. Im übrigen habe ich in den letzten Tagen keine Zeitung gelesen, da ich dauernd verhört worden bin. Ich habe nichts von diesen Ärzten gewußt.«

»Wovon bist du suspendiert, vom OP 5?«

»Ja, natürlich vom OP 5, da ich dort angestellt bin.«

»Nun, diesen Verhandlungsauftrag erhältst du von der Regierung, und deshalb ist es gut, daß du verfügbar bist.«

»Habe ich demnach das Vertrauen der Regierung?«

»Ja, im höchsten Maße. Wir halten die Spionageanschuldigung für blanken Unsinn und haben volles Vertrauen in die Seriosität deiner Kontakte im Libanon sowie deine Möglichkeiten, uns Erkenntnisse zu verschaffen, die sehr wertvoll sein können.«

»Glaubt ihr, daß es die PLO gewesen ist? Das sieht denen doch gar nicht ähnlich.«

»Nein, das tut es nicht. Nein, wir glauben es nicht. Aber wir glauben, daß es da irgendeine Verbindung zur PLO gibt, und je größeren Druck wir auf die PLO ausüben können, um so größer die Wahrscheinlichkeit, daß die den Druck an die Entführer weitergibt.«

»Aber vor einem Diplomatenpaß dürften die Entführer keinen großen Respekt haben. Die sagen sich, um so besser, dann kriegen wir noch eine Geisel.«

»Du sollst die Entführer ja nicht aufsuchen. Und was deinen Status und deine Sicherheit betrifft, brauche ich dich wohl nicht näher aufzuklären. All das hast du doch sicher schon längst mal gehört.«

»Ich bin Abgesandter der Regierung, repräsentiere Schweden aber nur dann, wenn es gutgeht. Wenn es danebengeht, bin ich ein Militär, der auf eigene Faust Dummheiten macht, wofür ihr keinerlei Verantwortung übernehmen könnt?«

»Etwa so. Irgendwelche Einwände?«

»Aber nein. Wie du schon sagtest, das kommt mir alles sehr bekannt vor. Aber ich habe ein paar Fragen, von denen ich nicht weiß, ob ich sie stellen soll.«

»Dann verkneif sie dir lieber. Ach, übrigens, ich wünsche nicht, daß du auf deine Reise Waffen mitnimmst.«

»Ist das eine ausdrückliche Dienstanweisung oder ein nicht näher definierter Wunsch?«

»Wäre ich dein militärischer Vorgesetzter, würde ich sagen, es ist ein Befehl. Aber das bin ich natürlich nicht.«

Carl stand auf, ohne etwas zu sagen, durchquerte den Raum und stellte sich ans Fenster. Sorman blieb anscheinend unberührt am Schreibtisch sitzen. Carl hörte, wie er ein kurzes privates Telefongespräch des Inhalts führte, er werde schon bald fertig und in zwei Stunden auf der Insel sein.

Unten auf Gustaf Adolfs Torg herrschte nur wenig Verkehr, und der Platz war fast menschenleer. Die meisten Bewohner der Stadt befanden sich wohl schon draußen bei Verwandten und Familie auf den Schäreninseln, in Sörmland und Uppland. Es ist ohnehin zu spät, nach Skåne zu reisen, dachte er. Dann drehte er sich um und lehnte sich gegen das Fenster, während er seine Fragen abfeuerte, die ebenso blitzschnelle Antworten von Sorman zur Folge hatten.

»Wann kann ich da sein, wenn ich heute abreise?«

»Heute abend, wenn du in zwei Stunden fliegst.«

»Erst zur Botschaft in Damaskus?«

»Ja. Das dortige Personal wird dich am Flughafen abholen.«

»Reisen die mit mir nach Libanon?«

»Ja, irgendein Hotel in Beirut dürfte sich als Verhandlungsort besser eignen als Damaskus.«

»Kann ich mit dem Kurier nachträglich Ausrüstung anfordern, gegebenenfalls wann?«

»Wir können morgen einen Sonderkurier schicken. Was für eine Ausrüstung meinst du?«

»Feldstecher, Kurzwellensender, Nachtsichtgeräte, derlei Dinge. Ich spreche also nicht von Waffen.«

»Gib mir jetzt eine Liste, dann kommen die Sachen morgen mit dem Kurier.«

»Ich brauche auch ziemlich viel Geld, in Dollar.«

»Wieviel und zu welchem Zweck?«

»Schwer zu sagen. Mindestens zwanzigtausend Dollar. Der Zweck: Bestechungsgelder, Abrechnung folgt. Schreibt ihr mir Zahlungsanweisungen aus?«

»Nein, quittiere selbst und rechne hinterher ab.«

»Das heißt, wenn alles gutgegangen ist. Sonst ist es eine private Reise gewesen?«

»Kein Kommentar.«

»Dann habe ich nur noch eine Frage.«

Peter Sorman äußerte sich nicht dazu, sondern machte nur eine einladende Handbewegung. Carl zögerte mit seiner Frage. Sormans indirekter Gesprächsstil machte ihn unsicher.

»Wenn ich Glück habe, bekomme ich Kontakt mit Leuten von der PLO, die ich kenne. Wenn wir noch mehr Glück haben, dann ist es so, wie ihr glaubt, daß die Entführer in irgendeiner Verbindung zur PLO stehen. Falls ja, werden wir die Geiseln wahrscheinlich so loseisen können, ohne diplomatische Bemühungen der Botschaftsleute.«

Carl verstummte, als er der Meinung war, auf die mehrdeutige Ausdrucksweise seines Gesprächspartners einigermaßen erfolgreich reagiert zu haben. Als Antwort erwartete er so etwas wie ein allgemeines Gemurmel, dem nicht allzuviel zu entnehmen war. Statt dessen stand der andere erregt auf und peitschte eine Antwort heraus, die er dadurch unterstrich, daß er mit der Handkante behutsam auf die Tischplatte schlug; gerade diese Bewegung verblüffte Carl mehr als alles andere, da er von der heimlichen Passion des Staatssekretärs für Handkantenschläge nichts wußte.

»Du darfst unter gar keinen Umständen unnötige Risiken auf dich nehmen. Du bist in erster Linie als Kundschafter da unten und sollst unsere Verhandlungen unterstützen und dich nicht als eine Art Rambo betätigen. Habe ich mich in der Hinsicht ganz klar ausgedrückt?«

»Ja, vollkommen klar«, erwiderte Carl und blickte zur Seite.

»Es kann also in dieser Frage keinerlei Mißverständnis geben?« fuhr Sorman mit unverminderter Intensität fort.

»Nein, ganz und gar nicht. Aber was kann ich der PLO anbieten, wenn sie uns helfen?«

»Sympathie«, erwiderte Sorman kurz und sank wieder auf seinen Stuhl, als hätte sich der Sturm gelegt.

»Nur Sympathie?« fragte Carl mit gespieltem Erstaunen. »Klingt das nicht ein bißchen dürftig?«

»In euren Kreisen sagt man doch, ja, wie heißt es noch...«

»Ich schulde euch noch was. Das Problem ist nur, daß sie mir schon einige Dienste erwiesen haben.«

»Biete ihnen einen größeren Personalbestand bei der PLO-Vertretung in Stockholm an. Sie suchen schon seit längerer Zeit um ein Visum für eine Sekretärin nach.«

»Das klingt immer noch sehr mager, wie ich finde. Es sind immerhin wichtige Dienste, um die ich sie bitten werde.«

»Es dürfte kaum deine Aufgabe sein, dich um die schwedische Außenpolitik zu kümmern.«

»Nein, natürlich nicht, aber je bessere Verhandlungsangebote ich mitnehme, um so größer die Möglichkeit zur Zusammenarbeit. Es war eine rein praktische Frage.«

»Dann lüg ihnen doch einfach etwas vor.«

»Das will ich nicht.«

»Ich dachte, das gehört zu deinem Job.«

»Ja, manchmal. Manchmal nicht, und hier eben nicht.«

»Etwas Persönliches?«

»Ja, aber auch rein praktisch. Wie ich schon sagte, ich habe schon früher durch vage Versprechungen dieser Art Hilfe bekommen. Meine Glaubwürdigkeit wäre begrenzt.«

»Okay. Biete ihnen zwei Dinge an. Einmal einen höheren PLO-Personalbestand in Stockholm, zum andern einen neuen schwedischen Vorstoß im Nordischen Rat über Handelshemmnisse gegenüber Israel.«

»Kann ich beide Dinge versprechen?«

»Nein, aber du kannst eine realistisch klingende Absichtserklärung abgeben.«

»Was bedeutet das?«

»Ich glaube, du mußt jetzt los, wenn du deine Maschine bekommen willst.«

»Das eine ist eine echte Zusage, das andere nicht?«

»Etwa so. Du fliegst über Berlin, glaube ich.«

»Ost-Berlin?«

»Ja, aber die Russen haben nicht die Absicht, dir Schwierigkeiten zu machen. Diese Geschichte ist buchstäblich und politisch gestorben.«

»Wenn sie mich einem Spionageverdacht aussetzen, kann ich das nicht glauben.«

»Woher weißt du, daß sie dahinterstecken?«

»Die Engländer dürften sich das kaum ausgedacht haben.«

»Wenn du nach Hause kommst, ist diese Geschichte bestimmt erledigt. Jetzt wünsche ich nur noch Weidmannsheil.«

Peter Sorman hatte bei dieser letzten Äußerung ohne sichtbare Anzeichen von Irritation Carls Diplomatenpaß an sich genommen, die Sonnenreflexe auf dem Perserteppich überquert und war an die Tür gegangen, die er mit einer sehr deutlichen Geste öffnete.

Carl ging zu ihm, und die beiden Männer verabschiedeten sich mit Handschlag. Carl erhielt seinen Paß und steckte ihn ohne Kommentar in die Gesäßtasche.

»Und wenn du wieder da bist, können wir vielleicht mal ein paar Karateübungen machen«, lächelte Sorman, als er Carls Hand losließ.

Carl erstarrte, als wäre sein Gesprächspartner plötzlich verrückt geworden. Carls verblüffte, fragende Miene mußte die folgende Erklärung erzwungen haben.

»Ja, ich interessiere mich sehr für diesen Sport... habe den Schwarzen Gürtel... bin Vorsitzender im Reichsverband«, erklärte Sorman, der jetzt zum erstenmal so etwas wie Unsicherheit verriet.

»Das würde ich für höchst unpassend halten. Aber ich schicke dem Wachposten da unten eine Liste, bevor ich abreise, eine Liste meiner Ausrüstung«, sagte Carl, lächelte kurz, drehte sich auf dem Absatz um und ging.

Peter Sorman ging nachdenklich an seinen Schreibtisch und sammelte die Dokumentenstapel ein.

Das Ganze war zumindest einen Versuch wert. Eine gerettete Geisel würde mindestens zwei kleine »Affären« im Wahlkampf aufwiegen. Er beschloß, von jetzt an Mittsommerurlaub zu haben und sich keine dienstlichen Sorgen mehr zu machen. Dennoch konnte er die Frage nicht beiseiteschieben, was der junge Militär mit »höchst unpassend« gemeint hatte. Der Staatssekretär fühlte sich sogar leicht verletzt.

Der Alte war tief in einem Ledersessel versunken. Nicht weit vom Trafalgar Square saß er in einem Zimmer, in dem er sich seit Jahren nicht mehr aufgehalten hatte. In London war es vier Uhr nachmittags, doch dem Alten saß noch der Zeitunterschied von acht Stunden gegenüber Kalifornien in den Knochen.

Er fühlte sich todmüde, und es fiel ihm schwer, seine Gedanken zusammenzuhalten. Es gelang ihm nur mit Mühe, ein Gähnen zu unterdrücken.

Sir Geoffrey war unzweifelhaft das genaue Gegenteil von Skip Harrier.

Zunächst hatte Sir Geoffrey bestimmt und fast arrogant jeden Gedanken zurückgewiesen, TRISTAN könne absichtlich falsche Angaben geliefert haben, doch der Alte gab sich nicht damit zufrieden.

Sie hatten mehrere Stunden in dem verräucherten Büro damit zugebracht, den gesamten TRISTAN-Bericht durchzugehen, soweit er Schweden betraf, und Sir Geoffrey hatte nicht gezögert, seinem schwedischen Kollegen eigene Vernehmungsbeamte zu schicken.

Und als Sir Geoffrey jetzt absichtlich kaum merklich zur Uhr sah, mußte der Alte sich zu ein paar dramatischen Schritten entschließen, zu denen er vermutlich nicht befugt war, oder aber sich zurückziehen. In London wurde zwar nicht Mittsommer gefeiert, aber es war immerhin Freitagnachmittag, und Sir Geoffrey hatte schon en passant angedeutet, welche gesellschaftlichen Pflichten, wie er sagte, in Chelsea auf ihn warteten.

»Well, alter Freund, kann ich dir noch einen Drink anbieten, bevor wir uns trennen?« fragte Sir Geoffrey plötzlich. Dem Alten ging auf, daß er zusammengezuckt sein mußte, als wäre er kurz vor dem Einschlafen.

Jetzt mußte er sich entscheiden.

»Ja, bitte. Gib mir einen kleinen Whisky und etwas Wasser in einem zweiten Glas«, erwiderte er mechanisch, während er innerlich Anlauf nahm.

Sir Geoffrey winkte einen der Kellner zu sich heran und bestellte schnell, worauf er sich unverändert freundlich dem Alten zuwandte. Er hatte den Zeigefinger einer Hand in die Wange gestützt, als brächte er den noch unbekannten Kopfschmerzen des schwedischen Nachrichtendiensts nicht nur freundliche Anteilnahme, sondern auch Interesse entgegen.

»Wir kennen uns ja schon recht lange, Jeff, so daß du mich sicher verstehst, wenn ich jetzt sage, daß ich über meine Anweisungen ein wenig hinausgehen muß«, begann der Alte entschlossen und spürte, wie sein Adrenalinspiegel stieg und die Müdigkeit verjagte.

»Natürlich, alter Knabe, du hast mein volles Verständnis. Schieß los, wie unsere amerikanischen Vettern sagen würden. Schieß einfach los.«

»Nun, um gleich zur Sache zu kommen«, fuhr der Alte fort, wurde jedoch kurz von dem Kellner unterbrochen, der ihm seinen Whisky und das Wasser reichte, »würde ich es für das Einfachste halten, wenn ich zunächst dich frage, ob du etwas von einem unserer jüngeren Offiziere gehört hast, der aus einem mir unbekannten Anlaß die Codebezeichnung Coq Rouge erhalten hat?«

»Um Gottes willen, natürlich! Der indiskreteste Nachrichtenoffizier Nordeuropas, euer James Bond, sozusagen. Wenn du entschuldigst, wer sollte denn nicht von den Leistungen dieses Burschen gehört haben? Ist er immer noch bei euch in der Firma? Wäre es indiskret, es mir zu erzählen?

»Ja, er ist noch da. Er ist also einer von denen, um die es geht.«

»Du lieber Himmel! Nun ja, dann verstehe ich, daß ihr besorgt seid… wirklich, ziemlich verteufelt«, erwiderte Sir Geoffrey. Das höfliche Desinteresse in seinem Gesicht war wie weggeblasen. »Erzähl weiter, um Himmels willen, erzähl weiter!« sagte er dann eifrig und unterbrach seinen Gedankengang, um sich einen neuen Whisky zu bestellen.

»Also, wenn ich mich kurz fasse und, wenn du mir nachsiehst, nur andeutungsweise die Sache zu erklären, sieht es etwa wie folgt aus«, fuhr der Alte fort, nachdem der Kellner gegangen war. »Derselbe Coq Rouge hat an einer größeren Operation gegen den Feind teilgenommen, die eines der bestgehüteten Geheimnisse Schwedens ist. Das war vor etwa einem Jahr. Die politischen Komplikationen waren abscheulich. Zu Hause wäre fast ein Bürgerkrieg ausgebrochen.«

Der Alte macht eine kurze Pause, nippte an seinem Whisky und fragte sich gleichzeitig, welche Art Dienstvergehen oder Verbrechen er gerade beging.

»Erzähl weiter, alter Freund. Erzähl weiter. Was du mir sagst, läßt manches in einem etwas unerwarteten Licht erscheinen«, feuerte ihn der jetzt höchst interessierte Brite an.

Der Alte stellte langsam sein Glas ab und überlegte, bevor er fortfuhr. »Die Sache ist also die«, begann er zögernd. »Wenn der erwähnte Coq Rouge…«

»Du meinst Hamilton, heißt er nicht so?« unterbrach ihn Sir Geoffrey mit einem fast schadenfrohen Lächeln.

»Wie ich schon sagte«, fuhr der Alte fort, ohne eine leichte Irritation verbergen zu können, »wäre besagter Coq Rouge ein sowjetischer Agent, würde unser gesamter Nachrichtendienst an inneren Krisen zusammenbrechen. Es würde uns Jahre kosten, die Schäden zu reparieren, Personal auszutauschen, Bürokomplexe und was weiß ich. Überdies wäre die Schlußfolgerung zu ziehen, daß der Feind bei uns zu Hause mehr oder weniger alles unter Kontrolle hätte und uns nach Belieben gegen unsere Politiker ausspielen könnte. Es wäre kurz gesagt ein Chaos. Die Schäden für unser Land wären unermeßlich. Unsere größte Niederlage seit Poltawa.«

»Poltawa, sagst du?«

»Ja, weder mehr noch weniger.«

»Tut mir schrecklich leid, das zu hören, alter Knabe.«

»Was sollen diese Albernheiten, Jeff. Hör auf, mich ›alter Knabe‹ zu nennen. Wir Schweden mögen so was nicht. Das läßt uns glauben, daß ihr immer noch alle Tunten seid.«

»Wenn das so ist, Sir, werde ich versuchen, meine Worte besser zu wählen, alter Knabe.«

»Ja, ja. Wir kennen uns jetzt zwanzig Jahre, nicht wahr?«

»Einundzwanzig Jahre, um genau zu sein.«

»Na schön, sagen wir einundzwanzig Jahre. Es ist nicht nur so, daß ich wegen der furchtbaren Konsequenzen des angeblichen Verrats besorgt bin. In meiner Situation wäre das jeder ...«

»Ohne jeden Zweifel ... alter Knabe.«

»Ich habe auch handfeste Beweise dafür, daß Coq Rouge kein Verräter ist. Ich will diesem TRISTAN also irgendwie ans Leder.«

»Dürfte nicht ganz einfach sein. Er hat Asyl erhalten, Amnestie, eine neue Identität, Pension, alles, was dazugehört. Rein formaljuristisch so gut wie unantastbar. Ich brauche schon schrecklich gute Gründe, wenn ich ihm ein paar böse Jungs auf den Hals schicken will, wo er doch die Dankbarkeit einer ganzen Nation genießt, mit allem, was dazugehört. Du mußt mir wirklich etwas Konkretes bringen, denn sonst, fürchte ich, reicht nicht mal eine einundzwanzig Jahre alte Freundschaft.«

»Du willst also erfahren, worum es geht? Sonst gebt ihr diesen TRISTAN nicht preis?«

»Ganz genau.«

»Das wird mein schlimmster Verstoß gegen die Schweigepflicht, den ich je begangen habe.«

»Ich fürchte, dafür bekommst du *nicht* das Victoria-Kreuz. Aber, wie ich schon sagte, irgendwelche Aktionen gegen TRISTAN in seinem gegenwärtigen Status, mit gewährtem Asyl, allgemeiner politischer Anerkennung, das geht nur, wenn du uns überzeugen kannst.«

»Was bedeutet ›uns‹?«

»Mich.«

»Ein mündlicher Bericht an dich, und danach nichts Schriftliches, was auf Abwege geraten könnte?«

»Du weißt, daß eine solche Zusage lächerlich wäre. Mein Ehrenwort hast du natürlich. Machen wir einen kleinen Spaziergang?«

Sie erhoben sich und gingen, ohne zu bezahlen. Das war so nach den

Regeln des Clubs. Seit 113 Jahren war es noch nie zu der peinlichen Situation gekommen, daß jemand inmitten all dieser Ledersessel, der grünen Leselampen und der Messingbeschläge mit etwas so Vulgärem wie Geldscheinen geraschelt hätte. Die Rechnung ging gleichwohl diskret und mit großer Präzision an eine der geheimen Adressen des britischen Nachrichtendienstes.

Es regnete in Strömen, und die Wettervorhersagen waren pessimistisch genug, um wie gewohnt eine Bedrohung des Tennisturniers in Wimbledon anzukündigen.

Der Alte hatte, durch frühere London-Besuche klug geworden, einen eigenen Regenschirm mit, und die beiden Schirme bildeten so etwas wie einen gemeinsamen Schild gegen Einblicke und Richtmikrophone, und sobald ein Fremder nur noch fünf Meter entfernt war, verstummte das Gespräch.

Der Alte brauchte etwa zehn Straßenblocks in langsamem Spaziergängertempo, um seinen alten Freund zu überzeugen.

Die sowjetischen Verluste bei der Operation Big Red lagen irgendwo zwischen fünfzig und dreihundert Mann. Auch die konservativste Schätzung bedeutete für die Russen eine Katastrophe. Immerhin waren drei sowjetische Unterwasserbasen auf schwedischem Territorium gesprengt worden, und zuvor hatte Coq Rouge einen sowjetischen Überläufer nach Schweden gebracht, einen gewissen Gennadij Alexandrowitsch Koskow. Dieser war vagen sowjetischen Zeitungsberichten zufolge anschließend auf rätselhafte Weise »verschwunden«. Ein erheblicher Teil des KOSKOW-Berichts war überdies den britischen Kollegen zugegangen. Das war auch die Erklärung dafür, daß Schweden im Handelsaustausch mit den Briten in den letzten Jahren relativ viel hatte anbieten können. Allerdings ganz so strahlend war der Aufschwung nun auch wieder nicht gewesen. Es war ein einziges Unternehmen gewesen, mit dem der schwedische Geheimdienst alle Erkenntnisse gewonnen hatte, und besagter Coq Rouge, so der Alte, habe es durchgeführt.

Koskows Wissen hatte also die Aktion gegen die drei Basen ermöglicht, die völlig zerstört worden waren.

Welche politischen Konsequenzen sich daraus im Hinblick auf Glasnost ergäben, so der Alte, könne man nur vermuten. Die Sowjets müßten ein großes Interesse daran haben, die Geschichte unter allen Umständen nicht an die Öffentlichkeit gelangen zu lassen. Darüber hinaus sei es ihr Ziel, den schwedischen Nachrichtendienst nach Möglichkeit zu unterwandern, um die Einrichtung, die über dieses Wissen verfügte, in Mißkredit zu bringen, vor allem gegenüber den Politikern.

Wenn man nun, fuhr der Alte fort, im Verhältnis dazu diesen Burschen TRISTAN betrachte, was habe dieser eigentlich verkauft?

Drei kleine Fische in seinem eigenen kleinen Agentennetz und zwei GRU-Kollegen von Aeroflot in London.

Natürlich seien diese Angaben korrekt. Sie seien ja das eigentliche Lockmittel gewesen, und schließlich habe das GRU schon früher so gehandelt, übrigens gerade in England. Die wahren Angaben, die Großbritannien berührten, seien im Vergleich mit den negativen Konsequenzen für Schweden absolut unbedeutend.

Als der Alte so weit gekommen war, verstummte er, um seine Worte wirken zu lassen. Und es hatte unleugbar den Anschein, als würde Sir Geoffrey, wenn auch widerwillig, einlenken.

»Du hast etwas von Beweisen gesagt. Wie sehen die aus?« knurrte Sir Geoffrey schließlich, als sie fast einen ganzen Straßenblock schweigend hinter sich gebracht hatten.

»Reicht nicht das, was ich gesagt habe?«

»Glänzende Analyse, in sich überzeugend, aber ein paar Beweise hätte ich trotzdem gern. Gib mir nur einen Strohhalm, dann hast du mich überzeugt.«

»Na schön«, seufzte der Alte. »Die handfesten Beweise sind medizinischer Natur. Coq Rouge hat die Operation nicht allein durchgeführt. Zwei weitere Männer sind mit ihm getaucht.«

»Teufel auch! Habt ihr mehr solche James Bonds? Warum fangt ihr nicht in der Filmbranche an?«

»Es fällt mir manchmal schwer, den englischen Humor zu verstehen. Nun, die Männer mußten unter schwierigen Verhältnissen tauchen, haben dabei etliche Sicherheitsbestimmungen und derlei verletzt und sogar alle drei ihr Leben riskiert. Die medizinischen Journale sind noch da. Die Russen haben irgendwie begriffen, daß besagter Coq Rouge dabei war...«

»Nicht schwer zu erraten angesichts der Meriten des jungen Hamilton, wirklich nicht.«

»Unterbrich mich nicht, alter Knabe.«

»Jetzt hast du ›alter Knabe‹ gesagt.«

»Ja, um dir zu zeigen, daß es mich irritiert, wenn man mich unterbricht. Also, die Russen haben richtig geraten, was Coq Rouge betrifft, aber da sie nicht wußten, daß zwei weitere Nachrichtenoffiziere an dem Unternehmen teilgenommen haben, konnten sie auch nicht voraussehen, daß wir medizinische Beweise und zwei Zeugen haben.«

»Es scheint in der Tat klar zu sein, daß ihr die Zielscheibe dieser *maskirowka* gewesen seid, nicht wir. Verflucht noch mal!«

»Wieso verflucht?«

»Nun, wir haben das alles schon mal erlebt. Seit... ja, du weißt schon welche Leute... sich in die Sowjetunion abgesetzt haben, kam ein ganzer

Strom solcher falscher Überläufer zu uns, und die haben fast fünfzehn Jahre lang bei uns Verwirrung gestiftet. Immer das gleiche Muster. Ein paar wahre Angaben, damit wir den Köder schlucken, und dann Desinformation, damit wir uns bis zur Lähmung selbst verdächtigen. Was wir strenggenommen auch getan haben.«

»Ja, ich kenne alle diese Geschichten. Aber was ist ›verflucht‹?«

»Daß wir denen schon wieder auf den Leim gekrochen sind, natürlich! Nun, ich muß nach Hause. Findest du allein ins Hotel? Bleibst du noch ein paar Tage in London?«

»Ja, solange es nötig ist. Morgen früh im Büro?«

»Leider ja. Aber bei dem Wetter wären meine gesellschaftlichen Verpflichtungen sowieso ins Wasser gefallen. Wir müssen dieses Problem natürlich lösen, damit der Feind ein für allemal lernt, sich nicht mehr in unsere Familienangelegenheiten einzumischen. Gute Nacht, alter Knabe, und schlaf gut.«

»Auch dir gute Nacht, alter Knabe. Du kannst dich darauf verlassen, daß ich schlafen werde. Acht Stunden Zeitunterschied, wie du weißt, und in der Touristenklasse war es verdammt unbequem. Außerdem war es eine amerikanische Fluggesellschaft, bei der man behandelt wird wie ein Affe.«

»Mein Gott, fliegst du mit den Amerikanern? Warum nicht Erster Klasse? In unserem Alter?«

»Wahrscheinlich eine alte Gewohnheit. Ich bin sicher altmodisch, denn in mir steckt noch drin, daß man in der Touristenklasse weniger auffällt als in der Ersten. Obwohl heute ja alles durch die Computer läuft. Eins verspreche ich jedenfalls – ich werde nie mehr mit den Amis fliegen. Dann sehen wir uns also morgen?«

»Ja. Sagen wir acht Uhr, ach was, sagen wir zehn Uhr morgen früh. Spielt sowieso keine Rolle, da wir diesen Typ kaum freilassen dürften, bevor wir die Geschichte aus ihm herausgequetscht haben.«

Dem Alten flimmerte es vor den Augen, als er den fast parodistisch makellos gekleideten britischen Gentleman im Regen verschwinden sah. Er hatte das Gefühl, noch nie mehr aufs Spiel gesetzt zu haben. Er hatte streng geheime Angaben gemacht, ein Verhalten, das man Spionage nennen konnte, was es zum Teil wohl auch war. Nur um seine eigene Haut zu retten.

Doch der Alte war ein praktisch denkender Mann und unterschied zwischen den Geboten Gottes und den Verordnungen der Menschen.

Zehn Minuten später lag er halb entkleidet auf seinem Hotelbett und schlief tief und fest.

5

Es war Montagmorgen nach einem Mittsommerwochenende, welches das schönste hätte sein können, das Samuel Ulfsson seit vielen Jahren erlebt hatte. Durchgängig strahlendes Wetter, drei Tage hintereinander fünfundzwanzig Grad im Schatten, die ganze Familie versammelt mit Kindern und Enkeln, Crocket auf dem Rasen, beschlagene gelbe und rote Saftkaraffen, ein eigener kleiner Mittsommerbaum, Matjeshering und Schnittlauch mit dänischem Schnaps, Hummeln, die um die Hängematte surrten.

Dennoch war es von Anfang bis Ende schrecklich gewesen.

Der Brief, den er morgens als erstes geöffnet hatte, war per Kurier vom Affenhaus auf Kungsholmen gekommen und hatte schon nach Katastrophe gerochen, als er ihn nur in die Hand nahm. Der Umschlag fühlte sich so dünn an, daß die Mitteilung nur kurz sein konnte. Eine kurze Mitteilung mit besonderem Kurier – das konnte nur auf eine Katastrophe hindeuten.

Sehr richtig.

Polizeidirektor Stig Larsson, der seit mehr als dreißig Jahren im Sicherheitsdienst des Reiches gearbeitet hatte und in den letzten zehn Jahren Chef des sogenannten Russenbüros gewesen war, war während des gesamten Mittsommerwochenendes ohne Unterbrechung vernommen worden. Gleichzeitig hatte man in seinem Haus alles auf den Kopf gestellt. Hinter dem Badezimmerschrank war ein kleines Versteck entdeckt worden, in dem sich einige kleinere Gegenstände befunden hatten. Vermutlich Schlüssel eines Einmalcodes.

Zwei Stunden später hatte der Polizeidirektor gestanden. Er habe in den letzten zehn Jahren für den militärischen Nachrichtendienst der Sowjets gearbeitet. Seine Angaben und Dokumente beträfen sein eigenes Tätigkeitsfeld, das heißt die Jagd des schwedischen Sicherheitsdienstes auf sicherheitsbedrohende sowjetische Aktivitäten.

Er hatte sich bis jetzt geweigert zu verraten, wofür die Codeschlüssel verwendet wurden, er wolle verhindern, daß andere, unschuldige Menschen in Gefahr gerieten.

Es fehlten nur noch zwei Wochen bis zu seiner Pensionierung. Der Codename der Russen für ihn war offenbar DER PFAU gewesen.

Gegenwärtig wurde mit ihm diskutiert, ob er sich eine bereitwillige Zusammenarbeit vorstellen könne. Gegenleistung: Immunität.

Dieses Angebot erstaunte Samuel Ulfsson. Der entlarvte Landesverräter entging einer gerichtlichen Strafe, wenn er vorbehaltlos mit den Behörden zusammenarbeitete. Die britische Regierung war mehrmals so vorgegangen, ebenso die westdeutsche. Aber konnte die schwedische Regierung sich auf so etwas einlassen?

Was würde geschehen, wenn die Geschichte durchsickerte? Früher oder später würde das unweigerlich passieren, wenn sich das Wissen um den Fall unten im Affenhaus in einem größeren Personenkreis verbreitete. Wie sollte die Regierung so etwas erklären? Zudem in einem Wahljahr, in dem die Konservativen mächtig ins Horn stoßen und von Erfüllungspolitik gegenüber dem Großen Nachbarn im Osten sprechen würden?

Nun, das war Sache der Politiker.

Unerhört bedauerlich war jedoch, daß sich der TRISTAN-Bericht auch in dem wichtigen Teil als korrekt erwiesen hatte, in dem er die schwedischen Verhältnisse berührte.

Der Alte hatte von Heathrow aus angerufen und kurz mitgeteilt, man werde nach seiner Rückkehr die Probleme recht schnell lösen können. Es hatte sich angehört, als wäre er strahlender Laune. Angesichts der jetzigen Entwicklung war das schwer verständlich.

Der Bericht der eigenen Sicherheitsabteilung über die Verhöre Carls konnte vorläufig außer Betracht bleiben. Konkret hatten die Vernehmungen nicht das geringste ergeben, und das trotz der begeisterten Analyse des Sicherheitschefs Lennart Borgströms.

Borgström war wie erwartet zu dem Ergebnis gekommen, daß Carl Hamilton seit seiner Jugendzeit ein sowjetischer Spion gewesen sei, daß er sich mit voller Absicht um eine Anstellung beim Geheimdienst der Streitkräfte bemüht und zu einer bekannten Gruppe linker Infiltranten gehört habe, die vor etwa fünfzehn Jahren in den Staatsdienst eingesikkert sei. Dieses Muster sei bekannt, etcetera.

Allerdings sollte Carl nach den Angaben TRISTANS in Kalifornien angeworben worden sein, lange nach der Einstellung durch den Alten.

Überdies wußte Borgström nichts von der Operation Big Red, was in Carls Fall der entscheidende Punkt war.

Im Moment ging es vorrangig darum, wie mit dem noch immer nichts Böses ahnenden Chef des OP 4 verfahren werden sollte, Oberst Lennart Rindström, der TRISTAN zufolge den Codenamen FISCHADLER erhalten hatte. Ursprünglich war vorgesehen gewesen, die Probleme nacheinander zu lösen, mit Carl Hamilton anzufangen, um dann zu Rindström überzugehen. Doch wenn man mit Carl nicht weiterkam, stellte sich unvermeidlich die Frage, wie lange man noch mit Rindström warten wollte.

Samuel Ulfsson war zunehmend davon überzeugt, daß aus dem Urlaub ein Sommer mit viel quälender Arbeit werden würde. Zu Hause hatte er noch kein Wort darüber anzudeuten gewagt, denn seine Frau hatte sich endgültig für Ferien in Brindisi mit einem Ausflug nach Venedig entschieden.

Am einfachsten und überdies korrektesten wäre es, die Entscheidung dem Oberbefehlshaber zuzuschieben. Sobald Samuel Ulfsson den Vortrag des Alten angehört hätte, würde er zum OB gehen.

Ulfsson packte all die nichtssagenden Beschlagnahmeprotokolle aus Carl Hamiltons Wohnung zusammen, quetschte sie mit den dreihundert Blatt Vernehmungsprotokollen in einen DIN A 4-Ordner, legte die nachfolgende Analyse dazu, als es an der Tür klopfte. Es war seine Sekretärin. Sie hatte nur noch eine Woche bis zu ihrem Urlaub, und das war ihr irgendwie anzusehen.

»Bist du sehr beschäftigt?« fragte sie in einem Tonfall, als müßte er die Frage mit ja beantworten.

»Kommt darauf an, worum es geht. Kannst du diese Akte für mich wegschließen? Worum geht es?« fragte er zurück, als hätte er für fast alles Zeit.

»Da unten bei der Wache ist so ein Irrer, der darauf besteht, mit dem ›IB-Chef‹ und keinem anderen zu sprechen. Hieß der Laden früher nicht mal so?«

»Ja, und es gibt Leute, die ihn immer noch so nennen. Aber was will er?«

»Das will er nicht sagen, aber er behauptet, es gehe um die Sowjetunion.«

»Wieso die Sowjetunion?«

»Das will er nicht sagen, bevor er den IB-Chef sehen kann, und ich nehme an, daß du in erster Linie zuständig bist.«

»Geh runter und laß ihn rein, wenn er sich ausweisen kann. Bitte einen der anderen dort drinnen, sich bei dir im Vorzimmer hinzusetzen, solange der Besuch dauert.«

»Sollen wir das Gespräch mitschneiden?«

»Nein. Wir wollen erst sehen, worum es geht.«

Zehn Minuten später stellte sich Gunvald Larsson, Direktor eines großen Bauunternehmens, dem Chef des schwedischen Nachrichtendienstes vor und setzte sich. Wäre der Chef des schwedischen Nachrichtendienstes in der Krimiliteratur einigermaßen bewandert gewesen, was er nicht war, hätte ihn der bekannte Name stutzig machen müssen. Dann hätte das Gespräch weniger seltsam begonnen.

»Es stimmt tatsächlich, ich heiße so«, versicherte der stämmige Mann, der aussah, als hätte er den größten Teil seines Lebens mit schwerer körperlicher Arbeit verbracht.

»Ja...?« sagte Samuel Ulfsson mit fragender Miene.

»Ich will damit sagen, daß das kein Scherz oder so was ist«, fuhr der andere fort.

»Nein, warum sollte es denn ein Scherz sein?« fragte Samuel Ulfsson, der nicht begriff, worum es ging.

»Ich meine wegen Sjöwall-Wahlöö.«

»Wieso! Wen wollten Sie denn sprechen?«

»Ja, ich meine diese Krimiautoren«, fuhr der stämmige Mann sichtlich verlegen fort.«

»Die Krimiautoren? Haben Sie mit denen was zu tun?«

»Nein, genau das habe ich nicht. Ich heiße einfach Gunvald Larsson«, erwiderte der andere mit einer Mischung aus zunehmender Irritation und Nervosität.

»Nun, ich glaube Ihnen. Aber was hat das mit ... wie hießen diese Krimiautoren noch? Was sagten Sie?«

»Sjöwall-Wahlöö. Maj Sjöwall und Per Wahlöö, obwohl Per Wahlöö schon tot ist.«

»Tot?«

»Ja.«

»Aber das war es wohl nicht, was Sie mir erzählen wollten?«

»Nein, natürlich nicht. Ich dachte, das sei allgemein bekannt.«

»Bedaure, ich weiß nichts davon.«

»Aha. Das erklärt ja alles.«

»Alles? Was meinen Sie?«

»Daß Sie auf meinen Namen nicht reagiert haben. Ich heiße also genauso wie eine dieser Gestalten, ein Kriminalinspektor. Aber ich heiße tatsächlich so.«

»Nun ja, wie ich schon sagte, ich habe keinerlei Anlaß, es zu bezweifeln. Haben Sie sich unten ausgewiesen?«

»Ja, natürlich.«

»Aha. Und worum geht es?«

»Ich wollte den IB-Chef sprechen.«

»Aha. Warum?«

»Das möchte ich nur ihm sagen.«

»Kann ich Ihnen weiterhelfen, da sie jetzt schon da sind?«

»Wer sind Sie?«

»Ich bin Chef dieser Abteilung. Was Sie IB nennen, ja so hieß die Abteilung früher einmal, untersteht mir.«

»Sie sind also der Chef des ganzen Ladens?«

»Ja, das könnte man sagen. Aber könnten wir jetzt vielleicht zum Schluß kommen?«

»Zum Schluß?«

»Ja, zur Sache. Was war es, was Sie mir sagen wollten? Etwas über die Sowjetunion?«

Samuel Ulfsson spürte, daß sich seine Geduld dem Ende zuneigte. Vielleicht war dies wieder einer jener betrunkenen Mitbürger, die das Ei des Kolumbus entdeckt und eine geniale Methode gefunden hatten, Mini-

U-Boote zu fangen. Und der Mann, der hier vor ihm saß, schien nicht einmal übermäßig begabt zu sein. Und zudem zögerte er lange, bevor er fortfuhr, als wäre er verlegen.

»Ja, also ... ich weiß ja nicht, ob es irgendeine Bedeutung hat«, begann er zögernd, mußte aber fortfahren, da Samuel Ulfsson sich entschlossen hatte, die alberne Unterhaltung nicht durch weitere Fragen zu verlängern.

»Und ich bin ja Sozi und bin es immer gewesen ... Und früher hatte ich manchmal mit IB zu tun, als ich noch in der Baugewerkschaft war ... Kommunisten und so. Na ja, in der Bewegung haben wir noch nie viel für die Säpo übrig gehabt, so daß ich mir gedacht habe ...«

Der Mann verlor plötzlich den Faden, und Samuel Ulfsson ging plötzlich auf, daß dies vielleicht an seiner ablehnenden Haltung lag. Er beschloß, sich etwas freundlicher zu geben, damit die Begegnung irgendwann ein Ende fand.

»Nun ja«, sagte Samuel Ulfsson, »mit solchen Dingen befassen wir uns nicht mehr. Wenn es also um Kommunisten in der Gewerkschaft geht, bin ich wohl nicht der richtige Adressat für Ihre Sorgen. Aber worum geht es denn eigentlich?«

»Ja, hm, ich komme gerade aus Moskau. Ja, wir sind mit einer Delegation dort gewesen, um ein paar Bauprojekte in den nördlichen Vororten zu planen. Und. Ja ... ich weiß ja nicht, ob Sie das interessiert, aber ich habe mir jedenfalls gesagt, daß ich auf keinen Fall zur Säpo gehe. Denen traue ich nämlich nicht.«

»Dazu will ich mich nicht äußern. Sie sind also mit einer Delegation Ihrer Firma dort gewesen?«

»Ja, vier Tage.«

»Nun, und was ist passiert? Ist Ihnen etwas Unangenehmes widerfahren?«

»Ich weiß nicht, wie ich es sagen soll. Nein, direkt unangenehm ist es ja nicht gewesen.« »

»Aber kommen Sie doch endlich zu Potte, damit ich es endlich erfahre!« sagte Samuel Ulfsson mit allzu deutlich gezeigter Irritation, so daß der andere sofort zusammenzuckte und unruhig auf dem Stuhl herumrutschte. Samuel Ulfsson bereute sein Verhalten sofort.

»Erzählen Sie doch. Erzählen Sie mit Ihren eigenen Worten, dann werde ich Sie nicht unterbrechen. Was ist passiert?« fragte er mit schnell abgemildertem Tonfall.

Der andere wand sich ein wenig, bis er endlich einen Anlauf zu nehmen schien.

»Also, es war so, aber ich weiß wie gesagt nicht, ob Sie das interessiert ...«

Samuel Ulfsson biß die Zähne zusammen, um den Mann nicht zu unterbrechen.

»Aber wie auch immer. Vorgestern waren wir draußen in den Stadtteilen Babuschkin und Medwedkowo, um über einige Neubauten zu sprechen, für die wir in der nächsten Woche eventuell Aufträge bekommen. Ja, wie auch immer. Der Ausflug endete an der U-Bahn-Station da bei Medwedkowo, und wir standen ziemlich lange da herum und warteten auf eine Fahrgelegenheit. Ja, da standen wir also und warteten, und regnen tat es auch, und ich hab mir so gedacht, hier stehst du nun herum, und das soll Mittsommer sein, aber dann hielt jedenfalls auf der anderen Straßenseite ein Wagen, ein Wolga mit Gardinen an der Heckscheibe, und deswegen dachte ich erst, das hätte was mit uns zu tun, aber das hatte es ja nicht. Und die Straße war ziemlich schmal, so daß der Abstand nicht sehr groß war, und der Bursche, der ausstieg, also in unserer Richtung, der fuhr nicht, sondern saß auf dem Beifahrersitz. Ja, also, das erste, was mir auffiel, war, daß er beim Stolpern, ja, er stolperte kurz, als er aussteigen wollte, ja, was mir auffiel war, daß er auf schwedisch fluchte. Und außerdem war es ein junges Mädchen, das den Wagen fuhr. Sie sah ein bißchen nach der leichten Garde aus, und ganz nüchtern war sie wohl auch nicht. Dann drehte er sich zu uns um, und es sah fast so aus, als wollte er in die falsche Richtung, denn sie wollten ja ins Haus auf der anderen Seite, wie sich herausstellte. Ja, ich habe ihn wiedererkannt. Da gibt es gar keinen Zweifel. Wie schon gesagt, ich weiß ja nicht, ob das für Sie irgendeine Bedeutung hat, vielleicht wissen Sie das schon alles, aber zur Säpo wollte ich auf keinen Fall gehen.«

Der Mann verstummte und begann in seiner Brieftasche nach etwas zu wühlen. Samuel Ulfssons Gereiztheit war plötzlich wie weggeblasen.

»Nun? Wen haben Sie wiedererkannt?« fragte er weich und mit unabsichtlich leiser Stimme, so daß es sich fast anhörte, als flüsterte er.

»Nun, es war Stig Sandström. Dieser Spion. Da bin ich absolut sicher«, erwiderte der andere, der offenbar fündig geworden war.

»Nicht schlecht. Das ist wirklich nicht schlecht. Was haben Sie da in der Hand – Fotos?«

»Also, als dieses Mädchen rauskam, hab ich ein Bild gemacht.«

»Als das Mädchen herauskam?«

»Ja, es war nicht sie, die da wohnte, sondern er. Sie setzte sich ins Auto und verschwand. Ich habe ein Bild gemacht, als sie auf die Straße kam.«

»Hat sie das gesehen? Was meinen Sie?«

»Nee, das kann ich mir nicht vorstellen, ich habe sozusagen aus der Hüfte geschossen, ja, es ist ein bißchen verwackelt. Aber dann habe ich noch ein Bild gemacht, denn ich habe ja gesehen, in welchem Zimmer da oben das Licht anging, und da habe ich Sandström im Fenster gesehen. Da, wo er wohnt, habe ich ein Kreuz gemacht.«

Der Mann schob die Fotos zögernd zu Samuel Ulfsson hinüber. Es waren Farbfotos einer Qualität, die auf eine normale Touristenkamera schließen ließ. Das erste Bild zeigte eine junge Frau von etwa dreißig Jahren, die auf einen schwarzen Wolga zuging, der sie zur Hälfte verdeckte.

Das zweite Foto zeigte das Haus, nachdem der Wolga offenbar weggefahren war, und im rechten Eckfenster ganz oben befand sich ein mit einem Kugelschreiber hingekritzeltes X.

Mouna befand sich irgendwo auf dem Flachdach und montierte die Antenne inmitten der zum Trocknen aufgehängten Wäsche. Carl hatte soeben die Gardinen so zurechtgezogen, daß der feststehende Feldstecher durch ein offenes Fenster nach außen gerichtet werden konnte, ohne gesehen werden zu können. Sobald er den Diplomaten in Damaskus entflohen war, war alles schnell und geräuschlos gegangen.

Er aß von den kleinen Gurkenscheiben und der Kichererbsencreme, Houmous, dazu runde kleine weiße Brote und Olivenöl. Erst jetzt ging ihm auf, daß er seit fast vierundzwanzig Stunden nichts mehr zu sich genommen hatte.

Er spürte so etwas wie inneren Frieden. Er zwang sich, nicht näher darüber nachzudenken oder darüber zu staunen. Vermutlich war es ganz einfach. Er war in Gang gekommen, erledigte seine Arbeit, und diese war unendlich weit von Oberstleutlant Lennart Borgström in Stockholm entfernt.

Das Zimmer war fast leergeräumt. In einer Ecke lagen einige übereinandergestapelte Matratzen auf dem Steinfußboden. Am Fenster, vor dem er saß, stand ein Tisch mit zwei Stühlen. An der fensterlosen Längswand hing ein maschinengewebter Wandbehang mit einem arabischen oder persischen Reiter, der unter der übertrieben langen Sichel des Halbmonds durch die Wüste galoppierte. An der einen Querwand ein paar Farbdrucke in Goldrahmen. Der eine stellte Jassir Arafat dar, der andere mit dem schwarzen Trauerband am Rahmen offensichtlich Abu Jihad, den die Israelis vor ein paar Jahren in Tunis getötet hatten. Bis auf einen Wasserhahn und eine Spüle an der anderen Querwand war das alles.

Die Familie, die hier sonst wohnte, bestand aus zehn Personen. Carl wußte nicht, wie und wohin man sie wegtransportiert hatte. Es störte ihn nicht im geringsten, da die Leute einen großzügigen Schadensersatz in Gestalt von sauberen und ungefalteten Dollarscheinen des schwedischen Staates erhalten hatten. Ohne Quittung, wie er zufrieden feststellte.

Alles war wie am Schnürchen gelaufen. Rashid Husseini hatte noch die gleiche Telefonnummer gehabt und sich an die Bedeutung der Zahl 16 erinnert, als Carl ihn von Berlin aus anrief. 16 bedeutete, daß er nach Beirut kommen würde, und als er 36 Stunden später ankam, erwartete man ihn schon. Er bezog ein Zimmer im selben Hotel wie beim letztenmal und wurde bald darauf abgeholt.

Die PLO wußte, wo die entführten Ärzte gefangengehalten wurden, zumindest wußte es der *Jihaz ar Rased*, der Nachrichtendienst der PLO. Deshalb war Carl jetzt, weniger als vierundzwanzig Stunden nach seiner ersten Begegnung mit Rashid Husseini, kurz vor dem Ziel. Husseini nannte sich Michel, was vielleicht mit Rücksicht auf seine christliche libanesische Mutter geschah, aber vielleicht tat er es auch, um hinter der Fassade des Anwaltsbüros als weniger palästinensisch zu erscheinen.

Carl hatte eindringlich um Mouna als operative Partnerin gebeten. Nicht so sehr, weil er sie kannte oder wegen ihrer Schönheit, denn sie war schön, obwohl ihr halbes Gesicht die Narben von Brandwunden aufwies, sondern weil er ein unerschütterliches Vertrauen in ihre Professionalität hatte. Ihr Dienstrang beim Jihaz ar Rased entsprach etwa dem eines Oberstleutnants. Nur wenige PLO-Offiziere im operativen Dienst erreichten diesen Rang, bevor sie dreißig waren, und Frauen noch weniger. Ihre eigenen Leute schienen ihre Fähigkeiten offenbar genauso hoch einzuschätzen wie Carl.

»Die Antenne steht, unter der Wäsche versteckt, aber von Zeit zu Zeit können wir ja die Wäsche wechseln«, sagte sie kurz, als sie den Raum betreten und Carls Arrangement mit dem Fernglas im Vorbeigehen inspiziert hatte. Dann setzte sie sich, brach eher nachdenklich als hungrig ein Stück Brot ab und nahm sich einen Klecks Houmous.

Carl nickte stumm, schaltete den Sender ein und drückte ein Anrufsignal auf der Tastatur, korrigierte einen Rechtschreibfehler und drückte auf den Sendeknopf.

»Sendest du im Klartext?« fragte sie erstaunt und mit vollem Mund.

»Nein. Ich glaube zwar nicht, daß es in dieser Gegend mit dem Schwedischen sehr problematisch wäre, aber der Computer wandelt den Klartext in einen Code um, und danach senden wir mit schnellen Impulsen«, erwiderte Carl mit einem Auge am Fernglas.

»Woher weiß der Empfänger, welchen Code du verwendest?« fragte sie ohne Neugier oder Aufdringlichkeit in der Stimme; das hätte sich als Einwand deuten lassen.

»Der Computer des Empfängers wandelt den Code in Klartext um. Wenn sie wach sind, dürften wir innerhalb von dreißig Sekunden die Antwort haben«, antwortete Carl, ohne das Gesicht vom Fernglas zu nehmen.

»In Schweden hergestellt?« fragte sie in dem gleichen, gleichmütigen Tonfall wie zuvor.

»Ja, ich glaube. Heißt RA 195 und ist bei Spezialeinheiten der schwedischen Streitkräfte ziemlich häufig.«

»Reichweite?«

»Unter einigermaßen günstigen Verhältnissen um die halbe Erde.«

»Zwischen uns und Tunis?«

»Zwischen dir und Arafat, meinst du? Dürfte unproblematisch sein.«

»Kannst du dieses Ding dalassen, wenn du nach Hause fliegst?«

»Ich soll geheimes Material der schwedischen Armee in den Händen kommunistischer Terroristen zurücklassen?«

»Mach dich nicht lächerlich.«

»Ja, wenn ich das zweite Gerät in der schwedischen Botschaft bekommen kann, und wenn ihr es dann abholen könnt.«

»Das läßt sich machen.«

»Wir wollen erst sehen, wie es hier weitergeht.«

»Siehst du etwas?«

»Im Erdgeschoß scheinen sich ein paar Leute aufzuhalten. Da oben ist nichts. Die Fenster sind verhangen.«

Im Sendegerät ertönte ein Pfeifton, und auf dem Bildschirm tauchte ein kurzer Text auf. Der erste Botschaftssekretär in Damaskus teilte mit, die Empfangsverhältnisse seien absolut akzeptabel, und er warte auf weitere Mitteilungen.

Carl schrieb eine kurze Nachricht.

Position am Rand von Ein el Hilweh außerhalb von Saida. Beobachtungsposten errichtet. Abstand Geiseln und Entführer siebzig Meter. Warte sichere Möglichkeit zur Beobachtung ab. Sende bis auf weiteres alle zwei Stunden. Ende.

Carl drückte auf den Sendeknopf und schickte damit eine Reihe codierter kleiner Pfeiftöne in den Himmel, die innerhalb weniger Sekunden in der schwedischen Botschaft in Damaskus im Klartext auf dem Schirm auftauchen würden.

»Was hast du gesendet?« fragte sie.

»Daß ich an Ort und Stelle bin, das Ziel vor mir habe und Bestätigung erwarte, daß es sich um das richtige Ziel handelt.«

»Glauben die das?«

»Was weiß ich? Es hört sich vielleicht zu gut an, um wahr zu sein, und das ist es ja vielleicht auch. Wir werden sehen.«

»Wissen Sie, mit wem du zusammenarbeitest?«

»Nur, daß es die PLO ist.«

Eine neue Nachricht tauchte auf dem Bildschirm auf.

Absolut nichts unternehmen. Bericht nur bei sicheren Hinweisen. Ende.

Carl beugte sich wieder zu dem Fernglas vor und strich ein paar Papiere vor sich glatt, um sich Aufzeichnungen machen zu können, während er darauf wartete, daß sich Mouna näher erklärte. Über die Lage wußte

Carl kaum mehr, als daß sowohl die Geiseln wie die Entführer in dem Haus dort drüben sein mußten, einem Haus, das etwas abseits lag und höher war als die Umgebung. Es würde folglich schwer werden, sich zu nähern, ohne entdeckt zu werden.

Mouna erzählte ruhig und knapp. Sie schien aufrichtig zu sein, da sie auch weniger schmeichelhafte Details nicht aussparte.

Zwei Personen, zwei Vettern, Taheer und Abdel Kader el Latif, seien für das Unternehmen verantwortlich. Die anderen vier in dem Haus da drüben seien Verwandte oder Freunde von ihnen. Im Grunde stünden sowohl Taheer als auch Abdel Kader unter Anklage, da sie vor zwei Monaten als Verschwörer gegen Arafats militärische Organisation entlarvt worden seien. Man hatte die beiden nach Tunis befohlen, wo sie sich im Hauptquartier der PLO für den Prozeß bereithalten sollten. Es wurde erwartet, daß sie sich aus freien Stücken einfanden. Statt dessen hatten sie es offenbar vorgezogen, sich ein reichlich bemessenes Fluchtkapital zu verschaffen, nämlich auf die in Libanon recht übliche Weise – Entführung unter dem Vorwand dieses oder jenes politischen Motivs.

Wenn es ihnen nicht gelang zu fliehen, riskierten sie die Todesstrafe. Das wußten sie natürlich, und das machte die Verhandlungen kompliziert. Sie wollten Geld sowie irgendeine Garantie, daß sie davonkommen würden.

Doch ob sie solche Garantien nun erhielten oder nicht, so Mouna, davonkommen würden sie auf keinen Fall.

Die Sache wurde dadurch weiter kompliziert, daß der Unterhändler der PLO in Beirut, Salah Salah, mit Taheer al Latif verwandt war. Aus diesem Grund hatte Salah Salah vielleicht zu verbreiten versucht, hinter der Entführung stecke die Hisbollah, die Schiitenorganisation, die sich gerade im Libanon bei Entführungen am fleißigsten zeigte.

Die Hisbollah geriet in Wut, weil man dort entweder wußte oder in etwa ahnen konnte, wer die Entführer waren. Sie drohte den wahren Sachverhalt zu enthüllen, entweder gegenüber den Schweden oder irgendeinem westlichen Korrespondenten oben in Beirut. Arafat war verständlicherweise aus der Haut gefahren und hatte Salah Salah befohlen, er solle den Schweden versichern, die PLO habe die Lage unter Kontrolle. Arafat hatte die Forderung des Jihaz ar Rased abgelehnt, das Haus zu stürmen, in dem die Entführer wohnten. Die schwedischen Geiseln durften nicht verletzt oder getötet werden. Das hatte Arafat der schwedischen Regierung offenbar versprochen.

Je nach politischen Sympathien oder Antipathien konnte man folglich zu der Ansicht kommen, daß PLO-Leute an der Entführung schuld waren oder auch nicht. Bis vor kurzem waren die Entführer zumindest PLO-Mitglieder gewesen.

Während Mouna ihren Hintergrundbericht zu Ende brachte, wurde es draußen schnell dunkel.

Carl wühlte in einer seiner schweren kleinen Taschen auf dem Fußboden nach weiteren Ausrüstungsgegenständen, während er überlegte, ob er das Thema aufgreifen sollte, auf das sie früher oder später zu sprechen kommen mußten. Immerhin würden sie mehrere Tage in demselben Raum zubringen müssen.

Sie stellte keine Fragen. Er schob ihr eine Nachtsichtbrille hinüber.

»Versuch's mal. Der Einstellknopf sitzt zwischen den Öffnungen wie bei einem Fernglas«, sagte er kurz. Sie schien Nachtgläser und Bildverstärker schon zu kennen.

»Der syrische Zoll? Du bist sicher mit dem Taxi gekommen?« fragte sie kurz, als sie sich die Brille aufsetzte.

»Diplomatenpaß, dann gibt es keine Zollabfertigung. Taxi ist besser als ein öffentliches Verkehrsmittel. Ich nehme an, es sollen nicht noch mehr Schweden entführt werden.«

»Interessante Ausrüstung. Wir würden es gern sehen, wenn du, sagen wir mal aus Sicherheitsgründen, Probleme damit hättest, sie wieder nach Hause mitzunehmen. Der Typ, den du jetzt unten im Erdgeschoß siehst, ist Taheer persönlich.«

»Der mit der Glatze?«

»Hm. Der Kerl im Hintergrund könnte einer seiner Vettern sein. Nun, was sagst du?«

»Du schlägst mir ein Geschäft vor?«

»Wie du weißt, machen wir immer Geschäfte.«

»Ich brauche einiges an neuer Ausrüstung. Wir könnten vielleicht tauschen. Die wollen jetzt essen? Essen sie immer um die gleiche Zeit?«

»Meistens bei Anbruch der Dunkelheit. Sie müssen Wachen aufstellen, und bei Tageslicht können sie draußen niemanden herumlaufen lassen.«

»Bestenfalls begeben sie sich also alle ins Erdgeschoß, bis auf den, der vor dem Haus Wache hält?«

»Einer geht gerade hinaus. Siehst du, was er in der Hand hält oder unter der Jacke hat?«

»Ich habe jedenfalls den Lauf gesehen. Vermutlich eine AK 47 mit umgeklapptem Kolben.«

Sie starrten eine Weile in die Dunkelheit, die für sie keine Dunkelheit mehr war. Der Mann zog die Jacke, unter der er die Waffe verbarg, enger um sich und begann, langsam ums Haus zu gehen.

Beide machten sich Notizen. Die anderen schienen in einem Zimmer in der Nähe der Haustür im Erdgeschoß gemeinsam zu essen. »Wollen wir weiter über das Geschäft sprechen«, fragte Mouna, als der Wachposten um die Ecke verschwunden war.

»Hm«, sagte Carl, als er mit seinen Notizen fertig war. »Ich würde mir gern drei Dinge leihen. Meine eigene Ausrüstung könnte ich euch hierlassen, und falls es möglich ist, bekommst du auch den zweiten Sender in Damaskus.«

»Welche drei Dinge?« fragte sie kurz.

»Zwei sind leicht zu beschaffen, eins schwer. Ein Messer mit langer Klinge, Typ Bajonett, sowie ein Messer mit kurzer, am liebsten zweischneidiger Klinge.«

»Das waren also die leichten Dinge?«

»Ja, und jetzt wird es schwieriger. Ich brauche eine Handfeuerwaffe, am liebsten eine automatische, vorzugsweise mit Nachtzielgerät, und auf jeden Fall mit Schalldämpfer. Könnt ihr so etwas beschaffen?«

Sie schwieg eine Zeit, und als sie antwortete, gab sie sich keine Mühe, ihre Ironie zu verbergen.

»Bevorzugst du eine bestimmte Marke oder ein bestimmtes Modell?«

»Ja«, erwiderte Carl, als hätte er die Ironie nicht bemerkt. »Wenn ich wählen darf, möchte ich eine Heckler & Koch, MP 5, das kompakte Modell mit Schalldämpfer und Nachtzielgerät. Wie sieht es mit euren Vorräten aus?«

»Die Deutschen machen mit uns nicht allzugern Geschäfte. Was ist am wichtigsten?«

»Wenn ich wählen muß, ist der Schalldämpfer am wichtigsten. Aber ich habe keinerlei Vorurteile gegen andere Fabrikate.«

»Wir haben allerstrengsten Befehl, die Geiseln nicht in Gefahr zu bringen.«

»Welche wir?«

»Du und ich beispielsweise.«

»Ich vertrete das Königreich Schweden und du die Republik Palästina, nicht wahr?«

»Nein, für militärische Einsätze hier sind wir verantwortlich.«

»Das hängt davon ab, wie sich die Dinge bei den Verhandlungen entwickeln. Wir sollten uns lieber rechtzeitig auf alle Eventualitäten vorbereiten, meinst du nicht auch? Es ist besser, daß ich die Schuld bekomme, wenn etwas schiefgeht.

»Aber man wird uns die Schuld geben.«

»Nicht, wenn ich überlebe. Und wenn ich sterbe, auch nicht. Ihr seid immer aus dem Schneider. Und wenn es gutgeht, gebe ich euch das Verdienst. Dann bekommt ihr gute Reklame, und alle sind zufrieden.«

»Du bist neuerdings beim militärischen Nachrichtendienst?«

»Ja. Die Zeit beim Sicherheitsdienst liegt schon lange zurück. Gott sei Lob und Dank.«

»Wofür?«

»Daß ich mit denen nichts mehr zu tun habe.«

»Eine operative Abteilung beim militärischen Nachrichtendienst?«

»Mm.«

»Dienstgrad?«

»Korvettenkapitän, der Dienstrang bei der Marine für Major.«

»Er kommt jetzt um die Ecke, siehst du? Wie lange hat es gedauert? Ach, übrigens, wenn das so ist, bin ich deine Vorgesetzte.«

»Er war etwas mehr als drei Minuten weg. Drei Minuten und sieben Sekunden, um genau zu sein. Nun ja, du hast also einen höheren Dienstgrad als ich, aber wir unterstehen dem gleichen Befehl.«

»Hast du das Recht, eigene Entschlüsse zu treffen?«

»Innerhalb vernünftiger Grenzen. Ich habe beispielsweise das Recht, politisch zu verhandeln, aber das habe ich Rashid schon in Beirut erzählt. – Der Kerl scheint jetzt wieder seine Position vor der Haustür einzunehmen.«

»Ja, er macht die Tür auf. Er sagt den anderen wohl, daß alles in Ordnung ist. Wenn sie mit dem Essen fertig sind, kommt wahrscheinlich ein anderer. Was hast du Rashid gesagt? Worum geht es auf der politischen Ebene?«

»Ihr helft uns. Wir bekommen unsere Geiseln wieder. Ihr bekommt einen weiteren Vertreter im PLO-Büro in Stockholm, ja, es hat deswegen Unstimmigkeiten gegeben. Außerdem ein paar unverbindliche Zusagen über erweiterte politische Unterstützung durch Schweden.«

»Können wir uns auf diese Zusagen verlassen?«

»Auf die erste wahrscheinlich ja, auf die zweite vermutlich nicht.«

»Was hat Rashid dazu gesagt?«

»Was zum Teufel hätte er sagen sollen? Aus eurem Blickwinkel besteht das Problem ja darin, daß unsere Diplomaten euch mit der Sache in Verbindung bringen. Ihr müßt uns helfen, und wir, also unsere Politiker, brauchen euch dafür nicht sehr viel anzubieten.«

»Können wir irgendwann mal Hilfe von euch erwarten, ich meine vom Militär?«

»Das hängt davon ab, wonach ihr fragt und wen ihr fragt. Wenn ihr mich fragt und es sich um etwas halbwegs Gesetzliches handelt, versteht sich die Antwort von selbst.«

»Jetzt ist die Ablösung da. Hast du die Zeit gestoppt?«

»Ja. Vermute ich richtig, daß die Vettern selbst nicht die Wache übernehmen?«

»Ja, die halten sich für so etwas wie Chefs. Hast du Einfluß in eurer Organisation?«

»Bis vor kurzem ja. Im Augenblick sieht es nicht so gut aus. Aber wir werden sehen, wie es hier läuft.«

»Ich werde versuchen, dir deine Waffen zu besorgen, wenn du mir eins versprichst.«

»Zusagen kann ich erst geben, wenn ich die Waffen gesehen habe. Davon hängt nämlich vieles ab.«

»Zum Beispiel?«

»Eine Waffe mit Schalldämpfer und Nachtzielgerät bedeutet, daß zwei von ihnen außer Gefecht gesetzt sind, ohne daß die anderen überhaupt kapieren, was los ist.«

»Ein Wachposten und dann der nächste, der herauskommt, um nachzusehen, was los ist?«

»Ja, zum Beispiel. Ohne Nachtzielgerät und Schalldämpfer haben wir eine völlig andere Mathematik und ganz andere Zusagen.«

»Ich warte mit der Bestellung bis morgen früh. Solche Sachen werden wir wahrscheinlich sowieso aus Beirut holen müssen.«

»Kann also dauern?«

»Ja.«

»Wie lange denn?«

»Vierundzwanzig Stunden.«

»In Ordnung. Besteht das Risiko, daß sie die Geiseln woanders hin verlegen?«

»Nein, ich glaube nicht.«

»Warum nicht?«

»Weil sie am Leben bleiben wollen. Falls sie glauben, daß uns ihr Aufenthaltsort bekannt ist, werden sie sich nicht unnötig in Gefahr begeben wollen. Andernfalls werden Sie sich davor hüten, entdeckt zu werden.«

»Du bist gut, Mouna, verdammt gut. Du verstehst dich sogar darauf, Freunde zu foltern.«

Es wurde still im Raum. Jetzt hatte er das Thema endlich angeschnitten. Es war vollkommen dunkel im Zimmer.

Sie rutschte vorsichtig zu ihm hinüber und zog den Stuhl leise hinter sich her. Dann knöpfte sie ihm das Hemd auf und betastete mit der Handfläche die fünf langen Narben auf seinem Brustkorb.

Sie knöpfte ihm das Hemd zu, ohne etwas zu sagen. Er mußte lange warten, bis sie etwas herausbrachte.

»Ich habe später vom Ende der Geschichte gelesen. Es ist jedenfalls gut ausgegangen«, sagte sie schließlich. Sie flüsterte fast.

»Ja«, flüsterte er unbewußt zurück, »weil ich gefoltert worden war, kauften mir die Terroristen nach meiner Rückkehr die Geschichte ab. Es hing tatsächlich sehr viel daran. Du hast richtig gehandelt und hattest recht. Ich hege also keinen Groll mehr.«

»Habt ihr sie alle bekommen?«

»Ich glaube, wir erwischten dreizehn, aber zwei sind davongekommen.

Ich möchte am liebsten nicht darüber sprechen. Ich habe diese Operation nie gemocht.«

»Warum?«

»Weil ich in meiner verfluchten schwedischen Naivität glaubte, es liefe alles darauf hinaus, diese deutschen, französischen und belgischen Terroristen möglichst vollzählig an einem Ort zu schnappen, um sie dann vor Gericht zu stellen.«

»Das war wirklich naiv, würde ich sagen.«

»Statt dessen haben wir sie ermordet. Hast du der schwedischen Botschaft in Damaskus den Tip gegeben, daß ich mich bei den Syrern befand?«

»Ja, natürlich. Sonst hätten sie dich ernsthaft gefoltert, um herauszufinden, wie alles zugegangen ist. Nachdem die schwedische Botschaft eingeschaltet war, ging das nicht mehr.«

»Clever.«

»Nein, nicht sonderlich, aber vernünftig.«

Das Gespräch erstarb, und sie zog sich vorsichtig von ihm zurück. Sie begaben sich wieder auf ihre Beobachtungsposten und tauschten während der nächsten Stunde nur kurze Mitteilungen aus, die mit dem Beobachtungsziel zu tun hatten.

Mouna hatte etwas an sich, was er nicht verstehen konnte, und er grübelte über den Grund dafür nach.

Sie hatte noch nie etwas getan, was er als operativen Fehler hätte beurteilen müssen. Sie war vollkommen rational, zumindest ließ sich das nachträglich immer wieder feststellen.

Doch Sandkastenspiele und nachträgliche Überlegungen sind eine Sache. Die Wirklichkeit eine vollkommen andere.

Als Jihaz ar Rased erfahren hatte, daß westdeutsche Touristen in Damaskus gewesen waren, um Waffen mit einer unglaublichen Vernichtungskraft einzukaufen, hatte sie auf feindlichem Territorium ein Unternehmen eingefädelt, wie es in der Nachkriegsgeschichte ohne Beispiel war.

Sie hatten im Zentrum von Damaskus gegen die Terroristen – und Carl – zugeschlagen und die Gefangenen anschließend mit einem gestohlenen syrischen Armeelastwagen durch drei oder vier syrische Militärsperren geschleust.

Es war wirklich schwierig, ein solches Unternehmen zum Erfolg zu führen. Dazu brauchte man eine exakte Planung und eine funktionierende Logistik.

Und als sich dann herausstellte, daß einer der Gefangenen Terroristen Carl selbst war, ein Offizier aus einem einigermaßen freundlich gesinnten Land und somit kaum ein Terrorist, hatte sie improvisiert und sich aus der Affäre gezogen.

Sie war ein paar Jahre in Nordkorea ausgebildet worden. Die Nachrichtendienste dieses Staates waren Carl so gut wie unbekannt. Es bestand jedoch kein Zweifel, daß Mouna die theoretischen Grundlagen ihres Geschäfts beherrschte, und es war gewiß kein Zufall, daß sie den Rang eines Oberstleutnants bekleidete.

Eine ihrer gemeinsamen Erinnerungen verabscheute Carl jedoch. Auch dabei war es logisch und vernünftig zugegangen wie in einem Hörsaal, aber abscheulich war es trotzdem gewesen. Sie hatte ihn gebeten, die beiden Deutschen zu töten, um ihren Kampfgenossen zu zeigen, daß er kein echter Terrorist war. Sie hatte ihm ein Bajonett gereicht und ihm den Befehl gegeben, als hätte sie um eine Tasse Tee gebeten.

»Warum hast du mich gebeten, diese jungen Leute zu töten?« fragte er schließlich.

Die Dunkelheit und das lange Schweigen gaben der Frage eine zusätzliche Schärfe. Ihre Antwort kam dennoch wie aus der Pistole geschossen.

»Um die anderen in meinem Verband zu überzeugen. Niemand darf an dem Befehlshaber zweifeln. Diese Figuren wären ohnehin hingerichtet worden, und du bist Offizier.«

»Logisch und einfach?«

»Ja, logisch und einfach. Irgendwelche Einwände?«

»Nein, aber es hat mir nicht gefallen.«

»Wem hätte es schon gefallen? Meinst du etwa, es hätte mir oder einem der anderen Jungs Spaß gemacht? Was hältst du eigentlich von uns? Es stand sehr viel auf dem Spiel.«

»Das ist immer so.«

»Ja, bei uns ist es immer so. Wir müssen um jeden Preis überleben, und das weißt du.«

»Hast du nicht gezögert, als du mich aufschneiden wolltest?«

»Mehr, als ich schießen mußte. An der Außenseite des Schenkels gibt es keine großen Blutgefäße, das war also ziemlich risikolos. Durch den Körper unter dem Schlüsselbein... na ja, die Blutbahnen verlaufen nicht immer gleich. Das ist von Mensch zu Mensch verschieden. Eine große Arterie an der falschen Stelle, das wäre nicht sehr gut gewesen.«

»Meine Arterien sitzen offenbar dort, wo sie sollen.«

»Ja, Gott sei Dank.«

»Weißt du noch, was du damals sagtest?«

»Du meinst, bevor ich es tat?«

»Ja, kurz davor.«

»Ich sagte, ich empfände Liebe für dich, und das sei nicht das gleiche wie dich zu lieben, genau das habe ich gesagt.«

»Was bedeutet das? Ist das übersetztes Arabisch?«

»Ja, aber gut übersetzt. Ich empfinde Liebe für dich wie für einen Bruder, etwa so.«

»Leg dich jetzt hin und schlaf ein paar Stunden, dann übernehme ich die Wache.«

»Warum?«

»Ich übernehme die jetzige Wache, du den Rest der Nacht, und ich dann den Morgen, während du schläfst. Dann bist du frisch und munter, wenn du mir morgen meine Tauschwaren beschaffst.«

»Heckler & Koch MP5?«

»Ja, am liebsten.«

Als sie sich in den dunkelsten Teil des Zimmers begab, um einige der Matratzen auf den Fußboden herunterzuziehen, glaubte er ein leises Kichern zu hören.

Der Alte fühlte sich wie ein Strafverteidiger. Der erste Teil seines Berichts lag jetzt fein säuberlich in Reinschrift vor. Der logische Aufbau seines Berichts war unanfechtbar.

Die Operation Big Red war über jeden Zweifel erhaben. Sie hatte stattgefunden. Die Feldwebel Stålhandske und Lundwall waren nachweislich mit einer Schnelligkeit in Tiefen getaucht, die lebensgefährlich war; und vermutlich war die Gefahr in dieser Hinsicht sogar größer gewesen, als sie selbst zu erkennen schienen.

Die medizinischen Anlagen sprachen für sich selbst.

Die Aussagen der Feldwebel stimmten perfekt miteinander überein und wurden noch unterstützt durch die Berichte der Kommandanten des Hubschraubergeschwaders, des Raketenträgers 37 und des U-Boots HMUB »Sjöbjörnen«.

Es waren unabhängige Zeugenaussagen von verschiedenen Personen, die mit Ausnahme Lundvalls und Stålhandskes nichts vom Ziel der Operation gewußt hatten, aber trotzdem stimmte alles überein. Big Red hatte stattgefunden, und das ließ sich jetzt endgültig feststellen, und zwar völlig unabhängig von dem politischen Verbot einer Inspektion der Überreste der drei Basen.

Der zweite Schritt der Beweisführung war ebenso logisch. Es gab in keinem einzigen wichtigen Punkt einen Grund, die Echtheit des KOSKOW-Berichts anzuzweifeln. Eine erhebliche Menge von Informationen war beispielsweise an die Briten gegangen, und diese hatten bei den Angaben, die sie aufgrund eigener Erkenntnisse hatten prüfen können, keinen einzigen Fehler gefunden.

Hamilton hatte also erstens einen sowjetischen Überläufer von Kairo nach Schweden gebracht. Dies war unter aufsehenerregenden Umständen geschehen.

Der Alte lächelte über seine Untertreibung.

Hamilton hatte einen Entführungsversuch abgewehrt und sich der Hercules-Maschine der schwedischen Luftwaffe für den Rückflug bedient, etcetera, etcetera. Wäre er ein sowjetischer Agent gewesen, hätte es zahlreiche Möglichkeiten gegeben, diesen Transport mißlingen zu lassen. Doch das genaue Gegenteil war geschehen: Die verzweifelten Bemühungen der Sowjetunion, Koskows Reise nach Schweden zu verhindern, waren sämtlich gescheitert, vor allem an Hamilton.

Und Koskow war einer der wertvollsten Überläufer, die je aus der Sowjetunion in den Westen gekommen waren.

Hamilton konnte also unmöglich für die Sowjetunion arbeiten, und die Russen hatten keinerlei Kenntnis von Lundwall und Stålhandske. Es war auch nicht das erste Mal gewesen, daß die Russen ein Manöver dieser Art erfolgreich durchgeführt hatten.

Die Ironie lag darin, daß sie die Grundlagen während des Zweiten Weltkrieges von den Engländern gelernt hatten, als sie noch Verbündete des Westens gewesen waren und die wichtigsten Erkenntnisse und Methoden im Kampf gegen die Deutschen von den westlichen Nachrichtendiensten erhalten hatten.

Zumindest war das die Erklärung, die Sir Geoffrey zu bieten hatte.

Das Ganze begann mit der Operation Enigma und der Operation Double-Cross.

Das Unternehmen Enigma war vermutlich eins der bestgehüteten und entscheidendsten Geheimnisse des gesamten Krieges gewesen. Die Engländer waren zufällig in den Besitz eines Exemplars der deutschen Chiffriermaschine Enigma gekommen.

Anschließend war es gelungen, während des ganzen Krieges den militärischen Funkverkehr der Deutschen zu entziffern. Es hatte schwere Stunden gegeben, in denen eine ungeheure Verantwortung auf den Entscheidungsträgern geruht hatte, denn diese besaßen Informationen, die sie nicht vorzeitig verraten durften.

Die Bombardierung Coventrys, der erste Terrorangriff größeren Umfangs der Deutschen auf englischem Gebiet, war ein solches Ereignis gewesen.

Winston Churchill wußte schon vierundzwanzig Stunden vor dem Angriff Bescheid und mußte zu einer Entscheidung kommen.

Sollte man die Bevölkerung Coventrys warnen und die Stadt evakuieren? Dann würden die Deutschen erkennen, daß der Feind ihren Funkverkehr abhören und dechiffrieren konnte.

Churchill entschied sich dafür, den Bombenangriff stattfinden zu lassen. In der Schlußphase des Krieges war er dann einer der entscheidenden Männer gewesen, die hinter dem Terrorbombardement Dresdens standen, das als Rache für Coventry angesehen wurde.

Die Verfügung über den Enigma-Code bedeutete überdies, daß sämtliche Agenten, welche die Deutschen in England an Land setzten, gefaßt werden konnten. Ob sie nachts mit dem Fallschirm absprangen oder mit kleinen Fischerbooten an die schottische Küste kamen, immer stand eine englische Patrouille da und erwartete sie.

Man machte ihnen ausnahmslos ein sehr einfaches Angebot. Entweder arbeiteten sie mit den Engländern zusammen und schickten nur noch falsche Informationen in die Heimat, Informationen, die ihnen der militärische Nachrichtendienst der Briten lieferte.

Oder sie mußten sich damit abfinden, standrechtlich erschossen zu werden, wie es die Gesetze des Krieges bei militärischen Spionen in Uniform und Rangabzeichen vorsahen.

Viele gefangene Agenten zogen die Erschießung vor. Sie wollten nicht zu Verrätern werden.

Die Überlebenden arbeiteten während des gesamten Krieges mit den Engländern zusammen. Diese Operation Double-Cross dürfte für Englands Sicherheit eine größere Rolle gespielt haben, als die offizielle Geschichtsschreibung zuzugeben bereit war.

Allerdings erhielten die Russen als Alliierte eine vollständige Kenntnis von Umfang und Technik der Operation Double-Cross. Und als in den fünfziger Jahren der Kalte Krieg begann, setzten sie ihr Wissen entschlossen und höchst geschickt ein. Sie schickten falsche Überläufer in den Westen, die sich als Landesverräter gaben, dem Westen aber in Wahrheit eine so ungeheure Menge falscher Informationen aufdrängten, daß sie auf der gegnerischen Seite innerhalb kurzer Zeit eine fast vollständige Verwirrung bewirkten. Ihre Informationen waren zwar mit vielen echten Angaben gewürzt, die jedoch nur von untergeordneter Bedeutung waren. Es war eine Super-*maskirowka*.

Als Amerikaner und Briten zunehmend Verdacht schöpften, steigerten die Russen die Menge echter Informationen, die sie den falschen Überläufern mitgaben. Schließlich nahm die Köderung des Gegners einen solchen Umfang an, daß die Russen nicht einmal mehr davor zurückschreckten, ihre eigenen Leute im Stich zu lassen.

Der britische Secret Service, der Sicherheitsdienst MI 5 und der Nachrichtendienst MI 6 waren auf diese Weise fast in einen Zustand des Bürgerkriegs geraten, der bis ins Detail von Moskau gesteuert wurde.

Nachdem Kim Philby und die anderen Verräter sich nach Moskau abgesetzt hatten, erreichten die internen Konflikte einen Höhepunkt.

Sir Geoffrey hatte diese Zeit als »verdammt traurig« beschrieben und sich dabei fast körperlich geschüttelt. In seinem Sprachgebrauch bedeutete das katastrophal.

Aus diesem Grund wäre es natürlich »verdammt peinlich« gewesen, wenn man sich jetzt gezwungen sähe zu überlegen, ob die Russen es schon wieder mit dieser Methode probierten.

In einem Punkt hatten sich der Alte und Sir Geoffrey jedoch schnell und wie selbstverständlich geeinigt. Man würde TRISTAN nicht zeigen, daß man mißtrauisch geworden war. Im Gegenteil, TRISTAN sollte ausgesucht freundlich behandelt werden.

Und etwa so, wie Sir Geoffrey und der Alte sich ausgerechnet hatten, führten zweitägige neue Verhöre TRISTANS, die von britischem Personal durchgeführt wurden, das selbst keinen Anlaß hatte, TRISTANS Echtheit anzuzweifeln, dazu, daß er sich jetzt in einem Häuschen irgendwo in Sussex an neue und anscheinend unbedeutende Details erinnern konnte. Unter anderem erinnerte er sich an die schwedischen Agenten des GRU.

So fiel TRISTAN beispielsweise wieder ein, daß Carl den Codenamen SEAHAWK haben sollte, obwohl er bei den ersten Verhören nur von SEAL gesprochen hatte.

Die Russen wußten ja offenbar von Carls Ausbildung bei der SEAL-Gruppe der US-Navy.

Was den Agenten beim schwedischen Sicherheitsdienst anging, konnte sich TRISTAN mit einiger Mühe an Einzelheiten erinnern. Erstens trage dieser den Codenamen PEACOCK (PFAU), was mit seinem Auftreten unleugbar übereinstimmte, und zweitens habe er eine außereheliche Affäre mit einer Polin gehabt, die beim Reisebüro Orbis angestellt sei.

DER PFAU hatte angeblich irgendwo auf einer Schäreninsel ein Sommerhäuschen gehabt, dessen Nachbar Schweine hielt. Das habe einen alles andere als pfauenmäßigen Gestank verbreitet und zu verschiedenen Streitigkeiten geführt. Ein sowjetischer Führungsoffizier habe den PFAU dort besucht, sich lautstark beklagt und nach Erledigung des Auftrags mehr oder weniger scherzhaft einen Gehaltszuschlag wegen körperlichen Leidens verlangt.

Und was den FISCHADLER im schwedischen Generalbstab betreffe, sei dieser in UNO-Diensten in einen Autounfall verwickelt gewesen, den er vermutlich in betrunkenem Zustand verursacht habe. Er habe die Angelegenheit in aller Stille beigelegt, so daß weder die UNO noch die schwedischen Behörden irgendwelche Schwierigkeiten gemacht hätten. Sein Jaguar jedoch sei beschädigt worden, und er habe viel Geld gebraucht, um den Wagen reparieren zu lassen. Das Ganze sei in einem »englischen« Land passiert. Das GRU habe die Reparatur bezahlt, womit die Anwerbung vollzogen war.

Sir Geoffrey hatte sich den Schlußfolgerungen des Alten sofort angeschlossen. *Falls* TRISTAN ein falscher Überläufer war, so war es fast obligatorisch, daß er seine ersten Angaben über die Schweden ein wenig nachbesserte. Diese Angaben würden sich bei einer Kontrolle als korrekt erweisen.

Psychologisch war zumindest vorstellbar, warum sie so gehandelt hatten.

Wenn es ihnen gelang, zunächst die Engländer dazu zu bringen, der Geschichte Glauben zu schenken, würden die Schweden von den Engländern so eindeutige Nachrichten erhalten, daß sie ihnen die Geschichte ohne weiteres abkauften.

Der Alte war der Meinung, daß das Ganze recht gut aussah. Er glaubte jedoch, daß es schwierig sein würde, seinen Chef Samuel Ulfsson in dieser Hinsicht zu überzeugen.

In Wahrheit erwies es sich als sehr leicht.

Doch als der Alte seinen Vortrag beendet hatte und Samuel Ulfsson ihm mehr als eine Stunde lang ohne jede Unterbrechung hatte reden lassen, drängte sich eine völlig andere Frage in den Vordergrund, bevor das entscheidende Puzzlestückchen in die richtige Lücke paßte.

»Weißt du, wo Hamilton steckt?« fragte Samuel Ulfsson in einem Tonfall, als wollte er das Thema wechseln.

Der Alte schüttelte den Kopf und wollte gerade zu einer neuen Argumentation ansetzen, als Samuel Ulfsson ihm zuvorkam.

»Aber ich weiß es. Seit zwei Stunden. Er ist im Libanon.«

Der Alte war zunächst sprachlos. Eine hastige Assoziation ließ ihn an Kim Philby denken, der über Libanon nach Moskau verschwunden war, nachdem die Engländer ihn enttarnt hatten.

»Merkwürdiger Aufenthaltsort für einen vorläufig vom Dienst Suspendierten«, sagte der Alte, nachdem er den Gedanken an Kim Philby abgeschüttelt hatte.

»Er ist nicht vom Dienst suspendiert«, murmelte Samuel Ulfsson irritiert. »Ich weiß nicht, was ich davon halten soll, aber Sorman hat ihn offenbar hingeschickt. Ich habe vor kurzem Verbindung mit unserer Botschaft in Damaskus gehabt.«

»Was um alles in der Welt hat er in Libanon zu suchen? Und was zum Teufel denkt sich Sorman dabei, uns einen unserer Angestellten zu klauen?« knurrte der Alte, während er die vor ihm liegenden Stapel mit Berichten sortierte.

»Es ist diese Entführungsgeschichte. Sorman hat sich offenbar in den Kopf gesetzt, Hamilton könne ihm behilflich sein. Er hat ihn offziell im Auftrag des Außenministeriums und der Regierung als eine Art Kundschafter hingeschickt.«

»Weiß Sorman, in welcher Zwickmühle wir uns befinden?«

»Du meinst den Verdacht gegen Hamilton? Ja, das weiß er, aber das hat ihn offenbar nicht weiter gestört. Ich begreife nicht, wie diese Politiker denken.«

»Weiß man Näheres darüber, was Hamilton da unten treibt?«

»O ja. Er sitzt da unten irgendwo in Saida, südlich von Beirut, mit einem Direktsender. Er behauptet, siebzig Meter vom Ziel entfernt zu sein.«

»Vom Ziel. Du meinst die entführten Schweden und deren Wärter?«

»Genau.«

»Mein Gott. Kapieren die nicht, worauf sie sich eingelassen haben?«

»Wie meinst du das? Ich gehe davon aus, daß Hamiltons Angaben stimmen.«

»Schon möglich, aber ich glaube nicht, daß Carl nach... na ja, nachdem was hier passiert ist, wieder ganz im Lot ist. Die Geiseln sollen wohl lebend befreit werden?«

»Davon gehe ich aus. Du meinst, unser junger Freund könnte im Verlauf der Ereignisse auf andere Gedanken kommen?«

»Ja, in allerhöchstem Maße. Ist er bewaffnet? Arbeitet er mit jemandem zusammen?«

»Sorman war der Meinung, daß Carl wegen seiner guten Verbindungen zu palästinensischen Untergrundorganisationen für die Art von Kontakten, vor denen sich unsere Diplomaten aus guten Gründen hüten müssen, besonders geeignet sei.

»Ist er bewaffnet?«

»Sormans Anweisungen zufolge darf er keine Waffen einsetzen, und bei den Ausrüstungsgegenständen, die an die Botschaft in Damaskus gegangen sind, waren keine Waffen.«

»Was denn für Ausrüstungsgegenstände?«

»Sender, Nachtzielgeräte, solches Zeug. Was glaubst du?«

Der Alte wagte nicht laut zu sagen, was er ahnte. Wenn Carl »das Ziel« geortet hatte und wenn die diplomatischen Verhandlungen kein Ergebnis brachten, würde, Carl zu Gewalt greifen, da zweifelte der Alte keine Sekunde. Der Alte suchte kurz nach einer diplomatischen Möglichkeit, seinen Gedankengang vorzutragen.

»Ich glaube wirklich, daß der arme Carl aus dem Gleichgewicht ist«, begann er vorsichtig. »Es geht ihm nicht gut. Er fürchtet sich vor einigen Dingen aus der Vergangenheit. Ihn quält ganz einfach sein schlechtes Gewissen. Und als wir ihm dann noch unseren Verdacht präsentierten, er könne ein Landesverräter sein, hat er sich vielleicht eine sehr gefährliche Aufgabe aufgehalst. Ich glaube, das ist für ihn so etwas wie ein unbewußter Selbstmordversuch, vielleicht so etwas wie ein Beweis, daß er kein Landesverräter ist. Etwa so.«

»Na ja, du bist der Psychologe. Merkwürdige Nebenausbildung übrigens für einen Mann vom Nachrichtendienst. Im Augenblick können wir aber kaum etwas dagegen unternehmen.«

»Doch, wenn die Botschaft mit ihm Verbindung hat, können wir ihn auch erreichen. Sollen wir ihn nach Hause holen?«

»Ich glaube, er würde das in dieser Lage mißverstehen.«

»Er würde wahrscheinlich nur glauben, wir wollten ihn wieder diesem Borgström zum Fraß vorwerfen.«

»Ja. Ich glaube nicht, daß er für Gardinenpredigten sonderlich empfänglich ist. Wir können also nur hoffen, daß da unten alles gutgeht. Aber ich habe noch zwei weitere Nachrichten für dich. Eine entschieden schlechte, und eine, die du vielleicht recht gut findest. Also...?«

»Erst die schlechte.«

»Der Pfau hat gestanden. Er hatte seine Codeschlüssel zu Hause hinter dem Badezimmerschrank versteckt.«

Der Alte spürte, wie ihm abwechselnd heiß und kalt wurde. TRISTAN hatte also recht gehabt, was den Spion in einer der sicherheitsmäßig sensibelsten Funktionen der schwedischen Abwehr betraf. Zwar im Affenhaus auf Kungsholmen, aber dennoch war es ohne jeden Zweifel ein bedeutender Posten, ausgerechnet in der Russen-Abteilung des Sicherheitsdienstes.

»Das sind unleugbar sehr schlechte Nachrichten«, murmelte der Alte schließlich fast resigniert, während er eine kleine Schachtel Zigarillos mit weißen Plastikmundstücken aus der Jackentasche zog.

»Hast du Feuer?«

»Nein, ich rauche nicht mehr, aber ich kann dir Feuer besorgen«, sagte Samuel Ulfsson. Er drückte auf einen Knopf seiner Gegensprechanlage und bestellte Streichhölzer.

»Du rauchst nicht mehr? Teufel auch, das hätte ich nie gedacht. Außerdem ist der Zeitpunkt sehr merkwürdig gewählt«, sagte der Alte langsam, als er den ersten Zug am ersten Zigarillo des Tages hinter sich hatte.

»Sheriff«, sagte Samuel Ulfsson.

»Was soll das heißen, Sheriff?«

»Deine Zigarillos heißen so. Hast du dir die in den USA gekauft?«

»Nein, ich glaube es sind schwedische. Oder vielleicht dänische. Und wie lautet die gute Nachricht? Falls es nach dem hier überhaupt gute Nachrichten geben kann.«

»Sandström sitzt in Moskau. Er wohnt dort, und wahrscheinlich haben wir sogar seine Adresse.«

»Wie bitte?«

»Ja, du hast richtig gehört.«

Beide sprudelten sofort los und redeten durcheinander. Mit einem Mal schien sich alles zum Guten zu wenden.

Gordon Ingram, dachte Carl.

Die Waffe war etwa fünfundzwanzig Zentimeter lang, und die ausklappbare Schulterstütze war in eine Metallschiene hineingeschoben.

Er hatte schon ein paarmal mit dem Modell geschossen und dabei festgestellt, daß es kaum eine Präzisionswaffe war. Die Feder im Magazin machte einen relativ frischen Eindruck. Ein einziges Magazin, das dreißig Schuß enthielt.

Gordon Ingram hatte seine Waffen in erster Linie an die Bananendiktaturen Lateinamerikas verkauft, da man sie so gut unter der Kleidung verstecken konnte. Die Waffe war völlig rechteckig geformt, und wenn man die Hand und den Unterarm um das nach unten gerichtete Magazin hielt, würde sie aus einiger Entfernung wie eine kleine Kiste oder ein tragbares Radio aussehen. Der Sicherheitspolizei in den Bananendiktaturen hatten die Waffen offenbar gefallen, doch insgesamt erzielte Gordon Ingram auf dem westlichen Markt keinen durchschlagenden Verkaufserfolg. Einer der Gründe dürfte das übertrieben große Kaliber sein.

Der Schalldämpfer war länger als die ganze Waffe.

Es war unbegreiflich, wie eine dieser seltenen Waffen bei Palästinensern in Beirut hatte auftauchen können. Doch leise war die Waffe ohne jeden Zweifel.

Diese Kugelspritze ließ sich nur aus nächster Nähe verwenden.

Selbst wenn es Mouna gelungen wäre, eine Heckler & Koch MP 5 zu besorgen, hätte er irgendwo probeschießen müssen, um sicher zu sein, daß die Zielvorrichtungen funktionierten. Hier waren sie nicht nötig, hier ging es nur darum, ob man aus einigen Metern Entfernung oder gar nicht schießen sollte. Fast so wie bei den Messern, die alle in Ordnung waren.

Die Botschaft in Damaskus hatte mitgeteilt, die Verhandlungen seien in ein entscheidendes Stadium getreten, und ihn ermahnt, seine Umgebung nicht in Unruhe zu versetzen.

Er antwortete, die Entführer würden beobachtet und seien bis auf einen jüngeren Mann identifiziert; er hatte die Namen durch den Äther geschickt. Was die Geiseln angehe, könne er noch nichts Definitives über die Identität der einzelnen Personen sagen. Bislang habe er nur auf einem Doppelbett zwei gefesselte Beine beobachtet.

Die Botschaft in Damaskus hatte seine Angaben über die Identität der Entführer später bestätigt.

Die Entführer aßen nach Anbruch der Dunkelheit hinter vorgezogenen Gardinen, durch die man dennoch einiges erkennen konnte. Bei der Wachablösung wurde rotiert. Jeder kam einmal an die Reihe. Carl hatte sich inzwischen entschieden, wer das leichteste Ziel sein würde; der jüngste Entführer, der etwa siebzehn oder achtzehn Jahre alt zu sein schien.

Zum Essen versammelten sich alle im Erdgeschoß und ließen die Geiseln allein zurück. Nach dem Essen fütterte einer von ihnen die Geiseln ab, während ein anderer Tabletts und Bestecke abholte.

Das Abendessen der Männer dauerte etwa zwanzig Minuten. Jetzt war der richtige Zeitpunkt.

Die Pistole, die Mouna geliefert hatte, hatte kein Zusatzmagazin. Carl hatte dreißig plus sieben Schuß in den beiden Waffen, und entweder war das mehr als ausreichend, oder es würde eine Katastrophe geben.

Er empfand so etwas wie inneren Frieden. Er war weder müde noch nervös, als sich seine Hand um die geriffelte Fläche des Pistolenkolbens aus Walnußholz schloß. Er hielt die Pistole in der linken Hand, da er mit der rechten Hand auch die kleinste Beobachtung aufschreiben wollte. Inzwischen waren schon dreißig Blatt vollgeschrieben. Auf einem Blatt neben dem anderen Stapel sammelte er die entscheidenden Angaben, die strategische Information.

Unter Umständen war dies für Carl die Endstation, und er spürte bei diesem Gedanken fast so etwas wie Befriedigung. Er wollte nicht zurück. Er wollte Borgström und dessen verschwitzte Oberlippe kein einziges Mal mehr in seinem Leben wiedersehen.

Normale Menschen führten ein richtiges Leben, wenn sie vierunddreißig Jahre alt waren. Sie hatten Familie und Menschen, die sie liebten, sie hatten Kinder und Sorgen wegen schlechter Noten in Mathematik oder wegen Schieläugigkeit und Übergriffen auf dem Schulhof.

Eva-Britt war ein richtiger, normaler Mensch. Sie hatte eine leicht narbige Haut, war kurzsichtig, Christin und hatte noch nie eine Waffe auf einen anderen Menschen gerichtet.

Die Pistole war fast so lang wie Ingrams Schnellfeuerpistole, wenn man von dem Schalldämpfer absah.

Vielleicht hatte Jihaz ar Rased besondere Gründe, ihn ausschließlich mit amerikanischen Waffen auszustatten. Nachtzielgerät und größere Angriffsmöglichkeiten waren damit ausgeschlossen. Vielleicht würden die Diplomaten alles auf dem Verhandlungsweg regeln. Die Schweden kannten schon die Identität der Entführer. Mit diesem As im Ärmel konnten sie diesem Salah Salah Beine machen.

Wenn dieser nicht spurte, war er hinterher ohnehin geliefert, und das mußte ihm klar sein. Palästinenser waren meist nüchterne Realisten. Die Männer, die Carl durch den Bildaufheller sah, würden also früher oder später ohnehin sterben. Falls später, war es Aufgabe Mounas und ihrer Leute.

Sie atmete ruhig und gleichmäßig, als schliefe sie in dem Bewußtsein, völlig sicher zu sein. Ihre Brandwunde machte sie schön, aber er hatte sie nie danach gefragt.

Sie stammte aus Gaza. Die Israelis hatten ihre Brüder getötet. Sie hatten in einem Racheakt die zwei Häuser der Familie in die Luft gesprengt.

Sie selbst war nach Jordanien entkommen. Dann hatte Abu al-Houl sie in die Finger bekommen, und schließlich war sie nach Nordkorea geschickt worden.

Wird es leichter, wenn man so viel Haß in sich spürt wie sie?

Er redete sich oft ein, Näslund zu hassen, den eigentlichen Chef der schwedischen Sicherheitspolizei, und ebensooft redete er sich ein, den Chef des westdeutschen Antiterror-Kommandos GSG 9 zu hassen, den er kaum kannte.

Nur einmal hatten sie sich getroffen, als sie mit Champagner anstießen.

Die Riffelung am Mantel der Pistole saß hoch oben, direkt über dem Kolben. Es war besser, die Waffe beim Entsichern weiter unten zu halten, so wie bei seiner Beretta.

Nein, er haßte nicht einmal Karl Müller oder Näslund.

Es hatte aber auch keinen Sinn zu sagen, daß er Tessie immer noch liebte. Es war zuviel Zeit verstrichen.

Für Mouna empfand er Liebe, um ihren Ausdruck zu verwenden. Und für Eva-Britt, die er vermutlich nie wiedersehen würde, und für den Alten und Lundwall und sogar für Stålhandske.

Hier saß er nun, preßte die Augen an ein Nachtsichtgerät mit Bildaufheller, ohne jede Müdigkeit und ohne Aggression, und zog die Summe seines bisherigen Lebens.

Vielleicht war es zu Ende, denn sie glaubten, er sei ein Verräter. Sie würden es nie beweisen können, da es nicht stimmte, und da sie es nie würden beweisen können, würden sie nie Gewißheit erhalten, und da sie nie Gewißheit erhalten würden, würde man ihn zwingen, in das normale Leben zurückzukehren.

Was sollte dann aus ihm werden?

Der Fassade nach war er Unternehmer in der Immobilienbranche, trug elegante Anzüge und war auch ein Mann, der einmal radikale politische Ansichten vertreten hatte. Er war sich nicht sicher, wo das dienstlich gebotene Theater aufhörte und wo er selbst anfing.

Außerhalb des großen Theaters gab es kein Leben, zumindest kein klar erkennbares Leben, das er sich vorstellen konnte.

Er würde also damit anfangen, sich bequemere Kleidung zuzulegen, na und? Er würde Immobilien verkaufen, na und? Er würde sein neues Zuhause nach der Zerstörung neu möblieren. Es gelang ihm aber nicht, sich auch nur vorzustellen, wie das Ergebnis aussehen würde, denn er wußte nicht, ob er außerhalb seiner Theaterrolle überhaupt einen eigenen Geschmack besaß.

Wahrscheinlich würde er mehr Bücher lesen. Die Waffenschränke würde er weitgehend räumen, aber nicht vollständig. Er brauchte das Schießen um seines Seelenfriedens und der totalen Konzentration willen.

Er würde Langlauf im Gelände absolvieren, statt morgens und abends, Monat um Monat, Jahr um Jahr, und das seit mehr als zehn Jahren, die Standardübungen zu wiederholen, nämlich die vielleicht hundert wirksamsten Methoden, mit dem eigenen Körper den Menschen in einem anderen Körper ernstlich zu verletzen oder zu töten, den Menschen, der hinter dem Sandsack mit den fast ausgelöschten menschlichen weißen Umrissen zu ahnen war.

Konnte er eine Frau wirklich lieben, so wie er Tessie einmal geliebt hatte? Ob er den Umgang mit Windeln und Babyfläschchen genauso leicht lernen konnte wie den Umgang mit neuer Software in der EDV-Branche? War diese Branche, das heißt ihre zivile Variante, überhaupt etwas, dem er sich auch nur einen einzigen Augenblick seines Lebens widmen wollte?

Colt Model 1911 A hieß die Waffe in seiner linken Hand. Dies bedeutete, daß sie seit 1911 in allen wesentlichen Eigenschaften kaum weiterentwickelt worden war. Die Pistole war vielleicht in Vietnam gewesen. Sie stammte nicht aus einem Depot mit überzähligen Beständen, sondern wies starke Gebrauchsspuren auf.

Wenn er nach Schweden zurückkehrte und hinausgeworfen wurde – würde er nach dem, was am letzten Abend geschehen war, überhaupt wagen, mit Eva-Britt wieder Kontakt aufzunehmen?

War er geisteskrank?

Diese Mörder und Schlächter zu Hause waren freigesprochen worden. Würde er einen Menschen zerstückeln können?

Ohne jeden Zweifel. Wenn es Gründe dazu gab.

War er demnach geisteskrank? War dies der Grund, weshalb er sich gerade jetzt so ruhig fühlte, obwohl er nervös sein sollte?

Er würde unter Umständen fünf schlafende Personen töten. Mindestens vier von ihnen schliefen in siebzig Meter Entfernung, doch das erschien ihm nur als ein technisches oder praktisches Problem. Wenn die Diplomaten mit ihren Verhandlungen Erfolg hatten, spielte das aus seinem Blickwinkel nicht einmal eine Rolle. Wenn die Geiseln friedlich zurückgegeben wurden, würden die da drüben länger leben, doch für ihn spielte es keine Rolle, wie es kam.

Ihm ging auf, daß er irgendwie dabei war, die Schlußrechnung seines Lebens aufzumachen. Aber nicht etwa, weil es denen da drüben gelingen könnte, sich besser zu verteidigen als vermutet, sondern vor allem, weil er sich nicht vorstellen konnte, wie es sein würde, in eine zerstörte Wohnung zurückzukehren, die nichts als ein Bluff war, und ein wirkliches Zuhause zu rekonstruieren.

Er besaß ja nicht mal eine eigentliche Persönlichkeit, sondern nur einen Beruf, einen Beruf, den er sich zu eigen gemacht hatte und den sie ihm jetzt wegnehmen wollten. Er würde aufhören zu existieren.

Mouna war zu beneiden. Sie würde ihn aber nicht ernst nehmen, wenn er nachher sagte, er wolle lieber in ihrem Verband bleiben, als nach Hause zu reisen. Sie würde ihn nur ansehen, als wäre er geisteskrank geworden, und er empfand zuviel Liebe für sie, um sie lieben oder ihr gehorchen zu können.

Er war vierunddreißig Jahre alt. Jetzt würde bald alles zu Ende sein.

»Ich weiß nicht, ob du dem Alten schon mal begegnet bist, aber du weißt sicher, wer er ist«, begann Samuel Ulfsson geschäftsmäßig.

»Doch, wir haben uns ein paarmal gesehen, aber öfter nicht«, erwiderte der Mann, der nicht wußte, weshalb er plötzlich seinen Urlaub hatte abbrechen müssen und nach den Vermutungen oder zumindest Hoffnungen sowohl des Alten wie Samuel Ulfssons nicht wußte, daß er ein Fischadler war, ein Verräter.

Er war sonnenverbrannt, trug ein kariertes Sporthemd, hatte Heringsschuppen an den Händen, und seine zusätzlichen Sonnengläser ragten wie große Augenbrauen über seine Brille hinaus. Er hatte Sandalen ohne Socken an den Füßen, saß auf dem Stuhl vor Samuel Ulfsson und dem Alten ruhig und entspannt da und spreizte sogar spielerisch die Zehen. Internationalem Sprachgebrauch zufolge war er Brigadegeneral, nach schwedischer Terminologie Vier-Sterne-Oberst in etwa der gleichen Gehaltsklasse wie ein jüngerer Abendzeitungsjournalist.

Er war aber Chef einer der sensibelsten Abteilungen des Generalstabs, OP 4, die unter anderem für taktische Gegenmaßnahmen gegen fremde, das heißt sowjetische, U-Bootstätigkeit in schwedischen Gewässern zuständig war.

»Die Sache ist ernst, Lennart. Ich möchte von dir spontane und möglichst aufrichtige Antworten auf ein paar Fragen haben. Sie sollten es um Gottes willen und um deinetwillen und auch um unseretwillen sein«, fuhr Samuel Ulfsson mit einer Ruhe fort, die mühsam erkämpft schien. Es sah aus, als würde sich Sam wieder nach seinen Zigaretten umsehen.

»Das hört sich ja nicht sehr gut an. Sag nur, worum es geht«, entgegnete der Mann mit dem Codenamen FISCHADLER.

»Welche Verbindungen hast du im Lauf der Jahre mit Sandström gehabt?« fragte Samuel Ulfsson kurz und ohne das mindeste Zittern in der Stimme.

Der Mann mit dem Codenamen FISCHADLER änderte sofort seine entspannte Haltung und richtete sich kerzengerade auf.

»Ist das hier eine Art Verhör?« fragte er.

»Ja. Und wir nehmen es auf Band auf«, erwiderte Samuel Ulfsson in dem gleichen Tonfall wie zuvor. »Also noch einmal die Frage. Welche Verbindungen hast du mit Sandström gehabt?«

»Wir sprechen also von dem Spion?«

Der Verdächtige hatte jetzt endlich eine passende Körperhaltung gefunden. Er saß steif wie ein Ladestock da und sah aus, als vermißte er seine Uniform.

»Ja, das ist korrekt. Wir wollen, daß du uns möglichst viel erzählst, ohne daß wir Fragen stellen. Dies ist ein sehr wichtiges Gespräch, Lennart, ich kann das nicht genug betonen.«

»Teufel auch, wie förmlich sich das plötzlich anhört.«

»Das ist es auch. Nun zu Sandström.«

»Was soll ich schon von ihm erzählen. Hört sich peinlich an, das Ganze, was glaubt ihr eigentlich? Glaubt ihr, ich arbeite für Sandström, oder worum zum Teufel geht es!«

Samuel Ulfsson ließ das Schweigen kompakter werden, bevor er antwortete.

»Wir wollen, daß du unsere Fragen beantwortest.«

»Ihr glaubt doch wohl nicht, ich sei ein Spion. Das wäre vielleicht was! Aha! Deshalb haben wir diese Scheißkerle nie gefangen. Diese Gerüchte, geht es etwa darum?«

»Zwing mich nicht, noch förmlicher zu werden, Lennart. Es sieht auch so schon übel genug aus. Jetzt trägst du nur alles vor, was mit dir und Sandtröm zu tun hat, wie gut ihr euch kennt, alles.«

Samuel Ulfsson erweckte den Eindruck, als hätte er sich noch deutlicher äußern wollen, in letzter Sekunde aber darauf verzichtet.

Der Mann, der in einem bestimmten Bericht den Codenamen FISCHADLER hatte, gewann jedoch schnell die Fassung zurück und begann zu erzählen.

»Ja, völlig richtig, ich kenne Sandström recht gut und habe einigen Umgang mit ihm gehabt. Ich habe das hinterher zwar nicht ans OP 5 gemeldet, und das ist vielleicht ein bißchen peinlich, falls man der Meinung ist, ich wäre dazu verpflichtet gewesen. Jedenfalls liegt es schon viele Jahre zurück.

Wir waren damals beide Major, Sandström frisch geschieden und ich Strohwitwer, und zwar auf Zypern in UNO-Diensten.

Damals wurde da unten ziemlich gesoffen, und Weibergeschichten hat es auch gegeben. Nicht gerade etwas, worauf man nachträglich sehr stolz ist.

Aber trotzdem. Es war einfach so. Wir waren ziemlich sorglos, und Weibergeschichten und Alkohol gab es auch, aber nichts, was... ja, das unordentliche Privatleben hat also nicht den Dienst beeinträchtigt. Wenn ich mal davon absehe, daß wir morgens blutunterlaufene Augen hatten.

Sandström war teuflisch hinter den Frauen her, das muß ich schon zugeben. Außerdem war der Schnaps ziemlich billig. Übrigens ist dieser zypriotische Brandy ziemlich tückisch. Er ist nämlich etwas süß und entschieden schwächer als richtiger Cognac. Man trinkt ihn oft mit Eis, na ja, dann trinkt man leicht mal einen zuviel. Aber als unsere Frauen im Sommerurlaub herunterkamen, haben wir uns zusammengenommen.

Viel mehr gibt es über diese Zeit nicht zu sagen, abgesehen davon, wie peinlich es später wurde, als sich herausstellte, was dieser Sandström für einer war, aber damals kam er mir nicht sonderlich rätselhaft vor. War er übrigens schon damals Spion?«

»Ja. Er war schon damals Spion. Soviel wir wissen, jedenfalls. Erzähl von dem Wagen«, hakte Samuel Ulfsson nach. Sein Gegenüber erstarrte sichtlich.

»Von welchem Wagen?« fragte der FISCHADLER resigniert.

»Von dem Wagen, alles über den Wagen«, konterte Samuel Ulfsson so sanft wie entschlossen, spürbar entschlossen.

»Der Jaguar?«

»Komm, erzähl schon. Was du in deiner ersten Version erzählst, ist am wichtigsten.«

»Willst du etwa sagen, daß man mich... verhört, daß ich nach dieser Vernehmung noch weiter verhört werde?«

»Ja. Höchstwahrscheinlich. Erzähl uns also von dem Wagen«, fuhr Samuel Ulfsson in dem gleichen ruhigen Tonfall fort, als wäre er immer noch Kapitän eines Schiffs und als ginge es um eine Bagatelle.

Der Mann, den die Russen FISCHADLER nannten, holte tief Luft. Auf der Stirn zeigten sich erste Schweißperlen. Dann erzählte er.

»Es war an einem Wochenende, an einem Freitag- oder Sonnabend. Wir hatten uns vorgenommen, mal richtig einen draufzumachen, und waren nach Limassol gefahren. Ja, von Larnaka und Camp Victoria aus war das nicht sehr weit, vielleicht eine Stunde. Da in Limassol gab es ein Fischrestaurant, und... ja, das ist vielleicht nicht so wichtig, aber es hieß Christos. Auf dem Nachhauseweg fuhren wir in so einen verfluchten Eselskarren ohne Beleuchtung rein. Keine Möglichkeit zu bremsen, es knallte einfach. Mit dem Alkohol hatte das nicht das geringste zu tun, aber andererseits hatten wir keinerlei Grund, die Polizei in die Sache hineinzuziehen. Unter anderem wegen des Alkohols.

Folglich haben wir den Eselskarren an Ort und Stelle bezahlt. Ja, das dürfte die ganze Geschichte gewesen sein. Jedenfalls scheint mir diese Sache ausgestanden zu sein.«

»Du sprichst von ›wir‹, die ganze Zeit heißt es ›wir‹, ohne daß du dich näher erklärst. Bedeutet ›wir‹, daß du mit Sandström zusammen warst?« fragte Samuel Ulfsson.

»Nein. Das bedeutet es nicht. Müßt ihr unbedingt wissen, wer es war und wer den Wagen fuhr und all das?«

»Ja.«

»Ich war mit dem Bataillonschef unterwegs. Das heißt auf dem Rückweg. Sandström war nach Limassol mitgefahren, bekam dort aber... bekam dort aber Grund, dazubleiben.«

»Eine Frau...«

»Für diese Annahme gibt es gute Gründe, ja.«

»Er hat die Geschichte also später erst erfahren?«

»Ja, ich habe sie ihm erzählt.«

»Wie hast du deinen Wagen repariert bekommen?«

»Warum wollt ihr das wissen?«

»Wie hast du deinen Wagen repariert bekommen?«

»Nun ja, ich hielt es für eilig.«

»Das ist keine Antwort auf meine Frage.«

»Was zum Teufel treibt ihr hier eigentlich mit mir! Wollt ihr einen Fall von Trunkenheit am Steuer im Dienst erklären, der mehr als zehn Jahre zurückliegt? Ist das nicht schon längst verjährt?«

»Immer noch keine Antwort auf meine Frage.«

»Schon gut, ich gebe mich geschlagen.«

»Nun? Laß hören.«

»Wir, das heißt ich selbst, riß diesen verbeulten Kotflügel ab, gab den Wagen dann in eine Werkstatt und ließ ihn reparieren. Die Werkstatt ließ aus England einen neuen Kotflügel kommen.«

»War es teuer?«

»Darauf kannst du Gift nehmen.«

»Wie hast du es bezahlt?«

»Meine Ersparnisse gingen drauf, ganz einfach.«

»Wo waren deine Ersparnisse angelegt?«

»Auf einem Konto der UNO. Es ist alles draufgegangen. Hätte ich doch wenigstens den Kotflügel gespart, aber die haben einfach einen neuen bestellt, und dann kam noch die Luftfracht und einiges andere dazu, und ich muß offen gestehen, daß es mir nicht paßt, das alles noch einmal aufzurollen. Es liegt mehr als zehn Jahre zurück, kapierst du das nicht.«

»O doch. Aber du weißt ja, nichts ist so fein gesponnen... Deine gesamten Ersparnisse? Das hört sich nach viel an.«

»Nun ja, nicht meine gesamten Ersparnisse. Aber es wurde verdammt teuer, und außerdem wollte ich, daß die Sache einigermaßen diskret abgewickelt wird.«

»Bestechungsgelder?«

»So nennt man das auf Zypern nicht.«

»Du hast aber bar bezahlt?«

»Ja.«
»Wieviel denn?«
»Ungefähr... ja, willst du den Betrag in zypriotischen Pfund oder anderer Währung?«
»Spielt keine Rolle, nur die Summe, aber am liebsten verständlich.«
»Ungefähr 15000 Kronen, schwedische Kronen.«
»Und die hast du von deinem Konto genommen, deinem Gehaltskonto?«
»Ja. Ich hatte schließlich kein Geld unter der Matratze.«
»Was ist dann mit dem Wagen passiert?«
»Als ich nach Hause fuhr, habe ich ihn verkauft. Ich hatte keine Lust mehr, und außerdem hatte er das Lenkrad auf der falschen Seite.«
»Hat man auf Zypern nicht Linksverkehr?«
»Doch, aber nicht hier in Schweden. Die Karre war offenbar aus England importiert worden.
»Danke, das dürfte alles sein.«
»Was zum Teufel meinst du damit?«
»Genau das, was ich gesagt habe.«
»Bist du noch bei Trost?«
»O ja, ich hoffe schon.«
»Worum geht es eigentlich?«
»Ich hoffe, daß du deinen Ohren nicht traust, wenn du es zu hören bekommst.«
»Haben sich die Sozis irgendwas Neues einfallen lassen? Haben sie die Verjährung bei Trunkenheit am Steuer abgeschafft, sofern Angehörige der Streitkräfte betroffen sind?«
»Nein.«
»Hab ich mir fast schon gedacht. Worum geht es also?«
»Dieses Gespräch ist aufgezeichnet worden und wird unter anderem vom Oberbefehlshaber gelesen werden.«
»Dann stell dieses verdammte Tonbandgerät ab und erzähl mir, worum es wirklich geht.«
»Ich glaube, wir können unser Gespräch zunächst einmal beenden«, erwiderte Samuel Ulfsson, ohne in seiner Beherrschung sonderlich bemüht zu wirken.«
Der Alte fand Ulfssons Stimme sogar recht vergnügt, und auch er hatte Grund, zufrieden zu sein.
Jetzt würde sich das eine oder andere erklären lassen. Möglicherweise fehlte noch eine letzte Frage.
»Hat Sandström diese Geschichte mit der Autoreparatur erfahren?« fragte der Alte weich, als schöbe er eine überflüssige Frage nach.
»Na klar hat er das. Er hat mir die Autowerkstatt empfohlen«, erwi-

derte der Mann, der schon bald von der kurzen Liste der Verdächtigen gestrichen werden würde.

In kürzester Zeit würde jedenfalls feststehen, wer gelogen hatte, er oder TRISTAN.

»Jetzt bekommen wir auch noch eine Schwulenaffäre an den Hals, als wäre die laufende Kokainaffäre nicht schon genug«, seufzte Peter Sorman.

Die Sache fiel gewiß nicht in seine Zuständigkeit, und nichts deutete darauf hin, daß ein Vertreter des Außenministeriums aus einer der zu sexuell abweichendem Verhalten neigenden Gruppen an etwas teilgenommen hatte, was in Schlagzeilenprosa schon bald »Sozialdemokratische Schlangengrube« heißen würde.

Der Ministerpräsident hatte am Vormittag eine Pressekonferenz gegeben und damit die Verteidigungslinien gezogen. Der angebliche »Spitzensozi« habe keine politische Funktion in der Partei, habe seit vielen Jahren keine mehr gehabt, da sein Hauptbetätigungsfeld Aktienspekulationen und eine Klatschpublikation angeblich feinerer Art sei; er publiziere eine Art Börsenbrief, der tausend Kronen pro Exemplar koste.

Die Tatsache, daß er in seinem großen Kontaktnetz Bekannte aus seiner früheren Zeit als sozialdemokratischer Journalist hatte, war nicht von Belang, denn er kannte auch viele Konservative. Vermutlich ging er inzwischen mit mehr Konservativen als Sozialdemokraten um.

Die Partei, so der Ministerpräsident, habe selbstverständlich nichts mit seinen kriminellen oder vermeintlich kriminellen Machenschaften zu tun. Diesen Vorwürfen müßten die Justizbehörden auf dem vorgeschriebenen Weg nachgehen.

Von der Regierung könne nicht verlangt werden, daß sie sich in die Arbeit der Polizei einmische.

Daß der Verdächtige vor einer Woche mit einem hohen Polizeibeamten und der Justizministerin gegessen hatte, hatte mit dieser Geschichte nichts zu tun, da bei der Gelegenheit natürlich keine Drogen konsumiert worden waren. Der Justizministerin konnte nicht angelastet werden, daß einer ihrer Bekannten ein Vergehen begangen hatte.

Strenggenommen war die Affäre gar keine »Affäre«, und die politischen Untertöne, die jetzt die Debatte prägten, hatten vermutlich mit dem einfachen Umstand zu tun, daß es ein Wahljahr war und daß die bürgerliche Opposition sich wie üblich versucht fühlte, den Gegner mit Schmutz zu bewerfen. Keiner der Verantwortlichen mußte sich etwas vorwerfen lassen.

Insoweit war alles gut und schön.

Doch es stellte sich die Frage, wie es kam, daß ein wegen Drogenvergehen Verdächtiger es geschafft hatte, nicht nur mit Polizeichefs und der Justizministerin Umgang zu pflegen, sondern es fertiggebracht hatte, sich bei der Stockholmer Polizei eine handverlesene persönliche Leibwache zuzulegen.

Bei dieser letzten Frage lauerte Gefahr.

Und dieser populistische Journalist vom *Aftonbladet*, der bei Pressekonferenzen immer den Journalisten amerikanischen Typs spielen mußte, hatte den Ministerpräsidenten sogar gefragt, ob es sich möglicherweise so verhalte, daß diese handverlesenen Polizeibeamten bestimmte persönliche Eigenschaften hätten, die zu ihrer Auswahl geführt haben, etwa vegetarische Eßgewohnheiten oder besondere sexuelle Fähigkeiten oder derlei?

Der Ministerpräsident hatte die Frage natürlich mit einer verächtlichen Handbewegung abgetan und zugleich darauf hingewiesen, das falle in den Verantwortungsbereich der Polizei und nicht in den der Regierung.

Aber es hatte auf dieser Pressekonferenz lautes Gekicher gegeben. Und es liefen wilde Gerüchte um.

Die Handverlesenen hatten sich den Gerüchten zufolge in erster Linie durch ihre Mitgliedschaft in einem Sado-Maso-Club qualifiziert. Und wenn diese Geschichte in der Presse ausgewalzt würde, ob wahr oder unwahr, würde der Wahlkampf einen katastrophalen Anfang nehmen. Das Ganze war widerlich.

Es gab nur zwei Geschichten, die die heranrollende Schlangengruben-Affäre von den Titelseiten und aus den Schlagzeilen verdrängen könnten.

Einmal natürlich die Spionageaffäre. Zum zweiten ein glücklicher oder auch unglücklicher Ausgang des Geiseldramas im Libanon.

Eine Stunde vor der schrecklichen Pressekonferenz hatte der Ministerpräsident den Oberbefehlshaber zum Vortrag bei sich gehabt. Die Untersuchungen des Militärs deuteten vorerst nicht darauf hin, daß die genannten Offiziere des Generalstabs Spione waren.

Es gab natürlich Anlaß, die in eigener Regie geführten Untersuchungen der Militärs mit gewisser Skepsis zu betrachten, obwohl sie unleugbar unter großen Mühen zu denselben Erkenntnissen gelangt waren, die bei der Regierung schon fertig in der Schublade gelegen hatten. Sie hatten die Koskow-Geschichte minuziös nachgeprüft und nichts gefunden, was zu einer Neubewertung zwingen würde, und überdies hatten sie ihre sogenannte Operation Big Red erneut durchleuchtet und waren zu dem Schluß gekommen, daß diese tatsächlich stattgefunden hatte.

Das letzte wäre fast komisch zu nennen, wenn die Angelegenheit nicht so ernst wäre. Das nenne ich Eulen nach Athen tragen, dachte Sorman.

Die Einsicht, daß es so gut wie unmöglich war, sich ausgerechnet Korvettenkapitän Hamilton als russischen Agenten vorzustellen, hatte die Regierung aus eigener Kraft gewonnen.

Und was diesen Obersten anging, hatte man in den Angaben TRISTANS entscheidende Fehler gefunden. In den Unterlagen der UNO fand sich ein mehr als zehn Jahre alter Kontoauszug, aus dem hervorging, daß der Offizier eine Reparaturrechnung aus eigenen Mitteln und folglich nicht mit sowjetischem Spionagelohn bezahlt hatte. Doch bei diesem Obersten war es wohl noch zu früh, endgültige Schlüsse zu ziehen.

Bei der Säpo sah es anders aus. Der Polizeidirektor des »Russenbüros« hatte gestanden, und es war auch Beweismaterial gefunden worden. Insoweit war alles geklärt, und dieses eine Mal wenigstens würde sich die Säpo hoffentlich als fähig erweisen, ihre Geheimnisse nicht in der Abendpresse auszuplaudern. Diese Geschichte konnte nur ihr selbst und nicht der Regierung schaden.

Allerdings wurde die Lage dadurch kompliziert, daß sie mit ihrem Spion wegen Immunität verhandelten. Er hatte sich selbst zur Zusammenarbeit bereit erklärt, wenn man ihm Immunität gewähre, und andere Hinweise, denen sie folgen konnten, besaßen sie kaum.

Der Reichspolizeichef hatte den Ministerpräsidenten gebeten, innerhalb einer Woche zu entscheiden, und damit war auch diese Geschichte politisch gefährlich. In rein praktischer Hinsicht wäre es natürlich gut, wenn man diesem Kerl so viele Informationen über seine Spionage wie nur möglich entlocken konnte.

Wenn aber später herauskam, daß die Regierung einen Spion »begnadigt« und einen Spionageskandal »vertuscht« hatte?

Was auf Peter Sormans Tisch lag, war in erster Linie die Libanon-Affäre. Die Lage war kritisch.

Die Entführer hatten für jeden Schweden eine Million Dollar verlangt und eine Frist gesetzt. Einerseits gab es das Problem mit der Einstellung, man werde »nie mit Terroristen verhandeln«, wenn man es aber doch tat und dies herauskam, würde es in der rechtsgerichteten Presse Kritik und Geschrei geben.

Was der Regierung im Grunde nur nützen konnte: Statt sich an richtige, aber harte Grundsätze zu halten, habe man es vorgezogen, Menschenleben zu retten. Und so weiter.

Wenn aber die Entführer mit neuen Forderungen kamen und das Geld einfach nur nahmen und verschwanden? Und die Geiseln trotzdem töteten?

Eine halbe Stunde später war die Rechnung erheblich vereinfacht und zugleich verdüstert worden. Jassir Arafat rief aus Tunis an und versicherte seinem »alten Freund« Sorman, die Entführer hätten nichts mit der PLO zu schaffen, würden aber ohne Zweifel ihre gerechte Strafe erhalten – zwei Mitteilungen, die einander zunächst zu widersprechen schienen. Die PLO erbot sich, die Geiseln nach Beirut zu eskortieren, falls sie freigelassen würden, und wenn die Verhandlungen nicht zum Erfolg führten, könnten die PLO als letzte Maßnahme einen Befreiungsversuch auf eigene Faust unternehmen.

Peter Sorman hatte dieses letzte Angebot entschieden abgelehnt. Wenn die Geiseln starben, würde Arafat sagen, der Befreiungsversuch sei auf Verlangen der schwedischen Regierung unternommen worden. Und wenn die Geiseln lebend davonkamen, würde sich die PLO die Feder an den Hut stecken. Mit all den sonderbaren politischen Konsequenzen, die das in der erregten politischen Lage zu Hause nach sich ziehen konnte.

Die Botschaft in Damaskus übermittelte anschließend eine zusätzliche Forderung der Entführer. Sie verlangten nun auch von der diplomatischen Vertretung Schwedens Fluchthilfe für sechs Personen, am liebsten auf dem Luftweg und mit schwedischen Diplomaten als Schutz an Bord.

Das war aus politischen wie praktischen Gründen eine völlig unannehmbare Forderung.

Die Entführer behaupteten zu wissen, daß man sie zum Tod verurteilt habe und daß dies ihre einzige Chance sei, selbst zu überleben. Sie hätten eine Frist von zwölf Stunden gesetzt und würden anschließend das Los darüber entscheiden lassen, welchen Schweden sie als ersten töteten; sie würden für dessen Tod einen Beweis liefern und anschließend eine neue Frist setzen.

Die Forderung war natürlich unannehmbar. Der Vorschlag der PLO, das Versteck zu stürmen, war genauso unannehmbar. Es gab nur eine Möglichkeit: Man mußte versuchen, Zeit zu gewinnen, und die Verhandlungen mit dem Angebot fortzusetzen, daß man sich zwar eine Geldzahlung vorstellen könne, jedoch keine diplomatische Gruppenreise aus dem Land. Allerdings sah es düster aus.

Peter Sorman dachte plötzlich an Hamilton. Dieser saß ja angeblich nur siebzig Meter vom Versteck der Entführer entfernt.

Ein schwedischer Befreiungsversuch? Nein, das erschien kaum ratsam. Das würde bedeuten, daß Sorman ihm irgendeine Mitteilung dieses Inhalts zukommen lassen mußte, und wenn es gutging, würden die Militärs die Ehre einheimsen, und wenn es danebenging, würde man ihm, Sorman, und der Regierung die Schuld geben. Überdies gab es keine Möglichkeit, diesem Hamilton eine Nachricht zukommen zu lassen, jedenfalls keine Nachricht, die nachträglich politisch genehm oder auch nur vertretbar sein würde. Nein, Hamiltons einzige Aufgabe konnte nur darin bestehen, die Diplomaten mit seinen Beobachtungen zu versorgen. Nichts sonst. Man konnte nur hoffen, daß sie ihrerseits vorsichtig mit der Auswahl der Erkenntnisse waren, die sie ihm übermittelten.

Die letzte Mitteilung, die Carl von dem Botschaftssekretär in Damaskus erhalten hatte, war kurz, aber recht konkret.

Entführer haben unannehmbare Forderung gestellt. Geld und freies Geleit mit diplomatischen Geiseln. Antwort nein. Frist zwölf Stunden. Teilen Sie sämtliche Beobachtungen über denkbare Reaktionen und Aktivitäten mit. Ende.

Eine von Mounas Ordonnanzen war mit Anweisungen direkt aus Tunis erschienen. Man wolle einen Befreiungsversuch vorbereiten. Die schwedische Regierung sei einverstanden.

Carl schickte eine Anfrage an die Botschaft, ob sie die Richtigkeit dieser Angaben bestätigen könne. Rund eine Stunde später kam die Antwort aus Stockholm über Damaskus, in der das Außenministerium die Angaben entschieden dementierte. Die Meldung enthielt jedoch keine neue Anweisungen für Carl, was ihn sehr nachdenklich machte.

Dann hatten er und Mouna gestritten, wer eventuell was tun und ob sie Verstärkung herbeiholen solle.

Es dauerte einige Zeit, bis sie sich einigten.

Das taktische Hauptproblem bestand darin, daß sie nicht wußten, ob die Entführer Sprengladungen in dem Raum angebracht hatten, in dem die Geiseln gefangengehalten wurden. Sie hatten während der letzten Tage zwar nichts beobachtet, was darauf hindeutete. Es wäre jedoch riskant, in dieser Hinsicht einfach ins Blaue hinein zu operieren.

In der Abenddämmerung kehrte einer der Entführer zurück, der sechs oder sieben Stunden abwesend gewesen war, und Mouna und Carl konnten eine Zeitlang verfolgen, wie sie im Erdgeschoß stritten und diskutierten. Sie waren empörter und nervöser als je zuvor. Die Schlußfolgerung war einfach. Die Entführer hatten über Salah Salah von den schwedischen Diplomaten eine negative Antwort erhalten, und jetzt ging es folglich darum, wie sie mit ihrer Frist von 12 Stunden umgehen sollten.

Die neue Lage bewirkte immerhin, daß Carl und Mouna sich leichter einigen konnten. Sie forderte zwei Wagen an, ein Taxi und ein Begleitfahrzeug mit Fahrern, aber nur zwei Mann zur Rückendeckung.

Zwei Stunden später, als völlige Dunkelheit herrschte, leiteten sie das Unternehmen ein.

Mouna sah ihn durch den Bildaufheller, als er zu dem Haus vorrückte. Ganz in der Nähe der Tür, durch die der Wachposten herauskommen würde, wenn die Entführer nicht plötzlich ihre Routine geändert hatten, stand eine große Regentonne. Er würde sich hinter ihr verstecken und dann mit dem Überfall beginnen. Sie hatte wiederum Funkverbindung mit ihren zwei Männern, die dreißig Meter entfernt in einem der Fluchtwagen saßen, aber diese mußten natürlich strikte Funkstille wahren, bis die Operation in Gang gekommen war.

Als der Wachposten durch die Tür kam, spürte sie, wie ihr Puls losraste, bis sie so etwas wie eine Schmerzgrenze zu spüren meinte. Sie sah sich gezwungen, die Augen einige Augenblicke von dem Bildaufheller zu nehmen und in die Dunkelheit zu starren, um sich zu vergewissern, daß tatsächlich nichts zu sehen war. Durch das präparierte Nachtsichtgerät konnte sie den ganzen Ablauf fast so erkennen, als ob draußen Tageslicht herrschte.

Der Wachposten blieb lange auf der Treppe stehen. Es sah aus, als würde er nicht seinen gewohnten Rundgang machen, und Mouna versuchte auszurechnen, was Carl dann tun würde. Wahrscheinlich würde er abwarten, bis der Mann wieder ins Haus ging, um dann gleich zu Phase zwei überzugehen, als wäre Phase eins schon erledigt.

Es war unerträglich, einfach nur als passive Zuschauerin dazusitzen. Sie hatte keine genaue Vorstellung von Carls Fähigkeiten, aber dies war eine Situation, die nur bei Übungen leicht aussah. In Wahrheit war das Risiko eines Mißlingens riesengroß. Der Wachposten konnte etwa in der falschen Richtung um das Haus herumgehen, den falschen Weg um die Regentonne wählen oder sogar eine Zigarette anzünden, so daß die ganze Umgebung erleuchtet wurde. Und da unten stand Carl, dicht an die Regentonne gedrückt, ohne sich zu rühren. Er hatte seine Nachtbrille abgenommen, vermutlich damit ihn nichts störte, denn er rechnete ja nicht mehr damit, sich noch in der Dunkelheit bewegen zu müssen. Jetzt herrschten also gleiche Bedingungen, was das Sehen im Dunkeln betraf. Er hielt das kurze Messer mit der schwarzen, reflexfreien Klinge in der Hand, und an dieser Waffenwahl erkannte Mouna, wie er es ungefähr machen würde.

Wenn es gelang, war es eine perfekte Methode, aber wenn er sein Ziel auch nur um einen Zentimeter verfehlte, wäre das Ergebnis katastrophal.

Plötzlich kam der Wachposten zu einem Entschluß. Es war nicht der junge Mann, der an der Reihe war, und sie fühlte sich irrational erleichtert, als sie das sah, während sie zugleich unruhiger wurde, weil dieser Mann der hartgesottenste zu sein schien; er ging drei oder vier Schritte auf Carls Versteck zu.

Sie erkannte mit so etwas wie Verzögerung, was dann geschah. Zunächst sah es aus, als wäre der Mann in Carls Griff nur lautlos zusammengesunken, als ob Carl ihn behutsam auf die Erde legte.

Aber nachträglich ging ihr auf, daß sie auch den Stich gesehen hatte, den Stich gegen den unteren Teil des Rückgrats, der schräg von der Seite geführt worden war.

Carl hatte bei dem Wachposten sowohl die große Körperschlagader durchstochen als auch das Rückenmark. Die Lähmung mußte unmittelbar eingetreten sein, worauf der Tod meist sehr schnell eintrat, gewöhnlich dadurch, daß die Atmung bei dem allgemeinen körperlichen Kurzschluß einfach aufhörte.

Carl hatte sich wieder seine Nachtbrille aufgesetzt und winkte Mouna zu, Phase eins sei erledigt, was sie ja schon wußte.

Doch dann ging er nicht auf die Tür zu, sondern drehte eine Runde ums Haus, so daß er gleich darauf aus ihrem Blickfeld verschwunden war. Sie fragte sich, weshalb, kam aber zu dem Schluß, daß er wohl wegen der Verzögerung wissen wollte, wo sich die anderen im Haus aufhielten.

Die anderen Männer waren dabei, ihr Essen zu beenden. Doch das konnte nur Mouna von ihrer Position aus sehen, so daß es noch etwas länger dauerte, bis Carl sich dort unten ein Bild gemacht hatte.

Als er wieder an der Hausecke auftauchte, ging er so, daß er zu hören war. Mouna erkannte, daß er den Wachposten spielte. Er ging mit lauten Schritten die Treppe hinauf, bevor er seine Maschinenpistole aufklappte, sie entsicherte, die Tür aufriß und aus Mounas Blickfeld verschwand. Was sich dann ereignete, konnte sie nur vermuten. Sie sah nichts als die Reaktionen der beiden Männer, die auf der anderen Seite des Eßtischs saßen.

Carl betrat den Raum mit der Waffe an der Hüfte und schoß dreimal auf die Körpermitte des Mannes, der mit einer Waffe in der Hand dagesessen hatte. Gleichzeitig schrie er auf englisch, alle sollten sich mit dem Gesicht nach unten auf den Fußboden legen, und da sie nicht gehorchten, schoß er dem Mann, der ihm am nächsten saß, dreimal in den Rücken. Einen Wimpernschlag später lagen die drei Überlebenden reglos auf dem Fußboden, streckten Arme und Beine aus und gaben keinen Laut von sich.

Carl bewegte sich im Zimmer, damit Mouna ihn sah, und hob die drei automatischen Waffen auf, die er sehen konnte. Dann hob er den Eßtisch zur Seite, um den ganzen Fußboden überblicken zu können, hängte seine Waffe um den Hals, um die Hände freizubekommen, zog die Magazine aus den drei automatischen Karabinern sowjetischer Herkunft heraus und entfernte schließlich die drei Patronen, die in den Läufen steckten. All das ließ er scheppernd auf den Eßtisch fallen.

Noch immer gaben die drei auf dem Fußboden keinen Laut von sich. Carl nahm die Waffe in die rechte Hand und durchsuchte die Männer, aber keiner von ihnen hatte weitere Waffen bei sich.

Bis auf weiteres schien er alles unter Kontrolle zu haben. Er zog sein kleines Funksprechgerät aus der Tasche, schaltete es ein und teilte mit, Phase zwei sei erledigt, was Mouna ohnehin entdeckt haben mußte, und weniger als fünf Sekunden später hörte er auf der Straße ein vorsichtiges Hupen. Mouna hatte die Nachricht also an die Verstärkung weitergegeben.

Einer der getroffenen Männer bewegte sich. Carl mußte das Rückgrat verfehlt haben. Er beschloß, den Mann nicht zu töten, sondern ging statt dessen zum Radio, aus dem eine Koran-Lesung ertönte, und drehte die Lautstärke hoch.

Dann befahl er den drei Überlebenden, sich an der einen Längswand hinzusetzen, und zwar so, daß Mouna sie sehen konnte, und die Hände in den Nacken zu legen.

Sie gehorchten nur langsam. Sie bewegten sich fast in Zeitlupe, aber Carl kam zu dem Schluß, daß dies eher auf den Schock als auf mangelnde Kooperationsbereitschaft zurückzuführen war.

Als sie sich in der angegebenen Position hingesetzt hatten, zog er einen Stuhl hervor, drehte ihn um und setzte sich vor ihnen hin. Er richtete die erwiesenermaßen fast geräuschlose Ingram-Maschinenpistole auf sie; die Schüsse hatten sich nur wie ein leises Husten angehört. Ob die Schweden dort oben etwas mitbekommen hatten oder nicht, ließ sich kaum feststellen, aber wahrscheinlich hatten sie nicht mehr als das Scharren von Möbeln und ein paar Sätze auf englisch gehört. Und jetzt konnten sie wegen der klagenden Koran-Rezitation gar nichts mehr hören.

Die beiden erwachsenen Männer wirkten eher resigniert als verängstigt, als hielten sie den Besuch des Todes nicht für etwas Unerwartetes. Der Junge wirkte ganz anders. Er hätte eigentlich die erste Wache des Abends übernehmen sollen, wenn die anderen nicht aus unerfindlichen Gründen die Routine geändert hätten.

Von jetzt an, dachte Carl, würde alles wie geplant verlaufen, ohne größere Komplikationen.

»Verstehen Sie Englisch?« fragte Carl leise, um die quakende Stimme aus dem Transisterradio nicht zu übertönen.

Alle drei nickten, die beiden Älteren mürrisch, die Vettern al Latif, die später sterben würden. Der Junge nickte energisch, als verstärkte seine Angst seine Bewegungen; er sah sanft aus und schien begabt zu sein.

»Ich bin Schwede. Die Verhandlungen sind also beendet«, fuhr Carl fort und machte dann eine lange Pause, um zu sehen, ob die Männer irgendwelche Drohungen wegen der Sicherheit der Geiseln ausstoßen würden. Aber keiner von ihnen sagte etwas.

»Wir wollen kein unnötiges Blutvergießen, sondern nur unsere Leute wiederhaben. Wie Sie Ihre Probleme mit der PLO lösen, ist Ihr Problem und nicht unseres«, log Carl ruhig weiter. Er erkannte, daß er Herr der Lage war.

»Du da«, fuhr er nach einer Weile fort und nickte dem Jungen zu, »wie bist du mit diesen Männern hier verwandt?«

Der Junge antwortete nicht. Statt dessen blickte er zu Boden und sah aus, als würde er jeden Augenblick in Tränen ausbrechen. Carl fiel es schwer, diese Reaktion zu deuten, und ihm blieb nur wenig Zeit, darüber nachzudenken, ob es Schock oder Demütigung darüber war, so leicht überwältigt worden zu sein. Statt des Jungen antwortete plötzlich der Mann namens Taheer. Er sprach vollkommen ruhig und ohne die mindeste Unsicherheit mit einer zu Carls Erstaunen sehr schönen, melodischen Stimme.

»Karim ist mein Sohn. Ich biete mein Leben für seins. Karim ist nur ein Kind und muß tun, was sein Vater sagt.«

Carl verlor den Faden und sah mehrmals von einem zu anderen, bis er entschied, wie es weitergehen sollte.

»Wir verfahren wie folgt«, begann er mit einiger Anstrengung, um sich auch nicht die kleinste Unsicherheit anmerken zu lassen.

»Du, Karim, gehst jetzt ins Obergeschoß und befreist die Geiseln. Dann gehst du mit ihnen zum Wagen und kommst anschließend wieder her. Du mußt wieder herkommen, denn sonst muß ich deinen Vater töten. Verstehst du, was ich sage?«

Der Junge nickte eifrig.

»Das reicht nicht, Karim. Du mußt mir auf englisch wiederholen, was ich gesagt habe. Verstehst du?«

Der Junge nickte wieder, machte aber keinerlei Miene, etwas zu sagen, bis sein Vater ihn auf arabisch anfauchte.

»Ich holen Geiseln, befreien Geiseln und gehen mit ihnen zum Wagen. Die setzen sich, Wagen fährt, ich muß wieder reinkommen«, leierte der Junge nervös herunter.

»Das ist gut, Karim. Du mußt an der Rückseite mit ihnen rausgehen, denn sie dürfen uns hier drinnen nicht sehen. Dann würden sie nur Angst bekommen, hast du verstanden?«

Der Junge nickte und blieb mit gesenktem Kopf stumm sitzen, bis er sich fing und die Anweisungen auf englisch wiederholte.

»So ist es gut, Karim. Wenn wir so verfahren, werden meine Landsleute nach Beirut fahren und frei sein. Du mußt wieder reinkommen, damit ich weiß, daß ihr niemanden warnen könnt. Hast du das verstanden?«

»Hinten mit ihnen rausgehen... soll ich ihnen sagen, daß sie frei sind?« erwiderte der Junge, der allmählich wieder zu sich zu kommen schien, als hätte er plötzlich neue Hoffnung geschöpft, weiterleben zu können.

»Vollkommen richtig, Karim. Du sollst ihnen sagen, daß sie jetzt in ein Hotel nach Beirut fahren, um schwedische Diplomaten zu treffen. Es ist alles vorbei. Und dann kommst du her, damit wir nicht mehr schießen müssen. Versuch nicht auszurücken, Karim, denn da draußen sind noch mehr Schweden. Dann werden sie dich erschießen müssen, und ich muß deinen Vater und den Vetter deines Vaters töten. Hast du jetzt alles verstanden?«

Der Junge sprudelte schnell die Anweisungen auf englisch hervor, und Carl nickte, als sie Punkt für Punkt wiederholt wurden.

»Nun, Taheer, irgendwelche Einwände gegen dieses Verfahren?« fragte er dann in einem bedeutend härteren Tonfall.

»Was gedenken Sie anschließend mit uns zu tun?« fragte der ältere Vetter mürrisch.

»Ich werde hier sitzen bleiben und Ihnen Gesellschaft leisten, bis unser Wagen in Sicherheit ist. Dann verschwinde ich, und Sie müssen zusehen, wie Sie zurechtkommen. Die schwedische Regierung interessiert sich allein dafür, unsere Mitbürger freizubekommen. Sie sind uns egal. Sie haben Ihren Preis schon entrichtet.«

Carl zeigte mit einem Kopfnicken auf die beiden Erschossenen, die reglos in ihrem Blut lagen.

»Unsere Verhandlungsposition ist im Augenblick nicht sehr stark«, knurrte der Mann namens Taheer, und es sah fast aus, als lächelte er über seine unbeabsichtigt komische Untertreibung.

»Nein, das kann man kaum sagen«, sagte Carl, schaltete sein Sprechfunkgerät ein und teilte mit, Phase drei sei erledigt.

»Vergiß eins nicht, Karim, sagte er und wandte sich erneut dem Jungen zu. »Wenn du die Geiseln da oben verletzt oder etwas Dummes versuchst, werden dein Vater und sein Vetter als erste sterben und dann du. Hast du das begriffen?«

Karim sah aus, als wollte er auch den letzten Satz wiederholen, aber Carl unterbrach ihn mit einer Handbewegung und nickte ihm zu, er solle endlich losgehen. In diesem Moment hörten alle vier, wie ein Mercedes mit Dieselmotor langsam auf das Haus zurollte.

Als der Junge den Raum verlassen hatte und seine Schritte auf der Treppe zu hören waren, ging Carl zum Radio, schaltete es aus und gab den beiden anderen ein Zeichen, sich völlig still zu verhalten.

Er lauschte intensiv. Von oben war das leise Gemurmel einer Unterhaltung zu hören, aber die Worte waren nicht zu verstehen. Es hörte sich nicht an, als wäre jemand besonders empört, und bis jetzt gab es folglich keinerlei Anlaß, sich Sorgen zu machen.

Nach kurzer Zeit waren Schritte mehrerer Personen zu hören, die die Treppe herunterkamen und sich dabei ganz munter unterhielten. Carl verstand ein paar schwedische Worte und fühlte sich plötzlich unendlich erleichtert, als wäre schon alles vorbei. Doch dann fiel ihm schnell genug wieder ein, daß es noch längst nicht soweit war.

Alle drei lauschten. Sie hörten eine Wagentür zuschlagen, worauf der Mercedes sich entfernte. Unmittelbar darauf betrat Karim das Zimmer. Nach einigem Zögern ging er zu seinem Vater und setzte sich neben diesen und dessen Vetter. Nach weiterem kurzem Zögern legte er die Hände in den Nacken.

Carl betrachtete sie mit düsterer Miene. Dann hob er sein Sprechfunkgerät und teilte mit, Phase fünf könne beginnen.

Er fragte sich, was sie wohl dachten. Sie lebten, sie atmeten, sie saßen dort in drei bis vier Meter Abstand und hofften vermutlich. Es war traurig, vor allem für den Jungen. Es würde keine Rolle spielen, wenn der Junge dem einen oder anderen Bekannten erzählte, wie es passiert war. Er war Palästinenser, ein mutiger junger Mann, der einen intelligenten Eindruck machte und das getan hatte, was sein Vater ihm befohlen hatte. Welchem siebzehnjährigen Araber konnte man das anlasten? Auch Mouna hätte als Siebzehnjährige ihrem Vater gehorcht. Vermutlich hätte sie genauso gehandelt wie Karim und wie dieser voller Hoffnung dagesessen, während es immer leichter wurde zu atmen, trotz des entsetzlichen Anblicks auf dem Fußboden, trotz des eventuell nahenden Todes.

Mouna gab das verabredete Klopfzeichen und betrat den Raum. In einer Hand baumelte die Nachtbrille. Sie blinzelte etwas in dem überraschend grellen Licht, das ihr plötzlich in die Augen schien. Sie trug eine Felduniform in Tarnfarbe, und auf den Schulterstücken waren ein Adler und ein Stern zu sehen. Sie sah aus, als könnte es jetzt keinen Zweifel mehr geben, wer den Befehl führte, und Carl war fast versucht, vor der Vorgesetzten strammzustehen.

Sie wechselten nur einen kurzen Blick, worauf sie zu Carl trat und die amerikanische Maschinenpistole übernahm.

In diesem Moment begannen die beiden älteren Männer den Zusammenhang zu verstehen. Es hatte den Anschein, als hätten sie sie wiedererkannt. Jedenfalls ließ ihre Uniform keine Frage unbeantwortet. Am linken Ärmel trug sie das Feldzeichen des palästinensischen Nachrichtendienstes und die Zahl siebzehn, die Bezeichnung von Jassir Arafats persönlicher Garde.

Carl erhob sich schwer und ging zur Tür, während Taheer gleichzeitig einen Strom arabischer Worte heraussprudelte. Als Carl die Außentür erreicht hatte, hörte er das erstickte Husten der Ingram, drei mal vier.

Sechs plus zwölf sind achtzehn, noch zwölf Schuß im Magazin, dachte er mechanisch. Er blieb ein paar Augenblicke draußen auf der Veranda stehen, sah zu dem vollkommen klaren Sternenhimmel hoch und holte ein paarmal tief Luft. Dann ging er zu dem getöteten Wachposten hinunter, hob ihn auf, warf ihn sich über die Schulter und bückte sich nach der gesicherten und leergeräumten Waffe auf der Erde neben der Regentonne.

Im Rückgrat des Toten knirschte und knackte es. Carl hatte offenkundig einen perfekten Treffer gelandet und die Wirbelsäule fast durchtrennt. Das passierte manchmal, wenn er richtig traf, wie er sich von den Übungen an betäubten Schweinen her erinnerte.

Er ging hinein und lud den Toten neben den anderen Leichen ab. Mouna befand sich offenbar schon im Obergeschoß, um nach Dokumenten zu suchen.

Er setzte sich eine Weile auf den Stuhl und betrachtete die Leichen. Alle lagen mit dem Gesicht auf dem Fußboden, nur Karim nicht. Dieser lag mit aufgerissenen Augen auf dem Rücken. Er sah fast aus, als lebte er noch.

Wenn Karim heute abend Wache gehalten hätte, hätte Carl natürlich auch ihm das Rückgrat durchgetrennt. Es mußte ja in absoluter Stille geschehen, ohne den leisesten Schrei.

Aber das hier war etwas anderes.

Mouna kam mit einem Beutel in der Hand herunter. Sie hatte offenbar gefunden, was sie gesucht hatte. Sie hob ihre Nachtbrille mit einer vielsagenden Geste und löschte dann das Licht. Carl streifte sich seine Nachtbrille über. Der Mondschein ließ in Karims Augen einen scharfen Reflex aufblitzen und verlieh ihnen einen fast anklagenden Ausdruck.

Carl erhob sich langsam und folgte Mouna hinaus.

Als sie wieder im Zimmer waren, sendete Carl eine kurze Mitteilung.

Geiseln nach gelungenen Verhandlungen befreit. Ankomme Hotel Summerland in einer Stunde. Löse Station auf. Ende.

Sie packten die gesamte Ausrüstung ein, die zwei von Mounas Untergebenen zu einem Wagen trugen, der an der Rückseite des Hauses stand, dort, wo der Reservetrupp sich befunden hatte.

Mouna erzählte erst jetzt, daß sie ganz gegen die Abmachung dort Männer in Reserve gehalten hatte. Eine ganze palästinensische Kompanie, zwanzig Mann.

6

Samuel Ulfsson hatte mit Ausnahme vielleicht seines Zigarettenrauchens in allem ein mäßiges Leben geführt, und das galt auch für das Gefühlsleben. Insoweit war er sehr schwedisch. Er neigte nicht zu plötzlichem und übertriebenem Optimismus, wurde aber auch nicht handlungsunfähig oder pessimistisch, wenn unerwartete Neuigkeiten katastrophal zu sein schienen. Folglich neigte er auch nicht dazu, Menschen zu lieben oder zu hassen, mit denen er zusammenarbeiten mußte. Und in seinem speziellen Beruf fehlte es wahrhaftig nicht an absonderlichen Persönlichkeiten. Und bei dem beständigen Strom von Männern, fast ausschließlich Männern, die auf dem Stuhl vor ihm saßen und mal über jenes, mal über dieses Thema Vortrag hielten, ob es dabei um mehr oder weniger geheime Dinge oder mehr oder weniger wohlbegründete Vorschläge ging, fand er nur selten Anlaß zu persönlicher Sympathie oder Antipathie.

Näslund war insoweit eine dramatische Ausnahme.

Henrik P. Näslund war Chef der zentralen Einheit im zivilen Sicherheitsdienst des Landes, der Abteilung, deren Aufgabe es war, Spione und Terroristen aufzuspüren. Früher hatte diese Einheit Abteilung B oder Büro B geheißen, wurde jetzt aber Abteilung E genannt. Diese zentrale Einheit unten im Affenhaus auf Kungsholmen war die vermutlich ineffektivste und inkompetenteste Institution des Landes. Ihre Arbeit zeichnete sich nämlich vor allem dadurch aus, daß sie die ihr gestellten Aufgaben nie löste, und konkret war nur festzustellen, daß es ihr nie gelang, irgendwelche Spione zu fangen.

Doch jetzt war es ihnen jedenfalls gelungen. Der Spion, dem die Russen den Namen DER PFAU gegeben hatten, hatte ja schon gestanden. Nach Informationen, die von den Russen selbst gekommen waren, hatten sie über den falschen Überläufer TRISTAN ganz allein herausgefunden, daß sie den Verdächtigen vielleicht verhören und seine Wohnung durchsuchen sollten, und das hatte zu schnellen Ergebnissen geführt. Im Augenblick verhandelten sie mit dem PFAU über Immunität und mit der Regierung darüber, ob diese sich auf ein solches Arrangement einlassen wolle. Das solle das Affenhaus mit der Regierung ausmachen, meinte Samuel Ulfsson und mochte nicht einsehen, daß ihn das etwas anging oder daß er Grund haben sollte, eine Meinung dazu zu äußern, obwohl Näslund jetzt vor ihm saß und darum bat.

»Das ist eure Sache, oder ihr müßt das mit den Politikern abmachen. Wir sehen keinerlei Grund, uns da einzumischen«, sagte Samuel Ulfsson in einem Tonfall, der keine Vermutungen erkennen lassen sollte. Zumindest bemühte er sich darum.

Näslund zog einen Stahlkamm aus der Tasche und fuhr mit ihm ein paarmal energisch durch sein nach hinten gekämmtes Haar. Diese Angewohnheit deutete darauf hin, daß er nachdachte, und er selbst schien sich nicht bewußt zu machen, wie diese Gewohnheit auf seine Umgebung, zumindest beim Generalstab, wirkte.

»Wie du weißt, haben wir auch einige gute Verbindungen in England«, begann Näslund.

Es war offenkundig, daß er noch ein As im Ärmel zu haben glaubte.

»Aber ja. Wir halten Verbindung mit dem Nachrichtendienst und ihr mit dem Sicherheitsdienst. Das ist doch nur vernünftig«, erwiderte Samuel Ulfsson ausweichend.

»Genau«, fuhr Näslund fort und steckte seinen Stahlkamm wieder in die Tasche. »Genauso ist es. Und unsere Quellen beim MI 5 sprechen von einem erweiterten TRISTAN-Bericht, von einigen Agenten mit den Codebezeichnungen OSPREY und SEAHAWK, ja, das bedeutet Fischadler und Falkenraubmöwe.«

»Falkenraubmöwe?«

»Ja, das ist so ein Möwenvogel, der Möwen jagt und sie zwingt, das, was sie im Kropf haben, hervorzuwürgen. Eine Art Pirat der Lüfte. Ich dachte, ihr bei der Marine würdet die kennen.«

»Ja, ich habe sie manchmal gesehen. Halten sich meist weit draußen auf See oder in den äußersten Schären auf, interessanter Vogel.«

»Ja, obwohl ich mit dir nicht über Ornithologie diskutieren wollte, denn es geht schließlich um etwas anderes.«

»Du hast damit angefangen.«

»Nun?«

»Was heißt nun?«

»Habt ihr auch Maulwürfe im Haus?«

»Das glaube ich nicht. Wissen kann man das natürlich nie. Ihr habt ja seit zehn oder zwanzig oder vielleicht gar dreißig Jahren ein paar im Haus gehabt.«

»Welche Personen sind mit den Codebezeichnungen OSPREY und SEAHAWK gemeint?«

Das Spiel war zu Ende. Samuel Ulfsson spürte einen fast unerträglichen Stich von Rauchlust. Doch jetzt mußte er sich entscheiden, ob er die Wahrheit sagen, lügen oder einen Mittelweg wählen wollte.

»Es sieht so aus«, begann er langsam, während er immer noch fieberhaft nachdachte, »daß der TRISTAN-Report tatsächlich die Namen zweier weiterer Personen enthält, aber wir haben berechtigte Gründe zu der Annahme, daß die Behauptungen unwahr sind.«

»Dieser TRISTAN soll also über unseren Mann die Wahrheit gesagt, über euer Personal aber gelogen haben?«

»Ja, das ist die Schlußfolgerung, zu der wir im Augenblick neigen.«

»Spionageverdacht ist Angelegenheit der Sicherheitspolizei.«

»Das hängt davon ab, wie wohlbegründet er ist. Wenn du dich beschweren willst, muß du zur Regierung gehen. Ich glaube aber, daß sie uns unterstützen würde. Was eine dieser Personen bei den Streitkräften angeht, hat uns die Regierung schon eine Art Urteil gegeben. Sie ist zu den gleichen Schlußfolgerungen gekommen wie wir.«

»Im Fall SEAHAWK?«

»Ja, stell dir vor.«

»Das bedeutet, daß OSPREY noch unsicher ist?«

»Das möchte ich damit nicht behaupten.«

»Weshalb wolltest du nun diese Verhöre unseres Mannes über sein Verhältnis zu Sandström?«

»Habt ihr die Verhöre durchgeführt?«

»Ja, ich habe die Protokolle bei mir. Eure Hypothesen scheinen jedenfalls zu stimmen. Aber ich möchte gern die Gründe erfahren.«

»Du meinst die Gründe dafür, daß wir nach einem Zusammenhang zwischen Sandström und eurem Mann gesucht haben?«

»Ja, natürlich.«

Es fiel Näslund schwer, seine Irritation oder Ungeduld zu verbergen, und Samuel Ulfsson mußte sich im stillen eingestehen, daß dies nur zu verständlich war. Überdies würde es schwerfallen, eine Erklärung zu vermeiden, vor allem jetzt, wo der Zusammenhang zwischen ihrem Spion und Sandström offenkundig geworden war. Es war also Zeit für eine gewisse, wenn auch begrenzte Aufrichtigkeit.

»Wir glauben, daß TRISTANs Angaben das Wissen Sandströms zugrunde liegt: Sowohl was euren PEACOCK wie unsere SEAHAWK und OSPREY betrifft. Mit dem entscheidenden Unterschied jedoch, daß PEACOCK im Gegensatz zu OSPREY und SEAHAWK ein echter Spion ist. Ja, er hat schließlich sogar gestanden. Sandström sitzt also in Moskau und arbeitet für die Russen. Das ist jedenfalls eine Annahme, für die wir gute Gründe haben. Eine typisch russische Operation. Sie wollten bei uns ein Chaos anrichten.«

Näslund schwieg eine Zeitlang und dachte nach. Es hatte den Anschein, als wollte er wieder seinen Stahlkamm aus der Tasche ziehen, doch er besann sich, als ihm endlich sein Einwand einfiel.

»Aber dann hätten sie ja einen ihrer eigenen Leute ans Messer geliefert, wenn das stimmt. Er hat ja gestanden.«

»Ja, ein anderer Schluß ist kaum möglich«, seufzte Samuel Ulfsson.

Näslund dachte erneut nach und strengte sich dabei so sehr an, daß es im Zimmer fast roch.

»Aber«, brachte er schließlich hervor, »aber es fällt mir sehr schwer zu glauben, daß sie einen richtigen Spion ans Messer liefern wollen, nur um euch glauben zu machen, ihr hättet das Haus voller Maulwürfe. Und außerdem hat dieser TRISTAN ja seinen eigenen Spionagering in England auffliegen lassen. Wer mißtrauischer veranlagt ist als ich, müßte eher zu der Vermutung neigen, daß ihr eure eigenen Leute oder eure Organisation vor einem Skandal schützen wollt. Verhandelt ihr etwa auch über Immunität?«

Näslund sah zufrieden aus, als hätte er endlich den Gesamtzusammenhang durchschaut. Samuel Ulfsson hielt mühsam an sich, um nicht aus Bequemlichkeit ja zu sagen, damit die Diskussion endlich zum Abschluß kam. Allerdings war ihm auch klar, daß man im Affenhaus nicht zögern würde, die Neuigkeit in der Abendpresse öffentlich zu machen, sobald man sich dort selbst bedrängt fühlte.

»Nein«, entgegnete er säuerlich, demonstrativ säuerlich, »wir verhandeln wahrhaftig nicht wegen Immunität. Wir sind in unseren Analysen der Angaben schon sehr weit gediehen, und wie ich schon sagte, teilt die

Regierung in allen wesentlichen Punkten unsere Schlußfolgerungen. TRISTAN ist in seinen Angaben also zum Teil aufrichtig, zum Teil nicht. Was seinen eigenen Ring und offensichtlich auch euren Mann betrifft, entspricht alles den Tatsachen. Was zwei Personen hier bei uns betrifft, ist unwahr. So sieht es im Augenblick aus.«

»Und das soll ich glauben?«

»Ja. Das glauben wir. Und die Regierung. Sollten sich plötzlich Gründe ergeben, die eine Meinungsänderung erzwingen, werden wir natürlich die Polizei hinzuziehen. Im Moment besteht dazu kein Anlaß.«

»Das ist aber eure Schuldigkeit.«

»Wie bitte?«

»Euch mit einem solchen Verdacht an die Polizei zu wenden. Es ist unsere Sache zu entscheiden, ob die Angelegenheit zu den Akten gelegt werden kann oder nicht.«

Näslund machte fast den Eindruck, als wäre er bereit, in dieser Frage Streit anzufangen. Samuel Ulfsson blieb nur noch die Möglichkeit, den Konflikt auf bürokratisch brutale Weise zu verhindern.

»Wenn du meinst, dich beklagen zu müssen, geh zur Regierung. Sollte etwas auftauchen, was für die Polizei von Interesse sein könnte, melden wir uns.«

Er ertappte sich dabei, selbst fast schon aggressiv zu klingen, und ermahnte sich im stillen, sich von der allgemeinen Widerwärtigkeit des Polizeimannes nicht provozieren zu lassen.

Näslund antwortete nicht. Er sah aus, als hätte er genug, als er jetzt endlich seine Aktentasche öffnete und einen braunen Umschlag mit der Aufschrift »Reichspolizeiführung« auf Samuel Ulfssons aufgeräumten und tabakfreien Schreibtisch legte. Dann verabschiedete er sich mit einem kurzen Kopfnicken und ging.

Samuel Ulfsson riß den Umschlag sofort auf und las schnell die Vernehmungsprotokolle durch. Alles stimmte. Er seufzte tief vor Erleichterung und sah sich nach seinen Zigaretten um, bis es ihm wieder einfiel.

Er drückte auf den Knopf seiner Gegensprechanlage, um seine Sekretärin zu bitten, den Alten aus den hinteren Regionen herbeizuholen, wo der alte Uhu abgewartet hatte. Aber der war schon unterwegs.

Samuel Ulfsson verließ seinen Chefsessel und setzte sich an den kleinen Seitentisch unter dem Gemälde mit dem Feldwebel und dem zwangsrekrutierten Knecht und werdenden Karoliner. Er nahm die Vernehmungsprotokolle der Säpo und legte die Papiere vor den Stuhl gegenüber. In diesem Moment betrat der Alte den Raum mit überraschend fröhlicher Miene. Die an einen Uhu erinnernden Augenbrauen waren hoch in die Stirn gezogen.

»Seit wann bist du gegen grausame Tierversuche?« begrüßte ihn der Alte munter.

»Wieso?« fragte Samuel unentschlossen, als sollte er über einen Scherz lächeln, den er nicht verstanden hatte.

»Wie bitte? Hast du nicht gesehen?« fuhr der Alte unverändert munter fort, während er sich setzte und nach den Dokumenten aus dem Affenhaus griff, »du hast da draußen an der Wand einen Aufkleber mit einem politischen Slogan. Direkt über dem Knopf, den man drücken muß, um zu erfahren, ob man zu dir reindarf oder ob man warten soll. Gegen grausame Tierversuche. Auf deutsch. – Na ja, ich habe nichts anderes erwartet, und unten im Affenhaus kapieren die inzwischen wohl gar nichts mehr?«

Der Alte begann zu lesen. Er hielt die Dokumente direkt vor die Augen, und die Brille hatte er in die Stirn geschoben. Normalerweise setzte er eine Lesebrille auf, wenn er aber etwas zu lesen vor sich hatte, schob er sie unweigerlich in die Stirn.

»Nun ja, ich pflege ja nicht auf den Warteknopf zu drücken, wenn ich zu mir selbst ins Zimmer will. Habe nichts von grausamen Tierversuchen gesehen. Auf deutsch außerdem, sagtest du?«

»Ja. Aber über dem Codeknopf zum Sklavenkorridor sitzt ein noch besserer Slogan. Hast du den auch nicht gesehen?«

Der Alte las schnell quer, als ginge es vor allem darum festzustellen, daß die Protokolle alles enthielten, womit er gerechnet hatte.

»Also«, fuhr der Alte fort, als er keine Antwort erhielt, »irgend jemand hat da einen englischen Spruch aufgehängt, ich glaube, ich habe ihn irgendwo schon mal gehört, aber dann wieder vergessen. Er ist jedenfalls gut. Über dem Codeschloß. Hast du ihn wirklich nicht gesehen?«

»Nein, aber erzähl schon. Was steht denn da«, brummelte Samuel Ulfsson.

»Nun, in einfacher Übersetzung etwa folgendes: *Spionage ist einer der zwei ältesten Berufe der Welt. In dem zweiten Beruf gibt es jedoch weniger Amateure und weniger Unmoral.* Ziemlich passend für die heutigen Übungen, nicht wahr?«

»Nein, den hab ich nicht gesehen. Ja, das könnte man schon sagen.«

Der Alte war mit seiner Lektüre schon fertig und steckte die Lesebrille in die Brusttasche seiner Jacke.

Anschließend faßten beide im Wechselgespräch die Lage zusammen.

Sandström arbeitete in Moskau. Der Bericht aus dem Affenhaus bestätigte das letzte Mosaiksteinchen, das noch gefehlt hatte. Der PFAU hatte von Sandström Besuch erhalten.

Die Russen hatten folglich einen ihrer eigenen Agenten ans Messer geliefert, aber der wäre ohnehin bald in Pension gegangen, womit er jede Bedeutung verloren hätte. Aus irgendeinem Grund waren sie der Meinung, TRISTAN als unbedingt glaubwürdig erscheinen lassen zu müssen, und aus diesem Grund hatten sie mehrere eigene Leute geopfert, darunter zumindest einen wichtigen Mann. Sie wollten den schwedischen Generalstab also um fast jeden Preis dazu bringen, sich Hamiltons zu entledigen, sich in ein selbstzerstörerisches Chaos zu stürzen und womöglich noch daran zu zweifeln, daß Big Red überhaupt stattgefunden hatte. Vielleicht wollten sie die Schweden auch dazu bringen, die Informationen des Überläufers Koskow für unglaubwürdig zu halten.

Wäre es ihnen gelungen, hätten sie unter anderem den militärischen Nachrichtendienst Schwedens für etliche Jahre lahmgelegt. Etwas in dieser Richtung mußte das Motiv für das Unternehmen TRISTAN gewesen sein.

Nächste Schlußfolgerung: Sandström würde für etliche Jahre eine Qual und eine finanzielle Belastung darstellen. Jetzt mußte nicht nur sein gesamtes Wissen rekonstruiert werden, was strategische Informationen betraf, man mußte auch seinen gesamten, teuflisch großen Bekanntschaftskreis bei den Streitkräften und der Polizei durchleuchten, um sich gegen neue Provokationen zu rüsten.

Ein düsterer Aspekt des Ganzen war natürlich, daß all dies nicht nur Geld kosten, sondern auch Kräfte binden würde. Das war jedoch unausweichlich.

Geld würde vom Oberbefehlshaber kommen, der wiederum die Politiker anzapfen würde.

Doch die Politiker würden den Preis nicht entrichten, wenn sie keinen Beweis erhielten, und einen Beweis konnte man ihnen kaum liefern.

»Sofern wir Sandström nicht fotografieren. Wir haben ja seine Adresse«, sagte der Alte plötzlich und begann in den Taschen nach einer Zigarre zu wühlen, besann sich aber eines besseren, als er daran dachte, wie schwer es seinem Chef fiel, auf das Rauchen zu verzichten.

Der Alte entwickelte behutsam einen Plan.

Man werde mehrere Fliegen mit einer Klappe schlagen können. Erstens war es ja nicht gerade ein Auftrag für pensionsreife Obristen am Ende ihrer Laufbahn als Militärattachés, insgeheim einen am Rande Moskaus lebenden schwedischen Spion zu fotografieren.

Zweitens sollte man den Russen zeigen, daß ihre Provokation völlig danebengegangen war. Einen russischen Spion macht man nicht zum Militärattaché in Moskau.

Drittens: Vielleicht wäre es eine gute Idee, Carl einen absolut ruhigen und angenehmen Auftrag zu erteilen, fern von all den unangenehmen Erlebnissen, die der Junge in den letzten Jahren hatte mitmachen müssen.

Denn bei näherem Nachdenken, argumentierte der Alte weiter, sei es im Augenblick etwas unbequem, Hamilton in dem geheimen Teil des

Nachrichtendiensts zu behalten. Aber es könne für ihn nur nützlich sein, als Marineattaché einzuspringen, und überdies sei es doch Sam persönlich, der Marineattachés ernenne?

Damit konnte man nicht nur den Russen, sondern vor allem Hamilton selbst zeigen, daß die Streitkräfte auch weiterhin ein unerschütterliches Vertrauen zu ihm hatten.

Samuel Ulfsson dachte nach, und der Alte machte keinerlei Anstalten, ihn zur Eile anzutreiben.

Das war natürlich ein unerwarteter Vorschlag. Es war wenig wahrscheinlich, daß die Russen sich an Hamilton herantrauen würden. Aber Hamilton vor dem Hintergrund all dessen, was geschehen war, einfach wieder im geheimen Dienst einzusetzen, war nicht ganz unkompliziert bei der jetzt so erregten Lage.

Wenn es möglich war, ein Bild von Sandström zu erhalten, würde das zahlreiche praktische und finanzielle Probleme lösen angesichts all der zusätzlichen Gelder für den Nachrichtendienst, um die man den OB noch bitten mußte. Und um die er die Politiker bitten mußte.

Ja, das war eine gute Idee. Mehr noch: Es war eine glänzende Idee.

»Du magst den Jungen, nicht wahr?« fragte Samuel Ulfsson, ohne zu verraten, welche Schlüsse er schon gezogen hatte.

»Ja«, erwiderte der Alte mit einem schweren Seufzer. »Ich mag diesen Jungen sehr. Nicht nur, weil das Ganze meine Idee gewesen ist, sondern auch, weil wir eine gewisse menschliche Verantwortung für ihn haben. Er hat infolge des Spiels der Umstände in den letzten Jahren eine ganze Menge mitmachen müssen.«

»Wie geht es ihm denn jetzt? Was meinst du?«

»Schwer zu sagen. Es gehört irgendwie zu seiner Persönlichkeit, sich nachgerade unmenschlich zusammenzunehmen, wenn er einen Auftrag ausführt. Dann wird er wie einer seiner Computer. Aber es macht ihm sehr zu schaffen, so daß er zwischen den Aufträgen in Grübeleien und Niedergeschlagenheit versinkt.«

»Machst du dir Sorgen um ihn?«

»Nicht, wenn er arbeitet. Na ja, das heißt... Was er unter Arbeit versteht. Unsere Schreibtischarbeit liegt ihm nicht sonderlich.«

»Aber die erledigt er ja auch, und übrigens sehr gut.«

»Aber ja, das wäre ja noch schöner. Er hat eine bessere Ausbildung als jeder von uns, und außerdem ist er ein ziemlich heller Junge. Kein Genie, aber clever.«

»Du meinst, in Moskau könnte er dann sowohl Urlaub machen als auch einen Job übernehmen?«

»Ja, und vor allem bekommen wir die Arbeit erledigt. Das würde einige Probleme lösen.«

»Ja, nicht nur einige. Wollen mal sehen, was der OB von dieser munteren kleinen Idee hält.«

»Es ist jetzt dein Job, ihn zu überzeugen.«

»Was hast du denn früher gemacht, wenn du ihn überzeugen mußtest?«

»Normalerweise habe ich ihm erst hinterher berichtet. Allerdings habe ich auch keine Militärattachés ernannt, und das ist ein schweres Gewerbe. Glaubst du, daß die Gewerkschaft Ärger machen wird?«

»Natürlich wird sie das. Wie alt ist er?«

»Vierunddreißig Jahre. Ein recht junger Fregattenkapitän.«

»Fregattenkapitän?«

»Ja, ich habe mir gedacht, du könntest das dem OB vorschlagen. Er kann außerplanmäßige Beförderungen beschließen. Als einen einfachen Ausdruck unserer Wertschätzung, also der Streitkräfte. Außerdem dürfte er auf Bällen einen eleganten jungen Marineattaché abgeben, ich meine, mit der Ehrenlegion und all diesen Auszeichnungen.«

»Schluckt die Regierung das? Der Verteidigungsminister muß neue Militärattachés schließlich bestätigen.«

»Sie haben ihn ja schon mal als stellvertretenden Marineattaché in den Libanon geschickt. Die Geiseln sind gestern abend übrigens freigelassen worden. Er dürfte jetzt also nach Hause kommen.«

»Ja, es scheint am Ende doch einigermaßen leicht gegangen zu sein. Wir können wohl davon ausgehen, daß er seinen diplomatischen Auftrag fehlerfrei erledigt hat.«

»Aber was hältst du von dem Projekt?«

»Ich glaube, es könnte gutgehen. Das heißt, ich glaube, den OB dazu bringen zu können, den Vorschlag zu akzeptieren.«

»Und die Gewerkschaft?«

»Das ist Sache des OB. Wenn er sich erst mal entschieden hat, sind die Verhandlungen meist sehr kurz.«

»Und die Russen?«

»Wieso die Russen?«

»Ja, die müssen den neuen Marineattaché doch akzeptieren?« Samuel Ulfsson lachte zum erstenmal seit sehr langer Zeit hell auf.

Über Småland ragten kilometerhohe, kathedralenähnliche Haufenwolken in die Höhe. In einem schwindelerregend offenen Tal sah Carl plötzlich ein Stück von der Ölandsbrücke. Die Maschine aus Damaskus hatte also endlich schwedisches Territorium erreicht, falls das jetzt noch überhaupt eine Rolle spielte.

Carl lehnte den Kopf ans Fenster und betrachtete die Wolkenformationen. Er versuchte, den Kopf völlig leer werden zu lassen; bald würde alles zu Ende sein. Noch ein paar Stunden, dann war alles vorbei.

Er sah sie ganz deutlich vor sich. Sie saß unten am Felsenstrand und hatte die Knie bis unters Kinn hochgezogen. Ganz in der Nähe angelte jemand mit einer langen Rute und Senken; er hatte noch nie einen dieser Fischer etwas an Land ziehen sehen und wußte nicht einmal, welchen Fisch sie angelten.

Sie trug Krankenschwesternuniform und er Jeans. Sie hatten eine Runde durch das Krankenrevier des Flüchtlingslagers gedreht, und er hatte sich als vermeintlicher Journalist von Zeit zu Zeit Notizen gemacht. Als sie unten am Strand saßen, hatte er den Block noch immer in der Hand.

Die Sonnenwärme ließ ihre Haut auf der verbrannten Gesichtshälfte erröten und spannen. Es fiel ihm schwer, das Thema anzuschneiden. Es war geschehen und konnte nicht mehr rückgängig gemacht werden. Als er sie schließlich fragte, sagte er nur ein einziges Wort: »Karim?«

Sie saß eine Weile stumm, das Kinn auf die Knie gestützt. In diesem Moment war es unglaublich, sie sich in der gesprenkelten Felduniform mit den Rangabzeichen eines Oberstleutnants und der Arafatschen Zahl 17 vorzustellen, die wie eine römische IV aussah. Aber ihr Leben bestand wie seins aus Verstellung, und darauf verstand sie sich sehr gut.

Sie hatte sehr wohl begriffen, welche Frage er stellen wollte. Sie zögerte lange mit der Antwort, jedoch nicht, um nachzudenken, sondern vielleicht, weil sie nur so tun wollte, als dächte sie nach, gleichsam aus Pietät, um nicht zu zeigen, wie leicht es ihr fiel, die Frage zu beantworten.

Wenn ein paar Verrückte, begann Mouna behutsam, gerade diesen Zeitpunkt wählten, um ausgerechnet Schweden zu entführen, würde damit der Intifada, dem Aufruhr, durch eine Geschichte, bei der schwedische Ärzte eventuell von PLO-Angehörigen ermordet würden, unermeßlicher Schaden zugefügt. Dieser Versuch sei Verrat, und das Urteil sei von der höchsten Führung der PLO in Tunis gesprochen worden. So sah es rein juristisch aus und war sehr einfach. Was diesen Karim anging, konnte man natürlich der Meinung sein, es sei traurig, einen so jungen Menschen zu erschießen. Aber davon würde nie jemand berichten. Es würde nie bekannt werden, daß es eine Verbindung zwischen der PLO und der Entführung schwedischer Ärzte gegeben hatte. Nicht die PLO, sondern die Entführer waren Verräter. Die Palästinenser, die von den Israelis erschossen, erschlagen, vergast, lebendig begraben oder verbrannt wurden, waren unschuldig. Die Saboteure der Intifada waren schuldig.

Und außerdem wäre es ohnehin zu dem gleichen Ende gekommen, vielleicht etwas später und vielleicht weniger elegant.

Carl antwortete nicht. Statt dessen quälte er sich eine Weile mit seinen Erinnerungen.

Er erinnerte sich fast in Zeitlupe und in Farbe. Während der tatsächliche Ablauf sich in schnellerem Tempo als normal und in Schwarzweiß abgespielt hatte. Gerade in den Augenblicken, in denen er getötet hatte, war der gesamte Ablauf frei von irrelevanten Beobachtungen und Gefühlen.

Diese meldeten sich danach um so stärker. Er wußte sehr wohl, daß die aufgerissenen Augen des toten Karim etwas waren, woran er sich für immer erinnern würde, als hätte es sich mit Säure in die Kupferbleche der Erinnerung eingeätzt. Dort wäre es ständig abrufbar, in Farbe, Zeitlupe und von kristallklarer Deutlichkeit.

Mouna hatte inzwischen einen geschäftsmäßigen Ton angeschlagen, um Carl gleichsam vor Trauer und Passivität zu retten, und es war fast so, als kannte sie jeden Winkel seiner Seele.

Zunächst die praktischen kleinen Details. Das zweite Sendegerät konnte er in einem palästinensischen Souvenirladen im Hammediyah-Basar abgeben, o ja, den kannte er sehr gut, dort war er schon mehrmals gewesen.

Und dann noch der politische Preis.

Er hatte nichts gegen diesen politischen Preis und erhob keine Einwände; sie hatten schon im Radio gehört, daß die Geiseln sich in Europa befanden und nur noch den Flug nach Stockholm vor sich hatten. Natürlich würde er den politischen Preis zahlen, um einigermaßen quitt zu sein. Selbstverständlich unterstützte er die palästinensische Bewegung, denn das hatte er schon immer getan, zumindest so lange, wie er Mouna kannte.

Als er dann persönlich zu werden versuchte, entwand sie sich. Sie beantwortete seine Frage, weshalb sie nicht verheiratet sei, mit der Bemerkung, sie sei wie Arafat mit der Revolution verheiratet. Sie habe eine Funktion zu erfüllen, und die bringe es mit sich, daß sie jeden Tag Gefahr laufe, getötet zu werden. Unter solchen Umständen könne keine Frau Mutter und Ehefrau sein, und im übrigen falle es ihr recht schwer, sich als gehorsame palästinensische Ehefrau vorzustellen.

Mit dieser letzten Bemerkung hatte sie ihn zum Lachen gebracht. Sie erhob sich und erklärte, es sei Zeit, mit den Vorbereitungen für den Transport nach Damaskus zu beginnen.

Er zuckte zusammen, als die Maschine schwer auf der Landebahn aufsetzte, und sah, wie die aluminiumglänzenden Gebäude der Terminals vorbeisausten.

Während er auf seine Reisetasche wartete, die jetzt nur noch etwas schmutzige Wäsche enthielt sowie ein paar Kleidungsstücke, die kein reisender schwedischer Diplomat zu tragen pflegt, überkamen ihn träumerische Gefühle. Er lächelte schief bei dem Gedanken, so etwas wie ein schwedischer Diplomat zu sein, aber rein juristisch und formal verhielt es sich so. Es war Sommer und ziemlich eng in der Ankunfthalle. Schwedische Urlauber, gesetzestreue, anständige Steuerzahler, Angehörige seines Volkes, aber trotzdem fremder als Mouna und ihre Untergebenen. Er hatte sie nicht einmal gefragt, ob er in ihrem Verband bleiben konnte. Dort unten am Strand erschien es wie selbstverständlich, daß er von anderem Schlag war, so etwas wie ein netter schwedischer Urlauber. Aber hier, unter den echten schwedischen Urlaubern, verhielt es sich wieder genau umgekehrt.

Er ging bei grünem Licht durch den Zoll, ohne daß irgendein Zöllner ihn auch nur eines Blicks zu würdigen schien; diesmal wenigstens hatte er keinen einzigen Gegenstand bei sich, der für sie von Interesse sein konnte.

Anschließend nahm er ein Taxi und fuhr direkt zum Außenministerium. Er betrachtete die vorübergleitende schwedische Sommerlandschaft mit grasenden Kühen, roten Scheunen und steinernen Kirchen, ohne an etwas zu denken.

Er gab seine Reisetasche unten beim Portier ab, ging ohne Begleitung zu Sorman hinauf und drückte auf den Warteknopf, über dem sofort das rote Lämpchen aufleuchtete.

Er ging ein paarmal in dem sommerlich stillen Korridor der Brücke auf und ab und setzte sich dann ungeduldig auf einen der knackenden Rokostühle neben einem zierlichen Marmortisch. Eine Sekretärin erschien und brachte ihm einen weißen Kunststoffbecher mit Kaffee und drei Pfefferkuchen auf einer kleinen blauen Serviette, die notdürftig den Kunststoffteller verdeckte. Er gab der Sekretärin zwölf Tausend-Dollar-Scheine, zunächst ohne etwas zu sagen, als wäre es ein Scherz. Dann erklärte er, es seien Reisespesen, die er nicht benötigt habe. Dafür brauche er irgendeine Quittung. Sie starrte das Geld an, als wäre es etwas Unfeines, das in den Räumen des Außenministeriums nichts zu suchen habe. Carl lächelte belustigt. Immerhin waren die Scheine sauber und ungefaltet, und von Blutflecken und ähnlichem Unflat war nichts zu sehen. Als die Sekretärin ging, hielt sie die Scheine zwischen Daumen und Zeigefinger vor sich.

Dann ertönte an der Tür das Freizeichen, und das grüne Lämpchen leuchtete auf. Carl stand auf und ging durch die hohe weiße Doppeltür, die direkt in Peter Sormans Arbeitszimmer führte.

»Willkommen zu Hause. Bitte setz dich. Ich hoffe, die Reise war angenehm«, sagte Sorman kühl und förmlich mit einer Geste zu dem samtblauen Stuhl vor seinem Schreibtisch. Die beiden Männer gaben sich nicht einmal die Hand, bevor Carl sich setzte.

»Die Geiseln sind wieder zu Hause, und damit ist alles in Ordnung, hoffe ich?« sagte Carl, um mit etwas anzufangen. Jetzt sollte also der politische Preis gezahlt werden, und zu seinem Erstaunen entdeckte Carl, daß ihm die Situation ganz und gar nicht mißfiel, vielleicht weil er instinktiv Abneigung gegen Sorman empfand.

»Ja, Ende gut, alles gut«, bestätigte Sorman mit einem Lächeln, das keins war. »Wie es scheint, ist ja alles bis zum Schluß sehr glatt gegangen.«

Carl platzte mit einem kurzen, unbeherrschten und anscheinend unmotivierten Lachen heraus. Sorman sagte nichts, sondern wartete nur auf Carls Erklärung.

Dieser wartete eine Weile, bevor er loslegte.

»Die Geiseln wurden durch einen gemeinsamen Einsatz befreit. Ich habe mich mit einem Offizier vom Nachrichtendienst der PLO ins Haus begeben und die Befreiung durchgeführt. Die PLO hat mich ausdrücklich gebeten, es dir zu erzählen, damit ihr von jetzt an wißt, wie es sich abgespielt hat. In der gegebenen Lage sahen wir keine andere Möglichkeit. Die Frist lief schon, die Bedingungen waren unannehmbar, und außerdem hatten wir sie unter Beobachtung. Sie schienen nervös zu sein. Aus diesem Grund haben wir die Geiseln mit Gewalt befreit. Das sollte ich dir erzählen, was hiermit geschehen ist.«

Carl lehnte sich im Stuhl zurück. Ihm gefiel die Situation plötzlich. Es gefiel ihm zu sehen, wie der so äußerst beherrschte Sorman seine Beherrschung verlor und wie es jetzt in seinem Kopf auf Hochtouren arbeitete, während er überlegte, was er eigentlich gehört hatte und was er fragen sollte. Seine Kraftanstrengung war ihm deutlich anzumerken. Carl betrachtete ihn amüsiert, ohne es zu verhehlen, während die Fragen sich im Kopf seines Gegenübers zu formieren begannen.

»Du willst also sagen, ihr habt die Geiseln mit Gewalt befreit?« fragte Sorman schließlich.

»Ja, richtig. Es waren nur sechs Entführer, also keine große Organisation.«

»Was ist mit den Entführern geschehen?«

»Wir haben sie erschossen.«

»Alle sechs?«

»Richtig.«

»Hast du daran teilgenommen?«

»Ja. Ich ging als erster ins Haus. Ich haben einen Wachposten außer Gefecht gesetzt und dann zwei der Entführer im Haus getötet. Damit hatte ich die Situation unter Kontrolle. Danach kam das Personal der PLO hinzu. In rein taktischer Hinsicht war es eine sehr gelungene Aktion. Immerhin hatten wir vorher das Umfeld mehrere Tage lang beobachtet.«

»Und was geschah mit den anderen?«

»Mit den anderen Entführern, meinst du?«

»Ja.«

»Nachdem die Geiseln in Sicherheit gebracht worden waren, hat das Personal der PLO die überlebenden Entführer hingerichtet.«

»Hast du auch daran teilgenommen?«

»Nein. Ich habe natürlich nur mitgeholfen, hinterher aufzuräumen.«

Schweißperlen waren Peter Sorman auf die Stirn getreten. Er blieb eine Weile stumm sitzen, um zu verdauen und zu begreifen, was er gehört hatte. Er hatte zwar sachliche, einfache und konkrete Auskünfte erhalten, aber sie waren trotzdem nicht ganz leicht zu verstehen. Carl gefiel die Situation noch immer ausnehmend gut. Um sich selbst war er nicht im mindesten besorgt. Er glaubte nicht einen Augenblick daran, daß irgendwelche Maßnahmen gegen ihn ergriffen werden konnten, dazu war das Publizitätsrisiko viel zu groß. Und wenn doch, war es ihm vollkommen gleichgültig.

Schließlich hatte sich Sorman wieder gefaßt und machte sich offenbar bereit, weitere Fragen zu stellen. Die beiden Männer hatten mehr als zwei Minuten lang vollkommen stumm und reglos dagesessen.

»Du meinst, für die Geiseln hat nie eine Gefahr bestanden?« fragte Sorman zwischen zusammengebissenen Zähnen. Seine Haltung begann aggressiv zu werden.

»Nein... nein, soweit wir das beurteilen konnten, jedenfalls nicht. Es waren ja nur sechs Entführer, und wir sind erst dann in das Haus eingedrungen, als wir wußten, daß sich alle sechs im Erdgeschoß befanden. Die Geiseln wurden im ersten Stock gefangengehalten, so daß sie im Augenblick der eigentlichen Konfrontation völlig sicher waren. Und sie haben vermutlich nichts von dem mitbekommen, was unten passierte. Ich kann mir nicht vorstellen, daß sie begriffen, was da vorging.«

»Wie kommst du darauf?« hakte Sorman nach.

»Ich hörte, daß sie sich relativ munter unterhielten, als sie hinausgingen. Sie konnten nicht sehen, in welcher Situation ich mich gerade befand. Hätten sie es gesehen oder auch nur geahnt, hätte sich ihre Unterhaltung vermutlich anders angehört. Sie dürften geglaubt haben, daß es eure diplomatischen Initiativen waren, die am Ende zum Erfolg führten.«

Carl hatte sich bei dieser letzten Bemerkung einen leicht gereizten und ironischen Unterton nicht verkneifen können, und Sorman sah aus, als würde er gleich einen Wutanfall bekommen. Er beherrschte sich jedoch und setzte das Verhör fort.

»Hätten sie nicht etwas von... Schüssen hören müssen, als es passierte? Es fällt mir etwas schwer, es mir anders vorzustellen.«

»Durchaus nicht«, erwiderte Carl mit demonstrativer Ruhe und fast nachlässigem Tonfall. »Ich habe eine schallgedämpfte Waffe guter Qualität verwendet, mit der mich die Palästinenser ausgestattet hatten. Von dem eigentlichen Kampf können die Schweden nach meiner Ansicht nichts mitbekommen haben. Und die Hinrichtungen fanden, wie ich schon sagte, erst statt, als die Schweden gar nicht mehr dort waren, und übrigens wurden auch die mit einer schallgedämpften Waffe vorgenommen. In Schweden wissen also nur du und ich darüber Bescheid.«

»Warum zum Teufel erzählst du mir dann das alles!« brüllte Sorman, der jetzt zum ersten Mal lauter wurde.

»Weil das Personal der PLO mich ausdrücklich darum gebeten hat. Als eine Art Gegenleistung. Wie du dir vorstellen kannst, schuldete ich ihnen als Dank für ihre Hilfe einen Dienst, und jetzt habe ich wie vereinbart bezahlt. Das Geld habe ich deiner Sekretärin gegeben. Ein Teil der Ausrüstung ist dort unten geblieben.«

»Waffen?«

»Nein. Wie du weißt, hatte ich keine Waffen mit. Und wenn ich mich recht entsinne, ging das auf deine Anweisungen zurück. Die Waffen hat die PLO gestellt. Was unten geblieben ist, ist etwas technische Ausrüstung, Nachtsichtgeräte und derlei, nichts Besonderes und nichts Geheimes.«

Peter Sorman erhob sich mit einer Kraftanstrengung. Carl bemerkte, daß er für sein Alter sehr durchtrainiert wirkte. Sorman trat an das Fenster, an dem Carl bei der letzten Begegnung gestanden hatte. Jetzt waren die Rollen vertauscht. Jetzt war es Sorman, der Verstand und Moral bemühen mußte, falls er letztere besaß. Carl wartete ohne die mindeste Ungeduld. Er war recht neugierig darauf zu erfahren, wie ein Politiker mit einer so schwierigen Lage umging, um die es sich ja offenbar handeln mußte.

Schließlich drehte sich der Staatssekretär um und stützte sich mit beiden Händen auf das Fensterbrett. Er hatte offenbar zu Ende gedacht und sich entschieden.

»Erstens«, sagte er entschlossen, »darf um Himmels willen nichts davon an die Öffentlichkeit dringen.«

»Nein, selbstverständlich nicht. Ich habe auch keine diesbezüglichen Pläne«, entgegnete Carl mit einem anzüglichen Lächeln. Was denkt sich der Kerl? Glaubt er, ich renne zur Redaktion von *Expressen*?

»Und zweitens bleibt diese Angelegenheit unter uns. Ich werde sie nicht an die Regierung weitergeben, und du verschweigst sie dem Generalstab. Können wir uns darauf verständigen?«

»Selbstverständlich«, log Carl, der dem anderen bei einem solchen Versprechen nicht eine Sekunde glaubte.

»Und drittens möchte ich gern wissen, womit ihr euch im OP 5 überhaupt befaßt. Du bist doch im letzten Jahr bei dieser Flugzeugentführung dabeigewesen?«

»Ja, das stimmt. Dieser Russe sollte um jeden Preis nach Schweden gebracht werden. Das waren die Anweisungen, die ich erhalten hatte, und die habe ich befolgt.«

»Und du hast dabei zwei Entführer getötet und einen dritten gefangengenommen?«

»Ja, zum Glück.«

»Ich möchte gern wissen, ob ihr so etwas wie... ob wir uns hier in Schweden so etwas leisten können wie Nachrichtendienstoffiziere, die das Recht haben... die das Recht haben zu töten, *licensed to kill*?«

»Ich glaube, kein Nachrichtendienst der Welt kennt eine solche besondere Lizenz. Die Engländer sprechen zwar von einem alten königlichen Vorrecht, das ihnen erlaubt, im Interesse der Nation zu jedem Mittel zu greifen.«

»Und was für Vorrechte habt ihr?«

»Gar keine. Das ist ja gerade die Pointe. Wenn eine Operation wie diese gutgeht, habe ich weder von dir noch von anderer Seite je Klagen gehört.«

»Und wenn die Geschichte nicht gut ausgegangen wäre?«

»Dann wäre es jedenfalls nicht meine Sorge, Erklärungen zu erfinden und um Entschuldigung zu bitten. Glaubst du etwa, ich hätte zugelassen, daß sie unsere schwedischen Geiseln töten?«

»Wenn ihr aber glaubt, ihr könnt in der Welt herumfahren und Leute umbringen, ist es nur eine Frage der Zeit, bis wir irgendeine politische Katastrophe am Hals haben. Diese Geschichte mit der Flugzeugentführung war schon schwierig genug, wie dir wohl selber klar geworden ist.«

»Ja, aber die ist ja gut ausgegangen. Und diese Sache ebenfalls. Und nichts spricht dafür, daß wir je wieder in eine solche Lage geraten. Ich möchte vorsichtig darauf hinweisen, daß solche Einsätze nicht gerade Routine sind.«

»Wie viele Personen beim OP 5 haben deine Fähigkeiten?«

»Ich bin nicht sicher, ob ich die Frage verstehe.«

»Laß es mich so ausdrücken. Wie viele Personen wären noch in der Lage gewesen, einen solchen Einsatz durchzuführen?«

»Zwei.«

»Zwei?«

»Ja.«

»Ohne dich?«

»Ja, außer mir gibt es noch zwei.«

»Habt ihr eine besondere Ausbildung erhalten? Und wer hat dies beschlossen?«

»Ja, wir haben eine besondere Ausbildung. Wer dies beschlossen hat? Das mußt du schon den Generalstab fragen. Ich habe nicht das Recht, solche Informationen weiterzugeben.«

»Was zum Teufel sagst du da?«

»Du fragst nach qualifizierter, geheimer militärischer Information. Du wirst den Oberbefehlshaber oder sonst jemanden beim Generalstab fragen müssen.«

»Das empfinde ich fast als eine Unverschämtheit.«

»Es ist nicht als Unverschämtheit gemeint. Soviel ich weiß, befinde ich mich nicht mehr im diplomatischen Dienst.«

Bei diesen Worten zog Carl seinen Diplomatenpaß aus der Gesäßtasche und warf ihn Sorman auf den Schreibtisch.

Dieser nickte, als hätte er seine Gedanken geprüft und sie für angemessen und klug befunden.

»Kein Wort nach draußen, alles bleibt unter uns«, sagte er nach einer Weile und streckte Carl die Hand entgegen.

»Alles bleibt unter uns«, bestätigte Carl, als sie die Hände schüttelten.

Dann ging er zur Tür, ohne daß der andere ihn begleitete.

Als er die Treppe hinunterging, fühlte er sich wie ein angestochener Luftballon, aus dem die Luft herausströmt. Jetzt war alles vorbei.

Sorman hatte aus einem unerfindlichen Grund nicht einmal nach der Identität oder Organisationszugehörigkeit der Entführer gefragt, als hätte das nicht die geringste Bedeutung, und so hatte Carl die Wahrheit nicht zurechtbiegen müssen.

Die Sache war klar: Die PLO hatte Schweden einen Dienst erwiesen. Schweden war der PLO etwas schuldig.

Er fühlte sich kraftlos, als er unten bei den ABAB-Wachen seine leichte Reisetasche in die Hand nahm, beschloß aber trotzdem, nach Hause zu gehen. Möglicherweise mit einem kleinen Umweg, da ihm bei dem Gedanken an sein durchwühltes und zerstörtes Zuhause unwohl wurde.

Er nahm den Weg am Strömmen entlang und am Außenministerium vorbei, ging in Richtung Riksbron und blieb kurz stehen, um einen Fischer zu beobachten, der am Heck seines grüngestrichenen Ruderboots ein Senknetz im Wasser hatte. Als es hochgezogen wurde, lag ein großer, blanker, zappelnder Brachsen auf dem Boden des Senknetzes, und die Zuschauer um Carl herum begannen plötzlich zu applaudieren.

Carl tat der Fisch leid, der unter Beifall starb, und fragte sich, wer wohl einen toten Brachsen essen wollte. Wie bereitet man den überhaupt zu?

Er ging über die Riksbron, unter der Überführung hindurch, die die beiden Reichstagsgebäude miteinander verbindet, in denen vermutlich wegen des Sommers und der bevorstehenden Wahl alles geschlossen war, sofern nicht der eine oder andere Skandal den Bürgern noch vor der Wahl zur Kenntnis gelangte oder vertuscht werden sollte. Carl hatte die Entwicklung in der jüngsten Zeit nicht verfolgt, sondern wußte nur so viel, daß sich die Politiker des Landes im Augenblick heftig bekämpften.

Am Anfang der Västerlånggatan, in der der Strom von Touristen mit kurzen Hosen dichter wurde, lag ein Tabakladen, vor dem die Aushänge der beiden Abendzeitungen die Nachricht von dem glücklichen Ende des Entführungsdramas hinausschrien. Beide Blätter brachten Fotos der wiedervereinten Familien.

Carl blieb stehen und betrachtete die Fotos. Er sah die beiden Männer mit ihren Frauen und Kindern. Er hatte sie ja zuvor nicht gesehen, obwohl er sich vor weniger als achtundvierzig Stunden nur einige Meter von ihnen entfernt aufgehalten hatte. Sie sahen wie richtige Familien aus, wie richtige Menschen.

Er ging in den Laden, kaufte eins der beiden Blätter und ging auf der Västerlånggatan weiter, aber als er schon halb zu Hause war, setzte er sich vor der Börse neben ein paar Saufbolden mittleren Alters, die nach Pisse rochen, auf eine Parkbank. Dort las er die Zeitung.

Das ganze Blatt wurde von Berichten über das Entführungsdrama beherrscht. Es stand jedoch nichts drin, was dort nicht hätte stehen dürfen, nur vage Andeutungen von einer geheimen Mission eines sehr erfolgreichen schwedischen Diplomaten, die wahrscheinlich nicht auf das abzielten, was Carl zunächst dachte.

Dann folgte eine Seite unter der Überschrift KOKAIN-AFFÄRE DER SOZIS – Carl hatte sich die bürgerliche Abendzeitung gekauft, da diese die Ansichten der Sicherheitspolizei wiederzugeben pflegte –, aber er verstand den Zusammenhang nicht, als er zu lesen begann; was da behauptet wurde, war völlig durchgedreht. Konnte es sein, daß die Regierung sich persönliche Lieblinge aus dem sozialdemokratischen Adel hielt, die sich handverlesene Leibwächter der Polizei mit unbekannten Qualifikationen leisten durften?

Carl grübelte kurz darüber nach, was mit *unbekannten Qualifikationen* gemeint sein konnte, kam jedoch schnell zu dem Schluß, daß es etwas war, was ihn weder interessierte noch anging. Er faltete das Blatt zusammen, stopfte es in einen Papierkorb und setzte seinen Nachhauseweg fort.

Er verdrängte den Gedanken an das Zuhause, das ihn erwartete, und versuchte statt dessen, über Staatssekretär Peter Sorman nachzugrübeln.

Einer der wirklich eingeweihten Männer der Regierung, einer der wenigen, die um die Operation Big Red wußten, einer der wichtigsten Politiker hinter der offiziellen Fassade, einer, der sich nie an den Schlammschlachten beteiligte. Und, wie es schien, ein ausgewachsener Zyniker.

Die Menschen auf den Titelseiten der Abendzeitungen an diesem Tag waren ihm gleichgültig. Ihn interessierte der politische Erfolg. Sorman hatte nicht das geringste gegen Karims Tod einzuwenden, war nur der Meinung, die Aktion in der Öffentlichkeit so darzustellen, als hätte das Außenministerium das Problem gelöst. Vielleicht wird man so nach dreißig Jahren in der Politik oder beim Geheimdienst. Carl versuchte nachzurechnen; er hatte mehr als zehn Jahre beim Geheimdienst verbracht, und diese Zeit hatte seine Persönlichkeit zerfressen und ihn zu einer wandernden Theaterkulisse und zum Mörder gemacht. Fast die Hälfte der Menschen, die er ermordet hatte, waren Palästinenser gewesen. Wenn man eine unbekannte Anzahl ertränkter Russen nicht mitzählte.

Es gab etwa ein halbes Dutzend verschönernde Umschreibungen für Mord im Nachrichtendienstjargon, angefangen bei dem fast poetischen »Spezialist für nasse Jobs« der Russen bis hin zum direkteren »hit man« der Amerikaner.

Er fragte sich, ob es nicht besser wäre, Polizist zu werden, ein richtiger Polizist wie sie, verwarf den Gedanken aber sofort wieder. Jeder Polizeijob würde in seinem Fall auf dem kürzesten Weg zum Affenhaus auf Kungsholmen zurückführen. Er mußte versuchen, sich etwas völlig anderes vorzustellen; vielleicht sollte er sich mehr in die Hochfinanz hineinknien und für seine gestiegenen Gewinne einen Kulturfonds schaffen, jährliche Konzerte aufführen lassen. Vielleicht sollte er auch junge politische Künstler unterstützen, bildende Künstler in erster Linie, da diese meist sehr wenig Geld hatten, solange sie noch politisch waren und noch nicht zu Porträts der Königsfamilie übergegangen waren wie einer seiner früheren Freunde bei der Clarté.

Er kam einfach nicht um die Tatsache herum, daß er viel Geld besaß und daß dieses Geld sich für gute Zwecke verwenden ließ. Vermutlich für bessere, nein, nicht für bessere, aber dauerhaftere Dinge als für die afghanische Befreiungsbewegung, der er vor einem Jahr zwei Millionen Kronen geschenkt hatte. Jetzt zogen sich die Russen zurück, was mit dem Geld natürlich nicht das geringste zu tun hatte, falls überhaupt etwas davon an die richtige Adresse gelangt war. Er versuchte sich ein Leben vorzustellen, bei dem er sein Geld nicht dazu verwendete, daß es sich vermehrte, was offenbar von ganz allein geschah.

Als er seine Haustür in Drakens gränd erreichte, mußte er sich an Arbeitern vorbeidrängen, die mit Schubkarren Haufen voller Mörtel und anderen Unrat hinwegfuhren. Jemand hatte in seiner Wohnung mit Bauarbeiten begonnen, ging ihm auf, als er stehenblieb und sich unbewußt an die linke Brustseite griff, um fast nebenbei festzustellen, daß er unbewaffnet war.

Als er gerade mit schnellen Schritten die Treppe hinauflaufen wollte, ging ihm auf, was er getan hatte, und er blieb stehen. Im Erker beim ersten Treppenabsatz standen Blumen im Fenster. Sie sahen aus, als könnten sie Wasser gebrauchen.

Nein, dachte er. Nein, es ist zu Ende, und ein normaler Schwede hat das gesetzliche Recht, unbewaffnet in seine eigene Wohnung zu gehen. Dann setzte er seinen Weg fort, bis er ganz oben wie erwartet feststellen konnte, daß die Bauarbeiter in seiner Wohnung arbeiteten.

Es war Lallerstedt, der das Arbeitskommando befehligte. Er stand mitten auf dem Fußboden und kommandierte, als stünde er auf einer Brücke, wo er eigentlich zu Hause war.

Kapitän Lallerstedt war Carls nächster Vorgesetzter in der Operations- und Bearbeitungsabteilung und war wie gewöhnlich hochrot im Gesicht.

Carl stellte die Reisetasche ab und betrachtete ihn verblüfft. Der da ist ein richtiger Marineoffizier, dachte Carl. Und trotzdem steht er hier.

»Gut, daß du kommst, Hamilton!« brüllte Lallerstedt in gewohntem Kommandoton. »Wie du siehst, sind wir dabei aufzuräumen. Wollte selber dabeisein, damit nichts hier eingebaut wird, was nicht hierhergehört, du weißt schon. Wie ist es dir ergangen, mein Junge!«

»So oh là là, nur ein bißchen Schlafmangel«, erwiderte Carl verblüfft.

»Verdammt gut, daß du jetzt auftauchst!« brüllte Lallerstedt weiter, bis ihm der zumindest Carl gegenüber eigenartige Tonfall auffiel und er den Ton änderte.

»Ist da unten bei den Levantinern alles nach Wunsch verlaufen?«

»Ja, das Unternehmen war erfolgreich. Was zum Teufel treibst du hier?« entgegnete Carl, der sich von seiner Verblüffung noch nicht erholt hatte.

»Wiederherstellung einer Offizierswohnung. Was machen wir mit dem Zimmer, in das wir nicht reinkommen?«

»Das kommt darauf an, wer die Bauarbeiter sind.«

»Leute der Streitkräfte.«

»Dann kann ich vielleicht aufmachen. Das zweite Zimmer wird wohl total zerstört sein. Es enthält ja kaum mehr als, na ja, du weißt schon.«

»Ja, die Kartons da hinten, die wir noch nicht aufgemacht haben, sollen ja verschiedene Gegenstände enthalten, oder wie soll man das nennen.«

»Gegenstände?«

»Ja, die vermutlich hinter deiner verschlossenen Tür aufbewahrt wurden. Ach, übrigens, können wir nicht mal reingehen, ich habe das Gefühl, daß du da ein Telefon hast.«

Carl zuckte die Achseln, ging zu seiner verschlossenen Tür und öffnete sie, indem er den Handgriff nach oben zog. Als die Stahltür dahinter zu sehen war, tippte er die Kombination in das elektronische Schloß ein.

»Ich habe den Code geändert, nachdem die Affenhorde hier war«, erklärte er. Dann gingen sie hinein und machten die Tür hinter sich zu.

In den Ecken war der Fußboden aufgebrochen, und hinter den Eisengittern war einer der Fensterläden weggerissen. Mitten auf dem Fußboden lag ein großer Sandsack wie ein aufgeschnittener Seehund. Sonst sah alles einigermaßen unzerstört aus.

»Muß ein beschissenes Gefühl sein, wenn fremde Leute in der Wohnung herumwühlen«, überlegte Lallerstedt.

»Und ob«, erwiderte Carl. »Das ist es. Das Telefon hängt da neben den Waffenschränken, aber es wird natürlich abgehört.«

»Das glaube ich nicht«, sagte Lallerstedt, durchquerte entschlossen das Zimmer und wählte die sieben Zahlen, die Carl unbewußt mitzählte und mit denen er gerechnet hatte.

»SEAHAWK ist jetzt zu Hause... ja, so scheint es... werde ich ihm ausrichten... in einer halben Stunde, ja, alles verstanden.«

Lallerstedts Telefonat hatte weniger als dreißig Sekunden gedauert.

»Was hat Sam gesagt?« fragte Carl tonlos, während er eine seiner Zielscheiben im hinteren Teil des Zimmers betrachtete. Er hatte sie nicht abgenommen, was er sonst nie versäumte, und einer der Treffer saß außerhalb der 10. Er fühlte sich unbegründet verlegen, als hätte Lallerstedt es gesehen und mit Mißvergnügen zur Kenntnis genommen.

»Du sollst zum OB kommen, und ich würde dir Uniform empfehlen«, sagte Lallerstedt und zwinkerte.

»Wieso Uniform? Wollen sie mir die Schulterstücke runterreißen, wie es früher hieß?«

Carl war ein einziges Fragezeichen.

»Nein, vielmehr ganz im Gegenteil, würde ich glauben. Der OB und Sam erwarten dich in exakt dreißig Minuten. Ich halte die Stellung hier bei der Umbaustation.«

»Ich habe nur eine halbe kleine Ausgehuniform, und das weißt du. Außerdem habe ich damals deine Hosen angehabt«, brummelte Carl, der schon beschlossen hatte, trotzdem nicht in dem wohnen zu bleiben, was einmal sein Zuhause gewesen war, allen Umbauarbeiten zum Trotz. Er zwang sich, nicht über die bevorstehende Zusammenkunft nachzudenken.

»Dann mußt du Zivilkleidung nehmen, aber das dürfte nichts ausmachen. Allerdings würde ich empfehlen, daß du dich erst mal rasierst«, sagte Lallerstedt in unverändert munterem Tonfall.

»Was hast du eigentlich mit SEAHAWK gemeint?« knurrte Carl.

»Seahawk? Das war offenbar der Codename der Russen für dich.«

»Was zum Teufel hat das zu bedeuten?«

»Die Geschichte ist erledigt. Ich kenne die Details nicht, aber die kriegst du entweder vom OB selbst oder von Sam. Jedenfalls sollst du Agent gewesen sein mit dem Recht, den Codenamen Seahawk oder so was zu tragen. Aber das ist erledigt, du brauchst dir also keine Sorgen mehr zu machen. Weißt du übrigens, was Seahawk bedeutet?«

»Ja, ich weiß, was das ist, aber soll das irgendwas Bestimmtes bedeuten?«

»Ja, ja, jetzt schnell rasieren, und dann sieh zu, daß du hinkommst, dann setze ich hier die Befestigungsarbeiten fort. Das hier geht übrigens auf Rechnung des Generalstabs. Die zerstörten Möbel wirst du auf Anforderung ersetzen können. Das bezahlen wir.«

Carl zuckte die Achseln und ging in die Küche, wo die Arbeit noch nicht begonnen hatte. Er rasierte sich, zog ein frisches Hemd an und ging, ohne sich von Lallerstedt zu verabschieden, der wieder mit dem sicherlich ebenso irritierenden wie überflüssigen Herumkommandieren der Bauarbeiter vom Beschaffungsamt der Streitkräfte, oder woher sie immer kommen mochten, begonnen hatte.

Carl ging Skeppsbron entlang und am Grand Hotel vorbei, bis ihm aufging, daß er Gefahr lief, entweder zu spät oder verschwitzt anzukommen, worauf er ein Taxi nahm.

Der Oberbefehlshaber sah feierlich und förmlich aus.

Das war Carls erste Beobachtung. Links und rechts vom OB saßen Sam und der vor kurzem ernannte neue Chef der Marine. Sie hatten sich in die niedrigen Sessel der Sitzgruppe gesetzt statt an den großen Konferenztisch, an dem sie beim letzten Mal gesessen hatten.

Da Carl Zivilkleidung trug und die anderen Uniform, mußte er herumgehen und die Männer nach ihrer Rangordnung mit Handschlag begrüßen, und als der OB sich setzte, nahmen auch die anderen drei Männer Platz. Carl als letzter. Er war nicht ganz sicher, ob die militärische Etikette es vorschrieb, aber es konnte zumindest nicht falsch sein. Er fühlte sich innerlich vollkommen neutral. Er glaubte, jetzt von nichts überrascht werden zu können.

»Ja, eine schreckliche Geschichte, diese Sache...« begann der OB und räusperte sich.

Carl fragte sich, warum Sam eine Uniform anhatte. Er trug sie nur bei offiziellen Anlässen, bei Zeitungsinterviews und ähnlichem.

»Aber«, fuhr der OB fort und rückte seine Brille zurecht, »immerhin sind wir ans Licht gekommen, ans Ende des Tunnels, könnte man sagen. Erstens, Hamilton, möchte ich mich als Chef der Firma für die Unannehmlichkeiten entschuldigen, die diese Geschichte dir gebracht hat.«

Carl fragte sich, ob er etwas sagen sollte, beschloß aber zu schweigen.

»Und, also...«, fuhr der OB fort und machte den Eindruck, als suchte er in seinen Taschen nach einem Redemanuskript, »ja, also, um es kurz zu machen, ja, die näheren Details wird dir Sam später mitteilen, ich habe mich nach Beratung mit dem Marinechef hier entschlossen, dich zu befördern. Das soll nicht als Versuch unsererseits gewertet werden, irgend etwas zu bemänteln. Was geschehen ist, mußte geschehen. Du sollst die

Beförderung aber als Zeichen unserer Wertschätzung deiner besonderen Dienste sehen. Und als Zeichen unseres nach wie vor ungebrochenen Vertrauens.«

Der OB stand plötzlich auf und nahm ein Dokument in die Hand, das vor ihm auf dem Tisch gelegen hatte. Carl erhob sich instinktiv, als er sah, daß auch die beiden anderen Anstalten machten aufzustehen.

»Hier«, sagte der OB und überreichte Carl das Dokument, »ich habe also die Freude, dir hiermit das Patent für unseren bislang jüngsten Fregattenkapitän zu überreichen. Herzlichen Glückwunsch!«

Carl nahm das Dokument in Empfang und hätte um ein Haar salutiert, bis ihm wieder einfiel, daß er der einzige Zivilist war. Er gab dem OB die Hand, danach dem Marinechef und Sam. Vermutlich so, wie die Etikette es vorschrieb, und nachdem ihm alle mit einem festen Handschlag gratuliert hatten, erschienen Wehrpflichtige mit Weißwein.

»Da ist etwas, worum ich dich bitten möchte«, fuhr der OB fort, als jeder seinen Wein hatte. »Skål, übrigens, skål, Fregattenkapitän!«

Carl stieß mit seinen Vorgesetzten der Rangordnung nach an. Die Männer tranken schweigend und sahen sich nach schwedischer Sitte an, bevor sie die Gläser absetzten. Deutscher Wein, Spätlese, vermutlich Rheingau, ziemlich gut, dachte Carl und verscheuchte im selben Moment ein paar deutsche Erinnerungen.

»Ja, hm, also«, fuhr der OB fort, »wenn du deine Dokumente liest, wirst du feststellen, daß wir bis auf weiteres eine Versetzung verfügt haben. Du bist vom kommenden Monat an unser stellvertretender Marineattaché in Moskau.«

Der OB lächelte über den Überraschungseffekt. Carl blieb eine Zeitlang sprachlos, bis ihm eine Entgegnung einfiel.

»Glaubst du, daß die Russen tatsächlich einen solchen Sinn für Humor haben?« fragte er schließlich, worauf die anderen laut auflachten.

»Es geht nicht um Humor. Sie müssen schließlich einsehen, daß dieses Spielchen mit SEAHAWK nicht mehr gilt. Eine passende Codebezeichnung, übrigens, und außerdem geht es um etwas sehr Wichtiges. Die Details wirst du später von Sam bekommen. Es ist wie gesagt eine Sache von großer Dringlichkeit.«

Carl betrachtete den Mann mit der Brille, den höchsten Chef der schwedischen Streitkräfte, ohne entscheiden zu können, ob das alles nur psychologische Kriegführung war – doch dem Gesichtsausdruck der anderen fehlte jede unbewußte Spannung, die er auf jeden Fall bemerkt hätte. Ob in ihm selbst jetzt endgültig der Wahnsinn ausgebrochen war?

Er betrachtete seine Hand, die das Glas mit dem bernsteingelben Inhalt vollkommen sicher hielt, ja, es war bestimmt eine Spätlese. Ihm fiel keine Entgegnung ein.

Plötzlich erhob sich der OB, worauf natürlich auch die anderen Männer im Raum aufstanden. Der Oberbefehlshaber streckte die Hand aus, zwinkerte und gratulierte erneut. Auch der Marinechef wiederholte seine Glückwünsche, worauf Sam Carl diskret ein Zeichen gab, daß es Zeit war zu gehen. Der frisch ernannte Fregattenkapitän und der Kapitän zur See verließen daraufhin mit entsprechenden Ehrenbezeigungen für die ihnen vorgesetzten Männer den Raum.

»Was zum Teufel hat das zu bedeuten?« fragte Carl, sobald sie den Raum verlassen hatten und ihre Wanderung durch die Korridore zum anderen Ende des Gebäudes begonnen hatten, in dem ihre Dienstzimmer lagen.

»Wie steht es mit deinen Russischkenntnissen?« fragte Samuel Ulfsson munter.

»Ziemlich miserabel. Die fünfhundert bis sechshundert üblichsten militärischen Ausdrücke kenne ich, und wahrscheinlich kann ich auch eine Rote-Bete-Suppe bestellen, ohne mich zu blamieren, aber das meiste habe ich wahrscheinlich vergessen.«

»Macht nichts. Wir haben Intensivkurse, und du hast einen Monat Zeit«, erwiderte Samuel Ulfsson immer noch sehr munter, während er gleichzeitig die Schritte verlangsamte und es damit Carl unmöglich machte zu argumentieren, da er nur Fregattenkapitän war und einen Schritt hinter seinem Vorgesetzten zurückbleiben mußte.

»Aber worum zum Teufel geht es?« beharrte Carl, als sie fast bei dem Codeschloß seines Dienstzimmers angekommen waren.

»Es geht um Sandström. Du wirst die Einzelheiten erfahren, sobald wir in meinem Zimmer sind«, erwiderte Samuel Ulfsson, der sich jetzt sicher war, daß Carl in Gedanken schon nach Moskau unterwegs war.

Samuel Ulfsson glaubte genau zu wissen, welcher Auftrag Carl in Moskau erwartete. Aber er täuschte sich. Er wußte es nicht.

7

Jurij Tschiwartschew hatte die sorgenvollste Woche durchlitten, die er in seiner Zeit als Chef in Schweden je erlebt hatte.

Irgendwie war die OPERATION REORGANISATION schiefgegangen, und im schlimmsten Fall war das Elend noch lange nicht zu Ende.

Bei der schwedischen Sicherheitspolizei schien alles zu funktionieren. In der Abteilung, welche die Schweden das Russenbüro nannten, war die eigene Seite schwach vertreten gewesen, weil DER PFAU seiner Pensionierung entgegenging und schon so gut wie abgewickelt war.

Die Voraussetzung der Operation war natürlich, daß die Schweden wie gewohnt gegen sich selbst ermittelten, um dann ein paar kosmetische Änderungen vorzunehmen und ein paar Leute zu versetzen. Alle Schweden und somit auch Beamte der Sicherheitspolizei sind lebenslänglich angestellt. Folglich würde die antisowjetische Tätigkeit vollkommen neuen Personen auferlegt werden, die ihre Meriten in vollkommen anderen Abteilungen erworben hatten, die mit dem sogenannten Russenbüro keinerlei Kontakt gehabt hatten. Und damit bestanden sehr gute Voraussetzungen dafür, daß einer oder mehrere der Informanten des GRU, möglicherweise zu ihrem eigenen großen Erstaunen, in die in Verruf geratene und verdächtige Abteilung versetzt werden würden, deren Chef für den Hauptfeind gearbeitet hatte.

Dies war das wichtigste Ziel der Operation, und hätte *Zentral* sich mit diesem nicht allzu großen Happen begnügt, wäre wohl alles nach Plan verlaufen.

Doch irgendeiner der Schreibtischstrategen in Moskau hatte es sich offensichtlich in den Kopf gesetzt, zwei Fliegen mit einer Klappe zu schlagen. Er hatte den verrückten Einfall gehabt, gleichzeitig gegen den militärischen Nachrichtendienst Schwedens zuzuschlagen.

Rein theoretisch war die Voraussetzung dafür einfach. Da die Schweden die Informationen aus London schlucken mußten, würden sie auch an die Richtigkeit der Informationen über Hamilton und den Chef des OP 4 glauben müssen.

Und das würde natürlich für ein schauerliches Chaos beim schwedischen Generalstab sorgen. Theoretisch war es glänzende *maskirowka*.

Der Plan hatte jedoch sowohl politische als auch psychologische Fehler. Es war politisch falsch, alle Fragen nach dem schwedischen Einsatz gegen die Stationen Tschitschagow, Bodisko und Apraksin anzuschneiden.

Wenn man diese Geschichte noch einmal aufrührte, riskierte man Publizität und verschlechterte Auslandsbeziehungen als Konsequenz, was die politische Führung bis aufs Blut reizen würde. Man würde dies sogar als reine Sabotage gegen die Parteilinie betrachten können, als Sabotage von Entspannung und Glasnost und all dem, und derjenige, der die Politik der Sowjetunion sabotierte, konnte sich selbst hinter einer Generalsfunktion beim Nachrichtendienst nicht mehr verstecken, schon gar nicht in diesen Zeiten.

In psychologischer Hinsicht war die Operation ebenfalls schlecht durchdacht. Es war ja nicht wenig verlangt, daß ausgerechnet Hamilton für einen sowjetischen Nachrichtendienstmann gehalten werden sollte. Und sie hatten es offenkundig auch nicht geschluckt.

Ein Bericht der Aeroflot zeigte mit aller wünschenswerten Deutlichkeit, wie der Alte sich höchstpersönlich auf verschiedene Reisen in die

Welt begeben hatte. Er war nach Kalifornien und nach London geflogen, seltsamerweise in der Touristenklasse. Nun, es war nicht schwer zu begreifen, worum es bei diesen Reisen gegangen war.

Der Fehler war, daß man bei Zentral zuwenig darüber wußte, was Hamilton in Kalifornien eigentlich getrieben hatte. Nur eines wußte man sicher: daß er eine ganz besondere Auszeichnung erhalten hatte, diese Schwingen mit einer Kralle, die einen Dreizack hält.

Jurij Tschiwartschew seufzte. Diese Information hatte er selbst beschafft, und damals hatte er sich zufrieden gefühlt. Ein Farbfoto von Hamilton in Uniform, als dieser von der französischen Botschaft nach Hause kam. Eine Detailvergrößerung von Hamiltons Brust mit allen Auszeichnungen im Original: Dann hatte irgendein unglücklicherweise tüchtiger Beamter der Informationseinheit in Moskau das Rätsel gelöst, und damit hatte man ein kleines, aber interessantes Stück Wissen über Hamilton, nämlich seine Ausbildung bei den SEAL-Spezialisten, die nur in Kalifornien gedrillt wurden.

Wenn dieses Foto nur eine Sekunde später geschossen worden wäre, wäre die Lage jetzt erheblich besser. Jurij Tschiwartschew hatte dieses Foto eine Zeitlang oft angestarrt und sah fast den Wind vor sich, der den Umhang zur Seite wehte, so daß Hamiltons Brust entblößt wurde. Jetzt zeigte sich, daß es ein grundlegender Fehler gewesen war, ausgerechnet Hamilton zu diskreditieren, obwohl der Wunsch, gerade die Abteilung der schwedischen Streitkräfte zu zerschlagen, in der Hamilton arbeitete, durchaus verständlich war.

Dieser Plan war einfach eine Nummer zu groß gewesen. Es war undenkbar, daß die Schweden einen so ungeheuerlichen Vorwurf gegen Hamilton ohne weiteres schlucken würden.

Allerdings könnten die Gegensätze der schwedischen Organisationen untereinander für Unruhe sorgen. Bei der Sicherheitspolizei wußte man, daß TRISTAN auch zwei Militärs denunziert hatte. Würde sich die schwedische Regierung mit vagen Erklärungen der Streitkräfte begnügen, man habe den Bericht nur analysiert und für fehlerhaft befunden, was den schwedischen Nachrichtendienst betreffe? Das war wenig wahrscheinlich.

Die Lage wurde dadurch noch weiter kompliziert, daß man bei der Sicherheitspolizei begonnen hatte, mit dem PFAU über eine eventuelle Immunität zu verhandeln. Da in Schweden eine Wahl bevorstand, würde das Ganze wahrscheinlich damit enden, daß das Geheimnis platzte – nachdem die schwedische Regierung ihre Zustimmung gegeben hatte, einem Agenten gegen die Zusage umfassender Zusammenarbeit Immunität zu gewähren.

Und dann konnte es zu einem der gewohnten schwedischen Skandale kommen, bei dem mancherlei ans Licht zu kommen pflegte, und schlimmstenfalls würde sich dann auch herausstellen, daß der sowjetische Agent aufgrund von Informationen aus dem Ausland aufgeflogen war.

Das allerdings wäre extrem unglücklich. Es war die ständige Politik des GRU, die Personen, die man anzuwerben suchte oder als Denunzianten und Informanten angeworben hatte, jederzeit eines nachträglichen Schutzes zu versichern und ihnen zu garantieren, daß man sie auswechseln werde, daß sie Jobs und Funktionen bekämen, die in Moskau auf sie warteten, ja daß man sie sogar aus dem Gefängnis in die Freiheit schmuggeln könnte – vermutlich gab es auf der Gehaltsliste des GRU in Schweden Leute, die dabei an Sandström dachten.

Eine Publizität allerdings des Inhalts, daß sie selbst sofort als Schachbauern geopfert werden konnten, sobald irgendein General in der zentralen Führung es für richtig hielt, wäre die schlechteste denkbare Botschaft vor allem für künftige Agenten. Solche Publizitätsschäden waren nicht leicht zu reparieren.

Vorerst konnte man nur darauf hoffen, daß das Militär ganz einfach darauf verzichtete, detaillierte Informationen über seine Schlußfolgerungen bezüglich des TRISTAN-Berichts herauszugeben.

Und zu all diesen ohnehin schwierigen und schwer vorherzusehenden Problemen kam noch die Frage nach Hamilton selbst hinzu.

Es war unbegreiflich. Moskau wollte eine Art Analyse und behauptete, es sei wegen irgendeiner Formalität von großer Dringlichkeit. Wahrscheinlich lag es daran, daß sie Hamilton als Diplomaten beglaubigen sollten.

Warum? Erstens. Und gibt es irgendwelche Einwände? Zweitens.

Warum – das konnte Jurij Tschiwartschew unmöglich verstehen.

Warum sollten die Schweden Hamilton aus dem Geheimdienst herausnehmen und zu einem Teil der offenen Nachrichtendiensttätigkeit machen? Und warum ausgerechnet in Moskau? Jurij Tschiwartschew konnte nur raten, und Vermutungen waren meist nicht das, womit er seine Berichte füllte.

Natürlich konnte es daran liegen, daß seine Ausbildung ihn gerade für Moskau besonders qualifizierte. Das war ziemlich wahrscheinlich. Ein derart gut ausgebildeter Spezialist wie Hamilton hatte sich wohl kaum jemals einen anderen Feind als die Sowjetunion vorgestellt, und in diesem Sinn dürfte er auch gedrillt worden sein.

Aber mit dem Augenblick, in dem er in den legalen Nachrichtendienst eintrat – militärische Observateure waren nach schwedischer Ansicht komischerweise als legale Nachrichtendienstleute anzusehen –, konnte es doch kaum mehr eine Rückkehr zum Geheimdienst geben?

Sofern man Hamilton nicht als Mann der Zukunft und Anwärter auf einen Chefposten beim schwedischen Nachrichtendienst sah. Sowohl Samuel Ulfsson als auch der Alte würden bald pensioniert werden, der Alte sogar schon in wenigen Monaten.

Nein, dazu war Hamilton wohl doch noch zu jung und verfügte zudem über allzu begrenzte Erfahrungen.

Sollte die Wahl Moskaus als Dienstsitz etwa so etwas wie ein Scherz sein? Konnte es eine arrogante Geste sein, etwa derart: *Hier, seht euch an, was eure Provokationen wert sind. Einen sowjetischen Agenten würden wir nie nach Moskau schicken, überhaupt niemanden, auf den auch nur der Schatten eines solchen Verdachts fällt.*

Nein, diese Art zu reagieren war englisch und nicht schwedisch.

Es war schwierig, die Frage zu beantworten, ob es Einwände gegen den Mann gab. Aber mit Hamilton in Moskau hatte die Sowjetunion unzweifelhaft einen Schweden, den man notfalls des Landes verweisen konnte, und wenn auch nur als Antwort auf schwedische Ausweisungen, falls dies die Folge eines eventuellen Bekanntwerdens der PFAU-Affäre wäre.

Hatten die Schweden das nicht bedacht?

Nein, wahrscheinlich nicht, dazu waren sie zu sehr ihrem Schubladendenken verhaftet. Ihre Militärs dachten nur in militärischen Begriffen, und die Politiker nur in politischen. Sie waren sogar stolz auf dieses alberne System.

Und noch eins: Würde es Hamilton mit all seinen Gewohnheiten, die er sich bei der geheimen Feldarbeit zugelegt hatte, überhaupt gelingen, sich an die legale schwedische Botschaftsarbeit zu gewöhnen? Würde es ihm etwa gelingen, überwiegend am Schreibtisch zu sitzen und irgendwelche Berichte zu schreiben? Würde er nicht einige Risiken auf sich nehmen? Konnte es nicht interessant sein, diese Risiken zu studieren, um später irgendwann vielleicht sogar an ihn heranzutreten?

Alles höchst ungewiß, jedoch nichts, was sich von vornherein ausschließen ließ. Vielleicht war er verbittert und enttäuscht.

Jedenfalls sollte Moskau den neuen schwedischen Marineattaché akzeptieren, ohne auch nur eine Augenbraue zu heben.

Jurij Tschiwartschew rief seinen persönlichen Chiffriertechniker zu sich. Er war bereit, eine sehr kurze Mitteilung an Zentral zu schicken, die nur eine der vielen wichtigen Fragen beantwortete, die ihm gestellt worden waren.

Fregattenkapitän Carl Gustaf Gilbert Hamilton hatte eine sehr eigenartige Woche hinter sich. Zunächst hatte er viel Zeit in der Attachéabteilung des Generalstabs zugebracht, in der man ihn zu seinem Erstaunen ohne weiteres als Kollegen akzeptiert hatte, denn GenSt/Att war ohne jeden Zweifel ein Teil des Nachrichtendiensts und hatte denselben obersten Chef. Dort hatte man sich bemüht, ihn mit diplomatischen Gepflogenheiten vertraut zu machen. Überdies hatte er vier Stunden täglich im Sprachlabor zugebracht und seinen neuerdings gleichgestellten Offizierskollegen Lallerstedt mit Fragen nach Uniformdetails und Marinejargon unter Gentlemen gequält.

Es war unleugbar eine schwierige Frage, wie die Ordensspangen auf der linken Uniformbrust sitzen sollten. Nebeneinander konnten sie nicht angebracht werden, da pro Reihe nicht mehr als drei Auszeichnungen vorgesehen waren.

Folglich gab es im nationalen Sinn nur eine Lösung des Problems. In der ersten Reihe brachte Carl nach Lallerstedts Anweisungen das blaugelbe Feld für die Königliche Medaille für Tapferkeit im Felde unter, daneben das karmesinrote Band der Ehrenlegion, dann die Spange des deutschen Bundesverdienstkreuzes.

In der zweiten Reihe darunter gleich die zweite Spange der Königlichen Medaille für Tapferkeit im Felde.

Auf der anderen Brusthälfte sollten die goldenen Schwingen von SEAL sitzen; jetzt gab es keinen Grund mehr, diese Auszeichnung geheimzuhalten, da die Russen anscheinend schon Bescheid wußten.

Nur wenige Träger des Bandes der Ehrenlegion hätten es auf Platz zwei neben dem Herzen untergebracht. Und jeder deutsche Träger des Bundesverdienstkreuzes, der seine Auszeichnung am äußersten Rand einer Reihe von Ordensspangen gesehen hätte, hätte sich zu Recht verletzt gefühlt.

Doch für einen schwedischen Fregattenkapitän war es eine Selbstverständlichkeit, die schwedischen Auszeichnungen dem Herzen am nächsten zu tragen.

Die Anordnung war in all ihrer Arroganz untadelig.

Was das Objekt selbst anging, den Verräter Sandström, schienen keine besonderen Studien erforderlich zu sein. Sein Aussehen und seine Adresse reichten, wie Samuel Ulfsson fand. Carl teilte diese Auffassung ganz und gar nicht.

Am wichtigsten waren jedoch die Russischkenntnisse und eine möglichst große Bewegungsfreiheit in Moskau. Wie sich herausstellte, ließ sich ein russischer Wagen über Finnland am schnellsten an die schwedische Botschaft in Moskau liefern. Ein kleiner gelber Lada, zwar mit Diplomatenkennzeichen, aber immerhin ein russischer Wagen, würde als Transportmittel in Moskau höchstwahrscheinlich bedeutend unauffälliger und praktischer sein als eine aufsehenerregende westliche Kiste à la Volvo.

Im großen und ganzen war es ein nicht unwillkommener Auftrag und so etwas wie ein Berufswechsel, vermutlich ein etwas realistischerer Wechsel, als wenn er versucht hätte, Polizist oder geldspuckender Mäzen zu werden.

Er war recht guter Laune und bemühte sich, der Entwicklung der Dinge möglichst gute Seiten abzugewinnen.

In dieser Stimmung nahm er ein paar Sommertage frei, ließ sich einen Dienstwagen geben und fuhr zum Alten, der ihn sehen wollte.

Die Äpfel waren schon zu sehen. Der Alte schien eine Million unreife Früchte zu besitzen, um die er sich Sorgen machen mußte, und sprach zunächst vorwiegend von Schädlingen und einer Art Rost, der unter Umständen etwas mit der Umweltzerstörung in Polen zu tun hatte.

Bei den Gesprächen des ersten Abends ging es vorwiegend um Umweltprobleme. An der Weichselmündung, ja, auf polnisch hieß der Fluß wohl anders, aber der Alte war noch in der deutschen Zeit erzogen und ausgebildet worden, hatte man die Badeorte geschlossen. Die großen Hotels standen leer, sogar das schöne alte Hotel in Zoppot, in dem der Alte in der Zeit, in der der Nachrichtendienst noch von Gentlemen betrieben und von sportlichem Geist geprägt worden war, war geschlossen.

Aus der Weichselmündung strömte der Tod in die Ostsee, und an den Badestränden in der Nähe befanden sich jetzt überall Schilder mit der Warnung: »Baden verboten. Lebensgefahr!«

Das war von Kivik aus gesehen auf der anderen Seite des Wassers.

Als das Gespräch über die Umwelt schließlich im Leerlauf endete, hatte der Alte einen Einfall und holte vor Lachen prustend und mit bis in die Stirn hochgezogenen Augenbrauen einige Tageszeitungen und las Carl vor. Dieser kümmerte sich unterdessen um das Kaminfeuer.

Peter Sorman hatte, als ihm auf einer Pressekonferenz provozierende Fragen zur Geiselaffäre gestellt wurden, zum ersten Mal seit Menschengedenken etwas von seiner Selbstbeherrschung verloren. In dieser Gemütsverfassung hatte er ein wenig geheimnisvoll gesagt, ein Schwede im diplomatischen Dienst habe unter Gefahr für sein eigenes Leben ein Gebiet in Libanon betreten, in dem auf Europäer ein Kopfgeld ausgesetzt sei, und die beiden entführten Schweden herausgeholt.

Das hatte zu einer Flut von Spekulationen geführt. Die Tageszeitungen nannten drei Kandidaten in der Hauptrolle des rätselhaften Dramas »Rote Nelke«, wobei Botschafter Rolf Gauffin, der sich ohne Zweifel in Damaskus und Beirut aufgehalten hatte, mit knappem Vorsprung vor Botschafter Ingemar Stjernberg und Botschaftssekretär Belius führte.

Alle drei lieferten passende, nicht allzu geheimnisvolle und bescheidene Kommentare zu den Spekulationen, wer der Schwede in »diplomatischen Diensten« sei.

»Ich glaube, es läßt sich gar nicht sagen, wen Peter Sorman gemeint hat«, erklärte Rolf Gauffin.

Botschaftssekretär Belius betonte, er sei um die fragliche Zeit in Damaskus gewesen und habe im übrigen nichts zu dem Fall zu sagen. Botschafter Stjernberg verwies ans Außenministerium oder Peter Sorman und hatte ebenfalls nichts zu kommentieren, und der im Urlaub aufgespürte Außenminister dementierte die Gerüchte.

»Lustig, was?« gluckste der Alte. »Wenn wir gerade ein Wahljahr haben, schlagen sie aus allem Kapital. Du bist ja dort gewesen. Was ist eigentlich passiert?«

»Willst du's wirklich wissen?« fragte Carl, ohne sich umzudrehen. Er war immer noch mit dem Kaminfeuer beschäftigt. Der Alte hatte ein eisernes Gestell im Kamin, das angeblich praktisch war, aber immer nur dazu führte, daß das Feuer ausging.

Der Alte antwortete nicht, und Carl drehte sich nicht um. Das Knistern des Kaminfeuers, das jetzt stärker aufflammte, erfüllte den Raum.

Der Alte ging hinaus, ohne etwas zu sagen, und Carl setzte sich behutsam auf das Sofa. Die Dämmerung brach an, und es war die Zeit, in der man sich entscheiden muß, ob man Licht macht oder lieber im Dunkeln sitzen bleibt. Carl gab der Dunkelheit den Vorzug.

Als der Alte wiederkam, hatte er eine Flasche seines selbstgebrannten illegalen Apfelbranntweins in der Hand, eine Art Calvados, sowie zwei Gläser. Da begriff Carl, daß der Alte es genau wissen wollte und daß es eine ziemlich lange Nacht werden würde.

»Ich hatte mir gedacht, wir gehen zum Strand hinunter«, sagte der Alte unschuldig, als er Carl ein gefülltes Glas hinschob und sich selbst einschenkte. »Aber«, fuhr er fort, nachdem er sich bedient hatte und sein Glas in Richtung Carl hob, der ihm nicht mehr in die Augen sehen konnte, »mir ist plötzlich aufgegangen, daß wir eine lange Nacht vor uns haben. Skål. Also. Was ist passiert?«

»Die PLO und ich haben die Geiseln befreit und sie zu den Diplomaten nach Beirut geschickt, in das Hotel Summerland, oder wie es heißt. Die Geiseln haben nie mitbekommen, was geschah, da wir Waffen mit Schalldämpfern verwendeten. Die Diplomaten haben übrigens auch keine Ahnung, wie ich aus diesen Zeitungsmeldungen ersehe«, erwiderte Carl in einem Atemzug. Damit war alles gesagt, und die Pforten der Hölle waren erneut weit geöffnet. Und er hatte geglaubt, es sei ihm gelungen, sie zu schließen.

Der Alte schwieg eine Weile und drehte sein Cognacglas in der Hand.

»Die Geiseln haben also nichts gemerkt?« fragte der Alte mit einem Seufzer, der ahnen ließ, daß ihm nichts anderes übrigblieb, als zu fragen.

»Nein, sie haben nichts gemerkt«, erwiderte Carl und trank einen etwas zu großen Schluck des Gebräus, das ihm fast im Hals steckenblieb.

»Wie viele Entführer waren es?« fuhr der Alte unerbittlich fort.

»Sechs.«

»Irgendwelche Überlebenden?«

»Nein.«

»Du selbst?«

»Drei von ihnen. Ich ging als erster ins Haus, da es sozusagen in die Verantwortung Schwedens fiel.«

»Unangenehm?«

»Ja. Sehr. Nicht in dem Augenblick, aber später.«

»Etwas Besonderes?«

»Ja, einer von ihnen war ein Junge von sechzehn oder siebzehn Jahren. Er wurde hinterher hingerichtet, nachdem die Schweden schon abtransportiert worden waren.«

»Du selbst?«

»Nein, zum Teufel, das war die PLO. Ich habe nur beim Eindringen ins Haus geschossen.«

»Wie viele hast du denn getötet?«

»Drei. Hab ich doch schon gesagt.«

»Ja, ja. Aber ich meine, das geschah also beim Eindringen?«

»Ja.«

»Aber das andere fällt ja nicht in deine Verantwortung.«

»Das hat deren Offizier auch gesagt.«

»Aber du teilst nicht diese Meinung?«

»Natürlich nicht.«

»Skål! Wie ich schon befürchtet habe, wird es wohl eine lange Nacht«, sagte der Alte und seufzte erneut.

Anschließend begann der Alte zu erzählen. Sie saßen schon bald im Dunkeln, und keiner der beiden wagte, Licht zu machen, weil sie schon die Grenze überschritten hatten, an der Licht in den Augen schmerzt und vielleicht auch an anderer Stelle.

Der Alte nahm Anlauf und begann Ende der vierziger Jahre.

Irgendwo in Italien, an einer Stelle mit hohem Schilf, hatte er zum ersten Mal eine Waffe in der Absicht gehalten, einen anderen Menschen wirklich zu töten. Es war ein so vollkommen unwirkliches Gefühl gewesen, vielleicht deshalb, weil die Sonne schien und es hellichter Tag war und weil die Insekten mehr störten als die fragwürdige Moral des Vorhabens.

Es hatte jedoch keinen anderen Ausweg gegeben. Anderenfalls wäre ein großer Teil eines westlichen, ja teilweise sogar schwedischen Agentennetzes im Osten aufgeflogen. Entweder dieser flüchtige Mann draußen im Schilf oder zehn Menschen auf der anderen Seite.

Hinterher, als sich die Jäger um die erlegte Beute versammelten wie bei einer gewöhnlichen Jagd, hatten sich alle psychologisch vor dem Anblick geschützt, den sie vor sich hatten, indem sie im Jägerjargon zu sprechen begannen.

»Wie sehr man sich auch bemüht«, sagte der Alte, »sachlich über so etwas zu sprechen, kommt man doch nie um die Erkenntnis herum, daß Verstand und Logik eine Sache sind und Gefühle etwas völlig anderes.«

Carl wandte plötzlich ein, er habe manchmal das Gefühl, verrückt zu werden.

Der Alte versicherte ihm mit einigen plötzlichen Einsprengseln von Psychologenjargon, daß dies in Wahrheit eine gesunde Reaktion sei. Das Fachchinesisch des Alten hätte völlig unangemessen gewirkt, wenn Carl nicht gewußt hätte, daß der Alte tatsächlich ausgebildeter Psychologe war.

Kein vernünftiger Mensch konnte wirklich und aus nächster Nähe töten, ohne sich diese Frage zu stellen. Vermutlich war es im Krieg vollkommen anders, um so mehr, je weiter man vom Feind entfernt war und je abstrakter die Arbeitsaufgabe war; wie bei Piloten, wenn sie hören, daß die Computer den Zeitpunkt des Abwurfs festgesetzt haben und die Bomben durch den Bombenschacht hinunterrauschen, während sie dasitzen und Karten spielen. So war es beispielsweise in Vietnam gewesen.

Andererseits waren viele Amerikaner der Special Forces mit schweren Kriegspsychosen nach Hause gekommen, obwohl keiner von ihnen auch nur halb so viele Feinde getötet hatte wie ein einziger gelungener Bombenabwurf.

»Das ist normal. Das ist der Gegensatz von Irrsinn«, beharrte der Alte, »wenn man sich hinterher mit Selbstvorwürfen quält.« Das Spiel der Umstände hatte Coq Rouge öfter in die Kampflinie gebracht, als man vernünftigerweise hatte erwarten können, aber andererseits war es nicht ausgeschlossen, daß es nie mehr geschah.

»Woher kommt übrigens diese Albernheit mit dem Namen Coq Rouge?« unterbrach ihn Carl, sowohl aus plötzlicher Neugier als auch, weil er der Predigt überdrüssig war.

»Ich glaube, das ist ein Einfall von Näslund gewesen«, brummelte der Alte, der plötzlich übellaunig war und den Schwung seines Vortrags verlor.

»Näslund? Der kann doch nicht Französisch?« beharrte Carl.

»Nein, aber er war zu irgendeinem Treffen der Kilowattgruppe in Paris gewesen. Ja, vor der Schlußphase dieser israelischen Aktion in Stockholm. Vielleicht hat ihm ein französischer Kollege dabei geholfen.«

»Er hat also dagesessen und über sein Personal geplaudert?«

»Ja, davon gehe ich aus. Diese Polizisten können nie die Schnauze halten.«

»Aber was bedeutet es? Ist es ein Spitzname? Worauf spielt er an?«

»Woher zum Teufel soll ich das wissen? Aber wenn wir wieder zu...«

»Nein, ich bin neugierig. Wie viele Leute kennen diesen Namen übrigens?«

»Ein Teil der Leute im Affenhaus auf Kungsholmen, von dort ist er verbreitet worden, dann alle Computer der Welt, zumindest auf der westlichen Seite. Es ist wohl eine Anspielung auf den Roten Hahn, du weißt, das Lied aus dem Spanischen Bürgerkrieg. Rot bedeutet Sozialist, und Hahn ist der, der kämpft.«

»Rot kann aber auch blutig bedeuten«, bemerkte Carl finster.

»Nein, das kann höchstens später dazugekommen sein. Weißt du genau, wie viele Menschen du getötet hast? Hat das eine Bedeutung für dich, ich meine die Zahl?«

»Natürlich weiß ich das, und natürlich hat es eine Bedeutung. Im letzten Jahr vier Israelis in Stockholm, als ich im Affenhaus arbeitete. Zwei plus einen Deutschen im Jahr darauf in Syrien und Hamburg, und dann ist es wohl eher eine philosophische Frage, wie man meine Beteiligung an dem werten soll, was später in Hamburg geschah. Das waren zwölf Ermordete auf einen Schlag. Letztes Jahr zwei Palästinenser und eine absolut unschuldige polnische Einwanderin. Und jetzt drei Palästinenser. Das sind fünf Palästinenser, vier Israelis und vier Europäer.«

»Fertig?«

»Wieso?«

»Deine Rechnung enthält einen entscheidenden Fehler, und das paßt sehr gut zu dem, worüber wir vorhin gesprochen haben.«

»Du meinst die Russen?«

»Ja, natürlich. Du und Stålhandske und Lundwall habt zwischen fünfzig und dreihundert Russen ertränkt, als ihr letztes Jahr die sowjetischen Unterwasserstationen gesprengt habt. Weshalb nicht das gleiche schlechte Gewissen bei Russen? Ich meine, eine rassistische Bewertung dürfte bei dir ja entfallen.«

»Ich habe mich so sehr daran gewöhnt, Operation Big Red einfach zu verdrängen. Über die Aktion kann ich ja nur mit dir und Sam, möglicherweise auch mit Stålhandske und Lundwall sprechen, wenn sie wieder zu Hause sind.«

»So geht es nicht, mein Lieber. Der Unterschied ist nur der, daß das eine regelrechte Kriegshandlung war, und so habt ihr alle drei die Sache auch aufgefaßt. Das ist der ganze Unterschied. Es ist nicht sonderlich rational, aber so denken wir Menschen nun mal, so empfinden wir auch. Das andere wertest du nicht als Krieg.«

»Willst du damit sagen, daß es einen nicht quält, wenn man im Krieg tötet?«

»Doch, natürlich. Ich glaube nicht, daß du dich unter Skip Harriers Kommando in Vietnam sonderlich wohl gefühlt hättest.«

»Hast du ihn in den USA getroffen? Was hat er gesagt?«

»Oh, er hat eine Menge gesagt. Unter anderem sprach er sehr gut von dir. Er sagte so etwas wie *I just love that boy and don't you fuck with him because if you do I gonna cut your balls out*, ja, etwas in der Richtung. Ich weiß nicht, wie man das in eine einigermaßen zivilisierte Sprache übersetzen soll, aber man muß es ja als eine Form großer Wertschätzung verstehen. Wie würdest du es übersetzen?«

Zum erstenmal seit Anbruch der Dunkelheit hellte sich Carls Gesicht zu einem Lächeln auf.

»Etwa so«, sagte er und lachte los, »*Korvettenkapitän Hamilton ist in meinen Augen ein außerordentlich redlicher junger Offizier, und es würde mein Mißfallen finden, wenn Sie auf einen so vagen Verdacht hin, wie Sie angedeutet haben, Herr Oberst, erwägen sollten, ihm Schwierigkeiten zu machen.* Ja, ungefähr so. Aber das Amerikanische ist etwas direkter als etwa das Schwedische oder Deutsche.«

Beide lachten erleichtert. Der Alte nutzte die gelockerte Atmosphäre, um hinauszugehen und die Blase zu erleichtern. Auf dem Rückweg holte er eine Flasche Weißwein und sorgte für etwas diskrete Beleuchtung. Er war sicher, daß es der weiteren Unterhaltung förderlich sein würde, wenn sie einander deutlicher sehen konnten.

»Wie mir scheint, kannst du dich für meinen selbstgebrannten Calvados nicht begeistern«, entschuldigte sich der Alte, als er mit dem neuen Getränk hereinkam und einschenkte.

»Nun, wie ist es da unten wirklich zugegangen?« fragte er direkt, als sie den Wein probiert und einander reflexhaft zugenickt hatten.

»Du meinst in Saida?«

»Ja, beim Eindringen in das Haus.«

»Du willst nur eine Möglichkeit finden, mich zu entlasten, und sagen, das hätte an meiner Stelle jeder so getan, und so weiter.«

»Nicht unbedingt«, log der Alte seelenruhig, »aber gab es keine andere Möglichkeit?«

»Nein. Sie hatten unmögliche Forderungen gestellt. Sie wollten unter diplomatischem Schutz Schwedens außer Landes gebracht werden, sonst hätte nämlich die PLO sie hingerichtet, was sie sehr wohl wußten. Das Risiko, daß sie einen der Schweden töten würden, war ziemlich groß, denn genau damit hatten sie gedroht. Wir hatten sie beobachtet, als sie darüber stritten.«

»Hattet ihr Wanzen in dem Haus?«

»Nein, solche Ausrüstung hatten wir nicht bei uns. Außerdem ist es zweifelhaft, ob sich dieses Risiko gelohnt hätte, denn wir hatten einen guten Beobachtungsposten. Außerdem wußten sie nichts von unserer Anwesenheit. Aber das, was wir sahen, war besorgniserregend genug. Und wir kannten ihren Tagesablauf. Wir wußten genau, wann sich alle im selben Stockwerk aufhielten, nämlich beim Abendessen.«

»Und diesen Zeitpunkt habt ihr für die Aktion gewählt?«

»Ja, selbstverständlich. Die Geiseln befanden sich im Obergeschoß des Hauses und sämtliche Ziele im Erdgeschoß.«

»Gut. Und dann?«

»Wir waren mit Nachtsichtgeräten ausgerüstet und haben diesen Vorteil natürlich genutzt. Ich rückte unter Beobachtung meiner Helferin auf das Haus vor. Dann habe ich den Wachposten unschädlich gemacht, der zum gewohnten Zeitpunkt herauskam. Anschließend ging ich ins Haus, erschoß zwei der Entführer, brachte die Lage unter Kontrolle und rief dann meine palästinensische Helferin herein.«

»Und wie habt ihr die Geiseln herausbekommen, ohne daß sie etwas von den Zusammenhängen ahnten?«

»Der Junge mußte ins Obergeschoß gehen und sie zu einem wartenden Wagen mit palästinensischer Besatzung bringen. Anschließend mußte er wieder hereinkommen.«

»Warum ist er nicht ausgerückt?«

»Weil ich eine Maschinenpistole auf seinen Vater und seinen Onkel richtete, während er seinen Auftrag ausführte.«

»Eine glänzende Aktion nenne ich das. Vorbildlich, wie aus dem Lehrbuch! Fabelhaft, wie einfach sich so etwas mit kleinen Einheiten bewerkstelligen läßt. Nicht so wie bei den Deutschen mit Lärm und Getöse. Ein ausgezeichneter Einsatz, Carl, ich muß dir wirklich gratulieren.«

Die Begeisterung des Alten schien ein wenig übertrieben zu sein, aber wie Carl ihn kannte, konnte es sehr wohl eine aufrichtige Reaktion sein.

»Ich glaube, du willst mir schon wieder nur die Schuldgefühle nehmen«, sagte Carl gedehnt, nachdem er lange Zeit geschwiegen hatte. »Aber so ist es. Nach jedem einzelnen Zwischenfall dieser Art ist es zwischen uns zu solchen Diskussionen gekommen. Immer hat sich gezeigt, daß alles genauso geschehen mußte, wie es geschehen ist, daß es keine Alternativen gab und daß ich glücklicherweise immer das Richtige zur richtigen Zeit und in der richtigen Situation gemacht habe. Es ist jedoch einfach so, daß die Serie inzwischen schon zu lang ist, als daß man noch von Zufall reden könnte. Ich bin so etwas wie der legale Mörder des schwedischen Staates geworden, und das ist der Kern des Problems, das Gesamtergebnis meiner Überlegungen.«

Jetzt war es der Alte, der eine Zeitlang schwieg, um dann unvermittelt das Thema zu wechseln.

»Was hältst du von dem neuen Job in Moskau?« fragte er, ohne etwas von der großen Unruhe zu verraten, die er in sich spürte.

»Wird mir Spaß machen«, erwiderte Carl schnell mit einem anderen Gesichtsausdruck. »Der wird mir sogar viel Spaß machen. Ich bin Diplomat, halber Zivilist und habe strenge Anweisungen, keine Waffen mit mir herumzuschleppen, und das paßt mir sehr gut. Ich darf eine Menge über die Russen lernen, darf den Offizier und Gentleman spielen, und der eigentliche Auftrag ist leicht, wenn alles gutgeht.«

»Wie willst du es machen? Aus der Nähe oder aus der Ferne, und wie lange willst du warten?«

»Wann ich von dem Kerl ein Foto schieße, meinst du? Aus der Nähe, natürlich. Es hat keinen Sinn, irgendwo mit einem Teleobjektiv auf der Lauer zu liegen. Außerdem glaube ich, daß das in Moskau nicht so ohne weiteres möglich ist. Folglich aus der Nähe, und zwar nach ein paar Monaten, wenn die Russen sich sozusagen an mich gewöhnt haben.«

»Wie stellst du dir das vor, aus der Nähe? Du kannst ihm ja nicht vor der Haustür auflauern, noch weniger vor den Büros des GRU?«

»Nein, natürlich nicht. Ich fahre irgendwann an einem Wochentag abends zu ihm nach Hause, sehe, ob im Fenster Licht ist, und wenn ja, gehe ich zu ihm hinauf, mache die Tür auf, gehe hinein, sage höflich guten Tag und erzähle ihm, daß ich von der schwedischen Botschaft bin, und biete ihm an, mit mir nach Hause zu kommen, falls er Moskau satt hat.«

»Teufel auch«, sagte der Alte und machte ein aufrichtig erstauntes Uhu-Gesicht. »Willst du erst anklopfen oder was? Und was machst du mit der Haustür?«

»In neueren Wohnhäusern in Moskau haben sie damit angefangen, Zahlenschlösser westlichen Typs einzubauen. Ich habe ein Gerät bei mir, mit dem man sie knacken kann. Normale russische Türschlösser sind wie unsere Abloy-Schlösser, aber viel einfacher. Man kann sie mit einer Haarnadel aufmachen wie im Film.«

»Du gehst also einfach rein und plauderst ein wenig, während du sozusagen en passant ein Foto machst?«

»Ja, etwa so.«

»Und wenn ihm das nicht gefällt?«

»Das wird ihm natürlich nicht gefallen, aber in einer solchen Situation dürfte jeder Mensch nur mit Erstaunen reagieren.«

»Ich meine, wenn er bewaffnet ist?«

»Das Foto werde ich trotzdem schießen können, und dann werde ich wohl schnell verschwinden müssen. Ich halte es aber für wahrscheinlicher, daß er sich mit mir auf eine Diskussion einläßt. Außerdem habe ich vor, einen Teil des Gesprächs auf Band aufzunehmen.«

»Hm. Und wie willst du bis zum Tag X in Moskau leben?«

»Als wäre ich ein etwas liederlicher junger Diplomat, der es mit mehr Glück als Verstand schafft, sich immer im Rahmen des Gesetzes zu bewegen. Ich werde mich etwas zuviel in Kneipen herumtreiben, ein loses Mundwerk haben und den Eindruck erwecken, als hätte ich deswegen den Job nicht bekommen, den ich eigentlich hätte haben wollen. Ich werde andeuten, daß man mir einen Dämpfer verpaßt hat und daß Moskau so etwas wie ein Strafkommando ist. Wenn wir Glück haben, versuchen sie an mich heranzutreten. Das würde mir Spaß machen.«

»Und dann wirst du ihnen nicht gleich einen Korb geben?«

»Nein, aber akzeptieren kann ich natürlich auch nicht gleich, aber ich rechne nicht damit, daß sie es uns so einfach machen. Die Russen sind schließlich nicht dumm.«

»Die Planung scheint mir noch ein wenig dürftig zu sein.«

»Ich muß zugeben, daß ich noch nicht viel darüber nachgedacht habe. Ich habe ja noch viel Zeit. Außerdem muß ich erst die Stadt kennenlernen und mich in den neuen Beruf einleben. Es geht ja nur um eine kurze kleine Überraschungsaktion, und dann ist die Sache erledigt.«

Der Alte grübelte eine Weile, bevor er erneut das Thema zu wechseln schien.

»Was stellst du dir vor, wenn du wieder nach Hause kommst?« fragte er.

»Keine Ahnung. Für geheime Vorhaben draußen im Feld tauge ich ja zum Glück nicht mehr. Ich habe nicht darüber nachgedacht. Wir werden sehen, wenn es soweit ist.«

»Lallerstedt wird in ein paar Monaten aufhören. Er will wieder zur See, und dort ist er unleugbar am besten aufgehoben. Könntest du dir vorstellen, seinen Job zu übernehmen?«

»Das hört sich an wie eine Falle.«

»Ganz und gar nicht. Ich habe Joar Lundwall versprochen, daß sein Chef Carl Hamilton heißen wird, wenn er nach Hause kommt. Ich habe zwar Korvettenkapitän Carl Hamilton gesagt, aber Fregattenkapitän geht ja auch.«

»Kommt ein wenig überraschend.«

»Ja, schon möglich, aber wir müssen an unseren Nachwuchs denken. Ich gehe in zwei Monaten in Pension. Sam nähert sich auch der Pensionierung. Und unsere Jungs brauchen jemanden, der sich um sie kümmert, wenn sie nach Hause kommen. Das siehst du doch wohl selbst ein?«

»Du willst mich in den Innendienst bekommen. In Zukunft also mehr Computer als Messer.«

»Ich glaube, das würde auch dir ganz gut passen. Vor allem denke ich, daß es unseren bald frischgebackenen Leutnants recht sein wird.«

»Wann kommen sie nach Hause?«

»Während du weg bist, nehme ich an. Aber wir werden sie wohl erst mal in den Stall stellen und anpflocken müssen, bis du nach Hause kommst.«

»Hört sich gar nicht so dumm an.«

»Nein, wie du siehst, lassen wir uns was einfallen. Aber bevor wir schlafen gehen, habe ich dir noch etwas zu sagen, eine traurige Geschichte.«

Carl erstarrte. Wenn der Alte *traurig* sagte, konnte es sich kaum um eine Übertreibung handeln.

»Ich habe es erst gestern erfahren«, fuhr der Alte mühsam fort, »aber da die Amerikaner von ihren Vettern in London eine Kopie des TRISTAN-Berichts erhalten haben, na ja, etwas anderes war kaum zu erwarten, haben sie sich natürlich nicht mit meinen Schlußfolgerungen oder denen von Skip Harrier begnügt, nicht einmal mit der neuen Erkenntnis, die sie wohl von Jeff erhalten haben.«

»Jeff?« fragte Carl mit gebrochener Stimme. Er ahnte etwas sehr Unangenehmes.

»Ja. Sir Geoffrey vom MI 6. Also, die Amerikaner entschlossen sich, keinen Stein auf dem andern zu lassen, bevor die Sache endgültig geklärt ist.«

»Das kann ich mir gut vorstellen. Und?«

»Sie, ja, das heißt DIA und FBI, nehme ich an, haben einen großen Teil deines Bekanntenkreises zum Verhör geschleppt. Soviel ich weiß, muß das in einigen Fällen sehr hart gewesen sein. Einige Verhöre müssen unter dem stattgefunden haben, was sie selbst mit einem wunderbaren Euphemismus *duress* nennen.«

Der Alte hielt inne. Er sah Carl an, daß diesem der Zusammenhang allmählich aufging.

»Tessie?« fragte er, obwohl er schon die Antwort kannte.

»Ja. Teresia O'Connor, das dürfte wohl deine alte Tessie sein.«

»Wie?«

»Drei bis vier Tage irgendwo in einem Keller. Na ja, dann das ganze amerikanische Standardrepertoire, wenn es darum geht, einen russischen Agenten zu entlarven. Du kennst das ja.«

»Ja, ich kenne das. Mehr brauchst du nicht zu sagen. Sie durften unter anderem an uns üben, damit wir lernen konnten, wie man Verhören widersteht. Sie ist der Mensch, der mir in diesem Leben am nächsten gestanden hat.«

»Ich weiß«, erwiderte der Alte leise.

»Diese Paviane vom DIA drei oder vier Tage mit Tessie...«

Carl konnte nicht weitersprechen, weil Trauer und Rührung und Haß in einer einzigen Welle über ihm zusammenschlugen.

Jetzt setzte der Alte zum entscheidenden Stoß an.

»Du verstehst, Carl«, begann er behutsam und fast ein wenig melancholisch, »es ist Sandström, der uns all dies antut. Und dabei erleben wir erst den Anfang. Es wird noch so weitergehen.«

Carl erweckte den Eindruck, als hörte er kaum zu, doch der Alte wußte, daß er sehr wohl zuhörte.

»Nein, jetzt müssen wir uns schlafen legen. Morgen wird früh aufgestanden und gefrühstückt«, beendete der Alte das Gespräch, stand auf und ging zur Toilette.

Es schmerzte ihn. Er hatte das Gefühl, zu einem Menschen, den er so gern hatte wie einen Sohn, grausam gewesen zu sein.

Aber es war doch so etwas wie ein schneller chirurgischer Eingriff.

Keiner der beiden schlief in jener Nacht. Das glaubten sie jedenfalls, und das erste Tageslicht der Sommernacht kam früh, da es erst Anfang Juli war.

Für die Nachtigallen war es schon spät, und die Natur war still.

Nachdem Carl sich in sein gewohntes Gästebett mit dem Fenster zur Hofeinfahrt gelegt hatte, als wäre sein Zimmer ein Wachhäuschen, ging ihm auf, daß er nicht schlafen würde. Tessie kam zu ihm, Tessie, die er in der Zeit geliebt hatte, als er noch ein richtiger Mensch war.

Plötzlich glaubte er Musik zu hören, laute Musik. Es war etwas, was schon lange zurücklag, etwas auf einer Platte mit 78 Umdrehungen und rauschenden Nebengeräuschen.

Es war Horowitz, der die »Funerailles« von Liszt spielte, wie ihm nach kurzer Zeit aufging. Im Grunde war es Beerdigungsmusik, Trauermusik mit helleren Einsprengseln und Anflügen von Marschmusik, als trüge man einen mit der Ehrenlegion dekorierten Helden zu Grabe.

Er versuchte zu lachen, versuchte es auch mit Zynismus, doch dann tauchte Tessie wieder auf, während sie von den Gorillas des DIA verhört wurde.

– Okay, du kleine Kommunistenschlampe, dies ist kein Spiel. Chicana oder nicht, glaub ja nicht, daß du eine Amerikanerin bist.

– Er muß es dir doch erzählt haben? Er hat dir wohl gesagt, er sei Kommunist.

– Man vögelt doch nicht nur mit Kommunisten. Bist du nur so eine elende Kommunistenhure? Was hat er dir von seinem Job für die Russen erzählt?

– Die Armen und Unterdrückten, was? Das kannst du dir in den Arsch stecken, Baby. Wenn wir mit dir fertig sind, hast du vielleicht gar keinen mehr.

– Was heißt das denn, uns verklagen? Eine kleine Anwältin, eine be-

schissene kleine kommunistenfickende Anwältin, die uns die amerikanische Verfassung um die Ohren hauen will. Baby, wir sind die amerikanische Verfassung. Was hat er gesagt? Wie hat er sich beim ersten Mal ausgedrückt, als er sagte, er arbeite für die Russen? Wie war es, als er dich anwarb? Hat er dir was von bedauernswerten armen Chicanos vorgequatscht oder von illegalen Mexikanern?

– Doch nicht mit uns, Baby, wir wissen, daß du mit Mexikanern gearbeitet hast. Du magst den Kapitalismus wohl nicht, was?

– Du hast gewußt, daß er Kommunist war, und hast trotzdem mit ihm gevögelt?

Gleichzeitig spielte Horowitz »Funerailles«.

Carl weinte. Aber es hörte einfach nicht auf, weder die Musik noch das Verhör der Gorillas, das drei oder vier Tage gedauert hatte unter Hinweis auf bestimmte Ausnahmebestimmungen, welche die Sicherheit des Landes betrafen, Verhöre, bei denen es weder Zeugen noch Anwälte gab, Verhöre, die später nicht einmal stattgefunden hatten, wenn die Opfer freigelassen wurden.

Der Alte lag wach im Bett und dachte an seine freikirchliche Mutter aus Småland.

Was hätte sie jetzt über ihren Sohn gesagt? Hätte sie gesagt, daß man dem Bösen immer widerstehen müsse, ohne Rücksicht auf den persönlichen Preis, den man für diese Standhaftigkeit zahlen muß?

Ja, er hoffte es. Man darf dem Bösen nie nachgeben.

Carl würde darüber hinwegkommen. Es würde ihm nicht schwerfallen, es zu tun, wenn er erst einmal in Funktion trat. Dann würde er so etwas wie ein Angriffsflugzeug sein, das mit eingeschalteten Nachbrennern und eingefahrenem Landegestell fast senkrecht in die Höhe steigt, wo der Kampf stattfinden kann, und der Rest sind Reflexe und Computer.

Carls Haß würde ihm helfen. Und er würde auch Schweden helfen.

Und danach würde er für die noch nicht zugerittenen Mustangs aus den USA ein empfindsamer und unerhört erfahrener Chef sein.

Es war richtig.

Es war nicht leicht, aber es war richtig.

Die Sommernacht war vollkommen still, es herrschte Windstille, doch es war völlig unmöglich zu schlafen.

Er fluchte leise vor sich hin, was seiner Mutter ganz und gar nicht gefallen hätte.

Beide erschienen mit blutunterlaufenen Augen zum Frühstück, und der Alte machte einen mißlungenen Scherz über die Qualität von Kiviks selbstgebranntem Calvados. Keiner von beiden hatte Appetit.

Und als der Alte Carl bat, ihn zum Strand zu begleiten, um zu sehen, welcher der beiden Plätze schließlich für das Sommergrillfest geeignet war, fiel Carl einfach nicht ein, was der übliche Grund dafür war, zum Strand hinunterzugehen: Dort konnte man sich unterhalten, ohne Gefahr zu laufen, abgehört zu werden.

»Wie du siehst, ist es der Ort, den du selbst vorgeschlagen hast«, sagte der Alte und wies mit einem Halblederband, den er mitgenommen hatte, auf den Grillplatz.

Carl nickte ohne sonderliche Begeisterung.

»Nun, ich habe ja gesagt, daß es hier unter den Bäumen geschützter sein würde. Der Platz da hinten an den Felsen ist gut, wenn man an sonnigen Tagen baden will, aber hier kann man besser sitzen und essen«, erwiderte Carl mechanisch, wenn auch höflich.

Sie setzten sich auf einen der gespaltenen Baumstämme, die um den groben Eichentisch und die mit Steinen ausgelegte Feuerstelle standen. Das Licht sickerte durch Eschenlaub und hohe Haselsträucher. Hinter ihnen war das Meer, eine weiche, einschläfernde Dünung. Es herrschte eine schwache Brise.

»Du glaubst auch nicht, daß die Russen sonderlich rachsüchtig sind oder so etwas?« fragte Carl, als erhoffte er fast das Gegenteil.

»Nein, es paßt nicht zu Glasnost und Gorbatschow und all dem. Unter Stalin hätten wir uns nie auf ein derart freches Ding eingelassen, aber hat Sam das nicht schon alles mit dir besprochen?« erwiderte der Alte eher unbeteiligt.

»Aber ja. Es ist alles besprochen«, erwiderte Carl im gleichen Tonfall.

Es hatte den Anschein, als wäre Carl mit seinen Gedanken ganz woanders. Der Alte holte Luft und streute mit voller Absicht Salz in die Wunden.

»Traurige Geschichte. Soviel ich gehört habe, waren es ziemlich üble Verhöre«, sagte er vorsichtig und mit einem fast neutralen Tonfall, als spräche er von etwas Alltäglichem.

»Danke, ich weiß Bescheid«, schnitt ihm Carl das Wort ab.

Der Alte machte eine Pause. Dann folgte der nächste Zug.

»Sandström wird uns so etwas jederzeit wieder antun können, dir oder mir. Nun ja, mir vielleicht nicht, aber vielen anderen. Solange er dort arbeitet – und das können durchaus zehn bis fünfzehn Jahre sein – werden wir derlei wohl ertragen müssen.«

Der Alte seufzte, als dächte er über etwas sehr Bedauerliches nach. Carl zögerte mit der Antwort, fast als wäre er schon mißtrauisch geworden, als spürte er instinktiv, wie das Ganze enden würde.

»Ich werde diesen Scheißkerl auf jeden Fall fotografieren. Könnte man ihn anschließend nicht einfach bei lebendigem Leib verbrennen?«

»Du meinst, wir sollten sein Bild der Presse zuspielen?«

»Genau.«

»Es wäre sicher eine wirksame Methode, ihn lebendig zu verbrennen, lustiger Begriff. Es geht aber nicht.«

»Warum nicht?«

»Die Regierung. Sorman und alle diese Typen.«

»Die würden es nie erlauben?«

»Natürlich nicht. Politik, auswärtige Beziehungen und all das. Du kennst das doch.«

»Ein bißchen zusätzliches Geld ist also alles, was wir mit diesem Foto von ihm erreichen können?«

Jetzt beschloß der Alte, zum entscheidenden Stoß anzusetzen. Er holte tief Luft, bevor er begann.

»Mein junger Herr Fregattenkapitän, wie die Russen sagen würden, ich darf dich daran erinnern, daß du zu einem Verband gehörst, der in ständiger Alarmbereitschaft lebt. Für uns gibt es keinen Frieden oder sonst etwas zwischen Krieg und Frieden, wir befinden uns immer im Krieg.«

Carl machte ein Gesicht, als ahnte er schon, was folgen würde, doch der Alte fuhr genauso fort, wie er es sich in der Nacht zurechtgelegt hatte.

»Magst du Poesie?« fragte er abrupt.

»Nein. Seit der Schulzeit hab ich so etwas nicht mehr gelesen«, erwiderte Carl genauso knapp.

»Gut«, sagte der Alte. »Ich werde dir jetzt ein Gedicht vorlesen, das mir während meiner gesamten beruflichen Laufbahn mehr bedeutet hat als alle Texte oder Berichte, die ich gelesen habe. Es stammt von einem unserer Nobelpreisträger und ist 1940 gedruckt worden. Ja, so steht es im Buch, aber es dürfte ein Jahr vorher geschrieben worden sein, also schon 1939.«

Und dann schlug der Alte das Buch an einer Stelle auf, an der ein Lesezeichen steckte.

»Das Gedicht heißt ›Neue Waffen‹«, sagte er kurz.

Er wartete ein Rauschen in den Eschenkronen über ihnen ab, und las dann langsam und ein wenig schwerfällig vor, wie es der Text erforderte. Die entscheidende Stelle lautete:

»Nur der Irre glaubt, das Gute
sei nicht dazu geboren,
ein Schwert zu tragen,
wenn das Böse eine ganze Welt
mit Blut besudelt.
Sei gewiß! Wenn du nicht bereit bist,

mit dem Schwert für deinen Glauben einzutreten,
wird kein Morgenstern
je eine neue Zeit einläuten.«

Der Alte klappte das Buch zu und wartete. Jetzt war Carl am Zug. Dieser saß stumm da und blickte mit mahlenden Kiefern zu Boden. Der Alte konnte nicht erkennen, in welche Richtung er dachte, möglicherweise deshalb, weil Carls Gedanken in mehrere Richtungen zugleich liefen.

»Pär Lagerkvist, wenn ich nicht irre?« fragte Carl schließlich mit heiserer Stimme.

»Ja, das stimmt«, bestätigte der Alte vorsichtig.

»Ist das ein ausdrücklicher Befehl?« fragte Carl mit einem unerwartet ruhigen Tonfall.

»Ja. Einer meiner letzten. Wenn du wieder nach Hause kommst, werde ich schon in Pension gegangen sein», erwiderte der Alte mit trockenem Mund.

»Ist das alles?« fragte Carl ebenso ruhig wie zuvor.

Der Alte fühlte sich ein wenig nervös. Er konnte Carls Reaktionen noch immer nicht deuten.

»Ja, mit einer einzigen Einschränkung«, sagte der Alte schließlich, der sich mit der Zunge im Mund herumfuhr, um weitersprechen zu können. »Die Einschränkung... liegt darin, daß du Sam erst berichten darfst, wenn du nach Hause gekommen bist.«

Carl malte mit einem Zweig etwas in den Sand, das wie ein Kreis aussah.

Dann blickte er mit seinen blauen Augen hoch und betrachtete den Alten eine Weile mit einem Ausdruck, der eher wehmütig als ängstlich war.

»Befehl verstanden. Ich werde ihn ausführen«, sagte er.

Der Alte wagte es nicht, einen Seufzer der Erleichterung hören zu lassen, und wurde überdies von höchst widersprüchlichen Gefühlen heimgesucht. Schließlich spürte er, daß er doch etwas sagen mußte.

»Die Tatsache, daß du keine Waffen bei dir haben darfst, bedeutet das eine Schwierigkeit, gegen die wir möglicherweise etwas unternehmen können?« fragte er und verfluchte sofort seine Bürokratensprache, die nicht zu der feierlichen Stimmung paßte.

Carl sah ihn forschend, fast amüsiert an. Dann erwiderte er, während er sich gleichzeitig erhob:

»Nein, ganz und gar nicht. Wir haben ja nicht von einem technischen, sondern einem moralischen Problem gesprochen.«

Carl ging ohne ein weiteres Wort zum Haus hinauf. Der Alte holte ihn ein, worauf sie fast den ganzen Weg durch die Reihen der Apfelbäume schweigend weitergingen, bis Carl wieder etwas sagte.

»Du mußt entschuldigen, aber ich muß nach Stockholm. Ich habe noch nichts über diesen Sandström gelesen. Ich muß diesen Scheißkerl jetzt kennenlernen«, sagte er leichthin, als gäbe es für ihn von nun an nur kleine praktische Probleme.

Der Alte kam zu dem Schluß, daß er aus Carl nicht mehr schlau wurde.

MOSKAU

I

Die Hitzewelle war ein guter Vorwand. Den Zeitungen zufolge war es in keinem August seit annähernd hundert Jahren in Moskau so heiß gewesen. Folglich konnte er Jeans und ein kurzärmeliges Baumwollhemd tragen statt eines Anzugs, und bei diesem Wetter war es überdies natürlich, ein paar Stunden in den kühlen Gewölben der U-Bahn zu verbringen.

Er achtete sorgfältig darauf, daß er sich immerzu nur langsam und gut sichtbar bewegte, gelegentlich auf den Bahnhöfen stehenblieb, auf den Bahnsteigen auf und ab ging und sich aufrichtig beeindruckt zeigte, beeindruckt von Marmor, geschliffenem Granit, Kristalleuchtern und Malereien, die mal heroische Momente in der Geschichte der Sowjetmacht und mal Rußlands große Schriftsteller und Dichter zeigten.

Er hatte ständig den Stadtplan in der Hand und bemühte sich, wie ein Tourist auszusehen, was schwieriger war, als er gedacht hatte. Von den acht Millionen U-Bahnpassagieren, die jeden Tag durch das System mit seinen hundertsechsunddreißig Bahnhöfen geschleust wurden, schienen mindestens eine halbe Million junge Männer Jeans zu tragen.

Im Lauf von zwei Stunden wurde er nicht weniger als dreimal nach dem Weg oder nach einer Umsteigemöglichkeit gefragt.

Die Züge kamen in dichter Folge, meist im Vier-Minuten Takt, und auf den Umsteigebahnhöfen bewegten sich die Menschen sehr schnell. Immer wieder wurde er von Leuten überholt, die es eilig hatten.

Hier war es unmöglich, jemanden zu verfolgen, der nicht verfolgt werden wollte.

Eines schönen Tages oder Abends würde er hier in dem unendlichen, wogenden Menschenmeer verschwinden, das in unzählige Richtungen unterwegs war, und bis zur Endstation der Kaluschko-Rischkaja-Linie fahren.

Der einzige Nachteil wären acht Bahnhöfe auf derselben Linie nach dem Umsteigen beim Prospekt Mira.

Da sich die Tschekisten im Westen selbst immer der U-Bahn bedienten, würde er erhebliches Mißtrauen erregen, wenn er sich allzu oft beim U-Bahnfahren blicken ließ. Er würde sie mindestens eine Woche lang meiden. Im Augenblick war die Hauptsache, daß sie ihn nicht verloren, falls sie ihn tatsächlich verfolgten.

Er war von der Botschaft in der Mosfilmowskaja langsam zur Universität auf den Leninbergen hochgegangen. Dort sah er die unvermeidlichen Brautpaare, die sich vor der Kulisse der Stadt fotografieren ließen, und genoß selbst eine Zeitlang, auf die steinerne Balustrade gestützt, die Aussicht. Der Wärmedunst und die Dämmerung verschlechterten die Sicht, aber er konnte mühelos die großen roten fünfzackigen Sterne unten beim Kreml sehen.

Die Menschen um ihn herum sahen jung und glücklich aus; es waren fast ausschließlich Brautpaare mit ihren Freunden. Carl grübelte darüber nach, warum man hier kaum Schwiegereltern sah, und beschloß, jemanden in der Botschaft danach zu fragen.

Anschließend schlenderte er zum U-Bahnhof der Universität, faltete demonstrativ seinen Stadtplan auseinander und studierte ihn, bevor er mit einem Zug der Kirow-Frunse-Linie losfuhr.

In Frunse lag eine der sowjetischen Militärakademien, an der man unter anderem die künftige Elite des GRU ausbildete.

Die U-Bahnwagen waren genauso sauber wie die Bahnhöfe. Die Sitze waren angeordnet wie in der New Yorker U-Bahn, obwohl die Schmierereien und Graffitti hier ebenso fehlten wie die bedrohliche, wachsame Stimmung New Yorks. Die meisten Menschen, die allein fuhren, lasen Bücher oder Zeitungen, und Puschkin oder Gogol waren genauso oft vertreten wie die Sportseiten.

Carl empfand es schon bald als schwierig, sich als Feind dieser Menschen zu fühlen. Er tat sein Bestes, den Grund für seinen Aufenthalt in ihrer Stadt zu verdrängen. Er war ihr Feind. Er war der Feind der fröhlichen jungen Menschen dort oben auf den Leninbergen, er war der Feind des alten Mannes mit seinen Auszeichnungen aus dem Großen Vaterländischen Krieg, der ihn etwas fragte, was er nicht beantworten konnte, er war der Feind all der bücherlesenden U-Bahnreisenden und natürlich auch der Feind aller Männer in Uniform, die einen höchst auffälligen Teil des Menschengewimmels bildeten. Mindestens die Hälfte der Offizierskollegen, denen er begegnete, waren ihm übergeordnet, als wäre in Moskau Major der niedrigste Dienstgrad. Das mußte etwas mit Moskaus Stellung als Zentrum sämtlicher Stäbe zu tun haben; diese Männer waren also überwiegend Schreibtischkarrieristen, was sich auch an ihren Uniformen ablesen ließ, deren linke Brustseite meist auffallend leer war.

Eine kleine Gruppe arroganter Fallschirmjäger, die ihre blauen Baskenmützen anders als die Amerikaner tief in den Nacken geschoben hatten statt in die Stirn, trugen einige Auszeichnungen, die erkennen ließen, daß sie sich im Kampf ausgezeichnet hatten.

Also Afghanistan.

Fallschirmjäger in Afghanistan, das bedeutete Supermacht gegen einfach bewaffnete Bauernjungen.

Als er an der Turgenjewskaja angekommen war und zur Kirowskaja umsteigen wollte, lief ein Zug ein, der so hielt, daß das Staatswappen der Sowjetunion an der Wagenseite direkt vor ihm landete.

Er starrte wie verhext. Dieses Wappen war das erste gewesen, was er bei seiner Ankunft am Vormittag auf der Schirmmütze des Offiziers am Flughafen bemerkt hatte, der seinen Paß lange, aufmerksam und mit ausdruckslosem Gesicht geprüft hatte.

Bisher hatte er gedacht, die Karte im Staatswappen stelle die Sowjetunion dar. Aber hier, direkt vor ihm, sah er an der fast militärisch grünen Seite des U-Bahnwagens, daß die Karte die Erdhälfte zeigte, die aus Sowjetunion, Afrika und Europa besteht. Nordamerika war oben im Nordwesten nur winzig angedeutet.

Zwei geschwungene Getreidegarben umschlossen die Welt, diese besondere Welt, und dort, wo sie sich am oberen Ende des Kreises begegneten, saß natürlich der rote fünfzackige Stern, und darüber die Abkürzung CCCP.

Was ihn verhexte, war der Mittelpunkt des Bildes. Direkt im Zwischenraum zwischen Hammer und Sichel lag Schweden, fast genau in der Bildmitte. Der Hammer ruhte auf Nordnorwegen, und ganz Skandinavien lag in dem umschlossenen Zentrum.

Der Zug fuhr an. Carl blieb noch einige Augenblicke stehen. Er hatte noch das Bild vor Augen und war überzeugt, sich nicht geirrt zu haben.

Dann begab er sich langsam und auffällig zum Übergang zur Kirowskaja und stellte zu seinem Entzücken fest, daß die Station vor seinem Zielbahnhof Dserschinskaja hieß. Folglich fuhr die U-Bahn unter dem Dserschinskiplatz, direkt unter dem KGB-Gebäude.

Als er am oberen Ende der langen Rolltreppe mit ihren unzähligen Lampen ankam, schlug ihm eine Hitzewelle entgegen. Er blickte scheinbar hilfesuchend auf seinen Stadtplan und besah sich zögernd die Hinweisschilder, bis er tatsächlich und wie selbstverständlich einen Pfeil entdeckte, der den Weg zum Roten Platz wies.

Als er auf die Straße trat und den Fuß auf den weichen Asphalt setzte, entdeckte er als erstes die hell erleuchtete Basiliuskathedrale, als hätte er sie instinktiv gesucht.

Er erweckte den Eindruck, als wollte er nicht direkt zu der Kirche hinübergehen. Statt dessen entschloß er sich, um die ganze Mauer herum zu gehen, und überquerte die Straße, da es schon spät war und nur wenig Verkehr herrschte. Eventuelle Verfolger konnten ihn beim Überqueren der Straße nicht übersehen. Durchgezogene Linien auf der Fahrbahn ließen erkennen, daß er eigentlich den Fußgängertunnel hätte benutzen müssen. Er bereute seine Unvorsichtigkeit schon, als er auf der anderen Seite ein paar rauchende Polizisten in hellblauen Hemden entdeckte, doch sie würdigten ihn keines Blickes.

Anschließend ging er durch den Alexanderpark und kam an dem Grab des Unbekannten Soldaten vorbei, wo in der Mitte des fünfzackigen Sterns eine blauschimmernde Flamme emporloderte. Plötzlich war er nur noch von wenigen Menschen umgeben. Vielleicht lag es an der Hitze oder an der späten Stunde.

Hinter der ewigen Flamme standen große schwarze Steinkisten mit Namen sowjetischer Städte. Er buchstabierte sich durch Smolensk, Kiew, Leningrad, Stalingrad und eine sehr lange Reihe weiterer Städte hindurch, bis ihm aufging, daß diese Kisten keine Bänke zum Sitzen waren, sondern vermutlich Sarkophage mit den Überresten von Toten aus den genannten Städten.

Unten an der Moskwa und der hohen Mauer war er plötzlich vollkommen allein. Er bewegte sich noch immer möglichst auffällig, bemühte sich, sich nicht umzusehen, und ging sehr langsam, als wäre er ein flanierender Spaziergänger.

Was er ja auch war; er ertappte sich dabei, Wirklichkeit und Theater zu verwechseln, als glaubte er nicht einmal selbst an das, was er tat. Als er eine Weile im Halbkreis am Fluß entlang weitergegangen war und die Umrisse der Basiliuskathedrale im Gegenlicht der Scheinwerfer auftauchen sah, war sein Umweg zu Ende. Er ging auf dem Bürgersteig an der Mauer ein Stück bergauf und betrachtete die Kathedrale, die fast fünfzig Meter vor ihm aufragte, einer der bekanntesten Anblicke der Welt. Da Carl das Bauwerk von vielen Fotos her kannte, hatte er das Gefühl, einen altvertrauten Anblick vor sich zu sehen. Doch jetzt konnte er sogar die einzelnen Ziegelsteine sehen. Das Mauerwerk war nicht verputzt, und das Rot der Kirche war einfach Klinker.

Plötzlich schrie ihn ein Wachposten an.

Carl blieb stehen, streckte die Arme zur Seite und rührte sich nicht mehr. Dann ging ihm auf, daß es nicht ernst war. Er war bei dem großen Einfahrtstor des Kreml angelangt, und einen Meter vor ihm hing eine schwere eiserne Kette als Absperrung.

Er entschuldigte sich durch ein Handzeichen bei dem Wachposten und ließ erkennen, daß er um die Absperrung herumgehen würde. Er entfernte sich ein wenig von der Kirche, blieb dann stehen und blickte zu den vielfarbigen Zwiebelkuppeln hoch. Dann überquerte er den Platz.

Er schwitzte heftig, obwohl er sehr langsam gegangen war. Der Rote Platz war völlig menschenleer, und Carl hatte das Gefühl zu träumen.

Das Rot der großen fünfzackigen Neonsterne hielt er für eine sehr gelunge, warme, glänzende Farbe.

Es war verrückt. Dies war tatsächlich der Rote Platz, und er stand tatsächlich mitten auf dieser riesigen Fläche aus Kopfsteinpflaster mit schnurgeraden Farbmarkierungen, die vermutlich für die Aufmärsche gedacht waren.

Zwei Menschen befanden sich in Sichtweite. Sie hielten vor dem Leninmausoleum Wache. Er ging zu ihnen hinüber und blieb in ein paar Meter Entfernung vor der Eisenkette stehen.

Die beiden versuchten, vollkommen still zu stehen, was unmöglich schien. Die beiden sahen jung aus, aber Carl erkannte an ihren Rangabzeichen, daß es keine gewöhnlichen Soldaten waren, sondern irgendwelche Kadetten.

Sie standen links und rechts vor der Tür, die zu dem ausgestopften und einbalsamierten Lenin führte, der dort drinnen in einer Glasvitrine lag.

Vor ihnen stand ein einsamer Tourist, der ihre Uniformen und ihre blankpolierten Bajonettspitzen betrachtete, und dieser einsame Tourist war ihr Feind.

Im hohen Turm mit dem schwarzen Zifferblatt ertönte ein Glockenschlag, und als er in diese Richtung blickte, entdeckte er, wie sich die Ablösung mit einer Art deutschem Stechschritt näherte.

Kurze Zeit später waren die beiden Wachposten nach allerlei tiefernstem Herumgestampfe und Exerzieren abgelöst und marschierten mit dem gleichen Stechschritt weg.

Und diese ganze Wachablösung für einen einzigen Zuschauer. Der ihr Feind war.

Carl begab sich erneut zur Mitte des Platzes und atmete tief die heiße Nachtluft ein.

All das ist ein sehr schöner Anblick, dachte er zunächst. Dann korrigierte er sich: ein imposanter Anblick. Es schien ihm, als sei seine Wahrnehmung gestört, da das, was er sah, so unerhört real wirkte. Über der grünen Kuppel flatterte die seidig glänzende rote Fahne mit Hammer und Sichel, die vor dem schwarzen Nachthimmel von Scheinwerfern angestrahlt wurde und sich so elegant bewegte, als würde sie ständig von einem ästhetisch wie politisch korrekten Wind gefönt.

Er betrachtete eine Weile die rote Fahne; in seiner Zeit bei der Clarté hatte er bei einer Demonstration eine solche Fahne einmal zusammen mit dem Sternenbanner verbrannt, aber das, was er hier sah, war das Original.

Noch vor etwa einem Monat wäre Moskau vermutlich der letzte Ort auf Erden gewesen, den er sich als Aufenthaltsort hätte vorstellen können.

Einem Stimmungsumschwung folgend, ging er quer über den Platz in Richtung U-Bahnstation, aus der er gekommen war. Aber direkt vor dem Museum, als er schon zum U-Bahn-Eingang unterwegs war, erschien fast wie gerufen ein Taxi, der einzige Wagen weit und breit.

Er winkte den Wagen, einen gelben Wolga, an den Bürgersteig heran, kletterte auf den Rücksitz und sagte, er wolle zur schwedischen Botschaft in der Mosfilmowskaja 60.

Der Taxifahrer antwortete nicht und verzog keine Miene, fuhr aber sofort in einer Richtung los, die Carl falsch vorkam.

Und als ihm nach etwa einer Minute aufging, daß der Wagen tatsächlich von der schwedischen Botschaft weg und in Richtung KGB-Zentrale fuhr, fragte er, nachdem er den russischen Satz im stillen zweimal wiederholt hatte, ob der Herr Taxifahrer ihn verstanden habe und der Wagen tatsächlich zur Botschaft unterwegs sei.

Aber ja, man müsse nur ein wenig herumkurven, um wegen einiger Einbahnstraßen auf den richtigen Weg zu kommen, und natürlich fahre er zur schwedischen Botschaft. Drei Kronen. Eishockey. Ob er vielleicht Tumba Johansson kenne?

Das Taxi fuhr anschließend um ein großes graues Gebäude mit hohen Granitsäulen herum und dann in der richtigen Richtung weiter. Carl bemühte sich eine Weile zu erklären, daß russisches Eishockey sehr gut sei, daß die Schweden die sowjetischen Sportler bewunderten. Er, Carl, habe eine Zeitlang in den USA gewohnt, ziehe aber das europäische Eishockey vor, wie es in Schweden und der Sowjetunion gespielt werde.

Es ging besser als erwartet. Der Taxifahrer schien sein Russisch zu verstehen, und wie sich herausstellte, hatte er über Eishockey ähnliche Ansichten wie sein Fahrgast.

Wenn der Fahrer, der so passend aufgetaucht war, zum Geheimdienst gehörte, würde er demnach berichten, daß Carl in den USA gewohnt hatte, was sie offenbar aber schon wußten. Er hatte allerdings auch nicht die Absicht, ihnen während seiner Zeit hier in Moskau etwas vorzuenthalten, nichts außer seinem Auftrag.

Am Botschaftsgebäude saßen tatsächlich drei große goldene Kronen. Er hatte sie bei seiner Ankunft übersehen. Er ließ den Wagen zur Rückseite fahren, vorbei an dem sowjetischen Wachposten, der den Wagen anhielt und kurz auf den Rücksitz sah, bevor sie zum Tor am E-Block fahren durften, in dem Carl wohnte.

Der Fahrer hatte sein Taxameter nicht eingeschaltet und verlangte jetzt zehn Rubel. Das war rund dreimal soviel wie der übliche Fahrpreis. Das überzeugte Carl davon, es mit einem normalen, ehrlichen, zivilen Taxifahrer zu tun zu haben, so daß er sofort sein kleines Bündel roter Zehn-Rubel-Scheine aus der Tasche zog, das er sich in der Botschaft hatte geben lassen. Er schälte munter einen Schein ab und reichte ihn dem Fahrer, der jetzt alle Mühe hatte, sowohl sein Erstaunen über den mühelosen Betrug wie seine allzu offenkundige Freude zu beherrschen.

Keine Angst, eines Tages werde ich dich auch bescheißen, sagte Carl fröhlich auf schwedisch, ohne auch nur den Versuch zu machen, diese Worte ins Russische zu übersetzen.

Er schlug die Wagentür zu, schlenderte an den Tennisplätzen vorbei und ging um die Ecke, wo er seit ein paar Stunden in einer total schwedisch eingerichteten Wohnung wohnte, die, wie man ihm angedeutet hatte, genauso abgehört wurde wie alles andere auf dem Botschaftsgelände.

Normalerweise hatten Neuankömmlinge sowohl eigene Möbel als auch Frau und Kinder bei sich. Carl war einer der äußerst seltenen ledigen und nachts einsamen Militärattachés in ganz Moskau.

Und das war gut, sehr gut sogar. Das würde sie beschäftigt halten.

Er legte sich auf seine gehäkelte Überdecke, zog die Schuhe aus und trat sie vom Bett hinunter, faltete die Hände im Nacken und sah zu der weißen schwedischen Zimmerdecke hoch.

An meine Gedanken kommt ihr nicht heran, dachte er mit einem gewissen Triumphgefühl.

Er hatte kein einziges Dokument über Sandström nach Moskau mitgebracht, nicht einmal die Fotos, nichts.

Alles befand sich in seinem Kopf, ohne daß er sich auch nur eine einzige Notiz zu machen brauchte.

Sandströms Wohnung lag im achten Stock an der linken Ecke, wenn er das Erdgeschoß als erstes Stockwerk zählte. Das Haus hatte sechs Fenster nebeneinander, bis die Balkons begannen, wenn man von der äußersten Ecke an zählte.

Das Haus war grauweiß. Das Nachbarhaus nebenan war moderner, aus rotem Klinker, und hatte am Giebel acht kleine Balkons, die zu dem grauweißen Haus zeigten, in dem Sandström wohnte. Neben dem roten Klinkerbau standen drei Telefonzellen. All das sah man, sobald man den U-Bahnhof verließ. Die Fotos waren von dort aufgenommen worden. Auf dem Dach, zwischen den Fenstern vier und fünf, stand ein kleiner rotweißer Mast, der in Stockholm zunächst einiges Kopfzerbrechen verursacht hatte, aber dann waren die Technik-Experten zu dem Schluß gekommen, daß dieser zumindest nichts mit Sandström zu tun hatte, da der Mast für eine Sendeanlage zu groß und klobig war.

Nein, diesen Anblick würde er nie vergessen.

Der Spion selbst war kein Problem, es sei denn, daß er ihn unterschätzte.

Sandström hatte alle seine Frauen mißhandelt und bevorzugte offensichtlich Würgegriffe und Ohrfeigen. Er war lange ungestraft davongekommen, hatte ihnen aber trotz der besinnungslosen Wut, die alle Frauen nacheinander bezeugt oder in den Verhören bestätigt hatten, keine ernsten Verletzungen beigebracht, nur blaue Flecken und leichte Würgemale am Hals.

Als junger Mann hatte er geboxt, aber sofort damit aufgehört, als er zum ersten Mal k. o. geschlagen worden war.

Einmal war er auf Zypern in eine Kneipenschlägerei verwickelt gewesen, bei der er ziemliche Prügel bezogen hatte. Aber da war sein Gegner offenbar ein Mann gewesen.

Sein Waffenregister war klein und umfaßte nur das, was er bei der normalen schwedischen Wehrpflicht kennengelernt hatte.

Zusammenfassend kam Carl zu dem Schluß, daß der Mann wehrlos sein würde, wenn er nicht eine Frau zum Gegner hatte; zudem war er bislang nur im Zusammenhang mit Alkoholkonsum gewalttätig geworden.

Seine Krankengeschichte enthielt alles mögliche, angefangen von einem möglichen Tumor an der Hypophyse bis hin zu Zügen von Mythomanie und Geisteskrankheit. Bei einer Gelegenheit war er gestürzt, hatte sich dabei bewußtlos geschlagen und war dreißig Stunden liegengeblieben, bis man ihn fand, was anschließend zu einem Krankenhausaufenthalt geführt hatte.

Andererseits hatte er sieben Jahre vollkommen nüchtern in zwei schwedischen Gefängnissen zugebracht. Irgendwann in den letzten zwei Jahren, vermutlich nachdem er begonnen hatte, seine Flucht zu planen, war ihm aufgegangen, daß es ihm gelingen konnte, diese bedauernswerte Frau zu einer vermeintlichen Heirat zu überreden und auf die Finnlandfähre zu locken.

Carl ging davon aus, daß sie sich nicht in Moskau aufhielt. Der von Sandström bevorzugte Frauentyp war den Polizeiberichten zufolge superschlank, und seine Freundin war eher vollschlank.

Oder war es zumindest gewesen. Carl bezweifelte, daß sie sich in dieser Wohnung aufhielt; er hoffte vielmehr, Sandström würde einen seiner Würgegriffe unter etwas nüchterneren und geordneteren Umständen an ihr ausprobieren.

Es würde zu einigen Komplikationen führen, wenn sie sich auch in der Wohnung aufhielt. Eine Möglichkeit war, sie hinterher zur schwedischen Botschaft mitzunehmen.

Für eine solche Lösung würde jedoch niemand, außer ihr selbst, ihrer Familie und der Abendpresse auch nur die geringste Dankbarkeit bezeugen. Die Geschichte würde an die Öffentlichkeit kommen. Carl lächelte ironisch, als er daran dachte, wie Peter Sorman wohl mit einer solchen Situation umgehen würde.

Außerdem würde sie Augenzeugin sein.

Und irgendwelche Zeugen konnte Carl nicht gebrauchen.

Ihm gingen noch weitere Aspekte des Frauenquälers und Landesverräters durch den Kopf. Die Spionagegeschichte des Mannes war fast komisch zu nennen. Bis zu seiner Flucht nach Moskau war er ein wandelndes Bündel von Mißgeschicken gewesen.

Er war noch vor dem Abitur vom Gymnasium abgegangen. Anschließend hatte er sich, was damals noch möglich war, bei der Küstenartillerie anwerben lassen, hatte allerdings auch dort nach nur zehn Monaten aufgegeben, der kürzesten möglichen Vertragszeit.

Dann bewarb er sich bei der Polizeischule und wurde natürlich angenommen. Nachdem er Polizist geworden war, heiratete er. Die Ehe wurde ebenfalls ein Mißerfolg. Er landete mit rückständigen Unterhaltszahlungen in einer kleinen möblierten Bude.

Danach bewarb er sich bei der Seekriegsschule, wurde natürlich angenommen, und als er sie als wehrpflichtiger Fähnrich verließ, wurde er wieder Polizist, fuhr einen Streifenwagen und kümmerte sich um Selbstmorde und häusliche Schlägereien.

Anschließend bewarb er sich bei der UNO und wurde selbstverständlich wieder angenommen. Er bummelte auf Zypern im Rang eines Leutnants herum, und zu diesem Zeitpunkt hatte schon irgendein heller Kopf von Talentsucher bei der Sicherheitspolizei die Augen auf ihn geworfen, aber aus völlig andersartigen Gründen, und ihn als honorarfreien Denunzianten angeworben, mit der Zusage, ein gutes Wort für ihn einzulegen, falls er sich später bei der Firma bewerben wolle.

Nach der Rückkehr aus Zypern Bewerbung beim Ausländerdezernat der Polizei, selbstverständlich wieder angenommen. Dort verhörte er amerikanische Deserteure aus Vietnam, und für diesen Job mußte er wohl genauso ungeeignet gewesen sein wie für die Arbeit bei der Sicherheitspolizei, bei der er wider aller Vernunft ein Jahr später angenommen wurde. Sogar direkt beim Russenbüro.

Es hatte zwar einige warnende Memoranden über den unbeherrschten UNO-Offizier gegeben, doch die waren irgendwo bei der Säpo verschwunden.

Bei der Säpo begann er seine Karriere damit, daß er ständig zu spät zum Dienst erschien und Fahndungsberichte fälschte, wenn er seine Ablösungstermine verpaßte. Man erwischte ihn dabei, beließ ihn aber im Amt.

Die diesbezüglichen Aktennotizen waren auf unbekannte Weise verschwunden.

Er flüchtete sich in eine neue Dienstzeit bei der UNO und wurde dort wieder gegen alle Vernunft Sicherheitsoffizier. Wahrscheinlich wurde er in der Zeit von den Russen angeworben oder verkaufte sich selbst an sie. Doch darauf kam es gar nicht an: Er war ein klassisches Sicherheitsrisiko.

Nach der Rückkehr von dem neuen Dienst bei der UNO suchte er eine Anstellung bei der Sicherheitsabteilung des Generalstabs, was sämtliche Alarmglocken auf einmal hätte läuten lassen müssen.

Der Chef dieser Abteilung jedoch, ein Kapitän, der später gefeuert wurde, weil er selbst Alkoholiker und ein Sicherheitsrisiko war, stellte ihn ein.

Allerdings hatte der Kapitän sich tatsächlich bei der Firma rückversichert, bevor er seinen sowjetischen Spion einstellte. Er hatte nämlich mit dem Chef der Sicherheitspolizei höchstpersönlich telefoniert, der um diese Zeit schon ein allseits bekannter Irrer war, und der hatte dem Spion ein hervorragendes Zeugnis ausgestellt.

Da der Chef der Sicherheitsabteilung so gut wie ständig betrunken war, mußte sich der Spion wie im Schlaraffenland gefühlt haben. Er hatte ein Kopiergerät direkt vor seinem Dienstzimmer und besaß jetzt überdies als Offizier des Sicherheitsdienstes der Streitkräfte das Recht, so gut wie alle geheimen Akten der Abteilung einzusehen.

Überdies vergaß der betrunkene Kapitän, seinen Panzerschrank abzuschließen, als er in Urlaub fuhr, so daß der Spion keine Mühe hatte, sämtliche darin befindlichen Akten zu fotokopieren. Carl wußte nicht, ob er weinen oder lachen sollte.

Bei der Sicherheitsabteilung gefeuert. Weil er den Dienst zu oft schwänzte. Und als es soweit war, dürften sie auch beim GRU nicht gewußt haben, ob sie lachen oder weinen sollten.

Selbstverständlich bekam er jedoch seinen alten Job bei der Firma zurück. Woraufhin er sofort dienstfrei nahm, um sich erneut bei der UNO zu verdingen. Er flog in den Nahen Osten, soff und prügelte sich herum – soweit bekannt, ausschließlich mit Frauen. Würgte mal die eine, mal die andere.

Sein Führungsoffizier bei der GRU-Station in Beirut hieß Sergej Alexandrowitsch Jermolajew; Genosse Jermolajew dürfte an seinem Untergebenen nicht allzuviel Vergnügen gehabt haben.

Anschließend versuchte Sandström einen schwedischen General zu erpressen, der darauf selbstverständlich ein paar gepfefferte Aktennotizen schrieb – die wiederum bei der Säpo verschwanden.

Dann prügelte er in Stockholm eine Frau zuschanden, die zur Polizei ging und ihn wegen Körperverletzung – und Spionage anzeigte.

Er hatte offenbar die Angewohnheit, allen seinen Frauen zu erzählen, daß er für die Russen spionierte.

Die Säpo verhörte die Frau und ihn und kam zu dem Schluß, daß es keinerlei Grund gab, den Spion der Spionage zu verdächtigen, da er von einer Frau denunziert worden war. Die Mißhandlung der Frau war hingegen nicht ganz so angenehm, so daß man ihn mit einer Versetzung vom Russenbüro in eine Fahndungsabteilung einen Rüffel erteilte. Dort erhielt er noch besseren Einblick in die Arbeit des schwedischen Sicherheitsdienstes, so daß er die Russen beispielsweise davor warnen konnte, daß einer ihrer Nachrichtenoffiziere in Stockholm dabei war, zu den Schweden überzulaufen. Der Russe verschwand und landete im Gulag.

Dann neue Dienstzeiten im Nahen Osten, neue Geschichten mit Alkohol und Frauen, neue Berichte gereizter UNO-Offiziere an die Säpo.

Aber auch diese Memoranden verschwanden spurlos.

Das Ganze ging bis 1979 weiter, als er von dem israelischen Sicherheitsdienst festgenommen wurde, der ihn auf erheblich rücksichtslosere Weise verhörte, als er es beim schwedischen Sicherheitsdienst erlebt hatte. Er gestand sofort alles.

Schließlich wurde er nach Hause geschickt, wo es zum Prozeß kam. Dann geschah nichts mehr, bis ihm die Flucht gelang, weil sich seine Kollegen während eines Urlaubs »in Begleitung« nur herbeiließen, einen der zwei Ausgänge zu bewachen.

Carl hatte mehr als fünftausend Seiten Akten über all das gelesen. Eines war ziemlich offenkundig.

Der Verräter war beschützt worden. Jemand bei Säk zerstörte sämtliche Berichte, in denen er als Sicherheitsrisiko bezeichnet wurde, und jemand hatte ihn sogar schon während der Probezeit beim Russenbüro eingestellt. Dieser Jemand war sehr große Risiken eingegangen, um in der Firma einen russischen Spion zu schützen. Er hatte immer wieder warnende Hinweise verschwinden lassen und war natürlich selbst ein russischer Spion. DER PFAU war ein geeigneter Kandidat, denn er war der Chef gerade des Russenbüros gewesen; Sandströms ewig verzeihender und nachsichtiger Chef.

Hatten die Russen den PFAU als im Grunde verbrannt angesehen? Hatten sie die schwedische Sicherheitspolizei dermaßen überschätzt, daß sie geglaubt hatten, diese könnte bei der Entdeckung, daß jemand die ganze Zeit einen russischen Spion beschützt hatte, Verdacht schöpfen, nachdem die Israelis Sandström auseinandergenommen und anschließend nach Hause geschickt hatten?

Ein Mann wie Sandströms Chef hätte beim GRU kein langes Leben mehr vor sich gehabt oder sich nicht mehr lange auf freiem Fuß befunden, wenn er in einem westlichen Sicherheits- oder Nachrichtendienst gearbeitet hätte.

Nur in Schweden konnten solche Gestalten unbehelligt davonkommen, nur Schweden leistete sich Irre, die als solche ohne weiteres erkennbar waren, als Leiter der sensibelsten Abteilungen des militärischen wie des zivilen Sicherheitsdienstes.

Wenn aber die Russen einen Hinweis darauf erhalten hatten, daß Sandströms Beschützer nicht auf Herz und Nieren geprüft wurde, hätten sie ihren eigenen Berichten nicht getraut. Sie hätten geglaubt, daß es sich um eine Art extremer Kriegslist gehandelt hätte, eine Kriegslist *à la russe*.

Demnach hatte die Tatsache, daß der PFAU bei Sandströms Entlarvung nicht aufflog, in Wahrheit nur bedeutet, daß er tatsächlich aufflog?

Folglich zeigten sich die Russen noch listiger, wenn sie einen Agenten verbrannten, der eigentlich schon verbrannt war?

Wenn die nur wüßten, gluckste Carl leise vor sich hin.

Die besorgniserregendste Schlußfolgerung war, daß die Russen bei der zivilen Sicherheitspolizei Schwedens sogar auf die Anwerbungspolitik Einfluß nehmen konnten. Wenn es so war, hatten sie im Affenhaus auf Kungsholmen außerordentlich großen Einfluß.

Im Fall Sandström hatten sie jedoch nicht sonderlich klug gehandelt. Wer für sein eigenes Land ein so offenkundiges Sicherheitsrisiko darstellt, kann auch der anwerbenden Nation keinen großen Nutzen bringen.

Was die Russen zumindest in diesem Fall hatten erfahren müssen. Sie mußten sich die Haare gerauft haben.

Es war nahezu märchenhaft, daß es ihnen gelungen war, ihn überhaupt in irgendeine Form intelligenter Arbeit einzubinden. Wie hatten sie ihn eigentlich erzogen? Medikamente und hartes Training? Joggingrunden jeden Morgen, keine Frauen zum Würgen oder zumindest nur ausgewählte Frauen, die sich nicht würgen ließen, zumindest nicht von einem Kerl wie ihm?

Nein, es hatte keinen Sinn zu spekulieren. Sie hatten es schließlich getan. Sie hatten ihn im operativen, strategisch-analytischen Dienst eingesetzt, hatten ihn in ihrem geheimen Krieg gegen Schweden eingesetzt. Punkt.

Am nächsten Morgen begann Carl nach Plan. Er zog leichte Trainingskleidung an und machte auf seinem pakistanischen Teppich im Wohnzimmer ein paar Lockerungsübungen. Dann joggte er ums Haus herum, vorbei an den Tennisplätzen und dem Parkplatz sowie weiter an dem Wachposten vorbei, der sich jetzt wohl die Zeit notierte.

Carl lief mit etwas mehr als halber Fahrt die Mosfilmowskaja entlang, versuchte aber einen gleichmäßigen Rhythmus zu finden, damit nicht jeder gleich sehen konnte, daß er nur zum Schein so langsam lief. Er sah keinen Grund, ihnen seine wahre körperliche Leistungsfähigkeit zu verraten. Mit dem Training wollte er sich schon mal auf die Tage vorbereiten, an denen er mit einem Kater im Kopf laufen mußte. Eine unangenehme Vorstellung. Verkatert hatte er noch nie trainiert, und in seinem ganzen Leben hatte er diesen unangenehmen Zustand überhaupt nur wenige Male erlebt. Und jetzt sollte er sich das auch noch zur Gewohnheit machen. Er folgte der breiten langen Straße, auf der fast keine Fußgänger zu sehen waren, bis er nach etwa zwanzig Minuten umkehrte; bei der mäßigen Geschwindigkeit mußten es etwa sechs Kilometer geworden sein.

Bei zwei großen Kastanien weit hinter dem Seiteneingang von Mosfilm hatte er von nun an seine Wendemarke bei einer Zeit von zwanzig Minuten, die nach und nach schlechter werden würde.

Doch jetzt, als er vermeintlich noch im allerbesten körperlichen Zustand war, bevor Grübeleien, Schwermut und übertriebener Alkoholkonsum anfangen sollten, konnte er es sich leisten, die Geschwindigkeit etwas zu steigern, so daß er für den Rückweg nur achtzehn Minuten brauchte.

Trotz der frühen Stunde hatte die Temperatur wohl schon fünfundzwanzig Grad im Schatten erreicht, und er schwitzte heftig, als er sich der Botschaft mit der schrecklichen schwarzen Stahlkonstruktion und den drei Kronen näherte. Wieder empfand er Ekel und Widerwillen bei dem Gedanken, diese Strecke mit betrunkenem Kopf zurücklegen zu müssen. Überdies würde er wahrscheinlich damit anfangen müssen, Wodka zu trinken, ein Getränk, das er bislang kaum je angerührt hatte und das er eher als eine Art chemisches Präparat oder Betäubungsmittel ansah denn als Getränk.

Er duschte und zog einen grauen schwedischen Anzug mit einer hellblauen Krawatte und ein weißes Hemd mit einem diskreten schmalen blauen Streifen am Kragen an. Etwa so stellte er sich einen jüngeren schwedischen Diplomaten vor.

Ein unbekannter Spender hatte einige Lebensmittel in den Kühlschrank gelegt. Carl hatte keinerlei Hunger. Vielleicht hatte es etwas mit der Hitze zu tun, vielleicht aber auch mit dem unbewußten Ekel, den er schon jetzt vor den fremdartigen Gewohnheiten empfand, die er sich zulegen mußte.

Fünf Minuten vor neun durchquerte er den Gebäudekomplex und ging an den Bungalows der höheren Diplomaten herum zum Haupteingang.

Im Empfang saß ein junger Mann hinter Stahl und Panzerglas, der seinen Ausweis zu sehen verlangte und ihn dann in militärischem Tonfall bat zu warten.

Von der Dolmetscherschule, dachte Carl. Das jüngere Sicherheitspersonal kommt wahrscheinlich von der Dolmetscherschule. Die sprechen ein manierliches Russisch und sollen Kriegsgefangene verhören, falls es mal welche gibt.

Er durfte durch die Türschleuse zum Untergeschoß der Botschaft passieren, der offenen Abteilung. Während er auf dem Steinfußboden vor zwei Glasvitrinen mit so etwas wie schwedischer Glaskunst stand, kam sein Vorgesetzter, der für eine unbekannte Zeitspanne zwischen zwei Monaten und vier Jahren sein Chef sein würde, die geschwungene Treppe herunter. Geschmackvoll, das Geländer, kühl und sehr schwedisch, dachte Carl und schaffte es noch zu überlegen, ob dies auch sein Geschmack war, falls er hinter all den Kulissen, in denen er lebte, überhaupt noch einen besaß.

»Willkommen in Moskau, Hamilton«, grüßte der Mann. Er war schon über sechzig und hatte sich eine Brille aufgesetzt, als er am unteren Ende der Treppe ankam und die Hand ausstreckte.

»Guten Morgen, Oberst Nordlander«, grüßte Carl gemessen und korrekt zurück.

»Ach, diese Förmlichkeiten sollten wir ablegen. Die Streitkräfte sind hier ja nicht sehr reichlich vertreten. Können uns solche Albernheiten nicht leisten. Wie war die Reise?«

Der Oberst machte eine einladende Geste die Treppe hinauf, und Carl folgte einen Schritt hinter seinem Vorgesetzten.

»Danke, ausgezeichnet. Bemerkenswertes Gefühl, hier zu sein.«

»Bist du schon dazu gekommen, dir die Stadt ein wenig anzusehen?« fragte der Oberst, als sie die helle, lackierte Holztür mit dem Zahlenschloß erreichten, die zu der geschlossenen Abteilung führte.

»Ja, ich habe gestern einen Spaziergang gemacht und mir die U-Bahn ein wenig angesehen«, erwiderte Carl, während er sich interessiert das Zahlenschloß ansah. Es war schwedischer Herstellung und relativ leicht zu öffnen.

Sie begannen mit einem kurzen Rundgang durch die anderen Abteilungen, und Carl wurde den Personen vorgestellt, die ihnen zufällig über den Weg liefen.

Nachdem sie ein weiteres Zahlenschloß geöffnet hatten, befanden sie sich in der geschlossenen Abteilung der geschlossenen Abteilung. Carl durfte sein Zimmer in Augenschein nehmen, das wie ein beliebiger schwedischer Büroraum aussah, abgesehen von dem Panzerschrank und dem Computer, der Bestandteil einer komplizierteren Ausrüstung war, als man sie in normalen schwedischen Büros vorfindet.

»Wie ich höre, kannst du mit solchen Dingern umgehen«, sagte der Oberst und nickte zu dem Bildschirm hin. »Sind dir die Sachen recht?«

»O ja«, erwiderte Carl etwas zerstreut, da er sich in dem Raum beim ersten Anblick etwas eingesperrt fühlte, »aber ja, es sind anständige Geräte. Mit denen werde ich schon etwas anfangen können.«

»Du kennst dich mit so was aus, wie ich höre?«

»Ja, das ist eins von zwei Dingen, auf die ich mich verstehe.«

»Ach so. Hm, und was ist das zweite?«

»Geheimer militärischer Nachrichtendienst, das, was die Russen illegalen Nachrichtendienst nennen.«

Der Oberst erstarrte sichtlich.

»Wir gehen in mein Zimmer«, sagte er kurz. Sie begaben sich ins Nebenzimmer, das weniger unpersönlich aussah, da es mit Dingen geschmückt war, mit denen normale Menschen ihre Büros dekorieren, Familienfotos und Bildern von Hunden und Booten.

»Also«, begann Carls Chef und tastete nach seinem Pfeifentabak, den er in einem Tabakbeutel in der Jackentasche hatte, »zunächst möchte ich dich begrüßen und hier willkommen heißen. Nach dem, was man mir gesagt hat, wird deine Hauptaufgabe hier darin bestehen, etwas System in unsere Erkenntnisse zu bringen. Aber bevor ich damit fortfahre, laß mich zunächst sagen, daß alles, was wir hier sagen, abgehört werden kann. Davon gehen wir jedenfalls aus.«

»Ihr habt doch vor einem Jahr Wanzen gefunden. Habt ihr die Büros seitdem nicht gesäubert?« fragte Carl erstaunt.

»Doch, wir hatten einiges Personal hier... aber diese Leute waren ja von der Säpo.«

»Ach so, so ist das«, seufzte Carl resigniert.

»Also solltest du das künftig nicht vergessen. Können nicht auch Computer irgendwie angezapft werden, ich meine, ist es nicht ein bißchen riskant, unsere Archive zu speichern?«

»Ja, natürlich, aber... habt ihr keine abhörsicheren Räume?«

»Doch, wir haben ein paar Sprechkapseln draußen auf dem Flur, gleich neben dem Eingang zur Abteilung.«

»Dann ist es vielleicht besser, wenn ich ein paar technische Aspekte erst später erkläre?«

»Paßt mir ausgezeichnet. Dann kann ich gleich mit dem moralischen Vortrag anfangen. Was ich jetzt sage, muß ich dir laut Dienstvorschrift erklären, ist das klar?«

»Ja, verstanden.«

»Gut. Also. Es ist eher ungewöhnlich, daß wir lediges Personal herbekommen, du dürftest wohl der einzige sein, und... grundsätzlich ist alles Fraternisieren mit zivilen Russen, nun ja, und Russinnen natürlich auch, gegen die Vorschriften. Auf der Moskaukarte findest du einen roten Kreis, und wenn du den mal verlassen willst, mußt du das achtundvierzig Stunden im voraus anmelden, ebenso alle deine eventuellen Besucher. Bei den Reisen, die du irgendwann mal unternehmen wirst, kommt es darauf an, daß du dich an die Vorschriften hältst, vor allem an das Fotografierverbot, ja, Notizen darf man sich machen. Wenn wir selbst reisen, nehmen wir ja immer die Frauen mit, nicht nur weil... nun ja, du verstehst schon. Sondern auch, weil es gut ist, einen Zeugen bei sich zu haben, falls es zu Diskussionen darüber kommt, was in bestimmten Situationen passiert ist oder nicht. Du verstehst? In deinem Fall werden wir dir also einen unserer jungen männlichen Dolmetscher als Reisebegleiter zuteilen. Ja, du verstehst, weshalb? Und was deine Freizeit draußen in der Stadt betrifft, mischen wir uns eigentlich nicht in das ein, was du da so treibst, aber du bist Diplomat und repräsentierst Schweden... also, schwarzer Geldwechsel und derlei, an so was ist nicht zu denken. Nicht nur, weil wir nicht gegen die Gesetze verstoßen dürfen, sondern es gibt ja auch Provokationen mit Frauen und...«

»Entschuldigung, Oberst, darf ich mal unterbrechen?« sagte Carl, der sich anstrengen mußte, seine Ungeduld zu zügeln.

»Ja, bitte sehr.«

»Ich habe eine fünfjährige besondere Ausbildung im militärischen Nachrichtendienst hinter mir und arbeite etwa genauso lange im geheimen Teil des Nachrichtendienstes.«

Der ihm gegenübersitzende Mann hatte seine Pfeife, die er während seines Vortrags langsam und gründlich gestopft hatte, noch nicht angezündet. Jetzt riß er ein Streichholz an und fing langsam an zu paffen, während er darüber nachzudenken schien, wie er auf Carls angedeutete Zurechtweisung reagieren sollte. Aber jetzt entschied er sich mit einem zögernden Lächeln.

»In Ordnung«, sagte er, »lassen wir das einfach. Im Prinzip habe ich dir den vorgeschriebenen Vortrag schon gehalten. Jetzt gehen wir zu einer der Sprechkapseln hinüber, damit wir uns über die Technik unterhalten können.«

Sie verließen den Raum, durchquerten den Korridor, worauf der Oberst ein Sicherheitsschloß öffnete. Sie betraten einen Raum mit dick isolierten Wänden und einer Einrichtung, die nur aus einem runden Tisch mit einer großen Kunststoffhaube darüber bestand sowie zwei Stühlen.

Als sie unter dem Plastikschirm Platz genommen hatten, der wie eine Käseglocke aussah, änderte der Oberst sowohl Tonfall wie Haltung.

»Um trotzdem noch ein wenig mit der Moral fortzufahren«, begann er entschlossen, »ich habe in bestimmten Papieren gelesen, daß du dir in der von dir so genannten illegalen Tätigkeit große Verdienste erworben hast. Laß mich also mit allem Nachdruck darauf hinweisen, daß wir hier keine illegale Tätigkeit betreiben. Es ist kein Sport, die Vorschriften zu dehnen, und ich sehe es nicht als Verdienst an, wenn jemand auf unerlaubte Weise Informationen beschafft. Ist das klar?«

»Ja, vollkommen klar«, erwiderte Carl ruhig. »Ich bin jetzt in den legalen und relativ offenen Teil des Nachrichtendienstes versetzt worden. Ich bin nicht hergekommen, um mich zu blamieren, und habe schon ungefähr begriffen, worauf mein Job hinausläuft. Und um jedes Mißverständnis von vornherein zu vermeiden, ja, ich weiß ja nicht, wieviel du in diesen Papieren gelesen hast, aber ich habe keinerlei Waffen bei mir und habe auch nicht die Absicht, mir welche zu beschaffen, solange ich hier Dienst tue.«

»Das wäre ja noch schöner. Wie du weißt, treten wir immer unbewaffnet auf. Nun, wie steht es mit diesen verdammten Maschinen?«

Carl begann mit einer längeren Einführung. Dem Bericht Sams hatte er entnommen, daß die gesamte Berichterstattung aus Moskau eher zufällig und von stark schwankender Qualität war, was Sam zufolge auf mangelnder Systematik beruhte. Und in der Attaché- und Nachrichtenabteilung des Generalstabs wurde das Personal manchmal unnötig durch Bearbeitungsprobleme belastet, kurz gesagt damit, aus schon eingegangenen Informationen neue herauszufiltern.

Das war relativ diplomatisch ausgedrückt. Die Militärattachés in Moskau schienen in erster Linie ein komfortables Leben zu führen, um im übrigen in ihren Zimmern herumzusitzen und sich durch die Militärzeitung *Krasnaja Swesda* hindurchzubuchstabieren und vom Zufall bestimmte Berichte zu verfassen.

Die Systematisierung, die Carls Hauptaufgabe werden sollte, würde darin bestehen, ein sowohl praktisches als auch sicherheitsmäßig zufriedenstellendes EDV-Programm zu entwickeln, das an Ort und Stelle eingesetzt werden konnte. Was keine unüberwindlichen Schwierigkeiten bot, da Carls Spezialität gerade die Software war, die Entwicklung von Programmen und Systemen.

Er habe sich folgendes gedacht, erklärte er seinem Vorgesetzten. Er wolle sämtliche Informationen klassifizieren und in drei Gruppen einteilen. Rot für das sensibelste Material, Orange für interessante, aber offene Informationen und Grün für reines Archivmaterial. Sämtliches mit Rot gekennzeichnete Material würde nur dann ins System gelangen, wenn bestimmte weitere Programme hinzugeschaltet würden, die sich normalerweise nicht in den Maschinen befänden. Dabei müsse eine von dem normalen Stromnetz abgekoppelte Energiequelle verwendet werden – denn Datenprogramme würden mit Vorliebe gerade durch das Stromnetz angezapft.

Das gesamte interne Wissen werde also nur in bestimmten Situationen zur Verfügung stehen, nämlich wenn es von außen so aussah, als hätte man in der Botschaft die Maschinen abgeschaltet oder gar die Stecker gezogen.

Bei jedem Bericht werde man beispielsweise das System fragen können, wann zuletzt Bericht erstattet worden war, um so doppelte Berichte zu vermeiden.

Das werde für die Bearbeitungseinheit zu Hause einige Erleichterung bringen und die eigenen Erkenntnisse relativ kurzfristig überschaubar und geordnet machen.

Und wenn das Programm erst einmal stünde, wäre es selbst für einen an Computern völlig ungeübten Mitarbeiter keine große Schwierigkeit, das System um Rat zu fragen oder es mit neuen Daten zu füttern.

Das, so schloß Carl, sei sein offizielles Arbeitsprogramm. Unabhängig davon, ob er an manchen Tagen einen Kater hatte.

Das behielt er natürlich für sich.

Die beiden Männer verließen den Gesprächsraum, wie er in der Botschaft hieß, und begaben sich in ihre Abteilung zurück. Carl erhielt das schriftliche Material, mit dem er seine Klassifizierung beginnen sollte. Er sollte mit den aktuellsten Daten beginnen und sich chronologisch weiter zurückarbeiten. Es werde mindestens einen Monat dauern, bis er ein halbwegs brauchbares System in Gang gesetzt habe. Aber dann werde es um so leichter gehen, versicherte er.

Er erhielt noch ein paar weitere Informationen. Zunächst sollte er in etwa drei Minuten den Botschafter begrüßen und am folgenden Tag in Uniform zum UWS mitkommen, der Leitung auswärtiger Angelegenheiten bei den sowjetischen Streitkräften, um die Akkreditierungsprozedur zu durchlaufen.

Botschafter Thunborgs Zimmer war fast spartanisch in seiner strengen, gedämpft schwedischen Einrichtung, zumindest was die Möbel betraf.

Thunborgs Schreibtisch war aus braunem Teak mit sacht gerundeten Linien und wirkte weder protzig noch überladen oder machtbewußt leer; er saß in Hemdsärmeln da und hatte die Krawatte gelockert, so daß es aussah, als hätte er gerade gearbeitet.

Alles in dem Raum war gemessen und genau berechnet, und nur die unbegreiflichen abstrakten Kunstwerke störten Carls Gefühl für Harmonie.

Der Botschafter gab ihm mit einer Miene die Hand, in der sich grimmige Ironie und entschlossene Freundlichkeit mischten.

Thunborg war ein sehr kleinwüchsiger Mensch, was er vielleicht durch seinen kraftvollen Blick und seine volltönende Stimme zu kompensieren suchte. Er sprach laut und selbstsicher.

»Bitte, setzen Sie sich, Fregattenkapitän. Zunächst möchte ich Sie als Chef bei Ihrem neuen Job begrüßen und natürlich auch meiner Hoffnung Ausdruck geben, daß die Zusammenarbeit für alle Seiten befriedigend verläuft.«

Nicht für alle Seiten, dachte Carl, aber dir zumindest werde ich dieses Wissen ersparen.

»Natürlich, das hoffe ich auch«, erwiderte er.

»Aber um jetzt gleich zur Sache zu kommen«, fuhr Thunborg fort und beugte sich dabei mit beiden Ellbogen auf der Tischplatte energisch nach vorn, »ich habe versucht, den Zweck deiner Moskauer Expedition zu ergründen. Wie du dir denken kannst, bin ich zu Hause nicht ganz ohne Verbindungen, und... laß mich übrigens darauf hinweisen, daß wir davon ausgehen, daß alles, was hier im Raum gesagt wird, abgehört werden kann.«

»Ja, das ist mir klar«, erwiderte Carl. Er schlug die Beine übereinander und setzte sich bequem zurecht.

»Nun, selbst wenn unsere liebenswürdigen Gastgeber vielleicht mithören, möchte ich darauf hinweisen, daß ich die Eile, die man dabei an den Tag gelegt hat, dich hierher zu bekommen, nicht ganz verstanden habe. Du hast ja so etwas wie, nun, sagen wir, eine Vergangenheit, die... die sich in dieser Stadt nicht sehr gut machen würde. Ich hoffe, du siehst das ein?«

»Selbstverständlich, aber ich habe vor kurzem einen neuen Job angetreten.«

»Na schön. Und ich habe mit meinem alten Freund Peter vom Außenministerium gesprochen.«

»Peter Sorman?«

»Ja. Und seinen Worten habe ich entnommen, daß er der Meinung ist, Moskau sei die nächstliegende Stadt, in der er dich haben wolle, denn er bedauerte, daß wir in Ulan Bator keine diplomatische Vertretung haben. Wie du dir denken kannst, kommt mir das leicht besorgniserregend vor.«

»Ja, und ich verstehe auch, worauf Sorman angespielt hat, aber das hat mit meinem Dienst hier nicht das geringste zu tun.«

»Worauf hat er angespielt?«

»Ich habe ihm zugesagt, es an niemanden weiterzugeben. Ich kann aber so viel sagen, daß es etwas mit meinem früheren Dienst zu tun hat.«

»Hm. Du hast an einigen recht spektakulären Ereignissen teilgenommen?«

»Ja. Aber ich bin verbrannt und kann an operativen Aktionen dieser Art nicht mehr teilnehmen. Deshalb habe ich jetzt bei der offenen Tätigkeit einen neuen Job erhalten.«

»Und wie genau sehen die dir zugedachten Funktionen aus?«

»Das habe ich Oberst Nordlander dort drüben in der Sprechkapsel erklärt. Ganz allgemein kann ich wohl sagen, daß es darum geht, die nachrichtendienstliche Tätigkeit hier zu systematisieren und ein Datenprogramm aufzubauen. Ich bin darin nämlich gründlich ausgebildet.«

»Bei den Streitkräften?«

»Nein, in...«

Carl zeichnete die drei Buchstaben U-S-A in die Luft, und der Botschafter nickte nachdenklich, bevor ihm plötzlich sein Einwand einfiel: »Aber können solche Computer nicht...?«

Er zeigte in die Luft und dann auf sein Ohr.

»Doch«, erwiderte Carl kalt, fast an der Grenze zur Feindseligkeit, »das ist gerade das Problem, das ich zu lösen gedenke, und ich habe Oberst Nordlander schon die Richtlinien dafür entwickelt. Wie gesagt, da drüben in der Sprechkapsel.«

»Nun, eins will ich jedenfalls noch einmal wiederholen«, fuhr Thunborg fort, der wieder seine aggressive Körperhaltung eingenommen hatte, halb über den Schreibtisch gelehnt und auf die Ellbogen gestützt, »ich will in dieser Stadt nichts davon hören, daß du dir etwas leistest, was an deine frühere Tätigkeit auch nur erinnert. Wir wünschen nicht, daß schwedische Diplomaten ausgewiesen werden, und wir wollen auch nicht, daß jemand von uns sozusagen automatisch dran ist, wenn wir das nächstemal irgendeinen Russen rausschmeißen.«

»Nein«, erwiderte Carl vollkommen aufrichtig, »falls man mich ausweisen würde, würde ich das als einen totalen Mißerfolg meiner Arbeit werten. Und ich bin nicht gekommen, um Mißerfolg zu haben.«

»Gut«, sagte Thunborg und stand schnell auf. Er schien jedoch akute Atembeschwerden zu haben, als er den Satz fortsetzen wollte.

Er zog eine kleine Sprühdose aus der Hosentasche und sprühte sich etwas in den Hals. Es sah aus, als hätte er einen akuten Asthmaanfall.

Carl war ebenfalls aufgestanden und erweckte den Eindruck, als sähe er nichts, während er darauf wartete, daß der Anfall vorüberging.

»Es... ist ja... wie du im Hinblick auf das, was in einigen... Berichten über dich gesagt wird, vielleicht verstehst, nur natürlich... daß wir zu Anfang... etwas mißtrauisch sind, oder soll ich lieber... vorsichtig sagen. Aber du bist bei uns... willkommen, und ich wünsche dir viel Glück... für die Arbeit hier«, sagte der Botschafter zwischen seinen recht schweren und mühsam niedergekämpften Atembeschwerden, während er zur Tür ging und Carl die Hand gab.

Dieser begab sich wieder in sein Zimmer. Er hatte von seinem Chef, dem Obersten, den Code für die geschlossene Abteilung nicht erhalten, konnte sich aber noch ungefähr an die Fingerbewegungen des Mannes erinnern, und so brauchte Carl weniger als dreißig Sekunden, um das Schloß zu öffnen. Ohne daß Alarm ausgelöst wurde.

Das war bedenklich. Er nahm sich vor, darauf hinzuweisen.

Dann trug er einige Bündel mit Aktenmappen in sein Zimmer und begann mit der Klassifizierung und dem Einfüttern der Daten ins EDV-Programm. Alles, was annähernd nach roter Klassifikation aussah, verschloß er in seinem Panzerschrank. Alles andere wurde nach und nach in das Programm eingegeben, das von nun an vielleicht vom Feind angezapft wurde. Wenn ja, war es Carl nur recht. Sie würden ein vollständiges und detailliertes Bild davon erhalten, wie ungefährlich und primitiv die Schweden beim Sammeln ihrer Erkenntnisse in Moskau vorgingen.

Das rote Material mußte warten, bis das Problem der Energiequelle auf eine diskrete Weise gelöst worden war, ohne jeden Kontakt mit der Außenwelt.

Carl verkniff sich die Mittagspause zwischen eins und halb drei und machte ununterbrochen und fast wütend bis zum Ende der Dienstzeit um fünf Uhr weiter. Nach einigem Zögern legte er noch eine Stunde zu.

Dieser Tag würde vermutlich zu einem der wenigen gesunden und nicht alkoholvergifteten Arbeitstage werden, und er wollte schon gleich vom ersten Moment an so weit wie nur möglich kommen. Er hatte keine Erfahrung damit, inwieweit Alkohol den Intellekt vernebelt, und machte sich Sorgen.

Anschließend ging er in seine Wohnung, duschte, zog sich ein frisches Hemd an und wollte sich gerade in seinen ersten Abend der Selbstzerstörung stürzen, als Oberst Nordlander anrief und ihn zu einem Willkommensessen einlud.

Er nahm natürlich an. Natürlich wurde es ein sehr schwedisches Offiziersessen mit etwas mehr als nur mäßigem Alkoholkonsum.

Der Oberst wohnte in einem der Bungalows der Botschaft, einem Haus mit zwei Wohnebenen, und Carl hatte das Gefühl, irgendeine Villa in dem Stockholmer Vorort Djursholm zu betreten. Das Ehepaar Nordlander hatte die eigene Einrichtung mitgebracht.

Die Unterhaltung bewegte sich im Lauf des Abends ausschließlich auf einem Feld völlig unschuldiger Gesprächsthemen. Carl dachte zunächst, dies auf die Gegenwart der Ehefrau zurückzuführen, aber dann ging ihm auf, daß eine Frau, die seit mehr als dreißig Jahren mit einem Offizier verheiratet war, wahrscheinlich an militärische oder technische Fachsimpeleien gewöhnt war und sie ertragen konnte. Später erkannte er, daß es an dem Moskauer Arbeitsstil lag. Jeder sah es als gegeben an, jederzeit abgehört werden zu können.

Im Grunde war das unglaublich. Wie viele Diplomaten lebten in Moskau? Zwischen sechstausend und siebentausend? Immerhin war es eine der großen Hauptstädte der Welt.

Das Abhören von mehreren tausend Unterhaltungen pro Abend allein beim diplomatischen Corps – hinzu kamen Touristenhotels, ausländische Journalisten und Geschäftsleute, die sich nur besuchsweise in der Stadt aufhielten. Insgesamt vielleicht doppelt so viele Personen. Das machte ein Personal von mindestens dreißigtausend Menschen erforderlich, die sich ausschließlich dem Abhören widmeten und die das Gehörte anschließend systematisieren, abschreiben, übersetzen, analysieren und archivieren mußten.

All diese Mühe, nur um privates Geschnatter zu belauschen!

Es war undenkbar. Die Sowjetunion besaß die besten Spione der Welt, die auf ihrem Gebiet ebenso erstklassig waren wie andere Russen im Ballett, in der klassischen Musik und im Eishockey, wie Carl zugeben mußte. Grundlegend konnte sich ihre Arbeit jedoch kaum von der in der westlichen Welt unterscheiden. Oder waren sie doch anders? Unterschieden sie sich in allem? Waren sie eine Welt für sich?

Nein, das war undenkbar. U-Bahn ist U-Bahn, und Moskaus U-Bahn war für jedes Verfolgerteam ein Alptraum, wie geübt und eingespielt es auch sein mochte.

Wahrscheinlich war es wie im Eishockey. Die Russen waren meist ein wenig besser und siegten. In Nordamerika und in Europa war es jedoch das gleiche Spiel, und in Ausnahmefällen siegten auch andere, beispielsweise die Schweden.

Dies hier war ein solcher Ausnahmefall. Davon mußte er ausgehen, sonst hätte er nicht die Kraft, seine Arbeit zu bewältigen.

Am nächsten Abend begann sein Abstieg, und zwar auf beste denkbare Weise. Er hatte die Abteilungssekretärin gebeten, in irgendeinem typisch russischen und guten Lokal einen Tisch zu bestellen, da er noch nie russischen Kaviar gegessen habe. Das war ihr nicht im mindesten merkwürdig vorgekommen, und sie hatte in dem altehrwürdigen Hotel National einen Tisch bestellt.

Es war wie in einem Traum, fast wie am ersten Abend auf dem Roten Platz. Der Speisesaal war altmodisch-traditionell, hatte große Fenster mit Aussicht auf den Roten Platz und die Basiliuskathedrale. Es war kühl, die Klimaanlage surrte, und er hatte einen Fenstertisch bekommen.

Der Speisesaal lag im ersten Stock, und schon auf dem Weg dorthin, in dem Korridor mit dem flauschigen, dicken roten Teppich, hörte er die Musik.

Es war der Türkische Marsch von Mozart, der so fehlerfrei gespielt wurde, daß Carl zunächst glaubte, die Gäste würden mit Konservenmusik aus Lautsprechern traktiert.

Doch ganz hinten im Speisesaal, sechs oder sieben Meter von seinem Fensterplatz entfernt, stand ein großer Flügel, an dem eine sehr hochgewachsene, schwarzhaarige Frau mit schweren Augenlidern saß. Plötzlich ging sie von Mozart zu einer Festpolonaise von Chopin über, als wäre es die selbstverständlichste Sache der Welt, und Carl versank in der Aussicht durch die schwere Tüllgardine. Dort draußen Hitze und die Abendsonne über der auch heute abend perfekt flatternden Sowjetfahne, und hier drinnen Kühle, schweres Tafelsilber und Chopin.

Doch dann wechselte die Pianistin plötzlich zu etwas, was sich wie Filmmusik anhörte. Carl verlor eine Zeitlang das Interesse und versuchte sich in die Speisekarte zu vertiefen. Sie enthielt mehrere Seiten mit Dingen, deren Namen ihm verdächtig vertraut vorkamen und die er aus Schweden zu kennen glaubte, sowie Gerichte, die ihm sehr russisch erschienen.

Ein Kellner löste sein Problem jedoch sehr schnell, indem er Kaviar und ein paar kleine Fischgerichte sowie Hähnchen à la Kiew als Hauptgericht vorschlug, als Getränk dazu Krimsekt. Das waren die Dinge, die das Restaurant tatsächlich zu bieten hatte, und nicht das, was auf der Speisekarte stand.

Carls einziges Problem bestand darin, ob er einen gewöhnlichen Krimsekt oder »Goldchampagner« bestellen sollte. Er hatte keine Ahnung, worin der Unterschied bestand, bestellte aber Goldchampagner, da es teurer und auffälliger klang.

Als die Bestellung erledigt war und er wieder der Filmmusik zu lauschen begann, hörte er plötzlich ein paar vorsichtig angedeutete Passagen aus Doktor Shiwago.

Carl dachte nach. Die Melodie hieß *Lara's Theme*. Selbst diese Musik mußte in der Sowjetunion verboten oder zumindest verpönt sein. Die Pianistin baute die Passagen jedoch so geschickt in ihr Spiel ein, daß niemand hätte behaupten können, sie hätte sie gespielt.

Carl lächelte und nickte zum Zeichen des Wiedererkennens, und in dem Augenblick blickte sie hoch und schlug nochmals einige Takte aus dieser Musik an. Als sie sah, daß er sie anlächelte, schlug sie sofort die Augen mit einem Lächeln nieder, das etwas bedeutete, obwohl er nicht hätte sagen können, was. Dann wechselte sie schnell und spielerisch, fast unmerklich, ihr musikalisches Thema.

Als Carl seinen Krimsekt bekam, war sie bei Beethoven. Es waren Variationen über ein bekanntes Thema.

Er betrachtete die Sektflasche, die ohne Eiskübel auf dem Tisch stand, als wäre der Kellner der Meinung gewesen, die Flasche würde so schnell leergetrunken werden, daß zum Kühlen ohnehin keine Zeit blieb.

Die Flasche hatte einen flachen Boden und war aus hellem, durchsichtigem Glas.

Carl zögerte, bevor er zu trinken begann, als wollte er seinen gewohnten nüchternen Zustand noch einige Augenblicke aufrechterhalten. Wie er sich erinnerte, hatte der letzte russische Zar irgendwann einmal bei der französischen Firma Louis Roederer einen besonderen Champagner bestellt. Er hatte helles Glas statt dunkelgrünem gewünscht sowie Flaschen mit einem flachen Boden. Die Marke gab es immer noch und wurde auf einigen Flughäfen in der Welt für Preise zwischen 30 und 40 Dollar verkauft. Carl hatte ihn nie getrunken und war überhaupt wenig für Champagner oder die verschiedenen Nachahmungen zu haben, die ihn nur an unangenehme Feste erinnerten.

Carl warf einen Seitenblick auf die Basiliuskathedrale, besann sich dann aber und hob das Glas zu der Pianistin, die sich gerade bereitmachte zu gehen.

Der Sekt war zu süß. Carl suchte auf dem Etikett nach einer Erklärung und entdeckte das Wort *polsuchoje*, das entweder halbtrocken oder halbsüß bedeutete.

Die Frau lächelte ihn an, als sie vorbeiging; ihre Noten lagen noch neben dem Flügel. Sie würde also wiederkommen.

Der Kellner erschien mit einer großen, reich garnierten Platte mit geräuchertem Lachs, Räucheraal und einigen Fischscheiben, die wie gekochter Schinken aussahen. Das mußte etwas sein, was Carl noch völlig unbekannt war. Mitten auf der Platte thronte eine geeiste Glasschale mit einem ansehnlichen Häufchen Kaviar. Unter den Beilagen entdeckte Carl Schmand, *smetana*, und Blinis. Es war anscheinend alles so, wie es sein sollte.

»Was bedeutet *polsuchoje*? Ich finde den Wein zu *sweet*... äh, *trokken*, ich meine dieser Wein *njet trocken*«, radebrechte er auf russisch, englisch und deutsch.

»Sie können auch eine Flasche mit trockenem Sekt bekommen, mein Herr«, erwiderte der Kellner auf deutsch.

»*Karascho*, dann bringen Sie mir so eine Flasche«, beharrte Carl auf russisch.

»Wollen Sie, daß ich diese Flasche wieder mitnehme?« fragte der Kellner erstaunt auf deutsch.

»Richtig. Nehmen Sie sie sofort mit«, erwiderte Carl in seinem vermutlich etwas militärisch klingenden Russisch.

»Aber wir haben die Flasche schon geöffnet«, betonte der Kellner und machte ein verwirrtes Gesicht.

»Kein Problem, setzen Sie sie mir auf die Rechnung, aber bringen Sie mir einen *trockenen* Sekt«, sagte Carl stur, immer noch in einer russischdeutschen Mischung.

Der Kellner zuckte die Achseln, verzog das Gesicht und trug die Flasche hinaus.

Von jetzt an wirst du dich an mich erinnern, mein Freund, dachte Carl und nippte behutsam an seinem Glas, das der Kellner hatte stehen lassen.

Dann betrachtete er die Speisen und probierte nachdenklich ein Radieschen, bevor er sich energisch über den Kaviar hermachte. Er konnte sich nicht erinnern, wann er zum letzten Mal Kaviar gegessen hatte, doch es mußte irgendwann in der Kindheit gewesen sein, als sein Vater einmal groß zugeschlagen hatte, um zu zeigen, daß es Menschen gibt, die mit Freuden teurer essen als andere. Carl war seinem Vater in den letzten fünf Jahren vor dessen Tod nicht mehr begegnet. Der Alte hatte ihm »dieses kommunistische Zeug« nie verziehen, ebensowenig den Einfall, die Fahne der USA zu verbrennen, was mit Foto in die Zeitung kam und die Verwandtschaft hätte sehen können.

Carl erhielt eine neue Flasche Krimsekt, die als *igriskoje* klassifiziert war, was trocken bedeutet. Dieser Sekt paßte besser zu dem salzig-metallischen Geschmack des Kaviars.

Was wie gekochter Schinken aussah, enthielt weiche Knorpelstücke und mußte Stör sein, schmeckte aber vorzüglich. Carl aß eine Zeitlang weiter, wobei sich seine Laune zunehmend besserte. Gelegentlich nahm er einen tiefen Schluck und schenkte sich selbst nach. Er mußte schon jetzt darauf trainieren, Wein in einem völlig anderen Tempo als sonst zu trinken.

Die Pianistin kam zurück, als er gerade bei seinem Hähnchen à la Kiew angelangt war. Er klatschte ihr spontan Beifall, damit er ihr ebenso auffiel wie seinen Nachbarn, aber zu seinem Erstaunen fiel eine Gruppe finnischer Geschäftsleute am Nebentisch in den Applaus ein. Sie verneigte sich leicht, und es sah aus, als errötete sie. Sie trug flache Schuhe ohne Absätze, vermutlich um ihre Körpergröße zu verbergen. Dann setzte sie sich und begann sofort und wie selbstverständlich ein Stück von Bach zu spielen, das Carl nicht unterbringen konnte. Nach einiger Zeit kam er darauf, daß es wohl für ein anderes Instrument als Klavier geschrieben war, so daß es ihm bekannt und unbekannt zugleich vorkam. Er trank ein volles Glas in einem Zug aus und hatte das Gefühl, daran ersticken zu müssen.

Plötzlich wechselte die Pianistin zu Ragtime, den sie blitzschnell und technisch fehlerlos spielte, aber dennoch etwas geschlechtslos. Es hörte sich an wie bei einer Opernsängerin, die sich mit schwellendem Gaumensegel an Popmusik versucht. Die dunkelhaarige Pianistin hatte keine Ringe an den Fingern. Sie war recht hübsch, und er stellte sich vor, daß sie eine Ausbildung zur Konzertpianistin durchlief und hier jobbte wie eine Studentin irgendwo im Westen.

Carl hatte sein *Kentucky Fried Chicken* à la russe kurz darauf bewältigt. Sensationell an diesem Gericht war zweifellos die Verbindung mit moussierendem Wein.

Er suchte im Gedächtnis nach einem einigermaßen langen Satz einer einigermaßen bekannten Klaviersonate von Mozart, da die Frau meist Mozart zu spielen schien. Es durfte weder allzu unbekannt noch allzu vulgär sein. Irgendwie würde er sich der Frau schon bedienen können.

Er rief den deutschsprechenden Kellner zu sich, sprach ihn auf deutsch an und fragte, was man tun müsse, um ein Musikstück zu bestellen, ob das üblich sei und ob man dafür bezahlen müsse.

Der Kellner erklärte mürrisch, die Pianistin dürfe man nicht bezahlen, aber er selbst könne, selbstverständlich gegen ein angemessenes Trinkgeld, mit einem Zettel zu ihr hinübergehen.

Carl schrieb seinen Musikwunsch auf einen Zettel und gab dem Kellner fünf Rubel, was ein beträchtliches Trinkgeld war, falls der offizielle Wechselkurs von einem Rubel für zwei Dollar einigermaßen den Realitäten entsprach.

Sie spielte gerade etwas Russisches; jedenfalls hörte es sich russisch an. Er tippte auf Rimskij-Korsakow. Da bekam sie den Zettel von dem Kellner, der ihr etwas ins Ohr flüsterte; nur den Zettel und nicht die fünf Rubel. Sie nickte und wandte sich mit einem Lächeln zu Carl um, das ihm etwas übertrieben erschien.

Carl lehnte einen Nachtisch dankend ab, bat sicherheitshalber jedoch um ein zusätzliches Sektglas. Doch da räusperte sich der Kellner, beugte sich halb diskret, halb indiskret vor und erklärte mit einem Theaterflüstern, vom Personal dürfe sich niemand zu den Gästen setzen. Carl dachte einen Augenblick nach und fragte dann, wie man es in dem Fall anstelle, die Pianistin zu einem Glas Sekt einzuladen. Der Kellner erbot sich sofort in geschäftigem Ton, das könne er regeln. In etwa einer halben Stunde sei es möglich, wenn ihr Dienst zu Ende sei, vorausgesetzt, es werde wieder ein kleines Trinkgeld gezahlt.

Carl zog einen neuen Fünf-Rubel-Schein aus der Tasche, den er über den Tisch schob. Er ließ die Hand jedoch darauf liegen, bis er mit seiner Nachricht fertig war. Er bat, die Pianistin von dem bewundernden Gast Graf Hamilton grüßen zu lassen. Er war sehr unsicher, ob der Adelstitel negativ oder positiv wirken würde.

Soweit er sich erinnern konnte, war es das erste Mal in seinem Leben, daß er sich so vorgestellt hatte.

Der Kellner sah bei der Nennung dieses kaum sozialistisch zu nennenden Namens eher ehrfürchtig als aggressiv aus, schnappte sich den Geldschein, zwinkerte und gab Carl ein Zeichen, daß er die Sache schon regeln werde.

Als dieser verschwunden war, begann die Pianistin mit dem Mozart-Stück, das Carl sich gewünscht hatte. Sie spielte ohne Noten. Er zwang seinen Gesichtsausdruck zu etwas wie andächtigem Lauschen und ließ sie keine Sekunde aus den Augen, da er sah, daß sie ihn aus den Augenwinkeln betrachtete.

Er nippte vorsichtig an seinem Wein. Seine zweite Flasche war noch zu einem Drittel gefüllt, und er begann sich betrunken zu fühlen.

Sie warf ihm in einer langsamen Passage einen schmachtenden Blick zu, worauf er schüchtern die Augen niederschlug und errötete. Nicht so sehr ihres Blicks wegen, sondern weil er alles falsch machte, systematisch falsch, obwohl es seinen Absichten entsprechend völlig richtig war.

Er hatte seine Laufbahn als unvorsichtigster und indiskretester Militärattaché begonnen, den Schweden je in Moskau gehabt hatte, und es war nicht ganz einfach, sich so zu verhalten. Doch es war absolut notwendig.

Als sie endete, applaudierte er heftig und riß dabei einen großen Teil des Speisesaals mit. Draußen vor den Fenstern hatte sich inzwischen die Abenddämmerung gesenkt, und die großen Sterne auf den Kremltürmen glitzerten schon in hellem Rot.

Bevor sie mit dem nächsten Stück beginnen konnte, eilte der deutschsprechende Kellner zu ihr, worauf sie eine kurze, geflüsterte Unterhaltung führten, die damit endete, daß sie mit einem Kopfnicken etwas zu bestätigen schien.

Der Kellner hatte immerhin Verstand genug, nicht sofort zu Carl zu eilen, sondern zunächst etwas anderes zu tun.

Als er dann zu Carl an den Tisch kam und ihm erklärte, er habe in der Bar hinten im Korridor eine Flasche Champagner bestellt, Gold und trokken, hatte sie wieder mit amerikanischer Filmmusik begonnen. Er fragte, wann sie wieder spielen werde, und der beflissene Kellner erwiderte, in zwei Tagen. Carl bestellte für diesen Tag denselben Tisch, was eigentlich nicht möglich war, da Tischbestellungen nur mittels der höheren Bürokratie erfolgten. Aber auch hier half ein reichlich bemessenes Trinkgeld.

Carl nickte und verlangte seine Rechnung, die sich auf neunzig Rubel belief. Das kam ihm nicht ganz billig vor, aber er bezahlte trotzdem hundertzwanzig Rubel. Sein Geldscheinbündel wurde allmählich merklich dünner. Aber er sollte ja mit Geld um sich werfen, mit legal erworbenem und nicht schwarz gewechseltem Geld.

Er trank den Rest aus seiner Flasche leer, was ihn eine gewisse Überwindung kostete, wartete dann eine Pause in der Musik ab, klatschte Beifall, verneigte sich kurz zu der Pianistin und ging.

Der Kellner holte ihn beim Ausgang ein, bedankte sich herzlich und redete ihn auf deutsch mit Herr Graf an, folgte ihm in den Korridor und zeigte flüsternd auf den Eingang zur Bar »Wostok« am Ende des dunklen Ganges. Diese bestand aus einem einzigen düsteren kleinen Raum mit schummeriger Beleuchtung und einem Glastresen an einem Ende. Am Eingang ein Schild, auf dem es hieß, daß nur westliche Währungen und die üblichen Kreditkarten akzeptiert würden. Carl ging zu seiner Erleichterung auf, daß er seine Kreditkarten noch in der Brieftasche hatte. Er war davon ausgegangen, daß er sie in Moskau nicht brauchen würde, was sich schon bald als grundlegender Irrtum erwies.

An einem der braunen Bakelittische in einer Ecke stand ein Sektkühler mit einer Sektflasche und zwei Gläsern. Die Bar war nur halbvoll, und Carl sah mehr Frauen als Männer. Das waren wohl die berühmten

»Schwalben« von KGB und GRU? Wenn sie Schwalben waren, hatten sie natürlich keine Schwierigkeiten, an der Wache im Erdgeschoß vorbeizukommen oder ihre Erfrischungsgetränke mit Dollar zu bezahlen. Wenn sie allein oder in Gesellschaft mit Kolleginnen saßen, tranken sie nur Limonade. Wer männliche Begleitung hatte, nahm teurere Getränke zu sich.

Carl holte tief Luft, drehte um und ging den Korridor entlang zur Herrentoilette. Er entledigte sich mindestens einer der beiden Sektflaschen, wie er meinte, benetzte sich das Gesicht mit kaltem Wasser und legte einen Rubelschein auf den kleinen Teller am Ausgang, auf den andere kleine Münzen gelegt hatten. Das gesamte Personal dieses Hotels würde sich an ihn erinnern.

Auf dem Rückweg zu der tristen Bar hörte er noch immer die Musik aus dem Speisesaal. Dann ging er entschlossen und mit bemühter Selbstverständlichkeit zu dem Tisch mit dem Sektkühler und setzte sich.

Es fiel ihm schwer zu glauben, daß eine Frau, die ihr ganzes Erwachsenenleben ihrer musikalischen Ausbildung gewidmet hatte, Prostituierte sein oder für das GRU arbeiten konnte. Andererseits kam es ihm merkwürdig vor, daß sie seine Einladung so ohne weiteres angenommen hatte. Er schob das Problem beiseite, da es vorerst keine Rolle spielte. Seine Rolle hingegen bestand darin, möglichst stark aufzufallen, und das hatte er bis jetzt unleugbar mit einigem Erfolg getan.

Plötzlich rauschte sie mit langen Schritten und den Notenheften unter dem linken Arm durch die Tür und ging sofort auf seinen Tisch zu, als wüßte sie, wo er saß. Sie streckte ihm schon halbwegs den Arm entgegen, als erwartete sie, daß er ihr die Hand küßte, was er um ein Haar getan hätte.

Sie stellten sich vor, und er ging um den Tisch herum, um ihr den Stuhl zurechtzurücken. Sie heiße Irina Dserschinskaja, sagte sie.

Carl erstarrte. Er hatte das Gefühl, einem groben Scherz ausgesetzt zu werden, als hätte man ihn schon durchschaut. Er unterdrückte jedoch seine Neugier, sie wegen ihres Namens zu befragen, und rühmte statt dessen ihre Musik. Er entschuldigte sich, daß er sich so aufgedrängt habe, aber er habe einen unwiderstehlichen Drang empfunden, sie kennenzulernen, und es sei nun mal so, daß man nie eine Antwort erhalte, wenn man nicht frage. Unterdessen drehte er den Kunststoffkorken aus der Flasche und schenkte die beiden Gläser voll. Dann stießen sie an. Auf ihre Musik, schlug er vor. Auf die Musik der ganzen Welt, entgegnete sie.

»Das Ganze ist sehr einfach, eigentlich eine reine Routineangelegenheit«, sagte Kapitän zur See Gustav Hessulf und schnippte sich ein paar nicht vorhandene Staubkörnchen von den Bügelfalten, als er sich so weit gefaßt hatte, daß er die Unterhaltung wiederaufnehmen konnte. »Ein Kapitän zur See und ein Leutnant werden uns in Empfang nehmen, und dann gibt es ein bißchen Small Talk über die Hitze in Moskau, das Klima in Skandinavien und die Tatsache, daß Leningrad auch so helle Nächte hat wie wir zu Hause in Stockholm. Sie sind der Meinung, sämtliche schwedischen Offiziere kämen aus Stockholm. Und dann wird ein Soldat, nun ja, in unserem Fall ein Mariner hereinkommen, der uns etwas Kaffee bringt, und dann schütteln wir einander die Hände, und damit bist du akkreditiert. Eine reine Formsache.«

»Sie bieten uns doch hoffentlich keinen Wodka an?« fragte Carl besorgt.

»O nein. Seit Gorbatschow ist Wodka praktisch verpönt, allerdings soll sich inzwischen die Zucker- und Hefeproduktion verdoppelt haben, um der neuen Nachfrage gerecht werden zu können.«

»Sie steigern die Produktion, wenn die Nachfrage steigt? Haben die hier denn keine Planwirtschaft?«

»O ja, schon, aber Perestroika, du weißt schon. Nun, so ganz sicher bin ich meiner Sache auch nicht, denn es soll ja in der ganzen Sowjetunion keinen Zucker und keine Hefe mehr geben, aber hier in Moskau merkt man wahrscheinlich am wenigsten davon.«

Das Gespräch erstarb. Carl fühlte sich verschwitzt. Die zugeknöpfte Uniform war unbequem, und die goldene Achselschnur an seiner linken Schulter gab ihm das Gefühl, einer Operettenkulisse entstiegen zu sein. Der Volvo war eng und unbequem und hatte keine Klimaanlage.

Es war am Morgen nicht so abscheulich gewesen, wie er vermutet hatte, die lange Joggingrunde zurückzulegen, aber noch war er ja längst kein Alkoholiker.

Der Kapitän zur See war soeben von einer Dienstreise in den Militärdistrikt von Leningrad zurückgekehrt, und sie hatten sich nur ein paar Minuten unterhalten können, bevor sie losfahren mußten. Carl hatte sich mit der verfluchten Achselschnur helfen lassen, und wie er schon vorher vermutet hatte, war sein Vorgesetzter inmitten seiner hilfsbereiten Bemühungen plötzlich erstarrt, als sein Blick auf die Ordensspangen an Carls linker Brustseite fiel. Der Mann konnte sein Erstaunen nicht tarnen.

»Sind diese Dinger wirklich echt?« fragte er zögernd. »Eine Maskerade ist uns nicht erlaubt, das weißt du doch?«

»Ja, das weiß ich«, erwiderte Carl mit gespielter Gleichgültigkeit, »aber ich habe die Genehmigung des Marinechefs, nicht nur schwedische, sondern auch ausländische Auszeichnungen zu tragen. Es hat alles seine Richtigkeit.«

»Ist das die Ehrenlegion?« fragte sein Vorgesetzter, ohne auch nur im mindesten verbergen zu können, wie verblüfft er war.

»Ja, die Kommandeursklasse«, sagte Carl so beiläufig wie möglich und stieg in den Wagen, um gleichsam zu betonen, daß die Sache damit erledigt sei, was sie natürlich nicht war.

»Aber du bist doch nicht in Deutschland stationiert gewesen? Ich meine... das Bundesverdienstkreuz?« fuhr der Kapitän zur See natürlich fort, nachdem er sich auf der anderen Seite des Rücksitzes endlich zurechtgesetzt hatte.

»Doch«, erwiderte Carl mit weiterhin gespielter Gleichgültigkeit, »ich hatte vor einem Jahr einige Aufträge in der Bundesrepublik.«

»Aber du hast doch noch keine fünfundzwanzigjährige Dienstzeit oder so hinter dir? Ich meine diese blaugelben Dinger da«, fuhr der Kapitän zur See fort, der inzwischen rettungslos am Haken zappelte.

»Nein«, erwiderte Carl in dem gleichen Tonfall wie zuvor. »Wie du siehst, ist es nicht diese Verdienstmedaille. Es ist die Medaille des Königs für Tapferkeit im Felde, und soviel ich weiß, muß die doch dem Herzen am nächsten sitzen?«

Sie schafften es, schweigend ein paar Kilometer zu fahren, bis die Konversation wieder in Gang kam und sich der Routineangelegenheit zuwandte, die sich schon bald als etwas erwies, was durchaus nicht Routine war.

UWS, die Leitung auswärtiger Angelegenheiten bei den Streitkräften, hat ihre Büros in einem idyllischen kleinen pistaziengrünen Haus in der Janisejwa-Gasse und liegt sowohl buchstäblich wie bildlich gesprochen im Schlagschatten des weißen Marmorgebäudes des Generalstabs, das mit seinen schwarzen, schmiedeeisernen Dekorationen und Skulpturen Macht ausstrahlt.

Es fiel Carl schwer zu glauben, daß diese beiden Welten zusammengehörten. Das kleine pistaziengrüne Haus war tatsächlich in einer Art Gründerzeitstil des neunzehnten Jahrhunderts eingerichtet. Die Holztür knirschte, als sie eintraten. Sie wurden von einigen extrem höflichen Kadetten in Empfang genommen, die ihnen ihre nicht vorhandenen Mäntel abnehmen sollten – die Moskauer Hitzewelle war noch ungebrochen. Anschließend wurden sie in das Empfangszimmer geführt, in dem die Akkreditierungszeremonie mit dem Kapitän zur See und dem Leutnant stattfinden sollte.

Statt dessen wurden sie von drei älteren und, wie es schien, hochgestimmten Marineoffizieren erwartet. In der Mitte stand ein Vizeadmiral, und schräg hinter ihm zwei Kapitäne zur See. Als sie den Raum betraten, wurden sie von den Kadetten militärisch knapp angekündigt.

Carl starrte wie verhext auf die Vizeadmiralsuniform, die er sofort erkannt hatte.

Die gleiche Uniform wie die Koskows, den sie ermordet hatten. Und den Carl von Kairo nach Stockholm gebracht hatte, und zwar unter schwierigen Umständen, wie sie ein Peter Sorman vermutlich verabscheute.

Die Männer begrüßten sich förmlich mit Ehrenbezeigung und Handschlag in der vorgeschriebenen Reihenfolge. Einer der Kapitäne zur See erwies sich als Dolmetscher, der vermutlich ranghöchste Dolmetscher, dem der schwedische Kapitän zur See je begegnet war.

Auf eine halb einladende, halb befehlende Geste des Vizeadmirals hin setzten sich die beiden Delegationen an je eine Seite eines großen, blankpolierten braunen Tischs, während die Kadetten Mineralwasser einschenkten, als wäre es kostbarer Wein.

Darauf ließ sich der Vizeadmiral in einem sehr schnellen und leutseligen Russisch vernehmen. Er sprach eine Zeitlang mit lauter Stimme und lächelte dabei fein vor sich hin. Carl glaubte, nichts verstanden zu haben. Vermutlich hatte auch sein schwedischer Vorgesetzter das Gefühl, in der falschen Veranstaltung gelandet zu sein.

Die Übersetzung, die kurz darauf folgte, zeigte jedoch, daß die Zeremonie erstaunlicher war, als es sich die beiden Schweden hatten vorstellen können:

»Herr Roter Hahn! Oder sollen wir förmlicher sein und Herr Kapitän zweiten Rangs Hamilton sagen! Im Namen der sowjetischen Streitkräfte und vor allem im Namen der sowjetischen Flotte möchten wir Sie in Moskau willkommen heißen. Wir haben mit größtem Interesse festgestellt, daß Sie jetzt in den diplomatischen Dienst eingetreten sind, und wir betrachten es als eine Ehre, daß die schwedische Marine einen ihrer höchstqualifizierten Nachrichtenoffiziere in unsere Hauptstadt entsandt hat. Wie Sie wissen, Herr Fregattenkapitän, sind die Beziehungen unserer beiden Staaten jetzt besser als seit vielen Jahren. Stimmen Sie mir darin zu, Herr Kapitän zweiten Rangs?«

Und als der Dolmetscher plötzlich verstummte und Carl aufging, daß man eine direkte Frage an ihn gerichtet hatte, verlor er zunächst vollkommen den Faden.

»Du solltest versuchen zu antworten«, flüsterte sein Vorgesetzter und stieß ihm leicht gegen den Ellbogen.

»Sir... oder vielmehr Herr Vizeadmiral«, begann Carl auf englisch, während er die ihm gestellte Frage zu rekapitulieren versuchte, »ich bin natürlich vollkommen einer Meinung mit Ihnen. Wir sehen nicht nur die Entwicklung in Ihrem Land mit dem größten Optimismus und großer Befriedigung, sondern auch die Verbindungen und die verbesserten Beziehungen zwischen unseren beiden Ländern.«

Er atmete aus und wechselte einen schnellen und kontrollierenden Blick mit seinem Vorgesetzten, während die sicher überflüssige Übersetzung erfolgte. Denn der russische Vizeadmiral ließ sofort seine nächste Frage folgen, die den beiden Schweden schon vor der Übersetzung das Gefühl gab, sich in einem bösen Traum zu befinden:

»Und worauf gedenken Sie Ihre Spionagetätigkeit in der nächsten Zeit zu richten?«

Soviel Carl verstand, war es eine Frage, die Lichtjahre von diplomatischer Etikette und ebenso weit von seinen Vorstellungen von förmlichen Gesprächen mit offiziellen Russen entfernt war. Überdies lachte der alte Seebär, während er auf Antwort wartete.

»Ich habe die Tätigkeit im besonderen Nachrichtendienst beendet und habe jetzt vor, meinen Auftrag als schwedischer Diplomat in Ihrer Hauptstadt nach bestem Vermögen zu erfüllen«, erwiderte Carl, der spürte, wie er nach und nach die Kontrolle über sich zurückgewann.

»Ja, ja«, lachte der Russe, der dann englisch weitersprach, ein Englisch, das erstaunlich gut war, wenn auch von einem harten Akzent geprägt. »Aber für welche Objekte werden Sie sich bei Ihrer legalen Nachrichtentätigkeit besonders interessieren, solange Sie hier sind? Sagen Sie es ruhig, denn wir können Ihnen vielleicht behilflich sein?«

»Eigentlich habe ich einige Besuche im Baltikum geplant, und das aus Gründen, die ich in so qualifizierter Gesellschaft nicht näher zu erläutern brauche, aber wenn Sie mich schon fragen, kann ich wohl sagen, daß eine Besichtigung Ihrer geheimen Anlagen in Murmansk außerordentlich interessant für mich wäre.«

Der Russe ließ ein langes, lärmendes Lachen hören, in das seine beiden Kapitäne zur See nach einigem Zögern einstimmten.

»Sie haben Mumm, mein junger Herr Kapitän zweiten Rangs, Sie haben wirklich Mumm! Aber was Murmansk angeht, dürfte es damit wohl sein wie mit der Muskö-Basis bei Ihnen zu Hause. Solche Anlagen läßt man nur von alten Herren mit viel Gold an den Rangabzeichen besuchen, von alten Herren, die nämlich nicht mehr so scharfe Augen haben wie junge Kapitäne! Lassen Sie mich auch darauf hinweisen, daß der Oberbefehlshaber der Sowjetunion Muskö besucht hat, worauf einer Ihrer alten Generäle diesen Besuch in Murmansk erwidert hat. Andere Vorschläge, junger Mann!«

Carl zögerte, ob er es wirklich wagen sollte, aber plötzlich konnte er nicht mehr an sich halten. Die Versuchung war unwiderstehlich.

»Sir, wenn Murmansk älteren Marineoffizieren vorbehalten ist, würde ich mich gern mit einer taktisch weniger bedeutenden Anlage begnügen, die zu Ihrer Organisation von Mini-U-Boot- und Diversionsverbänden gehört. Auf dem Gebiet haben wir uns in Schweden nämlich einige Fragen gestellt.«

Als Carl diesen Satz zu Ende gesprochen hatte, konnte er sich eines

Lächelns nicht erwehren. Die Situation war vollkommen grotesk und vielleicht gefährlich, zugleich aber von unwiderstehlicher Komik.

Diesmal platzten alle drei russischen Offiziere gleichzeitig vor Lachen laut heraus. Darauf trank der Vizeadmiral etwas von seinem Mineralwasser, und alle anderen am Tisch imitierten automatisch seine Bewegungen. Er erweckte den Eindruck, als wollte er das Gespräch in eine andere Richtung lenken, als wäre es jetzt definitiv dabei, zu weit zu gehen.

»Wie Sie selbst schon betont haben, mein junger Herr Kapitän zweiten Rangs, haben sich die Verbindungen zwischen unseren beiden Ländern in den letzten Jahren stetig verbessert. Wir hegen die sehr aufrichtige Hoffnung, daß diese positive Entwicklung weitergehen kann. Aus diesem Grund möchte ich Ihren Scherz nicht beantworten, den ich jedoch ohne weiteres als einen Scherz akzeptiere. Hingegen will ich Sie in unserer Stadt herzlich willkommen heißen, auch im Namen Ihrer beiden Kollegen. Und ich hoffe, daß Sie nicht zögern werden, sich an uns zu wenden, wenn wir Ihnen irgendwie zu Diensten sein können. Wir werden zur Verfügung stehen. Es wäre mir ein Vergnügen, Sie bei anderer Gelegenheit etwas informeller zu sprechen, und ich hoffe, Sie haben nichts dagegen.«

Carl hatte keine Ahnung, wie die richtige Antwort aussehen sollte. Dagegen ahnte er, was der Vizeadmiral damit gemeint hatte, die Kapitäne zur See seien seine Kollegen. Der eine trug die rote Ordensspange des Leninordens mit vier schmalen gelben Rändern, daneben unter den Auszeichnungen, die dem Herzen am nächsten waren, den Roten Stern. Der andere hatte außer dem Orden des Roten Sterns etwas in Blau und Silber, was Carl für eine Auszeichnung wegen *Tapferkeit im Felde* hielt. Und *Feld* konnte in diesem Fall kaum Afghanistan, sondern nur die Ostsee bedeuten. Das Ganze wirkte wie eine teuflisch ausgedachte Ironie, war jedoch zugleich so leutselig, daß Carl die Bedrohung nicht als bedrohlich empfand.

»Ich fühle mich durch Ihre Freundlichkeit geschmeichelt, Herr Vizeadmiral, und wenn Sie mich einladen, werde ich selbstverständlich gern kommen, natürlich nach entsprechender Befragung meiner diplomatischen Vorgesetzten in unserer Botschaft«, erwiderte Carl zögernd. Er fühlte sich in seiner Rolle als Diplomat zutiefst unbeholfen.

Der Vizeadmiral erhob sich, und alle anderen folgten seinem Beispiel. Der Rest waren Formalitäten. Anschließend gaben sich die Männer der Rangordnung nach die Hand, und damit war Carl in Moskau akkreditiert.

Aber es war noch immer nicht vorbei.

In der Tür stieß einer der sowjetischen Kapitäne zur See Carl mit dem Finger auf die rechte Brustseite, wo die Schwingen saßen.

»Seal. Very good. Aber wir haben auch solche Leute, und die sind auch nicht schlecht.«

Und damit blinzelte er Carl zu, lachte beinahe herzlich und schüttelte ihm erneut die Hand.

»Hol mich der Teufel, ich verstehe rein gar nichts mehr«, seufzte Kapitän zur See Hessulf, als sie sich wieder auf den Rücksitz des wartenden Volvos zwängten, in dem es jetzt heiß war wie in einem Backofen. »Wie gesagt, ich kapiere gar nichts mehr. Ein unrussischeres Verhalten habe ich noch nie erlebt. Entweder haben die in dieser verfluchten Hitze einen Sonnenstich bekommen oder ich.«

Carl antwortete nicht, da er damit beschäftigt war, sein Fenster herunterzubekommen, was nicht möglich zu sein schien. Vermutlich hatte sich der Fensterheber irgendwo verhakt.

»Was zum Teufel hat er eigentlich mit ›Herr Roter Hahn‹ gemeint?« fuhr der Kapitän zur See fort, während er seine Uniformjacke aufknöpfte und sein Seitenfenster herunterkurbelte.

»Keine Ahnung. Dazu fällt mir nur ein Lied aus dem Spanischen Bürgerkrieg ein«, erwiderte Carl irritiert, da seine Seitenscheibe sich noch immer hartnäckig weigerte, herunterzugehen.

»Aus dem Spanischen Bürgerkrieg?«

»Ja, das Lied von dem roten und dem schwarzen Hahn. Der rote Hahn steht auf ihrer Seite. Das sollte wohl ein Kompliment sein, nehme ich an.«

»Du sollst auf ihrer Seite sein?«

»Wohl kaum. Vielleicht zielte die Bemerkung auf meinen politischen Hintergrund während des Studiums ab, aber damals war ich hochgradig antisowjetisch.«

»Bist du so ein Studentenhausbesetzer gewesen?«

»Nein, ich war damals zu jung.«

»Wie auch immer, es ist eine reichlich verworrene Suppe, und du bist ganz schön frech, mein Lieber. Mini-U-Boote besichtigen, das könnte dir so passen, was?«

»Ich habe nur versucht, mich dem etwas rauhen, aber herzlichen Ton anzupassen. Außerdem haben sie mir das ja nicht sonderlich übel genommen, und sie haben selbst damit angefangen.«

»Ja, ja, zugegeben. Aber ich muß es trotzdem dem Botschafter melden.«

»Habe ich mich danebenbenommen?«

»Nein, das möchte ich nicht behaupten. Persönlich finde ich es gut, daß du denen mit gleicher Münze heimgezahlt hast. Aber ihr Verhalten heute war absolut einzigartig. Und außerdem hatten sie das Protokoll eine Stufe höher gelegt, ein Vizeadmiral und zwei Kapitäne zur See, Jesses!«

Carl konnte sich die eine oder andere Erklärung dafür vorstellen. Er behielt seine Spekulationen jedoch für sich. Der Kollege, der mit dem Finger auf die Schwingen gezeigt und ihn »Seal« genannt hatte, hatte damit ja praktisch eine unverhüllte Botschaft übermittelt, entweder des Inhalts, alle alten Geschichten sind vergessen, obwohl wir genau wissen, wer du bist, oder aber, wir wissen, wer du bist, und in Zukunft mußt du dich ganz schön in acht nehmen, mein Kleiner.

Carl beschloß vorsichtig, sich an die letztere Deutung zu halten. In der Botschaft durften sie jedoch glauben, was immer sie wollten, daß es etwas mit der Hitze oder Glasnost oder beidem zu tun hatte.

Nachträglich würde die Begegnung allen als lustige Geschichte in Erinnerung bleiben. Falls nichts Unvorhergesehenes geschah.

»Wie geht es mit dem EDV-System?« fragte sein Vorgesetzter in der deutlich erkennbaren Absicht, weitere rätselhafte Erscheinungsformen des Glasnost-Geists oder der Hitzewelle nicht mehr zur Sprache zu bringen.

»Oh, danke, in einer Woche etwa kann ich damit anfangen, den Herren Privatunterricht zu geben, damit wir das System mit wenigen Leuten in Gang setzen können.«

»Teufel auch. Ich bin zu alt für so was und verstehe kein bißchen von Computern.«

»Aber mach dir keine Sorgen, wenn das Programm erst mal steht, ist alles wie ein Kinderspiel. Ihr werdet erstaunt sein, wie leicht es geht.«

»Das bezweifle ich, aber ich hoffe, du hast recht.«

Die Russen hatten die Begegnung auf Video aufgenommen. Carl war sich vollkommen sicher, da die nicht sonderlich gut versteckte Kamera über der Tür sich ein paarmal bewegt hatte. Dem Winkel nach zu urteilen, hatte sich die Kamera in erster Linie für Carls älteren Kollegen interessiert.

Was wollten sie damit erreichen, daß sie Kapitän Hessulfs Reaktionen auf ihre munteren Provokationen registrierten?

Vielleicht wollten sie wissen, ob Hessulf eher besorgt oder verblüfft war, ob er wußte oder nicht wußte, wer Carl wirklich war: Ob Carl in Moskau war, um in seinem alten Gewerbe weiterzumachen, oder weil er tatsächlich eine neue Laufbahn eingeschlagen hatte.

Wenn es so war, dachten sie viel zu russisch: Demnach wäre Hessulf eingeweiht und würde nicht nur eventuelle Operationspläne kennen, sondern auch diese Geschichte mit dem Roten Hahn.

Möglicherweise verhielt es sich so, möglicherweise aber auch nicht. Sie überließen jedenfalls nichts dem Zufall, aber dafür waren sie in der Welt auch die Besten.

Jedenfalls würde er kein Wort über die Videokamera verlauten lassen. Die Lage war schon besorgniserregend genug. Überdies würde er sich von der Geschicklichkeit des Feindes nicht deprimieren lassen. Jetzt war er hier, und er war hier, um gegen sie zu gewinnen. Auch wenn er Gefahr lief, persönlich einen hohen Preis dafür zu bezahlen.

Er mietete bei Intourist einen kleinen gelben Lada 1600 und fuhr nach Dienstschluß und kurz vor Beginn der Kneipenzeit zur Übung auf den Straßen Moskaus herum.

Für Moskau waren die hohe Geschwindigkeit typisch und die Rücksichtslosigkeit gegenüber Verkehrsteilnehmern in kleineren, unwichtig erscheinenden Autos sowie die Rücksichtslosigkeit aller Autofahrer gegenüber Fußgängern. Wer ein Auto fuhr, war grundsätzlich wichtiger als der Genosse, der zu Fuß ging. Wegen eines Fußgängers wurde nie gebremst, und man bremste selbst dann kaum, wenn Fußgänger einem direkt vor die Stoßstangen liefen.

Die Behördenfahrspur, die Bonzenfahrspur, wurde neuerdings nicht nur von den Wagen der Parteibonzen mit schwarzen Gardinen vor der Heckscheibe benutzt.

Diplomatenwagen mit roten Kennzeichen durften ebenfalls die Bonzenfahrspur benutzen, ebenso Taxis und Wagen mit gelben Kennzeichen, an denen zu erkennen war, daß sie zu irgendeiner Handelsvertretung gehörten.

Carl paßte sich der hohen Geschwindigkeit nur widerwillig an. Auf den größten Boulevards lag die Durchschnittsgeschwindigkeit manchmal bei fast hundert Kilometern in der Stunde. Er mußte sich erst eine natürliche Fahrweise aneignen und dann lernen, sich im Wagen in der Stadt zurechtzufinden. Beispielsweise mußte er von jedem beliebigen Punkt in der Innenstadt aus den schnellsten Weg zur schwedischen Botschaft finden, was nicht immer leicht war. Die Botschaft lag etwas abseits und von dem Gebiet aus gesehen, das eines Tages sein Ziel werden würde, auf der falschen Seite des Flusses.

Er verließ die Innenstadt nicht, sondern hielt sich innerhalb des Systems speichenförmig angeordneter Boulevards, die zu dem inneren Ring hinausführten. Die sieben hohen Stalintürme waren hervorragende Orientierungsmarken.

Wahrscheinlich observierten sie ihn bei diesen scheinbar planlosen Fahrten, die immer im Kreis herumführten. Wahrscheinlich wurden sie mißtrauisch bei dem, was sie sahen, und aus diesem Grund würde er seinen Wagen nicht benutzen, wenn es soweit war, sondern die U-Bahn. Er würde erst mit dem Wagen in die Außenbezirke fahren, um ihn dann schnell zu verlassen und mit der U-Bahn weiterzufahren.

Wenn sein eigener Wagen eintraf, würden sie ihn wahrscheinlich mit einem kleinen Minisender ausstatten, um ihn überall orten zu können.

Möglich war aber auch, daß sie seine ziellosen Fahrten als Ausdruck seiner Ruhelosigkeit und der Neugier auf seine neue Umgebung betrachteten.

Da er den Wagen ohnehin immer erst in die Botschaft zurückfahren mußte, bevor er sich in die Stadt begab, um dem Alkohol zu verfallen, ging er auch viel spazieren.

Als Fußgänger gewinnt man einen völlig anderen Eindruck von der Stadt. Die Architektur strahlt Macht aus und macht den Fußgänger klein. Komischerweise fühlt man sich als Lebewesen auf einer der großen Straßen Moskaus kleiner als in Manhattan, obwohl die Moskauer Häuser nur selten höher sind als sieben Stockwerke. Carl brauchte etwas Zeit, um den Grund dafür zu erkennen.

Erstens sind die Straßen überproportional breit. Man kann sie nie zu Fuß überqueren, sondern muß immer an irgendeiner Straßenecke nach einer Fußgängerunterführung suchen. Zweitens ist der Abstand zwischen der Straßenebene und den ersten Stockwerken der Häuser so groß, daß man glauben könnte, hier würden Riesen wohnen.

Der schüttere, aber sehr schnelle Verkehr zwischen den Häusern bewirkt ebenfalls eine Vergrößerung der Abstände und vermittelt den Eindruck, daß gerade die Fußgänger, die überwältigende Mehrheit der Bürger Moskaus, zahlenmäßig reduziert erscheinen.

Etwa so funktionierte die Psychologie. Eine andere Frage war natürlich, ob dieser Effekt beabsichtigt war.

Der Gegensatz dazu ließ sich jedoch ebenfalls finden. Nicht weit von dem teutonisch wirkenden weißen Marmorgebäude des Generalstabs am U-Bahnhof Arbatskaja liegt die Arbatskij-Straße, der Sammelpunkt für Moskaus Straßenkünstler. Es ist eine Fußgängerstraße, auf der die Moskauer Bevölkerung herumwimmelt und sich die Protestsänger ansieht, die er selbst eher als drittklassige Punkrocker einstufte. Er konnte nicht verstehen, was die Proteste und die gutgespielten Aggressionen in ihrer Musik bedeuteten, dazu war sein in einem Schnellkurs herausgeputztes Russisch trotz all seiner Anstrengungen viel zu schwach. Der Beifall nach jedem beendeten Konzept war zögernd und reserviert. Doch soweit das Auge blickte, war kein Polizist zu sehen, zumindest nicht in Uniform.

Auf irgendeine Weise würde er sich Irinas bedienen können, und zwar unabhängig davon, ob sie für das KGB arbeitete oder nicht. Sie hatte sich ja sofort von ihm einladen lassen.

Er überlegte sich dies während der zwei Stunden, die er brauchte, um in der ewigen Schlange zum Leninmausoleum zu kommen.

Es gab eine besondere Schlange für Leute wie ihn, etwa wie vor manchen Diskotheken und Restaurants in Stockholm, in denen Personen, die in der Welt der Popmusik arbeiten, sowie ihre wirklichen oder behaupteten Freunde bevorzugt eingelassen werden. Aus Gründen aber, die er fast als sentimental begriff oder als eine Art Verrat an seiner Jugend, seiner früheren Jugend, wie er sich korrigierte, wollte er Lenin nicht auf diese Weise besuchen. Er wollte in der ewigen Schlange stehen.

Carl befand sich jetzt schon am vorderen Ende der Schlange.

Und da lag also Lenin mit geschlossenen Augen in seiner Glasvitrine. Man hatte ihm einen Anzug angezogen, der vielleicht im Kaufhaus PUB in Stockholm gekauft worden war. Minuten später hatte Carl das steinerne Mausoleum wieder verlassen und hatte damit also Lenin hinter sich gebracht wie Millionen von Sowjetbürgern Jahr für Jahr.

Die Hitze schlug ihm entgegen, als hätte ihm jemand mit einer Keule auf den Kopf geschlagen. Das Mausoleum mußte eine Klimaanlage haben. Er beschloß, keinen Spaziergang zu dem Treffpunkt zu machen, sondern die U-Bahn zu nehmen. Er hatte sich von Zeit zu Zeit das Streckennetz vorgenommen und sich sämtliche Schnittpunkte der Kaluschko-Rijskaja-Linie eingeprägt.

Er ging in Gedanken das Streckennetz durch. Jetzt wollte er bei der Oktjabrskaja aussteigen, entweder mit der braunen oder der gelben Schnellbahnlinie. Wenn er die Kirow-Frunse-Linie vom Prospekt Marksa bis zur Kirowskaja nahm und durch die Passage zur Turgenjewskaja ging, um dort in die gelbe Schnellbahnlinie zum Prospekt Mira umzusteigen, würde er von dort mit der braunen Linie in einem Halbkreis zur Oktjabrskaja hinunterfahren können.

Das war eine von vier oder fünf denkbaren Möglichkeiten.

Er ging das Ganze immer wieder durch, während er seine Fünf-Kopeken-Münze in die Sperre steckte, die von Rot auf Weiß umschaltete – mußte es im Sozialismus nicht genau umgekehrt sein? Dann fuhr er mit der Rolltreppe in die Unterwelt. Die Tiefe, in der Moskaus U-Bahn unter der Erde lag, war beträchtlich und wurde überdies geheimgehalten, da das U-Bahnsystem als ein Teil der Verteidigungsanlagen angesehen wurde.

Als er den ersten besten Wagen betreten hatte, entdeckte er, daß über jeder zweiten Tür eine Karte mit dem Streckennetz hing; er brauchte also nicht alles auswendig zu lernen. Ein ungefähres Bild genügte, und er mußte sich nur noch im Umsteigen üben.

Gleichwohl würde er sich auch künftig noch anstrengen müssen, um so zu fahren, daß eventuelle Verfolger ihn nicht aus den Augen verloren. Es kam sehr darauf an, daß sie ihm immer folgen konnten. Bis zu einem ganz bestimmten Augenblick.

Auf den Bahnhöfen steigerte er sein Spaziergängertempo ein wenig, um nicht ständig halb umgerannt zu werden; er tat dies jedoch auch, damit sich sein Verhalten in dem ganz bestimmten Augenblick nicht plötzlich als allzu ungewöhnlich ausnahm.

Wieder kamen ihm die unbehaglichen Assoziationen, daß alle diese Menschen seine Feinde waren oder daß vielmehr er ihr Feind war.

In Wahrheit war er das, womit sie von ihrer Propaganda so oft zwangsgefüttert worden waren, daß sie wohl kaum noch glaubten, daß es so etwas überhaupt gab: den westlichen Spion, der tückische Anschläge auf den Frieden und die Sowjetmacht plant. Doch genau der war er.

Wieder die Hitze, und wieder klebte ihm das Hemd am Rücken. Er hatte weite helle Leinenhosen und ein kurzärmeliges Baumwollhemd angezogen, das ihn vermutlich als Westler klassifizierte, zumindest für den schärfer blickenden Teil der Moskauer Bevölkerung, für die Leute, die sich ohne zu zögern des Englischen oder Deutschen bedienten, wenn sie ihn ansprachen, um Geld zu wechseln. Was er natürlich immer wieder ablehnte. Wie merkwürdig es auch einigen seiner Verfolger und Beobachter erschiene, er würde niemals auch nur das kleinste Vergehen oder die kleinste Gesetzesübertretung begehen. Nicht einmal Trunkenheit am Steuer kam für ihn in Frage. Vor allem deshalb nicht, weil mehrere Angehörige des sowjetischen Nachrichtendienstes gerade wegen Trunkenheit am Steuer aus Stockholm ausgewiesen worden waren. Er würde es auf keinen Fall dazu kommen lassen, daß sie sich auf seine Kosten revanchieren konnten. Von schwarzem Geldwechsel durfte nie die Rede sein, und falls der Geiz die Oberhand zu gewinnen drohte, konnte er seine Ausgaben immer noch als Spesen geltend machen, wenn alles vorbei war. Immerhin wurden schwarz für zehn Dollar achtzig Rubel gezahlt. Und wenn die Behörden nicht mitspielten, spielte es trotzdem keine Rolle, da das teure Leben in Moskau immer noch weit billiger war als sein Leben in Stockholm, wo eine Flasche weißer Burgunder einem ganzen Abend in Moskau entsprach. Mit legal eingewechselten Rubeln.

Sie würde am Bootsverleih im Gorkij-Park warten, aber er war etwas zu früh gekommen. Statt dessen begab er sich zum Puschkin-Kai am unteren Ende des Parks und setzte sich sichtbar in den Schatten einiger Bäume. Immer noch ein sehr leichtes Objekt für die Späher von der gegnerischen Seite. Und daran sollten sie sich gewöhnen.

In erster Linie würde er Irina dazu benutzen, in ihren Bekanntenkreis hineinzukommen, um seinen unpassenden Umgang zu erweitern. Falls möglich würde er auch versuchen, so etwas wie eine Romanze mit ihr anzufangen. Selbst wenn sie noch nicht für den Gegner arbeitete, bestand die Aussicht, daß man sie bald dazu zwang.

Die Frage war, wie er sich bei den Prostituierten der Hotels verhalten sollte. Vermutlich war Umgang mit Prostituierten kriminell, obwohl es sie offiziell gar nicht gab. Würden die Russen aber nicht einfach nur jubeln, wenn er eine solche Schwäche zeigte, statt eine diplomatische Affäre daraus zu machen?

Wahrscheinlich. Aber wissen kann man es nie, dachte Carl.

Draußen auf dem Fluß passierten langgestreckte Boote mit Touristen, die in drei Schichten übereinandergepackt waren. Genau gegenüber neigte sich der mit Steinplatten belegte Kai ins Wasser, als wäre dort ein Landeplatz für Amphibienfahrzeuge. Ganz unten badeten Kinder und Teenager.

Ihm fiel das Gespräch mit dem Alten über die Umweltzerstörung ein, die das Baden an der Weichselmündung zu einer tödlichen Gefahr machte. Die Russen hatten offenbar keine tödlichen Flüsse. Carl würde keine Verbindung mit dem Alten aufnehmen, nicht einmal per Diplomatenpost, nicht einmal um seinen Standpunkt zu übermitteln, daß Sandström bei der Sicherheitspolizei einen Beschützer haben mußte. Nichts, was er hier in Moskau je sagte oder tat, durfte auch nur die entfernteste Verbindung mit Sandström ahnen lassen.

Bis zu einem bestimmten Augenblick. Die Verräter zu Hause waren etwas, was man später in Angriff nehmen mußte. Sein eigener Hausmeister lief ja immer noch frei herum, ein sowjetischer Informant, der in der Hektik sich selbst überlassen worden war. Carl hatte seine Wohnung versiegelt und seine sämtlichen Blumen Lallerstedt übergeben, da er keine Lust hatte, sie bei seiner Rückkehr tot vorzufinden.

In zehn Minuten würde er sich im Gorkij-Park an dem kleinen See mit den Mietbooten befinden. Warum wollte sie sich dort mit ihm treffen? Wollte sie ihm von Anfang an das Gefühl von Sicherheit vermitteln, als ob ein kleines Boot auf so einem Tümpel den Gegner daran hindern konnte, ihn zu belauschen?

Zu allem Überfluß hieß sie auch noch Dserschinskaja. Das roch stark nach dem schwarzen Humor, den er bei den Bonzen vom Nachrichtendienst im UWS kennengelernt hatte.

Die Ruderboote kosteten nur ein paar Kopeken pro Stunde. Es gab sie in zwei Farben, rosa und pistaziengrün. Sie wählte kichernd ein rosafarbenes Boot, da es am besten zu ihrem dunkelgrünen Baumwollkleid paßte, das sich vermutlich mit einer pistaziengrünen Achterducht gebissen hätte.

Er ruderte langsam in den Schatten der großen Weidenbäume und begann sie ruhig auszufragen, als machte er Konversation über Musik.

Natürlich war sie Pianistin. Sie hatte mit ihren dreißig Jahren die Ausbildung praktisch beendet. Jetzt ging es darum, ob sie weiterstudieren sollte oder sich als Konzertpianistin bewarb.

Sie ließ achteraus eine ihrer langen schmalen Hände wohlig durchs Wasser gleiten. Ja, sie heiße tatsächlich Dserschinskaja, nein, das habe nichts mit dem Platz zu tun, auf dem es einen Dserschinski gebe, der dort als Statue herumstehe. Sie lachte aus vollem Hals.

Wisse er denn nicht, wer Felix Dserschinski gewesen sei? Der Gründer der Geheimpolizei, und jetzt liege das Gebäude des KGB dort, das schon immer in dem großen gelben Bau residiert habe, das wisse doch jedes Kind. Vor der Zeit von Glasnost hätte sie vermutlich kaum gewagt, das laut zu sagen.

Nein, wenn sie eine solche Verwandtschaft oder solche Verbindungen hätte, wäre die Lage anders, dann wäre sie nicht *refusnik*.

Carl tat, als wäre ihm der Begriff unbekannt.

Also, ein Refusnik sei jemand, der die Ausreise beantragt habe, dem die Genehmigung aber versagt worden sei. Und wenn man einmal einen Ausreiseantrag gestellt habe, versinke einem der Boden unter den Füßen. Selbstverständlich sei es sehr riskant, eine Ausreisegenehmigung zu verlangen, da recht viele verweigert würden. Ein Musiker aber, der nicht für gut genug gelte, um Solist werden zu können, habe in Rußland sowieso keine Zukunft. Sie sagte Rußland und nicht Sowjetunion.

Sie stelle sich vor, nach Finnland auszureisen, um dort Konzertpianistin zu werden. Zwar müsse man offiziell die Ausreise nach Israel beantragen, aber wenn man erst mal draußen sei, könne man ja selbst wählen. Sie habe einige Verwandte in New York und in Kanada, die auf diese Weise das Land verlassen hätten.

Die Familie eines Refusniks könne große Schwierigkeiten bekommen. Für ihre Eltern bestehe keine Gefahr, da beide Wissenschaftler seien, die Mutter Physikerin und der Vater Arzt, aber für ihre jüngere Schwester sei die Situation problematisch.

»Glasnost hat in Moskau vielleicht viel verändert«, fuhr sie fort, »aber für uns Juden ist alles wie gehabt, und darüber gibt es eine ganze Menge jüdische Witze.«

Sie schwieg eine Zeitlang nachdenklich. Nein, Kontakte mit Ausländern machten ihre Probleme nicht schlimmer, als sie schon seien. Vielmehr hätten sich ihre alten nicht-jüdischen Freunde nach und nach zurückgezogen, als sie Refusnik wurde. Kontakte mit Ausländern, so ließ sie durchblicken, könnten da eher vorteilhaft sein.

Sie sagte es nicht so offen, aber er deutete ihre Worte so. Sie spekulierte vielleicht, daß die beantragte Ausreisegenehmigung, die sie bekommen mußte, um nicht ihr ganzes Leben lang Restaurantmusik spielen zu müssen, sich über die Bekanntschaft mit einem schwedischen Diplomaten leichter erreichen ließ.

Eine Symbiose, dachte Carl. Sie will mich ausnutzen und ich sie. Und er sah schon in etwa vor sich, wie es enden konnte: Eine Romanze mit vagen Versprechungen, ihr aus dem Land zu helfen oder sie zu heiraten.

Er wechselte jedoch das Thema und sprach über seine Eindrücke von Moskau, von dem Moskauer Verkehr und dem Wagen, den er fuhr.

Da erzählte sie, ihr Vater habe auch einen Lada 1600, den sie allerdings öfter fahre als er.

»Ich würde mich freuen, wenn wir einmal gemeinsam ins Theater gehen könnten. Mein Russisch ist viel zu schlecht, so daß es für mich keinen Sinn hätte, allein zu gehen«, sagte Carl, als er plötzlich eine völlig neue Möglichkeit für sich sah. Die Kombination von ihrem Wagen und russischem Theater würde eine unerwartete Lösung des Problems schaffen können.

Er ruderte langsam weiter, und sie erzählte ihm, daß sie das Theater liebe. Draußen auf dem künstlich angelegten See befanden sich nur wenige Ruderboote. Die meisten lagen in langen grün-rosafarbenen Reihen am Strand vertäut. In etwa jedem zweiten Boot ruderte ein junger Mann mit einer jungen Frau auf der Achterducht. Dies schien eine in Moskau etablierte Methode zu sein, eine Romanze zu beginnen.

Wenn er mit ihr etwas anfing, hatte die gegnerische Seite eine glänzende Erpressungsmöglichkeit, und es würde fast an Unfähigkeit auf schwedischem Säpo-Niveau grenzen, wenn sie diese Chance nicht nutzten. Man würde sie zwingen, ihre Denunziantin zu werden, falls sie es nicht schon war, und das paßte perfekt in seine Pläne.

2

Jurij Tschiwartschew hatte mehrere Gründe, sich in seiner Haut sehr unwohl zu fühlen. Es regnete jetzt schon eine Woche ohne Unterbrechung, und alles sah nach einem frühen, kalten und nassen Herbst in Stockholm aus. Überdies rückte der schwedische Wahltermin näher, der mit hoher Wahrscheinlichkeit Kummer bringen würde.

Jurij Tschiwartschew war überdies gezwungen gewesen, sich hilfesuchend an die Tschekisten zu wenden, und das widerstrebte ihm sowohl aus Instinkt als aus Tradition; mit dem KGB hatte ein Mann des GRU nur höchst ungern etwas zu tun, und vor allen Dingen durfte man nicht in der Schuld dieser Leute stehen.

Wenn es aber um Informationen aus dem innersten Zirkel der schwedischen Regierung ging, fiel das in deren Verantwortungsbereich. Und leider verfügten sie über dermaßen sichere Informationskanäle, daß sich ihre Erkenntnisse fast immer als absolut korrekt erwiesen, so daß man diese Leute manchmal einfach nicht entbehren konnte.

Die schwedische Regierung hatte sich schließlich einverstanden erklärt, dem PFAU Immunität zu gewähren. Der förmliche Beschluß stammte vom Justizminister, und der Reichsanwalt, eine Art Partei-Ombudsmann im Dienst der Regierung, hatte sich anschließend offiziell einverstanden erklärt, worauf die entsprechenden Dokumente ausgefertigt worden waren. Es waren natürlich streng geheime Papiere, aber immerhin Papiere.

Durch seine eigenen Informationskanäle hatte Jurij Tschiwartschew erfahren, daß die Sache bei der Säpo ziemlich breit durchgesickert war und daß in deren Reihen ziemlich gemurrt wurde.

Und da der PFAU für sich jetzt offizielle Papiere erhalten hatte, mußte er damit beginnen, selbst etwas zu liefern. Folglich würde er erzählen, wie er als Beschützer dieses unglückseligen Sandström gewirkt hatte, gelegentlich sogar auf direkte Anweisung seines sowjetischen Führungsoffiziers.

Folglich würde auch dieses Wissen bei einem allzu großen Kreis in dem sogenannten *Irrenhaus* Verbreitung finden. Oder nannten sie es *das Affenhaus*?

Folglich würden bürgerliche Elemente wie gewohnt zu ihren Redakteuren bei *Expressen* gehen und ihr Wissen weitergeben. Die Folge wäre einer der üblichen Wahlskandale in Schweden, des Inhalts, die Regierung schütze Spione und die ihnen ergebenen Chefs bei der Sicherheitspolizei.

Folglich würden diese Säpo-Lecks den militärischen Aspekt ins Spiel bringen, das Militär decke aber ebenfalls entlarvte sowjetische Agenten, und folglich würde das Militär sich damit verteidigen, die ganze TRISTAN-Geschichte sei eine sowjetische Provokation.

Damit erhob sich die Frage, inwiefern sich das auf das sowjetische Agentennetz in Schweden demoralisierend auswirken und laufende Anwerbungsoperationen erschweren würde. Das schlechteste Marketing, das man sich überhaupt vorstellen konnte, um mit einem westlichen Begriff zu denken, wäre es ja, wenn der Eindruck entstünde, die Sowjetunion würde ihre eigenen Agenten verraten.

War es möglich, einen der eigenen Leute bei der schwedischen Sicherheitspolizei dazu zu bringen, die Version zu verbreiten, gerade die eigene und so unglaublich intelligente Arbeit habe zu der Erkenntnis geführt, daß Sandström einen Beschützer gehabt haben mußte, und diese unerhört intelligente Arbeit habe anschließend dazu geführt, daß dieser Mann, das heißt der PFAU, aufgespürt worden sei.

Unter den der Säpo nahestehenden Journalisten gab es genügend nützliche Idioten, die diese vielleicht ziemlich verführerische und effektive Desinformation verbreiten konnten.

Diese elenden Dummköpfe waren ja nicht einmal selbst auf diesen Gedanken gekommen, sie hatten nie das Offenkundige gesehen, daß nämlich Sandström einen Schutzengel gehabt hatte. Insofern bedeutete das Unternehmen REORGANISATION ein völlig unnötiges Opfer.

Es war höchst ungewiß, wie sich diese Skandale auf die schwedische

Wahl auswirken würden, und im übrigen war es ja eher Sache der Tschekisten, das herauszufinden. Eine neue bürgerliche schwedische Regierung brachte natürlich das Risiko mit sich, daß der Informationsfluß der Tschekisten aus dem inneren Regierungszirkel abgeschnitten wurde, sofern das Ganze keine technische Operation war. Aber irgendwie schafften es diese Brüder immer wieder, sich glänzende Informationen zu beschaffen, was es wahrscheinlicher machte, daß ihre Quellen eher Menschen waren als elektronische Geräte.

Das KGB wünschte also keine politischen Skandale im schwedischen Wahlkampf, wie sehr das auch den Interessen des GRU schaden konnte.

Und aus der Sicht des GRU war eine sozialdemokratische Regierung natürlich besser als eine bürgerliche. Wenigstens einmal gab es ein gemeinsames Interesse mit den Tschekisten.

Aber was immer man auch unternahm, letztlich hing es davon ab, was einzelne Angehörige der schwedischen Sicherheitspolizei publik machen würden. Erst wenn die Schweden ihren Zug machten, ließen sich die Möglichkeiten zu einem Gegenzug beurteilen.

Es blieben jedoch nur noch zehn Tage bis zur schwedischen Wahl, und deshalb konnte man auch darauf warten, was die Sicherheitspolizei in ihrem Leib- und Magenblatt schon bald publizieren lassen würde. Folglich war es an der Zeit, die Gegenpublizität vorzubereiten: Es war die unglaublich intelligente Arbeit der Sicherheitspolizei, die zur Entlarvung des PFAUs geführt hatte, und der Einfall, ihm Immunität zu gewähren, ging nicht auf eine Initiative der Regierung zurück, sondern war der unglaublich intelligenten Arbeit des Sicherheitsdienstes zu verdanken.

Das war vorläufig die Lösung. Die Abendzeitung würde genügend Material erhalten, um in der nächsten Zeit für Skandale und Schlagzeilen zu sorgen.

Jurij Tschiwartschew klappte die dicke Mappe mit dem handgeschriebenen Aufkleber zusammen, auf dem es lakonisch hieß, zwischen den Deckeln gehe es um die Angelegenheit D-46/71 PFAU.

Es war kein sehr bemerkenswerter Entschluß, zu dem er gekommen war, aber immerhin ein Entschluß.

Er machte sich ein paar Notizen für die Befehlsausgabe am Abend und verschloß die PFAU-Akte in seinem hohen Panzerschrank an der gegenüberliegenden Wand des Zimmers und hoffte, diese Angelegenheit in der nächsten Zeit nicht mehr auf seinem Schreibtisch sehen zu müssen.

Da war noch ein sehr dicker Bericht aus Moskau, dem er den restlichen Nachmittag widmen mußte, und es erstaunte ihn, daß er sich so schwer anfühlte, als er sah, worum es ging.

Hamilton hätte eigentlich nicht zu soviel Text Anlaß geben können, das sah ihm nicht ähnlich.

Jurij Tschiwartschew legte die dicke Akte mitten auf seine braune leere Schreibtischplatte und trat ans Fenster. Er sah eine Zeitlang in den Regen hinaus und betrachtete die blaue Leuchtreklame auf der anderen Seite, die ihn immer wieder daran erinnerte, daß dort die sowjetfeindlichste Publikation Nordeuropas zu Hause war, die in zwei Wochen überdies so etwas wie ein Regierungsorgan werden konnte.

Die Redakteure dort würden den Generalstab jedenfalls wütend verteidigen, falls die Leute unten im Irrenhaus etwa damit anfingen, in der Abendzeitung Andeutungen zu streuen, militärische Agenten hätten ebenfalls Immunität erhalten.

Jurij Tschiwartschew bestellte bei seinem Sekretär ein Glas Tee und wartete, bis dieser den Raum verlassen hatte, bevor er sich mit dem Hamilton-Bericht hinsetzte.

Schon die erste Seite brachte ihn dazu, die Augenbrauen hochzuziehen.

Der junge Herr Fregattenkapitän lebte in Moskau also in Saus und Braus. Das war gelinde gesagt erstaunlich. Er ging praktisch jeden Abend aus und frequentierte hauptsächlich die Bars im Intourist und im National, aß so gut wie jeden Abend in einem Restaurant, und es waren ziemlich feuchte Veranstaltungen. Überdies warf er mit Geld um sich wie der schlimmste Schwarzwechsler.

Aber jeder einzelne Geldschein, den man unter die Lupe genommen hatte, stammte aus offiziellen Kanälen der schwedischen Botschaft.

Er war meist betrunken, wenn er nach Hause ging, fuhr in diesem Zustand allerdings nie Auto.

Jurij Tschiwartschew lächelte in sich hinein. Nein, für einen Nachrichtendienstoffizier ist es sicher am klügsten, sich nicht bei Trunkenheit am Steuer erwischen zu lassen. Im Unterschied zu gewissen anderen Leuten, deren Namen Tschiwartschew am liebsten vergessen hätte.

Hamilton hatte mit etlichen Prostituierten fraternisiert, sowohl solchen, die in Diensten des Staates standen, als auch anderen, die man, nun ja, als Früchte der Perestrojka und des freien Unternehmertums ansehen mußte. Er war aber sozusagen nie richtig zur Sache gegangen, obwohl er die Truppe bei mehreren Gelegenheiten eingeladen hatte.

Auf seinen Studienreisen, der einen nach Leningrad, der zweiten nach Kaliningrad – wie zum Teufel hatten sie ihm überhaupt erlauben können, dorthin zu reisen? –, hatte er einen süßen jungen Burschen von der Botschaft bei sich gehabt.

In Moskau wurde überlegt, ob der bezaubernde männliche junge Begleiter möglicherweise Hamiltons Unwillen erklärte, bei Prostituierten aufs Ganze zu gehen.

Jurij Tschiwartschew fegte den Gedanken beiseite. Irgendwo mußte es selbst bei der schwedischen Neigung zu solchen Schweinereien eine

Grenze geben. Es war ein fast unangenehmer Gedanke, daß ein so hervorragender Kollege solche Neigungen haben konnte.

Überdies wurde dieser Überlegung auf den folgenden Seiten sozusagen auf dem Fuße widersprochen, denn dort wurde Fräulein Irina Dserschinskajas – lustiger Name, übrigens, sie konnte doch wohl kaum mit dem alten Felix verwandt sein? – offenbar recht intimes Verhältnis zu dem jungen Hamilton behandelt.

Die beiden wurden viel in der Stadt zusammen gesehen. Hamilton dinierte oft im National, wenn sie dort spielte. Sie war dort als Pianistin angestellt. Er hatte sie mehrmals sogar zu Hause besucht, einmal gar in Abwesenheit ihrer Eltern, und überdies gingen sie mehrere Abende pro Woche gemeinsam ins Theater.

Der junge Mann widmete sich einem ausschweifenden und zeitraubenden Nachtleben. Seine Arbeit bei der schwedischen Botschaft war, soweit man in Moskau wußte, hauptsächlich technischer Natur. Natürlich war es schwer, sich ein Bild davon zu machen, wie er diese Arbeit erledigte und wie sie sich mit einem so besorgniserregend hohen Alkoholkonsum vereinbaren ließ.

Die Prostituierten, sowohl die eigenen wie die Perestrojka-Damen, die man verhört hatte, schilderten ein recht eindeutiges Bild. Der Mann stand unleugbar kurz davor, zuviel auszuplaudern. Er hatte erzählt, er sei Militär, habe im Ausland ein paar spannende Jobs gehabt, und Intrigen zu Hause hätten dazu geführt, daß man ihm einen idiotischen Job zugewiesen habe, der weit unter seinen Fähigkeiten liege. Und: Er habe Heimweh.

Er stromerte oft allein auf den Straßen herum, anscheinend plan- und ziellos (und in Moskau hatte man unleugbar etliche Mühe darauf verwandt, so etwas wie einen Plan zu entdecken), machte Sightseeing wie ein Tourist, schlenderte in den Parks herum, fuhr mit der U-Bahn oder mit dem Wagen durch die Stadt. Soweit sich bisher hatte feststellen lassen, hatte er keinen einzigen Kontakt gemacht, der die Sicherheitsinteressen der sowjetischen Seite berührte, dafür gab es jedoch um so mehr bemerkenswerte Kontakte, was die Sicherheitsperspektive seines eigenen Landes betraf.

Waren die Schweden dabei, einen ihrer besten operativen Leute in einem sinnlosen bürokratisch-technischen Job in Moskau zu verheizen? Waren sie dabei, einen verbitterten und rachsüchtigen Mann aus ihm zu machen? Trank er tatsächlich so viel?

Das sah fast zu gut aus, um wahr zu sein. Hamilton hatte sich immerhin als außerordentlich fähiger Offizier erwiesen. War es tatsächlich möglich, daß er moralisch so schnell zusammenbrach?

Zentral neigte zu dieser Schlußfolgerung. Man hatte dort schon gewisse Maßnahmen ergriffen, unter anderem hatten sie diese Pianistin angeworben. Immerhin mußte sie sich um ihre Ausreisegenehmigung sorgen.

Man erwog aber auch die Alternative mit dem süßen jungen Burschen. Man konnte davon ausgehen, daß er vermutlich keine Lust hatte, aus Moskau ausgewiesen zu werden, wenn man ihn schon dorthin versetzt hatte, weil er zu Hause unbequem geworden war – also eins der altmodischen klassischen Erpressungsobjekte?

Jurij Tschiwartschew schüttelte den Kopf. Das konnte nicht stimmen. Erstens war diese Methode für weniger sicherheitsbewußte und prestigesüchtigere Personen gedacht als für junge, professionell arbeitende Nachrichtendienstoffiziere.

Außerdem wäre es in psychologischer Hinsicht verhängnisvoll falsch, soweit Jurij Tschiwartschew den Mann zu kennen glaubte, mit dem er schon soviel zu tun gehabt hatte, ohne ihn je getroffen zu haben.

Hamilton wäre zutiefst beleidigt, wenn man ihn zu erpressen versuchte, als wäre er nur irgendein simpler Handelsreisender.

Eine direkte, offene Annäherung wäre weit besser. Aber dazu würde man noch mindestens ein halbes Jahr warten müssen. Eigentlich noch länger, aber so, wie Hamilton sich aufführte, bestand ja ein gewisses Risiko, daß seine Vorgesetzten ihn dabei erwischten und ihn nach Hause schickten, womit er plötzlich außer Reichweite wäre.

Also mindestens ein halbes Jahr warten und die Entwicklung bis dahin mit Interesse verfolgen. Und dann eine direkte Annäherung statt einer Provokation.

Das war die Antwort auf die von Moskau gestellte direkte Frage.

Tschiwartschew empfand sie jedoch als unbefriedigend. Wie war es möglich, daß ein derart professioneller Spion so viele klassische Fehler auf einmal beging? Wie kam es, daß er dabei ständig trotzdem so etwas wie sein Urteilsvermögen behielt? Schließlich beging er nicht einmal das kleinste Vergehen.

Das war dem trainierten und gedrillten Spion vielleicht in Fleisch und Blut übergegangen. Vielleicht kam die Kriminalität erst später, mit fortschreitendem Verfall; sogar seine Konstitution verschlechterte sich, denn man hatte auf irgendeine Weise feststellen können, daß seine Kondition jetzt zehn oder fünfzehn Prozent schlechter war als bei seiner Ankunft vor einigen Monaten.

Woher man das wußte? Nun ja, sie behaupteten, es zu wissen.

War er zu Hause so unbequem geworden, daß er jetzt herumlief und sich bei verschiedenen Huren beklagte? Hier stand etwas über politische Gründe, über ein hohes Tier in der Regierung, das ihn nicht mochte.

Jurij Tschiwartschew seufzte. Die Konsequenz war unausweichlich.

Die Sache mußte nachgeprüft werden. Falls die Meldungen zutrafen, war das wichtig. Also gab es kein Zurück mehr: Er mußte seinen Kollegen fragen, den Tschekisten.

Da es so unangenehm war, wollte er sich dieser Pflicht lieber gleich entledigen. Jurij Tschiwartschew hatte in seinem Leben schon genügend unangenehme Entschlüsse getroffen, um mit absoluter Sicherheit zu wissen, daß es aussichtslos war, unangenehme Dinge aufzuschieben. Es war besser, sich der Sache gleich anzunehmen, etwa wie bei einem schmerzenden Zahn.

Er verschloß den Hamilton-Bericht in seinem Panzerschrank und rief über die hausinterne Leitung seinen Kollegen auf der anderen Seite des Gebäudes an. Ja, natürlich könne er gleich kommen. Mit schweren Schritten begab er sich quer durch das Gebäude zur Residentur des KGB, wo die Aussicht auf offenes Wasser und die eigentliche Stadt ihm sehr viel besser gefiel als die triste Klinkerfassade der sowjetfeindlichen Zeitung.

Es war, als müßte ihm ein Zahn gezogen werden. Es ging schnell, war unangenehm und brachte ein Ergebnis.

Das KGB wußte genau, worum es ging. Es stimmte, daß Hamilton politisch in Ungnade gefallen sei. Und der Mann, dem er mißfiel, sei kein Geringerer als Staatssekretär Peter Sorman, und der Grund dazu habe etwas mit einem Unternehmen in Nahen Osten zu tun. Während die offizielle schwedische Version bezüglich der Befreiung einiger schwedischer Ärzte, die bei Banditen im Nahen Osten als Geiseln gesessen hatten, lautete, schwedische Diplomaten hätten sie mit phänomenalem Geschick losgeeist, sah die Wahrheit anders aus: Hamilton war dort gewesen und hatte sie freigeschossen und die Banditen getötet. Peter Sorman wollte nicht, daß das herauskam, und aus diesem Grund hatte man Hamilton in die Wüste geschickt. Nun ja, das sei der schwedische Ausdruck dafür, das heißt weit weg, nach Moskau.

Jurij Tschiwartschew war zufrieden, als er in die relative Geborgenheit seines Teils des Botschaftsgebäudes zurückkehrte. Es war die Mühe wert gewesen.

Die Hypothese konnte also stimmen. Hamilton war tief gekränkt über die ungerechte Behandlung. Nicht genug damit, daß man ihn sogar verdächtigt hatte, ein sowjetischer Spion zu sein, man hatte ihn überdies, grausame Ironie, ausgerechnet nach Moskau geschickt, nur weil ein hochgestellter Bonze ihn nicht ausstehen konnte.

Es sah aus, als könnte alles stimmen.

Dennoch gab es da eine ganze Menge, was einfach *zu* gut war. Hamilton führte in Moskau immerhin in mehr als nur einer Hinsicht ein Doppelleben. Er betrog seine eigenen Leute, wenn er sich wie die Parodie eines Sicherheitsrisikos aufführte. Aber mochte er an manchen Abenden wie ein Schwein saufen, verhielt er sich an anderen Abenden sehr anständig, beispielsweise in Gesellschaft dieser Pianistin mit dem komischen Namen.

Spielte er den Alkoholiker? Und wenn er es tat: Welchen anderen Zweck konnte das haben, als den Gegner dazu zu bringen, ihn nicht mehr ernst zu nehmen? Und warum sollte Moskau so in falsche Sicherheit gewiegt werden?

Hamiltons Spezialität waren nasse Jobs, da gab es keinen Zweifel, ehrlich gesprochen: Mord und Sabotage.

Nein, es war absurd. So arbeiteten die Schweden nicht. Und überdies: Wer oder was sollte denn in Moskau, der Hauptstadt der Sowjetunion, zum Ziel einer solchen Aktion werden?

Es war eine gute, altbewährte Regel, an die man sich unbedingt halten mußte, keine voreiligen Schlüsse zu ziehen und das Offenkundige nie für offenkundig zu halten.

Also. Strikte Ablehnung jedes Vorschlags, Hamilton mit hübschen jungen Männern und ähnlichem zu provozieren. Jetzt galt es, die vermutlich etwas intimeren Berichte abzuwarten, die folgen würden, nachdem man diese Pianistin angeworben hatte. Mindestens ein halbes Jahr abwarten, sofern sich keine neuen und besorgniserregenden Tendenzen zeigten. Anschließend ein direkter Annäherungsversuch.

Das war immerhin eine Methode, die nicht total mißlingen konnte. Wenn Hamilton ablehnte, wäre das nur ein vorläufiges Nein, und niemand wäre erstaunt oder entrüstet. Falls Hamilton dann zu einem anderen Entschluß kam, war es an ihm, den nächsten Kontakt herzustellen. Er beherrschte das Spiel schließlich.

Im Grunde wäre es besorgniserregender, wenn er auf der Stelle ja sagte. Aber all das hatte zunächst einmal Zeit. Hamiltons Akte in Jurij Tschiwartschews Panzerschrank war inzwischen eine der dicksten überhaupt und entschieden die interessanteste.

Er lächelte über einen Einfall. Aber vielleicht war es genau der richtige Weg: Wenn die Stunde kam, würde er selbst nach Hause fahren und selbst die Annäherung übernehmen können. Es war nur vernünftig, daß es jemand tat, der viel über Hamilton wußte und sowohl Schweden als auch den schwedischen Hintergrund des Mannes kannte.

Es würde eine interessante Begegnung werden, zu welchem Ergebnis sie auch führen mochte. Etwa in einem halben Jahr war es in der schwedischen Residentur ohnehin Zeit für eine Wachablösung.

Es war ein schöner Gedanke, daß er zum Abschluß seiner Zeit als Resident in Schweden einen ihrer allerbesten Männer selbst anwerben würde. Im Augenblick mochte Hamilton vielleicht nicht sonderlich wichtig erscheinen. Er war aber erst vierunddreißig Jahre alt und schon Fregattenkapitän. Überdies war er in den Kreisen der westlichen Militärattachés in Moskau so etwas wie ein gesellschaftlicher Erfolg. Er hatte Verbindungen, die künftig von Bedeutung sein konnten, und mußte wohl beim schwedischen Nachrichtendienst als typischer Mann der Zukunft angesehen werden. Denn nach seiner Zeit als Militärattaché mußte er ja irgend etwas werden, und an den Job eines geheimen Operateurs war wohl lange nicht mehr zu denken. Nein, wenn er keine allzu großen Fehler machte, würde er sehr schnell Karriere machen. Noch besser: Wenn es dem GRU gelang, ihm dabei zu helfen.

Es war natürlich noch viel zu früh, um auch nur eine Vorahnung davon zu gewinnen, wie eine solche Annäherung und die nachfolgende Anwerbung gelingen sollten; immerhin hatte man schon bei schwierigeren Kandidaten Erfolg gehabt.

Aber es war ein schöner Gedanke. Und nach einem halben Jahr würde man die Lage viel besser beurteilen können. Bis dahin galt es abzuwarten und zu hoffen, daß Carl seine Pflicht tat und daß seine Vorgesetzten ihn nicht bei seinem frivolen Doppelleben in Moskau erwischten.

Carl lag in seinem Arbeitszimmer auf dem Fußboden und fluchte über verschiedene Schaltsysteme, die er vor sich ausgebreitet hatte. Das zusätzliche Stromaggregat war endlich über Stockholm und die Diplomatenpost des Außenministeriums angekommen.

In der Theorie war alles sehr leicht. Die Batterien wurden mit dem normalen Strom aus der Steckdose aufgeladen, und anschließend würde man das Aggregat einfach nur an die Computer anschließen statt an die Steckdose. Da waren aber noch verschiedene Sicherheitssysteme, die es beispielsweise unmöglich machen würden, die Steckdose zu vergessen, nämlich die Verbindung zwischen den Computern und der Außenwelt. Bei der Umschaltung des Ganzen ging es nicht einfach nur darum, einen Kippschalter zu betätigen, sondern es mußten mehrere Stromkreise gleichzeitig in Funktion treten, so daß sie folglich falsch oder richtig gekoppelt werden konnten, und bisher hatte es Carl mit unfehlbarer Präzision geschafft, die falschen Alternativen zu wählen. Die Hardware, die Maschinen, war sein schwächstes Fach. Sein Wissen bezog sich fast ausschließlich auf die Software, darauf, wie man Programme entwickelt und anwendet.

Schließlich funktionierte jedoch alles, und er seufzte erleichtert, als ein pfeiferauchender Oberst Nordlander an seine halboffene Tür klopfte.

»Wie geht's? Werden die Höllenmaschinen funktionieren?« brüllte der Oberst, als gälte es, das fast geräuschlos arbeitende EDV-System zu übertönen.

»Ach, danke«, brummelte Carl, fegte seine Schaltpläne zusammen und stand auf. »Zum Glück braucht man es nur ein einziges Mal zu ordnen, dann funktioniert es. Wir können bald mit dem Üben anfangen, ja, du weißt schon.«

Carl zeigte vielsagend auf die möglichen Wanzen, die wie früher immer noch an der Decke vermutet wurden, wenn man mit dem Finger darauf zeigte.

»Ja, ich weiß«, erwiderte sein Vorgesetzter schnell, »aber wir haben da ein kleines Problem. Man beklagt sich über dich.«

Carl setzte sich unruhig und bot seinem Gast einen Platz auf dem Besucherstuhl vor dem Schreibtisch an; Carl hatte einen Besucherstuhl, die beiden Vorgesetzten je zwei. Alles nach Vorschrift, vermutlich nach den Regeln des Wohnungsamts.

»Nichts Ernstes, wie ich hoffe?« fragte Carl mit ausdruckslosem Gesicht.

»Doch, unerhört ernst«, sagte der Oberst mit allzu bekümmerter Miene. Dann hellte sich sein Gesicht zu einem Lächeln auf. »UWS hat uns so etwas wie einen Hinweis gegeben, und dieser Hinweis betrifft deinen Wagen.«

»Meinen Wagen?«

»Ja, nicht genug damit, daß du einen russischen Wagen fährst, sondern auch noch einen Mietwagen von Intourist, also ein ziviles Fahrzeug ohne diplomatische Kennzeichen. Und das finden die Herren unpassend.«

»Es liegt an deren Bürokratie. Mein privater Wagen hätte schon vor mehreren Wochen aus Helsinki eintreffen müssen, und die letzte Nachricht, die ich erhalten habe, besagte, er habe Helsinki schon verlassen und befinde sich in Moskau. Vielleicht antworten wir denen, daß ich diesen Mietwagen sofort zurückgebe, sobald mein eigener Wagen durch ihre Bürokratie geschleust worden ist. Vielleicht geht es dann sogar schneller.«

»Hört sich vernünftig an. Was ist es übrigens für ein Wagen, ein 740?«

»O nein, ein Volvo kommt für mich nie in Frage. Er ist der gleiche, den ich jetzt auch fahre, ein Lada 1600.«

»Teufel auch.«

»Was ist daran so merkwürdig? Ein russischer Wagen in Rußland, das kann doch nicht falsch sein? Wenn man sich an die lokalen Weine halten soll, warum nicht an die lokalen Wagen?«

»Es macht einen leicht exzentrischen Eindruck. Bestenfalls.«

»Und schlimmstenfalls?«

»Es wirkt verdächtig. Ein bißchen überflüssig, wie ich finde.«

»Wieso verdächtig? Sind sie etwa der Meinung, ihre eigenen Wagen taugten nichts?«

»Nun ja. Unter den Kollegen aus dem Westen ist der Lada nicht gerade eine gängige Automarke. Es erweckt möglicherweise den Eindruck, als wolltest du dich im Moskauer Verkehr allzu unauffällig bewegen.«

»Sollen sie's doch glauben. Ich tue ja nichts Verbotenes.«

»Nein, natürlich nicht. Aber man muß ja auch nicht unbedingt den Eindruck erwecken. Na ja, jetzt haben wir eben einen kleinen Lada in unserem diplomatischen Fuhrpark.«

»Wenn alles gutgeht, ja.«

»Aber morgen abend nimmst du unseren Wagen? Wie ich höre, bist du in der französischen Botschaft eingeladen. Du scheinst ja ungeheuer populär geworden zu sein. Fällt es dir nicht schwer, ohne Frau zu kommen?«

»Ja, ich nehme unseren Wagen mit dem Fahrer, hab ihn schon bestellt. Nein, es ist keineswegs schwer ohne Frau. Es bedeutet nur, daß sie für mich irgendeine interessante Tischdame suchen müssen, die nicht mit einem Militärattaché verheiratet ist. Man könnte sagen, daß mir so der Frauentausch erspart bleibt.«

»Aha. Nun, ich wünsche viel Spaß. Wie du weißt, morgen früh um neun Konferenz.«

Carl gab sich Mühe, sein Gesicht vollkommen ausdruckslos und neutral erscheinen zu lassen, als sein Vorgesetzter aufstand, mit dem Kopf nickte und das Zimmer verließ. Sowohl der Oberst als auch der Kapitän zur See fanden es sicher ungerecht und möglicherweise etwas eigentümlich, daß Carl in letzter Zeit immer mehr persönliche Einladungen des westlichen Diplomatenzirkels erhalten hatte. Und Carl hatte keine Lust, den einfachen Zusammenhang zu erklären.

Seit dem ersten kleinen Einführungsfest für den frischgebackenen jungen Marineattaché, das Oberst Nordlander rund eine Woche nach Carls Ankunft in seinem Bungalow arrangiert hatte, hatte es für Carl geradezu Einladungen gehagelt.

Das lag jedoch nicht an seinen einzigartigen gesellschaftlichen Talenten oder an besonders interessanten Ansichten zu Dingen, zu denen auch alle anderen ihre Ansichten hatten. Es gab einen sehr einfachen gesellschaftlichen Grund.

Die diplomatische Vertretung der Bundesrepublik konnte unmöglich einen westlichen Kollegen übergehen, der zwar jung und grün war, jedoch das Bundesverdienstkreuz Erster Klasse trug. Und die Kommandeursklasse der Ehrenlegion hatte für die Franzosen eine fast religiöse Bedeutung. Und als Carl dem amerikanischen Marineattaché vorgestellt wurde, hatte sich dessen Blick sofort an die schmalen Goldschwingen geheftet, die Auszeichnung, die ebenso diskret wie auffällig Carls rechte Brustseite schmückte; bei allen offiziellen Anlässen trugen die Militärattachés Uniform, sogar auf der einfachsten Cocktailparty. Diese Auszeichnungen waren Carls gesellschaftliche Eintrittskarte.

Damit hatte sich schnell eins aus dem anderen ergeben, und inzwischen hatte Carl eine Frequenz von zwei bis drei Einladungen pro Woche erreicht.

Das paßte ihm vorzüglich ins Konzept. Jeder Abend im Dienst war ein Abend, an dem er von seinem eher dubiosen Dienst in der »Heineken Beer Bar« im National oder in der Touristenfalle und Hurenbar im dritten Stock des Hotel Intourist entbunden war.

Am heutigen Abend würde er sich auch nicht wie ein Schwein benehmen müssen, da er von Irina eingeladen war, bei ihren Eltern zu Hause zu essen. Und die Dserschinskis waren mit Alkohol äußerst mäßig.

Nach russischen Verhältnissen wohnten sie großartig in einer Drei-Zimmer-Wohnung in der Bolschoja Akademitscheskaja-Straße mit Aussicht auf einen Park und einen großen, künstlich angelegten Teich. Die Wohnung lag nicht sehr zentral und abseits der U-Bahnlinien, war aber groß und ansehnlich. Sie hatten die Wohnung aufgrund der gesammelten wissenschaftlichen Verdienste der Familie erhalten. Das große Wohnzimmer wurde von Irinas Flügel beherrscht, und vor dem Abendessen versammelte sich die Familie immer zu einer Musikstunde.

Bei den Gesprächen zu Hause bei Familie Dserschinski war es um die Selbstverständlichkeiten der Zeit gegangen, um Gorbatschow, Glasnost, die verringerte Kriegsgefahr in der Welt, das Ende des unglücklichen Krieges in Afghanistan, den Besuch Präsident Bushs; um all das, was soviel Optimismus ausstrahlte, wenn man sich mit normalen Russen unterhielt, all das, was seine Kollegen, die Militärattachés, auch ständig erörterten, wenn auch mit der Fortsetzung, dem Alptraumszenario: Wenn es mit der Perestrojka schiefging und die konservativen Kräfte wieder an die Macht kamen, würde die Welt wieder in den Zustand des Kalten Krieges zurückversetzt werden.

Es war immerhin die dritte Chance der Russen zu einem Tauwetter und, wie es die westlichen Botschaften einschließlich der schwedischen sahen, auch die letzte.

Es hätte der Familie Dserschinski gutgehen müssen. Sie waren zwar Juden, aber nicht besonders glaubenseifrig. Die Mädchen hatten eine Ausbildung, die Eltern gutbezahlte Jobs. Die Familie besaß sogar eine kleine Datscha, zu der sie an den Wochenenden hinausfuhren. Im eigenen Wagen.

Irinas persönlicher Entschluß, eine Ausreisegenehmigung zu verlangen, das, was sie jetzt in eine Refusnik verwandelt hatte, hing dennoch wie eine schwarze Wolke über der ganzen Familie.

Es war auch an der Atmosphäre zu Hause zu spüren, obwohl alle sich bemühten, es Carl nicht offen zu zeigen. Die Mutter, nicht der Vater, war Parteimitglied und sogar für den Parteikongreß nominiert worden, der Gorbatschows Stellung weiter festigte.

Carl würde der ganzen Familie schaden, und er wußte es. Nach seiner Abreise würden sie alle in Verdacht geraten, in ein westliches Komplott verwickelt gewesen zu sein, und hätte sich alles in der Stalinzeit oder vielleicht sogar noch in der Breschnjew-Ära ereignet, hätte man sie ins Gefängnis gesperrt oder umgebracht. Jetzt konnte man nicht wissen, was mit ihnen geschehen würde.

Carl fuhr mit der direkten U-Bahnlinie zur Rischskaja und dann mit dem Trolleybus zu ihrer Straße. Er lochte selbst seine Fünf-Kopeken-Fahrkarte in dem kleinen Gerät an der Wand des Busses wie ein gesetzestreuer sowjetischer Bürger.

Sie öffnete selbst die Tür, und zu seinem Erstaunen fand er sie allein zu Hause. Die Familie war mit dem Wagen zur Datscha hinausgefahren, aber sie ließen ihn alle grüßen, erklärte sie kurz.

Er reichte ihr unbeholfen seine zwei Flaschen Beaujolais Royal aus der Botschaft. Die Bezeichnung hatte offenbar etwas mit der Königsfamilie in Schweden zu tun. Das erklärte die großen Mengen, in denen gerade dieser Wein in allen schwedischen Botschaften zu finden war.

Er setzte sich auf ihren entschiedenen Befehl in den großen, verschlissenen Ledersessel des Vaters, worauf sie sich an den Flügel setzte und eine halbe Stunde ohne eine einzige Pause spielte, als wäre es ein richtiges Konzert.

Das Wohnzimmer war Treffpunkt der Familie und eine Mischung aus Musikzimmer, Wohnzimmer, Bibliothek und Eßzimmer. Die Fenster waren recht groß, und in weiter Ferne erkannte er in der Abenddämmerung die roten Flugsicherungslaternen des Rundfunk- und Fernsehturms. In dieser Richtung lag sein Ziel, von dem Fernsehturm an etwa genauso weit in der anderen Richtung. Dort lag der nördliche Vorort Bibirewo-Medwedkowo-Babuschkin, und da lag auch eine Endstation der U-Bahn namens Medwedkowo.

Soviel er wußte, war es kein vornehmer Vorort. Wer im Süden Moskaus wohnte, hatte eine bessere Adresse.

Als sie mit ihrer Klaviersonate fertig war und er Beifall geklatscht hatte, langsam und mit Nachdruck, wie man es tut, wenn man allein ist, drehte sie sich zu ihm um und sah ihn lange stumm an, bevor sie etwas sagte.

»Glaubst du, daß ich jemals vor einem finnischen Publikum spielen werde?« fragte sie schließlich und erweckte den Eindruck, als glaubte sie es selbst nicht.

»*Kaneschna*, ja, natürlich«, log er so schnell wie ungeniert. Er wußte ja, daß sie nie eine Ausreisegenehmigung erhalten würde.

Sie stand von ihrem Klavierhocker auf, ging langsam auf ihn zu und kniete auf dem kasachischen Teppich nieder und legte Hände und Arme auf seine Schenkel.

»Du bist eine sehr schöne Frau«, sagte er aufrichtig, flocht behutsam die Finger der rechten Hand in ihr dichtes schwarzes Haar und zog sie an sich, als er sie im Nacken ergriff. Dann küßte er sie. Jetzt war es passiert. Sie waren zum ersten Mal allein.

Er hatte vielleicht erwartet, daß sie sich entziehen oder zumindest den Kuß vorsichtig erwidern würde, doch statt dessen wurde sie überraschend schnell eifrig und leidenschaftlich und küßte ihn weiter, während sie sich auf den Knien aufrichtete und ihm die Krawatte und dann die Jacke auszog. Sie verhedderten sich kurz in ihren Kleidern, doch dann stand er behutsam auf, zog sie mit sich, hob sie hoch und trug sie in ihr Zimmer, das sie mit ihrer Schwester teilte, denn er vermutete, daß das Schlafzimmer der Eltern ihr nicht recht sein würde.

Sie liebte ihn fast verzweifelt, und er empfand es, als wäre sie es, die ihn führte, als würde er selbst nur folgen wie in einem erregten lateinamerikanischen Tanz. Im Bruchteil einer Sekunde schoß ihm der Gedanke durchs Gehirn, daß er offenbar keinerlei Mühe hatte, im Dienst zu lieben, während es ja privat ganz anders war.

Hinterher lag sie ruhig auf dem Bauch, bohrte das Gesicht ins Kopfkissen, und es war fast so, als schämte sie sich. Doch das konnte er sich nicht recht vorstellen, das paßte nicht dazu, wie sie der Leidenschaft nachgegeben hatte. Er liebkoste ihr behutsam den langen, nackten Rücken. Sie war sehr schmal, beinahe mager, und seine Finger glitten sichtbar auf ihrem Rückgrat auf und ab.

Schließlich drehte sie sich um und küßte ihn fast verlegen oder schüchtern auf den Halsansatz und bohrte den Mund hinein.

Er blieb eine Weile liegen und sah an die Decke; draußen war es inzwischen fast dunkel geworden, und die Zimmerdecke war voller Risse. Er wartete auf etwas.

»Wer bist du eigentlich, Graf Hamilton, und was tust du eigentlich hier bei uns in Moskau? Ich weiß so wenig über dich«, flüsterte sie schließlich.

Er ahnte den Zusammenhang.

»Ich bin Diplomat, aber nicht nur das«, erwiderte er ruhig und ziemlich laut. »Ich bin Militärattaché, und das bedeutet, daß ich auf gesetzlichem Wege Angaben über die Verteidigung der Sowjetunion sammele, so wie es sowjetische Diplomaten auch bei uns tun. Das dient dazu, daß wir alle mehr voneinander wissen, und ist überhaupt nichts Merkwürdiges.«

Sie drehte erneut das Gesicht ins Kopfkissen, und er spürte fast sofort, wie ihr schmaler Rücken von Schluchzern geschüttelt wurde. Sie weinte, erstickte die Laute aber im Kopfkissen.

Dann drehte sie ihm urplötzlich und impulsiv wieder das Gesicht zu, das jetzt tatsächlich verweint und mit Augen-Make-up ganz verschmiert war. Sie zog sein Ohr zu sich heran und flüsterte so, daß nur er es hören konnte, daß sie einen Spaziergang machen wolle. Sie müßten nämlich an die frische Luft, um miteinander reden zu können.

Er schüttelte den Kopf und mußte unwillkürlich über die Situation lächeln. Wenn es etwas gab, was er gerade jetzt auf keinen Fall tun würde, dann zu einem Spaziergang an die frische Luft zu gehen.

»Nein«, entgegnete er. »Das wäre falsch.«

Er beugte sich zu ihr hinunter und flüsterte ihr schnell eine Zeit und einen Ort zu, sah sie dann an und trocknete ihr behutsam mit dem Zeigefinger die Tränen. Dann küßte er sie aufs Gesicht, zunächst vorsichtig, und als er ihren Mund erreichte, küßte er sie immer heftiger, so daß sie sich noch einmal liebten, statt auszugehen. Sie fand sich fast verzweifelt mit seinem unausgesprochenen Vorschlag ab.

Er verließ sie nach Mitternacht mit der Erklärung, jeden Abend in seine Wohnung in der Botschaft zurückkehren zu müssen, da sowohl die schwedischen wie auch die sowjetischen Wachen seine nächtliche Abwesenheit notierten.

Als er auf die stille dunkle Straße hinaustrat, die recht weit von der Moskauer Innenstadt entfernt war, fiel ihm plötzlich ein, daß es schwer sein würde, eine Fahrgelegenheit nach Hause zu finden, da er sich jetzt in einem stillen Viertel befand und noch einen weiten Weg zu den stärker befahrenen Einfallstraßen zum Zentrum hatte, wo er ein Taxi anhalten konnte.

Und als dann ein Taxi wie zufällig aus dem Nichts auftauchte, der Fahrer die Seitenscheibe herunterkurbelte und fragte, ob er ein Taxi wünsche, hatte er fast Mühe, nicht seine Heiterkeit zu zeigen, als er ablehnte. Der Fahrer fragte erneut, und Carl lehnte erneut ab.

Er ging eine halbe Stunde zu Fuß in Richtung Innenstadt und hatte jetzt zum ersten Mal das Gefühl, überwacht zu sein. Jetzt hatten sie ihr zugesetzt, vielleicht auch ihrer Familie. Er hatte es kaum anders erwartet und würde es auch auf eine Weise für sich nutzen können, die sie kaum vermutet hatten.

Wenn die Situation tatsächlich so günstig war, wie er zu hoffen wagte, würde er es erst am folgenden Tag erfahren. Daher ließ er seine Gedanken in eine andere Richtung abschweifen.

Die Straße war ein ungeheuer breiter Boulevard mit nur wenig Verkehr. Die Bürgersteige waren verlassen und ein gutes Stück von dem Verkehr da draußen entfernt, so daß das Taxi, das ihn jetzt auflesen wollte, mehr als zehn Meter entfernt halten mußte.

Er ging lachend auf den Wagen zu. Wenn sie schon so hartnäckig waren, durften sie ihn gern nach Hause fahren.

Als der Taxifahrer ihn fragte, ob er Geld wechseln wolle, lachte er unmotiviert auf, was jede weitere Unterhaltung unmöglich machte. Der gelbe Wolga fuhr schnurgerade zur schwedischen Botschaft. Ohne daß er die Adresse genannt hatte.

Als er wieder in seiner Wohnung war, suchte er neugierig nach Anzeichen einer Durchsuchung. Bisher war ihm noch nichts aufgefallen. Nur Russen, die bei der Botschaft angestellt waren, hatten Zutritt zu dem Gelände, aber jeder ging davon aus, daß das russische Personal mindestens zur Hälfte aus Leuten des KGB bestand.

Und jetzt hatte man tatsächlich zum ersten Mal diskret und professionell seine wenigen Habseligkeiten durchsucht. Folglich hatten sie nichts gefunden, was verdächtig wirkte, und wenn sie wie schwedische Sicherheitsleute dachten, zogen sie daraus vielleicht den Schluß, daß dieser Umstand sehr verdächtig war. Vielleicht sollte er einige halbwegs unschuldige Akten von seinem Arbeitszimmer mit nach Hause nehmen, damit sie etwas berichten konnten. Er konnte nur hoffen, daß es ihnen nicht gelang, in die geschlossene Abteilung oben im Botschaftsgebäude einzudringen.

Er stellte sich eine Weile ans Fenster und sah in die Dunkelheit hinaus. Auch bei Tageslicht hatte er nur eine triste Aussicht auf einen Bauplatz, an dem die neue Botschaft der Bundesrepublik errichtet wurde, soviel er wußte, an einem kleinen Straßenstück, das die Russen freundlicherweise in Olof Palme-Straße umgetauft hatten, nachdem man dort einen kleinen Gedenkstein mit einer Büste Olof Palmes aus schwarzem Eisen eingeweiht hatte.

Es war der erste Abend seit sehr langer Zeit, an dem er vollkommen nüchtern war. Er genoß den Zustand wie ein Alkoholiker seinen ersten Drink, als käme er damit endlich wieder zu sich.

Er duschte sich seine und Irinas gemeinsame Gerüche ab, setzte sich dann entschlossen an den Schreibtisch und schrieb zum ersten Mal seit vielen Jahren einen langen Liebesbrief. In seiner eigenen Sprache, an eine Landsmännin, eine Polizeibeamtin.

Ihre Augen blickten ängstlich wie die eines Rehs, als er sie beim Bootsverleih im Gorkipark entdeckte, wo sie sich zum zweiten Mal trafen. Es nieselte und war kaum das richtige Wetter für einen Ausflug mit dem Ruderboot. Er hatte einen Regenschirm bei sich und fühlte sich wie ein englischer Gentleman, als er den Schirm in die linke Hand nahm, sie behutsam auf die Wangen küßte und ihr den rechten Arm reichte.

Es würde wahrscheinlich ein langer Spaziergang werden, und er wollte es ihr überlassen, den ersten Zug zu tun. Sie ging lange Zeit angespannt neben ihm her, bis sie anfangen konnte, und sah sich von Zeit zu Zeit unbewußt um, als wüßte oder befürchtete sie, daß man sie beobachtete.

»Carl, mein Lieber, ich muß ganz aufrichtig zu dir sein«, begann sie in ihrem melodiösen gebrochenen Englisch. »Es ist etwas Abscheuliches passiert. Wenn die wüßten, daß ich dir all das erzähle, würde ich in große Schwierigkeiten geraten.«

Dann verließ sie der Mut, und sie verstummte.

»Wer sind ›die‹, von denen du sprichst? KGB oder GRU?« fragte er schließlich mit einem so beruhigenden und selbstverständlichen Tonfall, wie er nur aufbieten konnte.

»Nicht das KGB. Es sind irgendwelche Militärs.«

»Also das GRU. Nun, ich glaube nicht, daß das so gefährlich ist, liebe Irina. Es ist bestimmt nicht so gefährlich, wie du glaubst. Die tun nur ihre Arbeit. Alle Länder haben solche Leute, wir auch. Und sie sind immer mißtrauisch, hier wie zu Hause bei uns. Sie schnüffeln eine Zeitlang überall herum, schreiben dann Berichte, die in irgendwelchen Archiven landen, und dann muß nicht unbedingt mehr passieren.«

»Sie sagen, du seist ein Spion«, schnitt sie ihm das Wort ab.

»Tja«, sagte Carl und sah sie mit einem feinen Lächeln an, um sie nach Möglichkeit zu beruhigen, »damit haben sie irgendwie auch recht. Das ist aber gar nichts Besonderes. Es gibt legale und illegale Spione, bei euch ebenso wie bei uns. Ich habe viele Jahre als illegaler Spion gearbeitet, und das wissen sie. Wenn man aber lange genug dabeigewesen ist, wird man irgendwann verbrannt, ja, das heißt so. Man wird irgendwann bei allen anderen Agenten so bekannt, daß man mit dem Job aufhören muß. Dann kann man zum Beispiel Militârattaché werden so wie ich jetzt. Aber das ist ein legaler Diplomatenjob, so daß du dir deswegen keinerlei Sorgen zu machen brauchst.«

»Sie sagen, daß ich mit ihnen zusammenarbeiten muß, denn sonst... es ist entsetzlich!«

»Denn sonst bekommst du nie eine Ausreisegenehmigung. Ich weiß, ich kenne das. Nun ja, so sind die Spielregeln. Früher war es aber schlimmer. Damals hätten sie gedroht, dich und deine ganze Familie in den Gulag zu schicken. Bestenfalls.«

»Wie kannst du nur so ruhig bleiben? Begreifst du nicht, in was für eine furchtbare Lage ich deinetwegen geraten bin?«

»Doch, Irina, das verstehe ich. Und würde ich hier in der Stadt einer illegalen Tätigkeit nachgehen, wäre ich jetzt ebenso in Schwierigkeiten wie du. Aber so, wie die Dinge liegen, glaube ich nicht, daß du dir wegen dieser Geschichte große Sorgen machen mußt.«

»Wie kannst du so etwas sagen? Du bist keiner von uns, du verstehst das nicht. Es ist ein schwarzer Schatten, man weiß, daß es ihn gibt, und wir wachsen einfach damit auf und hören immer wieder Geschichten davon. Es ist, als wäre es nicht wirklich, sondern nur ein böser Traum.

Und dann wird es eines Tages doch Wirklichkeit und zerstört einem das ganze Leben.«

Sie hatte natürlich recht. Sie saß in der Falle. Irgendwo in der Stadt, vielleicht bei *Zentral*, war ein Führungsoffizier für sie zuständig. Sie war ein Fall, eine Nummer mit eigener Akte. Jetzt saß sie unwiderruflich fest.

Und jetzt war sie dabei, einen weiteren Führungsoffizier zu erhalten, diesmal von der anderen Seite. Das würde ihnen später vielleicht aufgehen, und bei der Suche nach dem Schuldigen hatten sie die Wahl zwischen ihr und ihrem russischen Führungsoffizier. Wahrscheinlich würden sie sich für sie entscheiden.

Und sie war absolut nicht dumm. Ihre Furcht war jetzt ihr Feind und nicht etwa Mangel an Intelligenz, und dieser Furcht würde er sich jetzt bedienen. Nur flüchtig schoß ihm der Gedanke durch den Kopf, daß er selbst ihr Feind war. Jetzt war er lange genug stumm neben ihr hergegangen, um den Eindruck zu erwecken, als spräche er nach ruhigem, vernünftigem Nachdenken.

»Es ist wahr, Irina, daß ich keiner von euch bin. Ich bin kein Russe und habe nicht wie du in einem Land gelebt, in dem einem Dserschinski Denkmäler errichtet werden ...«

»Du hast so getan, als wüßtest du nicht einmal, wer das ist!«

»Auch das stimmt. Ich wollte dich nicht beunruhigen. Aber laß mich fortfahren. Du bist nämlich andererseits auch keine von uns, du bist keine Spionin und bist es nie gewesen. Aber ich kenne deine russischen Spione und Spionenjäger, so wie sie mich kennen. Wir sind nämlich Kollegen und arbeiten im selben Beruf. Wir sind Offiziere, die ihrem Land dienen, ob es nun Rußland oder Schweden heißt. Ich weiß, wie diese Leute denken, und deshalb bin ich nicht beunruhigt. Nein, laß mich erklären, unterbrich mich nicht. Es ist so. Die wissen natürlich ungefähr, womit ich mich in meinem alten Beruf beschäftigt habe, als ich draußen in der Welt unterwegs war. Sie können es sogar an meiner Uniform ablesen.«

»Eine Uniform hast du auch! Du bist also Soldat und kein Diplomat!«

»Nein, nein. Alle Militärattachés haben Uniform, damit man in diesem Beruf ganz offen auftreten kann. Das ist in aller Welt so üblich. In Uniform begeht man nämlich keine Straftaten. Sie wollen jedenfalls nur feststellen, ob es stimmt, daß ich in die offene, legale Tätigkeit übergewechselt bin. Es ist eine Routineangelegenheit. Ich habe mich hier in der Stadt ein wenig sonderbar aufgeführt, und das ist der Grund, weshalb sie mich kontrollieren wollen. Zu Hause hätten wir es mit einem Russen, der wie ich aufgetreten wäre, ganz genauso gemacht. Daran ist also wirklich nichts Besonderes.«

»Aber was hast du getan? Was hast du angestellt?«

»Du bist das Problem, Irina. Ich hätte dich nicht kennenlernen dürfen, hätte mich nicht in dich verlieben dürfen, dürfte keinen Umgang mit dir haben. So etwas gilt als unvorsichtiges Auftreten. Leute wie ich müßten nämlich jederzeit mißtrauisch und vorsichtig sein. Aber ich habe dieses Leben satt. Ich will nicht mehr wie ein Spion leben. Ich bin ein gewöhnlicher Mensch und ein ganz gewöhnlicher Mann mit normalen männlichen Schwächen. Als ich dich zum ersten Mal spielen hörte, habe ich meiner Schwäche sofort nachgegeben, und das ist es einfach, was ihnen sonderbar vorkommt.«

»Du bist ein Dummkopf.«

»Ja, ich bin ein Dummkopf.«

Sie ging stumm eine Weile neben ihm her und schien für den Moment besänftigt oder beruhigt zu sein. Dann kamen sie zu einer kleinen Garküche, aus der ein Holzkohlengrill dampfende Düfte verbreitete.

»Perestroika«, sagte sie plötzlich mit einem Lachen. »Komm, ich habe Hunger. Ich habe seit fast zwei Tagen nichts mehr gegessen.«

»Wieso Perestroika?« fragte er und ließ sich von ihr zu dem dampfenden Grill mitziehen.

»Es sind Jungs von irgendeiner Kooperative draußen auf dem Land. Sie haben ihre eigene Wurst hergestellt und verkaufen sie jetzt für einen kapitalistischen Profit.«

»Das ist kein kapitalistischer Profit, Irina, das ist Ausbeutung.«

Beide lachten, und beide empfanden es als sehr erleichternd, schon wieder lachen zu können.

Die Wurst lag in großen Kringeln auf dem Grill und sah aus wie etwas, was Lumpi auf die Straße macht, und die Schlange war für Moskauer Verhältnisse relativ kurz. Es gab jedoch kein Bier, so daß Carl Pepsi-Cola nehmen mußte. Carl biß mit mäßiger Begeisterung in die saure und stark geräucherte Wurst, während es Irina offenbar schmeckte.

»Du hast nichts gegen Perestroika-Schweinefleisch?« witzelte er, damit sie nicht allzuschnell zu der unvermeidlichen Fortsetzung zurückkehrten; es war natürlich ein nur mäßig amüsanter Witz, aber sie schien sich nicht verletzt zu fühlen.

»Nein, durchaus nicht, wir sind säkularisiert, und der Russe, der kein Schweinefleisch ißt, bekommt sonst wenig Fleisch zu essen. Dies ist ein Land von Schweinefleischessern, das kann dir kaum verborgen geblieben sein.«

»Ich dachte, ihr seid auch Biertrinker. Warum gibt es hier kein Bier zum Schweinefleisch?«

»Schon wieder Gorbatschow. Es ist seit zwei Jahren verboten, in den Parks von Moskau Alkohol zu trinken. Das ist ein Teil der Kampagne gegen den Suff.«

»Die auch bewirkt hat, daß Hefe und Zucker aus den Läden so gut wie verschwunden sind.«

»Genau, damit die russischen Hausfrauen wütend werden und der Perestroika den Kampf ansagen, damit auch die Männer in Zorn geraten, da es so schwierig geworden ist, an Wodka heranzukommen. Die Perestroika ist nicht ohne Probleme.«

»Nein. Hoffentlich bewältigt ihr sie.«

»Wollt ihr sie denn, ihr im Westen?«

»Ja, wir halten es für unerhört wichtig, daß Gorbatschow Erfolg hat, nicht weil wir so etwas wie sentimentale Liebe zu Mütterchen Rußland empfinden, sondern weil eine funktionierende Sowjetunion weniger geneigt sein wird, einen Krieg anzufangen.«

»Ihr seht uns wohl ausschließlich als Feinde, als könnten wir einen Krieg anfangen, als wären wir es, die tatsächlich damit anfangen würden, und nicht ihr?«

»Ja, ungefähr so. Wir können die Sowjetunion etwas stärker zerstören als sie uns, aber einen Sieger würde es in einem solchen Krieg trotzdem nicht geben.«

»Die Sowjetunion würde nie einen Kernwaffenkrieg beginnen.«

»Nein, ich weiß. Ihr liebt den Frieden und habt so unter dem Großen Vaterländischen Krieg gelitten, und so etwas wird Rußland nie wieder passieren, und so weiter. Ich kenne das. Aber wie auch immer: Es ist für uns alle gut, wenn es Gorbatschow und seiner Perestroika gut ergeht. Das ist wichtig, wichtiger als Glasnost.«

»Warum?«

»Ein neuer Breschnjew würde den Rüstungswettlauf wieder in Gang bringen. Wir hätten eine Neuauflage des Kalten Krieges.«

»Aber warum soll Glasnost nicht so wichtig sein?«

»Weil Glasnost nur äußerlich ist, der Überbau sozusagen. Die Freiheit der Meinungsäußerung ist etwas Schönes, ebenso Punkorchester in der Arbatski-Straße oder eine liberalere sowjetische Auswanderungspolitik, aber wenn die Perestroika zum Teufel geht, verschwindet Glasnost automatisch, nicht nur hier bei euch, sondern auch draußen in der Welt.«

»Glaubst du, ich könnte eine Ausreisegenehmigung bekommen, jetzt wo...«

»Du zu Ende gegessen hast?«

»Ja.«

»Komm. Laß uns noch einen Spaziergang machen.«

Sie stand sofort auf. Sie wollte das Gespräch also wiederbeleben. Sie gingen eine Zeitlang schweigend auf den Teich mit den großen Fontänen zu.

Aber als er meinte, daß sie die Unterhaltung wieder aufnehmen wollte, hatte sie einen Einfall. Sie zog ihn kichernd zu ein paar Buden mit Schießständen. Er fand es tröstlich, daß sie kichern konnte.

»Wenn du tatsächlich Soldat bist, dann zeig mir jetzt, wie ein schwedischer Soldat schießt«, sagte sie in einem Tonfall, der ihn überzeugte, daß sie es tatsächlich nachprüfen wollte.

Die Luftgewehre wurden mit Repetierbewegungen geladen. Die Ziele waren bewegliche kleine Tiere aus schwarzem und rotem Blech sowie groteske Masken mit einer Trefferfläche in Größe einer Fünf-Kopeken-Münze, die an einem Faden am Hals hing; wenn man dort traf, schnitt die Maske eine Grimasse, stieß Laute aus, und in den Augenhöhlen gingen rote Lämpchen an.

Carl zielte auf einen Fleck an der Wand und schoß zweimal.

»Du hast danebengeschossen!« lachte sie.

»Nein«, entgegnete Carl. »Jetzt weiß ich, daß ich zwei Zentimeter tiefer halten muß. Welche Maske willst du töten?«

»Die da, die zweite von links.«

Carl gab zehn Schüsse in rascher Folge ab. Die Maske grimassierte jedesmal, als ächzte sie unter den Treffern. Er hielt jetzt zum ersten Mal seit mehreren Monaten eine Waffe in der Hand. Es war ein angenehmes Gefühl, als wäre er wieder ins Leben zurückgekehrt.

»Sieh dir die Maske an. Sieh genau hin«, sagte sie mit starrem Gesicht, als er das Luftgewehr einer Frau überreichte, die hinter ihm in der Schlange stand.

»Ja?« sagte er. »Eine Art Monster. Und?«

»Siehst du denn nicht?«

»Nein. Es ist eine rot bemalte Maske aus Pappe und Blech.«

»Es ist ein Jude. Eine antisemitische Karikatur.«

»Das bildest du dir nur ein. Es ist ein ganz gewöhnliches, nettes, freundliches Monster.«

Er betrachtete die groteske Maske. Krummnasig, boshaft, bärtig. Und da war noch etwas, was man mit einiger Phantasie als Schläfenlocken deuten konnte.

»Du kennst Rußland nicht. Das da ist ein Jude, die beliebteste Zielscheibe, nicht nur auf dem Schießstand, sondern auch anderswo.«

Sie setzten ihren Weg zu dem großen Teich mit den Fontänen fort. Sie erweckte den Eindruck, als hätte sie das Bild des Monsters, in dem man nur mit einer reichlichen Portion paranoider Phantasie einen Juden entdecken konnte, traurig gemacht.

»Die Ausreisegenehmigung. Was meinst du? Ist jetzt nicht alles zerstört?« fragte sie endlich.

Er wartete eine Weile, bevor er antwortete, und blickte in ein paar riesige Baumkronen hoch, deren Spitzen schon die erste herbstliche Verfärbung zeigten. Der Regen hatte aufgehört, und eine vorsichtige Sonne erhellte die frühen Herbstfarben.

»Hör mal«, sagte er schließlich. »Du sollst nur das tun, was sie sagen, und alle ihre Fragen über mich wahrheitsgemäß beantworten. Du darfst nicht lügen. Nur in einem Punkt, bei einer einzigen Sache, die du dir leicht merken kannst, mußt du lügen. Es war nämlich ein Fehler von dir, mir zu erzählen, daß sie dich gezwungen haben, Denunziantin zu werden. Sie haben dir doch sicher strenge Anweisung gegeben, es mir nicht zu verraten?«

»Ja, natürlich.«

»Dann erzähl ihnen, daß du es mir verschwiegen hast. Wenn man schon lügen muß, kommt es darauf an, sich genau einzuprägen, wann man lügt und weshalb. Es kommt also darauf an, sich möglichst wenige Dinge zu merken.«

»So spricht ein Experte.«

»Ja. Ich habe in meinem alten Beruf sehr viel gelogen, jetzt aber nicht. Beantworte alle ihre Fragen über mich, beantworte alles vollkommen aufrichtig. Sie werden deine Angaben nachprüfen, so gut es geht, und werden herausfinden, daß du immer nur die Wahrheit sagst. Irgendwann geht die Operation zu Ende, und dann landet alles im Archiv. Irgendwann werden sie feststellen, daß sie sich die ganze Mühe hätten sparen können.«

»Die Operation?«

»Ja, sie haben eine Operation begonnen. In unseren Kreisen heißt das so. Ein Offizier hat den Auftrag erhalten und hat von einem seiner Vorgesetzten bestimmte Befugnisse und Mitarbeiter erhalten. Jetzt muß er das Problem lösen und bestimmte Fragen beantworten. Du bist eins ihrer Hilfsmittel.«

»Welche Fragen?«

»Warum haben die Schweden Hamilton in die UdSSR geschickt? Welche offiziellen Aufträge hat er an der Botschaft? Wie macht er sich bei der Arbeit? Wie denkt er über sein Leben in Moskau? Warum setzt er sich so achtlos über die Sicherheitsbestimmungen seines Landes hinweg? Wieviel erzählt er seiner Damenbekanntschaft? Können wir wirklich mit Sicherheit davon ausgehen, daß er in den offenen Nachrichtendienst übergewechselt ist? Fragen dieser Art. Im Grunde ist es reine Routine.«

»Aber warum setzt man mich für so etwas ein? Wie sind sie ausgerechnet auf mich verfallen?«

»Sie glauben, ich könnte dir viel mehr erzählt haben, als ich tatsächlich getan habe. Die meisten Spione der Geschichte dürften wohl daran gescheitert sein, daß sie in einigen schwachen Augenblicken einer Frau zuviel erzählt haben.«

»Dir ist das offenbar noch nie passiert.«

»Liebe Irina, liebe, liebe Irina. Ich habe dieses Leben hinter mir gelassen. Warum hätte ich dir so ein Theater vorspielen sollen, wo ich doch selbst nichts mehr von diesem alten Leben wissen will? Es war eine sehr böse Zeit, und ich habe sie als etwas betrachtet, was in meinem Leben schon zu Ende war, in Geheimakten begraben. Jetzt muß ich dir eine ganze Menge erzählen, damit sie etwas von dem Material erhalten, an das sie heranwollen. Das ist für uns die einzige Methode, sie uns vom Hals zu schaffen, ich meine, wie du sie dir vom Hals schaffen kannst. Mir können sie nicht schaden. Ich bin Diplomat und tue nichts Ungesetzliches.«

»Wenn du mich anlügst, was du offensichtlich kannst, da du Spion bist, werden sie also über mich herfallen. Du kommst davon, weil du als Diplomat giltst, aber was geschieht mit mir?«

»So funktioniert es nicht, Irina. Wenn ich tatsächlich ein Spion wäre und jetzt erführe, daß die gegnerische Mannschaft ein Unternehmen begonnen hat, um mich zu überwachen, wäre ich natürlich sofort zu meinen Vorgesetzten gegangen und hätte es gemeldet. Anschließend hätte ich wohl kaum in Moskau bleiben können. Ich hätte mich für deinen Hinweis bedankt und wäre nach Hause gefahren. Dich hätte ich im Stich gelassen. Anschließend hätten sie von dir eine Erklärung verlangt; sie hätten nämlich wissen wollen, weshalb du mir alles von deinem Auftrag erzählt hast. Man hätte dir die Schuld am Mißlingen der Operation gegeben. Wenn ich tatsächlich ein Spion wäre, hättest du mich mit etwas, was sie als puren Unverstand gewertet hätten, soeben gerettet.

»Es geht doch nicht nur um mich, sondern um meine ganze Familie.«

»Das weiß ich doch, Irina. Glaubst du etwa, ich wüßte das nicht? Aber da ich nun mal kein Spion bin, brauche ich nicht zu fliehen, und wir brauchen uns auch nicht so zu benehmen, als hätten wir ein schlechtes Gewissen. Ich brauche dir jetzt nur einiges von mir zu erzählen, was ich dir eigentlich nie habe erzählen wollen. Und das berichtest du anschließend denen, und damit sind wir das Problem endlich los.«

»Wenn das, was du mir erzählst, der Wahrheit entspricht.«

»Genau. Wenn ich dich anlüge, werden sie über dich herfallen, aber auch über mich. Folglich werde ich dich nicht anlügen, folglich werden wir wie zuvor miteinander umgehen, allerdings mit ein paar neuen Gesprächsthemen, die ich ursprünglich habe vermeiden wollen.«

»Willst du mir davon erzählen, was du als Spion getan hast?«

»Ja, eine ganze Menge sogar, aber nicht alles. Es würde unglaubhaft klingen, wenn ich dir alles erzählte. Ich werde dich jedoch so weit ins Bild setzen, daß du mich vielleicht besser verstehst, damit du siehst, was das für eine Welt ist, der ich letztlich den Rücken gekehrt habe.«

»Weil du sie nicht mehr ertragen hast?«

»Ja, unter anderem deswegen, aber das ist nicht der einzige Grund. Einige Politiker wollten mich loswerden, weil ich zuviel über ihre Lügen wußte. Unsere Welt unterscheidet sich nicht so sehr von eurer Welt hier in der Sowjetunion, wie ihr manchmal zu glauben scheint.«

»Wenn sie mich schließlich aus ihren Klauen lassen, wenn ich ihnen geholfen habe, ohne zu lügen, werde ich dann meine Ausreisegenehmigung bekommen?«

Sie biß sich auf die Lippe und sah zu Boden, als schämte sie sich, eine solche Frage zu stellen, als zeigte sie sich allzu offenkundig selbstsüchtig.

Sie waren ans Ende des Parks gekommen und befanden sich in der Nähe des Leninstadions. Er hatte vergessen, wie die Brücke hieß, aber wenn man sie überquerte und am Frunse-Kai vorbeiging, würde in etwa zwanzig Minuten die nächste U-Bahnstation namens Sportiwnaja auftauchen. Er überlegte, wie er von hier aus am schnellsten zur Endstation Medwedkowo käme. Endstation Medwedkowo.

»Ich wünsche mir zwei Dinge«, sagte er, als wollte er dem Schweigen ein Ende machen.

»Daß du mich nie kennengelernt hättest und dich jetzt in einer anderen Stadt und in einem anderen Land befändest«, erwiderte sie traurig.

»Nein, ganz und gar nicht. Erstens wünsche ich mir, daß wir öfter ins Theater gehen. Du kannst mir ja alles erklären, was ich nicht verstehe. Dann möchte ich, daß wir zu dir nach Hause fahren und uns fast die ganze Nacht lieben.«

Sie machte ein verblüfftes Gesicht und lachte dann hell auf.

»Damit sie uns belauschen können, meinst du?« fragte sie, nachdem sie plötzlich wieder ernst geworden war.

»Ich glaube nicht, daß sie das tun. Sie werden es vorziehen, daß du es ihnen erzählst. Es macht nicht soviel Spaß, wie die Leute glauben, sich auf Band liebende Paare anzuhören. Man hört so gut wie nie, was sie sagen, sondern nur das, was man nicht hören sollte. Nein, ich will dich öfter lieben. Ich will nicht, daß sie zerstören, was zwischen uns ist. Außerdem sind deine Eltern nicht da, und wir müssen die Gelegenheit nutzen.«

»Du bist ganz schön frech.«

»Das hab ich noch von meiner Zeit als Spion. Ich werde all das hinterher auf deiner Bettkante gestehen.«

»Ohne zu lügen?«

»Ja, natürlich ohne zu lügen. Sonst würde ich ja alles zerstören. Ich meine buchstäblich alles, was ich sage, Irina. Vertrau mir. Ich werde dich nie belügen. Ich wäre sonst lieber einfach aus deinem Leben verschwunden.«

Sie lächelte ihn zum ersten Mal seit der gegrillten Perestroika-Wurst ohne Bier an. Es erstaunte ihn, daß er soeben mitten in Moskau eine

Agentin angeworben hatte und somit fast ohne Lüge eine direkte Verbindung zum Feind hergestellt hatte. Es war ihm sogar gelungen, eine Antwort auf die entscheidende Frage zu vermeiden, die sie ihm gestellt hatte.

Die Antwort war ja, die wirkliche Antwort, daß jemand, der an einer Operation gegen einen westlichen Nachrichtendienstoffizier teilgenommen hatte, ob freiwillig oder unter Zwang, natürlich nie die Möglichkeit erhalten würde, das Land danach zu verlassen.

»Ich sehne mich schon nach Hause«, sagte sie und lächelte ihn erneut an.

»Gut. Dann nehmen wir ein Taxi, sobald wir aus dem Park heraus sind, und fahren in diese Straße, wie heißt sie noch schnell?«

»Ich glaube, es wird schwer, um diese Zeit ein Taxi zu bekommen«, sagte sie in einem Ton, als wäre es ebenso selbstverständlich wie bedeutungslos.

»Ich habe das Gefühl, daß wir sofort ein Taxi bekommen, sowie wir auf der Straße stehen«, lachte Carl.

Er beugte sich vor und küßte sie auf die Wange, als wäre es das Selbstverständlichste von der Welt.

Es war September und Herbstanfang. Er rechnete jetzt damit, daß Sandström tot sein würde, bevor der Herbst in den Winter überging.

Und daß man Irina vermutlich einen erheblichen Teil der Schuld daran anlasten würde.

Sie bekamen fast sofort ein Taxi.

Der September ist in Kivik ein Monat, in dem es viel zu tun gibt.

Die Äpfel reifen nacheinander, sektionsweise, je nachdem, ob es sich um frühe oder späte Sorten handelt. Der September ist einer der großen Erntemonate.

Die Einwanderungsbehörde und die verfluchte Polizei hatten dem Zustrom arbeitsfreudiger polnischer Studenten unter den freiwilligen Apfelpflückern ein Ende gemacht.

Der Alte jedoch hatte zwei Neuzugänge, die so auftraten, als hätten sie für das Leben nie andere Pläne gehabt, als Äpfel zu pflücken. Es schien für beide völlig natürlich zu sein, hart zu arbeiten, um dabei fröhlich und ziemlich redselig zu sein, und wenn es einem gelang, von indiskreten Beobachtungen abzusehen, etwa was ihre höchst sichtbare Spannkraft und Kondition anging, sahen sie aus wie ganz gewöhnliche Studenten, die soeben von einem Amerikaaufenthalt zurückgekehrt waren. Sie traten schon jetzt als ausgekochte Lügner auf, und das so überzeugend, daß der Alte fast ein wenig gerührt war, als er sie sah.

Beide hatten überdies unterschrieben, ohne zu zögern. Seit einer Woche waren sie Leutnant Lundwall und Leutnant Stålhandske, Beamte der vor kurzem gebildeten Operationsabteilung des SSI. Sie waren auf ewig zusammengeschweißt, nicht nur miteinander, sondern auch mit Carl, der, wie zu hoffen stand, ihr Chef werden würde. Es war die Operation Big Red, die alle drei miteinander verband.

Es war durchaus nicht merkwürdig, daß ein paar Apfelpflücker bei dem Alten in der Villa wohnten. In der Erntesaison gab es in Kivik kaum noch leere Betten.

Folglich konnte er die Abende damit zubringen, sich nach ihrer Ausbildung und nach den Erwartungen zu erkundigen, mit denen sie ihrem künftigen Job entgegensahen. Sie waren in gewisser Weise seine Schöpfung, aber er würde schon bald Pensionär sein, und es würde einem anderen zufallen, sie in den Dienst einzuweisen.

Seine letzten Arbeitsjahre hatten jedenfalls auf organisatorischer Ebene zu einigen Ergebnissen geführt: Fregattenkapitän Hamilton und die Leutnants Lundwall und Stålhandske waren eine höchst beachtliche Verstärkung gerade auf dem operativen Feld, auf dem der schwedische Nachrichtendienst früher, wie sich der Alte eingestehen mußte, gewisse Schwächen gehabt hatte.

Die Jungen machten überdies einen begabten und angenehmen Eindruck. Es fiel dem Alten zwar schwer, sich vorzustellen, sie könnten die gleichen Fähigkeiten haben wie Carl. Aber es war doch einiges möglich.

Und vor kurzem waren zwei neue Angehörige der Küstenverteidigung nach San Diego abgereist, um dort ihre verlängerte Wehrpflicht von fünf Jahren abzuleisten. Es war zwar nicht ganz leicht gewesen, im Etat dafür Mittel freizumachen, aber der Oberbefehlshaber hatte schließlich nachgegeben, teils um dem scheidenden alten Direktor noch eine Geste des Wohlwollens zu zeigen, teils aufgrund einiger einfacher Hinweise auf bestimmte praktische Resultate, die eine solche Ausbildung nachweislich mit sich bringen konnte.

Eine bessere Werbung als Carl war kaum vorstellbar. Der alte Direktor konnte sich also in Ruhe mit dem Gedanken aussöhnen, daß er schon in kurzer Zeit nicht mehr im Dienst sein würde, um dafür auf ewig, nun ja, für den Rest seines Lebens statt mit dem Nachrichtendienst mit Äpfeln verbunden zu sein.

»Aber wann kommt Hamilton nach Hause?« fragte Joar Lundwall unverändert höflich, obwohl er diese Frage seit zwei Tagen schon zum dritten Mal stellte.

»Wenn du mit dem Blasebalg von unten herangehst, unter dem Gitter, dürfte das dem Feuer besser auf die Sprünge helfen«, erwiderte der Alte.

»Es ist ja leider so, daß dieses Jahr ein Wahljahr ist«, begann er seine Erklärung. Ihm ging sofort auf, daß diese Formulierung mißverständlich war.

»Ja, also, was heißt schon leider. Aber es ist nun mal so, daß die Regierung für Beförderungen und Ernennungen zuständig ist, und bei uns geht es um drei Posten, deren Besetzung noch völlig offen ist. Die Regierung hat über zwei davon zu entscheiden. Ich selbst brauche einen Nachfolger, und die Wahl der Person hängt direkt davon ab, was für eine Regierung wir bekommen. Manche mögen keine Sozis, manche bevorzugen Sozen, wie es beim Generalstab heißt. Der zweite Posten ist der Lallerstedts, und in kurzer Zeit wird sogar für Sam ein Nachfolger gesucht. All das hängt bedauerlicherweise mit der Politik zusammen.«

»Na schön. Aber ist denn Carl mit der Politik verheiratet? Der hat doch weder was mit Sozis noch mit Bourgeois am Hut?« fragte Stålhandske in seinem singenden Finnlandsschwedisch.

»Nun ja, so kann man das natürlich nicht sagen. Der Grundgedanke ist also, daß Carl Lallerstedts Job übernimmt und daß Lallerstedt wieder auf die sieben Weltmeere fährt. Er dürfte mit der Lösung ziemlich zufrieden sein. Es ist aber der C OP 5, der den Chef unserer Operationsabteilung ernennt, und die Frage ist, ob Carl rechtzeitig wieder zu Hause ist, bevor wir einen neuen C OP 5 haben.«

»Wäre es dann nicht gut, ihn in dem Fall rechtzeitig aus Moskau nach Hause zu holen?« fragte Lundwall unverändert weich und höflich.

»Doch, natürlich«, wand sich der Alte, »aber er muß ja dieses neue EDV-Programm zu Ende bringen, damit wir uns etwas mehr auf unsere Moskauberichte verlassen können. Er muß zumindest etwas System reinbringen.«

»Na schön, aber das müßte doch in ein paar Monaten geschafft sein«, wandte Lundwall ein. Verdammt schwierig und unangenehm, intelligente Leute anzulügen, dachte der Alte.

»Du bist auch auf EDV spezialisiert?« wechselte er fast demonstrativ das Thema.

»Ja, ich habe die gleiche Ausbildung wie Hamilton.«

»Und du bist der Meinung, man könnte dieses Programm in zwei Monaten auf die Beine stellen?«

»Ja, ohne Zweifel. Es kommt natürlich ein wenig darauf an, wieviel Grundmaterial sie haben und in welchem Zustand sich das Ganze befindet, aber zwei Monate müßten reichen.«

»Hm«, sagte der Alte. »Und was ist mit dir, Stålhandske? Du hast diesen EDV-Kram hingeschmissen?«

»Was heißt hingeschmissen. Ich dachte mir nur, daß wir schon zwei solche EDV-Freaks in der Firma haben, und mir liegt das Zeug nicht so sehr. Dann habe ich sozusagen umgeschaltet.«

»Aha, und wenn ich mich an einen aufrichtig gesagt etwas ironischen Bericht unseres geschätzten Fregattenkapitäns richtig erinnere, ging es bei deiner neuen Technik um amerikanische Literatur. Na ja, wer weiß, vielleicht können wir das eines Tages auch gebrauchen«, bemerkte der Alte hintergründig und hob die Augenbrauen zu der ironischen Uhu-Variante.

»Na ja, diese Literatur hat mir auch nicht sonderlich gelegen«, begann Åke Stålhandske verlegen.

Der Alte betrachtete ihn amüsiert. Der Mann war ein Riese, den draußen im Feld jeder bemerken würde, zumindest bei Tageslicht. Schon das erlegte ihm gewisse Beschränkungen auf, doch wie sich jetzt zeigte, gab es noch weitere, noch unbekannte Einschränkungen.

»Ja?« fragte der Alte amüsiert. »Wollen Sie vielleicht die Liebenswürdigkeit besitzen, Leutnant, mit der harten Wahrheit herauszurücken?«

»Ich habe mich in den letzten zweieinhalb Jahren mit Abhörtechnik befaßt«, preßte der Riese mit einer Stimme hervor, die vor Nervosität fast ins Falsett wechselte.

»Du hast was getan?« fragte der Alte mit erhobener Stimme und mit vollkommen natürlicher und nicht im mindesten gespielter Bestürzung.

»Also, mit Abhören...« erwiderte der blonde Riese zögernd.

»Nun, und?« fragte der Alte unerbittlich weiter. »Du hast dabei was gelernt?«

»Man könnte sagen, daß ich das meiste über unerlaubtes Abhören weiß, und daß ich all die kleinen Dinger kenne, die man dazu braucht, und außerdem weiß ich, wie man sich davor schützt«, erwiderte Stålhandske weich und vorsichtig.

»Aber das ist ja glänzend!« brach es mit vollkommen echter Spontaneität aus dem Alten hervor. »Das ist ja ein Gebiet, auf dem wir immer hinterherhinkten. Jaja, ich weiß, daß ist zwar alles verboten und gegen die Grundgesetze und all das, aber es ist verdammt praktisch. Die Frage ist nur, wie wir es schaffen können, diese Dinger zu bestellen, bevor es in meinem Job zur Wachablösung kommt. Vielleicht kommt sogar ein Bürgerlicher, der der Meinung ist, nur Sozis unterschieden zwischen den Geboten Gottes und den Verordnungen der Menschen.«

Joar Lundwall war der Unterhaltung schweigend gefolgt. Er hatte zunehmend Mühe gehabt, nicht laut aufzulachen, doch jetzt explodierte er.

»Sag's lieber gleich, dann hast du es hinter dir, Al«, sagte er ohne jeden Anflug von Feindseligkeit zu seinem Kollegen, dem die Situation offenbar größtes Kopfzerbrechen bereitete.

»Ja, es ist so, daß ich einen Teil der Übungsausrüstung mitgenommen habe«, brummelte Åke Stålhandske schüchtern.

Der Alte betrachtete die beiden jungen Männer verblüfft. Sie sahen in ihren Turnschuhen und kalifornischen Baumwollhemden, die San Diego als Heimatort vermuten ließen, so verdammt unschuldig aus. Es fiel ihm immer noch schwer, wie ihm jetzt aufging, sie als zwei neue Ausgaben von Carl zu sehen.

»Du hast *was* getan?« fragte er schließlich mit so viel strenger Autorität, wie er aufbieten konnte.

»Nun ja. Ich habe also zwei Reisetaschen mit solchem Material mitgenommen und bin am Flughafen Arlanda beim Zoll damit bei Grün durchgegangen. Ach ja, dort haben sie mich erwischt, weil ich etwas zuviel Whisky bei mir hatte, aber das ließ sich nach einigen Schwierigkeiten schnell aus der Welt schaffen. Aber in die Taschen haben sie keinen Blick geworfen. Das Material befindet sich in unseren neuen Büros in Stockholm.«

Åke Stålhandske sah zu Boden. Joar Lundwall bemühte sich, ein absolut neutrales Gesicht zu machen.

Der Alte blieb einige Sekunden vollkommen reglos und absolut stumm sitzen.

Dann platzte er vor Lachen laut heraus.

»Das ist ja einfach glänzend, dumm, aber glänzend, wunderbar dumm, aber Gott beschützt die Einfältigen. Und außerdem kann man die Dinger vielleicht mal gebrauchen. Zumindest bei … sagen wir bei Übungen unter realistischen Bedingungen.«

Und dann lachte er so lange und so laut, daß er die beiden neuen Operateure mitriß.

»Ich will verdammt sein, wenn das nicht einen selbstgebrannten Calvados wert ist. Hat einer von euch die Zigarren gesehen, die mir mein Arzt verboten hat?« sagte der Alte und stand auf.

Still vor sich hinglucksend, ging er in die Küche, um nach ein paar verbotenen Dingen zu suchen.

Die beiden Leutnants wechselten einen stummen Blick, der etwa bedeutete, jetzt können wir aufatmen. Das Problem war aus der Welt.

Jurij Tschiwartschew mißfiel die gesamte Operation. Es war nicht Sache des GRU, sich mit solchen Tschekisten-Verschwörungen zu befassen. Das GRU war ein seriöser Nachrichtendienst und keine Bande politischer Intriganten wie diese Leute beim KGB.

Es war überhaupt absurd, ganze Stunden gedanklicher Tätigkeit und menschlicher Ressourcen darauf zu verschwenden, schwedische Skandalblätter mit Desinformation zu füllen. Aber dennoch notwendig.

Denn natürlich hatten die Leute dort unten im Irrenhaus damit begonnen, Informationen an die bürgerliche Abendzeitung durchsickern zu lassen, und zwar über die gewohnten Kanäle und die gewohnten Journalisten, Informationen über die Geschichte mit dem PFAU und dessen politische Immunität, über die schwedische Regierung, die aus parteitaktischen Gründen russische Spione schützte, damit im Wahlkampf nicht noch mehr Affären ans Licht kamen, als ohnehin schon in Gang waren; er dachte an die widerwärtige Affäre um Mitglieder der schwedischen Partei-Nomenklatura, die nicht nur Drogen genommen, sondern sich gleichzeitig homosexuelle Leibwächter bei der Polizei besorgt hatten.

In der anderen Abendzeitung jedoch konnten jetzt jedenfalls Journalisten, die als »Spionageforscher« galten – ins Russische übersetzt klang das Wort unbegreiflich –, erklären, die Jagd nach dem PFAU sei seit Jahren von einer geheimen Untersuchungsgruppe der Säpo betrieben worden.

Und die Frage einer Immunität für entlarvte Spione sei in Wahrheit durchaus nicht so kontrovers, wie es den Anschein habe. In England, den USA und der Bundesrepublik Deutschland sei oft so verfahren worden. Es sei überdies effektiv, da man auf diese Weise für die Sicherheit der Nation wichtige Erkenntnisse erhalten konnte, die anders nicht zu gewinnen waren. Angesichts der Sicherheit des Landes sei die persönliche Strafe nicht das Wichtigste.

Folglich war der intelligente Einfall, dem Mann Immunität zu gewähren, bei der Sicherheitspolizei aufgekommen, und natürlich hatte man die Regierung nur mit großer Mühe davon überzeugen können, wie klug es sei, sich wie die großen Jungs im Westen zu verhalten.

Alles war folglich aufs Beste gerichtet, und die schwedische Regierung war klug und unschuldig, wie die GRU-organisierte Journaille in der sozialdemokratischen Abendzeitung mitteilen konnte. Was natürlich zu rascher Zustimmung in den Nachrichtensendungen des staatlichen Fernsehens führte.

Es sah im großen und ganzen gut aus. Es sah tatsächlich so aus, als hätte man vorläufig die Kampagne der regierungsfeindlichen Sicherheitspolizisten in der bürgerlichen Abendzeitung gebremst. Damit tauchte die Frage auf, ob sie jetzt die Karte der verdächtigen Militärs und des TRISTAN-Berichts ausspielen sollten.

Gerade das war die sensible Frage. Dann würde nämlich das Militär über die große rechtsgerichtete Zeitung, welche die Aussicht aus Jurij Tschiwartschews Fenster beherrschte, sofort erklären, es gebe keine verdächtigen Offiziere, da der TRISTAN-Bericht eine reine Provokation sei.

Solche Geschichten würden beim schwedischen Publikum und, wichtiger noch, beim sowjetischen Agentennetz nicht allzu glaubwürdig klingen.

Es war aber trotzdem besser, dem zuvorzukommen: Die Säpo-Journalisten der sozialdemokratischen Zeitung würden verbreiten dürfen, der PFAU habe den Spion Sandström die ganze Zeit geschützt, und dadurch habe man infolge unglaublich intelligenter Arbeit denselben enttarnen können. Das hatte der Mann bei seinen Vernehmungen ja gestanden, da die Immunitäts-Vereinbarung schon gesichert war.

Irgendwie würde der Knoten am Ende entwirrt werden. Es war jedoch unleugbar merkwürdig, sich mit solchen konspirativen Methoden der Tschekisten abgeben zu müssen.

Jurij Tschiwartschew notierte sich, welche Befehle er in dieser Angelegenheit bei der nachmittäglichen Konferenz geben würde, räumte die Abendzeitungs-Akte vom Tisch und machte sich mit bedeutend größerem Appetit über den neuen Hamilton-Bericht aus Moskau her.

Die Untersuchung hatte erstaunlich schnelle Ergebnisse gebracht. Den Berichten der LERCHE zufolge – ein passender Code-Name angesichts ihres musikalischen Hintergrunds – hatte Hamilton ihr in gewissen männlich schwachen Augenblicken von ausgewählten Abschnitten seines früheren Lebens erzählt.

Bevor man ihn nach Moskau schickte, hatte man ihn zu seinem offenbar letzten nassen Job entsandt, seinem letzten und vermutlich auch unangenehmsten, da eins der Opfer ein junger Palästinenser gewesen war, kaum älter als sechzehn. Da jedoch ein führender Politiker sich den Ruhm für das Unternehmen sichern wollte, hatte man Hamilton unschädlich gemacht, indem man ihn möglichst weit weg schickte.

An dieser Stelle fand sich eine Fußnote, in der erklärt wurde, in einem mehrere Monate zurückliegenden Telefongespräch, das man irgendwo in einem Archiv ausgegraben habe, sei eine Unterhaltung des schwedischen Botschafters mit dem Chef des schwedischen Außenministeriums festgehalten worden, bei dem der Letztgenannte die damals noch unverständliche Bemerkung gemacht habe, leider habe man Hamilton nicht nach Ulan Bator schicken können.

Es gab noch weitere nachprüfbare Informationen, die Hamilton der LERCHE gegeben hatte. So erinnerte er sich beispielsweise mit Schaudern einer Operation, die vor mehreren Jahren in der Bundesrepublik stattgefunden hatte. Er hatte sogar von Nazimanieren gesprochen.

Eine westdeutsche Sonderpolizeieinheit hatte bei einer bestimmten Gelegenheit in Hamburg ein rundes Dutzend Terroristen abgeschlachtet, und Hamilton war damals Infiltrant in der Terrororganisation gewesen, und er war auch der Mann gewesen, der die Spezialisten mit einem verabredeten Zeichen hereingeholt hatte. Irgendwie machte er sich jetzt wegen der damaligen Ereignisse Selbstvorwürfe.

Das war für einen Mann wie Tschiwartschew nicht ganz leicht zu verstehen. Hamilton war immerhin Offizier, und die Gegner waren in diesem Fall Terroristen gewesen.

Die Puzzlestücke stimmten jedoch mit anderen Informationen überein. Man wußte nämlich, daß Hamilton sich in der Bundesrepublik Deutschland aufgehalten hatte, daß er kurze Zeit in einem Militärkrankenhaus in Syrien gepflegt und vom Nachrichtendienst der dortigen Luftwaffe verhört worden war; man hatte Kopien aus Damaskus angefordert, die jedoch noch nicht eingetroffen waren.

Und das Ereignis selbst schließlich, als die Bundesrepublik endgültig mit ihren Terroristen abrechnete, war ja niemandem entgangen. Jurij Tschiwartschew hatte schon immer vermutet, daß Hamilton irgendwie in diese Operation verwickelt gewesen war, und hier war nun die Bestätigung. Die Information dieser LERCHE stimmten also.

Es hatte den Anschein, als lichtete sich allmählich der Nebel. Man hatte Hamilton aus seinem qualifizierten Geheimdienstjob gefeuert, man hatte ihn aus politischen Gründen geopfert, und es war fast eine Ironie, daß man ihn ausgerechnet nach Moskau geschickt hatte, wo er sich mit ziemlich trivialen Bearbeitungsproblemen befassen sollte, welche das Berichtssystem der Militärattachés betrafen, und das war ein Job, den Hamilton beim Vergleich mit seinen früheren Arbeitsaufgaben natürlich fast als sinnlose Routinebeschäftigung ansehen mußte.

Er war vierunddreißig Jahre alt, ledig und überdies erstaunlich sentimental. Er nahm seinen Job nicht ernst, verstieß aus Nachlässigkeit gegen alle erdenklichen Sicherheitsbestimmungen und verschwieg seinen Vorgesetzten einiges. Er war schon jetzt ein oft und gern gesehener Gast bei Botschaftsempfängen der westlichen Diplomaten. Er trank zuviel und schien danach in Grübeleien zu versinken.

Es sah unleugbar sehr gut aus. Es war ein klassisches Verhaltensmuster.

Es sah gut aus, möglicherweise jedoch zu gut. Man durfte den Gegner nie unterschätzen und mußte immer davon ausgehen, daß dieser intelligenter und besser informiert war als man selbst.

Es war entschieden zu früh, aus dem bisher vorliegenden Material operative Schlußfolgerungen zu ziehen. Jurij Tschiwartschew schlug sich mit Nachdruck alle Überlegungen aus dem Kopf, wie sie die Enthusiasten in *Zentral* schon jetzt anzustellen begannen.

3

Carls neuer Lada 1600 lief vorzüglich. Der Motor schnurrte wie eine Nähmaschine, und es war fast so, als hätte das GRU den Wagen getunt, um bei der Gelegenheit einen kleinen Sender unter dem linken Kotflügel einzubauen; irgendwo jedenfalls war etwas diskret in einem versiegelten Hohlraum eingeschweißt.

Wie stellten sie sich an, wenn sie die Batterien auswechseln wollten?

Würden sie etwa vorschlagen, daß er den Wagen zur Inspektion brachte? Wie auch immer: Es spielte keine Rolle, da er den Wagen auf dem Weg zur Endstation nicht benutzen würde.

Er versuchte, sich auf die vor ihm liegende Zeit zu konzentrieren, etwa eine Woche im voraus, denn in dieser Zeit brauchte er nur an zwei Dinge zu denken, die von Bedeutung waren.

Die Leningradskoje Chaussee würde bald in den Leningradskij Prospekt übergehen, an dem eins der denkbaren Theater lag, Tsignaskij Teatr Romen, das Zigeunertheater. Dorthin war Irina schon mit ihm gegangen. Es war das Beste und Intensivste, was er bisher auf der Bühne gesehen hatte. Der Star des Stücks, Nikolaj Slitjenko, würde vermutlich auch im Westen unglaublichen Erfolg haben, wenn man die Truppe auf Tournee gehen ließe wie die traditionell anerkannten Theater. Aber so weit war Perestroika offenbar noch nicht gediehen.

Doch zum einen hatten sie die Vorstellung vor kurzem gesehen, zum andern hatte es nur eine Pause. Am besten wäre ein Stück oder ein Ballett mit zwei Pausen.

Das Bolschoi-Theater lag am günstigsten. Ein Dreiakter im Bolschoi mit zwei Pausen war vermutlich am besten.

Als er jedoch auf halbem Weg in die Innenstadt vom Flughafen Scheremetjewo II auf den Leningradskij Prospekt fuhr, verlor er die Konzentration. Die privaten Gefühle gewannen die Oberhand.

Er konnte nicht genau sagen, wie sie über die zwei Tage gedacht hatte, und im übrigen war es natürlich ein Fehler, ganz offiziell eine Polizistin einzuladen, auch wenn sie eine Frau war. Das würde das GRU nur durcheinanderbringen.

Aber er hatte sie gebraucht. Er hatte diese knapp zwei Tage normalen Lebens ohne Schauspielerei gebraucht, gleichsam um zu prüfen, ob es überhaupt noch etwas von seinem eigentlichen Selbst gab.

Und für den großen Ball der Militärattachés hatte er definitiv eine Begleiterin nötig. In diesem Jahr war die chinesische Botschaft Gastgeber gewesen. Die Örtlichkeiten der Veranstaltung schienen einem Roman Tolstois entsprungen zu sein: fünfhundert Ausgehuniformen, Walzer zwischen Marmorsäulen, gewaltige Kronleuchter, gleißender Schmuck und blitzende Orden, goldene Schärpen und Tressen; es war wie eine Szene aus einem Märchen oder einer Operette gewesen. Und vielleicht auch ein wenig lächerlich.

Sie hatte das Ganze schon ein wenig lächerlich gefunden und ihn irritierend herzlich ausgelacht, als er in der Wohnung zuvor verzweifelt mit seinem steifen Kragen und der Schwierigkeit gekämpft hatte, zwei Halskreuze einigermaßen symmetrisch anzuordnen. Sie hatte es schließlich mit zwei kleinen Sicherheitsnadeln geschafft.

Immerhin war sie gekommen. Sein Brief hatte ihr gefallen. Er hatte ihr versprochen, bald wieder zu Hause zu sein. Das war eine Äußerung wider aller Vernunft, als wäre er fast schon dabei, tatsächlich zu dem Sicherheitsrisiko zu werden, das er seit mehr als drei Monaten spielte.

Er wollte nicht mehr denken, ordnete sich in die Bonzenfahrspur ein und steigerte die Geschwindigkeit. Doch es gelang ihm nicht, sich auf das Autofahren zu konzentrieren. Er spürte, wie ihm Handschweiß ausbrach, so daß das Lenkrad glatt wurde. Er mußte immer wieder an die gemeinsam verbrachte Nacht denken. Es war unfaßbar, daß er von einem solchen Schrecken befallen wurde, wenn es ernst war, wenn es um einen Menschen ging, den er gern hatte.

Mit Irinas Hilfe hatte er dem heimlich lauschenden Gegner ein paar glänzende Darbietungen hingelegt.

Der Leningradskij Prospekt war inzwischen in die Gorkistraße übergegangen, und er stellte fast aus alter Gewohnheit den Wagen vor dem Hotel Intourist ab, als wäre er zu einer der abscheulichen Bars unterwegs, um dort abscheulichen Weißwein oder ebenso abscheulichen Goldchampagner zu trinken.

Statt dessen machte er einen Spaziergang in das Viertel um das Bolschoi-Theater, um noch einmal alles zu rekapitulieren. Es war Sonntag. Das zentrale Warenhaus, Tsentralnij Uniwermag, war geschlossen. In dem Säulengang vor dem Warenhaus jedoch, auf dem Weg zu dem Parkplatz, den sie vermutlich wählen würde, befand sich eine Reihe mit kleinen Verkaufsständen, an denen allerlei Krimskrams und Obst angeboten wurde. Bei den grünen Bananen und den Äpfeln waren die Schlangen am längsten.

An einem der Stände lag eine Reihe mit kleinen Werkzeugsätzen. Er entdeckte ein kleines Kunststoffutteral mit einem Kreuzschraubenzieher, einem normalen Schraubenzieher und einer spitzen Ahle. Die Werkzeuge waren etwa fünfzehn Zentimeter lang.

Carl betrachtete die fünf kleinen Kunststoffutterale eine Weile. Sie kosteten einen Rubel pro Stück. Es war wie ein geheimes Zeichen, das letzte Glied seiner Vorbereitungen. Er kaufte einen Satz, steckte ihn in die Tasche und ging weiter durch den Gang zu der kleinen Querstraße auf der anderen Seite, wo er einen Eisstand fand. Die Moskauer würden vermutlich nie aufhören, Eis zu essen und Kwaß zu trinken.

Er nahm einen Becher Kwaß und behielt den Parkplatz und die verschiedenen Straßenverbindungen im Auge, die er sich merken mußte.

Der nächste Theaterbesuch würde im Bolschoi stattfinden, das hatten sie schon vereinbart. Wenn es ein Stück mit mehr als zwei Akten gab, war die Sache entschieden.

Carl ging auf, daß er sie gebeten hatte, von Schweden herüberzukommen, weil er sich von ihr verabschieden wollte, was er ihr jedoch nicht gesagt hatte.

In der Brusttasche trug er einen kleinen blauen Ausweis, eine *diplomatscheskaja kartoschka*. Dieses Kärtchen konnte zwar die ewig sauren Intourist-Wachen an den Eingängen der Luxushotels überzeugen, aber wenn er draußen in Medwedkowo auf den Feind traf, war dieser Schutz nicht mal mehr das Papier wert, auf dem er gedruckt war.

Es war vernünftig, sich zum Abschied mit ihr zu treffen. Es war weniger vernünftig, auf dem Weg über die offizielle Bürokratie eine schwedische Polizeibeamtin als privaten Gast einzuladen.

Als er in die Botschaft zurückkam, zog er seinen Trainingsanzug an; er war jetzt in seiner planmäßigen Leistungsverschlechterung schon weit fortgeschritten. Aber in den nächsten Tage würde es überhaupt keinen Alkohol geben. Er war jetzt davon befreit.

Er lief auf der stillen und herbstlich gefärbten breiten Straße zu seiner Wendemarke und tat es langsamer als je zuvor. Er hatte das Gefühl, eher zu trotten als zu laufen. Bei der Wendemarke sah er zur Uhr. Ja, er hatte wohl richtig gerechnet.

Dann kehrte er mit voller Geschwindigkeit an der Grenze seiner Leistungsfähigkeit zurück – die Gesamtzeit würde seinen Zeitnehmern an den Botschaftstoren ohnehin nicht imponieren. Er fühlte sich plötzlich wie befreit.

Sein Körper hatte in den letzten Monaten viel einstecken müssen, und sie hatte bemerkt, daß er sogar ein wenig in die Breite gegangen war. Doch jetzt war der erste Akt zu Ende.

Mit seinem Obersten und seinem Kapitän zur See hielt er eine zwei Tage dauernde intensive Abschluß- und Generalprobe ab. Wie nicht anders zu erwarten, hatten beide eine fröhliche, jungenhafte Begeisterung für die Zauberkünste des EDV-Systems entwickelt.

Er verwendete dabei die Daten über den Bomber SU-24 »Fencer«, wie er in der NATO-Sprache hieß, als Übungsbeispiele.

Die Angaben waren sowohl orange wie rot klassifiziert, und was mit Strom aus der Steckdose auf dem Bildschirm erschien, zeigte im großen und ganzen sämtliche bekannten gedruckten Daten über die Maschine sowie einige weitere Angaben, die sich aus Berichten an Stockholm herleiten ließen.

Als er auf das Reserveaggregat umschaltete, um alle tatsächlichen und theoretischen Verbindungen mit der Außenwelt zu kappen, konnte er sämtliche rot klassifizierten Angaben auf den Bildschirm holen, beispielsweise frühere Berichte über Beobachtungen der Maschine auf einem kleineren Flugplatz in der Nähe von Riga, wo sie ohne Nationalitätskennzeichen aufgetaucht war. Daraus hatte man in früheren Jahren den Schluß gezogen, daß etliche Exemplare des schwersten und mit der größten Feuerkraft ausgestatteten Bombers ins Baltikum verlegt worden waren. Dabei war bedacht worden, welche Konsequenzen dies für die schwedische Landesverteidigung haben könnte.

Die Angaben über die Entwicklungsvarianten B und C, die zu den relativ wenigen schwedischen Leckerbissen gerechnet werden konnten, waren selbstverständlich ebenfalls rot eingestuft. Typ B war vermutlich ein Teil der strategischen Luftflotte und mit taktischen Kernwaffen ausgerüstet, Typ C hatte ausschließlich Raketen an Bord, die für Seeziele im Ostseeraum gedacht waren.

Unter den jüngsten Berichten, die teils rot, teils orange klassifiziert waren, fanden sich Angaben über einen Rückzug der für Schweden recht bedrohlichen Waffe – bedrohlich, solange sie sich im Wehrbereich von Leningrad oder dem baltischen Wehrbereich von Riga befand. Die Schlußfolgerungen liefen darauf hinaus, daß dies sowohl etwas mit Glasnost als auch mit Einsparungen zu tun haben konnte.

Wenn man unter »Einsparungen« nachsah, tauchten auf dem Bildschirm eine Reihe von Zahlen verschiedener Berichte auf, und plötzlich wurde ein Muster deutlich: Die Russen waren dabei, ihre Militärausgaben in dem schwedischen Interessengebiet zu beschneiden. Militärische Perestroika also.

Das EDV-System befaßte sich kreuz und quer mit Angaben über See-, Luft- und Bodenstreitkräfte, und es war so einfach, die verschiedenen Klassifikationen auf den Bildschirm zu holen, daß die beiden älteren Männer, die geglaubt hatten, nie im Leben dieses Teufelszeug bewältigen zu können, jetzt an Erfindungsgabe und Fingerfertigkeit fast miteinander wetteiferten.

Damit war Carls offizieller Auftrag erledigt.

Hinterher gab es in der Stadt ein improvisiertes Abschlußfest. Es fand in einem schönen Haus aus dem neunzehnten Jahrhundert statt, in dem der Kapitän zur See eine private Wohnung hatte. Obwohl der Botschafter sich schon vorgenommen hatte, ihm die großartige Residenz wegzunehmen und sie zu einer schwedischen Kultureinrichtung zu machen.

Carl hatte wieder das Gefühl, als wäre er dabei, sich zu verabschieden, und trank sehr vorsichtig.

Dem grauen Warenhaus Tsentralnij Uniwermag in der Petrowka-Straße gegenüber liegen einige Nebenausgänge des Bolschoi unter einem von schmalen Säulen getragenen Vordach.

Wer das Theater durch einen dieser Nebenausgänge verläßt, braucht genau fünfzehn Sekunden, um die Passage zum Warenhaus auf der anderen Straßenseite zu erreichen, und anschließend weniger als vierzig Sekunden, um auf der anderen Seite auf die Neglinnajastraße hinauszutreten. Von dort ist es nur noch ein Straßenblock zu der großen Hauptstraße Prospekt Marksa.

Carl stand an der Ecke von Neglinnaja und Prospekt Marksa und beobachtete den Verkehr. Sie würde allerdings aus der anderen Richtung kommen.

Niemand überquerte die durchgezogene Linie in der Straßenmitte. Möglicherweise war das ein Verkehrsdelikt. Man mußte also gleich zu Anfang rechts abbiegen.

Glasunows »Raymonda« war einer der ewigen Eckpfeiler des Bolschoi-Repertoires – die ursprüngliche Inszenierung von 1898 läuft noch heute.

Es hatte einiger zusätzlicher Anstrengungen bedurft, um für die Vorstellung des Abends Karten zu bekommen, da die Titelrolle von Nina Ananschwili und die zweite Hauptrolle, Jean de Brienne, von dem großen Star Andres Leipa getanzt werden würde.

Die Vorstellung dauerte mehrere Stunden. Und »Raymonda« hatte drei Akte.

Es hatte zu regnen begonnen. Carl ging die Straße gegenüber dem Warenhaus entlang und sah mit wachsender Besorgnis, wie sich die Parkplätze allmählich füllten.

Er begab sich unter das Dach der Passage, als er Irina ankommen sah. Sie bekam den vorletzten Parkplatz auf seiner Straßenseite. Es war perfekt und hätte nicht besser sein können. Und überdies hatten sie am Abend zwei Pausen zur Verfügung.

Sie fuhr zusammen, als sie ihn entdeckte, und er erklärte schnell, er habe nicht im Gedränge und Gewimmel des Theaters auf sie warten wollen, weil sie dort mehr Mühe gehabt hätten, sich zu finden.

Es kam ihm vor, als sähe sie heute abend ängstlicher aus als sonst, tat das dann aber als Einbildung ab. Dafür war sie so schön wie schon lange nicht mehr. Sie hatte sich viel Mühe gegeben, obwohl sie immer noch flache Schuhe trug, um ihre Körpergröße zu kaschieren. Vielleicht besaß sie auch nur flache Schuhe. Es hätte ihn jedoch nicht gestört, wenn sie etwas größer gewesen wäre als er selbst.

Im Theater roch es nach Mottenpulver. Sie saßen hoch oben an der Seite des dritten Rangs und konnten fast senkrecht auf die gewaltige Bühne hinunterblicken. Weit im Hintergrund sahen sie die schrecklichen Kulissen, die vor allem Leipa genügend Auslauf geben sollten, wenn er im dritten Akt mit seinen äquilibristischen Übungen begann.

Der erste Akt war unsäglich langweilig, höfisch und entsprach dem französischen Geschmack des neunzehnten Jahrhunderts. Von Zeit zu

Zeit flackerte unten im Parkett ein kleiner blauer Kamerablitz auf; einige Sowjetbürger wollten eine Erinnerung fürs Leben mit nach Hause nehmen.

Sie dürften auf ihre Fotos kaum mehr bekommen haben als ein paar Hinterköpfe und eine nebelhaft wirkende Bühne ohne Details. Carl spürte zu seinem Erstaunen, daß er dabei war einzuschlafen.

In der ersten Pause drängten sie sich eine Treppe hinunter und tranken eine Limonade, nach der sie wie gewohnt lange hatten anstehen müssen.

Als die Glocken läuteten und sie wieder die Treppe hinaufgingen, erklärte er, ihm sei plötzlich eingefallen, daß in der Botschaft ein Telegramm liege, das er beantworten müsse. Er lieh sich ihre Autoschlüssel, küßte sie auf die Wange und wartete, bis sie von dem Publikum des dritten Rangs aufgesogen wurde. Es war alles sehr schnell gegangen, und er hatte bei ihr nicht einmal Verwunderung oder Besorgnis registriert. Er hatte ihr versprochen, bis zum dritten Akt wieder da zu sein. Er hatte eine Stunde und zehn Minuten Zeit.

Der Rückwärtsgang im Wagen der Familie Dscherschinski ließ sich nur schwer einlegen, und als er anschließend in den zweiten Vorwärtsgang schaltete, kreischte das Getriebe besorgniserregend. Er fuhr sehr ruhig zur Ecke von Neglinnaja und Prospekt Marksa. Es herrschte kaum Verkehr. Er überlegte einen Augenblick, ob er verbotenerweise die Mittellinie überfahren und gleich nach links fahren sollte. Er besann sich aber eines besseren, bog nach rechts ab und steigerte die Geschwindigkeit, als er sich auf dem Prospekt Marksa befand. Das wird also zunächst so etwas wie Sightseeing, lächelte er vor sich hin, als er durch die Seitenscheibe die rosafarbene Fassade des Bolschoi-Theaters sah.

In einsamer Majestät fuhr er um den Platz mit dem schwierigen Namen herum, »Platz zur Erinnerung des 50jährigen Jubiläums der Revolution«, und warf einen Blick auf die große rote Sowjetfahne, die wie gewohnt beleuchtet war und trotz des Regens wie gewohnt fast perfekt flatterte. Er bog dann nach links ab und kam an eine rote Verkehrsampel, bei der es natürlich endlos lange dauerte, bis sie wieder auf Grün geschaltet wurde. Ein Wolga mit Gardinen vor der Heckscheibe und ein gelbes Taxi schlossen hinter ihm auf. Er kam jedoch zu dem Schluß, daß sie nicht so dumm sein konnten, ihm so auffällig zu folgen.

Die Ampel schaltete auf Grün. Er fuhr schnell den Prospekt Marksa entlang, kam an seinem Ausgangspunkt vorbei, als die Ampel am KGB-Platz gerade umschaltete; die anderen Wagen hinter ihm blieben seelenruhig vor der roten Ampel stehen.

Es war dunkel und nieselte. Die Fassade des großen gelben KGB-Gebäudes mit dem grauen Sockel wurde nicht angestrahlt. Die meisten Fenster waren dunkel. Nur im obersten Stockwerk brannte Licht.

Als er den inneren Ring überquerte, steigerte er die Geschwindigkeit; bis jetzt kannte er die Strecke noch.

Anschließend ging es immer geradeaus weiter, bis er den gewaltigen Prospekt Mira erreichte, den »Friedensboulevard«. Er lachte plötzlich auf, als ihm die Ironie des Namens aufging.

Es war ein Abend mitten in der Woche. Die Gefahr, daß Sandström jetzt noch arbeitete, war sehr gering. Und die Gefahr, daß er seiner früheren Gewohnheit getreu irgendwo auf einer Sauftour war, war gleich Null. Am größten war noch das Risiko, daß er irgendeine Frau bei sich hatte. Carl durfte keinen Zeugen haben.

Als der Prospekt Mira oben beim Park mit der Abkürzung WDNCH endete, fuhr er zum ersten Mal auf unbekanntes Terrain. Jetzt hieß die Straße Jaroslawskoje Chaussee, und anschließend kamen die fünf schwierigen Passagen durch die Vororte, wo er einmal Gefahr lief, sich zu verfahren.

Er hatte vom Start bis zum Ziel zwanzig Minuten gebraucht. Er hatte sich nicht verfahren und wurde wahrscheinlich nicht verfolgt.

Carl bog in die Straße zum U-Bahnhof ein, ohne den Blinker zu betätigen, doch keiner der zwei Wagen hinter ihm folgten. Danach war die Straße leer. Nein, er war vermutlich immer noch allein und wurde hoffentlich auch nicht erwartet.

Er fuhr langsam am U-Bahnhof vorbei und parkte den Wagen fünfzig Meter weiter, wo noch einige weitere Wagen standen; in den Vororten Moskaus gab es offensichtlich keine Parkprobleme.

Carl verließ den Wagen und ging zum U-Bahnhof zurück. Es mußte gerade ein Zug eingelaufen sein, denn vereinzelte Fahrgäste verließen den Bahnhof und gingen in verschiedenen Richtungen davon. Die meisten hatten Tragetaschen in den Händen. Das war ein gewohnter Anblick in Moskau, wo die Menschen immer darauf gefaßt waren, irgendwo auf eine Schlange zu stoßen, wenn eine unerwartete Lieferung eingetroffen war.

Der U-Bahnhof war mit einem tristen grauen Betonklotz überbaut, und davor befanden sich ein geschlossener Tabakkiosk, ein paar Reihen mit Mineralwasser- und Kwaß-Automaten, aber alles war geschlossen.

Carl ging an den Rand des Bürgersteigs. Er betrachtete zunächst die drei Telefonzellen auf der linken Seite und blickte schließlich zum achten Fenster des gegenüberliegenden weißen Hauses.

Dort brannte Licht.

Carl ruhte im Augenblick, als wäre jetzt alles vorbei. Es war, als wollte er hierbleiben. Die Straße bot ein Bild vollkommenen Friedens. Er sah nur drei Menschen, die in verschiedenen Richtungen auseinanderstrebten.

Dann fiel ihm ein, daß er nach Möglichkeit zur Pause zwischen dem zweiten und dritten Akt zurück sein sollte. Er holte tief Luft, überquerte langsam den asphaltierten Fahrdamm und begab sich auf die Rückseite des Hauses.

Das erste, was er sah, war ein Eishockeyspielfeld, das ein wenig verfallen wirkte. Daneben entdeckte er ein paar Schaukeln des stabilen russischen Typs mit langen stählernen Armen statt Ketten.

Er ging auf die Haustür zu. Davor stand eine grüngestrichene Holzbank, deren Holz zum Teil verfault war, so daß die Rückenlehne in sich zusammengefallen war. Die Haustür war blau gestrichen und besaß kein Zahlenschloß. Carl ging hinein, ohne sich auch nur umzusehen, denn dazu war es jetzt zu spät. Wenn sie wirklich die Besten der Welt waren, würde er sie ohnehin nicht sehen.

Der Fahrstuhl hatte offenbar im ersten oder zweiten Stock gestanden, denn er kam fast augenblicklich. Er besaß das übliche alte russische System mit Doppeltüren und einem Kontakt, der beim Schließen der Innentüren hergestellt wurde. Carl drückte auf den Knopf für das Stockwerk unter der Wohnung des Verräters.

Der Flur war eng und dunkel. Die Treppe zum nächsten Stockwerk war sehr schmal. Es würde Carl schwerfallen, schnell die Treppe hinunterzulaufen, und vor allem war die Gefahr groß, daß er dabei Lärm machte. Um ein Haar wäre er über ein Dreirad gestolpert. Er schob es zur Seite und beschloß, die Fahrstuhltüren offen zu lassen. Dann suchte er den Lichtknopf. Er mußte schließlich das Schloß sehen.

Das Treppenhaus war menschenleer. Die Laute, die zu hören waren, schienen von Fernsehgeräten oder Radios zu stammen. Carl hatte weiche, perforierte Gummisohlen unter seinen Abendschuhen. Er vergewisserte sich, daß die Schnürsenkel fest verknotet waren und daß nichts an seiner Kleidung vorstand oder ihn behindern konnte. Er streifte sich ein paar weiche Handschuhe aus hellem Leder über und betrachtete eine Zeitlang das Schloß. Falls es das einzige war, würde er höchstens zehn Sekunden brauchen. Falls die Tür innen eine Sicherheitskette hatte, mußte er sie wieder schließen, anklopfen und etwas auf russisch sagen.

Das Schloß ging schneller auf, als er berechnet hatte. Es war überdies das einzige. Aus der Wohnung ertönten Stimmen und Geräusche von einem Fernsehgerät. Carl hielt die Tür ein paar Zentimeter auf und lauschte. Im Flur brannte kein Licht: Er mußte jetzt geradeaus weitergehen. Er schob mit einer schnellen und entschlossenen Bewegung die Tür auf, damit sie nicht quietschte, und ließ sie fast ins Schloß fallen. Dann blieb er reglos stehen und lauschte.

Die Unterhaltung wurde auf englisch geführt. Ein Mann und eine Frau sprachen miteinander. Carl zog sein Werkzeug aus der Tasche, versteckte die Ahle in der rechten Hand und steckte die übrigen Dinge wieder in die Jackentasche.

Er blieb eine Weile reglos stehen. Obwohl er kaum einen Anlaß dazu hatte, ruhte er erneut im Augenblick und staunte über das völlige Fehlen von Nervosität. Er hatte das Gefühl, alles sei schon vorüber.

Dann ging er ziemlich schnell durch den Korridor, vorbei an der leeren dunklen Küche, und betrat das hell erleuchtete Wohnzimmer. Er setzte ein fröhliches Lächeln auf.

»Wie schön, daß ich Sie endlich erreiche, Herr Sandström. Ich heiße Hamilton und bin von der schwedischen Botschaft«, sagte er auf schwedisch.

Und bevor der verblüffte Landesverräter, der den jüngsten Fotos ähnlich sah, sein Glas hatte abstellen können, erklärte Carl dem Mädchen auf englisch, er komme nur von der schwedischen Botschaft. Dann fuhr er schnell auf schwedisch fort, er wolle sich nur kurz mit Herrn Sandström unterhalten. Er streckte lächelnd die Hand aus, und als der überrumpelte Mann aufstand, als wollte er die Hand ergreifen und ihn begrüßen, schlug Carl ihn bewußtlos.

Er ging um den Tisch mit den Gläsern herum, trat vor das Mädchen und entriß ihm die Handtasche. Sie enthielt keine schweren Waffen.

Sie saß vollkommen still, ohne sich zu rühren. Carl ging zu dem bewußtlosen Landesverräter zurück und drehte ihn mit dem Fuß um, so daß der Mann platt auf dem Bauch lag. Dann betrachtete Carl die Szene.

Der Raum wirkte wie das vollkommen normale Wohnzimmer eines etwas bessergestellten Russen. Carl sah eine westliche Stereoanlage und ein finnisches Fernsehgerät. Die Möbel sahen neu, aber klobig aus. Die ganze Wohnung wirkte sauber und aufgeräumt.

Er betrachtete das Mädchen. Sie schien in den Dreißigern oder vielleicht etwas jünger zu sein. Russinnen haben die Gabe, älter auszusehen, als sie sind. Die junge Frau war recht elegant gekleidet, jedoch ohne jede Spur von Vulgarität. Sie sah blond und finnisch aus.

»Wer sind Sie?« fragte er kurz auf russisch.

Sie schüttelte den Kopf, sagte aber nichts. Sie war offenbar vor Schreck wie gelähmt.

»Ich muß erfahren, wer Sie sind«, sagte Carl geschäftsmäßig, bekam aber immer noch keine Antwort.

Da bückte er sich, legte die linke Hand auf den Hinterkopf des Verräters und preßte den Kopf nach vorn. Mit der rechten Hand stieß Carl die Ahle direkt in die kleine Höhlung über dem großen Rückenwirbel am Hals und zog sie dann ein paarmal hin und her. Er bemerkte zunächst keine Reaktion, aber dann zappelte ein Bein des Verräters kaum merklich.

Carl erhob sich und betrachtete wieder die Frau. Sie hatte sich nicht von der Stelle gerührt. Es war schwer auszumachen, ob ihr aufgegangen war, daß der Mann, mit dem sie vor kurzem noch zusammengesessen und gesprochen hatte, jetzt tot war. Bei einer normalen Obduktion würde man in vielen Routinefällen die Todesursache übersehen, nämlich daß sozusagen der Hauptschalter mit einem spitzen scharfen Gegenstand durchschnitten worden war, aber so, wie die Dinge jetzt lagen, würde es unter gar keinen Umständen zu einer normalen Obduktion kommen.

»Ich habe es eilig und muß es wissen«, sagte Carl. Er setzte sich auf die Armlehne des Sofas, so daß die Frau jetzt in seiner Reichweite war. Sie saß mitten auf dem Sofa, weniger als einen Meter entfernt, und preßte die Knie zusammen. Sie antwortete noch immer nicht.

»Hören Sie«, sagte Carl gehetzt, da er spürte, wie ihm die Zeit davonlief, »ich bin Offizier beim schwedischen Nachrichtendienst. Dieser Mann hier ist ein Verräter, der bei uns zu Hause zum Tode verurteilt worden ist. Wenn Sie eine Nachbarin oder Freundin sind, werde ich auch Sie töten müssen. Aber wenn Sie eine von uns sind, eine Kollegin, kann davon keine Rede sein. Nun?«

Sie schien intensiv über das nachzudenken, was Carl gesagt hatte. Nur wenn sie selbst beim Nachrichtendienst war, würde sie die Logik dessen erkennen, was Carl soeben gesagt hatte.

»Glavnoje raswedowatelnoje uprawlenije«, flüsterte sie heiser. Sie mußte sich räuspern und blickte starr zu Boden. Nur wenige Sowjetbürger wären in der Lage gewesen zu sagen, was die Buchstaben GRU bedeuten.

»Rang und Abteilung?« fragte Carl schnell und sah auf die Uhr.

»Das darf ich nicht sagen.«

»Das müssen Sie sagen, denn sonst weiß ich nicht, ob Sie die Wahrheit sagen. Ihr Name ist mir egal, aber Rang und Abteilung muß ich erfahren.«

»Unterleutnant, erstes Direktorat, zweite Direktion, Abteilung für skandinavische Angelegenheiten«, erwiderte sie leise und schloß die Augen, als schämte sie sich.

Carl schnappte nach Luft. Damit war die Sache klar.

»Wir sind Kollegen«, stellte er fest. »Dies ist kein gegen die Sowjetunion gerichteter feindseliger Akt. Wir betrachten das hier als unser nationales Recht. Aber ich muß mich entfernen können, ohne daß in der nächsten halben Stunde die Jagd auf mich beginnt. Verstehen Sie das?«

Sie lächelte plötzlich ironisch und hatte etwas Gesichtsfarbe und Hoffnung zurückgewonnen.

»Ja, selbstverständlich, aber wie soll ich Ihnen das garantieren«, murmelte sie.

»Ich bitte Sie folglich höflich um Entschuldigung für die Unannehmlichkeiten, die ich Ihnen bereite. Bitte richten Sie Ihren direkten Vorgesetzten meinen respektvollen Gruß und mein Bedauern aus«, sagte Carl schnell und versetzte ihr einen knappen Schlag in den Nacken, als er den Satz beendete.

Sie fiel lautlos seitlich aufs Sofa. Er beugte sich vor, schob eins ihrer Augenlider hoch und betrachtete das Auge. Sie war bewußtlos, er hatte sie nicht getötet. Es war kein Halswirbel gebrochen. Sie würde bald wieder zu sich kommen. Er hob sie auf den Fußboden und legte sie kopfüber seitlich hin und knöpfte ihr die Kleidung auf, um ihre Atmung zu erleichtern. Sie atmete gleichmäßig, und der Puls schien normal zu sein.

Er stand auf, ging zu der Leiche und zog einen kleinen Fotoapparat aus der Jackentasche. Erst machte er ein paar Nahaufnahmen von Kopf und Nacken, so daß man die darin steckende Ahle sehen konnte. Anschließend zog er sie zur Hälfte heraus, machte ein paar neue Fotos, drehte dann die Leiche um und zog die Ahle ganz heraus. Er wischte einen Blutstropfen in der milimetergroßen Wunde ab, die so aussah, als würde sie sich bald schließen.

Er machte noch ein paar weitere Aufnahmen, Porträtbilder aus nächster Nähe mit offenen Augen sowie ein paar Ganzaufnahmen. Schließlich steckte er die Ahle, die er zuvor abgewischt hatte, in das Kunststoffutteral, das er auf den Couchtisch legte. Dann verließ er den Raum, durchquerte den Flur und zog die Tür leise hinter sich zu.

Im dritten Akt kamen endlich die eher äquilibristischen Passagen, die Andres Leipa zum ersten Mal während der Vorstellung Gelegenheit boten, seine Virtuosität auszuspielen, was das bis dahin etwas mürrische Publikum auftauen ließ.

Jetzt wurde es überzeugender. Dies war wirklich russisches Ballett auf der berühmtesten Bühne der Welt. Und Carl war mit allen seinen Sinnen dabei.

Er war äußerlich vollkommen ruhig, fühlte sich aber irgendwie schizophren. Während die eine Hirnhälfte sich unbekümmert der Vorstellung zuwandte, war die zweite mit anderen Dingen beschäftigt.

Der weibliche Unterleutnant mit dem finnischen Aussehen war vermutlich so etwas wie Babysitter für Sandström gewesen. Nein, wenn sie im ersten Direktorat arbeitete, war sie Analytikerin. Hätte sie fünftes Direktorat geantwortet, wäre sie vermutlich Operateurin und gefährlich gewesen. Dann hätte sie irgendeine Schutzfunktion haben können.

Es war natürlich absolut unzweifelhaft, daß sie GRU-Offizier war. Kein gewöhnlicher Sowjetbürger hätte auf die Frage nach der Funktion beim militärischen Nachrichtendienst eine so perfekte Antwort geben können.

War es richtig gewesen, sie als Zeugin dazulassen? Carl erkannte, daß er sich nicht genügend vorbereitet und nicht im voraus bedacht hatte, wie er die Probleme lösen wollte, falls Sandström nicht allein in der Wohnung war. Er hatte ganz einfach gehofft, ihn allein vorzufinden.

Also. Erst die Frau erwürgen, wie Sandström es hätte tun können, in einer Art plötzlichem Rückfall in sein bekanntes Verhaltensmuster, um ihn dann aus Verzweiflung Selbstmord begehen zu lassen? Ein Sprung durchs Fenster?

Nein, ein Sturz aus dem achten Stock garantierte noch nicht den Tod. Folglich hätte er vor dem Sprung getötet werden müssen, und eine gerichtsmedizinische Untersuchung hätte das recht schnell herausgefunden. Überdies wäre es schwieriger gewesen, sich unbemerkt vom Tatort zu entfernen.

Es hätte sowohl aus schwedischer als auch sowjetischer Sicht als verbrecherisch gelten können, über einen Sowjetbürger herzufallen. So wie die Dinge jetzt standen, konnte man höchstens behaupten, der stellvertretende Marineattaché der schwedischen Botschaft habe Dinge getan, die mit seiner Stellung als Diplomat unvereinbar seien, was ebensogut Trunkenheit am Steuer wie etwas Ernsteres bedeuten konnte.

Jetzt wußten die Russen genau, was geschehen war. Mit Hilfe eines fähigen Gerichtsmediziners hätten sie es ohnehin entdeckt, den Rest, den sie noch nicht gewußt hätten, hätte ein Verhör Irinas ergeben, denn es hätte gezeigt, daß Carl sich genau um den Zeitpunkt, zu dem der Verräter umgebracht worden war, nicht im Bolschoi-Theater befand.

In der Sache veränderte der jetzige Erkenntnisstand nichts. Der schwedische Nachrichtendienst hatte sich im Verhältnis zu seinem sowjetischen Widerpart vollkommen korrekt verhalten.

Das dürfte beispielsweise Racheaktionen ausschließen; die Russen waren dafür bekannt, daß sie sich in solchen Situationen sehr besonnen verhielten. Im Gegensatz zu manchen anderen: In Frankreich hätte man den Operateur nicht mit heiler Haut davonkommen lassen.

Wahrscheinlich konnte Carl ohne das geringste Risiko zur Botschaft spazieren, obwohl sie vermutlich schon jetzt irgendwo in dem neunstökkigen Haus am Chodinka-Flugfeld saßen, wo *Zentral* liegt, und die Lage einer hektischen Beurteilung unterzogen.

Irina hatte sie vielleicht sogar im voraus darüber informiert, daß sie sich gerade heute abend »Raymonda« ansehen wollten. Wenn das so war, konnten sie sogar vor dem Theater stehen und warten.

Nicht einmal diese Vorstellung brachte Carl aus der Ruhe. Das Ganze war vorbei, die Operation beendet, das Ziel vernichtet. Es war zwar wünschenswert, daß sämtliche Maschinen sicher zu ihren Basen zurückkehrten, aber das war nicht das Wichtigste.

Was blieb, war der menschliche Preis.

Sie warteten nicht vor dem Theater.

Es war schon fast elf Uhr, aber er wollte sich nicht gleich von ihr trennen, obwohl es nur wenige und nicht sonderlich angenehme Lokale gab, in die man jetzt noch gehen konnte. Sie wollte auch nicht gleich nach Hause fahren.

Sie fuhren ein kurzes Stück und parkten auf der Rückseite der Basiliuskathedrale. Mit Hilfe eines großzügig bemessenen Bestechungsgeldes wurden sie diskret in einen der sogenannten Nachtclubs des Hotels Rossija eingelassen.

Dort spielte ein Tanzorchester, in dem Saxophone die dominierenden Instrumente waren. Die Musiker spielten in einer violetten Scheinwerferbeleuchtung, die jedem Gast schon nach einer Stunde entsetzlich auf die Nerven gehen mußte. Die Stühle waren wackelig und aus Kunststoff. Das nur halb besetzte Lokal war verqualmt und laut. Der größte Teil des Publikums waren Russen, da die Touristensaison in Moskau schon längst vorbei war.

Beide sagten nicht viel, was nur zum Teil an der allzu lauten Musik lag; genau wie im Westen.

Sie versuchten, eine Flasche moldawischen Weißwein zu bestellen, aber der erwies sich als zu billig, obwohl Carl das jetzt weniger direkt erklärte. Es mußte also wieder »Goldchampagner« sein.

Und zum letzten Mal *sowjetskoje schampanskoje solotkoje*, gleichgültig, was dann passiert, dachte Carl.

Er hielt auf dem Tisch ihre Hand. Sie wirkte traurig, fast als begriffe sie, daß dies das Ende war.

Vermutlich würden sie draußen vor der Tür auf sie warten. Ob sie je erfahren würde, was während des zweiten Akts geschehen war?

Ihre Hand sah so aus, wie man sich eine Pianistenhand vorstellt. Die Adern zeichneten sich deutlich auf dem Handrücken ab.

Er überlegte, ob er sie auf das vorbereiten sollte, was geschehen würde. Er konnte seinen Gegenspielern durch sie sogar ausrichten lassen, daß sie nie begriffen hatte, wie sie ausgenutzt worden war.

Nein, vielleicht hatten sie nicht vor, sie zuviel wissen zu lassen. Und wenn sie nichts wußte, würde sie den Verhören widerstehen können. Es gab nur eins, was er ihr sagen konnte.

Die Konversationsmöglichkeiten über die Vorstellung hatten sie schon im Wagen erschöpft, aber es gelang ihm nicht, ein neues Gesprächsthema zu finden. Schließlich war sie es, die das Schweigen inmitten des Lärms der Saxophone brach.

»Du siehst traurig aus, *Carlinko*. Einen Rubel für deine Gedanken?« sagte sie. Ihre Frage klang härter, als sie war, da sie recht laut sprechen mußte.

»Ja, Irina«, sagte er und sah sich um, sozusagen als wollte er zunächst mit dem Blick antworten. Es roch stark nach russischem Tabak, nach Parfum und Schweiß, und die Frauen, die an den Nebentischen saßen, sahen aus wie Prostituierte. »Lokale wie dieses sind ja nicht so romantisch, wie man es sich wünschen möchte.«

»Nein. Aber immer noch einen Rubel für deine Gedanken.«

»Du darfst sie nie belügen. Was sie auch fragen, du darfst ihnen keine Lügen auftischen.«

»Ja, das hast du schon mal gesagt.«

»Aber es ist wichtig, Irina. Niemals lügen.«

Das war das schlechteste denkbare Gesprächsthema, und sie antwortete nicht. Aber dies war nun das Letzte, was er zu ihr gesagt hatte. Sie würden sie danach fragen, und es konnte sehr wohl als eine Art Gruß gelten:

Irina hat nie etwas gewußt. Ihr habt sie nicht allein ausgenutzt. Ich habe es auch getan. Analysiert die Lage, Genossen, und ihr werdet entdecken, daß das die einzig vernünftige Erklärung ist.

Er verabschiedete sich vor dem Wagen von ihr und erklärte, er habe etwas Kopfschmerzen und wolle einen Spaziergang machen. Dann küßte er sie schnell und leichthin auf beide Wangen und schloß die Wagentür, als sie auf dem Fahrersitz saß. Er wollte dem schadhaften Schloß nicht durch lautes Zuknallen den Garaus machen. Dann blieb er vollkommen still stehen und sah ihr rotes Rücklicht in dem spärlichen Verkehr verschwinden.

Er schlenderte über den Roten Platz und ging quer über dessen Mittelpunkt wie eine perfekte Zielscheibe in der regnerischen und windigen Einsamkeit. Es kam ihm fast wie ein Selbstmordversuch vor, aber er spürte trotzdem keinen erhöhten Puls. Es war, als ginge ihn jetzt nichts mehr etwas an, als wäre er innerlich leer.

Als er die ganze gewaltige und menschenleere Kopfsteinpflasterfläche überquert hatte und den »Platz zum Gedenken an das fünfzigjährige Jubiläum der Revolution« erreichte, erwartete er, daß das gelbe Wolga-Taxi wie gewohnt auftauchte.

Es war jedoch kein freies Taxi zu sehen, und so begann er in Richtung Botschaft zu laufen. Er zog den Mantel enger um sich.

Sie hatten es also nicht für nötig gehalten, sich Vorausinformationen über seine Bewegungen an diesem Abend zu beschaffen. Sie hatten geglaubt, sie hätten alles unter Kontrolle. Im Moment würde es bei ihren Konferenzen allerdings nicht sehr lustig zugehen. Jetzt mußten Verantwortliche gefunden werden.

In etwa fünf Minuten würde Irina vor ihrer Wohnung parken. Sie würden in einem oder zwei schwarzen Wolgas auf sie warten. Sie hatte noch fünf Minuten in Freiheit vor sich. Ihre Vernehmer waren wohl etwa wie die Gorillas von DIA und FBI, die Tessie vor ein paar Monaten in Santa Barbara in die Mangel genommen hatten. Sandström war die Ursache für Tessies Verhöre gewesen, aber jetzt hatte er für Irina genau das gleiche zuwege gebracht.

Schließlich bekam Carl ein Taxi. Der Fahrer wußte nicht einmal, wo die schwedische Botschaft lag. Der Regen war stärker geworden, und die Straßen waren völlig menschenleer.

Die Wachen vor der Botschaft schienen nicht mit besonderer Aufregung zu reagieren, als der Wagen hinter dem Botschaftsgebäude auf schwedisches Territorium fuhr.

Es hatte keinen Sinn, die Mitteilung schon jetzt zu senden. Das hatte Zeit bis morgen früh. Es würde das erste sein, was er tat.

4

Jurij Tschiwartschew machte bei dem ersten schönen Herbstwetter seit zwei Wochen einen langen, einsamen Spaziergang. Er ging am Djurgårdskanal unter den völlig gelben Kastanien entlang, hatte jedoch die Hände auf den Rücken gelegt und blickte zu Boden. Er spürte ein ungewöhnlich starkes Bedürfnis nachzudenken.

Allzu vieles war noch unklar, sowohl bei dem großen Problem in Stockholm als auch bei dem möglicherweise noch größeren Problem in Moskau.

Der Regierungswechsel hatte vieles durcheinandergerührt. Bei der schwedischen Sicherheitspolizei herrschte große Unruhe. In allen Ecken wurde konspiriert und getuschelt. Jeder hatte eine eigene Ansicht dazu, was die bürgerliche Regierung zu tun und nicht zu tun gedachte. Häufig wurde offenbar die Auffassung vertreten, man werde eine der großen Antiterror-Sektionen schlachten, um die Abteilungen verstärken zu können, die den Warschauer Pakt bekämpften. Wäre eine sozialdemokratische Regierung an der Macht geblieben, wäre die Reform eher in die andere Richtung gegangen. Doch jetzt gab es Hinweise darauf, daß ein Kreis von Verschwörern eine Art Offensive gegen die eigenen Streitkräfte vorbereitete.

In der geheimen Ordensgesellschaft »Säk-Ring« gab es offensichtlich auch Mitglieder, die nicht zur *Firma* gehörten. Das Ganze erinnerte an eine Freimaurer-Organisation.

Von den Informanten des GRU war es keinem gelungen, in den inneren Kreis dieser Organisation einzudringen. Folglich war das GRU jetzt dabei, weite Bereiche seiner Kontrolle über den schwedischen Sicherheitsdienst zu verlieren. Es war unmöglich zu beurteilen, was in diesem neuen Entscheidungszentrum ausgekocht wurde. Eine einigermaßen qualifizierte Vermutung dürfte wohl darauf hinauslaufen, daß es eine publizistische Kampagne gegen die eigenen Streitkräfte geben würde. Allerdings vermutete man, es würden Anklagen vorgebracht werden, daß die Streitkräfte sich in erster Linie um den Schutz von Verdächtigen in den eigenen Reihen bemühten, mit der Konsequenz, daß die politischen Entscheidungsträger einer Reform des Militärs mehr Interessen entgegenbringen würden als einem Umbau der Sicherheitspolizei.

Wie das Ganze für das GRU enden würde, ließ sich unmöglich vorhersagen. Neue Regierungen in Schweden neigten erfahrungsgemäß dazu, schon nach kurzer Zeit im Säpo-Topf herumzurühren. An willigen Köchen fehlte es wahrlich nicht, und wenn das Personal dann wieder wie in einer Lostrommel herumgewirbelt wurde, konnte man nicht einmal mehr vermuten, an welcher Stelle die eigenen Leute auftauchten. Ein Verlust war ebenso wahrscheinlich wie ein Gewinn.

Die Probleme in Moskau waren handfesterer Natur. Erstens war man von Hamilton und dessen Chefs gründlich hereingelegt worden. Daran gab es nichts zu deuteln, es blieb nur die Feststellung.

Hamiltons Theater, denn genau darum hatte es sich gehandelt, war jetzt beendet. Er hatte seit drei Tagen das Botschaftsgelände nicht mehr verlassen.

Die Vernehmungen der LERCHE hatten nichts von Wert ergeben. Entweder besaß sie eine Widerstandskraft, die jeder Vernunft und aller medizinischen Erfahrung trotzte, oder aber sie hatte nie gewußt, was Hamilton vorhatte.

Die letztere Annahme schien am wahrscheinlichsten zu sein. Er hatte sie ganz einfach als direkte Kommunikationsmöglichkeit zur Gegenseite benutzt. Das war sehr geschickt, wie Jurij Tschiwartschew sich widerwillig eingestehen mußte.

Er verfluchte sich, weil er nicht mehr auf seine Intuition gehört hatte. Hamilton hatte über die LERCHE beispielsweise keine einzige Information von Bedeutung preisgegeben, nichts, was man in Moskau nicht schon wußte oder vermutete. Hamilton hatte ihn und seine Organisation ganz einfach mit ihren eigenen Waffen geschlagen.

Wenn die Angelegenheit keinen so ernsten Aspekt hätte, könnte man über diese Frechheit sogar lachen.

Der Tod dieses Sandström war jedoch nicht der ernste Aspekt. Das würde nie herauskommen. Und Sandström war kaum eine bedeutende Figur gewesen, da seine mentalen Schwächen so auffällig gewesen waren.

Der ernste Aspekt betraf die Möglichkeit eines Verrats. Denn irgend jemand hatte den Schweden Sandströms Adresse geliefert. Hamilton hätte den Weg zum Stadtteil Medwedkowo nachweislich nicht allein finden können.

Jemand hatte die Information entweder an die Schweden oder an eine westliche Spionageorganisation gegeben, die sie wiederum an die Schweden weiterverkauft hatte.

Er selbst, Tschiwartschew, konnte nicht in Frage kommen. Weder er selbst noch sonst jemand in der schwedischen Residentur hatte gewußt, wo Sandström in Moskau gewohnt hatte. In Stockholm war nur bekannt gewesen, wo er gearbeitet hatte.

Unterleutnant Tatjana Alexejewna Ljublimowa war auch ergebnislos verhört worden. Irgend jemand in Moskau hatte den Gedanken aufgebracht, ein Spezialist wie Hamilton hätte nie eine Zeugin am Tatort zurückgelassen. Manchen erschien es vollkommen unglaubhaft, daß er der Gegenseite so etwas wie eine diplomatische Reverenz erwiesen haben sollte. Es war eine elementare Regel, niemals Zeugen eines nassen Jobs am Leben zu lassen. Tatjana könne also durchaus an der Konspiration beteiligt gewesen sein, meinten einige Leute in Moskau.

Jurij Tschiwartschew zweifelte an dieser Theorie. Denn in dem Fall hätte Hamilton einen selten unglücklichen Zeitpunkt für seine Aktion gewählt, nämlich einen Moment, in dem sich Tatjana Alexejewna sogar zu Hause bei dem Objekt befand. Vor allem hätte sie selbst die Folgen erkennen und einen solchen schwer verdaulichen Zufall entschlossen zurückweisen müssen.

Jurij Tschiwartschew fluchte leise vor sich hin. In Moskau waren sie so sicher gewesen, eine Anwerbungsoperation vorzubereiten, die sich gegen einen allzu unvorsichtigen jungen Kollegen richten würde, daß sie die ständigen Überwachungseinsätze eine Woche vorher eingestellt hatten. Es hatte fast den Anschein, als hätte Hamilton auch das gewußt und mit seiner Operation gewartet, bis es so gut wie risikolos war, mit dem Wagen bis zum Ziel zu fahren.

Es gab jedoch keinerlei Zusammenhang zwischen der Einheit des fünften Direktorats, welches die Operation gegen Hamilton leitete, und dem Personal des ersten Direktorats, das wissen konnte, wo Sandström wohnte. Und *zwei* eigene Verräter, die gleichzeitig mit Hamilton zusammenarbeiteten, so etwas war einfach nicht wahrscheinlich.

Nein, in dieser Hinsicht hatte er einfach Glück gehabt. Und im übrigen war es alles andere als sicher, daß es den Verfolgern gelungen wäre mitzuhalten, als es plötzlich während einer Theatervorstellung losging.

Er konnte sehr wohl darauf verzichten, die Augenzeugin aus dem Weg zu räumen, weil seine Anweisungen solche Einsätze verboten. Das wäre sehr schwedisch. Oder russisch. Tatjana Alexejewna unverletzt zurückzulassen, das konnte genau das sein, als was er es ihrer Aussage zufolge dargestellt hatte: eine kollegiale Geste.

Racheaktionen waren ohnehin ausgeschlossen. Es würde kaum jemandem imponieren, wenn es dem GRU gelang, in Moskau einen Diplomaten zu ermorden. Vielmehr bestand dann die Gefahr, daß die ganze Geschichte herauskam und beim diplomatischen Corps allgemeinen Abscheu erregte. Die Beziehungen der Sowjetunion zu Schweden würden einer starken Belastung ausgesetzt, und die anschließende Publizität konnte in jeder Hinsicht verheerend werden.

Das große Problem war also dies: Wer hatte Hamilton die Adresse des schwedischen Landesverräters gegeben?

Jemand hatte es getan. Diese Tatsache war unabweisbar.

Das Telegramm hatte drei Tage im Außenministerium gelegen, bevor sich dort jemand bequemt hatte, es herüberzuschicken. Samuel Ulfsson fluchte zweimal. Einmal, als die Nachricht kam, und zum zweitenmal, als sie dechiffriert worden war. Der Text war kurz und anscheinend routinemäßig, doch der Inhalt wirkte unerhört dramatisch:

Bitte um sofortige Abberufung. BPA macht keine weiteren Maßnahmen mehr erforderlich. Neues EDV-System unter Kontrolle.

Hamilton

Folglich war die Aktion gegen »BPA« erfolgt, was bedeutete, daß der Mann, der einmal von einem leitenden Angestellten des Bauunternehmens BPA fotografiert worden war, jetzt erneut aufgenommen worden war. Das war ein glänzender Erfolg.

Samuel Ulfsson griff zum Telefon, pfiff leise durch die Zähne und wählte die Nummer des Alten. Es läutete sechsmal, bis jemand abnahm.

»Schönen guten Tag, alter Apfelfarmer. Sollte die Ernte um diese Jahreszeit nicht längst schon eingefahren sein?« sagte er zur Begrüßung.

»Doch, wieso?« erwiderte der Alte reserviert.

»Ich dachte, du bist draußen bei deinen Bäumen, da es so lange gedauert hat.«

»Ganz und gar nicht, aber du hast mich mit heruntergelassenen Hosen erwischt.«

»Buchstäblich?«

»Ja, buchstäblich. Einen Augenblick nur.« Der Alte legte den Hörer kurz neben das Telefon, bevor er sich wieder meldete, diesmal vermutlich mit hochgezogenen Hosen. »Merkwürdig, daß man immer abnimmt, weil man glaubt, es sei etwas Wichtiges, und dann ist es nur der Chef.«

»Ja, aber diesmal ist es trotzdem wichtig. Kannst du übermorgen nach Stockholm kommen?«

»Ja, wenn es wichtig ist. Vergiß nicht, daß ich Pensionär bin.«

»Das bist du erst, wenn die Bourgeois einen Nachfolger gefunden haben, der ihnen konservativ genug erscheint, und außerdem hat der Kehrbesen unsere kleine Abteilung noch nicht erreicht. Ja, es ist wichtig genug. Carl kommt in die Stadt.«

»Tatsächlich?«

»Ja, ich rufe ihn heute zurück, so daß er übermorgen mit der SAS-Maschine ankommen dürfte.«

»Warum?«

»Die Sache ist erledigt, und das kann man doch Timing nennen. Dann können wir ihn selbst ernennen, bevor die Bourgeois, wie du dich ausdrückst, ihre Nase auch in unsere Personalpolitik stecken.«

Der Alte antwortete nicht.

»Hallo, bist du noch da?« fragte Samuel Ulfsson schließlich.

»Ja, ich bin noch da. Ja.«

»Es gibt eine Menge zu besprechen. Wie ich höre, interessiert sich Borgström für den Job. Ja, verstehst du die Konsequenzen?«

»Der ist doch kaum qualifiziert.«

»Nein, aber für unseren neuen Verteidigungsminister dürfte er bestimmt konservativ genug sein.«

»Gott steh uns bei.«

»Hör mal, verzeih einem alten Heiden, aber ich finde es besser, wenn wir die Angelegenheit selbst erledigen. Du kommst also?«

»Ja, ich komme. Wie du schon gesagt hast, es dürfte wohl eine Menge zu besprechen geben.«

Samuel Ulfsson schrieb per Hand den Abberufungsbefehl und bat seine Sekretärin, dafür zu sorgen, daß er am folgenden Tag mit der Diplomatenpost hinausging.

Dann stürzte er sich in seine Vorbereitungen für einen Vortrag beim Oberbefehlshaber, der ihm sehr leicht von der Hand gehen würde. Die Chefposition für die operative Einheit des SSI fiel in die Zuständigkeit des Oberbefehlshabers, und jetzt würde man die Ernennung eines Nachfolgers erledigen können, bevor der konservative Parteiführer angestiefelt kam, um seine Vorstellungen durchzusetzen.

Obwohl es keineswegs sicher war, daß er gegen die Ernennung Carls irgendwelche Einwände erheben würde. Immerhin gab es keinerlei Anlaß, Carls politischen Hintergrund zu betonen, und aus reinen Personalgründen war Carl unleugbar besonders gut geeignet, die beiden neuen Operateure zu führen.

Doch wenn man mit Politikern zu tun hat, kann man nie vorsichtig genug sein, dachte Samuel Ulfsson. Wir müssen das Eisen schmieden, solange es noch heiß ist.

Schlimmstenfalls würde Borgström sich um die neue Position als Chef des gesamten SSI bemühen, aber dann würde man dagegen argumentieren können, der Chef der Operationsabteilung beim SSI sei ungeeignet, weil die persönliche Chemie mit dem neuen Leiter der OP-Einheit nicht stimme, und da dieser seinen Dienst schon angetreten habe... ja, etwa so.

Hamilton hätte sein Sandström-As zu keinem günstigeren Zeitpunkt aus dem Ärmel ziehen können.

Der Regimewechsel hätte unter Umständen größeres Unheil angerichtet, als man hätte akzeptieren können, aber jetzt würde sich die Angelegenheit ohne allzuviel Sand im Getriebe regeln lassen.

Und ich kann dem Pensionärsdasein mit etwas größerer Ruhe entgegensehen, dachte Samuel Ulfsson.

Nach drei Tagen unruhigen Wartens, die Carl sich hauptsächlich damit vertrieb, seine beiden älteren Kollegen in dem neuen EDV-System zu trimmen, ereignete sich alles Schlag auf Schlag.

Kaum hatte die Botschaft den Sowjets routinemäßig mitgeteilt, Carl werde zu Beratungen nach Hause reisen, wurde er zum UWS zitiert. Dort wünschte man eine unverzügliche neue Begegnung mit Carl; das entsprach den diplomatischen Gepflogenheiten, denn nach etwa drei Monaten wurde jeder neue Militärattaché zu einem Gespräch beim UWS gerufen, und bei der zweiten Begegnung, die sozusagen die endgültige Akkreditierung darstellte, pflegte der Oberbefehlshaber persönlich anwesend zu sein.

Da man davon ausgehen konnte, daß der Oberbefehlshaber ein vielbeschäftigter Mann war, war es um so merkwürdiger, daß er sofort Zeit für ein Zusammentreffen fand, kaum daß die Sowjets von Carls routinemäßiger Heimreise erfahren hatten.

Carl hatte versucht, das Treffen mit der Begründung abzusagen, er sei dienstlich verhindert, doch das hatte ihm der Botschafter schnell ausgeredet. Dieser hätte nämlich selbst absagen müssen, und für eine derart aufsehenerregende Unhöflichkeit bedurfte es schon sehr guter Gründe.

Carl ging schnell auf, daß er in der Falle saß. Er durfte dem Botschafter nicht erklären, weshalb er zögerte. Er kam zu dem Schluß, daß es keine Rolle spielte. Die Russen konnten ihn unmöglich unter den Augen eines schwedischen Kollegen liquidieren. Doch, das konnten sie. Sie konnten ihm etwa einen kaum merklichen Nadelstich verpassen, wenn er den Raum betrat oder verließ, und die Krankheit würde vielleicht erst nach drei oder vier Tagen oder noch später ausbrechen und sich überdies als schwer nachweisbar und unheilbar erweisen.

Es spielt trotzdem keine Rolle, redete Carl sich ein. Wenn sie sich für eine solche Lösung entscheiden, können sie mich genausogut auf den

Straßen Stockholms oder zu Hause in meiner Wohnung im Drakens gränd erwischen.

Es war ihre Sache. Falls sie sich rächen wollten, würden sie es auf diese oder jene Weise tun. Die Frage war, ob ihnen bekannt war, wie wenige Personen in Schweden den Zusammenhang überhaupt begreifen würden. Je kleiner der Kreis war, der es verstehen würde, um so größer war die Gefahr für ihn selbst.

Im Augenblick bestand dieser Kreis nur aus zwei Personen, ihm selbst und dem Alten. Dieser würde Bescheid wissen und den Zusammenhang verstehen. Es würde ihm aber kaum möglich sein, sein Wissen weiterzugeben, wie aufrichtig er auch um Carl trauern mochte.

Im Volvo auf dem Weg in die Stadt versuchte Carl, sich über sein Leben Rechenschaft abzulegen, wurde jedoch von seinem älteren Kollegen gestört, der ihn mit seinen Scherzen und fröhlichen Erinnerungen an die vorige und ziemlich unkonventionelle Begegnung beim UWS langweilte. Er ermahnte Carl in gespieltem Ernst, dem Oberbefehlshaber der Sowjetarmee nicht allzu viele Widerworte zu geben.

Carl stellte sich sein Ende im Alter von vierunddreißig Jahren so vor, als wäre es nur natürlich, daß er jetzt starb. Als Mensch war er ein Mißerfolg gewesen, als Mörder eine Sensation, und eine Fortsetzung dieses Lebens als menschliches Fiasko oder als erfolgreicher Mörder, die einzige Alternative, die zu Gebote stand, ist nicht gerade erstrebenswert, wie er sich einredete.

Und der gleiche eigentümliche Frieden, den er auf der Straße vor der Wohnung des Landesverräters gespürt hatte, machte sich jetzt erneut in ihm bemerkbar. Er fragte sich kurz, ob er etwas für Irina tun konnte, schlug sich diesen unangenehmen Gedanken jedoch gleich wieder aus dem Kopf. Empfehlungen von seiner Seite würden ihre Lage kaum verbessern.

Das Treffen wurde dennoch zu etwas völlig anderem, als der optimistische Kapitän zur See und der pessimistische Fregattenkapitän erwartet hatten.

Es wurde jedoch genauso unbegreiflich wie beim ersten Mal, zumindest für den schwedischen Kapitän zur See.

Erstens war weder der sowjetische Oberbefehlshaber noch der sowjetische Generalbstabschef anwesend. Sie wurden vom Chef der Sowjetflotte und einem der Kapitäne zur See empfangen, die sie beim erstenmal kennengelernt hatten, und der Mann diente jetzt ebenfalls als Dolmetscher.

Nachdem die vier Männer sich begrüßt und sich an den braunen blankpolierten Tisch gesetzt hatten, ging alles sehr schnell.

»Da Sie uns jetzt verlassen«, begann der sowjetische Großadmiral mit bemerkenswerter Direktheit, »sollen Sie wissen, mein junger Herr Kapitän zweiten Rangs, daß wir für Ihre Fähigkeiten großen Respekt empfinden. Wir wünschen die allerbesten Verbindungen zwischen unseren beiden Ländern, und dies trotz einiger technischer Besonderheiten. Wir wünschen nicht, daß diese Verbindungen beeinträchtigt werden. Dies ist sowohl die Ansicht der Regierung des Politbüros als auch der sowjetischen Streitkräfte. Wir bedauern, daß Ihr Aufenthalt hier in Moskau nur von so kurzer Dauer gewesen ist. Etwas anderes bedauern wir nicht.«

Die beiden Schweden hatten den Inhalt der mürrisch und stoßweise hervorgepreßten Worte schon weitgehend verstanden, als sie auf russisch geäußert wurden. Sie mußten gleichwohl die Übersetzung abwarten, um sicher zu sein, ihren Ohren trauen zu können.

Carl hatte als einziger die Möglichkeit, die Bedeutung der geäußerten Worte zu deuten, und so versuchte er auch als erster, eine Antwort zu formulieren.

»Ich habe mit großem Respekt«, begann er, ohne recht zu wissen, was er da sagte, »Ihren Worten gelauscht, Sir. Es ist selbstverständlich auch der Wunsch meines Landes, daß sich die Beziehungen unserer beiden Länder auch in der näheren Zukunft weiter verbessern. Unabhängig von berufsbedingten technischen Besonderheiten.«

Sobald diese englischen Worte ins Russische übersetzt waren, erhob sich der sowjetische Großadmiral zum Zeichen, daß die Zusammenkunft beendet war. Die drei anderen standen ebenfalls auf.

Der Chef der Sowjetflotte grüßte mürrisch, verließ den Raum und überließ es seinem Kapitän zur See, die Gäste zur Tür zu begleiten. Kapitän zur See Hessulf sah aus, als würde er vor Verblüffung gleich umfallen.

Auf dem Weg zur Tür sagte der sowjetische Offizier, der beim GRU sein mußte, etwas, was Carl ebenso verblüffte wie seinen Chef:

»Tatjana Alexejewna läßt sie herzlich grüßen und hat mich gebeten, Ihnen ihren respektvollen Dank zu übermitteln.«

Der Russe wahrte bei diesen Worten eine steinerne Miene. Carl blieb zögernd in der Tür stehen, während er seinen schwedischen Chef vorbeiließ.

»Ich kann mich nicht erinnern, je einer Tatjana Alexejewna begegnet zu sein«, sagte er zögernd.

»O doch«, entgegnete der Russe mit unverändert steinernem Gesicht, »aber möglicherweise hat sie sich nur mit Rang und Funktion vorgestellt.«

»Sie meinen, Erstes Direktorat und Unterleutnant?«

»Richtig.«

»Dann freut es mich zu hören, daß Tatjana Alexejewna bei guter Gesundheit ist und mir nichts nachträgt.«

»Richtig. Das freut uns auch.«

»Darf ich noch etwas dazu sagen?«

»Bitte sehr.«

Carl sah sich um, aber sein Vorgesetzter war schon dabei, sich ein paar Meter weiter von einem jungen Matrosen in den Mantel helfen zu lassen.

»Irina hat nichts gewußt«, flüsterte Carl schnell.

»Zu dem Schluß sind wir auch schon gekommen«, erwiderte der sowjetische Kapitän zur See in dem gleichen flüsternden Tonfall, jedoch mit weiterhin steinernem Gesicht. Dann zeigte er mit einer einladenden Geste auf den jungen Matrosen, der Carls Uniformmantel hielt.

»Was zum Teufel sollte das denn bedeuten!« brüllte Kapitän zur See Hessulf, sobald sie in ihrem Volvo losgefahren waren.

Carl antwortete zunächst nicht, da er vollauf damit beschäftigt war, sich selbst einen Vers auf das zu machen, was er gehört hatte. Inzwischen schien die Klimaanlage des Wagens in Ordnung gebracht worden zu sein.

»Was zum Teufel haben sie damit gemeint, daß du uns verläßt? Ich hatte fast den Eindruck, als ob sie dich nach Hause fahren wollten?«

»Ich verstehe das selbst nicht. Ich werde es vortragen, wenn ich wieder zu Hause bin. Es ist nicht wahrscheinlich, daß ich wiederkomme, aber es ist mir ein Rätsel, woher die Russen das so genau wissen wollten.«

»Warum kommst du nicht wieder?«

»Ich glaube, daß man zu Hause einen neuen Job für mich hat. Es kann etwas mit dem Regimewechsel zu tun haben, aber das erfahre ich erst, wenn ich Sam sehe.«

»Aber woher sollen die das wissen können?«

»Ja, das ist wirklich beunruhigend.«

»Und was meinen sie mit ›technischen Besonderheiten‹?«

»Das frage ich mich auch.«

»Von was für einem Mädchen habt ihr da getuschelt?«

»Eine Privatsache.«

»Aha, mein Lieber, du hast die Fahne durch den Rinnstein gezogen?«

»Ich werde alles Sam berichten, wenn ich wieder zu Hause bin.«

»Das dürfte am besten sein.«

»Ja. Das dürfte es wohl.«

Ganz Rußland war bewölkt, aber als die lettische Küste näherkam, begann die Bewölkung sich aufzulockern.

Carl sah das Meer. Die Rigaer Bucht. Kurze Zeit später endlos lange Sandstrände und zwei große Inseln. Das mußten Dagö und Ösel sein. Die Maschine befand sich immer noch über sowjetischem Territorium und würde sich bald in der Position befinden, in der die Russen eine schwedische »Aufklärungs«-Maschine abgeschossen hatten. Das war vor Carls Geburt gewesen. Die Schweden hatten Radar- und Funkspionage betrieben, und irgendwann hatten die Russen die Geduld verloren, vermutlich weil sie ahnten oder wußten, daß es darum ging, Informationen für das strategische Bomberkommando der USA zu sammeln.

Die schwedische Öffentlichkeit hatte nie etwas erfahren, was auch nur einen Anflug von Ähnlichkeit mit der Wahrheit hatte, und die sowjetische Öffentlichkeit ebensowenig.

Carl versuchte nachzurechnen. Die Sowjetunion beanspruchte auf See eine Zwölf-Meilen-Zone als Grenzgebiet. Noch ein paar Minuten bis zu internationalem Luftraum.

Sie würden es ohnehin nicht wagen, eine SAS-Maschine anzugreifen, die sich schon auf den Radarschirmen von Stockholm-Arlanda befand.

Es war nicht einfach, aus dem Gesagten schlau zu werden. Gute Beziehungen der beiden Länder trotz »technischer Besonderheiten«.

Carl dachte kurz darüber nach, wie sehr Kapitän zur See Hessulf sich angestrengt haben mußte, um eine logische Erklärung für das Gesagte zu finden. Selbstverständlich vollständig vergeblich. Aber Carl konnte nicht einmal darüber lächeln.

Er hatte das Gefühl, all das schon einmal miterlebt zu haben. Er sah auf Meer und Wolken, und in großer Ferne oder über allem sah er das Gesicht einer Frau wie auf einem doppelt belichteten Bild. Diesmal hieß sie Irina.

Sehr trauriger, dunkler russischer Blick und schwere Augenlider. Unschuldig. Geopfert als technische Besonderheit – nein, es hatte keinen Sinn, sentimental zu werden. Sie war ein Kriegsopfer. Sie hatte sich zufällig zum falschen Zeitpunkt im falschen Gebäude befunden, und der Unterschied war nur der, daß der Bomberpilot diesmal eins der Opfer kannte.

Carl hatte auf das Essen der Fluglinie verzichtet und winkte auch jetzt ab, als ihm ein Gratisdrink angeboten wurde. Er hatte weder etwas gegessen noch getrunken, seit er die Botschaft verlassen hatte, war sich aber nicht sicher, ob es auf unbewußte Furcht vor Vergiftung zurückzuführen war oder ob er ganz einfach nur Ekel empfand und keinen Appetit hatte.

Schwedische Küste, Inseln im Sonnenlicht, dann gelbe und braune spätherbstliche Farben über Uppland, und als er die Landebahn entdeckte, schrumpfte ihm das Blickfeld. Es kam ihm vor, als breitete sich ein schwarzes Feld zum Mittelpunkt hin aus wie bei alten Kurzfilmen. Er spürte plötzlich einen kräftigen Eisengeschmack im Mund, und seine Hände zitterten plötzlich wie in einem heftigen Krampf.

Er war vermutlich kurze Zeit bewußtlos geworden. Fast automatisch fühlte er seinen Puls, als die Maschine auf den Landeplatz zurollte, stellte aber keine erhöhte Frequenz fest. Hingegen spürte er heftige

Kopfschmerzen, die sich urplötzlich direkt hinter der Stirn bemerkbar machten.

Samuel Ulfsson hatte nur mit Mühe das wiederholte Rauchen des Alten toleriert, als sie gewartet und gleichzeitig die Zeit genutzt hatten, um die eventuellen Personalentscheidungen und Manöver oder denkbaren Intrigen zu besprechen, die nötig waren, wenn sie ihren Willen durchsetzen wollten.

Auf der sonst leeren Schreibtischplatte hatte Samuel Ulfsson eine noch unentwickelte Filmrolle gelegt, die dem Etikett zufolge einen der gebräuchlichsten Negativ-Farbfilme von Kodak enthalten sollte. Was vermutlich sehr weit von der Wahrheit entfernt war.

Als Carl den Raum betrat, sahen ihn beide gespannt an. Er wirkte müde und etwas abgezehrt, und sein Gesicht schien leicht geschwollen zu sein. In seiner Haltung war etwas, was ihre Herzlichkeit dämpfte, als sie sich begrüßten und hinsetzten.

»Es ist in Moskau also gutgegangen?« begann Samuel Ulfsson in einem Tonfall, mit dem er offenbar eine muntere Stimmung vorzugeben gedachte.

»Der Auftrag ist ausgeführt, ja«, erwiderte Carl kurz und sah auf eine seiner Bügelfalten, die er ein wenig zurechtzog.

»Hier zu Hause haben wir auch ein paar gute Nachrichten. Du kannst Lallerstedts Job übernehmen, und er darf wieder auf den sieben Weltmeeren herumschippern«, fuhr Samuel Ulfsson im gleichen Tonfall fort. Carl holte tief Luft.

»Sandström ist am Dienstag um 21.03 Uhr gestorben. Ich habe das im Auftrag des Alten erledigt. Der Befehl schloß auch die Anweisung ein, dem Chef des OP 5 erst nach Erledigung des Autrags zu berichten, was hiermit geschieht«, sagte Carl, ohne Luft zu holen.

Samuel Ulfsson lehnte sich langsam in seinem Stuhl zurück. Er sah den Alten fragend an.

»Das entspricht den Tatsachen. Falls nötig, bin ich natürlich bereit, meine Position zur Verfügung zu stellen«, sagte der Alte mit einem Lächeln, das er nur mit Mühe auf ein Mindestmaß beschränken konnte. Als Pensionär, der sich nebenbei etwas dazuverdiente, konnte man ihn schwerlich feuern.

»Gib mir eine dieser Zigarren da!« befahl Samuel Ulfsson. Der Alte schob seinem jetzt schon bald ein halbes Jahr nichtrauchendem Chef seine rotkarierte Zigarrenschachtel und sein Einwegfeuerzeug hinüber.

Samuel Ulfsson zündete eine der schmalen Zigarren an und sog heftig Rauch ein. Seine Hand zitterte leicht, aber sonst schien er sich voll in der Gewalt zu haben.

»Das darf um Himmels willen nie rauskommen«, sagte er, als er den Rauch seines zweiten tiefen Zugs ausblies.

»Das Risiko scheint mir nicht sonderlich groß zu sein«, betonte der Alte trocken.

»Wer weiß davon?« fuhr Samuel Ulfsson zu Carl gewandt fort.

»Du selbst, der Alte, ich und die Russen.«

»Wissen sie, daß du es gewesen bist?«

»Ohne Zweifel. Sie haben mir sogar einen Gruß des Inhalts überbracht, soviel ich verstehe, daß sie deswegen nicht Krach zu schlagen gedenken.«

»Willst du einen Bericht darüber schreiben?«

»Nein. Mit deiner Erlaubnis gedenke ich nur hier und jetzt einen mündlichen Bericht abzugeben.«

»Gut. Klingt vernünftig. Diese Filmrolle hier? Wir haben sie nicht entwickelt, weil du die Nummer der Methode nicht genannt hast.«

»Nein«, sagte Carl ohne jede Absicht, die Sache ins Lächerliche zu ziehen, »ich war der Meinung, daß dies angesichts des Motivs nicht ganz passend wäre. Ich meine, wenn solche Bilder unbefugten Personen hier im Haus in die Hand kämen, bevor sie dich erreichen.«

»Und um was für Motive handelt es sich?« fragte Samuel Ulfsson, der jetzt gierig rauchte.

»Es sind vier oder fünf Fotos. Die ersten zeigen Sandströms Nacken mit einer zehn Zentimeter langen Ahle in der Verlängerung des Rückgrats direkt unter der Schädelbasis. Die folgenden Fotos zeigen den toten Sandström aus der Nähe mit offenen Augen. Ein weiteres Bild zeigt seine Wohnungstür und das letzte Foto das Haus, allerdings im Dunkeln, so daß man wohl nur die Umrisse und sein Fenster sehen wird. Ich hatte die Bilder selbst entwickeln wollen.«

»Warum zum Teufel hast du solche Fotos gemacht? Und hast du die in Moskau vielleicht in der Tasche mit dir herumgetragen?« fragte Samuel Ulfsson und warf einen Seitenblick auf die vor ihm liegende Filmrolle.

»Sie hätten mir den Film abnehmen, ihn aber nie entwickeln können. Ich wollte nicht als verdächtiger russischer Spion nach Hause kommen und mitteilen, daß Sandström tot ist, ohne es durch ein Foto beweisen zu können.«

»Es ist aber möglich, solche Fotos zu fälschen«, warf der Alte ein, der jetzt ebenfalls eine Zigarre anzündete.

»Ja, aber die Gefahr, daß eine solche Fälschung entlarvt wird, wenn man es darauf ankommen läßt, ist nicht gerade gering. Außerdem ist auf den Fotos ohne jeden Zweifel Sandström zu sehen, und es scheint mir eine etwas unrussische Methode zu sein, euch angesichts des ewigen schwedischen Veröffentlichungsrisikos solche Bilder anzudrehen. Das geht nicht zusammen. Wenn solche Bilder veröffentlicht würden, wäre ich ja sofort verbrannt.«

»Ich verstehe deine Fürsorge oder wie wir das nennen sollen, aber ich frage mich, ob wir solche Dokumente im Hause behalten können«, sagte Samuel Ulfsson, zog den Film aus der Spule und warf ihn in seinen Papierkorb.

»Man kann ihn auch so entwickeln. Wenn du ihn zerstören willst, mußt du ihn verbrennen«, sagte Carl mit der Andeutung eines feinen Lächelns.

»Das ist doch wohl nicht möglich?« wandte Samuel Ulfsson ein.

»O doch«, entgegnete Carl. »Wenn du mein Wort dafür nimmst, daß Sandström tot ist, kannst du mir auch vertrauen, wenn es um eine so einfache technische Besonderheit geht.«

Carl verstummte plötzlich, als er sich die letzten Worte aussprechen hörte.

»Ja, natürlich«, sagte Samuel Ulfsson, der gleichzeitig den Film in die Hand nahm und ihn in seinen seit langem völlig sauberen Kristallaschenbecher legte, um ihn dann mit seinem Feuerzeug anzuzünden. Der Film drehte sich in heftig aufflackernden grünen kleinen Flammen knisternd und jammernd zusammen.

Der Alte machte ein Gesicht, als sähe er eine Million verbrennen.

»Also«, fuhr Samuel Ulfsson fort, als der Film verbrannt war und wie ein zäher, klebriger schwarzer Brei im Aschenbecher lag, »wie du sagst, wissen wir drei und die Russen Bescheid? Kannst du deinen vollständigen Bericht hier und jetzt abgeben?«

Spät am selben Nachmittag, nachdem der Alte Carl zu einer Kombination aus Seelenmassage und Willkommensessen mit den beiden frischgebackenen Leutnants in eine konspirative Wohnung mitgenommen hatte, begab sich Samuel Ulfsson zu einem seiner vorgeschriebenen Vorträge zum Oberbefehlshaber. Das meiste war Routine und betraf die Ergebnisse abgehörten fremden Funkverkehrs des jüngsten Berichtszeitraums, und die Vorschläge zu bestimmten Personalveränderungen beim Nachrichtendienst waren bestens vorbereitet.

Natürlich war es unmöglich, dem Oberbefehlshaber die Nachricht vom Tod des schwedischen Spions vorzuenthalten. Der Oberbefehlshaber hatte eine Operation mit dem Ziel angeordnet, festzustellen, ob sich Sandström in Moskau aufhalte, um danach einige zusätzliche Gelder zu beantragen, damit man sich nach Möglichkeit vor den Machenschaften des früheren schwedischen Nachrichtendienstmannes schützen konnte.

Als alle anderen Angelegenheiten erledigt waren und die beiden Männer sich von der Sofagruppe des OB erhoben, sammelte Samuel Ulfsson seine letzten Papiere zusammen und sagte es.

»Ach ja, da ist noch etwas. Betrifft Sandström in Moskau.«

»Ach ja«, sagte der OB neugierig. »Wie ist die Sache denn ausgegangen?«

»Unerwartet gut. Sandström ist am Dienstag um 21.03 Uhr verstorben«, erwiderte Samuel Ulfsson, als wäre er nur nach der Uhrzeit gefragt worden. Dann ging er langsam zur Tür, als dächte er schon wieder an etwas anderes, wurde vom OB jedoch natürlich gestoppt.

»Ist das eine sichere Information? Wissen wir das ganz genau?« hakte der OB nach und ging um Samuel Ulfsson herum, als wollte er ihn fast mit Gewalt daran hindern, den Raum zu verlassen.

»Ja, wir haben absolut sichere Informationen. Es besteht kein Zweifel.«

»Ja, aber wie zum Teufel ist das denn gekommen?«

»Bist du dir völlig sicher, daß du das wissen willst?« sagte Samuel Ulfsson und sah dem obersten Chef der Streitkräfte starr in die Augen.

Dieser dachte vollkommen reglos fünf Sekunden nach, die Samuel Ulfsson als dreimal so lang erlebte.

»Ich glaube, das war alles für heute. Danke, Sam, wir sehen uns übermorgen«, sagte der Oberbefehlshaber und ging zu seinem Schreibtisch, als befaßte er sich in Gedanken schon mit etwas anderem.

Samuel Ulfsson schloß die Tür leise hinter sich. Er spürte ein heftiges Verlangen nach einer Zigarette.

FEIND DES FEINDES

I

Es ging nicht nur darum, daß es widerwärtige Morde waren, »die mit einem erheblichen und nur schwer zu erklärenden Maß von übermäßiger Gewalt verübt worden sein dürften«, wie die Gerichtsmediziner es formuliert hatten.

Es waren bislang völlig unerklärliche und unbegreifliche Morde. Es schien zwischen den beiden Opfern keinen natürlichen Zusammenhang zu geben, jedenfalls deutete nichts von dem darauf hin, was man an den ersten zehn Tagen herausgefunden hatte.

Den beiden war nur gemeinsam, daß sie Jagdflieger des gleichen Luftgeschwaders waren, daß beide gleichzeitig dienstfrei gehabt und sich zu Hause aufgehalten hatten sowie daß sie allem Anschein nach im Verlauf etwa einer Stunde dem gleichen Täter oder den gleichen Tätern zum Opfer gefallen waren.

Man hatte sie buchstäblich zu Tode geprügelt. In dem Bericht der Gerichtsmediziner hieß es lakonisch, die Männer seien an etwa fünfzehn bis zwanzig Verletzungen gestorben, von denen jede allein tödlich gewesen wäre.

Beide hatten sich um die Zeit des Verbrechens allein zu Hause aufgehalten, wenn auch aus völlig verschiedenen Gründen. Frau und Kinder des einen Hauptmanns waren bei der Großmutter zu Besuch gewesen.

Frau und Kinder des zweiten Hauptmanns hatten sich auf einem Kinderfest befunden, und wie sehr man auch suchte und verhörte, ließ sich kein begreiflicher Zusammenhang herstellen. Die beiden Familien kannten sich nicht näher und pflegten jedenfalls keinen privaten Umgang miteinander.

Beide Morde waren überdies im Wohnzimmer des jeweiligen Reihenhauses verübt worden. Die Luftwaffenoffiziere hatten den Feind folglich ohne Gegenwehr ins Haus gelassen, um dann in unglaublich brutaler Form, die an intensiven Haß und Raserei denken ließ, ermordet zu werden. Und dennoch hatten sie den Täter oder die Täter ohne weiteres eingelassen.

Kriminalkommissar Rune Jansson war der vor kurzem ernannte Leiter des Dezernats für Gewaltverbrechen in Norrköping und war fast verzweifelt. Jede kleine Erkenntnis war jetzt von Wert, von sehr großem Wert.

Die Abendzeitung *Expressen* hatte ihn irgendwie auf die Idee gebracht, obwohl er den Spekulationen dieser Journalisten kaum Glauben schenkte. Das Blatt hatte mit riesigen Schlagzeilen davon gesprochen, daß es sich um einen unverfälschten kriegerischen Akt einer fremden Macht handle, der Sowjetunion nämlich, wie behutsam angedeutet wurde, und daß es sich um eine militärische Racheaktion handeln könne, da anonymen Quellen der Sicherheitspolizei zufolge zwischen den schwedischen und sowjetischen Streitkräften fast so etwas wie ein Kriegszustand herrsche.

Als Rune Jansson jedoch versucht hatte, bei Sektionschef Näslund von Säk in Stockholm eine Bestätigung der Angaben zu erhalten, hatte dieser nur heftig abgewehrt und erklärt, es handle sich nur um den Versuch des Blattes, die Auflage zu steigern, und nichts anderes. Vermutlich gebe es gar keine der genannten »hochgestellten«, aber anonymen Quellen bei Säk.

Wie auch immer: Rune Jansson war durch die Lügen des Blatts jedenfalls auf die Idee gekommen. Immerhin gab es Militärs, die Spezialisten für extreme Gewaltanwendung waren, und mit einem von ihnen hatte er selbst einmal zu tun gehabt, nämlich in einem Mordfall, der nie hatte aufgeklärt werden können, der jedoch aufsehenerregend gewalttätig verübt worden war.

Jansson hatte einen komplizierten förmlichen Dienstweg eingehalten, der über den Sicherheitschef des Luftgeschwaders führte, der sich wiederum an irgendein hohes Tier in Stockholm wandte. Anschließend hatte das hohe Tier angerufen und erklärt, man schicke gern ein paar Mann hinunter, jedoch nur unter der Bedingung, daß dies unter gar keinen Umständen zu irgendeiner Form von Publizität oder offenen Berichten bei der Voruntersuchung führen dürfe.

Hamilton, der jetzt neben ihm auf dem Beifahrersitz saß, kannte er ja schon ein wenig. Der zweite, der auf dem Rücksitz saß, machte nicht gerade den Eindruck, ein Gewalttäter zu sein. Das tat Hamilton vielleicht auch nicht, wenn man nicht wußte, wer er war und daß er fähig war, Flugzeugentführern den Hals durchzuschneiden.

Rune Jansson hatte sie wie vereinbart allein am Bahnhof abgeholt, um sie direkt zur Gerichtsmedizin in Linköping zu fahren. Er erzählte während der Fahrt, was vorgefallen war, und die beiden anderen blieben vollkommen stumm und hörten zu.

Jansson hatte das Gefühl, daß Hamilton sich irgendwie verändert hatte, daß sein Blick viel härter und sogar unangenehm geworden war. Die breite Narbe auf Hamiltons einer Wange unterstrich möglicherweise den Eindruck von Gefühlskälte und Brutalität.

Der andere Mann machte einen völlig anderen Eindruck und wirkte eher wie eine Mischung aus Lehrer und Popmusiker. Es schien ein ziemlich weicher Typ zu sein, der sich nur mit dem Vornamen vorgestellt hatte. Er trug Jeans und einen dicken amerikanischen Baumwollpullover mit vier großen Blockbuchstaben auf der Brust: UCSD. Rune Jansson nahm an, daß es irgendeine amerikanische Universität war.

Zum erstenmal in diesem November gab es Schneeregen, und die Straßen waren unangenehm matschig. Als Rune Jansson seine Darlegung des Falls abgeschlossen hatte, befanden sie sich schon in Linköping. Doch das Gespräch erstarb. Es hatte den Anschein, als hätten die beiden Männer keine Fragen zu stellen.

Als sie das Gerichtsmedizinische Institut erreichten, sahen sie sich um, als ob sie das Gefühl hatten, verfolgt zu werden, bevor sie den Wagen verließen, aber das lag wohl daran, daß sie sich vor Journalisten fürchteten. Denn wenn es bei den Streitkräften überhaupt Offiziere gab, vor denen der Mörder Angst haben müßte, waren es wohl diese beiden, dachte Rune Jansson.

Als der Gerichtsmediziner mit der Erklärung der Farbfotos und seiner Aufzählung der verschiedenen Verletzungen fertig war, begannen Hamilton und sein Kollege Fragen zu stellen. Beide interessierten sich sofort für eine der wenigen identischen Verletzungen, die beide Opfer aufwiesen, nämlich einen zertrümmerten Kehlkopf. Beide schienen genau zu wissen, welche Wirkung eine solche Verletzung haben mußte, und eine Zeitlang hatte es den Anschein, als ließen sie sich von dem Pathologen nur ihr Wissen bestätigen.

Anschließend baten sie darum, sich die Leichen ansehen zu können, und nach einigem Zögern führte der Pathologe die Gesellschaft in den Raum mit den Kühlboxen. Er zog zwei Kisten aus rostfreiem Stahl mit den sterblichen Überresten der beiden schwedischen Jagdflieger heraus.

Die Offiziere baten, in dem Raum alleingelassen zu werden, um freier diskutieren zu können – es war Hamilton, der sich so ausdrückte –, doch der Pathologe weigerte sich unter Hinweis auf irgendwelche ethischen Grundsätze.

Sie akzeptierten die Entscheidung sofort, ohne Einwände zu erheben, und begannen dann, die beiden blauvioletten Leichen genau zu untersuchen, von oben nach unten. Sie zeigten und murmelten und nickten und schüttelten die Köpfe. Nach einer Weile sagten sie, sie hätten genug gesehen und sich ein ungefähres Bild gemacht, und als die Leichen wieder in den Gefrierschrank zurückgeschoben wurden, begaben sich alle in einen angrenzenden Raum. Dort stand Kaffee in einer Glaskanne, und daneben fand sich ein Stapel mit den üblichen schwedischen weißen Plastikbechern. Der jüngere der beiden Militärs goß den anderen ein, und als alle sich hingesetzt hatten, sagte Hamilton, man könne mit an Sicherheit grenzender Wahrscheinlichkeit Gewalt durch Militär ausschließen. Dann bat er seinen jüngeren Kollegen, ihre Schlußfolgerungen zu erläutern.

»Nun«, begann Joar Lundwall ohne eine Spur von Nervosität oder Unsicherheit, »man darf zunächst davon ausgehen, daß militärische Gewalt in fast immer gleicher Weise erfolgt, egal von welcher Seite oder Nation sie ausgeübt wird. Und das, was wir gesehen haben, widerspricht allen bekannten militärischen Erfahrungen, mit Ausnahme möglicherweise in einem Punkt. Dies betrifft den Schlag gegen den Kehlkopf. In beiden Fällen ist mit großer Präzision zugeschlagen worden. Es sind perfekte Treffer. Das Opfer bekommt sofort Atemschwierigkeiten, starke Schmerzen, erleidet einen Schock und wird bewußtlos. So scheint es angefangen zu haben. Danach haben die Täter ihre Opfer totgetreten.«

»Die Täter?« unterbrach Rune Jansson. »Wie können Sie sagen, daß es sich um mehr als eine Person handelt?«

»Mit letzter Sicherheit können wir es nicht sagen, aber es ist eine qualifizierte Vermutung. Eine einzige Person würde ziemlich lange dafür brauchen und sich sozusagen müde treten müssen. Zwei Täter sind wahrscheinlicher. Sie haben von je einer Seite auf ihr liegendes Opfer eingetreten. Sie müssen eine gewisse Kenntnis von den Funktionen des Körpers gehabt haben, da sie zum Beispiel bei beiden Opfern Leber und Milz zerstört haben. Die meisten Fußtritte sind sozusagen mit Bedacht und Sachkenntnis ausgeführt worden. Außerdem haben wir es mit mindestens einem Täter zu tun, der einen Menschen mit einem einzigen Schlag bewußtlos machen kann, und das erfordert langjähriges Training und, sagen wir, ein gewisses Interesse für die Technik.«

»Wie wird ein solcher Schlag ausgeführt?« fragte Rune Jansson, der sich gegen seinen Willen unangenehm fasziniert zu fühlen begann.

»Also, wenn ich es mal zeigen darf«, fuhr Joar Lundwall mit einem Seitenblick zu Hamilton fort, der den Kaffeebecher abstellte und aufstand, »so ist es ein Schlag, der überraschend gegen ein wehrloses und ahnungsloses Opfer geführt wird, das die Hände etwa in Taillenhöhe hat wie Fregattenkapitän Hamilton, und wir müssen uns eine Situation inmitten einer Unterhaltung vorstellen, in der...«

Joar Lundwall führte einen blitzschnellen und sehr harten Schlag gegen den Hals Hamiltons, der ihn genauso schnell parierte.

»Ja, etwa so«, fuhr Joar Lundwall fort. »Ein Amateur hat natürlich keine Chance, so einen Schlag abzuwehren.«

Hamilton setzte sich und streckte die Hand nach dem Kaffeebecher aus. Er wartete die Fortsetzung seines Kollegen ab.

Teufel auch, was für ein Treffer das geworden wäre, dachte Rune Jansson.

»Die Aufprallfläche liegt innerhalb von zwei Zentimetern etwa, und beide Opfer sind völlig korrekt getroffen worden. Insoweit ist alles in Ordnung, und insoweit haben wir es mit einem oder mehreren Tätern zu tun, deren Gewaltausübung als militärisch charakterisiert werden könnte. Die Fortsetzung jedoch ist nach unserer Auffassung unbegreiflich und absolut nicht militärisch.«

»Nämlich aus welchem Grund? Wie hättet ihr euch selbst verhalten?« fragte Rune Jansson, der seine Frage im selben Moment bereute, in dem er sah, wie der Pathologe die Augenbrauen hob.

»Darauf wollte ich gerade zu sprechen kommen«, fuhr Joar Lundwall fort, der keinerlei Einwände gegen die vielleicht etwas persönliche Frage zu haben schien. »Wenn wir also davon ausgehen, Fregattenkapitän Hamilton und ich hätten einen Kampfauftrag des Inhalts gehabt, zwei Personen zu töten, hätte es bei dem, was wir als das erste Moment bezeichnen, zu der gleichen Verletzung kommen können, obwohl es weniger wahrscheinlich ist. Man kann immerhin daneben schlagen, und dann geht das Elend los. Es gibt, mit anderen Worten, sicherere Methoden, das Objekt zunächst einmal wehrlos zu machen. Danach hättet ihr vielleicht mit einer Leiche zu tun gehabt, bei der man nicht einmal die Todesursache hätte feststellen können. Wir hätten eine oder vielleicht zwei weitere Maßnahmen ergriffen, die kaum Zeit in Anspruch genommen hätten, aber wir wären auf keinen Fall fünf bis zehn Minuten am Tatort geblieben, um immer und immer wieder Schläge und Fußtritte anzubringen, die jeder für sich tödlich gewesen wären. Militärische Gewalt soll leise und schnell sein, und was wir hier gesehen haben, ist das genaue Gegenteil davon. Wahrscheinlich hätten wir auch irgendwelche Waffen verwendet.«

»Was für Waffen?« wollte Rune Jansson wissen.

»Das hängt davon ab, ob wir unserem Auftrag gemäß eine äußere Todesursache hätten verbergen müssen oder nicht. Wenn das keine Rolle spielt, sind Handfeuerwaffen am wahrscheinlichsten, da sie am schnellsten und wirksamsten sind.«

»Und wenn ihr die Todesursache hättet verbergen wollen?« fragte der Gerichtsmediziner skeptisch.

»Die gebräuchlichste Methode besteht darin, die Verlängerung des Rückenmarks mit einem spitzen und schmalen Gegenstand anzustechen. Das kleine Loch, wo die Haut durchstoßen wird, kann sich wieder so eng schließen, daß man keine äußere Verletzung erkennt. Um die richtige Todesursache zu finden, muß ein Pathologe mißtrauisch genug sein, um das Rückgrat aufzuschneiden, doch nicht einmal dann ist sicher, daß er das Einstichloch findet.«

Der Pathologe nickte und schnaufte. Seine ganze Haltung ließ erkennen, daß das, was er gehört hatte, absolut überzeugend war.

»Es gibt auch einige chemische Lösungen. Man kann Präparate injizieren, die aus verschiedenen Gründen schwer nachzuweisen sind und die eine Wirkung haben, die an einen Herzinfarkt denken läßt, aber das ist vor allem eine osteuropäische Technik«, fuhr Joar Lundwall fort. »Allerdings verhalten sich Militärs unter keinen Umständen so, daß sie dableiben und sich so aufführen wie die Mörder dieser beiden Männer. Es ist, wie soll ich sagen, nicht nur gegen das militärische Ethos, es ist auch unnötig riskant, am Tatort zu bleiben und Lärm zu machen, und vor allem ist es völlig unnötig. Es fällt uns sehr schwer, dies als militärische Gewalt anzusehen.«

»Sind die Russen genauso ausgebildet wie wir im Westen? Ich denke an das, was *Expressen* über diese Spetsnaz-Jungs und all das gebracht hat?« fragte Rune Jansson.

»Militärische Technik ist überall ziemlich gleich«, erwiderte Carl. »Wie bei Kampfflugzeugen etwa. Sie haben ungefähr die gleichen Leistungsdaten und die gleichen Funktionen, unabhängig davon, ob sie drei Kronen oder einen roten Stern an den Tragflächen haben. Ich bin natürlich einer Meinung mit meinem Kollegen. In dieser Vorgehensweise sehe ich keinerlei militärische Logik.«

»Warum haben die Täter sich dann so aufgeführt?« hakte Rune Jansson nach.

Carl zuckte die Achseln.

»Das können wir nur raten. Darüber können wir genausoviel oder sowenig sagen wie du selbst. Haß, intensiver Haß, das wäre das Naheliegendste. Aber das paßt nicht zu der Tatsache, daß wir es mit zwei verschiedenen Opfern zu tun haben, zwischen denen vorerst noch keine nachgewiesene Verbindung besteht. Man kann einen unserer Jagdflieger vielleicht so hassen. Aber gleich zwei? Nun ja, das ist eure Sache bei der Polizei, das herauszufinden. Ihr müßt nach einer oder mehren Personen suchen, die sich schon lange mit solchen Karatespielen befaßt haben, soviel steht fest. Wie mein Kollege hier gesagt hat, kann niemand einen solchen Schlag gegen den Kehlkopf führen, ohne es lange trainiert zu haben. Ich habe den merkwürdigen Eindruck, daß die Mörder uns etwas haben sagen wollen.«

»Ja?« sagte Rune Jansson gespannt. »Uns was sagen wollen?«

»Es ist zwar nur ein Gefühl, aber die Art, wie sie getötet haben, deutet irgendwie auf *Show* hin. Es ist, als hätten sie eine sensationelle Tat verüben wollen, als wollten sie viel Publizität und aufgeregte Spekulationen vielleicht ganz anderer Art, als wir bisher erlebt haben.«

»Ihr glaubt also nicht daran, daß es die Russen gewesen sind«, stellte Rune Jansson fest.

Die beiden Militärs schüttelten nachdrücklich den Kopf.

»Keine Sekunde«, erwiderte Carl. »Einmal liegen furchtbare Risiken, politische Risiken nämlich, in einer solchen Angelegenheit. Wir können uns nichts vorstellen, was so große Risiken wert wäre. Zum andern sind die Opfer sowohl politisch wie militärisch relativ unwichtig. Also kann es schon aus diesen Gründen nicht stimmen. Und wie gesagt. Militärisches Personal würde sich aus einer Vielzahl von Gründen nie so aufführen, weder wir selbst noch der Feind. Niemals.«

Samuel Ulfsson nahm zwei tiefe Züge hintereinander an seiner Blend Ultima und warf dem Mann, der ihm in diesem Augenblick an dem Konferenztisch gegenübersaß, einen mißbilligenden Blick zu. Dieser Abstand war gerade richtig, wie er meinte. Sektionschef Henrik P. Näslund sollte man nie näher als auf drei Armeslängen an sich heranlassen.

Samuel Ulfsson war außer sich vor Wut, was bei ihm äußerst ungewöhnlich war. Dazu hatte jedoch nicht unerheblich die Tatsache beigetragen, daß er sich eine halbe Stunde vor Näslunds Ankunft gezwungen gesehen hatte, eine ganze Reihe von Fragen eines besonders unverschämten Fernsehjournalisten zu beantworten, für den ein Nein kein Nein gewesen war. In der abendlichen Nachrichtensendung *Rapport* würden sie offenbar die aus der Luft gegriffenen Behauptungen von *Expressen* bringen, als entsprächen sie den Tatsachen, und seine Dementis würden sie natürlich nur als indirekte Bestätigungen darstellen. Wie man sich auch anstellte, es war immer falsch; wenn man sagte, man wolle keinen Kommentar abgeben, wurde das als Bestätigung gedeutet, und wenn man sich zu einem Kommentar bereit erklärte, gab es plötzlich mit Kameras und Mikros angeblich technische Probleme, bis man zumindest so aussah, als bestätigte man die Angaben, obwohl man sie entschieden geleugnet hatte.

Näslund kauerte sich auf seinem Stuhl zusammen, als ahnte er schon, was kommen würde.

»Wenn sich der Nachrichtendienst einer fremden Macht vorgenommen hätte, uns Schwierigkeiten zu bereiten, und bei deiner besonderen Interessenrichtung weißt du sehr wohl, von welcher fremden Macht ich spreche, nämlich von den Leuten, die auf solche Manöver spezialisiert sind«, begann Samuel Ulfsson und betonte dabei jedes Wort so hart, als spräche er fast mit zusammengebissenen Zähnen, »hätten sie es kaum besser machen können, als du und deine *Expressen*-Leute es jetzt geschafft haben.«

»Ich stimme dir darin zu, daß die Situation uns Kopfzerbrechen bereitet, widerspreche aber energisch deiner Deutung der Dinge, die jetzt geschehen«, erwiderte Näslund leise. Er hatte sich entschlossen, einen Streit um jeden Preis zu vermeiden.

»Und warum zum Teufel publiziert ihr dann solche Geschichten?«
»Das tun nicht wir, sondern *Expressen* veröffentlicht diese Dinge.«
»Quatsch. Seit wann hat dieses Blatt irgendwelche Nachrichten ohne euer geneigtes Einverständnis ausgegraben? Was wollt ihr eigentlich damit erreichen?«

»Darauf habe ich genausowenig eine Antwort wie du. Das Ganze stimmt nicht. Ich vermag keine Absicht zu erkennen, und auch in der Firma scheint niemand mehr zu wissen als ich.«

»Aha, du meinst also, *Expressen* erfindet einfach etwas? Handelt es sich also um Journalistenphantasien? Ihr sollt also davon überzeugt sein, daß die Russen unsere Flieger ermorden, und ihr sollt also wissen, daß das unsere Überzeugung ist. So steht es da, sogar mit ziemlich großen Buchstaben, doch gleichzeitig weißt du, daß wir beim Generalstab keinen Augenblick an diese idiotische Russen-Theorie geglaubt haben.«

Näslund wühlte in seiner Aktentasche und zog einen dünnen Bericht von vier bis fünf DIN-A4-Seiten hervor, den er zunächst schnell über die blanke Tischplatte schieben wollte, wie man es in manchen Westernfilmen manchmal mit Biergläsern geschehen sieht, doch dann besann er sich und stand auf, ging damit zu Samuel Ulfsson, legte ihm die Akte auf den Schreibtisch und kehrte wieder an seinen Platz zurück.

»Der Verteidigungsminister verlangte um die Mittagszeit einen Bericht von mir, als man dort erfahren hatte, was *Expressen* bringen würde. Das da ist, was ich ihm berichtet habe. Lies selbst«, sagte Näslund.

Samuel Ulfsson überflog die Akte. Ihr Inhalt ließ an Klarheit nichts zu wünschen übrig. Nach Auffassung der Sicherheitsabteilung der Reichspolizeiführung gab es keinerlei Beleg dafür, daß die Morde an den Jagdfliegern in Norrköping von einer fremden Macht begangen worden waren. Überdies stand zweifelsfrei fest, daß man in den betreffenden Abteilungen des Generalstabs diese Auffassung teilte und daß auch in der Sicherheitsabteilung der Reichspolizeiführung niemand daran zweifeln konnte.

Folglich gab es keinerlei Grundlage für die Meldungen in *Expressen*, und Näslund fiel es sehr schwer zu glauben, irgendein Funktionsträger in seiner Abteilung könne absichtliche Desinformation betrieben haben.

»Nun«, sagte Samuel Ulfsson trocken, als er zu Ende gelesen hatte, »ich habe natürlich keinen Anlaß zu glauben, daß du den konservativen Verteidigungsminister mit Fehlinformationen versorgen wolltest. Es bleibt aber die Tatsache, daß einer der Journalisten unserer größten Zeitung, einer von denen, die euch helfen, eure geheimen Erkenntnisse an die Öffentlichkeit zu bringen, auch diesmal wieder dahintersteckt. Weshalb sollte er plötzlich damit begonnen haben, Geschichten zu erfinden, wenn ihr ihn früher immer mit Material versorgt habt?«

»Das verstehe ich auch nicht. Aber du scheinst dabei an folgendes zu denken. Wir haben in der Abteilung lange dafür gearbeitet, genügend Material zusammenzubekommen, um zumindest den einen oder anderen russischen Nachrichtendienstoffizier ausweisen zu können. Am Ende gelingt uns das, und dann will das Außenministerium die Sache um jeden Preis geheimhalten, und da kann man sich schon die Frage stellen, warum wohl? Und dann scheinen einige Funktionsträger der Meinung zu sein, die schwedische Öffentlichkeit habe ein Recht zu erfahren, daß wir in der Firma nicht alle Idioten sind. Daher der Publizitätsdrang.«

»Mit deiner Billigung oder der des Abteilungsleiters.«

»Nun ja, Billigung kann man wohl nicht sagen. Wir fühlen uns aber nicht sonderlich verpflichtet, den Funktionsträger aufzuspüren und zu bestrafen, der etwas hat durchsickern lassen.«

»Eine solche Verpflichtung solltet ihr aber zumindest jetzt fühlen.«

»Erstens ist das gar nicht so einfach. Wie du weißt, haben wir Grundgesetze, die Zeitungsinformanten schützen.«

»Wenn sie geheimes Material ausliefern, kann es sich doch nur um eine Amtspflichtverletzung handeln, und damit dürfte der Informantenschutz doch aus dem Spiel sein?«

»Nein, so einfach ist es nicht. Es setzt ja voraus, daß jemand erstens tatsächlich geheimes Material aus der Hand gegeben hat, zweitens müssen wir den Rechtsausschuß des Reichstags hineinziehen, und drittens führen solche Untersuchungen nie zu einem Ergebnis. Aber das hier stimmt ja einfach nicht, das ist gerade das Problem. Die Angaben sind falsch, folglich hat niemand geheimes Material an die Öffentlichkeit durchsickern lassen.«

»Die Verbreitung von Desinformation muß doch wohl irgendwie illegal sein?«

»Na ja, man könnte sich einen Straftatbestand wie etwa Amtsmißbrauch oder so was vorstellen. Aber das setzt den Informantenschutz nicht außer Kraft.«

»Du meinst also, wenn du einen oder mehrere kleine Saboteure da unten in der Firma hast, die dabei sind, einen unübersehbar großen Schaden anzurichten, sowohl für uns als auch für euch, gibt es trotzdem keine gesetzliche Möglichkeit... das ist doch undenkbar.«

»Ja, aber die ganze Situation ist undenkbar.«

»Kennst du diesen *Expressen*-Reporter?«

»Ja, ich habe schon öfter mit ihm zu tun gehabt.«

»Dann ruf ihn an, und sag ihm, daß alles nicht stimmt.«

»Das werten die doch nur als Bestätigung, wenn ein anderer Funktionsträger die Quelle ist.«

Samuel Ulfsson zündete sich eine neue Zigarette an, während Näslund seinen Stahlkamm aus der Tasche zog und sich damit zweimal durchs Haar fuhr.

»Wie geht es der Polizei? Kommt sie von der Stelle?« fragte Samuel Ulfsson nach kurzem Schweigen. Seine Aggressionen hatten sich gelegt. Er glaubte Näslund.

»Die schuften da unten in Norrköping, finden aber keinen Zusammenhang zwischen den beiden Opfern, und dann ist es schwer, von der Stelle zu kommen. Es gibt ja kein begreifliches Motiv. Man versteht einfach nicht, wie es dazu kommen konnte.«

»Nein, diese Morde sind wirklich schwer zu begreifen. Aber vielleicht ist der Täter ja ein Irrer, jemand, der nicht Flieger werden durfte, weil er in Mathematik oder einem anderen Fach durchgefallen ist.«

»Ja, solche Motive schweben auch mir vor. Die Russen können es nicht sein.«

»Nein, das Verbrechen ist keine Sicherheitsangelegenheit, sondern ein Fall für die Polizei. Allerdings macht diese Propaganda den Fall zu einer Angelegenheit für uns. Wer will hier eigentlich was erreichen?«

»Das verstehe ich auch nicht. Na ja, *Expressen* will natürlich wie üblich seine Sensation, aber diesmal wollen sie ja wenigstens der Regierung nicht ans Leder.«

»Das wollt ihr doch wohl auch nicht. Diesmal nicht?«

Die Unterstellung dieser Frage Samuel Ulfssons traf Näslund wie eine Ohrfeige. Er schien sie jedoch mit Fassung zu tragen und überging sie mit Schweigen.

»Aber was ist mit dem Mann, der *Expressen* mit Nachrichten versorgt? Falls dieser Journalist nicht einfach nur dasitzt und fabuliert, was ich mir allerdings kaum vorstellen kann. Es findet sich meist ein Körnchen Wahrheit in dem, was sie schreiben. Also, der Mann, der die Zeitung mit Material füttert, muß die Absicht haben, Schweden oder den Streitkräften irgendwie zu schaden.«

»Und dann ist es ein Fall für die Sicherheitsbehörden?«

»Ja, das ist meine Meinung.«

»Dann ist es ein Fall für euch. Fangt diesen Scheißkerl und erdrosselt ihn. Oder versetzt ihm wenigstens einen Fußtritt, falls die Gewerkschaft sich nicht querlegt.«

»Ja, tatsächlich, ich glaube, du hast eine juristische Möglichkeit gefunden. Wir können es als Sicherheitsfrage ansehen, als einen Fall von fremder Desinformationstätigkeit. Dann können wir wenigstens damit anfangen, die Sache zu untersuchen.«

»Könnt ihr diesen Journalisten nicht verhören?«

»Unmöglich. Dann wird alles nur noch schlimmer. Es gibt Geschrei um die Grundgesetze und einen Riesenlärm. Überdies keine Information. Wir können den Kerl ja nicht einfach foltern. Aber ich stimme dir darin zu, daß es ernst ist. Ich werde mir Mühe geben, eine Lösung zu finden.«

Samuel Ulfsson nickte. Soweit er sich zurückerinnern konnte, war es das erste Mal, daß er und Näslund völlig einer Meinung zu sein schienen.

CHATEAU DE MEURSAULT hieß es in schwarzen Versalien auf dem unauffälligen Etikett. Wer viel zu bieten hat, hat es nicht nötig, damit zu prahlen. Der Jahrgang war 1984, der gleiche Wein, den sie beim erstenmal getrunken hatten. Es war das erste Mal seit mehr als einem Monat, daß er überhaupt Alkohol trank. Es war, als würde die Zeit in Moskau schon beim bloßen Gedanken an Alkohol wieder gegenwärtig.

Eva-Britt Jönsson war jetzt Polizeiinspektorin. Sie war ihm nach und nach nähergekommen und hatte jetzt ein Stadium erreicht, in dem sie sich fragte, wie verliebt sie eigentlich war. Sie hatte Enttäuschungen hinter sich, die sie davon abhielten, sich allzu impulsiv in eine Affäre zu stürzen. Sie wollte ihn aber neuerdings sooft wie möglich sehen und hatte das Gefühl, daß er sich veränderte, als würde er nach seiner Zeit in Moskau irgendwie auftauen. Er hatte jedoch immer noch Angst zu versagen und entzog sich ihr in letzter Minute. Er wagte auch nicht, darüber zu sprechen.

Carl streichelte ihr behutsam mit dem Zeigefinger die Hand und sah in das trübe Regenwetter hinaus, das den Lichtschein der bunten Lampenschirme und der Spiegel und Messingbeschläge im Hotel Reisen wärmer erscheinen ließ und eine behagliche Atmosphäre schuf. Er genoß den Augenblick über alle Maßen. Es war, als hätte er ein neues Leben begonnen.

Er kleidete sich jetzt einfacher und hatte damit begonnen, seine Wohnung mit einigen moderneren Möbeln einzurichten, als wäre er auf der Jagd nach sich selbst, auf der Jagd nach dem Menschen hinter den Masken, als versuchte er, ein richtiger Mensch zu werden. Das andere ist jetzt wohl vorbei, redete er sich ein. Er war Chef in einem Büro, in dem niemand Uniform trug und in dem wichtige Arbeit geleistet wurde. Es war intellektuelle Arbeit, und er hatte fast ausschließlich mit Computern zu tun.

»Ist etwas dran an den Gerüchten, daß diese Morde in Norrköping etwas mit den Streitkräften zu tun haben?« fragte sie.

»Sind Sie mit dieser Ermittlung befaßt, Frau Polizeiinspektorin?« fragte er, als wollte er das Thema mit einem Scherz abtun.

»Nein, ich habe mich nur gefragt, was dahintersteckt. Man weiß ja nicht, was man glauben soll. An einem Tag heißt es so, am andern so. Es scheint eine schwierige Ermittlung zu sein. Kein Motiv, kein Zusammenhang zwischen den Opfern.«

»Nur daß sie Jagdflieger im selben Geschwader waren.«

»Ja, und dann diese seltsame, widerwärtige Form der Morde. Können Militärs sich so aufführen?«

»Kein Ahnung. Ich arbeite mit Computern. Aber beim Generalstab scheint niemand an diese Russentheorie zu glauben.«

»Aber es kann immerhin ein Militär gewesen sein.«

»Wieso?«

»Einfache Polizeilogik. Die Opfer scheinen beide den Mörder ins Haus gelassen zu haben, und das könnte ja darauf hindeuten, daß er ebenfalls Soldat war.«

»Dann dürfte er jedenfalls kaum die Uniform der Sowjetarmee getragen haben. Außerdem kann das auch genausogut darauf zurückzuführen sein, daß er seinen Polizeiausweis zeigte.«

Sie erstarrte.

»Da hast du wirklich recht«, sagte sie plötzlich im Flüsterton. »Das wäre eine logische Erklärung. Eine unangenehme Erklärung zwar, aber zumindest eine logische. Möchte gern wissen, ob sie daran schon gedacht haben.«

»Es muß doch trotzdem Grenzen für das geben, was eure schlimmsten Schläger anrichten können, die sonst nur Trunkenbolde zusammenschlagen. Wird bei der Polizei übrigens Karate und so was trainiert?«

»Das Vorgehen des Täters oder der Täter scheint mir nicht gerade auf sportliche Ambitionen hinzudeuten.«

»Nein, aber ich möchte trotzdem gern wissen, wie man so etwas fertigbringt.«

»Ja, aber such nicht in meinen Kreisen.«

»Wie darf ich das verstehen?«

»Hier bin ich diejenige, die das Verhör führt. Du hast dich in Moskau nicht sonderlich wohl gefühlt?«

»Nein.«

»Warum nicht?«

»Ich fühlte mich einsam, sehr einsam. Außerdem war es ein in technischer Hinsicht ziemlich langweiliger Job. Ich sollte unser Berichtssystem modernisieren und paar ältere Typen im Umgang mit Computern trainieren. Ich kann mir wirklich was Schöneres vorstellen. Das Beste war dein Besuch.«

»Ja, aber es war ja ein bißchen albern, fast operettenhaft. Obwohl ich es lustig fand, mal den Roten Platz gesehen zu haben.«

»Ja, und den ausgestopften Lenin.«

»Wir gehen nachher zu dir.«

»Ich weiß nicht... ich muß morgen früh raus.«

Sie beschloß, genau in diesem Moment das Thema zur Sprache zu bringen.

Er war zunächst natürlich widerwillig und verlegen und sagte, in der

Zeit, in der er verlobt gewesen sei, ja, während des Studiums in den USA, habe es nie Probleme gegeben, und später mit Zufallsbekanntschaften ebenfalls nicht. Wenn er aber echte Gefühle für eine Frau empfinde, wenn es weder Theater noch Spiel sei, sei manchmal diese Besorgnis gekommen, und dann sei es nur im Kreis herumgegangen: Ich darf jetzt nicht daran denken, denn sonst wird es wie beim letztenmal. Und dann habe er trotzdem zu denken begonnen, und dann sei es wie beim letztenmal gekommen.

Sie sagte, er dürfe nicht mehr glauben, daß sie ihn verachte oder die Freundschaft mit ihm aufkündigen wolle, wenn er nicht mit ihr schlafe. So sei es nicht. Sie hätten alle Zeit der Welt. Sie wolle jedenfalls, daß sie sich diese Zeit nähmen.

»Wir sind ja nicht mehr in Moskau, sondern wir wohnen wieder beide hier in der Stadt«, lachte sie. »Jetzt ist es Herbst, bald wird der Winter da sein, dann kommt der Frühling, worauf wieder Sommer und Herbst folgen. Und wir werden die ganze Zeit hier sein, schuften und zu teuren Wein trinken.«

»Ich wollte in der Wohnung ein paar Möbel umstellen«, sagte er erleichtert. »Komm doch mit nach Hause, dann kannst du mir sagen, wie du es findest.«

2

Es war ein Mord, der an amerikanische Gangsterfilme denken ließ, und die Durchführung deutete auf ein hohes Maß von Professionalität hin.

An einem Donnerstagnachmittag saßen zwei Männer in der kleinen Konditorei im Näsby Park Centrum. Es war die Tageszeit, zu der das Personal wenig zu tun hatte, aber da die Konditorei große Glasfenster besaß, konnte draußen leicht jemand den richtigen Augenblick abgewartet haben.

Die Leiterin der Konditorei und ihre Verkäuferinnen hatten nicht viel zu berichten. Zwei Männer seien hereingekommen und hätten Kaffee und Kopenhagener bestellt. Der Mann, der bestellt habe, habe schwedisch gesprochen. Dann hätten beide drinnen im Café gesessen, hinter dem Vorraum mit den Verkaufsvitrinen.

Als dann keine weiteren Kunden dagewesen seien, hätten sie die Gäste im Café kurz allein gelassen, um sich in der Küche einen verstopften Abfluß anzusehen.

In dem Moment hätten sie die beiden Schüsse gehört.

Zunächst hatten sie nicht nachgesehen, da sie Angst bekommen hatten. Als sie dann durch die kleine Glasscheibe der Tür zum Café geblickt hatten, hatten sie die beiden Gäste auf dem Fußboden liegen sehen. Einer lag auf dem Fußboden, und der andere war kopfüber über den Cafétisch gefallen.

Draußen auf der Straße hatten Zeugen zwei Männer in schwarzen Lederjacken herauskommen sehen, aber niemand hatte Waffen bei ihnen gesehen.

Der Fluchtwagen hatte offenbar auf der anderen Seite des Bürohauses gestanden, in dem auch die Konditorei lag. Dort neben dem Bahnhof gab es reichlich Parkplätze. Vage Zeugenaussagen sprachen von einem Volvo, einem 740er oder 760er.

Zwei Schüsse waren abgefeuert worden, Schrotladungen aus weniger als einem Meter Abstand, das heißt mit unmittelbar tödlicher Wirkung. Die Schrotladungen waren von dem normalen schwedischen Typ Nummer 5, mit dem aus fündundzwanzig Metern Entfernung auf Hasen oder Rehe geschossen wird.

Draußen war es regnerisch und matschig, und im Café fanden sich zahlreiche nasse Fußabdrücke. Mit anderen Worten: keinerlei Spuren.

Schon die Umstände des Doppelmordes genügten, um Aufsehen zu erregen, und sorgten in den Abendzeitungen für große Schlagzeilen. Schon wenn die Opfer irgendwelche beliebigen Schweden gewesen wären.

Das eine Opfer war Igor Terasimow, offiziell dritter Sekretär an der Botschaft der Sowjetunion, in Wahrheit Offizier, ein seit langem identifizierter Offizier von der Residentur des KGB in Stockholm.

Das zweite Opfer war Außenhandelssekretär Erland Winblad, der unter der vorigen Regierung in relativer Nähe des Außenhandelsministers seinen Dienst getan hatte.

Aber bevor die komplizierten diplomatischen Verwicklungen begannen, hatte die Polizei noch Zeit, einige Routinemaßnahmen zu ergreifen, die technisch durchaus als unerlaubt gelten durften, und zwar von dem Augenblick an, in dem man in der Brusttasche des einen Mordopfers einen Diplomatenpaß gefunden hatte. In diesem Augenblick wurde Personal der Sicherheitspolizei hinzugezogen, und die Frage weiterer Entscheidungen wurde Näslund persönlich vorgelegt.

Kleidung und Tascheninhalt der Ermordeten sowie eine Aktentasche waren schon gesichtet und in ein Protokoll aufgenommen worden.

In der Jacke des Russen fand sich ein zwanzig Seiten langer geheimer Bericht des Außenministeriums, der blutbefleckt und zum Teil zerstört war. Bei dem Schweden fand sich ein Umschlag mit acht Tausendkronenscheinen mit fortlaufenden Seriennummern.

Näslund befahl, dem toten Russen Fingerabdrücke abzunehmen, was den diplomatischen Gepflogenheiten natürlich nicht entsprach. Aber, wie nicht anders zu erwarten, wurden die gleichen Fingerabdrücke kurz darauf an dem Umschlag mit dem Geld gefunden sowie an dem oberen und unteren Geldschein.

Die Sache war in einer Hinsicht kristallklar. Ein sowjetischer Nachrichtenmann und sein schwedischer Agent hatten bei einem konspirativen Treff einen Austausch vorgenommen und Geld gegen Material getauscht, bevor sie niedergeschossen wurden.

Das Außenministerium, das sehr schnell eingeschaltet wurde, übermittelte den Regierungsbeschluß sofortiger Geheimhaltung, als es um die Entlarvung des Spionagefalls ging, den die Mörder absichtlich oder unabsichtlich publik gemacht hatten.

Mit Rücksicht auf eine fremde Macht. Es war schon mühselig genug zu erklären, wie ein sowjetischer Diplomat in Schweden auf Gangstermanier niedergeschossen werden konnte. Von einem oder mehreren, die von dem konspirativen Treff gewußt haben mußten. Das konnte immerhin den Eindruck vermitteln, als wären schwedische Behörden irgendwie in die Sache verwickelt.

Der Versuch, alles geheimzuhalten, mißlang natürlich. *Expressen*, das Blatt, das von jetzt an unter dem Sammeltitel DER AGENTENKRIEG berichtete, konnte jetzt eine große Geschichte daraus machen: Das Außenhandelsministerium sei besorgt gewesen, man könne eventuell schwedische Behörden verdächtigen (dieser Gedanke wurde natürlich etwas direkter und schlagkräftiger formuliert). Ferner konnte das Blatt erneut empörte und eingeweihte Quellen bei der Sicherheitspolizei zitieren, die behaupteten, dies sei die Rache des schwedischen Nachrichtendienstes an den Russen für die Ermordung der beiden schwedischen Piloten gewesen.

Die anderen Massenmedien zogen schnell nach, da der bekannte Enthüllungsjournalist Per L. Wennström seit etlichen Jahren die gezielten Indiskretionen der Sicherheitspolizei zu veröffentlichen pflegte.

Dementis, in einem Fall ein wütendes Dementi des Generalstabs, wurden damit abgetan, daß das Leugnen natürlich zu den »Spielregeln« gehöre und daß Spionageorganisationen, ob schwedische oder ausländische, noch nie eine Liquidation bestätigt hätten, wenn man sie nicht gerade auf frischer Tat ertappe wie beispielsweise den französischen Nachrichtendienst, als dieser das Greenpeace-Schiff »Rainbow Warrior« in Neuseeland mit einer Sprengladung auf Grund gesetzt habe.

Unter den nachfolgenden Berichten fanden sich selbstverständlich auch die angeblich bekannten »Agentenhinrichtungen« der letzten Jahrzehnte. Schon bald konnte der Mann des *Expressen* etwas über den »Hintergrund« enthüllen: Die wohlunterrichteten Quellen bei der Säpo wüßten jetzt zu berichten, es handle sich um eine Vendetta zwischen dem schwedischen und sowjetischen Nachrichtendienst. Die Russen hätten einen Grund gehabt, sich zu rächen, weil der schwedische Nachrichtendienst irgendwo im Ausland einen russischen Agenten hingerichtet habe. Vermutlich wollten die Russen dem kleinen Nachbarland auf diese Weise zeigen, daß man nicht ungestraft Großmacht spielen könne. Doch jetzt habe Schweden geantwortet, indem es ein besonderes Mörderkommando losgeschickt habe, um sich erneut zu rächen, und seine Botschaft sei, daß »wir in Schweden selbst bestimmen, was wir zu tun haben«.

Was die Frage der Mörderkommandos betraf, fand sich im Blatt ein Hintergrundbericht unter der Überschrift EIN RECHT ZU TÖTEN?

In dem Artikel hieß es, im allergeheimsten Teil des schwedischen Nachrichtendienstes gebe es eine oder mehrere Personen, die man mit James Bond vergleichen könne und die in Extremsituationen eine Erlaubnis zu töten hätten. Sie seien »licensed to kill«.

Als Beispiel wurde die bekannte Flugzeugentführung vor anderthalb Jahren erwähnt, als die Weltpresse vergeblich den rätselhaften Amerikaner gejagt habe, der die Entführung einer Air-France-Maschine auf dem Flug von Kairo nach Marseille verhindert habe. Schließlich habe Peter Sorman vom Außenministerium sogar persönlich bestätigt, daß der Mann, der die Entführung verhindert und unter spektakulären Umständen drei der Entführer getötet habe, ein »schwedischer Offizier des Geheimdienstes sei, dessen Identität mit Rücksicht auf die Sicherheit des Militärpersonals natürlich nicht enthüllt werden könne«.

Peter Sorman, inzwischen frisch ernannter Botschafter in Kuba, weigerte sich, weitere Kommentare abzugeben.

Der Artikel endete mit der Frage, ob es möglicherweise derselbe Geheimdienstmann sei, den man jetzt erneut in Aktion erlebt habe.

So war es nicht verwunderlich, daß kurz darauf beim Generalstab eine Krisensitzung stattfand, und zwar im Vortrags- und Konferenzraum des Oberbefehlshabers.

Dieser war selbst nicht anwesend, da jeder Beschluß, der eventuell gefaßt wurde, sonst als Entscheidung des OB und damit der gesamten schwedischen Streitkräfte hätte angesehen werden können. Falls die Zukunft erweisen sollte, daß fehlerhafte Entscheidungen getroffen worden waren, wäre der OB und damit auch der Generalstab insgesamt dafür nicht verantwortlich. Überdies bestand das naheliegende Risiko, daß der Oberbefehlshaber bei einer so illustren und unkonventionell zusammengesetzten und aufgeregten Gesellschaft zuviel erfuhr und damit Gefahr lief, nachher nichts mehr dementieren zu können. Was der Chef des Nachrichtendienstes ihm später unter vier Augen vortrug, würde diese

Möglichkeit des Dementis nicht unbedingt einschränken, oder, ehrlicher gesagt, die Möglichkeit, sich dumm zu stellen.

Anstelle des Oberbefehlshabers war der Generalstabschef anwesend. Die zivile Seite wurde von Näslund und dem Chef der Sicherheitspolizei vertreten, den niemand je anders als den Briefträger nannte, was eine Anspielung auf seinen früheren Beruf oder möglicherweise sein Verhältnis zur schwedischen Regierung war.

Außer den selbstverständlichen Teilnehmern auf der militärischen Seite, dem Chef des gesamten OP 5, Samuel Ulfsson, dem scheidenden Chef des SSI, dem Alten, dem Chef der Sicherheitsabteilung des Generalstabs, Oberstleutnant Lennart Borgström, und dem vor kurzem ernannten Leiter der Operationsabteilung des SSI, Hamilton, war noch eine Person anwesend, die alle Anwesenden als einen fremden Vogel ansahen: der vor kurzem ernannte SSI-Chef, der eine Art Zivilist war und den Job bekommen hatte, weil er sich Gerüchten zufolge immer sehr für Spionageromane interessiert hatte, und sicherlich auch, weil er ein enger Freund des neuen konservativen Verteidigungsministers war. Der Neuling hatte sich ein paar Tage lang damit beschäftigt, an der Seite des Alten Mäuschen zu spielen, um sich in erster Linie mit den normalen Routinevorgängen vertraut zu machen.

Als Routinesitzung konnte diese unstrukturierte Konferenz aber kaum bezeichnet werden.

Samuel Ulfsson versuchte sich als Vorsitzender, aber es war nicht leicht, Ordnung zu halten, da immer wieder kleinere Streitigkeiten aufflammten.

Am schlimmsten wurde es, als der Leiter der Sicherheitsabteilung des Generalstabs, Borgström, Carl plötzlich fragte, ob er für den Zeitpunkt des Mordes ein »Alibi« habe.

Carl versuchte die Frage mit der Gegenfrage »Welcher Mord?« abzutun, was in diesem Zusammenhang ein vielleicht etwas unpassender Scherz war. Borgström wiederholte daraufhin die Frage und erläuterte, er meine den jüngsten Mord.

Da explodierte der Alte. In protokollgerechter Sprache würde man sagen können, daß er mit kräftigen Worten die Urteilsfähigkeit und Intelligenz Borgströms anzweifelte und eine kürzere Vorlesung über den höchst seltenen Gebrauch abgesägter Schrotflinten bei den Streitkräften hielt, da man für den Fall, daß es sich als notwendig erweisen sollte, zur Gewalt zu greifen, Zugang zu wesentlich eleganteren Methoden und Waffen habe.

Als es Samuel Ulfsson gelungen war, die Konferenzteilnehmer wieder zur Ordnung zu rufen – Carl hatte zunächst, »der guten Form halber, da die Frage nun einmal gestellt worden ist«, bekanntgegeben, daß er sich zum Zeitpunkt des Mordes an seinem Arbeitsplatz befunden habe, und zwar zusammen mit sechs oder sieben weiteren Personen, die Angestellte der Streitkräfte seien –, wurde einige Zeit darauf verwandt, ein paar beruhigende Erklärungen abzugeben. Von seiten der Streitkräfte wurde kategorisch versichert, es liege keine Situation vor, die auch nur entfernte Ähnlichkeit mit einem »Kriegszustand« habe, nicht einmal die Phantasie eines *Expressen*-Reporters rechtfertige eine so tollkühne Bezeichnung. Darauf versicherten die beiden Säpo-Chefs, auch in ihrer Abteilung bestehe nicht der leiseste Verdacht, es könne sich um eine Vendetta oder ähnliches handeln, und man könne sich ganz einfach nicht vorstellen, daß *Expressen* in der Abteilung überhaupt irgendwelche Quellen habe.

Dann zerfloß die Konferenz nicht unerwartet in Spekulationen, die wiederum zu neuen kleinen Streitigkeiten führten.

Die erste Frage, die gestellt wurde, lautete, wer im voraus von einem konspirativen Treff zwischen einem KGB-Offizier und einem bezahlten schwedischen Agenten gewußt haben konnte.

Lennart Borgström meinte, das GRU, und hob dann ab wie eine Rakete und erging sich in Phantasien, das GRU könne sowohl hinter den Morden in Linköping als auch hinter denen in Näsbypark stecken.

Der Alte merkte zunächst nur trocken an, daß schon eine minimale Kenntnis der Gepflogenheiten der sowjetischen Nachrichtendienste absolute Klarheit darüber verschaffen könne, daß das GRU von den Operationen des KGB weder Kenntnis haben könne noch dürfe – und umgekehrt. Das sei elementar. Schon deshalb könne das GRU als Auftraggeber der Mörder ausgeschlossen werden. Ferner wäre es wohl reichlich tollkühn, aus rein theatralischen Gründen einen KGB-Offizier zu ermorden, und überdies müsse man sich die Frage stellen, ob das GRU mitten in der Glasnost-Ära das Bedürfnis verspüren könne, eine politische Katastrophe zu riskieren, und zwar sowohl für sich selbst als auch für die Sowjetunion.

Als es dem Alten nicht zu gelingen schien, die seiner Meinung nach einfachen Gedankengänge verständlich zu machen, unter anderem, weil der Briefträger und der Zivilist dazu neigten, Lennart Borgström recht zu geben, wies er säuerlich darauf hin, außer dem KGB gebe es nur eine einzige Stelle, an der man von konspirativen Treffs dieser Art Kenntnis haben könne, nämlich die schwedische Säpo. Allerdings sei zweifelhaft, daß das KGB Bescheid wisse.

Da explodierte Näslund.

Er fragte zunächst, ob diese letzte Bemerkung als Unterstellung gemeint sei. Dann leistete er sich einen unfreiwilligen Scherz, indem er darauf hinwies, daß es der Säpo noch nie gelungen sei, einen schwedischen KGB-Agenten auf frischer Tat zu ertappen. Und wenn sich wie in diesem

Fall eine solche Gelegenheit geboten hätte, hätte man sich wahrlich mit einem normalen Zugriff begnügt.

Einig waren sich die Anwesenden nur in einem Punkt. Es gab weder bei den Streitkräften noch beim zivilen Sicherheitsdienst irgendwelche Hinweise, welche die Spekulationen der Zeitung *Expressen* stützten.

Beim Verlassen des Konferenzraums kam der Versammlung der Adjutant des Oberbefehlshabers mit den Abendzeitungen entgegen.

Auf der ersten Seite von *Expressen* fand sich ein riesiges Porträt des Spions Sandström. Und die dazugehörige Überschrift enthielt nur drei Worte und ein Fragezeichen:

IN MOSKAU ERMORDET?

Die Bildunterschrift auf der ersten Seite erklärte, der inzwischen entbrannte Agentenkrieg könne hochgestellten Säpo-Quellen zufolge dadurch ausgelöst worden sein, daß schwedische Agenten Sandström ermordet hätten (»So begann der Agentenkrieg«).

Samuel Ulfsson scherzte etwas angestrengt, nun habe man endlich einmal die Möglichkeiten der Streitkräfte überschätzt.

Er ging jedoch mit dem Alten und Carl durch den Korridor zu ihrer eigenen Abteilung, betrat sein Büro und schloß die Tür direkt vor der Nase des neuernannten SSI-Chefs.

»Das ist doch wider alle Vernunft«, sagte er und warf sein Exemplar des Blatts auf den Konferenztisch. Dann zündete er eine Zigarette an.

»Wie können diese Informationen den Weg zum Affenhaus auf Kungsholmen gefunden haben?« brummelte der Alte traurig.

»Es ist unmöglich«, sagte Carl hitzig, »es ist absolut unmöglich. Ich habe diese Information außer an euch beide an niemanden weitergegeben.«

»Ich weiß nicht einmal, ob ich die Frage stellen möchte«, sagte Samuel Ulfsson düster, nachdem er während des gespannten Schweigens der anderen ein paar Züge geraucht hatte. »Aber ich werde es wohl müssen. Also folgendes. Der Oberbefehlshaber hat Informationen des Inhalts erhalten, daß Sandström tot ist, nichts sonst. Ich habe die Angelegenheit mit keinem anderen Menschen besprochen. Carl hat seine Position schon erklärt, und jetzt muß ich dich fragen, mein Alter.«

»Dies ist wirklich kein Anlaß für Scherze«, erwiderte der Alte.

»Soll ich das so verstehen, daß du niemandem gegenüber auch nur Andeutungen gemacht hast?«

»Selbstverständlich.«

»Dann ist das zunächst geklärt. Die Schlußfolgerung ist, daß im Affenhaus niemand davon gewußt haben kann. Folglich haben sie auch nichts durchsickern lassen können. Außer uns weiß das GRU Bescheid, aber es will mir einfach nicht in den Kopf, daß...«

Er hielt plötzlich inne, als er auf einem Stapel von Papieren im Eingangskorb einen Briefumschlag entdeckte. Er riß ihn fast aggressiv an sich, zerfetzte den Umschlag, als er ihn öffnete, und las.

Es war eine kurze Mitteilung. Trotzdem las er sie dreimal und jedesmal langsamer. Dann drückte er seine Zigarette aus und zündete sofort eine neue an. Die beiden anderen warteten und ließen ihm Zeit.

»Lies«, sagte er schließlich und schob die handgeschriebene kleine Briefkarte über den Tisch, »du kannst es uns vorlesen, Carl.«

Carl nahm den Brief an sich. In der oberen linken Ecke war das Staatswappen der Sowjetunion eingeprägt. Carl räusperte sich nervös und las dann:

Herr Kapitän des ersten Rangs!
In meiner Eigenschaft als Leiter der militärischen Abteilung der Botschaft der Union der Sozialistischen Räterepubliken möchte ich auf diesem Wege offiziell zu Ihnen Verbindung herstellen, um Mißverständnisse zu vermeiden. Die Angelegenheit ist von äußerstem Gewicht und betrifft die Sicherheit und die guten Beziehungen unserer beiden Länder. Aus bestimmten Gründen möchte ich so schnell wie möglich mit Ihrem Vertreter zusammentreffen, Fregattenkapitän Carl Hamilton, um eingehender zu erläutern, was nur mündlich besprochen werden sollte. In Erwartung Ihrer baldigen Antwort verbleibe ich
Mit freundlichen Grüßen

Jurij Tschiwartschew
Leiter der militärischen Abteilung

»Das ist der Resident persönlich, nehme ich an«, sagte Carl, als er zu Ende gelesen hatte.

»Stimmt. Der Resident des GRU will dich höchstpersönlich ganz allein für sich haben«, erwiderte Samuel Ulfsson und stieß dabei eine dicke Qualmwolke aus.

»Wenn das hier ein Destabilisierungsunternehmen ist, ist es wohl die schlimmste Maskirowka, von der ich je gehört habe«, sagte der Alte in einem Tonfall, der sich fast resigniert anhörte.

»Warum will er ausgerechnet Carl treffen?« fragte Samuel Ulfsson.

»Es gibt vermutlich nur eine Möglichkeit, das festzustellen«, erwiderte Carl.

»Es hört sich gefährlich an, finde ich«, bemerkte Samuel Ulfsson.

»Tja«, seufzte der Alte, »das scheint mir aber nicht ganz sicher zu sein. Ich meine, sie dürften kaum förmliche Einladungen zu nassen Jobs verschicken. Ich bin der Meinung, wir sollten die Tatsache nicht außer Betracht lassen, daß das GRU uns *schreibt*, und zwar sogar sein Stockholmer Chef. Und er weist darauf hin, daß die Angelegenheit *offiziell* ist. In russischem Sprachgebrauch bedeutet das tatsächlich offiziell. Die Sache ist von Moskau abgesegnet.«

»Er sagt, er möchte etwas erklären und uns Informationen geben«, stellte Samuel Ulfsson fest. »Wie gesagt, er hat es sogar auf seinem eigenen Briefpapier geschrieben. Das hat einiges Gewicht, und es scheint nicht ausgeschlossen, daß er etwas weiß, was wir nicht wissen.«

»Worüber er im Interesse beider Länder sprechen möchte«, ergänzte der Alte. »Ich finde, wir sollten das Treffen arrangieren, natürlich nur, falls Carl selbst keine Einwände hat?«

Beide Chefs sahen Carl starr an. Ihm war unbehaglich zumute, nicht wegen eventueller Gefahren, sondern aus ganz anderen Gründen.

»Es ist ja schon merkwürdig«, sagte er zögernd, »daß der Resident ausgerechnet den ehemals der Spionage verdächtigten Hamilton für den besten Kontakt hält. Mir ist unwohl dabei zumute, aber ich kann trotzdem kein Risiko dabei erkennen. Wenn sie eine Operation gegen mich vorhaben, was ich nicht glaube, und zwar nicht nur, weil sie gesagt haben, Schwamm drüber, hätten sie mich kaum schriftlich zu meiner Beerdigung einladen müssen. Das GRU ist nicht dafür bekannt, solche Dokumente aus der Hand zu geben.«

»Kann es eine Fälschung sein oder ein Scherz? Vielleicht ein Einfall von *Expressen*?« überlegte Samuel Ulfsson.

»Das werden wir sehen, wenn wir das Treffen arrangieren«, bemerkte der Alte trocken.

»Aber ja. Wir sind ja nicht daran gehindert, Informationen entgegenzunehmen, nicht einmal dann, wenn sie aus dem Osten kommen. Jedenfalls nicht formal. Aber seid vorsichtig, wenn ihr das Treffen arrangiert«, sagte Samuel Ulfsson in einem Tonfall, der erkennen ließ, daß die Diskussion bis auf weiteres beendet war.

Sie trafen sich erst auf dem U-Bahnhof Sankt Eriksplan exakt zur festgesetzten Stunde, zeigten sich gegenseitig ihre Ausweise und verabschiedeten sich dann sofort von ihren jeweiligen Begleitern. Anschließend verfuhren sie wie bei solchen Treffen üblich und entschieden abwechselnd, wann sie umzusteigen hatten.

Das dauerte eine halbe Stunde. Dann stiegen sie am Brommaplan aus und schlenderten durch ein Villenviertel. Bis dahin hatten sie kein einziges Wort von Bedeutung gesprochen.

Carl war irgendwie traumartig feierlich zumute. Der Mann, der neben ihm herging, schmal, grauhaarig und um die sechzig Jahre alt, war also der Chef der militärischen Spionage des Gegners in Schweden. Ein merkwürdigerer Begleiter für einen Offizier des schwedischen Nachrichtendienstes war kaum vorstellbar.

Von Zeit zu Zeit sahen sie sich vorsichtig um. Es war kaum vorstellbar, daß sie jemand verfolgte, und sie schienen die einzigen Spaziergänger in der grauen Abenddämmerung zu sein.

»Ich glaube, wir können jetzt anfangen«, sagte Jurij Tschiwartschew, blieb stehen und zog sich den rechten Handschuh aus. »Darf ich Ihnen zunächst als Offizier und Kollege zu Ihrem glänzenden Einsatz in Moskau gratulieren.«

Als sie die Hände schüttelten, war Carl so aus der Fassung gebracht, daß ihm überhaupt keine Antwort einfiel.

»Ich kann Ihr Erstaunen durchaus verstehen, Fregattenkapitän Hamilton«, sagte Jurij Tschiwartschew mit einem feinen Lächeln, als sie Seite an Seite langsam weitergingen, »auf unserer Seite wird natürlich bedauert, daß es Ihnen gelungen ist, einen schwedischen Informanten zu liquidieren. Das hat uns einige Probleme bereitet. Aber als Offizier und Kollege muß ich Ihnen trotzdem zu der sehr gut durchgeführten Operation gratulieren. Jetzt ist alles vorbei.«

»Mir kommt es nicht so vor. Ich kann kaum meine künftigen Aufträge mit Ihnen besprechen, Oberst Tschiwartschew«, entgegnete Carl in einem Versuch, mit Autorität zu sprechen.

»Nein, natürlich nicht. Aber da wir jetzt allein sind, Sie und ich, können wir ja auch in diesem empfindlichen Punkt aufrichtig sein.«

»Ist das der Grund, weshalb Sie gerade mich sprechen wollten?«

»Ja, zum Teil. Aber Sie haben ja auch, soviel wir wissen, eine zentrale Stellung beim schwedischen Nachrichtendienst. Sie haben zumindest Kenntnis von dem, was in Moskau geschah, und wir wissen selbstverständlich nicht, wie viele Schweden darüber Bescheid wissen. Mit einem anderen als Ihnen würde ich nicht so frei sprechen können, und die Operation gegen Herrn Sandström scheint ja für die Leute, die gegen uns arbeiten, eine gewisse Bedeutung zu haben.«

»Wer sind die, wissen Sie das?«

»Nicht so voreilig, junger Herr Kollege, eins nach dem andern. Überdies sind Sie schon *verbrannt*. Ihre Identität ist uns bekannt, und sei es nur durch Ihren Auftrag in Moskau. Wenn Sie also das Bindeglied zwischen unseren beiden Organisationen werden, werden uns damit keine neuen personellen Details enthüllt.«

»Sehr diplomatisch gedacht.«

»Jaja. Aber schließlich sind wir *auch* Diplomaten. Hat man Ihnen das in Moskau nicht gesagt, als Sie selbst als Diplomat auftraten? Ja, Sie haben uns ganz schön hereingelegt.«

»Zur Sache, bitte.«

»Junger Mann, versuchen Sie, ruhig zu bleiben. Wir müssen in der unangenehmen Lage, in der wir uns alle befinden, sehr kühl bleiben. Zunächst also möchte ich offiziell die Haltung der Sowjetunion in der Frage des Herrn Sandström wiederholen. Soweit es die Beziehungen unserer beiden Länder betrifft, halten wir diese Angelegenheit für erledigt. Wir wissen ebensogut wie Sie selbst, daß Sie den Mann liquidiert haben. Es ist jedoch unsere sehr strikte Politik, in solchen Situationen im Schilf nicht noch mehr Schlamm aufzuwühlen.«

»Ja, das habe ich mir schon gedacht. Und weiter, Herr Oberst?«

»Weiter möchte ich sagen, daß wir nicht einen Augenblick geglaubt haben, ich möchte das wirklich unterstreichen, nicht einen Augenblick, daß Sie selbst oder irgendein anderer Offizier diesen Mord an unserem Kollegen vom KGB, wenn man so sagen kann, und seinem Informanten verübt haben. Das war das zweite. Jetzt kommen wir zu dem dritten Punkt, und hier dürfen Sie selbst entscheiden, ob Sie antworten wollen. Wir können uns nicht einen Augenblick vorstellen, daß Sie uns oder eine andere sowjetische Institution im Verdacht haben, diese Terrorakte in... wie heißt die Stadt noch... verübt zu haben.«

»Norrköping. Richtig, das haben wir keinen Augenblick geglaubt. Es stimmt nicht mit unseren Erfahrungen mit Ihrem operativen Auftreten überein, und zur politischen Lage würde es überhaupt nicht passen. Diese Antwort kann ich Ihnen ohne weiteres geben, sie ist ja fast selbstverständlich.«

»Soso, Sie denken also auch politisch. Das ist sehr gut. Aber jetzt kommen wir zur Hauptsache. Jemand versucht unleugbar, es so aussehen zu lassen, als würden wir hier in Schweden gegenseitig unsere Offiziere umbringen.«

»Ja, zumindest die Abendzeitung *Expressen*.«

»Sie glauben doch wohl nicht, daß die das einfach erfunden haben?«

»Nein, jemand liefert ihnen falsche Informationen, und diese Informationen sind in jüngster Zeit so, daß sie nur von Ihnen, vom GRU oder von unserem Generalstab kommen können. Und wir sind es nicht gewesen.«

»Wir auch nicht. Das würde unseren Interessen zuwiderlaufen, und ich hoffe, Sie sehen das ein.«

»Es ist sehr schwer zu verstehen, welche Interessen hier am Werk sind. Aufrichtig gesagt, wir verstehen das Ganze nicht. Wir glauben nicht, daß diese Dinge in Ihrem Interesse liegen, aber diese Angaben über Sandström können nur von Ihnen oder von uns kommen. Und von uns sind sie nicht gekommen.«

»Sie begehen einen Denkfehler, junger Mann. Die Information kann durchaus von der schwedischen Sicherheitspolizei kommen, genau wie diese Zeitung schreibt.«

»Die wissen nicht, daß Sandström tot ist.«

»Doch, bedauerlicherweise tun sie das.«

»Woher wollen Sie das wissen?«

»Darauf kann ich natürlich nicht antworten. Doch ich kann auf anderes antworten. Nach dem Regierungswechsel wurden die Arbeitsabläufe im schwedischen Außenministerium geändert. Es wurde damit angefangen, Informationen weiterzugeben, die die frühere Regierung vor ihrer Sicherheitspolizei geheimhalten wollte. Sie wissen ja selbst, wie es gewesen ist.«

»Ja, aber das Außenministerium kann der Säpo keine Mitteilung über Sandströms Tod geschickt haben.«

»Das hat es auch nicht. Man hat nur eine routinemäßige Mitteilung geschickt, die darauf hinauslief, daß Fregattenkapitän Hamilton soeben plötzlich und unerwartet aus Moskau zurückberufen worden sei, um in Schweden neue Aufträge zu erhalten.«

»Das führt immer noch nicht zu der Schlußfolgerung, daß Sandström tot ist.«

»Nein, das tut es nicht. Aber gleichzeitig kam eine weitere Nachricht vom schwedischen Generalstab, und zwar aus der Sicherheitsabteilung. Und diese Mitteilung hatte den Inhalt, daß die Probleme, die den Spion Sandström und dessen vermuteten Aufenthalt in Moskau beträfen, nicht mehr aktuell seien, da man mitteilen könne, daß dieser Mann tot sei.«

»Ist das tatsächlich wahr?«

»Ja, leider. Überdies sind es Angaben, die Sie nachprüfen können, davon bin ich überzeugt.«

»Das ist ja unbeschreiblich tölpelhaft.«

»Ja, aber derlei passiert in allen Bürokratien. Ich wäre gar nicht erstaunt, wenn es bei uns geschehen wäre. Die Schlußfolgerung ist also, daß man mit einem Minimum an Intelligenz, die man gelegentlich ja selbst bei... sagen Sie Irrenhaus auf Kungsholmen?«

»Nein. Affenhaus auf Kungsholmen.«

»Gut. Ich habe mich immer gefragt, wie es wirklich heißt. Nun, Sie haben ja früher selbst dort gearbeitet, während dieses israelischen Terrorüberfalls in Stockholm beispielsweise, und auch noch, als Sie nach Deutschland reisten, um eine Operation gegen Terroristen durchzuführen.«

»Sie sind sehr gut informiert.«

»Keine Schmeicheleien, bitte. Das ist unser Job, und ich glaube, daß Sie auch über uns das eine oder andere wissen. Ich habe Ihren Weg übrigens im Lauf der Jahre mit Interesse verfolgt. Nun, es kann jedenfalls nicht allzu schwer gewesen sein, zwei und zwei zusammenzuzählen, nicht einmal dort im... äh, Affenhaus. Hamilton, Spezialist für nasse Jobs, kehrt unerwartet und eilig aus Moskau zurück. Sandström, der Spion, der während eines Hafturlaubs verschwand, ist ebenso plötzlich und unerwartet gestorben, und ich will Ihnen verraten, daß das anfänglich nicht ganz leicht zu glauben war, aber Sie haben am Ende unleugbar jeden Verdacht endgültig ausgeräumt.«

»Das ist ein Hinweis, aber keine sichere Information.«

»Ja, so hätten Sie oder wir argumentiert, aber nicht unsere Feinde. Sie glauben, daß es so ist, und erschaffen eine Fiktion um etwas, was sich nie widerlegen läßt, es sei denn, Herr Sandström würde plötzlich die Bühne betreten. Wir aber wissen, daß er das nicht tun wird.«

»Wer sowohl gegen Sie als auch gegen uns agiert, muß also bei der schwedischen Sicherheitspolizei sitzen. Ist das Ihre Schlußfolgerung?«

»Richtig. Diese Leute sind Ihre Feinde, und das aus Gründen, über die ich mir noch nicht recht klar geworden bin, und natürlich sind sie auch unser Feind, genau wie Sie es sind. Wir haben also ein gemeinsames Interesse daran, uns vor dem Feind des Feindes zu schützen.«

»Haben Sie irgendwelche konkreten Vorschläge?«

»Ja. Als Leiter der Residentur möchte ich Ihrem Vorgesetzten in aller Form vorschlagen, daß wir mit gemeinsamen Anstrengungen und Kräften den Feind des Feindes aufspüren und unschädlich machen.«

»Das dürften die seltsamsten Worte sein, die jemand in Ihrer Stellung in Schweden je einem Mann in meiner Position gesagt hat.«

»Völlig richtig. Das ist auch meine Einschätzung. Wir stehen jedoch vor einer höchst ungewöhnlichen und gefährlichen Situation, und da müssen wir bestimmte Traditionen und... Konventionen außer Betracht lassen.«

»Wollen Sie damit sagen, daß wir eine direkte operative Zusammenarbeit beginnen sollten?«

»Ich bin der Meinung, wir sollten die Möglichkeiten untersuchen, wie eine Zusammenarbeit aussehen könnte.«

»Haben Sie bestimmte Prioritäten?«

»Ja. Erstens den Mann aufzuspüren, der bei der schwedischen Sicherheitspolizei Desinformation betreibt. Zweitens die strategischen Absichten dieser Zeitung zu erkunden. Drittens die Terroristen aufzuspüren, die sowohl Ihre Offiziere wie unseren Mann getötet haben.«

»Search and destroy?«

»Richtig.«

»Ich kann darauf jetzt nicht antworten, Oberst Tschiwartschew, stelle mir aber vor, daß wir uns nicht darauf einlassen können, daß Sie hier in Schweden operative Einsätze durchführen dürfen. Ich kann mir auch vorstellen, daß es für meine Vorgesetzten nicht ganz einfach sein wird, eine schwedische Behörde anzugreifen. Aber ich kann mir wiederum vorstellen, daß wir unter allen Umständen Informationen von Ihnen entgegennehmen können.«

»Können Sie umgekehrt auch uns Informationen liefern?«

Zum erstenmal während ihres ernsten Gesprächs lachte Carl laut auf, und er empfand es als eine plötzliche Befreiung.

»Wollen Sie mich etwa anwerben, Herr Oberst? Wenn ja, ist es der umständlichste sowjetische Anwerbungsversuch, von dem ich je gehört habe.«

»Wenn wir unser Wissen nicht austauschen, wird sowohl bei Ihnen wie bei uns das lebenswichtige Sammeln von Informationen erschwert«, wandte der russische Spionagechef mit saurer Miene ein.

»Ja, natürlich. Ich habe aber nicht die Absicht gehabt, die Frage mit nein zu beantworten, sie kam mir nur so komisch vor. Die korrekte Antwort, Herr Oberst, lautet, daß Sie mit hoher Wahrscheinlichkeit die Informationen erhalten werden, die wir eventuell beisteuern können, und zwar im Austausch gegen Ihre Informationen. Genauso, wie es unter Spionen üblich ist.«

Jetzt lachten beide.

»Noch etwas, was vielleicht selbstverständlich ist«, sagte der Oberst nach einiger Zeit. »Was künftig im Rahmen dieser Desinformationskampagne auch behauptet werden wird, so wird die offizielle sowjetische Haltung dazu stets ein blankes Leugnen sein. Soweit es uns betrifft, ist Sandström nie in Moskau gewesen, geschweige denn liquidiert worden. Wir werden alle derartigen Behauptungen als Propaganda aus Kreisen zurückweisen, denen daran liegt, die guten sowjetisch-schwedischen Beziehungen zu stören.«

»Nun, letzteres kann zumindest stimmen. Ich werde mich sofort zu meinem unmittelbaren Vorgesetzten begeben, um ihm die Angelegenheit vorzutragen. Wenn wir uns morgen treffen können, werde ich Ihnen unsere offizielle Antwort übermitteln.«

»Können wir uns nicht noch heute nacht irgendwo treffen?«

»Ich kann nicht beurteilen, wie lange unser Entscheidungsprozeß dauern wird, aber wir können einen Zeitpunkt heute nacht vereinbaren und morgen einen um die gleiche Zeit wie heute, falls es heute nacht nichts werden sollte.«

Sie einigten sich schnell auf die Details.

Zwei Stunden später mußte sich Samuel Ulfsson murrend vor seiner Villa auf Tyresö in den Wagen setzen und nach Stockholm fahren. Er traf den Alten und Carl in einer der konspirativen Wohnungen des Alten in der Grevgatan, und sie trafen ihre Entscheidungen sehr schnell. Weniger als eine halbe Stunde später konnte Samuel Ulfsson wieder nach Hause fahren.

Drei Stunden später spazierte Carl erneut neben dem Leiter des sowjetischen Nachrichtendienstes in Stockholm her und trug ihm die sehr kurz gefaßten Bescheide vor:

Der Generalstab könne unter keinen Umständen irgendwelche operativen Maßnahmen der Sowjetunion auf schwedischem Territorium sanktionieren.

Jeder operative Einsatz müsse, falls legal, von schwedischem Personal durchgeführt werden.

Jede Information, die der sowjetische Nachrichtendienst zur Verfügung stellen wolle, werde dankbar entgegengenommen und mit Interesse geprüft werden.

Jede Information in umgekehrter Richtung müsse zunächst dem Chef des OP 5 vorgelegt werden, bevor sie weiterbefördert werden könne.

Jurij Tschiwartschew legte die Hände auf den Rücken und ging mit gerunzelter Stirn weiter, nachdem er Carls kurze Darlegung angehört hatte.

»Sagen Sie, Herr Fregattenkapitän, pflegen Sie immer die Gesetze zu befolgen?« fragte er schließlich.

»Ja, sofern es sich machen läßt«, erwiderte Carl, ohne den Mund zu verziehen.

Das tat Jurij Tschiwartschew.

»Das ist gut, mein junger Herr Fregattenkapitän, sehr gut. Eigentlich ist es auch komisch. Ich meine, ich komme zu Ihnen und bitte um die Erlaubnis für bestimmte operative Maßnahmen. Das liegt ja auch etwas außerhalb des Alltäglichen. Die Sowjetunion behält sich also das Recht vor, selbständig zu beurteilen, wie wir unser operatives Programm betreiben. Doch sagen Sie mir jetzt bitte, was wäre für Sie am schwierigsten zu bekämpfen, ich meine mit Rücksicht auf Ihre Gesetze und ähnliche bürokratischen Probleme – diese Zeitung oder Ihr eigener Sicherheitsdienst?«

»Die Zeitung, ohne jeden Zweifel. Das wäre ein Verstoß gegen das Grundgesetz, und mit so etwas können wir uns nicht befassen.«

»Interessant. Sie können also nicht einmal das Telefon dieses Journalisten abhören, um herauszufinden, wer seine Quelle bei der Säpo ist?«

»Nein, das halte ich für ausgeschlossen.«

»Gut. Aus meiner Sicht ist das so etwas wie verkehrte Welt, aber trotzdem gut. Gegen den schwedischen Sicherheitsdienst wollen wir nicht anders als auf die gewohnte Art operieren.«

»Durch Ihre Informanten?«

»Wir brauchen eine korrekte Zusammenarbeit, Herr Fregattenkapitän, und Sie wollen mich doch hoffentlich nicht anwerben, oder?«

»Ich bitte um Entschuldigung. Das war ein bißchen impulsiv, aber aus dem, was Sie gesagt haben, geht ja hervor, daß Sie dort Informationen erhalten können. Sie haben schließlich über den Bericht vom Außenministerium und von der Sicherheitsabteilung des Generalstabs mehr gewußt als wir.«

»Ich fürchte, daß wir für diese Zusammenarbeit beide einen bestimmten Preis werden zahlen müssen. Ich halte sie aber für notwendig und von beiderseitigem Interesse. Den Nachteilen können wir uns später zuwenden. Unsere erste Priorität wird sein, die Verbindung zwischen diesem Journalisten und seinem Auftraggeber zu analysieren. Das verstößt nämlich nicht gegen unser Grundgesetz. Ich werde zu gegebener Zeit per Telefon mit Ihnen Verbindung aufnehmen, wenn wir uns schon hier und jetzt über Zeitpunkte und Orte einigen können.«

»Wenn die Säpo uns jetzt sehen könnte, wären wir für sie Agent und Führungsoffizier.«

»Ja, das ist unleugbar ein komischer Aspekt. Aber es fällt mir schwer zu glauben, daß die Säpo uns entdecken könnte. Wir sind schließlich keine Amateure.«

»Wenn Ihre Hypothese richtig ist, haben diese Leute Ihren Kollegen vom KGB und seinen schwedischen Agenten entdeckt.«

»Ja, und wir werden herausfinden, wie. Aber die Tschekisten sind manchmal eben so nachlässig.«

»Sagen Sie Tschekisten? Ich dachte immer, das täten nur wir.«

»Sehen Sie, damit haben wir schon ein kleines Stück Information ausgetauscht. Der korrekte herabsetzende Ausdruck für schwedische Polizei lautet Affenhaus auf Kungsholmen, und das KGB nennen wir Tscheka und Tschekisten. Haben diese Informationen über die Berichtskanäle zwischen Außenministerium und Affenhaus und Sicherheitsabteilung beim Generalstab und Affenhaus gestimmt?«

»Wir haben es noch nicht nachgeprüft, aber ich gehe davon aus.«

»Nun, bis auf weiteres sind Sie mir also etwas schuldig, Herr Fregattenkapitän, und wir wollen hoffen, daß sich das irgendwann ausgleicht.«

»Wir wollen hoffen, daß unser gemeinsames Wissen ausreicht, um dieser Provokation ein Ende zu machen, um mal versuchsweise Ihre Terminologie zu gebrauchen.«

»Nicht übel. Ich stimme Ihnen zu.«

3

Es war die endgültig letzte Chance, in diesem Jahr Trichterpfifferlinge zu finden. Samuel Ulfsson hatte das Pilzsammeln herausgeschoben, seiner Frau die Zusage jedoch immer wieder neu gegeben, und überdies hatte sie überzeugende Argumente. Als Kapitän zur See hatte er ein Gehalt, das wesentlich geringer war als ihr Universitätsdozentengehalt und vermutlich auch niedriger als das Gehalt des einfachsten Abendzeitungsreporters, aber trotzdem wurde von ihm erwartet, daß er von Zeit zu Zeit ein Essen gab und Einladungen erwiderte.

Die Pfifferlinge erfüllten also nicht nur eine kulinarische Funktion, sondern auch eine ebenso wichtige gesellschaftliche und ökonomische.

Sie hatten seit vielen Jahren die gleichen Fundstellen, und wenn man an den richtigen Ort kam, ging die Arbeit schnell und mechanisch von der Hand. Und es lohnte sich auch nicht, etwa nach einer Stunde darüber zu klagen, daß die Finger kalt würden, denn dann würde sie nur wieder zur Sprache bringen, daß er wieder rauchte, würde von Herzinfarkt und Gefäßkrämpfen sprechen und die Illoyalität beklagen, mit der er seinen eigenen Tod vorbereite, und das lange, bevor es mit seiner Lebensgefährtin soweit sei.

Sie gingen von Fundort zu Fundort und ernteten schweigend. Es roch nach nassem Gras und Frühwinter. Sie scheuchten eine Ricke und ihre zwei Kitze auf, die mindestens zwanzig Minuten ganz in der Nähe gelegen hatten und trotzdem unwillig waren, die Wärme ihres Verstecks zu verlassen.

Samuel Ulfsson versuchte systematisch zu denken und das Für und Wider abzuwägen.

Erstens gab es keinen »Agentenkrieg«. Die paranoideste und entsetzlichste Möglichkeit hatte er schon durchdacht: ob die beiden neuen Operateure etwa beschlossen haben konnten, so etwas wie amerikanische *action* zu veranstalten, als hätten sie gemeint, man müsse etwas gegen das KGB unternehmen, da der zivile Sicherheitsdienst noch nie einen KGB-Mann eingefangen hatte und so weiter.

Aber diese beiden Männer waren keine Wahnsinnigen, sondern vom Alten höchstpersönlich sorgfältig ausgewählt worden. Und überdies hatten sie, um Lennart Borgströms Ausdruck zu gebrauchen, »ein Alibi« für den Zeitpunkt des Mordes an dem sowjetischen Diplomaten und dem schwedischen Staatssekretär, ebenso wie Carl und vier andere Funktionsträger aus der Abteilung.

Man mußte davon ausgehen, daß zumindest die eine Seite an dem vermeintlichen Agentenkrieg nicht teilnahm.

Das nächste Problem waren die Morde an den Jagdfliegern in Norrköping. Das GRU würde sich kaum auf eine solche Operation einlassen, ohne sie von Moskau politisch ausdrücklich absichern zu lassen, und bei der gegenwärtigen außenpolitischen Lage mußte das als ausgeschlossen gelten. Überdies sprach das Vorgehen sehr gegen eine Beteiligung von militärischem Personal. Warum sollten sich die Leute von der anderen Seite plötzlich wie Irre gebärden?

Damit kam er zu der schwierigen Frage, ob man dem militärischen Nachrichtendienst der Sowjetunion tatsächlich trauen konnte. Es war nicht sehr schwer, sich hier einen gewissen Mangel an ehrlichen Absichten vorzustellen.

Die Angaben Tschiwartschews stimmten jedoch in einem wichtigen und nachprüfbaren Punkt. Borgström hatte tatsächlich ein Rundschreiben des Oberbefehlshabers erhalten, in dem Sandströms vermutetes Ableben in Moskau erwähnt wurde, daher hatte er diese Information »routinemäßig« in einem seiner Wochenberichte untergebracht.

Dieser Wochenbericht fiel zeitlich nachweisbar mit dem Memorandum des Außenministeriums zusammen, in dem der Abbruch der Attachékarriere Hamiltons mitgeteilt worden war.

Tschiwartschew hatte also recht gehabt. Mit einem Minimum an Intelligenz und Phantasie hätte jeder, der von Hamiltons Vergangenheit Kenntnis hatte, zwei und zwei zusammenzählen können.

Überdies hatte Tschiwartschew eine kostbare Information geliefert. Sie enthüllte nämlich, daß das GRU einen gewissen Einblick bei der Säpo hatte, den es nach menschlichem Ermessen nicht haben durfte. Tschiwartschew hatte seinen Preis bezahlt, als er diese Information weitergab: daß nämlich diese Enthüllung später bei der Säpo zu einer Jagd auf die »Maulwürfe« führen würde.

Aber das war vielleicht nur die Fortführung ihres ursprünglichen Vorhabens. Sie hatten tatsächlich versucht, zwischen der Säpo und dem Generalstab den gleichen Bürgerkrieg anzuzetteln, den sie in früheren Jahren mit beachtlichem Erfolg in England ausgelöst hatten, wo sie MI 5 und MI 6 im Lauf von zehn Jahren in Hund und Katze verwandelt hatten.

Mit Hilfe falscher Informationen, die echt aussahen, oder echter Informationen, deren Weitergabe nur scheinbar etwas kostete.

Doch jede dieser Überlegungen scheiterte rettungslos an dem Problem, sich vorzustellen, wie sich die größten sowjetischen Bürokratien in lupenreine Kriegshandlungen stürzten und ihre eigenen Leute in einem Nachbarland auf offener Bühne ermordeten. Diplomatie und Nachrichtendienst der Sowjetunion wurden von langfristigem und strategischem Denken geprägt sowie von absoluter Kontrolle über jedes Detail der geplanten Vorhaben. Und diese Aktion barg die Gefahr, in eine vollkommen andere Richtung zu galoppieren, als der ursprüngliche Verschwörer sich gedacht hatte.

Die Hintermänner der Kampagne in *Expressen* waren möglicherweise in der Lage, den Reporter der Zeitung zu kontrollieren, die direkte Verbindung zur schwedischen Öffentlichkeit. Wie sollten sie aber auf die übrigen Massenmedien Einfluß ausüben können und vor allem auf das politische Geschehen, das sie losgetreten hatten?

Die Sowjetunion pflegte nicht so unkontrolliert zu arbeiten.

Wenn folglich bei der Säpo eine Verschwörung in Gang war, worauf zumindest die Publizitätskampagne hindeutete, richtete sich diese also gegen schwedische Sicherheitsinteressen. An wen sollte man sich dann wenden? An die Säpo?

Teile des Problems würden vielleicht schon an diesem Nachmittag mit politischen Mitteln gelöst werden. Er selbst war von dem neuen Verteidigungsminister zu einem Vortrag unter vier Augen bestellt worden. Der Oberbefehlshaber ebenso.

Samuel Ulfsson und seine Frau gingen mit wiegenden Schritten nach Hause. Die Körbe waren mit schweren, nassen Trichterpfifferlingen gefüllt. Sie sprachen nicht viel. Sie wußte ohnehin, daß er zum Verteidigungsminister mußte. Sie hatte die Zeitungen gelesen, und er hatte gescherzt, schon bald möglicherweise mehr Zeit für das Pilzesammeln zu haben, als er habe ahnen können. Beim Abendessen würden sie allein sein, und dann wollte er seiner Frau alles erzählen.

Er duschte heiß und zog einen zivilen grauen Anzug an. Er bestieg den wartenden Mercedes, den das Verteidigungsministerium geschickt hatte.

Auf dem Weg in die Stadt entdeckte er an einem Kiosk den Aushang mit Carls Bild. Die Schlagzeile war schon von weitem zu erkennen:

SANDSTRÖMS MÖRDER?

Samuel Ulfsson befahl dem Fahrer, anzuhalten und eine Zeitung zu kaufen.

Er betrachtete das Foto Carls auf der ersten Seite. Es sah aus wie ein altes Paßbild und war nicht sehr ähnlich. Er beschloß, ruhig und systematisch zu lesen, und schlug Seite 5 auf, wo das Elend begann.

Der Hauptartikel mit Fotos von Carl und Sandström machte geltend, man habe Carl *under cover* als Diplomaten nach Moskau geschickt, um Sandström zu liquidieren, und dies sei bei der Säpo wohlbekannt, da der Generalstab gleichzeitig mit Carls unerwarteter und überstürzter Rückkehr aus Moskau mitgeteilt habe, das Problem Sandström existiere nicht mehr.

Der nächste Artikel erwähnte die israelische Terroraktion in Stockholm vor einigen Jahren, und Carl wurde nicht unerwartet als der Säpo-Mann bezeichnet, der die israelischen Kommandosoldaten draußen in Täby getötet habe.

Ein dritter Artikel stützte sich zu einem großen Teil auf Vermutungen und Mißverständnisse. So wurde darin behauptet, man habe Carl als Militärattaché nach Kairo geschickt, damit er zu einzelnen Gruppen der PLO Kontakt aufnehmen sollte. So sei er einer Flugzeugentführung auf die Spur gekommen und im Auftrag des schwedischen Außenministeriums gegen die Entführer vorgegangen, die PLO-Angehörige gewesen seien.

Es folgten etliche Zitate aus der Weltpresse von damals, unter anderem mit sehr ausführlichen Äußerungen von Passagieren des Fluges AF 129, die alle erklärten, der Mann, den sie für einen Amerikaner gehalten hätten, sei gegen die Entführer vorgegangen und habe alle bis auf einen getötet.

In einem letzten Artikel wurde behauptet, Carl sei vor einigen Jahren, als er noch der Säpo angehört habe, an den westdeutschen Verfassungsschutz ausgeliehen worden, wo er eine Operation geleitet habe, die mit einem grauenhaften militärischen Massaker an den Überresten der Baader-Meinhof-Bande zu Ende gegangen sei.

Unter der Überschrift »Wußte die sozialdemokratische Regierung Bescheid?« fanden sich zahlreiche spekulative Behauptungen, die offenkundig darauf abzielten, die Verantwortung der früheren Regierung zuzuschieben. Als Beweis wurde angeführt, daß Carl bei mindestens einer Gelegenheit, möglicherweise auch zweimal, durch Regierungsbeschluß eine königliche Tapferkeitsmedaille erhalten habe. Was als Beweis dafür gewertet wurde, daß er immer mit Billigung der Regierung agiert habe.

Es folgten einige Dementis und einige empörte Kommentare bürgerlicher Politiker. Schließlich wurde auf den Leitartikel des Tages verwiesen.

Samuel Ulfsson zitterte die Hand, als er eine Zigarette anzündete und den Leitartikel aufschlug. Seine erste und einfachste Schlußfolgerung war, daß dies die größte Katastrophe war, die den Nachrichtendienst unter seiner Leitung je getroffen hatte. Sein zweiter Schluß war, daß die Artikel eigentlich nichts Greifbares enthielten, nichts, was bei der Säpo nicht ohnehin bekannt war. Dagegen fehlten Dinge, die bei der Säpo nicht bekannt sein konnten und die die Katastrophe möglicherweise noch größer gemacht hätten.

VON IB ZUM SSI

Dem Artikel lag der Gedanke zugrunde, daß die Sozialdemokraten nie gelernt hätten, die Sicherheit des Reiches ernst zu nehmen, und daß sie immer ihre Geheimagenten eingesetzt hätten statt der Sicherheits- und Nachrichtendienstorganisationen. Wie groß die Katastrophen auch gewesen seien, in die sie infolge dieser Politik geraten seien, hätten sie hartnäckig an ihrer Einstellung festgehalten.

Aber jetzt müsse endlich aufgeräumt werden. Falls dieses verantwortungslose Handeln zu dem jetzigen Agentenkrieg geführt habe, müsse im Land um jeden Preis die Ordnung wiederhergestellt werden. Als Sofortmaßnahme sei dringend erforderlich, ohne jede Rücksicht auf Geheimhaltung die Verantwortung der vorigen Regierung für das jetzt herrschende Chaos festzustellen.

Der Leitartikel endete mit den Worten: »Jetzt ist der Verfassungsausschuß des Reichstags gefordert!«

Der Wagen hielt an der Rückseite des Verteidigungsministeriums. Samuel Ulfsson betrat das Gebäude durch den Chauffeurseingang. Der Oberbefehlshaber saß schon im Wartezimmer des Ministers.

»Du hast *Expressen* gelesen?« fragte der OB kurz.

»Ja, auf dem Weg von Tyresö.«

»Nun, zu welchen Schlüssen bist du gekommen?«

»Das Ganze kommt von der Säpo, aber ich begreife die Absicht nicht. Wie sehr ich auch grübele, ich komme nicht dahinter.«

Ihnen war wie Schuljungen zumute, die zum Rektor zitiert werden, um eventuell der Schule verwiesen zu werden. Eine Sekretärin führte sie in den großen hellen Raum mit der Aussicht auf Schloß und Strömmen.

Das Zimmer war in einiger Unordnung. Überall lagen aufgeschlagene Aktendeckel und Dokumente herum, als hätte sich der neue Verteidigungsminister auf alles Mögliche gestürzt, um endlich all das zu erfahren, was ihm die jetzige Opposition fast mit Schadenfreude vorenthalten hatte.

Vor dem Schreibtisch des Ministers standen zwei Stühle. Das war ein dezenter Hinweis darauf, daß diese Begegnung eher den Charakter eines Verhörs als einer Plauderei auf der Couchgruppe haben sollte. Die Atmosphäre war dick vor Unbehagen. Die Männer begrüßten sich sehr kurz und förmlich, bevor sie sich setzten.

»Am besten, wir fangen gleich mit Sandström an«, begann der Verteidigungsminister einleitend in einem Tonfall, der von außerordentlicher Entschlossenheit kündete. »Der guten Form halber möchte ich sagen, daß ich den Inhalt dieses Gesprächs anschließend dem Ministerpräsidenten vortragen werde. Die Regierung wünscht folglich alle relevanten und vollkommen wahrheitsgemäßen Informationen in allen Fragen, die zur Sache gehören. Ist das verstanden?«

Die beiden Offiziere nickten düster.

»Also. Sandström. Was ist wahr an der Geschichte?« fragte der Verteidigungsminister im Stakkato und mit blitzenden Brillengläsern.

»Nun, wir haben, hm, Hinweise darauf, daß sich Sandström seit seiner Flucht aus der Obhut der schwedischen Gefängnisbehörden in Moskau aufgehalten hat, nämlich bis vor kurzem, als er gestorben sein soll«, erwiderte der OB langsam und ohne den Minister aus den Augen zu lassen.

»Gestorben sein soll?«

»Ja, das ist die Information, die ich erhalten habe.«

»Von Sam hier?«

»Ja.«

»Dann darf ich dich wohl bitten, diesen Bescheid etwas zu erläutern, Sam?«

»Es stimmt. Ich habe dem Oberbefehlshaber solche Informationen gegeben.«

»Hast du Hamilton nach Moskau geschickt?«

»Ja, das ist richtig.«

»Und welchen Zweck hatte diese Entsendung?«

»Wir hatten zwei Ziele. Das eine war, unsere Berichterstattung von dort zu modernisieren und ein Computerprogramm aufzubauen, um die Berichterstattung zu erleichtern und die Programme davor zu schützen, angezapft zu werden.«

»Kann Hamilton so was?«

»Ja, das gehört zu seiner Grundausbildung.«

»Und der zweite Auftrag, das zweite Ziel?«

Samuel Ulfsson holte tief Luft und überlegte, ob er um Raucherlaubnis bitten sollte, verzichtete aber darauf.

»Das zweite Ziel war, Sandström zu fotografieren, um definitive Beweise dafür zu erhalten, daß er tatsächlich in Moskau arbeitete. Wir hatten nämlich Hinweise darauf. Definitive Beweise würden die Forderung nach zusätzlichen Geldmitteln erleichtern, die der Oberbefehlshaber beantragen wollte, um den Folgen von Sandströms Spionagetätigkeit entgegenzuwirken.«

»Das war der ausdrückliche Auftrag, den du ihm gegeben hast?«

»Ja.«

»Nichts sonst?«

»Nein.«

»Nun, hat er den Auftrag ausgeführt?«

»Ja, er brachte einen Film mit nach Hause, den ich habe zerstören lassen.«

»Warum das denn?«

»Weil... die Fotos nach Angaben Hamiltons Sandström als toten Mann zeigten... und... Ich hielt es für außerordentlich unpassend, solche Dokumente im Generalstab aufzubewahren oder auch nur einem der dort arbeitenden Kollegen zur Einsicht vorzulegen.«

»Du hast die Bilder also selbst nie gesehen?«

»Nein.«

»Aber du gehst davon aus, daß Sandström tot ist?«

»Ja.«

Der Verteidigungsminister hielt urplötzlich inne, als hätte er plötzlich entdeckt, daß er dabei war, vermintes Gelände zu betreten. Er zögerte, bevor er seine unvermeidliche Anschlußfrage so formulierte, daß sie trotzdem für ihn irgendwie unverfänglich wurde.

»Hamilton soll also auf eigene Faust gehandelt haben?«

»Nein.«

»Damit stellt sich eine sehr interessante Frage. Ist es denkbar, daß Hamilton von einem anderen als euch beiden hier einen Befehl erhalten hat, beispielsweise von der vorigen Regierung?«

Der Minister richtete den Blick auf den Oberbefehlshaber, der damit offensichtlich angesprochen war.

»Theoretisch ja. Es gibt jedoch keinerlei Anlaß zu vermuten, daß die vorige Regierung überhaupt etwas mit der Sache zu tun gehabt hat«, erwiderte der OB.

»Aber die Regierung muß die Entscheidung, Hamilton nach Moskau zu entsenden, doch mitgetragen haben. Es ist doch undenkbar, daß sie von den, sagen wir, sehr speziellen Qualifikationen dieses Mannes keine Ahnung gehabt hat.«

»Ja, aber Sorman vom Außenministerium wollte Hamilton aus ganz anderen Gründen loswerden, und das traf zufällig mit unseren Interessen zusammen«, erwiderte Samuel Ulfsson schnell, um seinem Oberbefehlshaber zu Hilfe zu kommen.

»Weshalb wollte Sorman Hamilton loswerden?«

»Das ist eine komplizierte Geschichte, die mit dieser Sache eigentlich nichts zu tun hat«, entgegnete Samuel Ulfsson in einem aussichtslosen Versuch, der Frage aus dem Weg zu gehen.

»Aber die Regierung, die jetzige Regierung also, ist sehr daran interessiert, die Antwort zu erfahren. In den Zeitungen können Sie lügen, soviel Sie wollen, meine Herren, aber nicht hier drinnen. Also: Weshalb wollte Sorman Hamilton loswerden?«

»Weil... ja, es hat etwas mit der Befreiung der schwedischen Ärzte im Libanon zu tun.«

»Befreiung? Ihre Freilassung wurde doch durch Verhandlungen des Außenministeriums erreicht?«

»Nein, das ist nicht die ganze Wahrheit. Sorman hat Hamilton mit einem Erkundungsauftrag in den Libanon entsandt, und dieser hatte nur sehr vage Anweisungen. Das Ganze endete damit, daß Hamilton gemeinsam mit palästinensischen Einheiten der PLO einen Schlag gegen die Entführer führte, sie tötete und die Geiseln mit einem Taxi zu den wartenden schwedischen Diplomaten schickte, die dann... ja, die dann offenbar in dem Glauben schwebten, es sei schwedischer Diplomatie gelungen, die Geiseln freizubekommen.«

Zum zweitenmal während des Gesprächs schien der Verteidigungsminister für einige Augenblicke die Fassung zu verlieren, bis er sich erneut in das Verhör stürzte.

»Um das bisher Gesagte zusammenzufassen«, begann er langsam, während er immer noch nachzudenken schien, »wurde Hamilton im Auftrag von Sorman, das heißt der Regierung, losgeschickt, um bei der Befreiung der schwedischen Staatsbürger zu assistieren. Hamilton hat die Freilassung mit Gewalt bewirkt. Sorman, der die Sache anschließend als glänzenden Beweis fähiger schwedischer Diplomatie darstellte, wollte Hamilton ganz einfach aus politischen Gründen beiseite schaffen, weil er irgenwie zuviel wußte.«

»Das kann ich nicht beurteilen«, erwiderte Samuel Ulfsson wachsam, »auf politische Bewertungen lassen wir uns nicht ein. Das Risiko, daß Hamilton sich an *Expressen* wenden könnte, war allerdings nicht sehr hoch.«

»Auch in dieser Lage?«

»Ja, besonders in der Lage, die jetzt entstanden ist.«

»Dann wollen wir chronologisch fortfahren. Hamilton wird also mit Ihrem Auftrag, Sandström zu fotografieren, nach Moskau geschickt. Und das Außenministerium hat keine Einwände, obwohl man dort weiß, was für eine Figur dieser Hamilton ist.«

»Ja, so kann man die Lage zusammenfassen, durchaus.«

»Damit stellt sich die entscheidende Frage. Hat Hamilton noch weitere Befehle von einem anderen militärischen Vorgesetzten als Sam erhalten? Was sagt der OB dazu?«

»Die Anweisungen, die er durch mich erhielt, waren die, über die Samuel Ulfsson hier schon berichtet hat. Aber der Chef des SSI hat mich heute nachmittag angerufen und mündlich sein Abschiedsgesuch eingereicht. Ja, nachdem die neue Ausgabe von *Expressen* erschienen ist.«

Es wurde vollkommen still im Raum. Samuel Ulfsson zwang sich, nicht den Mund zu verziehen. Der Alte war nicht nur Pensionär geworden, jetzt hatte er auch noch sein Abschiedsgesuch eingereicht. Das war nett von ihm. Die Frage war nur, ob dieses Opfer reichen würde, ob nicht noch mehr Köpfe rollen mußten.

»Ich glaube zu verstehen«, sagte der Verteidigungsminister schließlich. »Wenn wir die Abendzeitung von heute aber weiter durchforsten, kommen wir zu dieser Flugzeugentführungsgeschichte. Sorman hat ja schon früher bestätigt, daß schwedisches Militärpersonal daran beteiligt war. Ist es richtig, daß es auch damals Hamilton war, OB?«

»Ja.«

»Und welchen Auftrag genau hatte er damals?«

Der OB wand sich.

»Es ging dabei um eins der sensibelsten und zumindest bis jetzt am besten bewahrten Geheimnisse«, erwiderte der OB in einem Ton, als könnte es ihm gelingen davonzukommen.

»Nämlich was?« fragte der Verteidigungsminister und starrte den OB fest an, ohne die Augenlider zu bewegen.

»Hamilton hatte den Auftrag, einen sowjetischen Überläufer im Admiralsrang nach Schweden zu bringen, einen gewissen Koskow, der unter anderem Chef der gesamten Diversionstätigkeit im Ostseeraum war. Mit der versuchten Flugzeugentführung wollte die Sowjetunion verhindern, daß der Überläufer sicher in Schweden ankam. Die Sowjets bedienten sich dabei verbündeter Organisationen.«

»Aber Hamilton hat diesen Mann nach Schweden gebracht?«

»Ja.«

»Und wozu hat das geführt?«

»Erstens dazu, daß ein sowjetischer Überläufer eine umfassende Menge militärischen Wissens in den Westen brachte. Es war einer der größten Informationstransfers, die wir kennen.«

»Sind diese Informationen irgendwo gesammelt?«

»Ja, in der sogenannten Koskow-Akte, von der es nur ein einziges Exemplar gibt.«

»Dann bitte ich darum, daß mir diese Akte so schnell wie möglich vorgelegt wird. Das wäre also das erste. Und wozu hat nun diese Aktion *zweitens* geführt?«

»Nur vier Personen bei den Streitkräften und vier Personen der früheren Regierung besitzen eine volle Kenntnis davon.«

»Sind Sie unter den vier Vertretern der Streitkräfte?«

»Ja.«

»Dann bitte ich Sie, mir die Angelegenheit zur Gänze vorzutragen.«

»Das wird möglicherweise etwas Zeit erfordern.«

»Bitte sehr, OB.«

Samuel Ulfsson lehnte sich im Stuhl zurück und faltete die Hände über der Gürtelschnalle. Das sollte wohl so etwas wie eine friedliche Gemütslage signalisieren.

Zunächst hatte er das Gefühl, daß hier etwas Ungehöriges geschah. Der relativ junge Mann mit der Brille war bis vor ganz kurzer Zeit ein völlig unbedeutender Politiker gewesen, der unter gar keinen Umständen auch nur eine Andeutung von Ereignissen erfahren hätte, die sich mit dem Begriff *Operation Big Red* zusammenfassen ließen. Jetzt war er Verteidigungsminister – so waren nun einmal die Spielregeln, die Regeln der Demokratie.

Der Oberbefehlshaber legte den Verlauf der Ereignisse recht kurz und knapp dar, aber es dauerte dennoch eine halbe Stunde. Als er verstummte, ließ sich der Verteidigungsminister Zeit, um über das Gehörte nachzudenken. Samuel Ulfsson vermutete, ohne so recht einen Grund dafür zu wissen, daß sich der Verteidigungsminister hin und her gerissen fühlte zwischen der Versuchung, die totale Unfähigkeit der früheren Regierung in einer Krisensituation für seine Zwecke auszunutzen, und der leicht einzusehenden Notwendigkeit andererseits, diese Umstände für immer geheimzuhalten, welche Regierung auch gerade am Ruder war.

»Kann diese Informationskampagne, oder wie wir sie nennen sollen, in *Expressen* zum Ziel haben, die Operation Big Red ans Licht zu bringen, um damit unser Verhältnis zur Sowjetunion in eine Krise zu führen?« fragte der Verteidigungsminister schließlich, nachdem er eventuelle parteipolitische Versuchungen in sich niedergekämpft hatte.

»Bis jetzt deutet nichts darauf hin«, erwiderte Samuel Ulfsson. »*Expressen* hat bisher ja nur Dinge veröffentlichen können, die in der Sicherheitsabteilung der Reichspolizeiführung bekannt gewesen sind. Sie haben jedoch nichts über Operationen oder Ereignisse bringen können, die nur dem Militär oder der früheren Regierung bekannt waren.«

»Bezweckt vielleicht eine fremde Macht, bei uns Verwirrung und Streit zu stiften?«

»Das können wir nicht ausschließen. Es fällt uns jedoch sehr schwer, in dieser Publizität etwas zu sehen, was im sowjetischen Interesse liegen könnte.«

»Und der sogenannte Agentenkrieg?«

»An den glauben wir keine Sekunde«, entgegnete der OB.

»Vielleicht Rache wegen dieser Sache in Moskau?«

»Nein, das sowjetische Interesse müßte darauf gerichtet sein, diese Geschichte unter dem Deckel zu halten. Sie wollen keine Publizität, die dazu führen kann, daß die Operation Big Red plötzlich an die Oberfläche kommt. Sie sind vielmehr am genauen Gegenteil interessiert.«

»Irgendeine *andere* fremde Macht, die mit Hilfe von Schweden bei der Säpo agiert?«

Die Frage blieb unbeantwortet. Sie ließ sich unmöglich beantworten, da niemand wußte, wer den *Expressen*-Reporter mit geheimen Informationen versorgte, und folglich ließen sich auch die Motive des Betreffenden nicht erraten.

Die Regierung konnte natürlich nicht gegen eine schwedische Zeitung vorgehen. Das Militär noch weniger.

Carl war guter, fast heiterer Laune. Nach dem Trainings- und Schießprogramm am Morgen hatte er in der Wohnung aufgeräumt und geputzt und dabei Musik gehört. Er hatte einen großen Teil seiner fast parodistisch wirkenden englischen Herrenclubmöbel hinausgeworfen. In der Bibliothek stand jetzt ein einladendes italienisches Ecksofa in smaragdgrünem Leder, das einen großen, geschliffenen Steintisch aus hellrotem Granit umschloß. Die wichtigste Lichtquelle im Raum war eine Lampe mit einem breiten weißen Schirm aus einem alabasterähnlichen Material, der an einem langgestreckten Stahlbogen über dem Steintisch hing. Das weiße Licht erzeugte feine Lichtreflexe zwischen dem blanken roten Stein und der blendfreien smaragdgrünen Farbe.

Er fragte sich, ob diese Einrichtung aufrichtiger war, ob sie mehr von ihm zeigte und weniger Herrenallüren verriet – die ausrangierten Möbel hatte er seiner Immobilienfirma geschickt. Er fragte sich auch, ob man dort die Möbel mögen oder der Meinung sein würde, sie sähen zu teuer aus. Die Einrichtung war natürlich teuer, doch nicht so, daß man es ihr gleich ansehen mußte, meinte er.

Er hatte eine Flasche Aloxe Corton dekantiert und die Karaffe mit zwei Gläsern auf ein Silbertablett gestellt, das er erst in die Mitte, aber dann an die Seite des Steintischs stellte. Im Kühlschrank hatte er zwei Gänseleberbrote, die sie wahrscheinlich als Leberwurstbrote bezeichnen würde.

Er hatte den Telefonstecker den ganzen Tag ausgezogen gelassen. Er wollte sich ihr und sich selbst und nichts sonst widmen, und jedes Problem aus der Arbeit, was es auch sei, würde bis morgen warten können. Es war ein Tisch im *Ulriksdals Värdshus* bestellt, und er hatte das Gefühl, als wäre er dabei, sich von etwas zu befreien.

Er saß mit geschlossenen Augen zurückgelehnt in dem grünen Sessel, der zum Sofa gehörte, und lauschte Brahms' Violinkonzert, möglicherweise in einer Lautstärke, die die Nachbarn dazu bringen konnte, beim Hauswirt anzurufen und sich zu beschweren. Aber er hatte den Stecker ja herausgezogen und hatte überdies eine geheime Telefonnummer, war also doppelt geschützt.

Ihr Läuten an der Tür ertönte bei dem langsamen Beginn des zweiten Satzes. Er sprang auf und lächelte strahlend, schon bevor er die Tür öffnete.

Als erstes sah er sich selbst.

Sie hielt ein Exemplar von *Expressen* hoch, das sie zwischen Daumen und Zeigefinger hielt, als wäre es Schmutz. Aber sie sagte nichts.

Er bat sie hereinzukommen und half ihr mechanisch aus dem Mantel, nahm ihr die Zeitung ab und ging hinter ihr in die Bibliothek. Sie nickte kurz und sagte, es sei hübsch geworden, und setzte sich dann in den Sessel, in dem sie unerreichbar war.

Er ging zur Stereoanlage und stellte sie ab. Für diesen Augenblick war die Musik viel zu gewaltig und gefühlsbetont. Dann machte er eine vielsagende Geste mit der Zeitung, mit der er sagen wollte, er müsse zunächst einmal lesen. Sie nickte kurz. Es fiel ihm schwer zu erkennen, was ihr Gesichtsausdruck bedeutete.

Er las schnell die Artikel durch und legte sie auf den Steintisch. Er goß behutsam etwas Wein in die Gläser, ging mit dem einen zu ihr und setzte sich dann wieder aufs Sofa. Sie prosteten einander zu, ohne etwas zu sagen. Dann stellte sie das Weinglas so fest auf den Tisch, daß es hätte zerbrechen können; es waren ältere Gläser, Erbstücke. Eine Tischplatte aus Stein ist wohl nicht sehr praktisch, konnte er noch denken.

»Ist das da wahr?« fragte sie mit einem Kopfnicken zu der Zeitung.

Er schlug die Augen nieder und überlegte, was er antworten sollte.

»Ja«, erwiderte er schließlich. »Teile von dem, was da steht, sind wahr, andere Teile sind völlig falsch.«

»Das war es also, was du in Moskau getrieben hast. Während wir auf diesem Ringelpiez da tanzten, hast du in aller Stille einen Mord geplant?«

»Ich kann weder dir noch sonst jemandem erzählen, was in dieser Zeitung wahr ist und was Lüge«, sagte er leise, ohne den Mut aufzubringen, sie anzusehen.

»Aber es gibt eine ganze Menge Wahrheit in diesen Geschichten?«

»Ja.«

»Du fährst also in der Weltgeschichte herum und schlägst Leute tot?«

»Eva-Britt, du kannst mich nicht verhören. All das ist als geheim eingestuft und berührt die Sicherheit des Reiches. Es wäre ein Verbrechen, solche Dinge zu enthüllen, und du als Polizistin solltest das respektieren.«

»Wunderbarer Bursche, in den ich mich da verknallt habe. Wirklich fabelhaft. Ich habe einmal mit einem Kollegen Schluß gemacht, weil ich fand, daß er beim Umgang mit kleinen Ganoven zu gewalttätig war. Blaue Flecken und so was, du weißt.«

»Diese Dinge lassen sich nicht vergleichen.«

»Nein, der Umfang der Gewalttätigkeit natürlich nicht. Wie zum Teufel, verzeih den Ausdruck, hast du mich die ganze Zeit so betrügen können? Allerdings hätte ich es erkennen müssen. Aber dumm, wie ich bin, will ich offenbar hereingelegt werden.«

»Ich habe dich nicht hereingelegt.«

»Hast du nicht? Das ist wirklich die Höhe, verflucht noch mal!«

»Du pflegst sonst nicht zu fluchen.«

»Nein, aber das liegt daran, daß ich so gottverflucht wütend bin!«

»Ich habe dich nicht hereingelegt und dich nicht angelogen. Was ich getan habe, ist, daß ich es unterlassen habe, streng geheime Informationen weiterzugeben. Sonst hätten wir ein Verbrechen begangen, und das ist weder für eine Polizistin noch für einen Offizier beim Geheimdienst sonderlich gut. Es ist nichts anderes, als wenn ich bei der Flugüberwachung am Radarschirm säße.«

»Du bringst es also wirklich fertig zu behaupten, wie war es noch, du hättest nur *unterlassen, streng geheime Informationen weiterzugeben*? Das nenne ich die hohe Schule der Umschreibung. Verstehst du denn nicht, wie mir dabei zumute ist? Ich habe mich in einen Mann verknallt, von dem ich dachte, ich lerne ihn immer besser kennen, und ich habe mit ihm geschlafen und ihn geliebt, nun ja, so toll war es nun auch wieder nicht, aber immerhin, und dann geht einem plötzlich auf, daß das alles nur Theater war, daß du ein völlig anderer Mensch und so was wie ein verdammtes Monster bist. Begreifst du?«

Carl antwortete nicht. Er sah zu Boden. Es zuckte in seinem Gesicht, und sie dachte plötzlich, er sieht aus, als bräche er jetzt gleich in Tränen aus.

»Verzeihung«, sagte sie in einem weicheren Tonfall. »Das war dumm von mir. Ich habe das nicht so gemeint. Aber begreifst du nicht, daß ich mich hereingelegt und betrogen fühle? Wie würdest du dich denn fühlen, wenn ich dich so hereingelegt hätte.«

»Wenn es um deinen Job ginge, würde ich mich gar nicht darum kümmern. Wenn es dich und mich privat beträfe, würde ich mich verletzt fühlen«, sagte Carl mit merklich angestrengter Beherrschung. »Außerdem gehe ich davon aus, daß du mich schon einmal hintergangen hast.«

»Ach, habe ich das?«

»Als wir zum erstenmal im Hotel Reisen essen waren, warst du bewaffnet. Mir war das damals gleichgültig, und ich habe nicht einmal gefragt.«

»Woher weißt du das?«

»Sieh an, jetzt sind die Rollen endlich mal vertauscht. Ja, ich habe es gesehen, als du die Handtasche hochgehoben hast. Sagen wir, das Gewicht entsprach einer Sig-Sauer, Kaliber 9 Millimeter, mit fünfzehn Schuß im Magazin, und dazu ein paar Handschellen?«

»Ja, das können wir sagen. Das stimmt recht gut, aber das sind meine Berufswerkzeuge.«

»Aber es fällt mir schwer zu begreifen, weshalb du deine Berufswerkzeuge zu einem Essen mit mir mitnimmst.«

»Das hatte etwas mit dem Job zu tun. Wir fahndeten gerade nach einigen Personen, die gefährlich werden konnten, und ich war wahrhaftig nicht die einzige, die damals selbst in der angeblichen Freizeit immer im Dienst war.«

»Du siehst also.«

»Siehst was?«

»Du läufst selbst mit einer 9-Millimeter-Pistole in der Handtasche herum und bist grundsätzlich bereit, sie im Dienst anzuwenden. Der Unterschied besteht darin, daß ich es getan habe und dir solche Situationen bisher erspart geblieben sind.«

»Ich finde, das läßt sich nicht vergleichen. Ich bin nämlich wirklich Polizistin. Wir haben das Recht, im Dienst zur Gewalt zu greifen, aber wir laufen nicht herum und machen Leute kalt.«

»Wir haben auch das Recht, im Dienst zur Gewalt zu greifen.«

»Wer sind wir?«

»Ein geheimer Teil der schwedischen... ach was, es steht ja in etwa korrekt ausgedrückt in *Expressen*. Man könnte uns als einen ständig mobilisierten Teil der schwedischen Verteidigung definieren. Wir befinden uns ständig im Kriegszustand, kurz gesagt.«

»Aha, die Russen können also plötzlich ankommen und die Wohnung stürmen, was?«

»Nein, das kann ich mir nicht vorstellen. Diesen ›Agentenkrieg‹ gibt es nämlich nicht.«

»Und das kannst du so mit Überzeugung sagen, und das soll ich nun glauben?«

»Ja. Hätte es so etwas gegeben, wäre alles, was damit zu tun hat, wahrscheinlich streng geheime Information, und dann hätte ich nichts sagen können. Aber es existiert nun mal kein Agentenkrieg, so einfach ist das.«

»Wie viele Menschen hast du getötet?«

»Das weiß ich nicht.«

»Ach, du kannst sie schon gar nicht mehr zählen? Das kann doch nicht möglich sein?«

»Nein, aber ich weiß es nicht und kann solche Fragen nicht beantworten.«

»Wer bist du eigentlich? Habe ich dich kennengelernt oder nur deinen netten Zwillingsbruder in der zivilen Version?«

»Du hast mich kennengelernt, mich, so wie ich sein will oder wie ich zu sein versuche.«

»Ein einfacher Beamter, der irgendwo in einem Büro der Streitkräfte sitzt und sich mit seltsamen EDV-Listen herumplagt?«

»So ist es. Genau das tue ich tatsächlich, und von jetzt an ist es sogar noch wahrer. Diese operative Tätigkeit, die *Expressen* zu beschreiben versucht, ist für mich ein abgeschlossenes Kapitel. Von jetzt an arbeite ich in einem Büro, falls ich überhaupt noch bei den Streitkräften bleiben kann.«

»Ist es wahr, und tut es dir leid?«

»Du fragst immerzu wie eine Polizistin, die jemanden verhört.«

»Möglicherweise liegt es daran, daß ich tatsächlich Polizistin *bin*. Also, noch mal von vorn. War das gerade wahr, und tut es dir leid?«

»Ja, es ist wahr, und zwar aus rein operativen Gründen und keinen anderen. Ich bin nämlich verbrannt, verbrannter, als es irgendein schwedischer Offizier je gewesen ist.«

»Was heißt das, *verbrannt*?«

»Das ist Berufsslang. Das heißt einfach so. Es ist ja gerade der Witz bei geheimen Jobs, daß sie geheim bleiben. Wer sich mit Namen und Foto auf den Aushängen von *Expressen* wiederfindet, darf sich einen neuen Job suchen. So etwas ist schon früher geschehen, und jetzt ist es eben mir passiert. Es ist eine Art Befreiung. So kann man es nämlich auch sehen.«

»Du bist von jetzt an also nicht mehr im Geschäft.«

»Ich weiß nicht, wie lange es dauert, meine bisherige Tätigkeit abzuwickeln, und wie es weitergehen soll. Wir sind einer feindseligen Kampagne ausgesetzt. Ich bin aber nicht das Ziel der Kampagne, sondern nur ein Mittel, um noch größere Balkenschlagzeilen zu ermöglichen und ein noch größeres Chaos zu schaffen. Ich weiß nicht, was jetzt geschehen wird. Ich gedenke es auch nicht herauszufinden, solange du hier bist.«

»Willst du, daß ich gehe?«

»Nein. So habe ich es wirklich nicht gemeint. Ich habe nur sagen wollen, daß ich nicht vorhabe, den Telefonstecker wieder anzuschließen, und ich habe mir vorgenommen, bis morgen früh, wenn ich wieder zur Arbeit muß, mich nichts anderem zu widmen als uns beiden. Ich habe mich so auf diesen Abend gefreut und gedacht, es würde irgendwie ein Neuanfang werden, und habe in einem romantischen Gasthaus einen Tisch bestellt.«

»Daran ist doch jetzt wohl nicht mehr zu denken, mit deinem Bild in der Zeitung?«

»Nein, wahrscheinlich nicht. Ich habe zwei belegte Brote im Kühlschrank, das ist alles. Willst du, daß ich sie hole?«

»Ich will, daß du von dir erzählst, ob mit oder ohne Butterbrot.«

»Ich habe vor etwa zehn Jahren einen Menschen verloren, der mir näher stand als jeder andere, weil ich ihr nichts von mir erzählt habe. Ich habe ihr kein einziges militärisches Geheimnis verraten, und genau aus diesem Grund habe ich sie verloren. Sie hat mein Verhalten so gedeutet, als hätte ich noch ein paar Freundinnen nebenbei, als mißtraute ich ihr. Jetzt sind wir in genau der gleichen Lage.«

»Dann solltest du diesen Fehler nicht noch einmal machen.«

Sie lächelte ein wenig, als sie dies sagte, und plötzlich mußte er ebenfalls lächeln, wie düster ihm die Situation auch erschien.

Er suchte Paganinis erste Violinsonate heraus, legte die Platte auf und ging in die Küche. Er holte die Butterbrote und hatte das Gefühl, fast in Tränen ausbrechen zu müssen, als er sie in dem hellen Lichtschein des Kühlschranks so einsam daliegen sah. Doch für solche Albernheiten war jetzt nicht der Augenblick. Er entfernte vorsichtig die Kunststoffolie, um die Gänseleberpastete nicht zu zerdrücken, ging wieder in die Bibliothek und stellte ihr ohne ein Wort den Teller hin. Dann schaltete er den Dimmer der Lampe über dem Tisch auf geringere Leuchtkraft. Er hatte einige Mühe damit gehabt, ihn am Vormittag anzubringen, hatte aber alles fertig haben wollen, um ihr Lob zu hören.

Er drehte die Musik etwas leiser und setzte sich auf seinen alten Platz auf dem Sofa, bemerkenswert weit von ihr entfernt, und versuchte von sich zu erzählen.

Kaum hatte er damit begonnen, ging ihm auf, daß er versuchte, *auch sich selbst* etwas zu erzählen. Wer war Carl Gustaf Gilbert Hamilton?

»Natürlich wurde ich ziemlich reich geboren. Natürlich in einer sehr konservativen Familie. Kindheit in Schonen. Die erste Fasanenjagd habe ich mit zwölf Jahren mitgemacht.

Dann Stockholm, Gymnasium und Auseinandersetzungen in der Familie wegen der politischen Ideen, die ich mir in der Schule zugelegt hatte. Eine Zeitlang schämte ich mich, Hamilton zu heißen, und zog mir Arbeiterklamotten mit Hosenträgern an, aber das ging schnell vorbei. Bei der Clarté habe ich dann schnell genug den Unterschied zwischen *Klassenzugehörigkeit* und *Klassenstandpunkt* kennengelernt, und auf den Standpunkt kommt es an. Der ist entscheidend. Vor allem im Hinblick auf die Klassenzugehörigkeit bei der Clarté.

Ich habe mich mit meinem Vater derart überworfen, daß er, wie man früher sagte, ›seine schützende Hand von mir zurückzog‹. In den letzten fünf Lebensjahren meines Vaters habe ich ihn nicht wiedergesehen. Am Ende meiner Schulzeit habe ich allein in einer Ein-Zimmer-Wohnung auf Östermalm gewohnt.

Dann tauchte die Frage auf, ob ich den Wehrdienst ableisten sollte. Die Clarté war alles andere als eine pazifistische Organisation, eher das Gegenteil. Das hatte mit dem Vietnamkrieg zu tun, mehr damit jedenfalls als mit etwas anderem.

Die Linie der Clarté in der Wehrdienstfrage war, daß die Genossen die Streitkräfte lieber unterwandern statt den Wehrdienst verweigern sollten, wie es bestimmte andere linke Organisationen ihren Mitgliedern nahelegten, die in der konservativen Vorstellung befangen waren, die Streitkräfte seien ein Instrument der bürgerlichen Klasse zur Unterdrückung der Arbeiter, und so weiter.

Unterwanderung bedeutete, daß die Genossen sich je nach körperlichen Fähigkeiten um den Dienst in Eliteverbänden bemühen sollten, und wenn es intellektuell reichte, um irgendeine geheime Funktion. Die Dolmetscherschule in Uppsala war da ebenso geeignet wie etwa die Küstenverteidigung. Dahinter steckte die Absicht, die Streitkräfte nicht etwa auszuspionieren oder zu sabotieren, sondern zu ›stärken‹. Und was mich betrifft, wurde es eben die Marine und eine Ausbildung zum Marinetaucher – ja, genau, deswegen kann ich gut tauchen. Und während dieser Ausbildung wurde ich vom schwedischen Nachrichtendienst angeworben.

Ja, gerade weil sie wußten, daß ich ›Linksextremist‹ war. Das mag mancher merkwürdig finden, aber beim Nachrichtendienst funktionieren die Dinge manchmal ganz anders als bei der Armee, die die meisten Leute kennen.

Während eines fünfjährigen Aufenthaltes in den USA wurde ich an der University of California in San Diego in EDV-Technik ausgebildet. Die haben dort nämlich einen Supercomputer. Nein, die technischen Details möchte ich lieber überspringen. Supercomputer ist ungefähr das, wonach es sich anhört.

Natürlich war diese Ausbildung nicht nur ziviler Natur. Und dieser zweite Teil der Ausbildung war geheim, und das habe ich Tessie nie erzählt.

Sie ist halb Irin, halb Mexikanerin, eine progressive Katholikin, die Jura studieren wollte, um ihr Leben dem Kampf für die Rechte mexikanischer Landarbeiter und illegaler mexikanischer Einwanderer widmen zu können.

Mit Tessie ging es zu Ende, weil ich so viel weg war, ohne meine Abwesenheit erklären zu können, denn meine Ausbildung war geheim. Vielleicht wäre es auch sonst nicht gegangen, denn sie konnte sich einen Umzug nach Schweden nicht vorstellen, und ich wollte nicht in den USA bleiben. Wie auch immer: Jetzt ist sie mit einem anderen Mann verheiratet und hat ein Kind. Und damit ist das Ganze aus und vorbei.«

Carl holte tief Luft und fuhr fort: »Als ich wieder in Schweden war, war ich aufgrund irgendwelcher Ausnahmeregelungen, die wir auch überspringen können, schon Offizier. Jetzt mußte ich mich entscheiden, und aufrichtig gesagt wußte ich damals gar nicht, wie und wofür ich mich entschied. Es kam mir vor, als wäre es unhöflich, nein zu sagen, denn die Streitkräfte hatten viel Geld für meine doppelte Ausbildung ausgegeben.

Zunächst gab ich eine Gastrolle bei der Säpo. Ja, ich kann es dir jetzt schon sagen, denn bei der *Expressen*-Kampagne der nächsten Tage wird das ohnehin bekannt werden.

Ja, *Expressen* hat auch damit recht. Als ich bei der Säpo arbeitete, offiziell in der EDV-Abteilung, wurde ich in den Kreis der Beamten berufen, die den Mord an diesem Säpo-Direktor aufzuklären hatten, er hieß Axel Folkesson, wenn ich mich recht erinnere, und schließlich kam es also zu dieser Konfrontation mit den israelischen Terroristen. Jaja, all das ist wahr.

Aber über die restlichen Angaben von *Expressen* kann ich nichts sagen. Da ging es um militärische Geheimnisse, was bei den Israelis nicht der Fall war, denn das war eine reine Polizeiangelegenheit.

Wie du siehst, sind wir eine Zeitlang Kollegen gewesen. Ich habe andere Menschen getötet, auch das stimmt. Aber erst als Polizist.

Außerdem habe ich in einer Theaterrolle gelebt und so etwas wie einen reichen adligen Immobilienhai gespielt. Ja, das war mehr als eine Tarnung, da ich ja in gewisser Weise all das gewesen bin. Aber es war trotzdem alles Tarnung, von der Art, mich zu kleiden, bis zur Einrichtung meiner Wohnung, alles Theater, Spiel und Verstellung. Aus diesem Grund fällt es mir manchmal schwer, festen Halt unter die Füße zu bekommen, etwa so wie jetzt, wenn ich dir viele Dinge erzähle, die ich früher niemals preisgegeben hätte.

Aber alles, was mit dir zu tun hat, ist kein Theater, zumindest nicht meine Gefühle. Es gab keinen Plan und keinen Trick damals, als du mich wegen zu schnellen Fahrens erwischt hast. Es war ein Impuls, dich zu fragen, ob wir uns mal wiedersehen könnten, weil ich einem Instinkt gefolgt bin, und nichts sonst. Und jetzt bist du schon seit langem der Mittelpunkt meines Lebens, etwas Wirkliches, ein richtiger Mensch – ja, so denke ich, wenn ich allein bin –, der mit all dem anderen nicht das mindeste zu tun hat.

Nach der Rückkehr aus Moskau habe ich einen Job als Abteilungsleiter erhalten, und diese Arbeit hat mehr mit Technik und Computern zu tun als mit Waffen. Das hat mir neue Hoffnung gegeben, als könnte ich zu etwas zurückfinden. Als ob all das andere, die Arbeit als *field operator*, ja, so lautet die Umschreibung, ein Stadium des Lebens wäre, das ich jetzt hinter mich gebracht habe, und es nur noch darum geht, den Weg zurück zu finden.«

Sie schaltete die Nachrichtensendung Rapport ein. Er protestierte erst, aber sie sagte, es sei wichtig. Die Meldungen begannen wie erwartet mit dem Paßfoto Carls und all dem anderen. Als es vorbei war, wurde ein Sprecher des Generalstabs interviewt, den Carl noch nicht einmal auf den Fluren gesehen hatte, obwohl die Abteilung dieser Leute zwei Stockwerke unter den Räumen des Nachrichtendiensts lag. Der Sprecher betonte, die Streitkräfte könnten die Angaben in *Expressen* weder bestätigen noch dementieren, *wie sehr aus der Luft gegriffen sie auch erscheinen mögen*, weil es die notwendige Politik der Streitkräfte sei, Angaben über den geheimen Nachrichtendienst weder zu bestätigen noch zu dementieren. Was in diesem Fall möglicherweise bedauerlich sei, vor allem für den bloßgestellten Offizier, der in erster Linie betroffen sei. Aber leider sei dies unumgänglich.

Anschließend trat ein sehr schneidiger und sehr bekümmerter Verteidigungsminister auf, der zunächst die Angaben von *Expressen* und anderen Blättern über einen Agentenkrieg und derlei als reinen Unfug abtat, der jeder tatsächlichen Grundlage entbehre.

Aber, fuhr der Minister fort, die Pressemeldungen der jüngsten Zeit schadeten indirekt der schwedischen Verteidigung und der Sicherheit des Landes und gehörten zu dem Verantwortungslosesten, was er seit der mehr als fünfzehn Jahre zurückliegenden IB-Affäre in der schwedischen Presse gesehen habe. Und es gebe keinerlei Anlaß, den Verfassungsausschuß einzuberufen, da der Verdacht, die sozialdemokratische Regierung könne irgendwelche Morde im Ausland beschlossen haben, ganz einfach jeder Grundlage entbehre. Was *Expressen* und vergleichbare Blätter offenbar vermuteten und zu erhärten versuchten, sei völlig aus der Luft gegriffen.

Ob der Spion Sandström tot sei oder nicht, dazu könne er sich nicht äußern, erklärte der Verteidigungsminister.

Damit war dieser Abschnitt beendet.

»Was hat er damit gemeint, daß er sich nicht dazu äußern kann, ob Sandström tot ist oder nicht?« fragte sie leise, nachdem sie das Fernsehgerät ausgeschaltet hatte.

»Daß er es entweder nicht weiß oder sich aus Geheimhaltungsgründen nicht dazu äußern kann«, erwiderte Carl mit zusammengebissenen Zähnen.

Er sah die nächste Frage schon auf sich zukommen.

»Und wie sieht dein Kommentar dazu aus?«

»Wie du verstehst, muß ich dich auf den Sprecher des Generalstabs verweisen.«

Es wurde still. Er stand auf und legte die ruhigste und schönste Musik auf, die ihm einfiel, Mozarts Klarinettenkonzert von 1791, dem letzten Lebensjahr des Komponisten.

Beim Dezernat für Gewaltverbrechen in Norrköping war in der Fahndung endlich ein Druchbruch erzielt worden. Das stand schon früh am Montagmorgen fest, nachdem man den Wagen gefunden hatte.

Rune Jansson war zum erstenmal optimistisch, seit die anscheinend hoffnungslose Suche nach Motiven und einem Zusammenhang zwischen den Opfern begonnen hatte. Er war jedoch nicht optimistisch, weil er erwartete, den oder die Mörder jetzt erwischen zu können, sondern weil er zum ersten Mal das Gefühl hatte, nicht mehr im dunkeln zu tappen.

Es war seine eigene Idee gewesen. Trotz seiner Eigenschaft als Chef war es ihm zunächst schwergefallen, sich Gehör zu verschaffen. Die Vertreter des Reichskriminalamts in Stockholm betrachteten ihn wie erwartet als einen einfachen Bullen vom Lande, der durch eine so große Sache überfordert sei, und äfften zu allem Überfluß auch noch seinen Norrköpings-Dialekt nach. Aber schließlich hatten sie nachgeben müssen und jetzt sogar verstohlen um Entschuldigung gebeten.

Seine Idee war einfach. Was war, wenn es keinen weiteren Zusammenhang zwischen den Opfern gab als die Tatsache, daß sie Jagdflieger des gleichen Geschwaders waren und überdies dienstfrei hatten?

Anschließend war in den Häusern und Wohnungen sämtlicher Jagdflieger in Norrköping und Linköping die Operation Türklopfen angelaufen; Rune Jansson hatte einige Mühe gehabt, dem Sicherheitschef des Geschwaders die Adressen zu entlocken. Selbst solche Dinge sollten neuerdings geheim bleiben.

Doch in weniger als vierundzwanzig Stunden hatte es Ergebnisse gegeben. Ein dunkelblauer Volvo der 240er Serie war an jenem Tag in der Nähe mehrerer Fliegerwohnungen auffällig in Erscheinung getreten. Eine zeitlich genau zu datierende Beobachtung in Norrköping wich um weniger als vierzig Minuten von dem errechneten Zeitpunkt des ersten Mordes ab. Eine weitere Beobachtung eines wegen Krankheit vorzeitig pensionierten Nachbarn in Linköping differierte um fast zwei Stunden von dem kritischen Zeitpunkt.

Jemand hatte also mit dem Auto das Gelände erkundet und war in den beiden Städten von einem Jagdflieger zum anderen gefahren.

Bis geeignete Opfer gefunden worden waren.

Überdies gab es eine Zeugin, welche die Männer gesehen hatte, die als Täter in Frage kamen. Es war die Ehefrau eines der Jagdflieger in Linköping. Sie habe, erklärte sie, einen fremden Mann in ihrem Garten gefunden, als sie von hinten um das Haus herumgegangen sei. Der Mann habe jedoch seinen Polizeiausweis gezeigt und erklärt, es habe in der Gegend in der letzten Zeit sehr viele Einbrüche gegeben. Dann sei er zum Polizeiwagen gegangen, wie sie spontan sagte, obwohl sie später zugab, es sei ein ziviles Fahrzeug gewesen.

»Aber es ist doch nur natürlich, daß Fahnder einen neutralen Wagen fahren, oder?«

Sie glaubte sich an eine Acht im Kennzeichen erinnern zu können. Der Mann sei ein Riese gewesen, behauptete sie, ein typischer schwedischer Polizist, mittelblond, obwohl er keinen Östergötlands-Dialekt gesprochen habe. Sie selbst stamme aus Mjölby und kenne sich da aus.

Jetzt war dieser Wagen gefunden worden. Man hatte ungewöhnliche Mittel und große Energie darauf verwandt, die in letzter Zeit in der Gegend um Norrköping und Linköping gestohlenen Volvo-Fahrzeuge der 240er Serie zu finden.

Dieser Wagen war an dem Tag gestohlen worden, an dem es zu den

Morden gekommen war, und stand auf einem Parkplatz unten am Fluß. An der Windschutzscheibe steckten zwei Strafzettel wegen falschen Parkens. Die Männer von der Spurensicherung hatten sich schon über den Wagen hergemacht. Zunächst ging es darum, ob es ihnen gelang, Fasern oder anderes im Wagen zu finden, was zu weiteren Funden zu Hause bei den Mordopfern paßte.

Rune Jansson hatte den Sicherheitschef des Geschwaders zu sich geholt. Es war immer besser, mit Militärs auf eigenem Territorium und nicht in ihrem Revier zu sprechen, da sie sonst nur anfingen, einen herumzukommandieren. Er hatte fast zu Zwangsmaßnahmen greifen müssen, um zu erfahren, wer eventuell Zugang zu den Adressen der Jagdflieger haben konnte. Es gab nicht viele Möglichkeiten:

1. Eine fremde Macht – polnische Gemäldeverkäufer waren auch in dieser Gegend von Haus zu Haus gezogen, und es war nicht auszuschließen, daß sie die Wohnungen der Flieger ausgekundschaftet hatten.

2. Die Personalabteilung des Geschwaders, dessen Sicherheitschef und Einsatzoffizier sowie der Wachhabende und eventuell einiges Büropersonal hatten die Möglichkeit, sich die gewünschten Angaben zu beschaffen.

3. Die Sicherheitspolizei.

4. Ranghöhere Organe, etwa der Luftwaffenstab.

Rune Jansson bezweifelte vorsichtig die Korrektheit der Reihenfolge, gab sich aber damit zufrieden, jetzt endlich konkrete Möglichkeiten zur Fortsetzung seiner Arbeit zu haben. Unter anderem würde eine bestimmte Zahl von Militärpersonal verhört werden. Ja, völlig unabhängig davon, ob es dem Oberstleutnant passe oder nicht.

Die Männer waren also rein zufällig ermordet worden, nur weil sie zu einem bestimmten Zeitpunkt allein zu Hause gewesen waren. Zwischen den Opfern und den Mördern gab es keine persönliche Beziehung. Trotzdem hatten die Opfer ihre Mörder ohne weiteres eingelassen.

Was darauf zurückzuführen sein konnte, daß die Mörder beispielsweise ihre Polizeiausweise gezeigt hatten, wie es einer von ihnen an dem fraglichen Tag offenbar schon einmal gemacht hatte.

In dem fraglichen Gebiet gab es jedoch keinerlei Fahndungseinsätze, die von den örtlichen Polizeibehörden angeordnet worden waren.

Die Wahl des Fahrzeugs, eines Volvo der 240er Serie, roch unleugbar ebenfalls nach Polizei.

Es war konkret, logisch und äußerst unangenehm. Nicht nur wegen der schrecklichen Selbstquälerei, welche die Fahndungsgruppe jetzt wie selbstverständlich befallen würde, wie immer, wenn Kollegen zur Zielscheibe polizeilicher Nachforschungen wurden.

Denn hier ging es in erster Linie nicht um die normale Polizei, sondern um den Teil der Ordnungsmacht, der manchmal ganz besondere Privilegien genoß und sowohl zur höchsten politischen Macht als auch zum Gesetz ein besonderes Verhältnis hatte: Säk.

In Rune Jansson stiegen unangenehme Erinnerungen an eine Mordermittlung auf, die auch zu den geheimen Spitzen der Gesellschaft geführt hatte, zu nationalen Interessen und streng geheimen Angaben und Personendaten, zu Personen, die nicht einmal unter ihren richtigen Namen hatten verhört werden dürfen. Die Akten dieser Mordermittlung lagen irgendwo im Keller in einem Pappkarton mit der Aufschrift *Ermittlungen ergebnislos.*

Was eigentlich nicht korrekt war. Die Fahndungsergebnisse waren damals völlig in Ordnung gewesen. Der mutmaßliche Täter war am Ende identifiziert worden, und Rune Jansson war ihm vor kurzem wiederbegegnet, gerade in seiner Eigenschaft als Experte für extreme Methoden der Gewaltausübung. Der Mann war von denen da oben sogar befördert worden und neuerdings Fregattenkapitän.

Doch welche eventuellen nationalen Interessen sich im Fall Maria Szepelinska-Adamsson verborgen hatten, war schwer vorstellbar. Und jetzt fiel es Rune Jansson noch schwerer, sich in diesem Fall irgendwelche nationalen Interessen vorzustellen, die sich der Fahndung in den Weg stellen könnten. Es konnte kaum im Interesse der Nation liegen, der Polizei zu erlauben, zwei Offiziere der Luftwaffe zu ermorden und dabei überdies zu übertriebenen und widerwärtigen Methoden zu greifen.

Diesmal werde ich nicht lockerlassen, schwor sich Rune Jansson.

Carls Arbeit war während des ganzen Montags wie am Schnürchen gegangen, obwohl er gezwungen gewesen war, vier Stunden reiner Logistik zu widmen. Er war mit der U-Bahn gefahren und mehrmals umgestiegen, um unbemerkt sowohl zu einem konspirativen Treffen mit Jurij Tschiwartschew wie zu seinem Arbeitsplatz zu kommen. Seitdem sämtliche Zeitungen ein Foto von ihm gebracht hatten, war es sehr wahrscheinlich, daß ihn jemand erkannte, wenn er sich in dem großen Bürohaus bewegte, in dem die Operationsabteilung ihre als Software-Firma getarnten Büroräume besaß, etwa wenn er mit dem Fahrstuhl fuhr. Er hatte sich völlig anders gekleidet als gewohnt und sah jetzt fast wie ein etwas in die Jahre gekommener amerikanischer Universitätsstudent aus mit seiner rauchfarbenen Brille, Sportschuhen, Jeans und dem zu weiten Baumwollsweatshirt mit einer amerikanischen Aufschrift, das er unter einer wattierten Nylonjacke trug.

Jurij Tschiwartschew hob ein wenig die Augenbrauen, als Carl selbst zu dem Treffen erschien, statt einen Ersatzmann zu schicken. Allerdings hatten sie nichts Gegenteiliges vereinbart. Jetzt beschlossen sie, als Erkennungscode die beiden Namen *Tatjana* und *Alexejewna* zu verwenden, was ein wenig unprofessionell war, Tschiwartschew zufolge jedoch komisch genug, um akzeptabel zu sein. Überdies war Carl der Meinung, daß es aus Sicherheitsgründen falsch sein würde, sich eines toten Briefkastens zu bedienen. Es war unangenehm, die Hand in etwas hineinzustecken, wenn man nicht wußte, was sich darin befand. Außerdem sei es unnötig, erklärte er, Besorgnis und Mißtrauen zu schaffen, und er gebe der persönlichen Beziehung, die sie inzwischen hergestellt hätten, den Vorzug. Es sei korrekt, sich weiterhin persönlich zu treffen.

Bei der Begegnung übergab Jurij Tschiwartschew ihm eine Aktentasche, die er gleich öffnete, um den Inhalt zu zeigen. Die Tasche war mit numerierten und datierten Tonbandkassetten gefüllt, was Carl nach Luft schnappen ließ. Er konnte sich leicht vorstellen, daß das Schlimmste schon geschehen war.

Jurij Tschiwartschew erklärte kurz, es gebe keinen Grund, vor der nächsten Begegnung über das Material zu sprechen, »denn erst müßten die schwedischen Genossen Gelegenheit haben, es zu bewerten und zu analysieren«.

Carl sah schnell ein, daß es für ihn eleganter war, brisantes Material entgegenzunehmen, wenn er nicht genau wußte, worum es sich dabei handelte – falls dieses Treffen nachträglich vor einem anderen Vorgesetzten erklärt oder begründet werden mußte.

Anschließend begab sich Carl auf verschlungenen Umwegen zum Stadtteil Gärdet und ging in die Tiefgarage des großen Bürohauses der Elektronikfirma. Er fuhr mit dem Fahrstuhl ins oberste Stockwerk zur Operationsabteilung. Alles verlief ohne Komplikationen und Zwischenfälle.

Er betrat sofort die innerste, geschlossene Sektion und rief Lundwall und Stålhandske zu sich. Er hatte ein schlechtes Gewissen, weil er sich in letzter Zeit zu wenig um sie gekümmert hatte, doch das würde sich jetzt wohl ändern. Jetzt stand ihnen ohne Zweifel sowohl technische als auch operative Arbeit bevor.

Er kürzte die Diskussion um die Publizität der letzten Tage auf ein Mindestmaß ab, murmelte dazu nur, nickte und bestätigte, und dann nahmen sie sich das von Tschiwartschew übergebene Material vor.

Die Kassetten enthielten, wie nicht anders zu erwarten, abgehörte und mitgeschnittene Telefonate. Und schon die ersten Worte auf dem ersten Band ließen sie aufhorchen. Nachdem eine Telefonistin sich mit *Expressen* gemeldet und das Gespräch zu dem gewünschten Teilnehmer durchgestellt hatte, meldete sich dieser:

»Hallo, hier Wennström, Expressen...«

Hörten die Russen also die Zentrale ab und nicht den einzelnen Anschluß?

Die Kassetten enthielten die Gespräche der letzten Tage, die der *Expressen*-Reporter an seinem Diensttelefon geführt hatte.

Sie teilten das Material nach bestimmten Kriterien in drei Gruppen ein. Stålhandske gelang es ziemlich schnell, die uninteressanten Gespräche, das heißt diejenigen, die sie vorerst als uninteressant beurteilten, auf ein neues Band mit programmiertem Zeitcode zu überspielen. Dabei ging es beispielsweise um Gespräche mit Personen, die sich wie Journalistenkollegen anhörten oder als solche identifizieren ließen, um Diskussionen darüber, ob jemand Wennström sein nachgerade selbstverständliches Recht auf den Großen Journalistenpreis des Jahres streitig machen könne, sowie ein paar Gespräche, in denen offenbar von Seitensprüngen und ähnlichem die Rede war.

Auf dem entsprechenden separaten Band mit dem gleichen Zeitcode nahmen sie die Gespräche auf, die zur Sache gehörten: Wennströms Diskussionen mit seiner Quelle bei der Sicherheitspolizei.

Die Quelle nannte nie ihren Namen. Wahrscheinlich war es nicht nötig. Die beiden schienen einander recht gut zu kennen.

Der nächste Schritt war so selbstverständlich, daß Carl darüber gar nicht zu diskutieren oder ihn anzuordnen brauchte, nämlich die Überspielung ausgewählter Teile des Gesprächs des Journalisten mit seiner Quelle bei der Säpo. Lundwall und Stålhandske schnitten zunächst alles heraus, was der Journalist sagte, und schnitten beim nächsten Schritt alles heraus, was die Quelle als Beamten der Sicherheitspolizei identifizieren konnte. Auf diesem Band befanden sich schließlich nur Serien ausgewählter Stimmproben.

Der folgende Schritt erforderte eine kurze Beratung. Carl war aus einleuchtenden Gründen nicht geeignet – man würde es später entdecken können, was zu Komplikationen führen konnte.

Stålhandske kam wegen seines finnlandschwedischen Akzents nicht in Frage. So mußte Lundwall den *Expressen*-Journalisten anrufen, während die beiden anderen das Telefonat mitschnitten.

Lundwall gab sich als besorgte anonyme Quelle beim Nachrichtendienst aus. Er beklagte sich über das verantwortungslose Handeln von *Expressen* und beschwerte sich über die Methoden, Lügen und Spekulationen des Blatts, so daß der Journalist mit mehr oder weniger hochnäsigen Äußerungen darauf reagierte. Dieses Material genügte für die spätere rein technische Auswertung.

Stålhandske analysierte die Geräusche des Originalbands, um festzustellen, ob redigiert oder geschnitten worden war.

Carl und Joar Lundwall maßen die Schwingungen der beiden Stimmen, die sich zumindest für ein ungeübtes menschliches Ohr wie ein und dieselbe Person anhörten. Die Computertechnik würde jedoch jeden noch so geschickten Nachahmer entlarven.

Das Ergebnis war nicht unerwartet. Die Bänder schienen echt und unredigiert zu sein. Sie enthielten mit absoluter Sicherheit Gespräche des Journalisten Wennström mit einem nicht identifizierten Informanten.

Erst danach begannen die drei, sich für den Inhalt der Bänder zu interessieren. Sie hörten sich die interessanten Abschnitte in einem immer wiederkehrenden Turnus an, während technisches Personal in einem Nebenzimmer Abschriften anfertigte.

Die Abschriften wurden mehrmals kopiert und nach Berichtsmaterial und Arbeitsmaterial getrennt, in dem man Notizen machen konnte.

Die rein sachlichen Mitteilungen der Quelle waren nicht sonderlich überraschend. Es wurde von diesem Hamilton gesprochen, davon, was er getan und getrieben hatte, daß die Regierung einverstanden gewesen sein müsse; dann klagte die Quelle darüber, woher die Regierung wohl das Recht nehme, solche Halbirren und James Bonds in die Welt zu schicken, was jetzt zu dieser Katastrophe im Agentenkrieg geführt habe.

Nur eins überraschte Carl wirklich. Sie hörten den Abschnitt drei- oder viermal ab. Es war eine Passage mit der anonymen Quelle:

»Ich fresse einen Besen, wenn die Sozis nicht hinter all dem stecken. Wie du weißt, trauen sie der Säpo nicht. Dauernd wollen sie der Säpo eins auswischen, und deshalb setzten sie ihr SSI jetzt genauso ein wie früher das IB, als wären sie so etwas wie eine gottverdammte Staatspolizei. Ich meine, weshalb hätten sie diesem Scheißkerl sonst diese Tapferkeitsmedaillen gegeben. Dazu braucht es ja einen Beschluß der Regierung, und einen offiziellen Regierungsbeschluß dazu gibt es nicht. Ich habe versucht, das in Erfahrung zu bringen. Also halten sie es erstens geheim, und zweitens will ich verdammt sein, wenn sie ihm diese Medaille nicht zweimal gegeben haben. Wir haben versucht, das herauszufinden, aber in dem Fall traue ich unseren Quellen nicht so ganz.«

Anschließend wechselten die beiden Gesprächsteilnehmer übergangslos das Thema.

»Es gibt eine Methode, diese verfluchte Quelle zu ermitteln und den Kerl zu identifizieren«, sagte Carl nachdenklich, nachdem sie sich den Abschnitt zum drittenmal angehört hatten. »Aber dazu werden wir uns auf das Gebiet der Polizei begeben müssen.«

»Na, wenn schon«, sagte Stålhandske kalt. »Wenn es weiter nichts ist? Wir können doch nicht mit diesen Bändern zur Säpo gehen und sie bitten, sie bei sich zirkulieren zu lassen, damit sie herauskriegen, wer dieses verfluchte Arschloch ist.«

»Nein«, erwiderte Carl nachdenklich, »aber wir können es vielleicht so einrichten, daß unser weiteres Vorgehen nur in einem einzigen Punkt illegal wird. Und das braucht nicht unbedingt rauszukommen. Außerdem glaube ich, daß es nicht einmal illegal ist. Kannst du bei mir zu Hause ein paar technische Spielzeuge einbauen?«

»Aber ja, selbstverständlich.«

»Hier, nimm meine Schlüssel. Du weißt, wo ich wohne. Bau in meiner Bibliothek ein paar Wanzen ein, so daß wir dort geführte Gespräche aufnehmen können. Tonbandgerät und die übrigen Dinge kannst du im Eßzimmer aufstellen!«

Stålhandske suchte die notwendigen Geräte zusammen und machte sich auf den Weg. Carl und Joar Lundwall machten eine Berichtsakte fertig, der sie auch das Stimmtestmaterial beilegten.

Anschließend rief Carl eine Person an, die er für den Abend zu einem Gespräch bei sich einlud. Die Einladung war so formuliert, daß der Gast sich ohne jeden Zweifel einfinden würde.

Trotz der sich zäh hinziehenden Konferenzen, welche die Affäre unausweichlich mit sich gebracht hatte, fiel es dem Alten so leicht, im Verlauf der Ereignisse verschiedene komische und galgenhumoristische Pointen zu sehen, daß es ihn sogar selbst erstaunte.

Im Augenblick war er zum Teil pensioniert und zum Teil entlassen, war aber gleichwohl im Zentrum der fieberhaft arbeitenden Maschinerie tätig, und das auch noch mit einem Zivilisten, der zum Verteidigungsminister gerannt war und geklagt hatte, er fühle sich ausgeschlossen. Aus diesem Grund war er jetzt genötigt, bei allem anwesend zu sein.

Abgesehen von der rein physischen Bedrohung, dem Risiko neuer Attentate, war der Alte jetzt der Meinung, man habe die Lage weitaus mehr unter Kontrolle, als man am Sonntagnachmittag habe ahnen können, als *Expressen* mit dem Foto Carls auf der ersten Seite erschienen war.

Dem neuen Verteidigungsminister war offenbar aufgegangen, daß man nicht zulassen durfte, daß sich der Skandal durch politische Einmischung noch ausweitete. Denn jetzt schwebte der Schatten der Operation Big Red sogar über dem Verteidigungsminister.

Carls Zukunft draußen auf dem Feld war natürlich ruiniert. Andererseits hatte Carl inzwischen Stabsfunktionen übernommen, da die Ernennung zum neuen Leiter der Operationsabteilung schon erfolgt war. Außerdem hatte er schon mit seiner Arbeit begonnen. Rein psychologisch war dies für Carl die beste Lösung, ebenso für die beiden frischgebackenen Leutnants. Und die Bürger des Landes würden sich über das eventuelle Hinscheiden eines Landesverräters wohl kaum so erregen wie diese Abendzeitung.

Es war nichts an Informationen durchgesickert, über die nur der Generalstab verfügte. Es waren nur solche Dinge veröffentlicht worden, die in dieser oder jener Form bei der Säpo bekannt waren, und darunter befanden sich nicht die journalistischen Leckerbissen, die zu einer ausgewachsenen internationalen Krise hätten führen können.

Das war die Schreckensvision des Alten gewesen, als er die gestrige Zeitung gesehen hatte: eine umfassende internationale Publizität, von Sandströms Liquidierung bis hin zur Operation Big Red, gefolgt von einer innenpolitischen Krise in der Sowjetunion, in der der konservative stalinistische Flügel seine letzte Chance nutzte, Gorbatschow zu stürzen, und zwar mit Erfolg, worauf die Welt wieder in den Kalten Krieg zurückfiel.

Es war nicht wenig, was er dem sogenannten Journalisten von *Expressen* zugetraut hatte, der für irgendeinen Fanatiker bei der Säpo, oder wer es sonst sein mochte, nur den Laufburschen spielte.

Was die entsetzlichsten Möglichkeiten anging, konnte man sich folglich beruhigt fühlen.

Und demgegenüber erschien die letzte Konferenz des Abends bei all ihrer Aufgeregtheit fast wie eine Parodie.

Daß Carl erschien, um über die jüngste Begegnung mit dem GRU-Chef zu berichten, hatten die anderen nicht erwartet. Das erste, was sowohl den Alten als auch Samuel Ulfsson überrumpelte, war Carls äußerst saloppe Kleidung. Sie hatten dieser Frage sogar einige Aufmerksamkeit geschenkt, so daß die Zeit bis zum eigentlichen Knalleffekt noch etwas verlängert wurde.

Als Carl endlich seinen Vortrag halten durfte und Tonbänder, Aktenordner, schriftliche Berichte und Analysen auf den Tisch legte, begann der Alte leise vor sich hinzukichern, während Samuel Ulfsson immer bleicher wurde und der Zivilist den Eindruck machte, als würden ihm gleich die Ohren abfallen.

Als Carl endlich fertig war, zündete sich Samuel Ulfsson wie selbstverständlich eine Zigarette an, während er sich den Anschein gab, als versuchte er, mit Strenge und Empörung zu reagieren.

»Wenn ich das richtig verstanden habe, hat der Nachrichtendienst der Sowjetunion also das Telefon von *Expressen* abgehört und das Material anschließend an uns weitergegeben«, begann er mit einer selbstverständlichen Feststellung. In diesem Punkt konnte kaum Zweifel herrschen.

»Ja, das ist richtig«, erwiderte Carl höflich. Er sah in seiner ungewöhnlichen Montur jungenhaft und erstaunlich unschuldig aus.

»Die Sowjetunion hat direkt vor unseren Augen mit etwas, was man als eine Art Einverständnis unsererseits auffassen könnte, außerordentlich ernste Gesetzesübertretungen begangen. Sie haben das schwedische Grundgesetz übertreten und in technischer Hinsicht Spionage verübt.«

»Das dürfte nicht stimmen«, wandte der Alte munter ein. »Sie haben ihr kriminelles Material ja an uns übergeben und nicht an Moskau. Wir andererseits haben nur Informationen entgegengenommen. Es steht uns zwar frei, gegen die Sowjetunion Anzeige zu erstatten, aber ich denke, das wäre unklug, ganz abgesehen davon, daß es im Hinblick auf die Umstände ziemlich unhöflich wäre.«

»Erklär dich näher oder kündige noch einmal«, knurrte Samuel Ulfsson in einem Tonfall, den Carl bei seinem höchsten Chef noch nie vernommen hatte.

»Mit größtem Vergnügen«, sagte der Alte verbindlich und offensichtlich amüsiert. »So kompliziert ist die Sache gar nicht. Carl hat, das dürfen wir natürlich voraussetzen, deine von uns protokollierten Beschränkungen korrekt an das diplomatische Personal der Sowjetunion weitergegeben. Dabei ging es unter anderem darum, daß die Russen bei uns nicht operativ tätig werden dürfen, und so weiter. Wir haben also *nicht* zu irgendwelchen Verbrechen angestiftet, ganz im Gegenteil. Sie wiederum haben Verbrechen begangen, für die sie nicht bestraft werden können. Wir haben bei unserer Arbeit das Recht, Informationen entgegenzunehmen, die durch Gesetzesübertretungen gewonnen worden sind. Das steht in unserer Dienstanweisung. Und wir können in vielen Dingen auch Fünfe gerade sein lassen, wenn es begründet erscheint. Und das ist es jetzt.«

Die anderen im Raum sahen den Alten verblüfft an, und er konnte der Versuchung nicht widerstehen, noch eins draufzusetzen. Vielleicht war es auch sein vollster Ernst, doch das ließ sich an seinem Gesichtsausdruck nicht ablesen.

»Wenn wir nichts anderes finden, können wir es verfassungsmäßige Notwehr nennen«, sagte er.

Samuel Ulfsson beschloß schnell, die Konferenz zu beenden, um nicht allzu viele Personen in die sensiblen Entscheidungen hineinzuziehen, die jetzt getroffen werden mußten. Denn ohne Entscheidungen würde es nicht weitergehen. Das in technischer Hinsicht verbrecherische Material stand in adretten schwarzen DIN A 4-Aktenordnern sowie einem kleinen Kunststoffgestell mit säuberlich numerierten Kassetten auf seinem Schreibtisch. Noch konkreter konnte es kaum werden.

Er bat den Alten und den Zivilisten, den Raum zu verlassen, nicht unhöflich, aber bestimmt.

Als sie allein waren, wandte er sich mit einer harten und direkten Frage an Carl.

»Hat die Operationsabteilung beim SSI irgendwelche Pläne für Aktionen in der nächsten Zeit, gegebenenfalls welche?«

»Ja«, erwiderte Carl. »Wir wollen uns darauf konzentrieren, die Identität der bislang unbekannten Säpo-Quelle festzustellen.«

»Ihr dürft bis auf weiteres dieses mitgeschnittene Material nicht verwenden. Ist das verstanden?«

»Ja. Verstanden. Zu Befehl.«

Samuel Ulfsson überlegte eine Weile, während Carl wartete. Carls Antwort war reichlich schnell und ohne jeden Einwand erfolgt, als hätte er andere Möglichkeiten andeuten wollen. Es gab jetzt zwei Alternativen. Die eine bestand darin, ein absolut unzweideutiges Tätigkeitsverbot für die Operationsabteilung auszusprechen, die zweite war, kein Wort zuviel zu sagen.

»Wann hast du das nächste Treffen mit dem GRU?« fragte Ulfsson kurz und bemüht hart, hätte jedoch um ein Haar losgekichert, als ihm aufging, wie absurd diese Frage eines schwedischen Nachrichtendienstchefs an einen seiner Untergebenen war.

»Morgen um 21.00 oder 0.00 Uhr oder um 21.00 Uhr am folgenden Abend«, erwiderte Carl ebenso kurz. Ihm ging die Absurdität der Unterhaltung nicht im gleichen Maße auf.

»Die Operationsabteilung darf unter gar keinen Umständen gegen schwedische Gesetze verstoßen, ist auch das verstanden?«

»Ja, selbstverständlich.«

»Gut. Dann zu einer völlig anderen Frage, die, wie ich fürchte, für dich einige Unannehmlichkeiten mit sich bringt. Wir haben Grund zu der Annahme, daß der Verfassungsausschuß trotz des Verständnisses, das der Verteidigungsminister für unsere Situation gezeigt hat, in der Frage dieser *Expressen*-Suppe zu öffentlichen Verhören laden wird.«

Samuel Ulfsson machte eine Pause, um eine neue Schachtel Blend Ultima aus der Tasche zu kramen.

»Jaa?« sagte Carl fragend. Es fiel ihm schwer einzusehen, was er mit der Sache zu tun hatte. Womit Politiker und Presse sich beschäftigten, ging die Operationsabteilung kaum etwas an.

»Nach unseren Informationen aus dem Ministerium werden sie sich zu einer solchen Vernehmung durchringen, und... ja, also, du wirst als erster erscheinen müssen.«

Carl hatte das Gefühl, einen harten Schlag auf den Kopf zu bekommen. Ein sehr starkes Gefühl, eine Mischung aus Demütigung und Erstaunen, stieg in ihm auf. Er atmete tief durch, sagte aber nichts.

»Wir haben über die Sache gesprochen«, fuhr Samuel Ulfsson fort, »ja, der OB hat zu den Problemen Stellung genommen, die dabei entstehen können, und ein paar Anweisungen gegeben. Da wir beide viel zu tun haben und sowieso unter vier Augen hier sitzen, will ich gleich die Gelegenheit ergreifen, die Anweisungen des OB an Ort und Stelle an dich weiterzugeben.«

»Ja, selbstverständlich«, erwiderte Carl matt.

»Es ist wie folgt. Du hast die Unterstützung des OB und selbstverständlich auch der Abteilung. Wenn du vor den Ausschuß zitiert wirst, *mußt* du dich in Uniform einfinden, und wenn dir nicht klar ist, weshalb, werde ich es gleich erklären.«

»Bitte.«

»In Uniform sprichst du nicht nur für dich, sondern auch für die Streitkräfte. Du bist also kein Hans oder Franz oder etwas in der Richtung, sondern Fregattenkapitän Hamilton beim OP 5.«

»Angenehm zu hören.«

»Spar dir die Ironie. Du darfst nicht lügen, darfst unter keinen Umständen lügen, sondern mußt unter Hinweis auf die Sicherheit des Reiches die Antwort auf bestimmte Fragen verweigern.«

»Wie soll ich die Fragen vorhersehen können und mir einprägen, was ich beantworten darf und was nicht?«

»Das ist einfacher, als man glauben könnte. Alles, was eure operative Tätigkeit im Hinblick auf die Sowjetunion oder nasse Jobs angeht, ist als geheim anzusehen. Solche Dinge dürften nicht einmal hinter verschlossenen Türen vorgetragen werden. In solchen Fällen mußt du auf den OB verweisen. Man wird ihn ebenfalls aufrufen.«

»Und alles andere, was zur Sprache kommen könnte?«

»Deine Anweisung lautet: aufrichtige, wahrheitsgemäße Antworten.«

»Worum es auch geht? Auch bei Flugzeugentführungen, RAF-Terroristen und so weiter?«

»Ja, auch in solchen Fällen. Nimm zum Beispiel diese Flugzeugentführung. Alle Details über die Ereignisse in der Maschine und derlei ist okay. Alles, was Identität und Nationalität Koskows betrifft, ist als geheim anzusehen. Das ist eine ziemlich pfiffige Methode für uns, uns aus der Schlinge zu ziehen. Es wird dir keine Mühe machen, dich an den Unterschied zwischen diesem und jenem zu erinnern. Sobald Hammer und Sichel über einer Information stehen, hat alles geheim zu bleiben, sonst ist alles mit Beginn deines Auftretens öffentlich zugängliche Information.«

»Wann wird dieses Verhör stattfinden?«

»Vermutlich nächste Woche. Gibt es soweit noch irgendwelche Unklarheiten?«

»Die Uniform. Mit oder ohne Ordensspangen?«

»Mit, natürlich. Ich glaube, ich brauche dir den Grund nicht einmal zu erklären. *Expressen* möchte der Nation einen Schurken vorführen, wir wollen etwas anderes zeigen.«

»Etwas unkonventionell für einen Offizier des Nachrichtendienstes, zur Litfaßsäule zu werden.«

»Ja. Aber Schweden ist das Land der unkonventionellen Methoden. Uns bleibt jedoch nur dieser Ausweg. Wir wollen in dieser Angelegenheit siegen, und ich hoffe, daß auch du darauf eingestellt bist.«

»Alles verstanden. Zu Befehl«, sagte Carl in einem vollständig mißlungenen Versuch, sarkastisch zu klingen.

Samuel Ulfsson sah jedenfalls aus, als hätte er nicht den leisesten Anflug von Sarkasmus bemerkt.

Weniger als eine Stunde später begann Carl mit seinem Verhör. Alles war wohlvorbereitet, er hatte sogar noch Zeit gefunden, seriösere Kleidung anzuziehen. Der Mann, der ihm auf dem smaragdgrünen Sofa gegenübersaß, war sichtlich nervös und sich ebenso sichtlich bewußt, als was *Expressen* und andere Medien Carl Gustaf Gilbert Hamilton beschrieben hatten, nämlich als den rücksichtslosen Mörder, als Schwedens James Bond.

»Wie du verstehst, Lelle, wird es ein sehr ernstes Gespräch werden«, begann Carl betont langsam.

»Ja, du sagtest, wir wollten über meine Stellung sprechen«, erwiderte der Hausmeister leise und mit gesenktem Blick. »Die Gewerkschaft ist der Meinung, daß ich fest angestellt bin.«

»Ja, das ist möglich, aber ich fürchte, daß es hier um weit wichtigere Dinge geht als um meine eventuelle Verantwortung als Arbeitgeber. Aber schon in der Hinsicht habe ich dir einen sehr ernsten Vorwurf zu machen. Es geht jedoch in erster Linie um bestimmte Angaben, über die ich mit dir sprechen will.«

Carl machte eine kurze Pause und hielt einen Bericht hoch, so daß sein Opfer einen schnellen Blick auf die erste Seite erhaschen konnte. Der Bericht war mit einem großen roten »Geheim«-Stempel versehen und hatte die Überschrift:

Einbruch in mutmaßlicher Spionageabsicht
640117 – 1279 Kenneth Henrik Carlsson
510606 – 1377 Lars-Erik Sundberg

Carl legte den Bericht umgedreht auf den Schreibtisch, sobald er das Gefühl hatte, daß sein Gegner das Wichtigste gesehen hatte. Dann fuhr er fort.

»Du hast also einen gewissen Kenta gedungen, mit Hilfe deines Schlüssels hier ein Verbrechen zu begehen. Kentas Bezahlung waren 1500 Kronen vor und 1500 Kronen nach Verübung des Verbrechens. Oder?«

»Darauf kann ich nicht antworten. Ich habe eine Erklärung unterschrieben, die mich zu absolutem Stillschweigen verpflichtet«, entgegnete Lars-Erik Sundberg.

»Aha. Wem gegenüber denn?«

»Darauf kann ich ebenfalls nicht antworten.«

»Dann werde ich es beantworten. Dir ist hoffentlich klar, daß du der Spionage verdächtigt wirst. Und wie du vielleicht in der Zeitung gelesen hast, ist jetzt im Sommer bei der Säpo ein Maulwurf entdeckt worden, ein russischer Spion. Was du auch glauben magst, so hast du nicht für eine schwedische Behörde und in gesetzlicher Absicht gearbeitet, sondern für etwas völlig anderes.«

Er machte eine Pause. Carl ermahnte sich, keine Drohungen zu äußern, da sich das in einer Abschrift nicht gut ausnehmen würde. Aber der mutmaßlich unfreiwillige Spion schien die entsetzliche Neuigkeit noch nicht verdaut zu haben und sah nicht aus, als wollte er etwas sagen. Er begann sehr ängstlich auszusehen, was wohl eher an *Expressen* als an Carl lag.

»Die Frage, ob die schwedische Regierung mir eine oder mehrere Auszeichnungen einer bestimmten Art verliehen hat, ist von außenpolitischer Bedeutung und für eine bestimmte fremde Macht von besonderem Interesse. Wenn du, in dem Glauben, für die Säpo zu arbeiten, dazu verlockt worden bist, für eine fremde Macht zu arbeiten, besteht eine nicht unbeträchtliche Möglichkeit, daß du mit heiler Haut davonkommst. Aber dann mußt du hier und jetzt anfangen, dich zu erklären«, fuhr Carl in etwas offensiverem Tonfall fort. Es hatte den Anschein, als würde die Maulsperre des anderen allmählich nachlassen.

»Ich dachte, es war die Säpo«, sagte er plötzlich.

»Aha, du glaubtest, es war die Säpo. Dann kann man verstehen. Wußtest du, daß dein Auftraggeber bei der Säpo arbeitet?«

»Ja, er wies sich aus und hatte noch einen Typ bei sich, der auch Polizist war. Die sagten, du würdest wegen irgendwas verdächtigt werden.«

»Und wie heißen diese Figuren nun?«

»Der Chef hieß Glücher, Hans Glücher.«

»Und der andere?«

»Der hat nie seinen Namen gesagt.«

»Aber zeigte auch einen Polizeiausweis?«

»Ja, aber ich habe den Namen nicht verstanden.«

»Aber bei Hans Glücher bist du sicher?«

»Ja, das ist ja ein etwas ungewöhnlicher Name.«

»Kannst du den anderen beschreiben?«

»Ja, das ist nicht sehr schwer.«

»Wieso?«

»Er war mindestens einsfünfundneunzig groß, ein Riese, blond und mit kurzgeschorenem Haar.«

»Gut. Die Personenbeschreibung kannst du gleich zu Papier bringen. Laß mich zunächst noch eins sagen. Wir nehmen dieses Gespräch auf Band auf. Ich hoffe, du hast dafür Verständnis?«

»Auf Band? Aber du hast doch kein...?«

»Das hier ist der Nachrichtendienst, nicht die Säpo. Unsere Geräte sind etwas diskreter angebracht. Aber wir können jetzt mit dieser Personenbeschreibung anfangen. Ich werde dir jemanden zeigen, der dir eine Vergleichsmöglichkeit bietet. Åke, du kannst jetzt reinkommen!«

Die Tür zum Eßzimmer wurde prompt geöffnet, und der riesige Stålhandske betrat theatralisch drohend das Zimmer.

Der reingewaschene Spion keuchte bei diesem Anblick.

»Etwa von dieser Größe?« fragte Carl sanft.

Samuel Ulfsson hatte sich lange vor der Begegnung mit Näslund gegraut. Er sah jedoch keinen anderen Ausweg, und mochten ihn auch viele in der Abteilung wegen seiner groben und etwas tölpelhaften Manieren nicht ausstehen können, so gab es doch keinen Anlaß, seine Loyalität in Frage zu stellen, wenn es um eine Bedrohung der Sicherheit des Reiches ging. Und hier mußte es um einen gemeinsamen Feind gehen.

Da Samuel Ulfsson sich schon im voraus entschlossen hatte, übersprang er alle höflichen Präliminarien und alles Drumherumreden und schaltete sein Tonbandgerät ein, sobald Näslund sich gesetzt hatte. Es war das Band, das nur die Quelle von *Expressen* in redigierter Auswahl enthielt.

Näslund lauschte aufmerksam und mit gerunzelter Stirn. Nach einigen Minuten stellte Samuel Ulfsson das Tonbandgerät ab.

»Weißt du, wer von deinen Angestellten das ist?« fragte er so undramatisch, wie er nur vermochte.

»Ja, ohne Zweifel. Ist an dieser Aufnahme herumgeschnitten worden? Wie sagen die Amerikaner, ist sie *bowdlerized*?«

Samuel Ulfsson hob die Augenbrauen. Er hätte nie gedacht, daß Näslund diese Terminologie beherrschte.

»Ja, selbstredend. Nun? Um wen handelt es sich hier?«

»Das solltest du erst beantworten und dieses seltsame Spielchen erklären.«

»Dann darf ich sagen, daß dies der Mann ist, der hinter der Kampagne von *Expressen* steht, der Mann, der sie sowohl mit Material als auch mit politischen Kommentaren versorgt.«

»Teufel auch.«

»Ja, Teufel auch. Nun? Wie heißt er?«

»Ich glaube, das kann ich dir nicht sagen.«

»Du beliebst zu scherzen.«

»Nein. In der Abteilung läuft eine Voruntersuchung wegen Geheimnisbruchs und der Verbreitung unwahrer Angaben. Es wäre ein Dienstvergehen, wenn ich Erkenntnisse aus einer Voruntersuchung weitergebe.«

Samuel Ulfsson seufzte tief. Er fühlte sich hereingelegt, von sich selbst aufs Kreuz gelegt, und das war ein wenig erfrischendes Erlebnis.

»Die Lage ist ernst«, fuhr er fort. »Hier haben wir eine Person, die in der Absicht, dem Land und den Streitkräften zu schaden, Erkenntnisse verbreitet, und du weißt von diesem Augenblick an, wer dieser Mann ist. Sollten wir das nicht auch erfahren?«

»Nein, das solltet ihr nicht. Das hier ist Sache der Polizei und nicht der Streitkräfte. Seid ihr eurer Sache überhaupt sicher?«

»O ja, hundertprozentig. Nicht neunundneunzig-, sondern hundertprozentig.«

»Das bedeutet, daß ihr diese Quelle mit diesem Reporter auf Band habt.«

»Das ist deine Schlußfolgerung.«

»Es ist illegal, solche Mitschnitte zu machen.«

»Sag bitte nicht, daß du auch gegen mich eine Voruntersuchung einzuleiten gedenkst.«

»Nein, das habe ich nicht vor. Es war nur ein einfacher Hinweis. Kann ich mir noch weitere Bänder anhören?«

»Das wäre kaum angebracht. Ich meine, wenn es solche Bänder überhaupt gäbe und sie überdies durch illegales Handeln zustande gekommen wären. Du mußt dich schon mit meiner Versicherung begnügen, daß wir hundertprozentig sicher sind. Und im übrigen gedenke ich dir nicht zu erzählen, wie wir zu der Schlußfolgerung gelangt sind. Ich kann dir nur verraten, daß wir kein Verbrechen begangen und selbst keine Mitschnitte gemacht haben.«

»Falls wir in einer späteren Phase Beweise brauchen sollten, wenn er leugnet etwa, können wir in dem Fall mit eurer Hilfe rechnen?«

»Hör mal, Näslund, irgendwo muß es schon gewisse Grenzen geben. Erstens möchte ich dir den Rat geben, sehr ruhig und sehr vorsichtig weiterzumachen, wenn du dir meine Standpunkte mal anhören willst?«

»Ja, gern.«

»Den größten Schaden, den dieser Typ publizitätsmäßig anrichten kann, hat er schon angerichtet. Ich meine, soweit es uns betrifft. Was Hamilton und anderes angeht, was uns betrifft, brauchen wir aus der Ecke nichts mehr zu erwarten. Kannst du insoweit folgen?«

»Das könnte stimmen, ja.«

»Wir wissen jetzt, wer er ist. Wir wissen aber nicht, warum und in wessen Interesse. Das sollte doch nicht ganz bedeutungslos sein?«

Näslund überlegte, dieses eine Mal jedoch ohne den Stahlkamm. Samuel Ulfsson hingegen zündete seine gewohnte Zigarette an. Die beiden Männer betrachteten einander eine Zeitlang, nicht feindselig, aber nachdenklich.

»Die Lage ist also folgende«, begann Näslund. »Wir haben diese extrem unbegreiflichen und seltsamen Morde, und niemand von uns glaubt an einen Agentenkrieg, wie dieser… wie diese Quelle uns glauben machen will. Entweder ist er auf die Ereigniskette aufgesprungen und nutzt sie für seine Zwecke aus, welcher Art die auch sein mögen, oder aber es besteht ein Zusammenhang zwischen der Kampagne über den Agentenkrieg und den eigentlichen Morden. Denkst du etwa so?«

»Genau so. Hast du Kontakte mit der Polizei in Norrköping gehabt? Ja, Verzeihung, falls ich meine Nase in deine Angelegenheiten stecke, aber gibt es bei deren Arbeit Aussicht auf Erfolg?«

»Ich habe den Kommissar angerufen, der da unten die Ermittlungen führt. Er war aber nicht sonderlich hilfreich, auch nicht sonderlich höflich, ich würde eher sagen, mißtrauisch.«

»Er hat vielleicht seine Gründe.«

»Was willst du damit sagen?«

»Ich meine… stell dir vor, er beginnt zu ahnen, daß es eine Spur zur Säpo gibt. Das würde seine Barschheit erklären, wenn du ihn anrufst.«

»Vorstellbar, durchaus denkbar, ja.«

»Dann würde ich dir also vorschlagen, bei dieser Voruntersuchung wegen Geheimnisbruchs behutsam vorzugehen und andere Möglichkeiten und weitere Erklärungen abzuwarten. Geht das?«

»Das geht ausgezeichnet. Von Gefahr im Verzuge kann ja keine Rede sein.«

»Was bedeutet das?«

»Daß der Geheimnisbruch schon geschehen ist, daß es möglich ist, bei diesem Teil der Voruntersuchung Zurückhaltung zu üben. Während wir uns auf eine eventuell größere Perspektive konzentrieren, genau wie du vorgeschlagen hast.«

»Wie schön, das zu hören. Können wir euch irgendwie helfen?«

»Nein danke! Wie ich schon sagte, das ist eine Sache für die Polizei. Wenn ihr euch um fremde Mächte im Ausland kümmert, kümmern wir uns um die Kriminalität innerhalb unserer Grenzen.«

»Aber wenn es dir Schwierigkeiten bereiten sollte, dich vor undichten Stellen zu schützen? Wir wären in der Lage, sowohl Personal als auch Ressourcen zur Verfügung zu stellen…«

»Nein danke! Wenn wir keinen Agentenkrieg haben, sollten wir auch keinen anfangen. Ich muß noch sehr darüber nachdenken, wie es rein operativ vonstatten gehen soll, aber das ist trotzdem ganz und gar unsere Angelegenheit. Kann ich dieses Band mitnehmen?«

»Bitte sehr.«

Henrik P. Näslund stand energisch auf und rückte sein Jackett zurecht. Sein Anzug hatte kräftig wattierte Schultern, was ihm ein fast viereckiges Aussehen verlieh. Er ging mit wiegenden Schritten auf Samuel Ulfsson zu und nahm das Band entgegen, das dieser brav aus dem Tonbandgerät genommen hatte, gab seinem Gegenüber einen kräftigen Handschlag und ging.

Samuel Ulfsson blieb eineinhalb Zigaretten lang still auf seinem Stuhl sitzen. Dann sah er auf die Uhr und erkannte, daß er schon seit einer Minute beim OB hätte sein sollen.

Dieser blickte diskret auf die Uhr, als Samuel Ulfsson eintrat, sagte aber nichts über pünktliches Erscheinen. Der Chef des Nachrichtendienstes gehörte zu den wenigen, die das Recht hatten, zu spät zu kommen.

»Nun«, sagte der OB statt dessen rundheraus, »wie hat Hamilton das Ganze aufgenommen?«

»Schwer zu sagen, aber er hat noch weitere, kompliziertere Befehle erhalten.«

Der OB zwang sich, über diese Untertreibung nicht zu lächeln. Ein Teil der etwas »komplizierteren« Befehle, die Hamilton erhalten hatte, hatten unleugbar einige Probleme geschaffen.

»Ich habe einen großen Teil des Tages damit zugebracht, mich ein wenig in der schwedischen Propagandakunst weiterzubilden«, fuhr der OB fort, während er zur Sofagruppe hinüberging, um damit anzudeuten, daß es sich um ein eher inoffizielles Gespräch handelte. »Und ich könnte selbst beim allerbesten Willen nicht behaupten, daß wir bei den Streitkräften darin sonderlich geschickt sind. Aber wir haben etwas Expertenwissen bei ein paar Jungs von der Abwehr eingeholt, die etwas von Psychologie verstehen. Die kennen sich da aus.«

»Du willst also Journalisten einsetzen, kurz gesagt?«

»Ja, Journalisten. Und nach den Erkenntnissen, die ich eingeholt habe, müssen wir Zwischenträger einsetzen. Du wirst zum Bindeglied zwischen mir und Hamilton.«

»Warum das?«

»Wenn man ihm im Verfassungsausschuß eine Frage stellt, etwa des Inhalts, wann hast du den Oberbefehlshaber zum letzten Mal gesprochen, kann er antworten, das ist schon lange her. Damit es nicht aussieht, als hätten wir in jüngster Zeit zusammengesessen und gekungelt. Immerhin soll ich nach Hamilton die zweite Angriffswelle abwehren.«

»Aha?« sagte Samuel Ulfsson fragend. Journalismus und Propaganda waren weder sein Sach- noch sein Interessengebiet.

Der Oberbefehlshaber erteilte ihm jedoch einen begeisterten Rüffel. Endlich, erklärte er, schäle sich eine Strategie nach einer wohlerprobten Methode heraus: Angriff sei die beste Verteidigung.

Er fuhr fort: »Erstens. Hamilton ist verbrannt, darum kommen wir schon jetzt nicht mehr herum. Aber im Innendienst ist er doch auch wertvoll, nicht wahr?

Zweitens. Was Hamiltons Vorhaben in mancherlei Zusammenhängen angeht, gibt es schon jetzt reichlich Andeutungen, so daß es den Schaden nur verschlimmern würde, wenn wir den Versuch machten, zu leugnen, zu dementieren, uns aus der Affäre zu ziehen oder uns zu winden. Außerdem würde es nur die Qual verlängern.

Drittens. Eine Gegenoffensive in Form von Bestätigungen und Erklärungen dessen, was schon gesagt worden ist, sowie einiger anderer Dinge, die vielleicht noch zur Sprache kommen, das würde auf jeden Fall einen wesentlich positiveren Eindruck von den Streitkräften vermitteln als ein Rückzug hinter Geheimniskrämerei und anderes, wie Politiker es tun.«

Die Summe des Gesagten lief darauf hinaus, daß man das Spiel gegen die Politiker gewinnen werde. Es fehle jedoch noch etwas taktischer Feinschliff. So solle Hamilton bei der unvermeidlichen Berichterstattung in den verschiedenen Medien das tun, was so viele Politiker und kriminelle Funktionsträger in Ministerien und bei der Polizei in den letzten Jahren getan hätten, nämlich die Medien gegeneinander ausspielen. Er, der Oberbefehlshaber, habe sich überzeugen lassen, daß man sich immer nur in einer der beiden Abendzeitungen zu äußern brauche, um das so begünstigte Blatt dazu zu bringen, ganz nach den eigenen Bedingungen mitzuspielen. Man müsse nur vermeiden, sich jemals in dem Konkurrenzblatt zu äußern. Das sei ein elegantes Druckmittel, und zum Dank für die kommerzielle Hilfe schwenke das begünstigte Blatt auf die eigene Linie ein. Für Funk und Fernsehen gelte das gleiche. Man könne eins der Medien wählen und brauche dann nur daran festzuhalten. So könne man das ganze Spiel steuern.

Der OB sah begeistert aus, als er seine frischerworbenen Erkenntnisse darlegte. Samuel Ulfsson fühlte sich immer mehr wie ein einziges Fragezeichen.

Er war Chef des schwedischen Nachrichtendienstes, einer höchst seriösen Institution. Er saß beim höchsten Chef der Streitkräfte und erhielt Unterricht und Anweisungen in der Kunst, mit Massenmedien zu konspirieren. Mit derlei mochten sie sich da unten im Affenhaus auf Kungsholmen beschäftigen, für die Streitkräfte war dies jedoch nicht die richtige Methode.

Spät am Abend beendete Carl seine langen Gespräche, Anweisungen und Ermahnungen, die er Joar Lundwall und Åke Stålhandske erteilen mußte.

Glücher solle überwacht werden, jedoch nur mit legalen Mitteln. Vor allem gehe es darum, erklärte er, seine Bewegungen und Kontakte festzustellen. Das dürfe mit üblichen, jedoch nur legalen Methoden geschehen. Lauschangriffe kämen nicht in Betracht, leider.

Åke Stålhandske hatte eine fast fünfzig Kilogramm schwere Ausrüstung zu Carl mitgebracht. Schon der bloße Besitz eines Teils dieser Ausrüstung war möglicherweise als illegal anzusehen. Es war in vielen Fällen jedoch ziemlich schwer zu sehen, wo die Grenzen verliefen.

So hatte Stålhandske beispielsweise, vorwiegend um seine Ausrüstung zu testen, Carls gesamte Wohnung nach eventuellen Wanzen durchsucht. Das Ergebnis war negativ, was ihre Unterhaltung etwas entspannter machte. So plauderten sie bis in die frühen Morgenstunden über ihre Erinnerungen an die USA.

4

Volks- und Zentrumspartei hatten hartnäckig darauf gedrungen, daß der Verfassungsausschuß des Reichstags die Hamilton-Affäre untersuchte. Der formelle Grund war der Wunsch, die in *Expressen* aufgestellten Behauptungen untersuchen zu lassen, die vorige Regierung habe sich des militärischen Nachrichtendienstes bedient, als wäre er eine parteipolitisch gelenkte Spionageorganisation. Ferner sollte geprüft werden, ob einzelne Minister ihre Befugnisse überschritten hatten.

Der wahre Grund war vermutlich ein anderer, eher menschlicher. Von all den Personen, den Schurken, Politikern, Finanziers, Bürokraten, Paranoikern und Mythomanen, Polizisten und Sicherheitsleuten, die vor dem Verfassungsausschuß und vor laufenden Fernsehkameras vernommen worden waren, besaß selbstverständlich niemand die gleiche mythische Anziehungskraft wie »Schwedens James Bond«.

Man wollte ihn einmal leibhaftig sehen, das war es. Und dieser Wunsch erwies sich als unwiderstehliche Kraft, die den Widerstand der Konservativen und der Sozialdemokraten schnell hatte erlahmen lassen. Beide widerstrebenden Parteien betonten, die Gelegenheit berge, was die Geheimhaltung angehe, allzu viele Gefahren, was das Verhältnis zu fremden Mächten und die Geheimnisse der Streitkräfte angehe. Die Glaubwürdigkeit der Sozialdemokraten wurde natürlich dadurch eingeschränkt, daß es ihr Fehlverhalten war, das eventuell untersucht werden würde. Und die Konservativen konnten ihren bürgerlichen Koalitionspartnern allein nicht widerstehen, vor allem nicht, weil es eine Zeitlang so aussah, als würden sie sich absurderweise genötigt sehen, eventuelle sozialdemokratische Vergehen und Verbrechen zu verteidigen. Sogar die Versuche der beiden Parteien, die Verhöre hinter verschlossenen Türen stattfinden zu lassen, waren angesichts der allgemeinen Sensationsgier zum Scheitern verurteilt.

Carl war nicht nervös. Er war vielmehr von Kampflust erfüllt und empfand beinahe Freude über das, was jetzt geschehen würde.

Seine Gründe waren jedoch höchst privater Natur. Eva-Britt hatte die Nacht bei ihm verbracht. Es war eine schöne Nacht gewesen, und er fühlte sich ihr näher als je zuvor.

Sobald er von dem kommenden Verhör vor dem Verfassungsausschuß erfahren und seine Instruktionen erhalten hatte, hatte er es ihr fast freudestrahlend erzählt. Denn all die Vertrauensbeweise, die er ihr unter Hinweis auf Befehle, Disziplin, Schweigepflicht und Gesetze verweigert hatte, würde sie jetzt erhalten. Tatsächlich hatte man ihm sogar befohlen, weitgehend die Wahrheit zu sagen, und er hatte sich entschlossen, in den Fernsehkameras ausschließlich Eva-Britt zu sehen. Sie hatte sich am Vormittag freigenommen und würde bei ihm zu Hause auf dem grünen Sofa sitzen. Ein paar Meter weiter, auf dem Fernsehschirm, würde er nun endlich all ihre Fragen beantworten können.

Er zog sich fast feierlich an, und sie küßten sich lange, bevor er zu dem wartenden schwarzen Wagen hinunterging. Er sollte aus Sicherheitsgründen durch einen Hintereingang des Reichstagsgebäudes zum Sitzungssaal gehen.

Die Zuschauertribünen waren dicht besetzt. Spannung und Erwartung hatten fast schon den Siedepunkt erreicht, als Carl pünktlich auf die Sekunde und von drei Sicherheitsbeamten umgeben durch einen Seiteneingang hereinkam. Er trug die Uniformmütze unter dem Arm, ging zu seinem Platz und streckte sich kurz vor den Mitgliedern des Ausschusses, die ihn anstarrten, als wäre er ein exotisches Tier. Dann setzte er sich.

Der neuen Ordnung zufolge war es neuerdings die Opposition, die das Recht hatte, den Vorsitzenden des Verfassungsausschusses zu stellen. Der Zufall hatte es gewollt, daß folglich der gleiche Vorsitzende dem Ausschuß vorsaß wie zur Zeit der sozialdemokratischen Regierung, derselbe Mann, dem immer noch der Wille fehlte, Sozialdemokraten ernsthaft ans Leder zu gehen.

Er schlug mit dem Hammer leicht auf den Tisch und ließ zunächst routiniert ein paar Laute hören, damit das Gemurmel im Saal sich legte. Carl saß etwas angespannt und kerzengerade da, hatte die Beine übereinandergeschlagen und die Hände vor sich auf den Tisch gelegt.

»Jaha... hm,... äh...«, begann der Vorsitzende. »Wir können also mit der heutigen Vernehmung hier im Ausschuß beginnen. Wir begrüßen Fregattenkapitän Hamilton und heißen ihn im Ausschuß willkommen. Zunächst möchte ich sagen, wie wir es allen hier sagen, daß... äh... falls Fregattenkapitän Hamilton selbst ein paar einleitende Worte sagen möchte, ist das in Ordnung.«

Das ewige Lächeln des Vorsitzenden machte Carl etwas konsterniert, und es dauerte eine Sekunde, bis ihm aufgegangen war, daß der Mann nicht mehr sprach.

»Nein danke, Herr Vorsitzender«, begann Carl etwas zögernd. »Ich sitze ja nicht als Angeklagter hier und empfinde erstens keinerlei Bedürfnis, ein paar einleitende Worte zu sagen. Und zweitens ist mir nicht ganz klar, was die geehrten Mitglieder des Ausschusses wissen wollen. Ich erwarte aber mit Respekt ihre Fragen, die ich so sorgfältig und wahrheitsgemäß wie möglich beantworten werde.«

Jetzt war es am Vorsitzenden, sich etwas Zeit zu lassen, bis ihm aufging, daß der Ball jetzt wieder bei ihm gelandet war. Da er es auf dem Vernehmungsstuhl meist mit Politikerkollegen zu tun gehabt hatte, war er ganz auf lange Reden und Proklamationen eingestellt, bevor das eigentliche Verhör begann.

»Ach so... ach nein, na schön«, begann der Vorsitzende erneut. »Gut, dann werde ich mit den Fragen beginnen. Sie sind also beim SSI angestellt, Fregattenkapitän Hamilton.«

»Ja, das ist richtig.«

»Und Sie sind früher bei S-Ä-K gewesen?«

»Verzeihung?«

»Ja, S-Ä-K.«

»Ach so, Sie meinen die Sicherheitsabteilung der Reichspolizeiführung? Ja, das ist richtig, ich bin dort angestellt gewesen.«

»Welche Funktion hatten Sie bei S-Ä-K?«

»Ich war für elektronische Datenverarbeitung und Bearbeitung bestimmter Register zuständig.«

»Aha, das war also sozusagen eine rein intellektuelle Arbeit?«

»Das hoffe ich.«

»Und Ihre jetzige Position? Können Sie dazu etwas sagen?«

»Ja, ich bin für die EDV- und Operationsabteilung beim SSI verantwortlich.«

»Aha, und Ihr Dienst dort ist also geheim.«

»Er ist es bis vor einiger Zeit gewesen. Jetzt könnte wohl niemand mehr behaupten, selbst beim allerbesten Willen nicht, daß meine Arbeit so geheim ist, wie sie vielleicht sein sollte.«

Die Stimmung im Saal schlug ein wenig um. An einigen Stellen war ein unerwartetes Kichern zu hören, und Carl begann sich schon enttäuscht zu fühlen.

»Darf ich dann weiterfragen, ob Sie beim Nachrichtendienst irgendwie das haben, was man international wohl das *Recht zu töten* nennt, und ob die Regierung irgendwie dafür verantwortlich ist?« fuhr der Vorsitzende fort, nachdem er eine Zeitlang in seinen Papieren gekramt hatte. Er lächelte immer noch beharrlich, aber sein Lächeln stand jetzt in starkem Gegensatz zu dem schnellen Stimmungsumschwung im Saal.

»Sowohl Regierung als auch Reichstag sind für die Instruktionen der

Streitkräfte verantwortlich. Soviel ich weiß, haben alle Waffengattungen das Recht zu töten. Zunächst läuft ja sogar die Grundausbildung von Wehrpflichtigen darauf hinaus. Diese Frage ist ziemlich selbstverständlich.«

»Ja, aber ich meine in Friedenszeiten.«

»Da befinden sich die operativen Teile des Nachrichtendienstes, bei denen ich tätig gewesen bin, in etwa der gleichen Lage wie die Küstenflotte oder die Maschinen der Luftüberwachung.«

»Können Sie das näher erklären?«

»Ja. Ein Seeoffizier meines Ranges kann, wenn er Kommandeur eines Schiffs ist, beispielsweise gezieltes Feuer auf fremde U-Boote auf schwedischem Territorium eröffnen. Ein Flieger hat nicht nur das Recht, sondern auch die Schuldigkeit, auf eine fremde Militärmaschine zu schießen, die schwedisches Territorium überfliegt und sich nicht abweisen läßt.«

»Ja, aber das kann doch wohl nicht für den Nachrichtendienst gelten.«

»Nein, natürlich nicht. Ich wollte nur zeigen, daß die Frage nicht so bemerkenswert ist, wie sie sich anhört, wenn Sie von einem besonderen *Recht zu töten* sprechen. Es ist kein Recht, es ist in bestimmten Situationen sogar eine Pflicht für schwedische Offiziere. Bei den operativen Sektionen des Nachrichtendienstes leben wir sozusagen in ständiger Mobilmachung. Wir leben nicht in dem gleichen selbstverständlichen Friedenszustand wie andere Teile der Streitkräfte. Unsere Verpflichtung, gezieltes Feuer zu eröffnen oder entsprechende Mittel einzusetzen, wird also davon bestimmt, was für Situationen entstehen können. Manchmal wird da die Pflicht und nicht das Recht begründet, zu Gewalt zu greifen.«

»Sie haben in dieser Hinsicht also keine besonderen Befehle von der Regierung?«

»Nein, keine anderen als die, die für die Streitkräfte insgesamt gelten.«

»Aha. Darf ich dann fragen, ob die Behauptung den Tatsachen entspricht... ob Sie jemals direkte Order von der Regierung bekommen haben?«

»Sie meinen von einem Minister?«

»Ja.«

»Nein, ich habe nie mit einem Minister auch nur gesprochen und habe nie von einem Mitglied der Regierung direkte Instruktionen erhalten, weder der jetzigen noch der vorigen.«

»Nun ja, ich frage, weil wir ja zusammengetreten sind, um zu ermitteln, inwieweit die Regierung verantwortlich ist. Aber ich werde wohl trotzdem fragen müssen. Ist es wahr, daß Sie mit oder ohne Befehl... während Ihrer Zeit als Militärattaché in Moskau... den schwedischen Staatsbürger, der als Spion verurteilt worden ist... also diesen Sandström... getötet haben?«

»Diese Frage kann ich zu meinem Bedauern nicht beantworten.«

»Kann man das als ein Dementi deuten?«

»Nein, aber auch nicht als das Gegenteil. Ich habe ziemlich genaue Instruktionen des Oberbefehlshabers erhalten, welche Fragen ich beantworten darf und welche nicht. Bei bestimmten Fragen, so wie dieser hier, muß ich auf die Vernehmung verweisen, der sich der Oberbefehlshaber persönlich später noch unterziehen muß.«

Das Gemurmel im Saal wurde lauter und übertönte fast den Vorsitzenden, als dieser jetzt seine Fragerunde beenden wollte.

»Sie haben aber demnach in keiner Hinsicht irgendwelche Instruktionen von der Regierung erhalten?«

»Nein. Ich habe ja schon erklärt, daß ich niemals irgendwelche Instruktionen von irgendeinem Minister erhalten habe.«

»Aha. Vielen Dank. Dann übergebe ich das Wort an den stellvertretenden Vorsitzenden.«

Der stellvertretende Vorsitzende des Verfassungsausschusses wurde jetzt von höchst widerstreitenden Gefühlen heimgesucht. Als Konservativer wollte er nicht dazu beitragen, daß ein sensibler Teil der Streitkräfte Schaden nahm. Doch als Konservativer hatte er auch eine leichte Nuance in Carls Antwort herausgehört, die sogar der sozialdemokratische Vorsitzende hätte hören müssen. Und es war diese Versuchung, die seine Fragestellung steuerte, die somit schnell eine vollkommen andere Wendung nahm, als er sich ursprünglich gedacht hatte.

»Vielen Dank, Herr Vorsitzender. Ich glaubte, in Ihrer Antwort, Fregattenkapitän Hamilton, ein leichtes Zögern gehört zu haben. Haben Sie Anweisungen von einem direkten Vertreter der Regierung entgegengenommen?«

»Ja.«

»Aha. Wer war es, und worum ging es?«

»Es war Staatssekretär Peter Sorman. Es ging um einen Auftrag, nach Libanon zu reisen und bei der Befreiung der im Sommer entführten schwedischen Ärzte mitzuwirken.«

»Aha. Und das haben Sie getan?«

»Ja.«

»Was genau haben Sie getan?«

»Ich habe gemeinsam mit Streitkräften des Nachrichtendienstes der PLO eine Aktion geleitet. Wir befreiten die Geiseln mit Gewalt und schickten sie in einem Taxi zu den wartenden schwedischen Diplomaten in Beirut.«

Plötzlich hatten in den Reihen der Ausschußmitglieder alle kleinen Bewegungen, geflüsterten Unterhaltungen und das Wühlen in Papieren aufgehört. Alle saßen mucksmäuschenstill da und blickten starr auf den

Mann in der Uniform der schwedischen Marine. Selbst der normalerweise unbeschwert selbstsichere stellvertretende Vorsitzende des Ausschusses schien für eine Weile die Fassung zu verlieren.

»Verstehe ich Sie richtig, Fregattenkapitän Hamilton«, begann er, ohne recht zu wissen, wohin seine Fragen führen würden, »wenn ich das so auffasse, daß Sie im Auftrag von Peter Sorman nach Libanon gereist sind, dort eine operative Zusammenarbeit mit den PLO-Guerilleros begonnen und danach mit Gewalt die schwedischen Geiseln befreit haben?«

»Ja, das ist richtig.«

»Wie kommt es, daß wir davon noch nie etwas gehört haben?«

»Die Geiseln haben von der Aktion nichts mitbekommen. Überdies gab es keine überlebenden Zeugen, und weder auf palästinensischer noch schwedischer Seite hat ein Interesse bestanden, die Geschichte zu verbreiten. Das ist zumindest meine Erklärung.«

»Wollen Sie damit sagen, daß die Entführer getötet wurden?«

»Das ist richtig, ja.«

»Haben Sie selbst daran teilgenommen?«

»Ja.«

»Sie haben die Entführer persönlich getötet?«

»Nein, drei von ihnen. Die anderen wurden später von der PLO hingerichtet. Sie waren wegen ihrer schwerwiegenden Verbrechen von der PLO zum Tode verurteilt worden.«

»Gehören ... solche Dinge ... zu Ihrer dienstlichen Tätigkeit?«

»Verzeihung?«

»Ich meine ... geschieht es in Übereinstimmung mit ... geschah dies in Ihrer Eigenschaft als Offizier des schwedischen Nachrichtendienstes?«

»Ja, natürlich.«

»Sie können sich also das Recht nehmen, andere Menschen zu töten?«

»Ja, beispielsweise wenn es unumgänglich nötig ist, um das Leben schwedischer Staatsbürger zu retten.«

»Und Sie meinen, das war in dieser Situation der Fall?«

»Ja, ohne Zweifel. Die Entführer hatten unmögliche Forderungen gestellt. Sie hatten gedroht, die Geiseln zu töten, wenn sie Libanon nicht zusammen mit schwedischen Diplomaten auf dem Luftweg verlassen dürften. Die schwedischen Diplomaten sollten sozusagen als Schutz dienen. Überdies forderten sie eine erhebliche Geldsumme. Wenn ich mich recht erinnere, ging es um zwei Millionen Dollar oder einen vergleichbar hohen Betrag. Die schwedischen Unterhändler hatten diese Forderungen abgelehnt, wie man sich denken kann. Die Entführer hatten eine Frist festgesetzt, um erst den einen der Ärzte und dann den anderen zu töten. Dort, wo ich mich befand, konnte ich beobachten, wie sie den ersten

Schritt in dieser Planung vorzubereiten schienen. Es bestand eine große Wahrscheinlichkeit, daß sie die beiden Ärzte töten und anschließend versuchen würden zu entkommen, statt weiter zu verhandeln. In dieser Lage hielt ich es für notwendig, zur Gewalt zu greifen.«

»Haben Sie von Peter Sorman diesbezügliche Instruktionen erhalten?«

»Meine Anweisungen von Sorman lauteten, daß ich in erster Linie Informationen über die Lage beschaffen sollte, um meine Erkenntnisse anschließend über Funk an die schwedischen Unterhändler weiterzugeben. Was ich ferner tun sollte, wurde mit einigen vagen Formulierungen, die in der nachrichtendienstlichen Arbeit Standard sind, meinem eigenen Urteil überlassen.«

»Können Sie mir Beispiele solcher Formulierungen nennen?«

»Ja, beispielsweise sollte ich kein *unnötiges* Risiko eingehen und *in erster Linie* als Kundschafter auftreten. Und wenn alles schiefging, sollte ich selbst die Verantwortung übernehmen. Die schwedische Regierung würde sich von mir distanzieren, und so weiter. Als unser Gespräch schließlich beendet war, wünschte mir Peter Sorman *Weidmannsheil.* All das sind Formulierungen, die nicht mißverstanden werden können.«

»Aha. Und haben Sie Sorman bei Ihrer Rückkehr berichtet, was in Libanon geschehen war?«

»Ja.«

»Und was hat er darauf gesagt?«

»Seine ersten Worte waren wörtlich: *Warum zum Teufel berichtest du mir das!* Darauf stellte er fest, daß diese Sache erstens unter keinen Umständen herauskommen dürfe und zweitens unter uns bleiben müsse.«

»Aha. Und? Ist es so gekommen?«

»Nein, natürlich nicht. Ich bin nicht der Meinung, dem Außenministerium unterstellt zu sein. Ich bin, wie ich schon sagte, Offizier des schwedischen Nachrichtendienstes und sonst nichts. Folglich habe ich meinem nächsthöheren Vorgesetzten beim SSI alles berichtet, als ich wieder zu Hause war.«

»Aha. Und er wollte Sie also nicht wie der sozialdemokratische Funktionsträger dafür rüffeln, daß Sie erzählten, was Sie getan hatten?«

»Nein. Er kommentierte meinen Bericht so, daß es eine glänzende Operation war, die vorbildlich durchgeführt worden sei. Er gratulierte mir also. Er teilte meine Schlußfolgerung, daß die schwedischen Ärzte heute tot wären, wenn wir nicht eingegriffen hätten.«

»Wissen die Ärzte selbst etwas davon?«

»Ja, wenn sie in diesem Augenblick fernsehen, wissen sie es von jetzt an. Vorher haben sie es nicht gewußt.«

»Haben Sie bei irgendeiner anderen Gelegenheit Instruktionen von sonst jemandem erhalten, der der Regierung nahestand, oder einem Vertreter der Regierung?«

»Nein. Ich habe sämtliche Anweisungen von militärischem Personal erhalten.«

»Haben Sie irgendwann den ausdrücklichen Befehl erhalten, einen anderen Menschen zu töten?«

»Diese Frage kann ich leider nicht beantworten. Ich darf auf das kommende Verhör des Oberbefehlshabers verweisen.«

»Aber Sie müssen doch zumindest mit nein antworten können, vorausgesetzt, das ist die richtige Antwort?«

»Ich bedaure sehr, aber darauf kann ich nicht antworten. Ich habe Anweisungen, die ich befolgen muß.«

»Vom Oberbefehlshaber?«

»Ja.«

»Hat er Sie persönlich instruiert?«

»Nein, ich habe meine Instruktionen von dem Chef des schwedischen Nachrichtendienstes erhalten, Kapitän zur See Samuel Ulfsson.«

»Wann sind Sie dem Oberbefehlshaber zuletzt begegnet?«

»Wenn ich mich recht erinnere, war es irgendwann kurz nach Mittsommer.«

»Vielen Dank, Herr Vorsitzender. Es gibt natürlich noch viele denkbare Fragen, die man stellen könnte... ja, da ist noch etwas. Wie lauten Ihre Anweisungen für dieses Verhör, Kapitän zur See Hamilton? Können Sie uns das sagen?«

»Fregattenkapitän, nicht Kapitän zur See. Ja, meine Anweisungen kann ich durchaus erläutern. Erstens hat man mir verboten zu lügen. Zweitens gibt es bestimmte Dinge und Umstände, die mit Rücksicht auf fremde Mächte mit der Schweigepflicht belegt sind. Zu denen darf ich mich überhaupt nicht äußern und sie weder bestätigen noch dementieren. Wie ich schon erklärt habe, muß ich in solchen Fällen, immer noch befehlsgemäß, auf den Oberbefehlshaber verweisen.«

»Danke, Herr Vorsitzender. Wenn ich an so manches denke, was wir im Laufe der Jahre hier im Ausschuß zu sehen und zu hören bekommen haben, kann man ja nur dankbar sein, wenn einer der Befragten tatsächlich Befehl erhalten hat, nicht zu lügen. Vielleicht wäre ein Wahrheitsgebot etwas, was in dem Kreis sozialdemokratischer Genossen, denen wir bisher hier im Ausschuß vergeblich ein paar Worte zu entlocken versucht haben, mit großem Gewinn eingeführt werden könnte. Danke, im Augenblick habe ich keine weiteren Fragen.«

Damit ging das Wort an das Ausschußmitglied der Zentrumspartei, einen auf öffentliches Recht spezialisierten Juristen. Er blickte gerade von seinen Aufzeichnungen hoch, in die er sich vertieft hatte, als sein Vorgänger auf der Rednerliste zu normaler politischer Agitation übergegangen war.

»Nun, Fregattenkapitän Hamilton. Es ist ja außerordentlich interessant, Sie hier erzählen zu hören, daß ein militärischer Funktionsträger, der hinter Ihnen steht, irgendwie bestimmen könnte, was der Verfassungsausschuß des Reichstags erfahren darf und was nicht. Finden Sie das nicht merkwürdig?«

»Nein.«

»Und warum nicht?«

»Der Oberbefehlshaber entscheidet, was geheim ist und was der Öffentlichkeit zur Kenntnis gelangen darf. Ein Fregattenkapitän kann sich dieses Recht nicht nehmen.«

»Sonst scheint es Ihnen aber nicht fremd zu sein, sich Rechte zu nehmen, Herr Fregattenkapitän, aber da geht es natürlich um weniger ernste Dinge, etwa darum, anderen Menschen in fremden Ländern das Leben zu nehmen. Haben Sie das übrigens auch in Schweden schon mal gemacht?«

»Das ist eine Frage, die ich mit der gleichen Erklärung wie vorhin nicht beantworten darf. Diese Frage müssen Sie dem Oberbefehlshaber stellen.«

»Sagen Sie, Fregattenkapitän Hamilton. Wenn Sie sich dieses Recht zu morden nehmen, denn Sie sind ja offenkundig der Meinung, ein solches Recht zu haben. Worauf gründet sich dieses Recht, wenn wir einmal von dem Recht des Stärkeren absehen?«

»Auf dem Recht der Notwehr.«

»Und das beherrscht ein Fregattenkapitän Hamilton aus dem Effeff?«

»Nein, das kann ich wirklich nicht behaupten. Ich bin Offizier und nicht Jurist.«

»Eine kleine Aufklärung über Ihre juristischen Überlegungen wären vielleicht doch recht interessant, Herr Fregattenkapitän. Können Sie uns vielleicht eine kleine Kostprobe dessen geben, was Sie unter Notwehr verstehen?«

Dies war die einzige Frage, auf die Carl sich vorbereitet hatte. Oder richtiger, auf die er vorbereitet worden war. Er sah direkt in die Fernsehkamera hinter dem Rücken des Vorsitzenden, so daß Eva-Britt ihm in die Augen sehen konnte, und antwortete dann.

»Notwehr ist die Verteidigung, die erforderlich ist, um einen gegenwärtigen rechtswidrigen Angriff von sich oder einem anderen abzuwenden.«

»Das nenne ich hübsch angelesen, das muß ich wirklich sagen... Wenn wir aber diesen Paragraphen auf die von Ihnen soeben beschriebene Situation anwenden oder vielmehr auf die Situation, die Sie eben hier beschrieben haben, bestand Ihre Not also darin, daß Sie andere Menschen töten mußten, weil die schwedischen Ärzte befreit werden sollten. Darf ich Sie so verstehen?«

»Ja, das ist richtig.«

»Hätte es nicht ausgereicht, den Entführern eins über den Schädel zu schlagen?«

»Nein.«

»Warum nicht?«

»In der ersten Phase mußte es ohne jeden Lärm geschehen. Vor dem Haus, in dem die Geiseln gefangengehalten wurden, befand sich nämlich ein Wachposten. Es ist nicht leicht, jemandem in der Dunkelheit auf den Schädel zu schlagen, wie Sie sagen. Das Risiko bei einer solchen Problemlösung wäre viel zu groß gewesen.«

»Und Sie sind kompetent, das zu beurteilen?«

»Meine Kompetenz betrifft gerade solche Dinge.«

»Und die beiden anderen? Wie ging das vor sich?«

»Das war, als ich das Haus betrat. Die beiden anderen waren bewaffnet, und ich schoß als erster.«

»Haben Sie geschossen, um zu töten?«

»Ich habe geschossen, um sicher zu treffen. Bei den meisten modernen Waffen läuft es auf das gleiche heraus, da man direkt auf das Ziel hält.«

»Und das tut *man* routinemäßig?«

»Nein, aber wenn man in Zeitnot ist und bei schnellen Handlungsabläufen. Und hier hat es sich um einen solchen Fall gehandelt.«

»Vielen Dank, Herr Vorsitzender. Ich finde dies allzu abstoßend, um jetzt fortfahren zu können. Ich gehe davon aus, daß dies eher eine Sache für die Staatsanwaltschaft als für den Verfassungsausschuß des Reichstags ist. Möglicherweise läßt sich sagen, daß es falsch wäre, die eventuellen Verbrechen des Herrn Fregattenkapitäns hier und jetzt zu klären. Im Augenblick habe ich jedenfalls keine weiteren Fragen.«

Damit hatte das Ausschußmitglied der Volkspartei das Wort, eine Frau, die beim Kampf um eine eventuelle Vernehmung vor dem Verfassungsausschuß zu den hartnäckigsten Befürwortern gehört hatte. Carl war ermahnt worden, gerade bei ihr auf der Hut zu sein – und sich nicht dadurch täuschen zu lassen, daß sie eine Frau sei.

Diesen letzten Rat sah Carl als eine etwas übereifrige Ermahnung von Männern an, die einer anderen Generation angehörten als er selbst.

»Danke, Herr Vorsitzender. Wir sollen hier ja in erster Linie die eventuelle Verantwortung der Regierung untersuchen und uns nicht in operative Details verlieren, wie spannend oder bemerkenswert sie auch erscheinen mögen. Ich will also mit einer Frage an Fregattenkapitän Hamilton beginnen. Habe ich dich richtig verstanden, als du sagtest, du seist nicht dem Außenministerium unterstellt?«

Carl dachte einen Augenblick nach. Er ahnte eine Falle.

»Ich bin natürlich meinen Vorgesetzten bei den Streitkräften unterstellt«, erwiderte er abwehrend.

»Du hast aber gesagt, du könntest von Peter Sorman keine Befehle entgegennehmen. Ich habe es jedenfalls so aufgefaßt, als es darum ging, die Sache dürfe nicht herauskommen. Deinem Chef hast du ja von den Ereignissen in Libanon berichtet.«

»Ja, das ist richtig.«

»Aber wie konnte Sorman dich dann überhaupt nach Libanon schikken?«

»Ich habe ihn danach gefragt. Er erwiderte, die diesbezügliche Direktive komme von der Regierung. Das andere, ich meine seine Äußerung, ich dürfe sonst niemandem davon berichten und so weiter, das habe ich nur als seinen persönlichen Wunsch aufgefaßt.«

»Und das ist ein Unterschied, meinst du?«

»Ja, selbstverständlich.«

»Du hättest dich also nicht auf diese Expedition begeben, wenn du nicht das Gefühl gehabt hättest, auf Befehl der Regierung zu handeln?«

»Nein.«

»Hat Peter Sorman ausdrücklich gesagt, daß er dir Befehle gab, die von der Regierung kommen?«

»Ja, das hat er ausdrücklich gesagt, da ich danach gefragt habe. Später teilte er auch dem Generalstab mit, man habe mich sozusagen ausgeliehen.«

»Wie war dieser Bescheid formuliert?«

»Ich kenne ihn nicht. Möglicherweise kann der Oberbefehlshaber diese Frage beantworten.«

»Aha. Du hast aber nie daran gezweifelt, daß du im Auftrag der Regierung losgeschickt wurdest!«

»Nein, keinen Augenblick.«

»Warum nicht?«

»Sorman war in diesem Punkt sehr explizit, und überdies war er ja für die schwedische Außenpolitik zuständig und hat mir außerdem einen Diplomatenpaß ausgehändigt. Es gab keinen Anlaß für mich, an seinen Befugnissen zu zweifeln.«

»Tja, Herr Vorsitzender, soviel ich sehe, werden wir jetzt gezwungen sein, Botschafter Sorman vorzuladen, um die andere Seite dieser Geschichte zu hören. Aber ich möchte jetzt fortfahren und betonen, daß meine Fragen darauf abzielen, die Verantwortung der Regierung zu klären. Bist du irgendwann von der schwedischen Regierung belohnt worden?«

»Ja, bei zwei Anlässen.«

»Sind das diese Farbkleckse, die du da hast... Verzeihung, ich weiß nicht, wie man sie nennt?«

»Es sind Ordensspangen.«

»Aha. Und diese... Ordensspangen... die sind also ein Zeichen dafür, welche Auszeichnungen du bei deiner Tätigkeit erhalten hast?«

»Das ist richtig.«

»Kannst du uns erzählen, was diese Farbkleckse bedeuten? Wir verstehen uns nämlich nicht auf derlei.«

»Ja. Die blaugelben Felder repräsentieren die Medaille des Königs für Tapferkeit im Felde, das schwarz-rot-goldene Feld steht für das deutsche Bundesverdienstkreuz Erster Klasse, das rote Feld entspricht dem Kommandeursrang der Ehrenlegion, und die goldenen Schwingen sind eine amerikanische Auszeichnung oder vielmehr ein Verdienstorden, könnte man sagen.«

»Und all das hast du dir bei deiner militärischen Tätigkeit erworben?«

»Ja.«

»Welche Personen haben beschlossen, dir das zu verleihen?«

»Der Präsident der Französischen Republik, der Präsident der Bundesrepublik Deutschland, die schwedische Regierung und, glaube ich, der Chef der amerikanischen Marine.«

»Wie es scheint, bist du mehr als nur einmal in der Welt herumgereist. Wenn wir uns aber jetzt strikt an Schweden und die schwedische Regierung halten: Du bist von der schwedischen Regierung also zweimal auf diese Weise ausgezeichnet worden?«

»Das ist richtig.«

»Von welcher Regierung?«

»Der letzte Beschluß wurde, soviel ich weiß, von dem früheren Ministerpräsidenten gefaßt, und der vorige von seinem Vorgänger.«

»Sind diese Entscheidungen bei einer Kabinettssitzung oder vom Ministerpräsidenten persönlich getroffen worden?«

»Das ist mir nicht bekannt.«

»Gut, aber soviel du weißt, waren es die beiden Ministerpräsidenten, die es beschlossen haben?«

»Soviel ich weiß, ja. Die Medaillen sind mir nicht persönlich überreicht worden.«

»Aha. Egal, ob es nun die Regierung oder die Ministerpräsidenten waren – welche deiner Aktivitäten wurden sanktioniert und sogar belohnt?«

»Was den ersten Fall angeht, kann ich darauf antworten. Als ich noch bei der Sicherheitsabteilung der Reichspolizeiführung arbeitete, habe ich an der Aufklärung des Mordes an Polizeidirektor Axel Folkesson mitgearbeitet. In der Schlußphase dieser polizeilichen Tätigkeit habe ich draußen in einer Villa in Täby vier israelische Terroristen gestellt, die vom Staat Israel entsandt worden waren. Leider kam ich etwas zu spät, um das Massaker zu verhindern, mit dem sie schon begonnen hatten.«

»Ja, das ist ja ein sehr bekanntes Ereignis. Es ist also korrekt, was damals in der Presse zu lesen war, daß es Fregattenkapitän Hamilton war, der die Israelis erschoß?«

»Die Meldungen waren korrekt, ja.«

»Und dafür wurdest du von der Regierung oder dem damaligen Ministerpräsidenten ausgezeichnet?«

»Auch das entspricht den Tatsachen.«

»Und der zweite Fall, als unser früherer Ministerpräsident oder seine Regierung beschloß, dir eine solche Medaille zu verleihen, welchen Hintergrund hatte diese Entscheidung?«

»Diese Frage darf ich nicht beantworten.«

»Die der Entscheidung zugrunde liegende Operation fällt also unter die Schweigepflicht, über die du schon mehrfach gesprochen hast?«

»Ja, das ist richtig.«

»Aber die Entscheidung, dich für die geheime Operation oder den Einsatz auszuzeichnen, wurde entweder von der Regierung oder dem Ministerpräsidenten getroffen?«

»Ja.«

»Man darf es also so verstehen, als hätte die Regierung ihre Billigung und ihre Zufriedenheit damit zum Ausdruck gebracht, worum es auch bei dieser Operation ging?«

»Ja, das ist eine durchaus denkbare Interpretation.«

»Die Entscheidung betraf nicht den Mord an Sandström in Moskau?«

»Ich bin leider gehindert, diese Frage zu beantworten.«

»Du kannst auch nicht leugnen, daß es sich so verhält.«

»Nein, ich kann es weder bestätigen noch dementieren.«

»Ist dir bekannt, ob Sandström noch am Leben ist?«

»Diese Frage darf ich leider nicht beantworten.«

»Vielen Dank, Herr Vorsitzender. Für den Moment habe ich keine weiteren Fragen.«

Anschließend folgte die Befragung durch einen der Hardliner des Ausschusses, einen älteren konservativen Reichstagsabgeordneten. Dieser glaubte gehört zu haben, daß Carl gestanden hatte, er halte es für eine natürliche dienstliche Obliegenheit als schwedischer Offizier, mit palästinensischen Terroristen zusammenzuarbeiten.

Carl antwortete, zum erstenmal leicht provoziert, daß er erstens die dieser Wortwahl zugrunde liegende Einschätzung nicht teile, daß er zweitens ausdrückliche Anweisung von Sorman erhalten habe, gerade eine solche operative Zusammenarbeit einzuleiten, gerade mit dem Nachrichtendienst der PLO, und daß dies im übrigen schon mehrmals der Fall gewesen sei. Diese Zusammenarbeit habe sich als gut erwiesen. Und drittens habe der schwedische Nachrichtendienst weder Beschränkungen oder Vorurteile, die Auswahl eventueller Kooperationspartner betreffend.

Auf die sich unmittelbar anschließende Frage, ob es gegebenenfalls auch zu einer Zusammenarbeit mit dem Osten gekommen sei, antwortete Carl mit seiner Formel, die inzwischen von allen Anwesenden als Bestätigung gewertet wurde, daß er wegen seiner besonderen Instruktionen gehindert sei, diese Frage zu beantworten.

Der Konservative steigerte jetzt sein Aggressionsniveau und fragte, ob Herr Hamilton bei seiner Söldnertätigkeit auch an ausländische Institutionen ausgeliehen worden sei.

Carl unterdrückte schnell den Impuls, der Unverschämtheit, er könnte ein Söldner sein, mit der passenden Antwort entgegenzutreten, und erwiderte dann, er verstehe die Frage so, inwieweit es ihm im Dienst auferlegt worden sei, mit ausländischen Sicherheits- oder Nachrichtendiensten zusammenzuarbeiten. Die Antwort laute in diesem Fall ja. Es sei einmal geschehen, als er noch bei der Polizei gearbeitet habe, und es sei ein routinemäßiger Vorgang gewesen, der durch den Rahmen der polizeilichen Zusammenarbeit in Westeuropa gedeckt sei. Solche Formen der Kooperation seien durchaus nicht ungewöhnlich.

Carls Gegner tastete eine Zeitlang nach neuen Angriffspunkten und fragte schließlich, ob die deutsche Auszeichnung ein Ergebnis der Aktion sei, zu der er als Polizeibeamter ausgeliehen worden sei, ob es also stimme, daß er an einer deutschen Ausrottungsaktion gegen Terroristen teilgenommen habe.

Carl bestätigte, das sei der Fall gewesen. Er habe eine Zeitlang bei deutschen Terroristen gelebt und anschließend deutsche Sonderpolizei zu der entscheidenden Konfrontation herbeigerufen. Die diesbezüglichen Meldungen in *Expressen* seien insofern korrekt gewesen, obwohl das Blatt Carls Rolle bei der entscheidenden Konfrontation übertrieben habe.

Der konservative Reichstagsabgeordnete setzte jetzt, wie nicht anders zu erwarten, auf eine Frage nach dem Hintergrund der Ehrenlegion. Carl erzählte, die Zeitungsmeldungen seien auch in dieser Hinsicht korrekt gewesen. Er habe die Entführung einer Air-France-Maschine in etwa so abgewehrt, wie es in den Massenmedien dargestellt worden sei.

»Wenn ich Sie richtig verstehe, Fregattenkapitän Hamilton, kennen Sie bei Ihrer Mördertätigkeit keine Diskriminierung. Sie machen also keine Unterschiede zwischen Arabern und Israelis, denn wir haben hier ja gehört, daß Sie es offenbar für notwendig hielten, vor ein paar Jahren draußen in Täby vier israelische Offiziere zu töten. Wenn ich Sie richtig verstanden habe, bringen Sie es aber auch über sich, sogar Araber zu töten?«

Der konservative Abgeordnete sah recht zufrieden aus, weil es ihm am Ende doch gelungen zu sein schien, seinen Gegner plattzumachen. Carl antwortete nicht.

»Kann ich vielleicht eine Antwort auf meine Frage erhalten?« fuhr der Konservative fort.

»Ich habe das nicht als eine Frage aufgefaßt, sondern eher als Ihre persönlichen Überlegungen und fast als Unverschämtheit«, erwiderte Carl, ohne die Stimme zu heben.

Danach kamen endlich die Kommunisten an die Reihe, wie es in der vorbestimmten Reihenfolge festgelegt war.

Der VPK-Vertreter war kein Dummkopf, aber natürlich ein entschiedener Gegner der Streitkräfte und der Polizei, besonders der Geheimpolizei. Aus diesem Grund war das bisherige Verhör für ihn eine Qual gewesen. Angesichts seines Hintergrunds als Journalist fiel es ihm nicht schwer zu verstehen, daß das atemlos dasitzende Publikum auf den Zuschauertribünen und wahrscheinlich auch ein Millionenpublikum, das jetzt wie festgeklebt vor den Fernsehgeräten saß, wieder einen Helden bekam, einen schwedischen Helden von gigantischen Dimensionen. Irgendwie empfand es der Kommunist als seine politische Schuldigkeit, diesen ganzen Wahnsinn wieder auf die Erde zurückzuholen.

»Herr Vorsitzender, ich muß wirklich sagen, daß dies zu dem Bemerkenswertesten gehört, um nicht zu sagen, daß es ohne jeden Zweifel zu dem Bemerkenswertesten gehört, was ich in diesem Ausschuß erlebt habe. Wir hören hier von Taten, die meiner Ansicht nach nur nach dem Strafgesetzbuch als Mord und schwere Körperverletzung gewertet werden können, und es hat den Anschein, als würden die Mitglieder des Ausschusses überhaupt nicht begreifen, um was für einen entsetzlichen Sumpf von Gesetzlosigkeit es hier geht. Mir fallen sofort die Ausschußvernehmungen ein, die wir vor einigen Jahren in den USA gesehen haben, bei denen ein gewisser Oberstleutnant, und ich glaube, das ist der gleiche Dienstgrad wie Fregattenkapitän, als also ein gewisser Oliver North zunächst fast wie eine Art Held erschien, als er von seinen Taten à la Rambo erzählte. Ich finde, es grenzt an einen Skandal, daß wir hier drauf und dran sind, in eine ähnliche Falle zu tappen.«

»Verzeihung, wie lautete die Frage?« erkundigte sich Carl kalt, als der Kommunist seine Ansprache beendet zu haben schien.

Zum erstenmal konnte selbst das Fernsehpublikum sehen, wie sich in Carls Gesicht zunehmende Wut zeigte.

»Ob Sie sich nicht wie ein Oliver North fühlen?«

Carl wartete eine Weile, bevor er zu antworten begann, wie beim

Schießen. Ruhig bleiben, sagte er sich. Ich darf keinen Schuß vergeuden, muß den Abzug ganz sanft drücken.

»Sind Sie wirklich der Meinung, daß ich auf eine solche Frage antworten soll?«

Carl ging davon aus, daß nur eine Antwort möglich war, und jetzt hatte er mehr Zeit, seinen Formulierungen etwas Schliff zu geben.

»Aber ja, selbstverständlich.«

»Dann möchte ich zunächst sagen, daß dies eine Unverschämtheit ist, nicht nur gegen mich als Person, sondern in erster Linie gegen Schweden als Nation. Die Frage enthält nämlich die Unterstellung, als gäbe es zwischen Schweden und einer imperialistischen Supermacht irgendwelche Ähnlichkeiten. Als würden die schwedischen Streitkräfte ihre Kräfte und Ressourcen darauf ausrichten, die Befreiung der Dritten Welt zu bekämpfen. Unsere Tätigkeit zielt ganz im Gegenteil darauf ab, Schweden zu verteidigen, schwedische Interessen und das Leben unserer Mitbürger, gerade in einer Welt, die von Supermächten beherrscht wird, die ihre Gangster ebenso wie ihre Bombergeschwader überall dort einsetzen, wo es ihnen beliebt. Ich finde es unfaßbar, und ich weiß gar nicht, wie ich das ausdrücken soll, daß selbst ein kommunistischer Reichstagsabgeordneter auf die unsinnige Idee verfallen kann, unser Land mit einer imperialistischen Supermacht zu vergleichen. Und was schließlich mich persönlich angeht, lassen Sie mich nur kurz sagen, daß ich nur einer einzigen politischen Organisation angehört habe, nämlich der Studentenvereinigung Clarté. Daneben habe ich mich nur gelegentlich antiimperialistischer Solidaritätsarbeit gewidmet. Folglich habe ich auch nie für die Kommunisten gestimmt, da diese Partei nicht nur veraltet und konservativ ist, sondern vor allem, Herr Abgeordneter und Ausschußmitglied, weil Ihre Partei durch so starke Bande mit der zweiten imperialistischen Supermacht verbunden ist.«

Dies war der erste und einzige aggressive Gefühlsausbruch Carls während der bisherigen mehrstündigen Befragung. Natürlich war er in den Ausschnitten, die nicht nur in den schwedischen, sondern auch den internationalen Nachrichtensendungen über die Verhöre gebracht wurden, zu sehen.

Als Carl geendet hatte, saßen die Ausschußmitglieder wie versteinert da. Schließlich gewann der Ausschußvorsitzende die Fassung zurück und beugte sich, immer noch breit lächelnd, vor. Er fragte, ob der kommunistische Abgeordnete noch weitere Fragen habe.

»Nein, Herr Vorsitzender, ich bin noch nicht fertig... Ich muß wirklich sagen, Fregattenkapitän Hamilton, daß Sie mich immer wieder erstaunen. Darf ich Sie so interpretieren, daß in einer der geheimsten Abteilungen der Streitkräfte eine Person tätig ist, deren politische Einstellung sie üblicherweise zu einem Sicherheitsrisiko machen würde? Ich meine, dies entspricht nicht gerade dem Bild, das man vom schwedischen Offizierskorps hat.«

»Für Ihr Bild von dem schwedischen Offizierskorps kann ich keine Verantwortung übernehmen«, entgegnete Carl kalt. Er hatte sich inzwischen beruhigt. »Ich kann nur sagen, daß wir beim Nachrichtendienst nicht auf den parteipolitischen oder allgemein politischen Hintergrund achten. Bei uns zählen Solidarität mit Schweden, berufliche Kompetenz und Verschwiegenheit. Allerdings glaube ich nicht, daß meine Ansicht über imperialistische Supermächte in der Firma besonders auffällig oder gar einzigartig ist.«

»Der Firma?«

»Ja, beim Nachrichtendienst. Verzeihen Sie den Ausdruck, aber so heißt das bei uns.«

Dann folgte eine neue Runde mit einigen der Hardliner des Ausschusses, anschließend war der Ausschußvorsitzende an der Reihe, der seine Fragen selbst mit langatmigen Ausführungen beantwortete, die immer wieder nur auf die Feststellung hinausliefen, daß Carl zu keinem Zeitpunkt direkte Befehle von der Regierung erhalten habe, worauf Carl kaum etwas zu bemerken hatte.

Der stellvertretende Ausschußvorsitzende verzichtete auf weitere Fragen mit der Begründung, er finde es unpassend, in einem öffentlichen Verhör weitere Details ans Licht zu bringen, die seiner Ansicht nach geheimgehalten werden müßten. Überdies seien ihm schon einige substantielle Fragen eingefallen, die er Personen in höheren, verantwortlicheren Positionen stellen wolle, als sie, bei allem Respekt, ein Fregattenkapitän innehabe.

Anschließend kam wieder der Jurist von der Zentrumspartei an die Reihe.

»Ja, Herr Hamilton, Sie haben uns unleugbar erschreckende Einblicke in Ihre Gedankenwelt vermittelt. Ich kann wirklich nur hoffen, daß Sie für das schwedische Offizierskorps nicht sehr repräsentativ sind. Sie schrecken offenbar nicht davor zurück, Menschen zu ermorden, unter welchen Umständen auch immer. Habe ich das vorhin richtig verstanden, als Sie von dieser Flugzeugentführung berichteten, daß Sie eine Person mit einem Messer getötet haben, während Sie wie ein beliebiger friedlicher Fluggast in Ihrem Sessel saßen?«

»Ja, das ist richtig.«

»Und wenn ich Ihre Gedankengänge richtig verstehe, sind Sie natürlich der Meinung, es habe sich auch dabei um Notwehr gehandelt?«

»Auch das ist richtig.«

»Und auch bei dieser anderen Person hat es nicht gereicht, ihr einen Schlag über den Schädel zu versetzen, sondern Sie mußten den armen

Mann mit einem Messer erstechen, falls ich Sie richtig verstanden habe. Haben Sie angesichts Ihrer, wie ich annehme, sehr speziellen Ausbildung Möglichkeiten, Leute bewußtlos zu schlagen?«

»Doch, natürlich. Aber nicht unbedingt dann, wenn ich im Sessel eines Flugzeugs sitze und den Sicherheitsgurt angelegt habe. Wie ich vorhin schon zu schildern versucht habe, saß ich relativ weit hinten in der Maschine, während die anderen Entführer sich weiter vorn befanden. Folglich hielt ich es für notwendig, zunächst diesen Entführer kampfunfähig zu machen, um anschließend gegen die anderen vorgehen zu können. Zum andern lag es in der Natur der Sache, daß dies ohne Lärm oder andere Störungen geschehen mußte.«

»Es scheint Sie also nicht zu stören, einem Mitmenschen den Hals durchzuschneiden, denn das haben Sie offenbar getan?«

»Doch, es stört mich in allerhöchstem Maß.«

»Aber Sie haben dennoch nicht gezögert?«

»Nicht in der Situation, von der wir gerade gesprochen haben. Wenn man im Verlauf einer Operation zu große Zweifel empfindet, sollte man um Versetzung in eine andere Abteilung des Nachrichtendienstes nachsuchen.«

»Aber das haben Sie nicht getan?«

»Ich bin für kürzere Zeit bei der Attachéabteilung des Generalstabs angestellt gewesen und habe jetzt einen reinen Bürojob, bei dem ich nur mit Computern arbeite. Und nach dem heutigen Tag werde ich nie mehr draußen im Feld arbeiten können.«

»Sie meinen, nach dieser Vernehmung durch den Verfassungsausschuß?«

»Ja, genau das.«

»Sind Sie der Meinung, daß ein Offizier Befehle um jeden Preis befolgen muß?«

»Nein, nicht um jeden Preis. Das hat der Nürnberger Prozeß gezeigt. Andererseits muß ich jedoch sagen, daß eine solche Situation in unserem Land nur schwer vorstellbar ist.«

»Wenn Sie also Befehl erhielten, in Moskau eine schwedischen Spion zu ermorden, würden Sie sich demnach weigern, diesem Befehl zu folgen?«

»Das ist eine hypothetische Frage.«

»Ja, natürlich, so pflegen ja unsere hochverehrten Politikerkollegen zu antworten, und wenn ich es recht verstanden habe, haben Sie Befehl, alle Fragen zu beantworten, die nicht bestimmte Sicherheitsinteressen berühren, und zwar wahrheitsgemäß?«

»Ja, das stimmt. Das versuche ich auch zu tun.«

»Na schön, dann wiederhole ich meine Frage, ob hypothetisch oder nicht. Die Antwort kann für diejenigen, die dieses Land regieren, von gewissem Interesse sein. Wenn Sie also die Liebenswürdigkeit hätten, die Frage zu beantworten?«

Carl sah sich gezwungen zu überlegen. Galt seine Schweigepflicht auch für hypothetische Fragen? Ihm ging auf, daß die Fernsehkameras immer näher kamen, je länger er zögerte. Und Eva-Britt sah ihm zu.

»Wenn ich einen solchen Befehl erhielte, würde ich weder an Befehlsverweigerung noch an den Nürnberger Prozeß denken«, erwiderte er schließlich.

»Aber Sie können noch immer nicht die Frage beantworten, ob Sie einen solchen Befehl erhalten haben, und gegebenenfalls von wem? Als Diplomat dürften Sie doch noch immer dem Außenministerium unterstellt sein?«

»Nein, die Militärattachés unterstehen der Attachéabteilung des Generalstabs, die eine Abteilung des schwedischen Nachrichtendiensts ist.«

»Aber Sie können noch immer nicht die Frage beantworten, ob Sie einen solchen Befehl erhalten haben, egal von wem?«

»Nein, ich bedaure. Ich muß erneut auf den Oberbefehlshaber verweisen.«

»Halten Sie es für eine rühmliche Tat, diesem Menschen den Hals durchzuschneiden?«

»Das will ich aufs persönlichen Gründen nicht beantworten, weil die Frage in meinen Augen als Unverschämtheit gemeint ist. Ich kann nur so viel sagen, daß die Tatsache, daß mehr als zweihundert Menschen einer Flugzeugentführung glimpflich entronnen sind, dem Präsidenten der Französischen Republik die Ehrenlegion wert war.«

Der Ausschuß-Veteran von der Zentrumspartei war nicht gewohnt, von den Befragten so hart angegangen zu werden. Folglich entschloß er sich, mit gleicher Münze heimzuzahlen, und sorgte damit für einen neuen Höhepunkt der Befragung, der in den Fernsehnachrichten der meisten westlichen Länder immer wieder gezeigt werden sollte.

»Wenn Sie internationale Aspekte ins Spiel bringen wollen, Fregattenkapitän Hamilton, habe ich nichts dagegen. Man könnte sich beispielsweise fragen, ob der sogenannte Agentenkrieg, den wir jetzt miterleben, eine Folge Ihrer verschiedenen Notwehrhandlungen ist, ob diese nun in Flugzeugsesseln oder in Moskau oder an Orten stattgefunden haben, die Sie uns aufgrund Ihrer Befehle nicht nennen dürfen.«

Carl mußte unwillkürlich lächeln.

»So etwas wie einen Agentenkrieg gibt es nicht.«

»Und das können Sie mit absoluter Sicherheit sagen?«

»Ja, ohne jedes Zögern. Wie man diesen etwas übertriebenen Begriff auch versteht, ich müßte selbst darin verwickelt sein oder zumindest davon wissen. Zwischen uns und der Sowjetunion oder einer anderen fremden Macht gibt es nichts, was man als einen Agentenkrieg bezeichnen könnte.«

»Aber es hat doch unleugbar einige Ereignisse gegeben, die solchen Meldungen eine gewisse Glaubwürdigkeit verleihen.«

»Da muß ich Ihnen widersprechen. Ein Journalist vom Typ *nützlicher Idiot* hat wider besseres Wissen oder wegen seines Unverstands dieses Phantasieprodukt an die Öffentlichkeit gebracht. Es kann allerdings auch sein, daß er nur wiedergibt, was andere ihm diktiert haben. Das scheint bei gewissen Journalisten zur Gewohnheit geworden zu sein. Mit den Tatsachen hat das allerdings nichts zu tun.«

»Sie sind also der Meinung, Fregattenkapitän, dieser Journalist sei ein Idiot?«

»Nein. Ich habe *nützlicher Idiot* gesagt, und das ist etwas völlig anderes.«

»Vergeben Sie einem unwissenden Abgeordneten, aber es fällt mir schwer, da einen Unterschied zu sehen.«

»Lassen Sie mich erklären. Der Begriff nützlicher Idiot stammt, glaube ich, von Lenin. Er meinte damit eine Person, die unwissentlich die Geschäfte eines anderen besorgt.«

»Und Sie sind der Meinung, solche Dinge sollten nicht in der Zeitung stehen?«

»Nein, das sollten sie wirklich nicht, und ich bedaure sehr, daß es passiert ist.«

»Dann sind Sie vielleicht der Meinung, Herr Fregattenkapitän, wir sollten die Freiheit der Meinungsäußerung und die Pressefreiheit abschaffen, damit Sie Ihrer Tätigkeit ungehinderter nachgehen können?«

Carl hatte eine Weile einen leicht desinteressierten Eindruck gemacht, doch jetzt kam ein Ausdruck in seine Augen, den man nur als *stählern* bezeichnen konnte. Und er antwortete langsam, plötzlich mit etwas leiserer Stimme, jedoch mit einer Intensität, die niemand mißverstehen konnte.

»Bei einigen Gelegenheiten hätte ich in meinem Job, den Sie mit so verächtlichen und herabsetzenden Worten beschreiben, Herr Abgeordneter, leicht selbst getötet werden können. Aber dieses Wissen habe ich immer gut ertragen können. Weil das Ziel meiner Arbeit immer nur gewesen ist, dazu beizutragen, daß nützliche Idioten in meinem Land, *unserem* Land, Herr Abgeordneter, weiter das Recht haben zu schreiben, was sie wollen, und daß Politiker *unseres* Parlaments jederzeit das Recht haben, so unverschämt zu sein, wie es ihnen beliebt. Alles hat einen Preis. Und der Preis meines Lebens ist nicht zu hoch für Ihr Recht und das Recht von uns allen, unsere Demokratie zu leben.«

Damit war der Zentrumsabgeordnete endlich mattgesetzt. Er sah ein, daß mehr Ironie nicht angebracht war, und verzichtete auf weitere Fragen, als wollte er so schnell wie möglich den Fernsehkameras entkommen.

Anschließend setzten die eher blauäugigen Hardliner des Ausschusses die Befragung fort. Sie stellten hauptsächlich Fragen, die schon beantwortet waren, und Carl bemühte sich, seine Antworten so geduldig und höflich wie möglich zu wiederholen.

Auf dem letzten Platz der Rednerliste stand eine Sozialdemokratin mittleren Alters, die soeben entdeckt hatte, daß die Fragen, die sie hatte stellen wollen, schon von ihren Vorgängern gestellt worden waren. Da fiel ihr spontan eine völlig unpolitische Frage ein, die vermutlich aus den Tiefen ihres Wesens kam.

»Diese Verhöre sind ja zum Teil sehr dramatisch gewesen, aber ich frage mich trotzdem immer wieder, Fregattenkapitän Hamilton, wie ein Mensch wie Sie anscheinend unberührt dasitzen und die schrecklichsten Dinge erzählen kann. Belastet Sie das alles überhaupt nicht?«

Carl sah sofort Eva-Britt vor sich, wie sie zu Hause in Drakens gränd auf dem Sofa saß. Intuitiv blickte er zur Kamera hinter dem Rücken des Ausschußvorsitzenden. So sah er annähernd drei Millionen Fernsehzuschauern in die Augen, als er die Vorstellung für sich entschied, ohne es zu wissen.

»Es ist sehr schwierig, Ihre Frage kurz und knapp zu beantworten. Es ist möglich, daß ich mich zu sehr bemüht habe, hier eine korrekte Fassade aufrechtzuerhalten, aber das liegt nicht nur daran, daß ich mich hier auf Befehl meiner Vorgesetzten und als Vertreter der Streitkräfte befinde. Es liegt auch daran, daß alles, wonach Sie gefragt haben und was ich befehlsgemäß beantworten muß, zu meinem Innersten gehört und es berührt. Aber ich werde versuchen, Ihre Frage zu beantworten. Doch, es ist unerhört schwierig. Es ist eine quälende, eine sehr quälende Frage, die man sich jeden Tag stellen muß, wenn man in der operativen Sektion des schwedischen Nachrichtendiensts arbeitet. Vor allem fürchtet man sich davor, den Menschen zu verlieren, den man liebt. Es ist in erster Linie keine Angst vor dem Tod, sondern vor den Konsequenzen des Todes. Wenn man außerdem anderen Menschen so weh tut, wie ich es getan habe, muß man sich in jeder einsamen Stunde die Frage stellen, ob es sich gelohnt hat, ob man richtig gehandelt hat. Ich habe mir diese Frage seit vielen Jahren jeden Tag aufs neue gestellt und darüber auch lange Gespräche mit einem meiner Vorgesetzten geführt, der mir persönlich sehr nahesteht. Und meine Antwort sieht ungefähr so aus: Ich bin aufgrund meiner persönlichen Überzeugung Offizier geworden, der Überzeugung, daß ich mein Wissen und meine Fähigkeiten dazu einsetzen will, Schwedens Unabhängigkeit zu verteidigen. Diese Überzeugung habe ich seit meiner Zeit bei der Clarté gehabt. Ich habe bei meiner Arbeit nicht die Absicht, vor etwas zu flüchten, ich will nichts anderes tun als einen Job, der so schwierig ist, daß nur wenige ihn bewältigen können. Diese Arbeit muß getan werden. Sie ist ein Teil unserer Verteidigung, so wie ich es bin. Wenn ich meinem Gewissen folge, was ich in dieser ganzen Zeit versucht habe, brauche ich mich nur vor einem zu fürchten: daß ich meine Freiheit verliere oder den Menschen, den ich liebe. Vor etwas anderem habe ich keine Angst.«

Daraufhin geschah etwas, was es in der Geschichte des Verfassungsausschusses noch nie gegeben hatte. Oben auf den Zuschauertribünen brachen heftige Beifallsstürme los, sogar bei den Journalisten. Es hatte den Anschein, als hätte sich ein quälend lange angestauter Gefühlssturm endlich Bahn brechen können.

Im Saal herrschten noch immer Chaos und Durcheinander, als der Vorsitzende lächelnd dem Herrn Fregattenkapitän dafür dankte, daß er die Freundlichkeit besessen habe, zu erscheinen und die Fragen des Ausschusses zu beantworten. Eine Horde von Pressefotografen stürzte herbei, um Fotos zu schießen, als Carl aufstand, um den Saal zu verlassen.

Carl sah sich verwirrt nach seinen Sicherheitsbeamten um, die am anderen Ende des Raumes standen. Da tauchte zwischen den Fotografen ein rundlicher Mann mit Brille auf, der die Hand ausstreckte und sagte, er heiße Wennström und sei von *Expressen*. Auch er tue nur seine Arbeit und wolle gern ein Interview.

Carl erstarrte und betrachtete zunächst voller Abscheu die ausgestreckte Hand, bevor er den Blick hob und den *Expressen*-Journalisten mit einem Gesichtsausdruck ansah, der diesem mit Sicherheit Alpträume verursachen würde. All die Verbindlichkeit, die Carl während der Verhöre an den Tag gelegt hatte, war innerhalb weniger Sekunden wie weggeblasen.

»Ich unterhalte mich nicht mit Landesverrätern«, preßte er zwischen zusammengebissenen Zähnen hervor und drängte sich zu den Sicherheitsbeamten und dem Nebenausgang.

Durch unterirdische Gänge kam er auf die andere Seite des Reichstagsgebäudes, wo ein Wagen des Generalstabs mit offenem Schlag wartete, umgeben von rund zwanzig Journalisten und Pressefotografen, die das Ausweichmanöver durchschaut hatten.

Zu Carls Enttäuschung hatte der Wagen kein Telefon, sonst hätte er Eva-Britt angerufen.

Er wurde mit dem Hinweis, der Oberbefehlshaber erwarte ihn, direkt zum Lidingövägen gefahren.

Es war nicht nur der Oberbefehlshaber, der ihn erwartete. Es hatte den Anschein, als befände sich die Mehrheit des Generalstabs im Raum. Um das ausgeschaltete Fernsehgerät herum standen rund zehn Stühle in einiger Unordnung, und auf einigen davon hingen goldbetreßte Uniformjakken. Der Raum roch nach Rauch, Schweiß und Bier, und bis auf Samuel Ulfsson und den Adjutanten, der Aschenbecher und leere Gläser wegräumte und mit gefüllten Gläsern wiederkam, war Carl der einzige Anwesende mit einem niedrigeren Dienstgrad als Generalleutnant. Insgesamt befanden sich annähernd ein Dutzend Personen im Raum, und die meisten waren Carl völlig unbekannt.

Der Oberbefehlshaber, der ebenfalls in Hemdsärmeln war, kam Carl durch das Gedränge entgegen und streckte die Hand aus. Er schüttelte Carl lange die Hand und stellte ihn dann den Offizieren vor, die ihm auf den Rücken klopften.

Anschließend wurde Champagner gebracht. Carl glaubte seinen Augen nicht zu trauen und fragte sich eine kurze Schrecksekunde lang, ob irgendwelche Journalisten anwesend waren.

Als jeder ein Glas in der Hand hatte, brachte der OB einen Toast auf den Einsatz des Tages aus. »Der Tag ist gerettet. Das hat Hamilton für uns erreicht«, sagte er und hob sein Glas.

Die Stimmung war fast euphorisch. Der OB zog Carl in eine Ecke und rettete ihn vor der Meute.

»Ein glänzender Einsatz, Hamilton«, gluckste er und hob erneut sein Glas.

»Ich muß schon sagen, daß Ihre Begeisterung mich überrascht«, entgegnete Carl leise, während er mechanisch ebenfalls das Glas hob.

»Willst du damit etwa sagen, daß du die Wirkung deines Auftritts nicht bemerkt hast?«

Der Oberbefehlshaber sah plötzlich aufrichtig erstaunt aus.

»Ja, offen gestanden«, erwiderte Carl, wobei er etwas Champagner verschüttete, weil der Marinechef plötzlich neben ihm stand und ihm auf den Rücken klopfte.

»Nun ja, wir, die wir ein paar Stunden vor dem Fernseher gesessen haben, haben einen absolut eindeutigen Eindruck gewonnen«, fuhr der OB fort, nachdem er sich vergewissert hatte, daß der vergossene Champagner kein größeres Malheur angerichtet hatte. »Ein ehrlicheres und aufrichtigeres Auftreten in einer derart schwierigen Situation ist schwer vorstellbar. Wir haben jedenfalls alle den Eindruck gewonnen, daß dem schwedischen Volk endlich einmal wieder ein Offizier als Held präsentiert worden ist. Dein Blick in die Kamera bei deinen letzten Äußerungen, die Art, wie du diesen Kommunisten heruntergeputzt hast, ich muß schon sagen, das war großartig.«

»Ja, aber es bleiben doch noch einige sehr schwierige Fragen, die mir erspart geblieben sind. In ein paar Tagen müssen Sie sich ja selbst dieser Meute stellen, Herr Oberbefehlshaber. Mir ist nicht klar, wie Sie dieses Problem lösen wollen. Verzeihung, es ist natürlich nicht meine Sache, darüber nachzudenken, aber es fällt mir schwer, es nicht zu tun.«

»So schlimm wird es schon nicht werden. Immerhin hast du die ganze Front aufgerollt, so daß mir nur noch bleibt, sozusagen das letzte Widerstandsnest auszuräuchern.«

»Sie werden einige sehr schwierige Fragen stellen.«

»Selbstredend. Aber jetzt ist Schluß mit der Politik der offenen Tür. Als OB trete ich erstens nur hinter verschlossenen Türen auf und verweise auf die Sicherheit des Reiches, und zweitens beantworte ich keine einzige ihrer Fragen mit dem gleichen Hinweis wie du, und überdies habe ich die Unterstützung des Verteidigungsministers – des jetzigen.«

»Das hört sich ja seltsam einfach an.«

»Ja, die Sozis wollen uns wegen dieser Sache nicht weh tun, das würde sie nur selbst reinziehen, und die Konservativen haben Verständnis für unsere sensiblen Beziehungen zu einer fremden Macht. Außerdem haben sie gemeinsam die Mehrheit, wie sehr Kommunisten, Bauernbündler und liberale Scheißer nach unserem Blut schreien mögen oder vielmehr nach deinem. Sie wollten deinen Kopf, und jetzt stecken sie mit dem Hals selbst in der Schlinge der Volksmeinung.«

»Ich finde, wir haben trotzdem eine erstaunliche Offenheit an den Tag gelegt.«

»Das kann man sagen, obwohl wir nur bestätigt haben, was ohnehin bekannt war. Hätten wir uns aber gewunden, wie es diese Politiker tun, hätte es nur die Qual verlängert, und es hätte auch nie wie jetzt mit einem Sieg enden können.«

»Sind Sie da so sicher, daß es ein Sieg ist?«

»Ja, voll und ganz.«

»Ist Ihnen bekannt, was in Moskau geschehen ist?«

»Nein. Wie sagte doch dieser Staatssekretär? *Erzählen Sie mir um Himmels willen bloß nichts*, etwas in der Richtung?«

Der Leiter der Informationsabteilung des Generalstabs trat hinzu und unterbrach das Gespräch sehr respektvoll. Es gebe eine ganze Menge Anfragen von Massenmedien wegen eines Interviews. Nach dem Urteil der Informationsabteilung seien wohl am wichtigsten ABC, NBC und CBS, *New York Times, Time, Newsweek* und *Washington Post* aus den USA, *Le Monde* und *Figaro* aus Frankreich, *Die Zeit* und *Der Spiegel* aus Deutschland, die *Neue Zürcher Zeitung, The Times*, BBC und dieses zweite Fernsehprogramm aus Großbritannien; ja, das seien die wichtigsten, aber es kämen ständig neue Anfragen herein, und man habe noch nie, nicht einmal während der schlimmsten U-Boot-Krisen, etwas Ähnliches erlebt.

Carl spürte, daß er kurz davor war, in Panik zu geraten, aber als er um die Erlaubnis des OB bat, sich allen Interviewwünschen zu verweigern, wurde dies umgehend bewilligt.

»Im Augenblick braucht nicht mehr gesagt zu werden«, stellte der Oberbefehlshaber fest.

Als es Carl nach etwa einer Stunde gelang, sich aus der Bierkneipe des OB zu entfernen, ging er zu einem Telefon und rief zu Hause an.

Eva-Britt erzählte, Drakens gränd werde von Journalisten belagert. Einige Wagen hätten Kameras auf dem Dach montiert, einige andere hätten Antennen, und an der Gegensprechanlage hätte es dauernd geklingelt, bis sie die Glocke abmontiert habe.

Sie vereinbarten, sich später bei ihr zu Hause zu treffen. Sie versprach, darauf zu achten, daß niemand sie verfolgte.

Sie schien strahlender Laune zu sein und kicherte, ihr würden eher irgendwelche Frauenzeitschriften auf den Pelz rücken und nach ihrer Romanze fragen, aber sie werde ihr Bestes tun, der Meute zu entkommen.

Die Hamilton-Affäre verlieh Schweden ein paar Tage lang mehr internationale Publizität als alles andere in den letzten drei oder vier Jahren.

Während der nächsten vierundzwanzig Stunden sahen vermutlich mindestens eine Milliarde Menschen, wie der schwedische James Bond vor dem Verfassungsausschuß seines Landes aussagte; das schwedische Fernsehen erzielte mit seinen Bildern einen ungeheuren Verkaufserfolg.

Der Ansatz der internationalen Presse war sehr einfach. Ohne jeden Vorbehalt wurde die Geschichte jetzt als bestätigt angesehen. Ein westlicher Agent, wie es in Journalistenprosa heißt, habe sich in die Höhle des Löwen vorgewagt und vor dessen Augen einen Landesverräter liquidiert. Derselbe Mann sei der geheimnisvolle schwedische Offizier, der vor etwa einem Jahr eine Flugzeugentführung verhindert habe, worauf auch diese Geschichte rekapituliert wurde.

So ging es die folgende Woche weiter. Carl landete mit einem ganzseitigen Porträt auf der Titelseite von *Time*, den Blick fest auf die Kamera gerichtet, unter der Überschrift:

DER SPION, DER DAS UNMÖGLICHE
MÖGLICH MACHTE

Die Reaktionen der schwedischen Presse waren etwas gemischter. Zumindest ging man nicht so direkt und ungeniert auf den Agenten- und Heldenmythos los wie die internationale Presse.

Expressen jedoch, das Blatt, das sich mit seiner Entrüstungskampagne schon festgelegt hatte, konnte nicht einfach umschwenken und zu den Enthusiasten überlaufen, und so bildeten die Leitartikelseite von *Expressen*, die Moskau-treue *Norrskensflamman* und *Dagens Nyheter* die Minderheit unter den schwedischen Massenmedien, die zur Besinnung zu mahnen und darauf hinzuweisen versuchte, wie widersinnig es sei, daß schwedisches Militär sich sogar die Freiheit nehmen könne, unter Bruch der Verfassung schwedische Mitbürger hinzurichten.

Dieser Standpunkt ging jedoch in der Flut der Leser- und Zuschauerbegeisterung unter. Und es gehörte zu den unausweichlichen Folgen der Berichterstattung des ersten Tages, daß die Abendzeitungen ganzseitige Artikel über die geretteten schwedischen Ärzte brachten samt Fotos mit ihren Frauen und Kindern, die Carl Hamilton und dem Nachrichtendienst der Streitkräfte dafür dankten, daß sie noch am Leben waren. Es folgten Interview mit den einzelnen Familienmitgliedern, die von ihren Reaktionen erzählten, als sie wie alle anderen vor dem Fernseher gesessen und plötzlich gehört hatten, wie Hamilton von der Rettung ihrer Ehemänner und Väter vor den Entführern in Libanon erzählte.

Nur äußerst wenige Politiker brachten es in dieser Begeisterungsflut über sich, grundsätzliche Einwände rechtlicher oder formaler Natur zu erheben, wie gern es auch alle gewollt hätten. Und da sie Politiker waren, wollten sie es auch nicht mehr.

Der Kronanwalt kommentierte trocken, es seien ihm keine Erkenntnisse über mutmaßliche Verbrechen vorgelegt worden, denen er nachgehen müsse. Der Verteidigungsminister betonte bei seinen Auftritten sehr entschieden, Carl Hamilton habe dem Land unschätzbare Dienste erwiesen. Er selbst hätte Carl die gleichen Auszeichnungen verliehen, wenn er damals der Regierung angehört hätte. Dies gelte auch für die Operation, die mit Rücksicht auf Schwedens Verhältnis zu einer fremden Macht für immer geheim bleiben müsse. Ja, der Hintergrund sei ihm bekannt. Auch in diesen Fall sei die Tapferkeitsmedaille das Mindeste, was man sich denken könne, aber die Sozialdemokraten hätten in dem Übereifer ihrer Gleichmacherei das alte schwedische Ordenswesen abgeschafft. Sonst hätte das Land in Fregattenkapitän Hamilton sicher einen würdigen Kommandeur des Schwertordens gehabt, wenn nicht mehr.

Damit habe er sagen wollen, schloß der Verteidigungsminister, daß es keinerlei Grund gebe, die vorige Regierung in irgendeiner Form zu kritisieren, was den Nachrichtendienst und die Streitkräfte angehe.

Der Großhofmeister ließ in einem Pressekommuniqué mitteilen, Seine Majestät der König habe persönlich beschlossen, Fregattenkapitän Hamilton die Medaille des Königs zu verleihen, und zwar am Namenstag »Carl« am 28. Januar des kommenden Jahres. Diese Medaille werde am hellblauen Band des Serafimerordens getragen oder in der gleichen Farbe als Ordensspange.

Folglich begann jetzt auch die illustrierte Wochenpresse vor nationaler Begeisterung zu sieden.

Es wurde eine harte Zeit für *Expressen* und *Norrskensflamman*, die Postille der Norbottens-Kommunisten, sowie einige weitere vereinzelte Stimmen in der schnell schrumpfenden Minderheit.

Schweden hatte plötzlich den bekanntesten Spion aller Zeiten. Und den gefeiertsten dazu.

5

Joar Lundwall fror nicht, und er wurde nicht ungeduldig. Bei einer Übung in Alaska hatte er während eines vergleichbaren Einsatzes sechsunddreißig Stunden an einer Stelle gesessen, allerdings bei strenger Kälte. Jetzt waren es nur ein oder zwei Grad unter Null, auf der Erde lag eine dünne Schicht Pulverschnee, und möglicherweise lag weiterer Schnee in der Luft. Es bestand die Gefahr, daß man im Neuschnee Spuren erkennen würde. Aber das würde seine Bewegungsfreiheit nicht einschränken, sondern möglicherweise nur die von Stålhandske.

Sie befanden sich weniger als einen Kilometer voneinander entfernt und hatten im Prinzip Funkkontakt. Aber der kurze Abstand und die Beschränkung auf möglichst wenig Ausrüstung, dafür aber große Bewegungsfreiheit, hatten sie einen einfachen Sender wählen lassen, der auf UKW sendete und empfing. Ein solcher Sender war leicht anzupeilen und abzuhören. Selbst ein unbegreiflicher Code würde Aufmerksamkeit erregen. Deshalb sollten sie Funkstille wahren, bis etwas geschah. Falls es überhaupt dazu kam.

Seine Mutter war mißtrauisch geworden. Sie hatte natürlich wie alle anderen vor dem Fernsehgerät gesessen, als Hamilton vom Verfassungsausschuß verhört worden war. Sie war kein mißtrauischer Mensch, aber auch nicht dumm. Und sie wußte von ihrem Sohn, daß er Master of Science war, mit Informatik als Hauptfach, und daß er nach der Heimkehr einen nicht sonderlich gut bezahlten Job bei den Streitkräften erhalten hatte. Als sie ihn einmal anrufen wollte, hatte man in der Zentrale nichts von einem Leutnant Lundwall beim Generalstab gewußt. Dabei waren er und Stålhandske mit ihrer Einstellung Leutnants der Küstenartillerie geworden.

Da hatte sie sich natürlich ein paar Fragen gestellt. Sie hatte beobachtet, daß dieser Hamilton bei irgendeiner EDV-Einheit tätig war, und als sie ihren Sohn fragte, ob er Hamilton kenne, hatte er falsch reagiert. Er hatte ihr nämlich zu erklären versucht, solche Fragen könne er nicht beantworten. Die Unterhaltung hatte fast mit Streit geendet.

Stålhandske hatte solche Probleme vermutlich nicht.

Joar Lundwall hatte seine Ansichten über Stålhandske in mancherlei Hinsicht und mit einigem Widerstreben geändert. Als Mann war er von der schlimmsten Sorte, und das galt immer noch: der Stärkste der Welt, der Größte und Härteste, ein Prahlhans, der nichts dagegen einzuwenden hätte, in irgendeiner Kneipe von ein paar ahnungslosen Schlägern überfallen zu werden, nur um das Vergnügen zu haben, seine militärischen Kenntnisse in der Praxis anzuwenden.

Aber Stålhandske hatte sich einen großen Ruck gegeben. Joar Lundwall hatte schon lange vor der Operation Big Red begriffen, daß sein Kamerad das zivile Studium in San Diego niemals schaffen würde.

Nach Big Red jedoch war der große Ruck gekommen. Abhörtechnik war im Grunde keineswegs leichter zu begreifen als Informatik, aber er hatte es doch geschafft. Soweit Joar Lundwall es beurteilen konnte, und er mußte einiges davon verstehen, war Stålhandske sogar sehr gut geworden.

Hamilton war die ganze Bandbreite von Stålhandskes Expertenwissen offenkundig noch nicht klar, aber in der letzten Zeit hatte es ja so viele Störungsmomente gegeben. Ironischerweise war ihnen jetzt strikt verboten worden, Stålhandskes Technik einzusetzen. Hamilton hatte das mit einer Wortwahl und in einem Tonfall angeordnet, die für Fehlinterpretationen keinen Raum ließ. Und Hamilton war wohl der einzige Mann, der in Stålhandskes Weltbild irgendwie stärker war als er selbst; nicht in körperlicher Hinsicht, natürlich, denn das war niemand. Bei bestimmten Übungen fiel es Hamilton fast genauso schwer wie Joar Lundwall, Stålhandske zu widerstehen. Aber unter realistischen Bedingungen, wenn es keine Übung war? Dann würde sogar ein Stålhandske vielleicht den Glauben an sich selbst verlieren können.

Åke Stålhandske genoß die Situation. Er genoß die Schwierigkeiten, genoß seine Selbstbeherrschung und den Mangel an Ungeduld. Es war schon der zweite Tag. Es wurde langsam dunkel, und bald würden Teile der Ausrüstung unbrauchbar sein. Wahrscheinlich würde niemand kommen.

Dennoch war es richtige Arbeit. Er hatte alles unter Kontrolle, angefangen bei der Körpertemperatur von den Füßen an, die von den dicken, runden amerikanischen Polarstiefeln geschützt wurden, in denen man selbst beim Stillsitzen bei zehn Grad unter Null Fußschweiß bekommen konnte, bis hin zum Saum der Kapuze aus Vielfraßfell und der beruhigend warmen Schwere des Magnum-Revolvers nahe am Körper.

Auf der Lichtung zum Haus hin gab es offenbar etwas Eßbares, denn vor ein paar Minuten waren zwei Rehe aus dem Wald herausgetreten. Jetzt standen sie in weniger als zehn Metern Entfernung und ästen, so daß er theoretisch beide mit dem Revolver hätte erlegen können. Wenn sie ihn nicht bemerkt hatten, bedeutete dies, daß er sich mehr als ausreichend versteckt hatte, nun ja, mochte die Windrichtung ihn auch begünstigen.

Åke Stålhandske liebte die Situation, in der er sich befand. Von Zeit zu Zeit rissen die Rehe unruhig den Kopf hoch, lauschten und spähten. Er konnte sehen, wie sie die Ohren bewegten. Aber dann begannen sie wieder nervös zu äsen, bis wieder etwas ihre Aufmerksamkeit erregte.

Åke Stålhandske versuchte über Joar nachzudenken. Zunächst hatte er ihn für einen kleinen Scheißkerl gehalten. Schwul war er auch noch, und der Umgang mit Schwulen war ihm schon immer schwergefallen. Wer jedoch die Operation Big Red mitgemacht hatte, war kein Scheißkerl, und Joar war dabei gut gewesen, sehr gut sogar. Um diese Erkenntnis kam Åke Stålhandske nicht herum, und überdies gab es keinerlei Grund, das, was grundlegend war, von sich fernhalten zu wollen. Denn grundlegend war es. Joar war, ob schwul oder nicht, aus dem richtigen Holz geschnitzt. *He wouldn't crack*, der brach nicht so schnell zusammen.

Es kam immer noch gelegentlich vor, daß Åke Stålhandske auf englisch dachte.

Es war unvermeidlich gewesen, Vater die Wahrheit zu sagen, aber der war die einzige Person, der gegenüber er überhaupt etwas angedeutet hatte. Schließlich war Vater ein alter Offizier, der in zwei Kriegen gegen die Russen gekämpft hatte. Er war erstens nicht dumm und konnte zweitens mit militärischen Geheimnissen umgehen.

Vater war es nicht schwergefallen, zwei und zwei zusammenzuzählen. Die Streitkräfte hatten ein Universitätsstudium in den USA bezahlt, das später mit einem Offiziersrang belohnt wurde, ohne daß Åke eine Kadettenschule besucht hatte, und später war er bei geheimen Aufgaben gelandet.

Åke hatte sofort zugegeben, daß er mit Hamilton zusammenarbeitete und dieser sein direkter Vorgesetzter sei. Vater war so gerührt gewesen, daß ihm die Tränen in die Augen traten. Er hatte seinen Sohn zum erstenmal seit dessen Kindheit umarmt.

Da war Åke nahe daran gewesen, von der Operation Big Red zu erzählen, hatte es dann aber doch nicht getan. Und das war gut so.

Denn die Sache war nicht herausgekommen, und diese Politiker im Verfassungsausschuß hatten offensichtlich keine Ahnung davon gehabt. Andererseits hatte diese Vernehmung dazu geführt, daß er selbst eine ganze Menge über Hamilton erfuhr, Dinge, von denen er bislang keine Ahnung gehabt hatte.

Teufel auch, was für einen Chef er hatte. Das Vertrauen eines solchen Vorgesetzten durfte er nie aufs Spiel setzen. Teufel auch, was der schon geschafft hatte!

Aber Big Red war das Größte, und wenn darüber jemals etwas durchsickerte, dann würde ganz gewiß kein Stålhandske daran schuld sein. Obwohl es eigentlich schade war, daß Schweden und Finnlandsschweden nicht erfahren durften, wie der Russe wenigstens dieses eine Mal was auf die Schnauze bekommen hatte.

Es gab nur drei Menschen auf der Welt, die genau wußten, wie es zugegangen war. Einer von ihnen saß rund einen Kilometer entfernt, und eins stand auf jeden Fall fest: Es war kein Problem, gemeinsam mit Joar eine Operation durchzuführen. Man konnte sich in jeder Hinsicht auf ihn verlassen. Plötzlich ertönte ein Signal in Åkes Kopfhörer.

Es war das verabredete Zeichen. Er mußte jetzt aufpassen. Anschließend folgte die Mitteilung, es näherten sich zwei Wagen mit drei oder vier Personen. Nach einer Weile folgten Entfernungsangaben.

Genau. Man konnte sich immer auf ihn verlassen, ob er nun schwul war oder nicht. Åke Stålhandske unterzog seine Ausrüstung einer letzten Prüfung. Alles war unter Kontrolle.

Polizeiinspektorin Eva-Britt Jönsson – sie weigerte sich immer noch, sich »Inspektorin« zu nennen – kicherte, als sie die Uniform anzog. Sie hatte nur vorgehabt, zu einer kurzen Stippvisite hereinzuschauen, um sich etwas zu unterhalten, aber es war kaum zu einer Unterhaltung gekommen.

Sie sah Carl an, der anscheinend ausgepumpt auf der Matratze auf dem Fußboden lag und die Arme nach hinten ausstreckte. Vielleicht spielte er nur den Ausgepumpten, als wollte er sich selbst oder sie oder beide damit loben. Sein Brustkorb hob und senkte sich schwer, so daß die fünf langen Narben im Lichtschein der nahen Stehlampe glänzten. Im Zimmer befanden sich nur die Matratze, die Stehlampe und ein schwarzes Militär-Radio.

Sie fand, daß er glücklich aussah.

Sie hatte das Gefühl, als hätte er sich nach diesem Verhör vor dem Verfassungsauschuß verändert, als wäre er zu dem Mann geworden, mit dem sie zu Sommeranfang in den Schären gesegelt war. Er selbst behauptete, er sei von seiner ganzen Vergangenheit befreit worden, es sei alles vorbei, er sei dabei, ein normaler Mensch zu werden, nein, ein richtiger Mensch, hatte er gesagt, ein Mensch mit einem ziemlich normalen Job, der recht viel Ähnlichkeit mit dem hatte, den er ihr mal beschrieben hatte; als wäre die Wirklichkeit dabei, die Wahrheit einzuholen, oder umgekehrt.

Sie würde am Abend Innendienst haben. Sie hatten zuwenig Führungspersonal, deshalb war sie in Uniform.

Sie hatte sich entschlossen, ihn als einen Kampfpiloten zu sehen, der für Flugeinsätze zu alt geworden und jetzt im Stab gelandet war. Das hatte er selbst vorgeschlagen. Und auch wenn die Vernunft irgendwie dagegen protestierte, so hatte seine Persönlichkeitsveränderung die Gefühlsvernunft überredet. Er scherzte und alberte herum, und er liebte, als hätte er damit nie Probleme gehabt, und er konnte sogar spielerisch werden, wenn sie sich auf alberne Spiele einließen, etwa als sie Kaninchen und ähnliches nachmachten. All das zusammengenommen wurde stärker als die Dunkelheit und die Gefahr, die sie sich hinter seinen knappen Schilderungen im Fernsehen vorgestellt hatte; im übrigen hatte es bei der Arbeit in der vergangenen Woche kaum ein anderes Gesprächsthema gegeben. Daß die meisten ihrer Kollegen Fregattenkapitän Hamilton auf ihre Weise liebten und Jahre ihres Lebens dafür hergegeben hätten, in seiner Uniform zu stecken statt in ihrer eigenen, stand jedenfalls fest. Wenn die nur wüßten.

Einige von ihnen wußten Bescheid, aber Eva-Britt hatte sie gebeten, den Mund zu halten, und das taten sie auch; bei der Seglertruppe hatte man keine große Schwierigkeit mit Erinnerungen an den Marineoffizier gehabt, der wie ein Seehund tauchen konnte.

Sie hatte sich nicht geschützt, und er sagte, es mache gar nichts, wenn sie ein Kind bekäme. Nein, so hatte er sich nicht ausgedrückt. Er hatte gesagt, er würde es gern sehen, wenn sie ein Kind bekäme, da richtige Menschen ja ständig Kinder bekämen.

»So, fertig und klar und verspätet. Die Ganoven werden kalt, wenn ich mich nicht beeile«, sagte sie fröhlich, nachdem sie die letzten Knöpfe ihrer Bluse zugeknöpft hatte. Auf dem linken Arm trug sie ihre Rangbezeichnung, und auf der linken Brusttasche war das Wort POLIZEI aufgenäht.

»Hast du noch Zeit, dir ein paar Fotos anzusehen?« fragte er, als er die Augen aufschlug und ins Licht blinzelte. Er steckte die Hand unter die Matratze und zog einen Stapel Vergrößerungen hervor, die er unter der Stehlampe schnell ausbreitete. Sie war nicht einmal mißtrauisch, als sie nähertrat und die Bilder ansah. Sie sahen aus wie Fotos von der Drogenfahndung und waren unter nicht ganz günstigen Lichtverhältnissen mit einem Teleobjektiv aufgenommen worden; Männer, die Autos bestiegen oder verließen, das Gewohnte.

»Bullen«, sagte er kurz. »Aber die Frage lautet: Was für Bullen?«

Sie besah sich die Bilder und nickte dann und wann.

»Die Ledertruppe«, sagte sie kurz und spürte, wie plötzlich Unruhe in ihr aufstieg. »Warum fotografiert ihr die?«

»Möglicherweise, weil sie schwedische Offiziere ermorden«, sagte er abrupt, richtete sich auf und kreuzte die Beine.

»Woher weißt du das?« fragte sie wachsam.

»Ich weiß es nicht, aber ich glaube es. Was bedeutet *Ledertruppe* in euren Kreisen?«

»Fragst du mich als weiblichen Bullen oder als werdende Mutter?«

»Als Bullen. In erster Linie als Bullen.«

»Ihr könnt euch doch nicht mit der Aufklärung von Straftaten beschäftigen?«

»Nein, das ist es ja gerade. Also, wie wär's, wenn wir jetzt den offiziellen Weg einschlagen. Wem mußt du als Bulle melden, wenn du den Verdacht hast, es sei ein Verbrechen begangen worden?«

»Meinen Vorgesetzten, nehme ich an.«

Sie kniete nieder und sah schnell den Bilderstapel durch.

»Ist es nicht vorstellbar, daß du streng nach Dienstvorschrift dem vorgesetzten Bullen Meldung machst, der für bestimmte Ermittlungen zuständig ist?«

»Doch, das wäre schon besser. Aber hör mal, ich hab's ein bißchen eilig.«

»Auf der Rückseite des obersten Fotos findest du Namen und Telefonnummer des Kommissars in Norrköping, der die Mordermittlung leitet. Sieh zu, daß er die Bilder bekommt. Grüß ihn herzlich von mir, ich bin ihm nämlich einiges schuldig. Achte aber darauf, daß es streng dienstlich wird, Bilder von *anonymen Quellen*, oder wie ihr so was nennt. Identifiziere die Männer, die du kennst.«

»Ist dies ein Durchbruch bei den Ermittlungen?«

»Ich weiß nicht. Vielleicht. Wir glauben, daß diese Typen etwas mit der Sache zu tun haben. Der da in der Mitte heißt Glücher und ist die Quelle von *Expressen*. Wer die anderen sind, wissen wir nicht, aber du weißt es. Über diese Ledertruppe müssen wir uns noch näher unterhalten.«

»Keine sehr romantische Weise, sich zu verabschieden.«

»Doch, ist es doch. Es wäre viel unromantischer gewesen, dir diese Bilder vorzulegen, als du kamst. Dann wären wir nämlich Bullen geworden statt Kaninchen.«

Sie ließ sich von seinem Lachen anstecken.

»Du findest den Weg? Erst um den Block und dann runter zum Strandvägen?«

»Mach dir keine Sorgen. Diese Straße gehört zu unserem Revier.«

»Paß auf dich auf.«

»Du auch.«

Sie sah auf die Uhr, sammelte schnell die Fotos zusammen und ging. Auf dem Weg hinaus blieb sie in der Tür stehen und zwinkerte ihm zu.

»Kaninchen, Kaninchen«, sagte sie und schlug die Tür zu.

Carl stand sofort auf und ging unter die Dusche. In dem leeren Badezimmer fand er ein Stück Seife, eine Tube Zahnpasta und eine Kunststoffflasche mit Shampoo, aber kein Handtuch.

In dem zweiten, völlig leeren Raum der Wohnung stand ein Koffer auf dem Fußboden aus frischversiegeltem Eichenparkett. Es war eine der Wohnungen des Alten, die noch nicht verwendet worden war. Carl konnte nicht länger zu Hause wohnen, was in erster Linie an der Belagerung durch Journalisten lag, die ziemlich unverdrossen weiterging. Ferner aus Sicherheitsgründen. *Die Polizei*, wie der Alte mit seinem besonderen ironischen Tonfall sagte, sobald von der Sicherheitspolizei die Rede war, war auf den nicht ganz unvernünftigen Gedanken gekommen, daß Carls Leben jetzt in Gefahr sei. Nicht etwa weil irgendein fremder Dienst den Wunsch haben konnte, über ihn herzufallen, sondern weil von rund tausend Irren in Schweden jeder den Wunsch hatte, als der Mann in die Geschichte einzugehen, *der Liberty Valance erschoß*.

Carl Hamilton war nach Näslunds Auffassung in der Perspektive der Irren zu so etwas wie einem Super-Elch geworden, einem Dreißigender.

Folglich hatte die Säpo vorgeschlagen, Carl künftig Gesellschaft zu leisten, was sowohl er selbst wie der Generalstab mit einer Mischung aus Ekel und Erschrecken abgelehnt hatten. Man hatte das Angebot höflich, aber bestimmt zurückgewiesen, unter Hinweis auf sowohl operative Gründe wie auch darauf, daß es dem Nachrichtendienst nicht an eigenen Ressourcen mangele, sein Personal zu schützen oder dafür zu sorgen, daß jemand untertauchen könne.

Außerdem gab es genügend Gründe, sehr vorsichtig vorzugehen. Nicht genug damit, daß man sogar eine Operation gegen den eigenen Sicherheitsdienst einleitete, wenn auch mit dem allerbesten Willen.

Näslund war bekümmert gewesen. Seit dem Gezeter, es sei Schuld der Säpo, daß der vorvorige Ministerpräsident ermordet worden sei, wollte man dort um keinen Preis mehr für einen neuen politischen Mord verantwortlich gemacht werden. Er drückte sich so aus, obwohl es vermutlich ein Versprecher war.

Carl gab den vereinbarten Code in sein Funkgerät ein, als er aufbruchsbereit war. Das bedeutete, daß Lundwall und Stålhandske in etwa einer Minute von der Garage der Operationsabteilung aus mit je einem Wagen in verschiedene Richtungen davonfahren würden, zu bestimmten U-Bahnhöfen.

Carl fuhr mit dem Wagen eine halbe Stunde herum, bis er in der Nähe eines geeigneten U-Bahnhofs einen Parkplatz fand. Anschließend mußte er sich auf die rauchfarbene Brille und seine legere Kleidung verlassen, um im Menschengewimmel unten in der U-Bahn unerkannt zu bleiben.

Zum Glück war es jedoch so, daß die Leute sich offenbar nicht vorstellen konnten, daß der Mann, der sie an jemanden erinnerte, den sie irgendwo gesehen hatten, tatsächlich Carl Gustaf Gilbert Hamilton war, der gegenwärtig bekannteste Spion der Welt.

Dann raus aus der U-Bahn, ein neuer Wagen und die gewohnte Routine, bis er einigermaßen ruhig zum Treffpunkt draußen in Hässelby fahren konnte.

Jurij Tschiwartschew tauchte auf die Sekunde pünktlich an der genau richtigen Straßenecke auf. Carl brauchte den Wagen nicht einmal ganz anzuhalten, da saß der sowjetische Spionagechef schon mit angeschnalltem Sicherheitsgurt auf dem Beifahrersitz wie ein Schwede.

»Es ist angenehm, mit Profis zu tun zu haben. Bei uns im Westen herrscht allgemein die Meinung, daß Sie noch immer die Besten der Welt sind«, sagte Carl, während er den Wagen dorthin lenkte, wo es am dunkelsten aussah.

»Sie sind zu freundlich, Fregattenkapitän«, gluckste Jurij Tschiwartschew. »Wie weit sind Sie dem Feind des Feindes schon auf die Spur gekommen?« fuhr er dann geschäftsmäßiger fort.

»Die Lage ist kompliziert«, erwiderte Carl aufrichtig bekümmert. »Und damit meine ich weder technische, fahndungstechnische oder operative, sondern bürokratische und juristische Probleme. Ich habe sehr strikte Anweisungen. Unser Feind ist also bei der schwedischen Polizei zu suchen, nicht wahr?«

»Ja, aber das wissen wir schon«, bemerkte Jurij Tschiwartschew trokken.

»Wenn der schwedische Nachrichtendienst gegen eine andere schwedische Behörde vorgeht, ist das ungefähr so, als würden Sie gegen die Tschekisten vorgehen. Das bringt gewisse Probleme mit sich.«

»Aber in einem Fall wie diesem könnte man doch die Billigung der Partei, Verzeihung, der Regierung, erwirken?«

»Ja, nachträglich vielleicht. Meine Bewegungsfreiheit ist jedoch durch die Ereignisse der jüngsten Zeit ein wenig eingeschränkt.«

Jurij Tschiwartschew platzte vor Lachen laut heraus.

»Mein junger Herr Fregattenkapitän! Nicht genug damit, daß Sie sich der für unseren Beruf etwas exzentrischen Methode bedienen, im Fernsehen der ganzen Welt aufzutreten, Sie haben auch Humor.«

»Wie hat Ihnen die Vorstellung gefallen?«

Carl lächelte unsicher in der Dunkelheit.

»Aus der Sicht der Sowjetunion habe ich keinerlei Einwände vorzubringen. Diese Leute bei der Sicherheitspolizei wissen also nichts von Ihren Tauchübungen, da unten, wie sagen Sie noch schnell, im Affenhaus? Und im Reichstag weiß man auch nichts?«

»Aber Sie haben etwas läuten hören, Herr Oberst?«

Carl sah in den Rückspiegel. Ein Wagen, der eine Zeitlang hinter ihnen hergefahren war, bog jetzt ab und verschwand.

»Na ja, Fregattenkapitän. Geheimnisse sind meist Dinge, die nicht herauskommen. Manchmal kommen sie heraus, meist jedoch nicht, zum Glück für uns. Haben Sie irgendwelche Vorschläge?«

»Ja, aber ich begebe mich damit in die Gefahr, in technischer Hinsicht ein russischer Spion zu werden, und das ist nicht gerade das, was ich mir als Lebensziel erträumt habe.«

Jurij Tschiwartschew lachte erneut hell auf, doch diesmal erschien sein Lachen etwas unmotivierter.

»Wissen Sie was, junger Herr Fregattenkapitän? Ich hatte mir vorgenommen, meine Dienstzeit damit abzuschließen, daß ich Sie anwerbe. Solche Gedanken sind mir tatsächlich im Kopf herumgegangen, als ich Ihr außerordentliches Theater in Moskau verfolgte. Der Verfall des jungen, unglücklichen Militärattachés, der voller Bitterkeit auf seine Vorgesetzten ist, für immer von wichtigeren Aufgaben abgeschnitten, und all das. Das war doch in etwa Ihre Absicht, wie vermute?«

»Ja, das war meine Absicht. Bisweilen glaubte ich, das Ganze sei zu offenkundig.«

»Das war es auch, aber es war zugleich so *russisch*. Wir konnten uns nicht vorstellen, daß Sie so frech sein würden, ausgerechnet in Moskau ein russisches Spiel zu spielen. Jaja, aber das ist schon Vergangenheit. Können wir irgendwie ins Geschäft kommen?«

»Ja, darüber grübele ich gerade nach. Die Frage ist, ob wir weitermachen können, ohne daß ich Sie anwerbe oder umgekehrt.«

»Sie sind entweder frech oder verstehen nicht, was Sie sagen.«

»Auf dem Rücksitz liegt ein Umschlag. Er enthält alle Angaben über Glücher. Ja, der Mann heißt so, Ihr Draht zu *Expressen*. Außerdem enthält er ein paar Fotos seiner Mitverschwörer, wie wir vermuten. Wir haben sie noch nicht identifiziert.«

»Wo ist das Problem?«

»Daß wir sie nicht abhören dürfen. Das wäre ein flagranter Bruch schwedischer Gesetze. Und natürlich darf ich auch Sie nicht um diesen Dienst bitten oder auch nur andeutungsweise davon sprechen. Das verstößt erstens gegen meine Befehle und zweitens gegen schwedisches Recht.«

»Selbstverständlich. Ich höre, was Sie sagen. Und?«

»Ich könnte ein Geschäft gebrauchen.«

»Sie wollen einen Ausgleich schaffen, und wenn auch aus keinem anderen Grund, die Revisoren zufriedenzustellen, falls die Ihre Bücher prüfen?«

»Ungefähr so. Haben Sie irgendeinen Vorschlag zu machen, Herr Oberst?«

Das Gespräch verstummte, und Carl widmete sich aufmerksam dem Autofahren. Zum zweitenmal spielte er jetzt mit den Russen ein russisches Spiel. Das war dummdreist. Die Sicherheitspolizei jedoch, die schwedische nämlich, die in Carls Augen die schlechteste der westlichen Welt war, würde sonst allein dafür verantwortlich sein, den Feind des Feindes aufzuspüren und zu vernichten. Und bei der Wahl zwischen dem GRU und der schwedischen Säpo gab es für Carl kein Zögern. Solange man den Feind des Feindes suchte.

»Mein junger Herr Fregattenkapitän«, sagte Jurij Tschiwartschew nach sehr langem Schweigen. »Wie schön wäre es doch, wenn Sie einer von uns wären. Nein, das war nur als allgemeine Überlegung gemeint. Ich habe Ihnen folgenden Vorschlag zu machen: Geben Sie mir das Material. Ziehen Sie Ihre eigenen Operateure ab. Wenn ich Ergebnisse liefern kann, die Sie in der Schlußphase gebrauchen können, machen wir ein Geschäft miteinander. Ich halte das für die korrekteste Form, Ihnen ein Geschäft vorzuschlagen.«

»Die Schlußphase, falls es überhaupt zu so etwas kommt, müssen Sie unter allen Umständen uns überlassen.«

»Ja, selbstredend. Gott schütze mich vor einer anderen Alternative. Es geht ja immerhin um Ihre eigene Polizei, Ihre eigenen Tschekisten.«

»Gut. Wenn ich meinen Teil des Geschäfts vorbereiten soll, können Sie andeutungsweise sagen, was der Preis ist?«

»Ja. Wir haben einen Kummer, einen großen Kummer. Da gibt es etwas, was uns sehr quält.«

»Nämlich was?«

»Wie konnten Sie diesen Informanten, wie hieß er noch, in Moskau finden?«

»Sandström?«

»Ja, genau.«

»Ist das Ihr Kummer?«

»Korrekt.«

»Wer ist der Verräter beim GRU, oder gibt es eine andere Erklärung?«

»Korrekt. Das ist der Preis.«

»Ich werde Sie beim nächsten U-Bahnhof absetzen.«

Die beiden Männer fuhren schweigend weiter. Carl versuchte eine Zeitlang, seine juristischen Kenntnisse über die Grenzen zwischen Spionage und Nicht-Spionage zu ordnen. Er vermutete ganz allgemein, daß er diese Frage kaum als ein Problem empfunden hätte, weder in juristischer noch in moralischer Hinsicht, wenn Tschiwartschew die andere Supermacht repräsentiert und er irgendein anderer Fregattenkapitän beim schwedischen Nachrichtendienst gewesen wäre.

Aber jetzt war er niemand anderer als er selbst, und Jurij Tschiwartschew war das GRU, der Feind, und nichts sonst.

Als er an einem ihm geeignet erscheinenden U-Bahnhof bremste, warf er dem neben ihm sitzenden Residenten einen Seitenblick zu. Er konnte den Gesichtsausdruck des anderen nicht genau erkennen. Es war zu dunkel.

»In Ordnung«, sagte er, als er anhielt. »Wir können ein Geschäft machen. Sie können das bekommen, was Sie wollen, aber dafür setze ich einen anderen Preis fest, von dem ich weiß, daß sie ihn entrichten können und der von Ihrer Seite nicht mal eine Gesetzesübertretung erfordert. Wir sehen uns nach dem vereinbarten Schema wieder?«

»Ja«, erwiderte Jurij Tschiwartschew und reichte ihm die Hand zu einem festen und etwas längeren Handschlag. »Wir treffen uns wie vereinbart.«

Als er ausgestiegen war, drehte er sich noch einmal um, sah Carl hastig an und lächelte sehr breit.

»Wir werden also sehen, wer wen anwirbt, und wer das große Geschäft macht, Sie oder ich.«

Damit warf er schnell die Wagentür zu und steckte den Umschlag in die Jackentasche.

Carl war sicher, daß die letzte Bemerkung ein Scherz gewesen sein mußte. Aber er kannte den Preis für sein Geschäft, und dieser Preis war nur insofern hoch, als er für den Feind eine Erleichterung bringen würde.

Und was der Feind ihm bezahlen würde, stand ihm zu. Er hatte es sich unehrlich verdient.

Obwohl er wahrscheinlich irgendein Verbrechen beging.

Doch dazu konnte es erst kommen, wenn der Feind des Feindes aufgespürt und vernichtet war, wenn *die Schlußphase* da war, wie der Russe sich ausgedrückt hatte.

Und wer würde dann noch nach den Gesetzen oder der Verfassung fragen?

Der Alte war seinen zivilen Begleiter vorübergehend losgeworden. Es fiel allen immer noch schwer, den Kumpel des Verteidigungsministers als neues SSI-Chef zu sehen. Dessen Abwesenheit bewirkte, daß sich alle drei freier fühlten. In dem Moment jedoch, in dem die Konferenz beginnen sollte, landeten sie in den Fangarmen des Fernsehens. Sam hatte ein Fernsehgerät in sein Amtszimmer bekommen.

Peter Sorman kam direkt aus Havanna. Er trug einen weißen Leinenanzug, war sonnenverbrannt, und sein scharfgeschnittenes Gesicht wirkte genauso selbstbewußt und ungefähr so verlogen, wie man hatte erwarten können.

Er versicherte immer wieder, es sei bei der Libanon-Sache nie von etwas anderem die Rede gewesen, als daß Fregattenkapitän Hamilton versuchen sollte, eine Funkverbindung herzustellen, falls er zufällig Kontakt mit den Entführern bekäme. Ganz im Gegenteil, er, Peter Sorman, habe ausdrücklich betont, daß Hamilton keinerlei Waffen dabei haben dürfe. Und da ein ausdrückliches Verbot, Waffen einzusetzen, kaum mißverstanden werden könne, habe es auch nie einen Anlaß gegeben zu vermuten, daß sich Hamilton auf solche Abenteuer einlassen würde.

Es sei an und für sich richtig, daß Hamilton angewiesen worden sei, sich der Kontakte zu bedienen, die er im Nahen Osten vielleicht habe, aber er, Sorman, habe dahingehend keine Vorschläge gemacht, und er behauptete, nicht einmal zu wissen, daß die PLO über einen eigenen Nachrichtendienst verfüge.

Bei Carls Rückkehr seien sie sich ganz kurz begegnet, als dieser seinen Paß zurückgegeben habe, aber von irgendwelchen militärischen Operationen sei nie die Rede gewesen. Soviel er, Sorman, wisse, seien es nur die diplomatischen Verhandlungen und nichts sonst gewesen, was zur Freilassung der beiden schwedischen Ärzte geführt habe. Es würde ihn sehr überraschen, wenn sich herausstelle, daß Hamiltons Version korrekt sei. Es gebe jedoch keinerlei Grund zu dieser Annahme.

Ja, das bedeute natürlich, daß Hamilton seiner Ansicht nach eine völlig falsche Version gegeben habe, jedenfalls in den Teilen, die er, Sorman, selbst nachprüfen könne. Ja, natürlich könne man es so ausdrücken, daß Hamilton ganz einfach gelogen habe.

Nein, die Geschichte mit der Flugzeugentführung hingegen entspreche den Tatsachen.

Von dem deutschen Vorhaben behauptete Sorman nichts Näheres zu wissen. Das sei ja eher Angelegenheit der Polizei. Er könne sich aber vorstellen, daß auch diese Geschichte wahr sei.

Nein, er könne Hamilton folglich nur in der Angelegenheit der beiden Ärzte der Lüge bezichtigen, doch das sei schon schlimm genug. Es sei überdies schwer zu erklären. Möglicherweise fühlten sich die Militärs von der gegenwärtigen Publizität bedrängt.

Da Hamilton keinen anderen Auftrag erhalten habe, als notfalls als Funker in Aktion zu treten, sei die Frage über die Verwicklung der Regierung rein akademisch. Er selbst habe natürlich nie während des kurzen und nicht sonderlich dramatischen Gesprächs mit Hamilton auf *die Regierung* hingewiesen.

Weshalb die Unterhaltung nicht dramatisch gewesen sei? Na ja, es sei ja nicht um eine bewaffnete Aktion oder derlei gegangen, sondern nur darum, über Funk eine bestimmte Form von Kommunikation zu ermöglichen. Ja, das Personal des Nachrichtendiensts sei für solche Aufträge geeignet, denn diese Leute besäßen sowohl die Ausrüstung als auch das technische Wissen, und überdies sei es rein verwaltungstechnisch sehr praktisch gewesen, daß Carl schon einen diplomatischen Status besessen habe. Das könne ja auch bei recht trivialen Aufträgen in einem Land wie Libanon von Vorteil sein.

Daß der vorletzte Ministerpräsident persönlich beschlossen habe, Hamilton eine solche Medaille zu verleihen, könne nur so gewertet werden, daß er die Absicht gehabt habe, einen Polizeibeamten persönlich aufzumuntern, der einen schwierigen und gefährlichen Auftrag erledigt habe. Von einer zweiten Medaille dieser Art habe er allerdings noch nie gehört, und so könne er auch keine Meinung dazu äußern, was der vorige Ministerpräsident habe belohnen oder wozu er habe ermuntern wollen. Irgendeine politische »Sanktion«, wofür auch immer, könne er, Sorman, sich jedoch nicht vorstellen, und da er den Namen Hamilton nie in einem so dramatischen Zusammenhang habe nennen hören, wie man sich angesichts einer zweiten Medaille denken müsse, zweifle er persönlich an der Richtigkeit dieser Geschichte. Nein, er könne nicht behaupten, sie sei erlogen, aber er zweifle, und die Frage müsse in diesem Fall an den früheren Ministerpräsidenten gerichtet werden.

Nach etwa einer Stunde war es vorbei. Anschließend kam der Oberbefehlshaber an die Reihe. Da jedoch wurden die Türen geschlossen, da das Verhör des Oberbefehlshabers auf dessen Verlangen geheimgehalten werden mußte.

Samuel Ulfsson schaltete das Fernsehgerät aus und ging nachdenklich zu seinem Schreibtisch.

»Ich möchte gern wissen, ob das für uns Probleme bringt und gegebenenfalls welche«, murmelte er, während er eine neue Zigarettenschachtel aus der Schreibtischschublade nahm.

»In *Expressen* wird es einiges Gezeter geben«, sagte der Alte.

»Aber was für Gründe hatte er zu lügen? Daß er mit nichts in Verbindung gebracht werden will, was mit Big Red zu tun hat, kann ich noch verstehen, aber warum hat er meine Rolle bei der Befreiung der Ärzte geleugnet?« fragte Carl.

»Wahrscheinlich fühlt er sich verletzt. Du hast seiner diplomatischen Rettungsaktion den Glanz genommen. Vielleicht hat es auch etwas mit der Verantwortung oder Nicht-Verantwortung der Regierung zu tun. Vielleicht hatte er kein Mandat, dir im Namen der Regierung Anweisungen zu geben, vieleicht hat er sich selbst in dem Moment als so etwas wie die Regierung empfunden. Etwas in der Richtung vielleicht. Denn wir dürfen ja wohl nach wie vor davon ausgehen, daß deine Version und nicht seine richtig ist«, sagte Samuel Ulfsson und bereute seine Worte sofort, als er Carls sich blitzschnell ändernden Gesichtsausdruck sah.

»Nein, das letzte streichen wir, ich nehme es zurück«, sagte Samuel Ulfsson begütigend und kam dann schnell auf das eigentliche Thema der Konferenz zu sprechen.

Also. Ein gewisser Polizeidirektor Glücher beim Russendezernat der Polizei habe eigentümliche Heimlichkeiten mit ein paar besonders groben Polizeibeamten, die in Stockholmer Polizeikreisen unter der Bezeichnung *Die Ledertruppe* bekannt seien.

Es seien irgendwelche Rechtsextremisten. Sie seien während der Jagd nach dem Mörder des früheren Ministerpräsidenten eine Zeitlang sogar verdächtig gewesen, als es nach der Abberufung dieses Halbirren als Leiter der Ermittlungen bei der Fahndung besonders chaotisch zugegangen sei.

Glücher sei der Hintermann der Propagandakampagne in *Expressen*. Damit erhebe sich nun die Frage, ob diese Konspiration etwas mit den Morden zu tun habe, erstens, und zweitens, was mit einem solchen Verdacht anzufangen sei.

Eigentlich sei das eine Sache für die Polizei, das heißt für Näslund. Es sei aber kein angenehmer Gedanke, einen solchen Verdacht den Polizisten von Näslund mitzuteilen, die vermutlich sofort zum Telefon greifen würden, um die ganze Geschichte an die Massenmedien weiterzugeben. Sie würden wahrscheinlich behaupten, die Streitkräfte hätten die Polizei ausspioniert und den Versuch gemacht, Polizeibeamte zu diffamieren, und so weiter. Gleichzeitig, fuhr Samuel Ulfsson fort, könne die Situation gefährlich werden, wenn der Verdacht zutreffe. Da einfach die Hände in den Schoß zu legen und auf neue Terroranschläge zu warten, sei vermutlich so falsch, daß man sogar diskutieren könne, ob eine solche Passivität überhaupt legal sei.

»Ob wir zur Regierung gehen können? Nein, wohl kaum. Die muß sich dann an Näslund wenden, und damit läuft alles wieder auf das gleiche hinaus.«

»Kronanwalt oder Reichsanwalt? Nein, die würden sich auch nur sofort an Näslund wenden.«

»Ich habe mir ein paar Freiheiten erlaubt«, bemerkte Carl widerwillig, als sie das Problem eine Zeitlang hin und her erörtert hatten.

Das Gespräch verstummte. Die anderen betrachteten ihn abwartend, so daß er nur fortzufahren brauchte.

»Ich habe unsere Informationen an die Polizei weitergegeben, an Kommissar Rune Jansson in Norrköping. Ja, das ist der Mann, der dort die Ermittlungen leitet. Ich war der Meinung, daß das formal nicht falsch sein kann.«

»Wie hast du das gemacht?« wollte der Alte wissen.

»Über einen Zwischenträger, eine Polizeibeamtin. Damit haben wir die Information also an die Einheit bei der Polizei weitergegeben, die hauptsächlich mit der Sache zu tun hat, auf dem Dienstweg und anonym. So brauchen wir Näslund im Augenblick nicht zu erklären, woher wir Glüchers Identität kennen. So habe ich es mir jedenfalls gedacht.«

»Es hätte nicht geschadet, wenn du diesen Vorschlag erst einem von uns vorgelegt hättest«, brummelte Samuel Ulfsson. Er sah jedoch eher nachdenklich als mißbilligend aus.

»Schon möglich, aber so, wie die Dinge jetzt liegen, brauchen wir keinen neuen Entschluß zu treffen, und es kann ja nicht falsch sein, mit einer Angelegenheit, die mit Recht in die Zuständigkeit der Polizei fällt, zu einem Kriminalkommissar zu gehen. Außerdem bleibt uns Näslund und sein Publizitätskarussell erspart«, stellte der Alte fest.

»Eine andere Frage ist aber, wie wir mit unserem eigenen Publizitätskarussell umgehen sollen«, bemerkte Samuel Ulfsson fast nebenbei. Als die anderen ihn anstarrten, mußte er widerwillig fortfahren. »Der Oberbefehlshaber liegt mir nämlich in den Ohren. Er ist der Meinung, Carl sollte sich für ein paar Interviews zur Verfügung stellen, etwa mit *Svenska Dagbladet*. Das Interesse dürfte überdies nicht gerade geringer werden, nachdem uns dieser Sorman als Lügner hingestellt hat.«

»Kann man mir befehlen, mich für ein Interview zur Verfügung zu stellen?« fragte Carl besorgt.

»Im Prinzip ja, würde ich meinen«, seufzte Samuel Ulfsson. »Habt ihr irgendwelche Vorschläge? Und noch etwas: wie kann es uns gelingen, dieses Sorman'sche Dementi aus der Welt zu schaffen? Genügen Carls schöne blaue Augen, oder gibt es eine andere Möglichkeit?«

»Natürlich gibt es eine andere Möglichkeit«, sagte Carl impulsiv, »denn Sorman hat eins nicht bedacht: Die PLO schätzt es nicht, wenn man eine Abmachung mit ihr dementiert. Man könnte ja sagen, es habe sich um eine gemeinsame schwedisch-palästinensische Operation gehandelt. Außerdem hat die PLO bestimmte politische Zusagen von mir erhalten, die ich auf Anweisung Sormans weitergegeben habe.«

»Davon hast du uns aber noch nichts erzählt«, sagte der Alte mit einer Mischung aus Mißvergnügen und Erstaunen.

»Nein, ich hielt das damals für nicht so wichtig. Sorman wollte ein Visum für einen neuen Vertreter beim PLO-Büro in Stockholm zusagen, außerdem noch einiges andere, was natürlich jede Bedeutung verloren hat, seit die Volkspartei an der Regierung ist.«

»Wieso?« fragte Samuel Ulfsson.

»Sie sind Araberhasser und hassen die PLO ganz besonders. Das ändert aber nichts daran, daß die PLO sich gern im Glanz der Rettungsaktion sonnen möchte. Außerdem bleiben ihnen jetzt ja nur zwei Alternativen, dafür oder dagegen, und da entscheiden sie sich natürlich dafür.«

»Ich denke da an einen Journalisten, den du kennst, wie ich glaube«, sagte der Alte vorsichtig.

Carl biß die Zähne zusammen, sagte aber nichts, worauf der Alte fortfuhr.

»Ich glaube, es wäre nicht schlecht, wenn du Sorman selbst entgegentrittst und gleichzeitig Kontakt mit jemandem bei der PLO aufnimmst, damit die deine Version bestätigen können.«

»Wozu soll das gut sein?« fragte Carl grimmig. Er verabscheute den Gedanken, sich mit Journalisten abgeben zu müssen.

»Weil es nicht angehen kann, daß wir einen Lügner als Abteilungschef beim Nachrichtendienst haben. Du mußt weiß wie Schnee aus dieser Geschichte herauskommen, denn sonst fängt ein gewisser Oberstleutnant sofort wieder an, seine Bewerbungsunterlagen abzustauben, und da er ebenso konservativ ist wie der Verteidigungsminister... nun ja, ich halte es ganz einfach für wichtig.«

»Und an welchen dieser Journalisten hast du gedacht? Wenn du Wennström oder *Expressen* sagst, werde ich auf der Stelle Harakiri begehen.«

Der Alte hob seine großen buschigen Augenbrauen in die Uhu-Position und lächelte Carl fast spöttisch an, während er mit seiner Antwort zögerte.

»Nein«, sagte er schließlich, »*Expressen* wäre vielleicht nicht ganz angebracht. Aber was hieltest du vom Rundfunk, etwa vom *Echo des Tages*?«

»Du meinst Erik Ponti?«

»Ja. Immerhin kennst du ihn. Er hat dir doch bei dieser oder jener Operation geholfen, wenn ich mich recht entsinne?«

»Ja, das stimmt.«

»Dann also Ponti?«

»Genügt das?«

»Ja. Wenn man sich an ein Massenmedium wendet, das genügend interessante Informationen bietet, müssen die anderen das einfach abschreiben, so ist das nämlich«, stellte Samuel Ulfsson fest. Diese Weisheit hatte er dem Oberbefehlshaber zu verdanken, der wiederum ein paar Psychologen der Streitkräfte auf Trab gebracht hatte, um die Kunst zu erlernen, wie man im eigenen Land einen Propagandafeldzug führt.

Carl empfing Erik Ponti in seiner vorübergehend unmöblierten Wohnung. Ponti trug eine grüne Feldjacke. Vielleicht war es sogar die gleiche Jacke, die er vor vier Jahren getragen hatte, als er von einem übereifrigen schwedischen Sicherheitsbeamten des Polizistenmordes verdächtigt worden war. Das schien inzwischen sehr lange her zu sein. Ponti war schon etwas ergraut, wirkte aber noch immer durchtrainiert.

Carl bat seinen Gast in den völlig leeren Raum, in dem er die Stehlampe aus seinem Schlafzimmer untergebracht hatte. Sie setzten sich in eine Ecke und lehnten sich mit dem Rücken an die Wand. Ponti hatte ein großes Tonbandgerät mitgebracht, das er sich um die Schulter gehängt hatte, dazu einen Stapel Reservebänder.

»Was willst du mich fragen?« wollte Carl wissen, als Ponti seine Ausrüstung geordnet hatte.

»In erster Linie nach dem, was Sorman heute vor dem Verfassungsausschuß ausgesagt hat. Das ist ja das eigentliche Nachrichtenmaterial, aber auch sonst gibt es vielleicht ein paar tausend interessante Fragen.«

»Es ist aber nicht sehr wahrscheinlich, daß du darauf eine Antwort bekommst.«

»Nee, leider. Vielleicht sollten wir uns erst darüber unterhalten, worüber wir überhaupt sprechen können. Übrigens ist es dazu höchste Zeit, wie ich finde.«

»Wieso?«

»Ich habe dir doch damals geholfen, als du bei der Säpo warst und mit Jihaz-ar-Rased Kontakt haben wolltest. Den hast du offenbar bekommen, und so seid ihr wohl auf die richtige Spur gekommen?«

»Ja. Das dürfte dir kaum entgangen sein, als die Dinge auf die Spitze getrieben wurden.«

»Das Massaker in Viggbyholm?«

»Genau. Bei dieser Geschichte gab es etwas, worüber ich immer wieder nachgegrübelt habe. Vielleicht kannst du mir weiterhelfen, weil du Journalist bist.«

»Ja?«

»Am nächsten Tag war *Expressen* voll mit Meldungen über libysche Terroristen. Es hatte den Anschein, als wäre es eine wohlvorbereitete Kampagne gewesen. Kann es so gewesen sein?«

»Selbstredend. Jetzt arbeiten sie doch auch wieder nach dem gleichen Strickmuster.«

»Die Israelis hatten der Firmenleitung wohl ins Ohr geblasen, daß es eine libysche oder palästinensische Terroraktion geben würde. Aber wie zum Teufel konnte *Expressen* der Sache so schnell auf die Spur kommen?«

»Weil entweder ihre israelischen Quellen oder die bei der Säpo es ihnen erzählt haben.«

»Und dann schreibt ihr Journalisten einfach ab? Ich habe diese Methode nie kapiert. Wie es heißt, soll dieser Wennström jetzt irgendeinen großen Journalistenpreis bekommen. Gilt das in eurer Branche als etwas Großartiges, womit der Mann sich beschäftigt?«

»Aber ja. Große Schlagzeilen, großer Verkauf und Heldentaten des aufdeckenden Journalismus.«

»Dann könntet ihr diesen Preis doch direkt an die Quelle bei der Säpo schicken, von der die ganze Geschichte stammt.«

»Natürlich. Vor ein paar Jahren, als *Expressen* einen vermeintlichen Skandal aufdeckte, als schwedische Unternehmen Geschäfte in Libyen machten, hätten sie den Preis genausogut direkt an den israelischen Nachrichtendienst schicken können. Manche Journalisten schreiben nach Diktat, es ist einfach so.«

»Aber wenn die Angaben völlig falsch sind?«

»Wenn es um Säpo-Material geht, läßt sich das nie beweisen. Wie sollen etwa die Kurden beweisen, daß es *nicht* zu ihren Gewohnheiten gehört, unsere Ministerpräsidenten zu ermorden?«

»Aber diesen Agentenkrieg gibt es doch gar nicht.«

»Nein, das ist mir auch schon aufgegangen. Gib mir eine Reihe von Interviews, die lang und ausführlich genug sind, dann kriege ich auch diesen Preis. Zusammen mit deinem Freund Wennström.«

»Ein guter Witz.«

»Ja, aber so funktioniert es. Du selbst bist im Augenblick weltweit eine Sensation, da du nach den Verhören vor dem Verfassungsausschuß nichts mehr gesagt hast.«

»Warum will *Expressen* es aussehen lassen, als befänden wir uns im Krieg mit der Sowjetunion?«

»Das wollen sie gar nicht. Sie wollen nur große Schlagzeilen über Dinge, die sie exklusiv bringen können und zu denen sie Quellen haben. Und Quellen haben sie ja schließlich, denn sie haben die Säpo. Die Frage ist also, warum die Säpo es so aussehen lassen will, als wärt ihr und nicht sie im Krieg mit GRU und KGB.«

»Ich glaube kaum, daß sie das wollen. Die Säpo-Führung glaubt nämlich genausowenig wie wir an diesen Unfug, und Näslund beteuert, es sei keins ihrer üblichen Propagandamanöver.«

»Glaubst du daran?«

»Ja, dieses eine Mal glaube ich Näslund.«

»Ihr wart damals doch nicht gerade Busenfreunde?«

»Nein, aber jetzt interviewst du mich einfach, ohne daß wir darüber gesprochen haben, worüber wir uns unterhalten sollen.«

»Du kannst mir einmal unter deinem Namen Dinge auf Band sprechen, beispielsweise alles über die Geschichte mit Sorman. Du kannst mir gegenüber auch als anonymer Informant auftreten. Dann werden wir dich eine gutunterrichtete Quelle beim Nachrichtendienst nennen, und ich behalte deine Identität für mich.«

»Und woher weiß ich, daß ich mich darauf verlassen kann?«

»Weil du durch das Gesetz geschützt bist. Ich würde gegen das Grundgesetz verstoßen, wenn ich gegen deinen Willen deinen Namen preisgäbe.«

Carl ließ einen eigentümlichen Laut hören, eine Mischung aus Lachen und Schnauben.

»Das Grundgesetz! Das nehmen manche so leicht, als wäre es ein Parkverbot.«

»Mag sein, aber für mich bedeutet es das tägliche Brot. An dem Tag, an dem man mich mit einem Typen wie diesem Wennström bei *Expressen* verwechselt, kann ich aufhören, mich Journalist zu nennen. Die entscheidende Frage lautet also: Läßt sich eine Verbindung zwischen der gesteuerten Kampagne in *Expressen* und den Morden herstellen, die tatsächlich stattgefunden haben, und wie sieht diese Verbindung aus?«

»Mitten hinein in den Kern des Problems?«

»Ja, anders geht es wohl kaum.«

»Ich kann diese Frage nicht beantworten, so gern ich es auch täte.«

»Ach was! Es ist doch ernst. Warum schafft ihr kein Gegengewicht gegen diese Kampagne? Warum willst du dich nicht verteidigen? Du kannst dir ja wohl vorstellen, wie du morgen in *Expressen* dargestellt wirst.«

»Nein. Wie denn?«

»Mit schiefem Glorienschein. So begann es auch für Oliver North. Erst jetzt kommt allmählich die Wahrheit über diesen sogenannten Helden ans Licht, für den die Wahrheit ebensowenig bedeutet wie das Leben anderer Menschen. Das sind faschistische Übermensch-Ideale, so was muß gestoppt werden, es muß eine Untersuchungskommission geben und ein Ende der Selbstherrlichkeit der Spionagedienste in Schweden. Und so weiter. Muß ich weitermachen?«

»Nein, das klingt überzeugend.«

»Was sollen wir dann in den Echo-Sendungen von morgen sagen? Wie widerlegst du die Anklagen Sormans?«

»Es gibt noch eine Partei, bei der du dich vergewissern kannst.«

»Welche?«

»Die PLO.«

»Das habe ich schon getan.«

Ponti grinste breit, als er Carls Erstaunen sah.

»Und was haben sie gesagt?« fragte Carl, als er seine Fassung wiedergewonnen hatte.

»Quellen beim Jihaz-ar-Rased bestätigen das Ereignis und haben es mir ziemlich detailliert beschrieben.«

»Am Telefon?«

»Ja. Es geht immerhin um Dinge, die sie um jeden Preis bekanntgemacht wissen wollen.«

»Teufel auch. Das nenne ich schnell marschiert. Und ich habe gedacht, ich könnte dir noch einen Tip geben.«

»Wenn du das Schießen besorgst, übernehme ich den Journalismus. Umgekehrt wäre es für keinen von uns sehr gut.«

»Du kannst doch schießen?«

»Ja, auf Rehe und Hasen. Manchmal nicht einmal das. Ich gehe trotzdem davon aus, daß ich ein nur wenig besserer Schütze bin, als du Journalist bist. Ich werde irgendwann heute nacht Verbindung mit Arafat haben, wenn er in seinem Quartier in Tunis eintrifft. Er wird deine Version bestätigen. Ich will aber, daß auch du mich überzeugst.«

»Genügt nicht Arafat?«

»Nein. Die haben möglicherweise nur ein Interesse daran, sich an deine Version anzuhängen, um etwas von deinem Glorienschein abzubekommen. Also, einer der Entführer unterschied sich in einer bestimmten Hinsicht von den anderen. Wie?«

»Er hieß Karim und war ein munterer und intelligenter Junge von etwa siebzehn Jahren.«

»In Wahrheit war er erst sechzehn. Welche Waffen habt ihr verwendet?«

»Eine Maschinenpistole der Marke Henry Ingram mit Schalldämpfer und zwei Messer, von denen allerdings nur eins benutzt wurde.«

»Wie hast du den einen Wachposten getötet?«

»Es gab nur einen.«

»Richtig. Aber wie hast du es getan?«

»Ich habe ihn umgebracht.«

»Ja. Aber wie?«

»Militärische Standardmethode.«

»Das liegt unleugbar in der Natur der Sache. Es ist aber noch immer keine Antwort auf meine Frage.«

»Ist das eine seriöse journalistische Frage?«

»Ja.«

»Inwiefern? Für mich hört sich das mehr nach *Expressen* als nach *Echo des Tages* an.«

»Ja, aber ich will es nicht wissen, um es meinen Zuhörern zu erzählen. Ich will nur wissen, ob sich deine Version genauso anhört wie die meiner PLO-Quellen. Wenn nicht, lügt einer. Wenn ich die exakt gleiche Version zu hören bekomme, stimmt es vermutlich.«

»Möchtest du ein Glas Wein?«

»Ja, gern, aber nicht als Ersatz für die Antwort auf meine Frage.«

Carl lächelte schief, als er aufstand, in die Küche ging und eine Weinflasche aus dem Kühlschrank holte. In einem der Küchenschränke lag eine einsame Sechserpackung mit billigen Weingläsern, die er auf dem Heimweg gekauft hatte, weil es ihm gerade noch rechtzeitig eingefallen war. Er entkorkte die Flasche und fummelte eine Weile mit der zähen

Kunststoffverpackung der Gläser herum, bis er aufgab und in seinem provisorischen Schlafzimmer das Messer hervorholte, das unter der Matratze lag.

Als er wieder in der Küche war und die Plastikfolie aufschnitt, sah er, daß es der gleiche Messertyp war, den er damals verwendet hatte. Er legte das Messer sehr langsam hin und betrachtete es, wie es auf dem rostfreien Untergrund lag und seitlich von der Lampe über der Arbeitsfläche beleuchtet wurde. Schwarze, blendfreie Klinge. Tarnfarbener Handgriff aus Aluminium, mit der Klinge zusammengeschmiedet.

Er fühlte sich genötigt, sich ein paar Sekunden zu sammeln, bis er mit der Weinflasche in einer Hand und zwei Gläsern in der anderen zu Ponti zurückging. Er sagte nichts, während er eingoß, hob dann das Glas und nickte kurz.

»Ich habe nicht vor, etwas über den Wein zu sagen, bis du die Frage beantwortet hast«, sagte Ponti.

»Ich habe das Rückgrat und die Schlagader unterhalb des Halswirbels durchschnitten, falls das für dich von so großem Interesse ist«, erwiderte Carl mit scheinbar desinteressiertem Tonfall und abgewandtem Gesicht.

Ponti probierte erneut den Wein, ließ ihn im Mund herumrollen und hielt das Glas unter die Lampe, um der Farbe ganz sicher zu sein.

»Ein bulgarischer Landwein ist das nicht gerade«, sagte er nach einiger Zeit. »Bei den Gehältern von *Sveriges Radio* ist so was nicht drin. Aber dafür haben wir es seit den sechziger Jahren mit kommunistischen Gewerkschaftsvertretern zu tun. Also, ein weißer Burgunder, aber über die Lage wage ich nichts zu sagen.«

»Meursault. Interessierst du dich für Wein?«

»Ja, soweit das Geld reicht.«

»Dann haben wir zumindest etwas gemeinsam.«

»Zwei Dinge, wenn wir unseren politischen Hintergrund dazurechnen. Aber deine Version stimmt tatsächlich mit der der PLO überein. Jetzt kann ich die Geschichte mit deinem Kommentar und dem von Arafat bringen. Damit ist dieser Sorman entlarvt. Angenehme Vorstellung. Es kommt nicht oft vor, daß ihn jemand auf die Matte wirft.«

»Nur weil du es im *Echo des Tages* behauptest?«

»Ja, der Rundfunk ist nicht *Expressen*. Das Echo des Tages ist die Stimme des Staates.«

»Und wenn du mir oder uns nicht geglaubt hättest?«

»Dann hätte ich die Geschichte nicht gebracht, ob nun mit oder ohne Burgunder und anderes. Sehr einfach. Können wir jetzt deine Version und deine Bemerkungen zu Sorman aufnehmen?«

Der erste Interviewteil war schnell erledigt. Anschließend entlockte Ponti Carl ein paar vorsichtig widerwillige Dementis zur *Expressen*-

Kampagne über den nicht existierenden Agentenkrieg. Sie beendeten die Aufnahme jedoch schon nach recht kurzer Zeit, worauf sie eine Weile schweigend tranken.

»Wie ich höre, hat dir der *Stern* fünf Millionen Mark für das Exklusivrecht an deinen Memoiren angeboten«, sagte Ponti neutral und sachlich, als er Carl sein leeres Glas hinhielt.

»Ja, aber ein amerikanischer Buchverlag hat das noch überboten. Diese Beträge sind einfach verrückt.«

»Interessiert?«

»Nein, nicht im geringsten. Es ist ja nicht mein Job, militärische Geheimnisse zu verkaufen, sondern eher das Gegenteil.«

»Sofern du es nicht vorziehst, sie im Verfassungsausschuß gratis preiszugeben?«

»Jaja, aber das waren nur Dinge, die mehr oder weniger korrekt schon in *Expressen* gestanden haben. Es wäre wahrscheinlich lächerlich gewesen zu leugnen. Das war zumindest die Auffassung des Oberbefehlshabers, und ich glaube, er hatte recht. Aber ein merkwürdiges Erlebnis war es trotzdem.«

»Diese fünf Millionen Mark oder die entsprechende Summe in Dollar sind also nur eine Spekulation auf das, was du nicht gesagt oder kommentiert hast?«

»Wahrscheinlich.«

»Wäre es das Geld wert?«

»Ich bin wie gesagt kein Journalist. Von den Russen würde ich wahrscheinlich mindestens den gleichen Betrag kriegen können, sogar steuerfrei und in einem etwas diskreteren Geschäft. Eine lebenslängliche Freiheitsstrafe wäre das einzige Risiko.«

»Aber die wissen doch schon, ob du Sandström getötet hast oder nicht.«

»Ja, sie wissen, ob ich es getan habe oder nicht.«

»Und du gedenkst es nie zu erzählen?«

»Willst du deinen Coup gratis?«

»Ja, am liebsten. Du weißt doch, wieviel bei einem Einkommen von fünfzehn Millionen an Steuern fällig werden.«

»Ja, wenn es als Schriftstellerhonorar gewertet wird, sind es vierzehn Millionen und ein paar Zerquetschte. So gesehen ist das Echo des Tages durchaus konkurrenzfähig, da der Unterschied dann nicht so groß wäre.«

»Deiner jüngsten Steuererklärung zufolge hast du ein Vermögen von inzwischen mehr als dreißig Millionen.«

»Ja, aber dabei handelt es sich um eine fiktive Welt. Es könnte auch das Doppelte oder die Hälfte sein. Jedenfalls reicht es für Burgunder.«

»Und für zwei Millionen Afghanistan-Hilfe.«

»Ja, beispielsweise. Danke übrigens für deine Hilfe. Es war nett, mich nicht als Spender zu entlarven, und es war auch nett, das Geld nicht zu stehlen.«

»Seit wann haben Clartéisten angefangen, einander zu bestehlen?«

»Du bist immer noch Clartéist?« wunderte sich Carl.

»Abonnent, aber nicht Mitglied. Und du?«

»Nicht mal Abonnent.«

»Wo stehst du politisch?«

Carl stöhnte. »Das kann ich nur negativ definieren. Ich bin kein Moskau-Kommunist, kein schwedischer Kommunist, wie ich schon halbwegs öffentlich erklärt habe, auch nicht Sozi. Der Teufel mag wissen, was ich bin. Und du?«

»Ungefähr das gleiche. Aber ich habe eine professionelle Entschuldigung: ›Die Wahrheit ist immer revolutionär‹, du kennst das. Ich bin gegen alle Politiker und habe dafür bezahlt. Aber so haben wir es uns wohl kaum vorgestellt, als wir die Massenmedien unterwandern wollten. Du gehörtest also zu den Genossen, die die Streitkräfte unterwandern sollten?«

»Ja. Man kann wirklich sagen, daß es mir auch gelungen ist. Viele andere Genossen wurden bei Säuberungen aussortiert, weil sie in den Papieren der Säpo als Landesverräter geführt wurden. Für mich wurde es übrigens zu einem bestimmten Zeitpunkt auch recht eng.«

»Bist du auch ein Landesverräter gewesen?«

»Ja, ein paar Sicherheitsleute hatten sich das in den Kopf gesetzt.«

»Heute möchten sie das wohl am liebsten vergessen?«

»Nein. Du weißt doch, wie diese Leute sind. Gerade jetzt habe ich ja bewiesen, daß ich ein selten cleverer Landesverräter bin, weil ich mich als das Gegenteil davon getarnt habe. Das ist etwa so, als wärst du Landesverräter, weil du ein besonders geschickter Journalistenimitator bist.«

»Glauben die das?«

»Ja, ich habe mal einen solchen Bericht über dich und noch ein paar andere gelesen.«

»Kannst du mir eine Kopie besorgen?«

»Was würdest du damit anfangen?«

»Sie veröffentlichen.«

»Du bist nicht bei Trost. Aber wir reden zuviel, ohne Grenzen gezogen zu haben. Du bringst mich dazu, immerzu zuviel zu sagen. Es ist besser, wenn wir uns einigen. Was willst du außer einem Mord an Sandström von mir haben?«

»Die Wahrheit über den Agentenkrieg.«

»Gut. Einigen wir uns also. Dann werden wir sehen, was das Grundgesetz wert ist.«

Carl skizzierte schnell und ein wenig überstürzt eine Vereinbarung. Sobald irgendwelche handfesten Fakten über den Agentenkrieg vorlagen, würde Ponti die Story mit Exklusivrecht bekommen, sowohl das Recht auf anonyme Hintergrundinformationen als auch das Recht auf direkte Interviews. Aber nur das und nichts sonst.

Ponti überlegte eine Weile mit dem Weinglas vor den Augen. Dann kippte er entschlossen den Rest in sich hinein und blieb eine Zeitlang mit geschlossenen Augen sitzen, bis er etwas sagte, was er sorgfältig formulierte, ohne eine Antwort zu erwarten.

»Es gibt noch eine andere Möglichkeit. Ich kann deine ganze Geschichte in einer fast fiktiven Form erzählen, bei der wir alle Details verändern und nur einige bei der Wahrheit belassen. Damit würde ich erzählen und zugleich auch nicht, aber es wird viele geben, die sich darauf einen Vers machen können. Und die Dinge, mit denen du dich beschäftigst, gehen tatsächlich mehr Mitbürger an als die paar Figuren, die in der Regierung und im Generalstab sitzen.«

Carl nahm zu diesem Vorschlag nicht Stellung, sagte aber zu, Hintergrundinformationen über den Agentenkrieg zu liefern, sobald der Zeitpunkt für eine Veröffentlichung reif sei. Was schon in naher Zukunft der Fall sein könne.

Hinterher bereute er seinen Entschluß, denn ein Versprechen ist ein Versprechen. Richtige Menschen halten ihre Versprechen. Nur Spione gehen mit Zusagen so um wie andere mit dem Grundgesetz.

6

Jurij Tschiwartschew hatte fast eine Woche lang jedes Treffen mit Carl abgeblockt. Als das vereinbarte Telefonsignal ausblieb, ahnte Carl, daß es bald zur Entscheidung kommen würde. Schließlich kam es doch, und Carl mußte sich einreden, es einmal ruhig angehen zu lassen.

Sowohl Joar wie Åke mußten ihm seine Anspannung angemerkt und gespürt haben, daß etwas Besonderes in der Luft lag. Schließlich ordnete er ein Treffen später am Abend an, unabhängig davon, ob sie privat schon irgendwelche Pläne hatten.

Es war ein ziemlich überflüssiger Hinweis. Sie wußten ungefähr, worum es gehen konnte, obwohl Carl nur erklärt hatte, es gebe die Gefahr eines Zusammenstoßes mit einer anderen Behörde.

Das allerdings traf zu. Sie wußten nicht, was Näslund im Augenblick trieb, aber schlimmstenfalls hätte es zu einem Gedränge um Glücher kommen können, und es wäre ziemlich übel gewesen, wenn Säpo und GRU zusammengestoßen wären; hätte sich auch noch das SSI eingemischt, könnte es zu einem heillosen Wirrwarr kommen.

Jurij Tschiwartschew erschien wie bei früheren Gelegenheiten auf die Minute pünktlich. Sie fuhren eine Zeitlang schweigend durch stille Straßen, während Carl sich dem routinemäßigen Muster von Kontrollen und Ausweichmanövern widmete.

»Nun«, sagte er nach fünf oder sechs Minuten kurz, als er die Geschwindigkeit verlangsamte, um zu zeigen, daß sie nicht verfolgt wurden.

»Unsere Situation ist außerordentlich ernst«, begann Jurij Tschiwartschew schwer.

Carl antwortete nicht.

»Die gleichen faschistischen und extrem anti-sowjetischen Kräfte, die hinter dieser Desinformazia-Kampagne stehen, haben auch die Terrorakte begangen«, fuhr Jurij Tschiwartschew fort. »Sie sind im Moment ziemlich angeschlagen und werden daher mit neuen individuellen Terrorakten ihre geschwächten Positionen zu stärken versuchen. *Expressen* hat schon einen Tip bekommen und liegt in Bereitschaft.«

»Haben sie diesem Journalisten per Telefon einen Tip gegeben?« unterbrach ihn Carl. Inzwischen war es schon möglich, daß Glüchers Telefon legal abgehört wurde.

»Nein. Sie wagen es nicht mehr, ihre Telefone zu benutzen. Sie haben Anzeichen dafür bemerkt, daß man sie eventuell verfolgt.«

»Sie, das GRU?«

»Nein, diese Leute im Affenhaus. Diese Leute gehen nicht so behutsam vor, wie man es sich wünschen könnte. Na ja, früher haben wir einen gewissen Nutzen daraus gezogen, aber im Moment ist es nicht vorteilhaft.«

»Aber sie haben trotzdem vor, es mit einer Aktion zu versuchen?«

»Ja. Und wie Sie wissen, sind wir sozusagen an der Reihe, in dem sogenannten Agentenkrieg Leute von Ihnen zu ermorden.«

»Schwedische Offiziere?«

»Richtig.«

»Wissen Sie, wann und wo?«

»Ja, mit großer Wahrscheinlichkeit. Wir beginnen uns also unserem Geschäft zu nähern, mein junger Herr Fregattenkapitän.«

»Ja, es sieht so aus. Es gibt allerdings ein paar gemeinsame Probleme, die wir zunächst aus der Welt schaffen müssen.«

»Ja, ich möchte den Ereignissen nicht vorgreifen. Morgen ist ein schwedisches Vorweihnachtsfest, das Fest der Lichterkönigin.«

»Sie meinen das Lucia-Fest?«

»Bei der Küstenartillerie in Vaxholm wird es ein Offiziersfest geben, ein Weihnachtfest für Offiziere verschiedener Jahrgänge der Küstenjägerausbildung. Sie wollen dieses Fest angreifen, und es soll der bisher größte Terrorangriff werden.«

»Wissen Sie, wann, und wie viele Personen zu der Terroristengruppe gehören?«

»Es sind drei oder vier Mann mit automatischen Waffen. Wahrscheinlich gegen Ende des Fests, jedoch rechtzeitig, bevor die Leute anfangen, nach Hause zu gehen. Das Fest beginnt um sieben. So zwischen acht und neun oder etwas später.«

»Wissen Sie das, oder ist das nur eine Vermutung?«

»Ziel und Einsatz sind von der Gruppe relativ offen diskutiert worden. Die Leute sind aber bis zuletzt wegen der geeigneten Uhrzeit unsicher gewesen.«

»Was bezwecken sie damit?«

»Eine Veränderung des politischen Klimas, könnte man sagen. Sie wollen eine Verstärkung des Teils der Sicherheitspolizei, der Ostagenten jagt. Sie sind der Meinung, die westliche Welt einschließlich Schwedens habe sich von Glasnost und ähnlichem hereinlegen lassen. Sie möchten dem Volk die Augen öffnen und natürlich auch beim Sicherheitsdienst organisatorische Veränderungen bewirken.«

»Das hört sich merkwürdig nach gewöhnlichem europäischem Terrorismus an. Bewußtsein durch Provokationen.«

»Schon möglich, aber hier geht es ja kaum um Linksabweichler, das hier ist faschistischer Terror. Und Sie werden zugeben müssen, daß dieses Vorhaben eine ernste Bedrohung unserer beider Länder und unserer Beziehungen darstellt.«

»Ein Feind des Feindes.«

»Ja, aber ich finde diesen Begriff nicht ganz glücklich. Es ist unser gemeinsamer Feind.«

»Haben Sie heute auch Tonbänder mitgebracht?«

»Nein. Beim letzten Mal hat das wohl zu viele Probleme gemacht, so daß Sie diese Informationen sozusagen konzentriert und mündlich erhalten.«

»Damit stellt sich die Frage, ob es sich um eine Falle oder eine Provokation Ihrerseits handelt.«

»Das sehe ich anders. Sie wissen, daß wir keine solchen Terrorakte begehen, und wir wissen, daß Sie es auch nicht tun. Warum sollte einer von uns jetzt damit anfangen?«

»Logisch.«

»Ja, logisch. Es geht mich eigentlich nichts an, was Sie jetzt mit ihrem Wissen anfangen werden, aber die Erkenntnis ist entscheidend, nicht wahr?«

»Ja, wenn Ihre Information korrekt ist, ist sie absolut von entscheidender Bedeutung. Dann kann es sein, daß wir innerhalb von vierundzwanzig Stunden das Ende dieses Terrors erleben. Aber das bleibt eben noch abzuwarten.«

»Dann würde ich vorschlagen, daß Sie jetzt Ihren Preis nennen.«

»Gern. Innerhalb von vierundzwanzig Stunden dürften Sie ja wissen, wie sich diese Geschichte entwickelt hat. Und wenn so oder so eine Lösung erfolgt, gilt unser Geschäft. Können wir das so abmachen?«

»Ja, das hört sich gut an.«

»Mein Preis ist der folgende. Sie wissen natürlich, wer Irina Dserschinskaja ist?«

»Natürlich. Ihr ahnungsloses Kommunikationsinstrument zu meinen wenig geehrten Kollegen.«

»Mir ist klar, daß sie nach dem, was in Moskau geschehen ist, nicht emigrieren darf. Ich möchte jedoch eine Rezension über ihr Konzertdebüt in Moskau lesen, vorzugsweise eine positive Besprechung.«

»Ich weiß nicht, ob wir in solchen Dingen Einfluß haben.«

»O doch. Um nach Abschluß der Musikhochschule debütieren zu können, muß man ausgewählt werden, eine Genehmigung erhalten, und so weiter. Das war für Irina alles zu Ende, und ich möchte, daß Sie das ändern.«

»Und das ist Ihr Preis?«

»Richtig.«

»Ein Konzertdebüt, Annahme als Konzertpianistin, Berufserlaubnis und eine möglichst positive Rezension?«

»Richtig.«

»Das wird gar nicht so leicht sein. Wie Sie wissen, haben wir jetzt Glasnost.«

»Um so leichter dürfte es sein, will mir scheinen.«

»Na ja, wenn ich das alles richtig verstehe, soll es jetzt künstlerische Freiheit und derlei geben, Dinge, die unseren Einfluß in der Sowjetgesellschaft begrenzen.«

»Ich kann nicht behaupten, daß ich das bedaure.«

»Aber in diesem Fall muß es wohl sein. Ich weiß aufrichtig gesagt nicht, ob wir auf solche Abläufe Einfluß haben.«

»Tun Sie trotzdem Ihr Möglichstes.«

»Und wir erhalten einen nachprüfbaren und sicheren Hinweis darauf, warum Sie sich in Moskau so gut zurechtfinden konnten?«

»Ja, genau das. Sie werden eine nachprüfbare und sichere Information erhalten, die Ihr Problem löst.«

»Ich nehme Ihren Wunsch zur Kenntnis, kann Ihnen aber keinerlei Zusagen machen.«

»Kein Konzertdebüt, kein Geschäft.«

»Dann bleibt mir im Augenblick nichts, als Ihnen Weidmannsheil zu wünschen, sehr geehrter Kollege.«

Während der folgenden vierundzwanzig Stunden schlief Carl nur drei. Der Rest waren nervöse, aber systematische Vorbereitungen, die schon in der Nacht begannen, etwa eine Stunde nach dem Treffen mit dem Russen.

Stålhandske und Lundwall mußten sich sofort nach Vaxholm begeben, um das Gelände zu erkunden. Als sie zurückkehrten und einige Skizzen anfertigten, entschieden sich die drei schnell und ohne längere Diskussionen für eine vorläufige Taktik.

Als erstes sollten sich die beiden frischgebackenen Leutnants am Morgen Uniformen besorgen, die neue blaue Uniform der Küstenartillerie mit allem, was dazugehörte. Sie sollten, ohne aufzufallen, als Offiziere auftreten können. Bei eventuellen Ausstattungsproblemen Stålhandskes spielten Kosten keine Rolle, aber am Vormittag müßten die Bekleidungsprobleme gelöst sein, erklärte Carl.

Joar Lundwall sollte den Leiter der Küstenjägerschule aufsuchen und für sich und Stålhandske Einladungen besorgen, was kaum auf Schwierigkeiten stoßen würde, wie Carl meinte. Zwei Küstenjäger, die vor kurzem zu Offizieren ernannt worden waren und beim OP 5 arbeiteten, dürften kaum auffallen.

Leider, fuhr Carl fort, dürften keine blaugelben Ordensspangen eines bestimmten Typs an ihren Uniformen zu sehen sein, denn das würde nach den Verhören vor dem Verfassungsausschuß natürlich unbequeme Fragen auslösen. »Bedaure, aber daran läßt sich nichts ändern.«

Stålhandske murrte ein wenig, fügte sich aber.

Um fünf Uhr morgens rief Carl bei Samuel Ulfsson an und weckte ihn. Eine Stunde später trafen sie sich in dem dunklen und anscheinend völlig leeren Generalstabsgebäude.

Carl spürte, wie beide sich bei der Diskussion wie auf Eiern bewegten. Gleichwohl versuchten sie systematisch vorzugehen.

»Erstens«, begann Carl, »kann es sich natürlich um eine Falle der Russen handeln, aber ich halte das für äußerst unwahrscheinlich, da die Russen diesen Agentenkrieg genausowenig gebrauchen können wie wir.

Zweitens ist es im Grunde eine Sache für die Polizei. Aber da wir nicht wissen, welche Beamten in die Sache verwickelt sind und es sich überdies um eine der undichtesten Organisationen Schwedens handelt, können wir genausogut mit *Expressen* reden, statt uns an die Polizei zu wenden.«

Als Carl anhand seiner Skizzen zeigte, wie das Ziel aussah, stellte Samuel Ulfsson fest, daß es auf militärischem Gebiet lag, was möglicherweise die Problematik veränderte.

Dann näherten sie sich einem Teil der Diskussion, in dem es darum ging, nicht zuviel zu sagen. Weitere zu Gebote stehende Möglichkeiten, etwa Gespräche mit dem Reichsanwalt oder dem Kronanwalt, der Regierung, dem Verteidigungsminister und anderen, die dennoch schnurgerade zu Näslund und damit schlimmstenfalls direkt zum Feind des Feindes führen würden, wurden schnell abgetan. Jetzt hatte Carl zum erstenmal den russischen Begriff in die Diskussion eingebracht.

Samuel Ulfsson überlegte lange. »Wir können wohl davon ausgehen«, sagte er, »daß die irreguläre Polizeieinheit für dich und deine, wie ich vermute, ebenso fähigen Mitarbeiter eine leichte Beute sein wird. Es bleibt aber immer noch die Möglichkeit, daß etwas schiefgeht. Und wer trägt dann die Verantwortung? Aber wenn wir die Sache nicht selbst in die Hand nehmen und diese Gangster schnappen, wer soll es dann tun? Näslund? Und zu welchem Preis? Sollen wir etwa eine Fortsetzung dieses sogenannten Agentenkriegs in Kauf nehmen? Ich gebe dir jetzt folgende Anweisungen«, sagte er schließlich sehr nachdenklich. »Studiere sorgfältig alle Dienstvorschriften für militärische Wachposten. Es ist unabdingbar, daß ihr als Wachpersonal in Uniform auftretet. Ihr habt Befehl, heute abend als Wache Dienst zu tun, aber für die Taktik, nach der ihr vorgehen wollt, seid ihr selbst verantwortlich. Ist das klar?«

»Ja, völlig klar.«

»Gut, dann ist die Sache bis auf weiteres klar. Ich werde heute den ganzen Abend zu Hause telefonisch erreichbar sein.«

Nach dem Gespräch hatte Carl einige Mühe, im Generalstabsgebäude die Abteilung zu finden, in der die Dienstanweisungen der Streitkräfte aufbewahrt wurden, saß aber schon recht bald an einem Schreibtisch und studierte die Dienstanweisungen für Wachposten. Während er sich von Zeit zu Zeit Notizen machte, kam ihm plötzlich der Gedanke, daß Samuel Ulfsson wohl diese manchmal überraschenden Vorschriften bekannt sein mußten. Sie waren zumindest für Carl überraschend, als er sie jetzt aus seiner Situation heraus las.

Gegen neun Uhr erhielt er einen Anruf von der Polizei in Norrköping. Der Anruf war offenbar mehrmals in der Telefonzentrale gelandet, bis er endlich zu Carl durchgestellt wurde, der in einem Nebenzimmer von Samuel Ulfsson saß.

»Es ist nicht ganz leicht, dich zu erwischen«, begrüßte ihn Kriminalkommissar Rune Jansson.

»Kann ich mir denken«, murmelte Carl. »Wie es heißt, habe ich hier im Haus einen geheimen Job. So war es jedenfalls noch vor kurzem.«

»Ja, ich verstehe. Du warst im Fernsehen verdammt gut. Hier haben alle Bullen an diesem Tag vor der Glotze gesessen. Dem vorübergehenden Rückgang der Kriminalität in der Stadt läßt sich übrigens entnehmen, daß auch unsere Kundschaft zugesehen hat.«

»Ja. Und worum geht es jetzt?«

»Vielen Dank für das Material.«

»Welches Material?«

»Nun, die Papiere, die du mir anonym auf dem Dienstweg, oder wie man das nennen soll, geschickt hast. Ich betrachte dich also als anonymen Informanten.«

»Gut, aber ich kann nicht viel dazu sagen, wie uns das Material in die Hand gekommen ist. Wir waren jedenfalls der Meinung, daß es bei dir am besten aufgehoben ist. Hat es dir Freude gemacht?«

»Ja, und ob. Ich möchte es als einen Durchbruch bezeichnen.«

»Inwiefern?«

»Eine Frau in Linköping, die von den mutmaßlichen Mördern Besuch bekommen hat, ist dabei einem hochgewachsenen Kerl begegnet, der ihr einen Polizeiausweis zeigte. Ja, wir haben Grund zu der Annahme, daß die Mörder an jenem Tag einsame Flieger suchten, und zwar mehr oder weniger zufällig. Damit haben wir also eine Zeugin.«

»Und hat sie einen bestimmten hochgewachsenen Polizeibeamten identifiziert, von dem du ein Foto von mir bekommen hast?«

»Ja. Sie hat den Mann auf dem Bild sofort wiedererkannt.«

»Habt ihr ihn identifiziert?«

»Ja. Hast du mal etwas von der Ledertruppe in Stockholm gehört?«

»Ja. Darauf bin ich schon selbst gekommen.«

»Jetzt stellt sich also die Frage...«

»Ja?«

»Ich hoffe, es gibt diesmal nicht wieder so ein dummes Gerede wie beim letzten Mal, *im Interesse der Nation* oder etwas in der Richtung?«

»Nein. Ich verstehe, was du meinst. Nein, diese Burschen sind Feinde des Reiches, und je eher du sie schnappst, um so besser.«

»Aha. Ich wollte sicher sein, bevor wir sie einbuchten.«

»Habt ihr noch mehr als diese Zeugenaussage? Ich bin zwar kein Polizist, aber das allein kommt mir ein bißchen dürftig vor.«

»Ja, die Spurensicherung hat einiges gefunden. Wir haben zum Beispiel Fasern vom Vordersitz des Fluchtwagens, die zu einem Sofa an einem der Tatorte passen. Eine Nylonfaser, könnte von einer Jagdjacke von Helly-Hansen stammen. Ja, und noch ein paar weitere solche Dinge.«

»Polizisten müßten doch eigentlich Verstand genug besitzen, sich aller Kleider zu entledigen, die sie bei ihren Aktionen getragen haben?«

»Ja, das sollte man meinen. Du hast es jedenfalls getan.«

»Kein Kommentar. Das ist doch aber nicht der Grund deines Anrufs?«

»Nein, natürlich nicht. Ich wollte nur wissen, ob man der Polizei diesmal wieder Steine in den Weg legt.«

»Wenn es jemand tut, dann Säk.«

»Genau. Als wir die Genehmigung beantragten, das Telefon einer dieser Figuren anzuzapfen, stellte sich heraus, daß es schon abgehört wurde. Was weiß Säk eigentlich?«

»Sie wissen, daß Glücher die Quelle von *Expressen* ist, aber ich weiß nicht, ob sie diese Morde und dieses Zeitungsgeschmiere in Verbindung bringen.«

»Das wäre doch naheliegend.«

»Könnte man meinen, ja, aber bei Säk kann man nie sicher sein, wie du selbst schon erfahren haben dürftest.«

»Ja. Aber diesmal ist nichts im Busch, was uns behindern könnte?«

»Nein. Kannst du mir einen Dienst erweisen?«

»Kommt darauf an.«

»Warte bis morgen, bis du jemanden zum Verhör holst oder so. Es ist möglich, daß wir dann schon ein klareres Bild von allem haben.«

»Ich hoffe, du enthältst es mir diesmal nicht vor.«

»Nein, du wirst selbstverständlich informiert werden, wenn das, woran ich denke, etwas ergibt.«

»Wollen wir morgen nachmittag wieder telefonieren?«

»Ja, wenn nicht schon früher, aber wenn vorher etwas passiert, lasse ich von mir hören.«

Sie fand ihn auf der Matratze sitzend. Er hatte das Kinn auf die Knie gestützt. Er trug Uniform und machte zunächst einen fast verwirrten Eindruck, als er hochsah.

»Hallo«, sagte sie zögernd. »Ich wollte nur schnell mal vorbeischauen und sagen, daß meine Schicht heute abend um 00.00 Uhr endet. Vielleicht können wir uns dann ja noch sehen. Ich meine, du hast hier ja kein Telefon, und ich...«

Sie verstummte, als sie Carl betrachtete. Er schien irgendwie verdüstert zu sein.

»Wunderbar«, sagte er. »Ich habe ein Handtuch besorgt, etwas fürs Frühstück und habe auch noch etwas Wein im Kühlschrank, wenn du herkommen willst. Sonst könnte ich ja zu dir kommen. Das scheint mir fast noch besser zu sein.«

»Ist etwas passiert?«

»Ja, ich bin gezwungen gewesen, ein Interview zu geben, und außerdem muß ich heute abend auf eine militärische Veranstaltung, die mir gar nicht schmeckt. Bis Mitternacht dürfte aber alles vorbei sein. Wir sehen uns bei dir. Ich bringe den Wein mit und leihe mir deinen Rasierapparat. Hast du frische Klingen im Haus?«

»Ja, irgendwo müssen noch ein paar herumliegen. Ich habe aber kein Rasierwasser, sondern nur Franzbranntwein.«

»Na schön. Dann sehen wir uns später.«

Er blieb in der gleichen Stellung sitzen, als sie hinausging. Sie war besorgt, fast verängstigt.

Eine halbe Stunde später piepste es in dem schwarzen Sprechfunkgerät. Carl kam es vor, als wäre erst eine Minute vergangen. Er stand auf und ging schnell in den Flur. Er schloß leise die Tür hinter sich.

Lundwall und Stålhandske warteten unten auf der Straße in einem Volvo 245 mit Sprechfunk und Autotelefon. Die Ausrüstung war in dem großen Kofferraum verstaut.

Fünfundvierzig Minuten später waren alle drei an Ort und Stelle. Carl saß dick eingehüllt auf dem Rücksitz des Wagens. Nachtsichtgerät, Bildaufheller, Präzisionswaffe und Funksprechgerät waren in Griffweite.

Im Speisesaal saß Joar Lundwall. Er hatte sich etwas ins linke Ohr gesteckt, was wie ein Hörgerät aussah.

Draußen im Flur zur Hintertür, die nicht abgeschlossen war, befand sich eine Treppe, die im Dunkeln lag und ins Obergeschoß führte. Dort lauerte Åke Stålhandske wie eine Spinne im Netz. Er mochte die Dunkelheit. Die Situation gefiel ihm, und er hoffte inbrünstig, die Mörder würden bei ihm vorbeikommen.

Als das Festessen beendet war, begab sich die Gesellschaft vom Speisesaal in einen Salon, der in der Nähe des Haupteingangs lag. Es waren rund zwanzig Offiziere und fast ebenso viele Frauen; ein paar neu hinzugekommene Gäste hatten das gesellschaftliche Muster etwas aufgelokkert.

Joar Lundwall stand hinter einem Sofa, von wo er den Haupteingang im Auge behalten konnte. Sein früherer Chef bei der Küstenjägerschule machte muntere Konversation. Er wollte natürlich herausfinden, wie Joar zu seinem Offizierspatent gekommen war.

Dieser war nicht der Meinung, daß es viel zu verbergen gab. Er erklärte offen, er sei beim OP 5, worauf natürlich sofort die Frage folgte, ob er etwas mit Hamilton zu tun habe. Er bestätigte ruhig, sie arbeiteten in derselben Abteilung, und Hamilton sei sogar sein Chef, obwohl im Augenblick niemand genau wisse, wie es nach all der Aufregung weitergehen werde. Das war offenbar eine imponierende Antwort, und der Chef der Küstenjägerschule zwinkerte Joar kurz zu und wechselte schnell das Thema.

Joar Lundwall dachte, wenn es tatsächlich so kam, wie zu befürchten stand, würde die Frage nach seiner Identität später am Abend kaum irgendwelche Unklarheiten offen lassen. Er staunte über seine Ruhe und sein Selbstvertrauen und dachte, daß es womöglich an der Anwesenheit der beiden anderen lag, die Big Red mitgemacht hatten. Wer da mitgemacht hatte, war in jeder Situation vertrauenswürdig.

Der gleiche Gedanke schoß Carl draußen durch den Kopf, als er im

Wagen saß. Hätte Jurij Tschiwartschew sich ausrechnen können, daß es genau die drei Männer waren, die für Big Red verantwortlich waren, die heute abend hier sein würden? Die drei einzigen Eingeweihten von niedrigerem Rang als Admiral und Minister.

Er versuchte den Gedanken zu verscheuchen. Die Russen konnten nicht wissen, welcher Taktik sich der Gegner bedienen würde, und es war undenkbar, daß sie einen regulären Krieg anfingen und vielleicht eine ganze Kompanie schickten?

Nein. Sie würden große Verluste erleiden. Sie würden eine größere politische Krise auslösen als bei der *Catalina-Affäre*, und das konnten sie einfach nicht wollen. Die Russen dachten logisch und arbeiteten methodisch und sorgfältig, doch gerade deshalb waren sie manchmal unberechenbar. Sie verabscheuten Abenteuer und unsichere Vorhaben.

Jetzt war es ohnehin zu spät, sich aus der Affäre zu ziehen. Dort in dem Gebäude befanden sich rund vierzig unbewaffnete und ahnungslose Schweden, und er selbst war nach Anweisung und Befehl Wachposten.

Carl zog den dicken Lammpelz, den er über seiner Uniform trug, enger um sich. Ihm war kalt an den Füßen, da er nur Halbschuhe trug; das Wagenfenster mußte offenbleiben, damit sich kein Kondenswasser an den Scheiben bildete.

Der Wagen kam sehr langsam und mit abgeschalteten Scheinwerfern näher. Carl hatte noch Zeit zu denken, wie auffällig und dumm es war, ohne Licht zu fahren, hatte aber schon den Bildaufheller eingestellt. Jetzt brauchte er kein Gegenlicht zu befürchten.

Im Wagen saßen drei Mann. Er konnte sie deutlich sehen. Glücher saß hinter dem Lenkrad. Der Riese saß auf dem Beifahrersitz, und von dem Mann auf dem Rücksitz sah er nur die Umrisse.

Der Wagen hielt am Zaun, dreißig Meter vom Haupteingang entfernt. Der Motor wurde abgestellt. Carls Wagen stand in einer Reihe geparkter Autos. Sie würden ihn nicht entdecken, wenn sie keine Nachtsichtgeräte bei sich hatten.

Die Männer öffneten die Wagentüren vorsichtig, als gingen sie auf die Jagd, und schlossen sie sehr leise, bevor sie sich zum Kofferraum begaben.

»Achtung, herhören!« sagte Carl über Funk zu den zwei Männern mit den Hörgeräten im Gebäude. »Drei mutmaßliche Banditen, Abstand dreißig Meter, bis auf weiteres Funkstille.«

Joar Lundwall machte gerade Konversation mit der Ehefrau eines der Anwesenden. Er verlor sofort den Faden seines Gesprächs und sah sich genötigt, eine dumme Frage zu stellen, während er sich vorsichtig umsah. Er hatte kein freies Schußfeld in Richtung Außentür und mußte unbedingt eine Position weiter rechts einnehmen.

Draußen in der Dunkelheit an der Hintertür zog Stålhandske seine Waffe hervor, entsicherte sie und legte sie neben sich auf die Treppenstufe. Anschließend machte er ein paar schnelle Kniebeugen, gegen die Steifheit in den Gliedern und um seine Körpertemperatur zu erhöhen.

Er flüsterte kaum hörbar ein etwas unkonventionelles Gebet: »Lieber Gott, laß diese verfluchten Teufel zu mir kommen.«

Carl sah die Männer auf leisen Sohlen hinter dem Kofferraum hervorkommen. Alle drei trugen automatische Waffen in der Armbeuge, AK 4, soweit er erkennen konnte. Das war nicht gut. Er hatte gehofft, sie würden wieder mit den abgesägten Schrotflinten erscheinen.

Einer der Männer blieb offenbar beim Wagen stehen. Alle drei sahen auf die Uhr, bevor sie sich trennten. Die beiden anderen begaben sich zu je einer Tür. Sie hatten das Gelände also schon einmal erkundet.

»Achtung, herhören!« sagte Carl erneut und gab sich große Mühe, seine Stimme normal klingen zu lassen, obwohl er glaubte, man könnte über das Sprechfunkgerät seinen Herzschlag hören. »Achtung, herhören! Zwei Banditen unterwegs zum Haus, Abstand fünfzehn Meter. Sie gehen auf je einen Eingang zu. Befehle wie folgt. Stålhandske: Feind unschädlich machen, aber am Leben lassen. Handschellen anlegen. Lundwall, sofort Feuer eröffnen, wenn der Feind sich mit der Waffe in der Hand zeigt. Befehle durch Husten bestätigen, erst Stålhandske!«

Im Abstand von zwei Sekunden ertönte zweimal ein kurzes Hüsteln.

Carl sah, wie die beiden näherkommenden Männer immer wieder zur Uhr blickten, und zog daraus schnell eine Folgerung, die er an die Ohrmuscheln der beiden anderen weiterbeförderte.

»Achtung, herhören! Feind bereitet synchrone Aktion von zwei Seiten vor. Sie haben automatische Waffen. Frühere Befehle beachten und bestätigen!«

Es folgte wieder ein zweimaliges Hüsteln.

Joar Lundwall drehte sich plötzlich zu der Dame um, mit der er sich gerade unterhielt. Er hob nicht einmal die Stimme, als er das Unbegreifliche sagte.

»Ich habe sehr gute Gründe für meinen Wunsch, allein gelassen zu werden. Könnten Sie so freundlich sein, sich für eine Weile mindestens fünf Meter von mir zu entfernen?«

Die Frau starrte ihn kurz und verblüfft an. Dann warf sie den Kopf in den Nacken und begab sich zu der Ehefrau des höchsten Chefs, vermutlich also der Gastgeberin des Abends, und flüsterte ihr etwas ins Ohr, worauf beide ihn anstarrten.

Joar Lundwall spürte, daß er errötete. Dann errötete er noch mehr, weil er sich in dieser kritischen Lage von Dingen hatte stören lassen, die mit seinem Auftrag nicht das geringste zu tun hatten. Doch jetzt hatte er freies Schußfeld und näherte sich einer Sitzgruppe mit vier bis fünf rauchenden und Cognac trinkenden Männern. Er stellte sein noch volles Glas auf einen Nebentisch und öffnete einen Uniformknopf.

Er wußte, daß er jetzt zwei Sekunden vom Zielerfassen bis zum Schuß brauchte. Bei einer Übung wäre das nie ein Problem geworden, aber bei einer Übung hätte er auch nie gespürt, wie sein heftig gesteigerter Puls im ganzen Körper pochte. *This is no exercise, repeat, this is no exercise,* dachte er.

Draußen bei Carl hatte die Lage sich entscheidend verändert. Ein Kleinbus mit dunkler Windschutzscheibe, die Carls Nachtsichtgerät im Gegenlicht der Scheinwerfer nicht durchdringen konnte, war in gemächlichem Tempo zum Parkplatz am Zaun gefahren, wo Glücher stand. Carl fluchte leise vor sich hin, während er steif die Stellung wechselte und aus dem Kofferraum einen automatischen Karabiner zog. Die Waffe war eiskalt. Er legte sie neben sein Gewehr.

Die Seitentür des Kleinbusses wurde mit einem Quietschen geöffnet, und Carl verschob das Fadenkreuz von Glücher zur Türöffnung. Den Daumen hielt er auf dem Sicherungsknopf, was in dieser Lage strenggenommen falsch war. Aber das war vermutlich etwas, was seit der Jagderziehung in seiner Kindheit in ihm festsaß: Du darfst eine Waffe erst dann entsichern, wenn du deutlich siehst, worauf du zu schießen gedenkst.

Im nächsten Augenblick tauchte eine etwa dreizehnjährige Lucia in der Mitte des Fadenkreuzes auf. Ihr folgte eine kichernde Kinderschar mit Sternsingermützen, weißen Nachthemden und Glitzerschmuck. Eine Frau, wahrscheinlich die Lehrerin, auch sie in Weiß, begann die Kinder neben dem Bus in einer Reihe aufzustellen.

Carl richtete das Nachtsichtgerät auf Glücher, dem die Situation nicht das geringste auszumachen schien. Er hatte eine Zigarette angezündet und lehnte sich gegen seinen Wagen. Der automatische Karabiner wurde durch seinen Körper verdeckt. Der Lauf zeigte zur Erde.

Die erste Patrone, die im Lauf von Carls Gewehr lag, war mit einer weichen Bleispitze versehen. Diese Munition ist für die Jagd auf Tiere gedacht, der Genfer Konvention zufolge jedoch bei der Jagd auf Menschen verboten. Die folgenden fünf Patronen im Magazin des Gewehrs hatten vorschriftsmäßige vollummantelte Geschosse, die wiederum bei der Jagd auf Tiere verboten sind.

Carl führte das Fadenkreuz auf Glüchers rechten Lungenflügel und überlegte kurz, ob er die tödliche Patrone herausziehen und Glüchers Lunge ohne Vorwarnung mit einer vollummantelten Kugel durchschießen sollte.

Aber das wäre gegen das Wachpostenreglement und somit ungesetzlich. Und während er in seiner Entschlossenheit zu wanken begann, setzte sich der Lucia-Zug in Richtung Haus in Bewegung. Die Kinder hatten noch nicht zu singen begonnen. Er hörte nur ihr Gekicher und munteres Geplauder. Sie bewegten sich auf Glücher zu und rückten immer näher an die Schußlinie heran.

Carl wandte den Kopf zu den beiden anderen Männern. Sie standen abwartend an je einer Hausecke und blickten Glücher und den näherkommenden Lucia-Zug unverwandt an. Alle drei machten den Eindruck, als überraschten sie die Kinder nicht im mindesten, als wären diese vielmehr ein Teil ihres Plans.

Glücher gab ein Zeichen, worauf die beiden anderen sich plötzlich bewegten. Der Riese verschwand hinter dem Haus, und der zweite ging auf den Haupteingang zu.

Joar Lundwall fühlte sich wie ein Standbild, aber der pochende Pulsschlag an der Mittelachse seines Körpers und den Innenseiten der Schenkel klärte ihn sehr deutlich über seinen Adrenalinspiegel auf.

Es schnarrte leicht in seinem Empfänger, als Carl sich wieder meldete.

»Achtung, herhören. Zwei Mann rücken auf je eine Tür vor. Lucia-Zug mit Kindern nähert sich dem Haupteingang. Stålhandske gleicher Befehl wie zuvor. Bestätigen, wenn Befehl ausgeführt. Lundwall Befehl wie zuvor, aber mach dich auf Feuerverbot gefaßt.«

Einen Augenblick später war der Gesang der Kinder draußen leise zu hören, und die Gastgeberin, die offenbar auf diesen Moment gewartet hatte, ging schnell herum und löschte alle Lichter. Dann schob sie die Gäste in den großen Festsaal, in dem sie sich an den Wänden entlang aufzustellen begannen.

Die Männer in der Sitzgruppe vor Joar Lundwall schienen zu dem Schluß gekommen zu sein, daß sie schon hervorragend saßen. Was sie aus der Sicht der näherkommenden Mörder ohne Zweifel taten, da sie mitten im Schußfeld der Außentür saßen.

Joar Lundwall veränderte seine Position ein wenig, so daß er näher an der Rückenlehne des Sofas stand. Alle richteten jetzt ihre Aufmerksamkeit auf die Arrangements der Gastgeberin im Festsaal, in dem jetzt Kerzen angezündet wurden. Joar Lundwall zog langsam seine Pistole hervor, entsicherte sie, spannte den Hahn und hielt die Waffe so, daß sie durch die Rückenlehne des Sofas verborgen wurde. Er würde so weniger als eine Sekunde vom Zielerfassen bis zum Schuß brauchen. Ein Lichtrand an den Rändern der Flurtür klärte ihn darüber auf, daß das Ziel sich in Umrissen vor der Hintergrundbeleuchtung zeigen würde. Der Gesang der Kinder war jetzt deutlich zu hören.

Åke Stålhandske sah fasziniert, wie die Türklinke langsam hinuntergedrückt wurde. Er hatte die Schritte im Schnee draußen gehört und sich schon in Position begeben. Dann ging die Tür auf, und ein Mann in seiner Größe machte einen schnellen Schritt in die Dunkelheit und zog ohne jedes Zögern die Tür hinter sich zu. Der Augenblick stand unmittelbar bevor.

Carl hatte vor Kälte und Nervosität zu zittern begonnen. Die Lage hatte sich dahingehend verändert, daß die Kolonne singender Kinder das Schußfeld zwischen ihm und dem dritten Mann verdeckte, der in der Außentür zu stehen und die Kinder zu erwarten schien. Sie gedachten offenbar ihr Eindringen mit dem Einzug der Lucia-Kinder zu koordinieren. Automatische Waffen aus zwei Richtungen im Halbdunkel und das in einem Gedränge mit den Kindern. So hatten sie es offenbar geplant. Carl bewegte sich unruhig in seiner Position und suchte den Mann vor dem Haupteingang mit dem Nachtsichtgerät. Der Abstand zwischen diesem und dem näherkommenden Lucia-Zug betrug jetzt weniger als zehn Meter. Carl machte entschlossen eine Repetierbewegung, um zur vollummantelten Munition zu wechseln, worauf er wiederum das Ziel suchte. Bei dieser Bewegung hauchte er zufällig das Zielfernrohr an, das blitzschnell beschlug und jede Sicht unmöglich machte. Kaum hörbar fluchend zog Carl seinen Hemdsärmel hervor, um die Linse abzureiben. Gleichzeitig hörte er Stålhandskes Husten im Ohr. Er zögerte und dachte nach. Der Angriff konnte jetzt nur von einer Seite her erfolgen, und während er zögerte, betrat der Mann am Haupteingang plötzlich das Haus.

»Achtung, herhören!« sagte Carl schnell und mechanisch. »Feind zwei auf dem Weg durch den Haupteingang, Abstand Kinder weniger als zehn Meter. Schwarze Kleidung, Kinder in Weiß. Lundwalls Befehl bleibt bestehen, aber nur bei freiem Schußfeld, Befehl bestätigen!«

Carl hatte trotz der Kälte zu schwitzen begonnen. Als er jetzt erneut die Position wechselte, um Glücher mit dem Nachtsichtgerät zu suchen, hörte er Joar Lundwalls diskretes Husten. Die Kinder sangen jetzt aus vollem Hals und betraten das Haus durch den Haupteingang.

Joar Lundwall befand sich wie in einem Vakuum. Jetzt gab es nur eins, die sieben Meter entfernte Tür, die entweder von jemandem in Weiß oder jemandem in Schwarz geöffnet werden würde. Ich muß hoch zielen, dachte er. Der Feind ist größer als die Kinder, ich darf nicht mitten ins Ziel halten, sondern nur hoch.

Eine kurze Schreckensphantasie schoß ihm durch den Kopf – als wäre er versteinert, so daß er sich nicht würde bewegen können, wenn die Tür aufging. Sie würde vermutlich schnell geöffnet werden.

So war es.

Die Tür ging nach draußen auf, vielleicht ein entscheidendes Detail, denn als der Mann mit der schwarzen Lederjacke die Tür zur Seite gezogen hatte und seine Waffe mit beiden Händen umfassen wollte, um zu zielen und das Feuer zu eröffnen, starb er.

Joar Lundwall hielt die Pistole beidhändig mit ausgesteckten Armen vor sich. Er überlegte kurz, daß er wie bei einer Übung auf eine plötzlich hervorstürzende Puppe geschossen hatte. Er hatte zwei Schuß abgegeben, wie ihm jetzt aufging, und hoch auf die Mittelachse des Ziels gehalten. Die Schußmarkierung war deutlich. Er hatte den Kopf getroffen.

Die Stille nach Joar Lundwalls Schüssen war absolut und dauerte höchstens eine Sekunde.

Dann waren draußen im Flur verzweifelte Schreie zu hören, hysterische, laute, gellende Schreie. Im Haus standen alle Anwesenden wie festgefroren da, Augenblicke vor dem möglichen Ausbruch einer totalen Panik.

»Bleiben Sie, wo Sie sind, es ist vorbei!« schrie Joar Lundwall mit einer Stimme, die im Falsett fast zu brechen schien. Sein Befehl, denn um einen solchen handelte es sich, hatte eine unmittelbare Wirkung. Es war, als sei eine gewaltige kollektive Bewegung der Anwesenden urplötzlich gestoppt.

»Wir sind Personal vom OP 5. Polizei und Krankenwagen sind unterwegs, und ich muß Sie bitten, stehenzubleiben, wo Sie sind!« fuhr er mit etwas beherrschterer Stimme fort, während er gleichzeitig seine Pistole sicherte, die Mündung zur Decke richtete und auf den Flur hinausging.

Dort standen zwei hysterisch schreiende Kinder. Das erste, was Joar auf dem Weg zu ihnen sah, waren eine blutige Sternsingermütze und ein Mädchengesicht mit einem weitoffenen, brüllenden Mund. Das Mädchen war vom Gesicht bis auf die Brust blutverschmiert. Joar versetzte ihr einen leichten Schlag ins Gesicht und schüttelte sie an den Schultern, als er sie erreichte. Dann überkam ihn die Erleichterung, und er beugte sich zum Mikrophon hinunter.

»Feind zwei getroffen, wahrscheinlich tot. Kinder nicht getroffen, aber blutbespritzt.«

»Gut«, erwiderte Carl, ohne den dritten Mann aus den Augen zu lassen, obwohl schreiende Kinder ihm jetzt ins Schußfeld liefen. »Lundwall, melden, daß der Chef kommt, um zu informieren. Stålhandske, sofortige Rückkehr zur Basis.«

Dann suchte Carl erneut Glücher mit dem Fadenkreuz und vertraute darauf, daß er mit dem zweiten Auge die Bewegung Stålhandskes wahrnehmen würde. Zu spät ging ihm auf, daß er einen Fehler gemacht hatte. Während die Schar schreiender Kinder Glücher deckte, sah Carl, wie dieser plötzlich seine Waffe hob und anlegte. Er schien einem beweglichen Ziel zu folgen.

»Stålhandske Deckung!« schrie er, und im Augenblick darauf schoß der Mann neben dem Wagen dreimal, daß die Kinderschar in alle Richtungen auseinanderstob.

Carl suchte verzweifelt nach einem freien Schußfeld zwischen den Sternsingermützen und den glitzernden Sternen, während Glücher erneut dreimal in schneller Folge schoß.

Aber plötzlich war das Schußfeld frei. Carl zog automatisch den Abzugshebel durch und sah deutlich den Treffer.

»Stålhandske, berichten!« schrie er ins Mikrophon.

»Naja, ein bißchen Mittelscheitel, sonst kein Treffer«, erwiderte Stålhandske. Carl kam der Gedanke, daß »Mittelscheitel« etwas Ernstes bedeuten konnte.

»Bist du getroffen?« schrie er.

»Nein, nicht getroffen. Dieser verfluchte Idiot hat mich um mehrere Zentimeter verfehlt, obwohl er es sechsmal in dieser Richtung versucht hat.«

»Geh sofort wieder zum Wagen. Lundwall, informiere alle, daß es vorbei ist«, befahl Carl, als Stålhandske auf ihn zugetrottet kam. Carl versuchte sich darüber Klarheit zu verschaffen, ob es tatsächlich schon vorbei war.

Dann wählte er per Autotelefon den Notruf und beorderte Polizei und Krankenwagen herbei, und als Stålhandske ihn erreichte, mußte er sich bis zum Äußersten anstrengen, um klar zu denken. Er gab Stålhandske Anweisung, als erste Maßnahme die Kinder zu sammeln, sie zählen zu lassen und sich zu vergewissern, daß keins verletzt war. Anschließend sollte er Glücher Erste Hilfe geben und einen Notverband anlegen, aber nicht bevor alle Lucia-Kinder versammelt und unter Kontrolle waren.

»Wie ist übrigens die Lage an der Hintertür?« fragte er, nachdem er steifbeinig aus dem Wagen geklettert war.

»Du kannst ein verschnürtes und mit Handschellen gefesseltes Paket melden, das im rückwärtigen Flur an einem Heizkörper befestigt ist«, sagte Stålhandske in triumphierendem Tonfall.

»Das ist gut, Stålhandske. Sammele die Kinder ein, nimm Kontakt mit ihrer Lehrerin auf. Ich glaube, ich habe eine Frau gesehen, die ihre Lehrerin sein dürfte«, entgegnete Carl und ging auf das Haus zu. Auf dem Weg dorthin versuchte er sich zu erinnern, wie er auf Glücher geschossen hatte. Zunächst hatte er links von der Körperachse gehalten, denn Glücher war Rechtshänder. Er hatte so geschossen, um einen Treffer auf dessen Waffe oder Rückgrat oder Herz zu vermeiden. Aber im Augenblick des Schusses hatte er die Waffe gesenkt und abgedrückt, als er mit dem Nachtsucher irgendwo in der Bauchgegend gelandet war. Dennoch hatte er normal und ruhig geschossen. Er hatte die Waffe gut aufgestützt und es vermieden, den Abzug ruckhaft zu betätigen.

Joar Lundwall stand noch immer mitten im Raum vor der Flurtür, hatte inzwischen aber seine Pistole eingesteckt und die Uniform wieder zugeknöpft, da er den weiteren Verlauf im linken Ohr mitverfolgt hatte. Die Anwesenden begannen unruhig zu werden.

»Mein Chef wird in dreißig Sekunden eintreffen, um über die Lage zu berichten! Wir können Licht machen!« schrie Joar Lundwall, worauf sich das erneut lauter werdende Gemurmel wieder legte.

Kurz darauf trat ein Mann, den alle sofort wiedererkannten, durch die Tür.

»Wir bitten alle um Entschuldigung für das, was hier geschehen ist, aber die Angreifer sind die Männer, die hinter dem sogenannten Agentenkrieg stecken. Das OP 5 hat heute abend auf Befehl des Generalstabs hier den Wachdienst versehen«, sagte Carl.

Irgendwo am Ende des großen Festsaals war ein ersticktes Schluchzen zu hören. Im übrigen standen die Versammelten still wie Standbilder da.

»Was ist da draußen passiert? Was ist mit den Kindern?« fragte der Leiter der Küstenjägerschule mit heiserer Stimme. Er hatte sich schon im ersten Satz räuspern müssen.

»Einer der Terroristen hat das Feuer eröffnet und wurde niedergekämpft. Soweit wir bisher wissen, ist kein Kind verletzt worden, aber wir sind im Augenblick dabei, das näher zu untersuchen«, erwiderte Carl mit mühsam erzwungener Ruhe.

Dann blickte er Joar Lundwall fragend an und zeigte auf den blutbespritzten Flur.

»Alles in Ordnung«, erwiderte Lundwall. »Es waren Durchschüsse, so daß sie Spritzer abbekommen haben. Sie haben einen leichten Schock erlitten, aber keine Splitter abbekommen.«

Carl nickte und zeigte auf die Hintertür.

»Vergewissere dich, daß der Dritte unter Kontrolle ist«, sagte er. Während Lundwall zur Hintertür ging, wandte sich Carl erneut der stummen Versammlung zu.

»Krankenwagen und Polizei sind unterwegs. Im Namen des Generalstabs müssen wir Sie um folgendes bitten: Sie dürfen niemandem, weder der Polizei noch sonst jemandem, sagen, wer wir sind. Sagen Sie nur, daß wir Personal des OP 5 gewesen sind. Eine Enthüllung unserer Identität ist strafbar. Irgendwelche Fragen?«

»Ja, eine kurze Frage. Wer hat uns hier angegriffen?« fragte der Leiter der Küstenjägerschule, der Gastgeber des Abends.

»Personal der schwedischen Sicherheitspolizei und der Ordnungspolizei in Stockholm, jedoch nicht in dienstlichem Auftrag«, erwiderte Carl kurz. Er sah, daß Joar Lundwall inzwischen zurückgekommen war und ihm ein Zeichen gab, daß die Lage an der Hintertür unter Kontrolle sei.

»Da draußen haben Sie noch einen. Er lebt und ist mit Handschellen an einen Heizkörper gefesselt. Übergeben Sie ihn der Polizei, wenn die Beamten eintreffen«, sagte Carl und gab gleichzeitig Joar Lundwall ein Zeichen. Sie verließen ohne sonderliche Eile den Saal. Auf dem Weg hinaus stiegen sie über den toten Polizisten hinweg. Der Mann hatte eine schwarze Lederjacke an und eine schwarze, blutbefleckte und zum Teil zerfetzte Kapuze über dem Kopf.

Die Kälte wirkte wie befreiend, als sie hinaustraten. Aus weiter Ferne hörten sie die schwachen Laute näherkommender Sirenen.

Åke Stålhandske stand neben ihrem Wagen und gab ihnen ein Zeichen, es sei alles erledigt.

»Alle Kinder gezählt?« fragte Carl, als er sich auf den Beifahrersitz neben Stålhandske setzte und nach dem Heizungsregler am Armaturenbrett tastete.

»Ja. Alle Kinder sind gezählt und unverletzt. Zweien hab ich das Gesicht gewaschen, die hatten da etwas Blut und ein wenig Polizistenhirn. Teuflisch kaltblütig geschossen, Lundwall«, sagte Stålhandske, drehte den Zündschlüssel und legte den Gang ein.

Als der Wagen langsam den Parkplatz verließ, sahen sie in der Dunkelheit das Blaulicht. Die Sirenen waren jetzt laut und deutlich zu hören.

»Und Glüchers Zustand?« fragte Carl matt. Er fühlte sich plötzlich sehr müde.

»Na ja, bis zum Prozeß wird er wohl überleben. Nach ein paar Jahren Festungshaft dürfte er aber fett werden und eine teuflisch piepsige Stimme kriegen.«

Stålhandske nahm den Fuß vom Gashebel und fuhr an die Seite, um den ersten Krankenwagen passieren zu lassen.

»Was willst du damit sagen?« fragte Carl, als sie weiterfahren konnten.

»Nun ja, du hast sozusagen etwas zu tief gehalten. An dem Bündel, das da im Haus liegt, ist nichts mehr von einem Mann zurückgeblieben. Du hast wohl auf die Hüfte oder den Schenkel gezielt?«

»Ja, ich glaube, ich wollte ihm die Hüfte wegschießen. Er muß sich im Augenblick des Schusses gedreht haben«, erwiderte Carl und sah aus dem Wagenfenster. Der nächste Krankenwagen passierte, dicht gefolgt von einem Polizeiwagen.

»Sei so nett und ruf Sam für mich an«, sagte Carl zu Joar Lundwall. »Außerdem muß ich Åke recht geben. Du hast sehr sicher geschossen. Du hast offenbar hoch gezielt?«

»Ja, hätte ich normal gezielt, hätten die Projektile nach dem Durchschuß die Kinder treffen können, die hinter dem Kerl standen. Wir hatten ja vollummantelte Munition mit hoher Durchschlagskraft, um notfalls auch kugelsichere Westen zu knacken. Ich glaube aber nicht, daß ich vorher viel nachgedacht habe.«

Carl nahm den Telefonhörer und berichtete seinem Chef kurz, was geschehen war. Er bat ihn, mit den Ermittlungsbeamten in Norrköping Verbindung aufzunehmen.

Anschließend fuhren sie schweigend in Richtung Stockholm weiter. Es war drei Minuten nach zehn am Lucia-Abend. Die bürokratische Prozedur beim Generalstab würde etwa eine Stunde dauern, schätzte Carl.

Er würde es schaffen, nach Hause zu fahren, sich umzuziehen, den Wein zu holen und wie vereinbart etwa gegen Mitternacht bei Eva-Britt zu sein.

EPILOG

»Schwedische Militärwachposten in vorschriftsmäßiger Uniform, was auch eine Ausgehuniform einschließt, haben auf militärischem Gelände das Recht, ohne vorhergehende Warnung gezieltes Feuer zu eröffnen, wenn es im Hinblick auf den Ernst der Lage als unabweisbar notwendig erscheint.

Die Streitkräfte besitzen eine generelle Waffenlizenz. Folglich gibt es keinerlei Beschränkungen, wenn es darum geht, in Hinblick auf die Situation schwedische Militärwachposten zu bewaffnen.«

Mit diesen Hinweisen begann das Kommuniqué des Generalstabs, das am folgenden Morgen um 05.00 Uhr veröffentlicht wurde, noch rechtzeitig zu den ersten *Echo des Tages*-Sendungen.

Ferner bestätigte der Generalstab, Personal des OP 5, dessen Identität mit Rücksicht auf die Sicherheit des Reiches und militärische Vorschriften geheim bleiben müsse, sei auf besondere Anweisung des Generalstabs als Wachposten beim Lucia-Fest der Küstenjägerschule eingesetzt worden, entsprechend dem Reglement.

Da es Hinweise auf einen Terrorangriff durch Personal der schwedischen Polizei gegeben habe, habe es der Generalstab für unzweckmäßig gehalten, die Polizei im voraus über das zu informieren, was sich eventuell ereignen könne. Im übrigen seien die Streitkräfte ohnehin für ihre eigene Bewachung und den eigenen Sicherheitsdienst zuständig.

Die Staatsanwaltschaft in Vaxholm konnte schon am Nachmittag mitteilen, daß es keinerlei Gründe dafür gebe, eine Voruntersuchung wegen irgendwelcher Verbrechen oder Dienstvergehen einzuleiten. Der Einsatz des Militärpersonals habe im Einklang mit geltendem Recht und den militärischen Vorschriften stattgefunden.

Expressen hatte zunächst eine schwierige Zeit, aber dann gelang es dem Blatt doch, sich allen anderen Nachrichtenmedien geschmeidig anzupassen, was die Beobachtung des Prozesses gegen Polizeidirektor Glücher und dessen überlebenden Mittäter betraf, einen Polizeiassistenten, der bei der Ordnungspolizei in Stockholm Dienst getan hatte und zu einem schwer erklärbaren Sondereinsatz als Leibwächter für politisch hochgestellte Personen abkommandiert worden war, bei denen angeblich ein besonderer Personenschutz notwendig war.

Rein rechtlich erwies sich der Prozeß als unproblematisch. Die Beweisführung bezüglich des Mordversuchs draußen in Vaxholm wurde als ausreichend angesehen, obwohl man darauf verzichtet hatte, das Militärpersonal, das dort den Wachdienst versehen hatte, als Zeugen zu laden. Die Verteidigung protestierte in diesem Punkt vergeblich. Erkenntnisse der Spurensicherung und bestimmte Zeugenaussagen überführten einen der überlebenden Attentäter der Morde an den zwei schwedischen Jagdfliegern in Linköping.

Was die Morde in Näsbypark betraf, gab es im strengen Wortsinn des Gesetzes nichts, was einem Beweis gleichkam, so daß die Angeklagten nicht mit letzter Sicherheit überführt werden konnten. Der Staatsanwalt argumentierte hier eher allgemein, daß Glücher gewiß Zugang zu Informationen über den verdächtigen Staatssekretär verfügt habe, und im Hinblick auf die äußeren Umstände der Tat, die große Ähnlichkeit mit den Morden in Linköping aufwiesen, könne es als sicher gelten, daß die Angeklagten auch in diesem Punkt schuldig seien.

Die Angeklagten legten kein Geständnis ab, sondern gaben nur zu, sich in Vaxholm befunden zu haben. Der Polizeiassistent schwieg während des gesamten Prozesses beharrlich. Sein Chef, wie man Polizeidirektor Glücher von der Sicherheitsabteilung der Reichspolizeiführung aus verständlichen Gründen nannte, hielt, sobald man ihm das Wort erteilte, wirre politische Ansprachen über die Bedrohung, die Schweden zunehmend untergrabe. Es habe mit Palme und dessen willfähriger Politik gegenüber den Russen begonnen. Dem schwedischen Volk müßten endlich die Augen für das geöffnet werden, was da geschehe, denn sonst werde Schweden schon bald eine Sowjetrepublik sein.

Der Polizeidirektor schien der Meinung zu sein, auf irgendeine Weise im Interesse der Nation gehandelt zu haben. Bestimmte Gesetze dürften einem übergeordneten Ziel wie der nationalen Unabhängigkeit Schwedens nicht im Weg stehen. Im übrigen sei dies eine Ansicht, die im Kern von vielen hochgestellten Personen in Schweden geteilt werde.

Der *Expressen*-Reporter Wennström erhielt den großen Journalistenpreis des Verlagshauses Bonniers. Wennströms journalistische Arbeiten hätten zu einer der erschütterndsten Enthüllungen in der jüngeren schwedischen Geschichte geführt.

In der Rundfunk-Sparte wurde Erik Ponti der gleiche Preis zuerkannt. Begründung: Seine Interview- und Reportageserie über die neue Taktik und die neue Personalpolitik des schwedischen Nachrichtendiensts.

Bei diesen Interviews hatte Carl Hamilton bestätigt, was in Schweden schon jedermann wußte oder zu wissen meinte, daß er nämlich selbst bei der Konfrontation mit der sogenannten Ledertruppe das Kommando gehabt habe.

Die sowjetische Presse schrieb zum allgemeinen Erstaunen sehr ausführlich über das Ereignis sowie über den außerordentlich fähigen Offizier Carl Hamilton und seine Vergangenheit in einer kommunistischen Studentenorganisation. Ein Leitartikel der regierungsamtlichen *Iswestija* kommentierte fast schadenfroh die Gerüchte, welche die Kreise um die faschistische Polizeibande in Schweden verbreitet hatten, daß nämlich Carl Hamilton trotz seines kommunistischen Hintergrunds in Moskau irgendwelche feindseligen Akte begangen haben sollte.

Ferner wurde angedeutet, nein, man gestand sogar offen ein, daß es bei der Unschädlichmachung der anti-sowjetischen und faschistischen Clique bei der schwedischen Polizei zu einer Zusammenarbeit des sowjetischen Nachrichtendiensts mit dem schwedischen gekommen sei.

Der Generalstab weigerte sich anfänglich, diese sensationellen Angaben zu kommentieren. In der Interviewserie mit Erik Ponti bestätigte jedoch Carl Hamilton selbst, die sowjetischen Behauptungen entbehrten tatsächlich nicht einer gewissen Grundlage, allerdings habe ihm der Generalstab verboten, sich dazu näher zu erklären. Die Behauptung an sich könne er jetzt jedoch bestätigen. Bei der Informationsbeschaffung sei es tatsächlich zu einer Zusammenarbeit gekommen.

Folglich sah es niemand als übermäßig erstaunlich an, daß der sowjetische Verteidigungsminister über die schwedische Botschaft in Moskau Fregattenkapitän Carl Graf Hamilton eine Einladung schicken ließ. Der Verteidigungsminister wolle ihm persönlich den Orden des Roten Sterns verleihen, eine Auszeichnung, die seit dem Großen Vaterländischen Krieg keinem westlichen Ausländer mehr zuerkannt worden sei.

Den politischen Kommentaren zufolge, die der sowjetische Pressedienst APN danach an schwedische Massenmedien verteilte, müßten die Fregattenkapitän Hamilton jetzt zuerkannten Auszeichnungen allen anti-sowjetischen Spekulationen über eine Feindschaft zwischen den beiden Ländern endgültig ein Ende machen, ebenso den Gerüchten, besagter Fregattenkapitän habe während seines Aufenthalts als Militärattaché in Moskau ein Verhalten an den Tag gelegt, das mit seiner Stellung als Diplomat unvereinbar gewesen sei.

Wenn es so gewesen wäre, hätte man ihn zum unerwünschten Ausländer erklären müssen, zur *persona non grata*, wovon aber keine Rede sein könne. Zu einer sogenannten Liquidation eines angeblichen schwedischen Spions in Moskau sei es folglich nie gekommen. Die Sowjetunion lege großen Wert auf diese Feststellung.

An einem ungewöhnlich kalten Februartag gingen zwei sehr elegante Männer im Gorki-Park spazieren. Der eine trug eine Pelzmütze aus Waschbärfell, der andere eine Zobelmütze, ein Geschenk des friedliebenden sowjetischen Volkes. So hatte es zumindest bei der Übergabe geheißen.

In *Musikalnaja Schisnj* und *Sowjetskaja Musika*, den einflußreichsten Musikzeitschriften der Sowjetunion, hatte eine junge Konzertpianistin für ihr Debüt soeben glänzende Rezensionen erhalten. In der *Sowjetskaja Musika* fand sich überdies ein ausführliches Porträt mit einer Reportage über Irina Dserschinskaja und ihre lange Ausbildung, die allein schon so etwas wie einen Sieg des sowjetischen Systems darstelle. Die Dserschinskaja habe schon im Alter von sechs Jahren in einer besonderen Musikschule begonnen, ihre Ausbildung an einem Musikgymnasium fortgesetzt und schließlich am Tschajkowski-Konservatorium beendet, wo sie in die »Schule für begabte Kinder und Jugendliche« aufgenommen worden sei, das sowjetische Gegenstück zur Juilliard School of Music in New York, und dort habe sie jetzt im Großen Saal vor einem hingerissenen Publikum debütiert.

Beide Zeitschriften sagten ihr eine glänzende Zukunft voraus. Und angesichts des entscheidenden Einflusses dieser Zeitschriften im sowjetischen Kulturleben hatte diese glänzende Zukunft schon begonnen.

Beide Zeitschriften steckten zusammengefaltet in Carls linker Manteltasche. Er hatte sich mit einiger Mühe durch den Text hindurchbuchstabiert, der absolut unzweideutig war, soweit er dies fetstellen konnte. *A Star was born*, wie immer das auf russisch heißen mochte.

Swesda radilas?

»Wie war die Begegnung mit Ihrem Botschafter?« fragte Jurij Tschiwartschew.

»Er war etwas reserviert. Um nicht zu sagen mißtrauisch, um nicht zu sagen wütend«, lächelte Carl.

»Wieso?«

»Weil die *Iswestija* versichert hat, ich hätte in Moskau kein Auftreten an den Tag gelegt, das mit meiner Stellung als Diplomat hier in Moskau unvereinbar gewesen wäre. Er ist davon überzeugt, daß es sich genau andersherum verhält.«

»Die Welt ist niemals sicher. Haben Sie daran schon gedacht, mein junger Herr Fregattenkapitän?«

»Ja, besonders in dieser Stadt, sogar in diesem Park. Da hinten, wo die Kinder Schlittschuh laufen, habe ich mit einer angehenden Konzertpianistin in einem Ruderboot gesessen. Sie glaubte damals, wir würden abgehört.«

»Das wurden Sie nicht, jedenfalls damals nicht. Und zumindest nicht von uns.«

»Haben Sie das Material studiert?«

»Ja, sehr genau.«

»Und Sie schenken ihm Glauben?«

»Ja, es ist sehr überzeugend. Die Tschekisten hatten einiges Material über diese BPA-Delegation, sogar ein Foto unseres Mannes, als er draußen in einem bestimmten Vorort gerade fotografiert.«

»Schon da hätte es zu Ende gehen können.«

»Nein, das ist wenig wahrscheinlich. Die wußten ja nicht, wen wir dort hatten. So was erzählt man diesen Tschekisten nicht.«

»Dann wären wir also lebenslänglich Feinde geblieben.«

»Ja. Aber bitten Sie mich nicht darum, Plus und Minus gegeneinander abzuwägen. Stellen Sie sich vor, die Tschekisten belauschen uns«, brummelte Tschiwartschew trocken.

Carl konnte nicht ausmachen, ob das ein Scherz sein sollte oder nicht.

Sie gingen eine Zeitlang nebeneinander her. Die Temperatur lag bei zehn bis fünfzehn Grad unter Null, der Atem entwich wie Rauch aus ihren Mündern, und der Schnee knirschte unter den Schuhsohlen.

»Diese Provokateure«, sagte Jurij Tschiwartschew nachdenklich, »was für eine Strafe bekommen die?«

»Lebenslänglich, vermute ich. Es heißt so, obwohl es in der Praxis nur etwa acht Jahre werden dürften. Falls kein Psychiater auf die Idee kommt, sie für verrückt zu erklären, denn dann kommen sie schon nach etwa einem Jahr wieder raus. Aber angesichts der politischen Lage glaube ich nicht, daß sich irgendein Psychiater auf eine solche Beurteilung einläßt.«

»Wollen Sie damit etwa sagen, Ihre Psychiater könnten taktische und politische Rücksichten nehmen?«

»Ja, das behauptet jedenfalls ein Polizist, den ich kenne.«

»Lustig, das ist wirklich sehr lustig.«

»Inwiefern?«

»Weil wir gerade dabei sind, dieses System politischer Gründe für gerichtspsychiatrische Beurteilungen abzuschaffen. Sie wissen doch, Perestrojka. Sehr komisch, daß es in einigen Dingen sozusagen vertauschte Rollen gibt. Was halten Sie übrigens von unserer Perestrojka?«

»Wir hoffen, daß Sie damit Erfolg haben. Wir haben Angst davor, daß es wie bei früheren Versuchen in ein paar Jahren schiefgehen könnte, denn dann gibt es schlimmstenfalls wieder Kalten Krieg. Und Schweden liegt zu nahe, als daß wir ... ja, als daß wir es uns leisten könnten, wieder Feinde zu werden, und das mehr als je zuvor, wie zu vermuten ist.«

»Ja, wir wollen hoffen, daß es nicht so kommt. Ich selbst aber gehe nach Sibirien, was auch immer passiert.«

Carl starrte seinen russischen Kollegen verblüfft und verständnislos an. Doch Tschiwartschews Gesicht hellte sich zu einem Lächeln auf.

»Ich stamme nämlich von dort«, erklärte er. »Sibirien ist meine Heimat. Sie müssen mich dort mal besuchen, dann können wir gemeinsam auf die Jagd gehen. Saiga-Antilopen. Gehen Sie gern auf die Jagd, ich meine, auf Tiere?«

»Ja, aber in den letzten Jahren habe ich fast ausschließlich auf anderes Wild Jagd machen müssen.«

»Und welche Zukunftspläne haben Sie selbst, mein junger Herr Fregattenkapitän?«

»Ich werde Vater. Wahrscheinlich werde ich mich künftig mit Stabsfunktionen begnügen und im Büro arbeiten.«

»Meinen Glückwunsch. Ich gratuliere aufrichtig, aber nicht nur Ihnen, sondern auch bestimmten Kollegen, denen Sie künftig auf dem Feld erspart bleiben. Sie haben uns im Lauf der Jahre einige Probleme bereitet. Schade, daß ich Sie nicht mit meinem Nachfolger in Stockholm bekanntmachen kann. Sie hätten bestimmt viel Gesprächsstoff, denn er hat etwa Ihren Hintergrund.«

»Ginge das nicht ein bißchen zu weit?«

»Zugegeben. Allerdings sind wir schon recht weit gegangen und haben uns Ihretwegen sogar in das freie sowjetische Kulturleben eingemischt. Ich kann Ihnen versichern, daß das nicht ganz einfach war. Perestrojka schafft auch einige Probleme. Aber immerhin. Stellen Sie sich vor, daß ich meine Laufbahn damit beenden wollte, den indiskretesten Spion der Welt anzuwerben.«

»Noch ist es nicht zu spät.«

Da lachten beide laut auf. Das Lachen wollte einfach nicht aufhören. Sie umarmten sich und lachten unter den erstaunten und mißbilligenden Blicken der in dicke Mäntel gehüllten Moskauer Passanten, bis ihnen die Tränen über die Wangen liefen.

Jan Guillou

Coq Rouge

Ein Coq-Rouge-Thriller. Aus dem Schwedischen von Hans-Joachim Maass. 440 Seiten. SP 5578

»Clever mischt Guillou verbürgtes Insiderwissen und realistische Fiktion, und so ist ›Coq Rouge‹ … zu einer kompakten Agentenreportage geworden, die es mit den Romanen eines John le Carré aufnehmen kann.«

Stern

Der demokratische Terrorist

Roman. Aus dem Schwedischen von Hans-Joachim Maass. 418 Seiten. SP 5592

»Die präzise Schilderung vom Hamburger Hafenstraßen- und Geheimdienstmilieu, die politische Auseinandersetzung im fiktiven Dialog mit Terroristen, deren Biographien echt sind, fasziniert. Das Ende schließlich schockiert.«

Neue Presse Hannover

Im Interesse der Nation

Roman. Aus dem Schwedischen von Hans-Joachim Maass. 482 Seiten. SP 5634

»Was die Action-Romane von Guillou so faszinierend macht, ist die Mischung aus Sciencefiction und Insiderwissen.«

Abendzeitung

»Eine Agentenstory, die auch ein Krimi und ein bißchen zudem ein politischer Roman ist.«

Welt am Sonntag

Feind des Feindes

Ein Coq-Rouge-Thriller. Aus dem Schwedischen von Hans-Joachim Maass. 436 Seiten. SP 5632

Ein hochbrisanter Thriller voller packender Action und mit überraschenden Wendungen.

Der ehrenwerte Mörder

Ein Coq-Rouge-Thriller. Aus dem Schwedischen von Hans-Joachim Maass. 480 Seiten. SP 5644

Für Coq Rouge, den schwedischen Spitzenagenten, erweist sich die Vergangenheit als sehr lebendig und machtvoll, sowohl im privaten wie im politischen Bereich.

Unternehmen Vendetta

Ein Coq-Rouge-Thriller. Aus dem Schwedischen von Hans-Joachim Maass. 560 Seiten. SP 5654

Niemandsland

Ein Coq-Rouge-Thriller. Aus dem Schwedischen von Hans-Joachim Maass. 512 Seiten. SP 5656

Frederick Forsyth

»Zeitgeschichte und Erfindung sind bei Forsyth so brillant gemischt, daß man die Grenzen nicht sieht und sich letzten Endes fragen muß, ob man wirklich einen Roman vor sich hat oder eine Reportage aus unseren Tagen.«
Die Welt

Die Akte ODESSA

Roman. Aus dem Englischen von Tom Knoth. 395 Seiten. SP 5522

Das mitreißende Erzähltempo läßt den Leser zum willigen Opfer des Autors werden.«
New York Times

Die Hundes die Krieges

Roman. Aus dem Englischen von Norbert Wölfl. 436 Seiten. SP 2032

In Irland gibt es keine Schlangen

Zehn Stories. Aus dem Englischen von Rolf und Hedda Soellner. 323 Seiten. SP 5637

Am Ende aller Geschichten kommt immer ein überraschender Knalleffekt, raffiniert witzig oder schockierend. Hier beweist sich Forsyth als der unvergleichliche Meister des Nervenkitzels.

Der Lotse

Aus dem Englischen von Rolf und Hedda Soellner. 75 Seiten mit Illustrationen von Chris Foss. SP 5503

McCreadys Doppelspiel

Thriller. Aus dem Englischen von Christian Spiel und Rudolf Hermstein. 496 Seiten. SP 5655

Der Schakal

Roman. Aus dem Englischen von Tom Knoth. 438 Seiten. SP 2030

»Wie Forsyth das Räderwerk einer Verschwörung bloßlegt, das übertrifft in seiner Meisterschaft Fleming und le Carré.«
L'Express

Des Teufels Alternative

Roman. Aus dem Englischen von Wulf Bergner. 512 Seiten. SP 5545

»Die handwerkliche Perfektion ist schier unerschöpflich, das wohlige Gruseln fast endlos.«
Neue Zürcher Zeitung

Der Unterhändler

Roman. Aus dem Englischen von Christian Spiel und Rudolf Hermstein. 526 Seiten. SP 5577

Das vierte Protokoll

Roman. Aus dem Englischen von Rolf und Hedda Soellner. 500 Seiten. SP 5506

Richard Hey

Engelmacher & Co.

Kriminalroman. 188 Seiten. SP 5559

Ein totes Mädchen in einer Abbruchvilla am Wannsee bringt Katharina Ledermacher gleich auf zwei Spuren: Sie führen zu einem kriminellen Abtreibungsunternehmen und einer großangelegten Bauspekulation.

»Kein Zweifel: Die Wahrheit von Heys Kriminalgeschichten sind nicht nur Krimi-Fiktionen, sondern Bilder unserer gesellschaftlichen Realität.«
Deutsches Allgemeines Sonntagsblatt

Feuer unter den Füßen

Kriminalroman. 123 Seiten. SP 5561

Autohändler und Hobbyjäger Löbert wird in seinem eigenen Revier zum Jagdwild. Der Blattschuß stammt aus der Büchse des heißblütigen Sizilianers Turiddu – sagt Löbert. Doch als Turiddu und seine Lebensgefährtin tot aufgefunden werden, beginnt Oberkommissarin Buchmüller Löberts Version von der Männerfeindschaft zu bezweifeln.

»Wenn der deutsche Kriminalroman heute einen guten Ruf genießt, dann nicht zuletzt wegen Richard Hey.«
Frankfurter Allgemeine Zeitung

Die Löwenbändigerin

und andere Geschichten. 211 Seiten. SP 5635

Ein Mord am Lietzensee

Roman. 134 Seiten. SP 5558

»Das Schöne an Heys Roman, der vielleicht der beste deutsche Krimi neueren Datums ist: daß er die Muster des Kriminalromans gleichzeitig erfüllt und unterläuft.«
Frankfurter Allgemeine Zeitung

Ohne Geld singt der Blinde nicht

Kriminalroman. 319 Seiten. SP 5560

Am Ufer des Teltow-Kanals findet man einen Beamten des West-Berliner Rauschgiftdezernats. Erschossen. Ein Chemieprofessor, erst kurz in West-Berlin, wird mit eingeschlagenem Schädel an den Strand eines kleinen Badeortes in Italien getrieben. Oberkommissarin Katharina Ledermacher erhält den heiklen Auftrag, während eines Urlaubs in dem ligurischen Badeort inoffiziell und unauffällig nachzuforschen.

Sara Paretsky

Blood Shot

Ein Vic-Warshawski-Kriminalroman. Aus dem Amerikanischen von Anette Grube. 352 Seiten. SP 5589

Brandstifter

Ein Vic-Warshawski-Kriminalroman. Aus dem Amerikanischen von Dietlind Kaiser. 410 Seiten. SP 5625

Deadlock

Roman. Aus dem Amerikanischen von Katja Münch. 246 Seiten. SP 5512

Engel im Schacht

Ein Vic-Warshawski-Kriminalroman. Aus dem Amerikanischen von Sonja Hauser. 476 Seiten. SP 5653

Fromme Wünsche

Roman. Aus dem Amerikanischen von Katja Münch. 227 Seiten. SP 5517

»Der Feminismus Sara Paretskys ist alles andere als verbiestert. Ihre widerwillig aus Fitneßgründen joggende Privatdetektivin mit den heißen Klamotten und den hohen Hacken pocht auf ihr ›Right to sex life‹. Mit Scharfsinn und hervorragenden Kenntnissen in der Wirtschaftskriminalität rollt sie, allein gegen die Mafia, den schmutzigen Chicagoer Aktienskandal auf und bietet durchaus all das, was auch Männern Spaß macht.«
Der Spiegel

Schadenersatz

Roman. Aus dem Amerikanischen von Uta Münch. 272 Seiten. SP 5507

»In der neuen amerikanischen Krimiszene ein Superstar!«
Der Spiegel

Tödliche Therapie

Ein Vic-Warshawski-Kriminalroman. Aus dem Amerikanischen von Anette Grube. 255 Seiten. SP 5535

»Sara Paretsky erweist sich hier einmal mehr als die Autorin, die immer die Nr. 1 der Rangliste einnimmt, wenn von den neuen Detektivinnen die Rede ist.«
The New York Times Book Review

Sara Paretsky (Hrsg.)

Sister in Crime

Kriminalstories. 246 Seiten. SP 5602

Sara Paretsky (Hrsg.)

Vic Warshawskis starke Schwestern

Kriminalstories. 238 Seiten. SP 5601

SERIE PIPER

Marie T. Loy

Mäuschen, deine Schwester ist tot!

Kriminalroman aus Wien.
189 Seiten. SP 5657

Silvester in Wien – während in der Oper die Champagner-Arie erklingt und sich die ganze Stadt im Walzertakt dreht, verliert Anna Pedrini den Boden unter den Füßen. Anna, demnächst fünfzig, geschieden und Starfotografin, wurde an diesem Abend nicht nur von ihrem Liebhaber gedemütigt, ihr ist außerdem hundeelend und sie spürt einen Messerstich im Rücken. Während der Ereignisse der nächsten Tage verliert sie Schritt für Schritt alle Sicherheiten ihres gut eingerichteten Lebens und findet sich plötzlich auf unheilvolle Weise in neonazistische Umtriebe verstrickt: Brutale Skinheads, Wehrsportgruppen, dubiose Staatspolizisten und Herrschaften aus der besseren Gesellschaft stürzen Anna in große Verwirrung. Abgründe, von denen sie nichts gewußt hat, tun sich in ihrer unmittelbaren Umgebung auf. Und sie bezahlt einen sehr hohen Preis, bis sie Freund und Feind unterscheiden kann.

Gemma O'Connor

Tödliche Lügen

Psychothriller. Aus dem Englischen von Inge Leipold.
479 Seiten. SP 5658

Es ist kaum drei Wochen her, daß Grace Heartfield ziemlich überraschend und brutal von ihrem Mann verlassen wurde. Dann findet sie einen amtlichen Brief im Briefkasten! Doch er hat nichts mit ihrem Mann zu tun, sondern kündigt eine Erbschaft an: Ihre Schwester sei gestorben – Grace wußte nichts von deren Existenz. Und wer ist der mysteriöse Holländer, der sich im Dubliner Kanal ertränkte? Grace reist nach Dublin und muß mehr und mehr erkennen, daß ein Gespinst aus Halbwahrheiten und Verschleierungen ihr Leben vergiftete, daß Angst und Terror ihre Kindheit bestimmten. Sie folgt den Spuren der drei Toten und wagt es, genau hinzusehen, wagt es, die Büchse der Pandora zu öffnen. Gemma O'Connor gelang ein psychologisch dichter Thriller, der in London und Dublin spielt, dessen Schauplatz aber gleichzeitig die Abgründe menschlichen Versagens sind.

Lese-Abenteuer

Jean-Yves Domalain
Panjamon
Ich war ein Kopfjäger.
Aus dem Französischen von Renate Meissner.
310 Seiten mit 35 Abbildungen.
SP 1383

Yossi Ghinsberg
Amazonas
Vier Männer in der Falle.
Aus dem Amerikanischen von Werner Waldhoff.
292 Seiten. SP 1992

Gernot Spielvogel-Herrmann
2000 Meilen Freiheit
Im Kajak durch Alaska.
346 Seiten. SP 1697

Harry E. Rieseberg
Ich tauche nach Schätzen
Aus dem Amerikanischen von Fritz Helke.
279 Seiten. SP 1688

Bettina Selby
Timbuktu!
Eine Frau in Schwarzafrika allein mit dem Fahrrad unterwegs.
Aus dem Englischen von Jürg Wahlen. 285 Seiten mit 21 Abbildungen.
SP 1724

Rüdiger Nehberg
Überleben in der Wüste Danakil
235 Seiten mit 33 Abbildungen.
SP 1809

Lucy Irvine
Eva und Mister Robinson
Aus dem Englischen von Werner Waldhoff.
258 Seiten mit 6 Abbildungen.
SP 1274

Gérard d'Aboville
Allein im Ruderboot über den Pazifik
Aus dem Französischen von Wolfgang Ferdinand Müller.
164 Seiten mit 13 Abbildungen.
SP 1905

Peter Lourie
Schweiß der Sonne, Tränen des Mondes
Chronik einer Schatzsuche.
Aus dem Amerikanischen von Viky Cevallos. 315 Seiten.
SP 2053

Mario Richner
Urwald, Gold und Indios
Mit dem Fahrrad durch Amazonien. 300 Seiten mit 16 farbigen Abbildungen.
SP 1474

Lese-Abenteuer

Steven Callahan
Im Atlantik verschollen
Der 76tägige Überlebenskampf eines schiffbrüchigen Seglers. Aus dem Amerikanischen von Werner Waldhoff. 288 Seiten. SP 1798

Rüdiger Nehberg
Abenteuer am Blauen Nil
216 Seiten mit 17 Abbildungen. SP 1796

Mark Jenkins
Infernalische Reise
Mit dem Fahrrad quer durch Sibirien. Aus dem Amerikanischen von Ulrike von Puttkammer. 281 Seiten mit 19 Abbildungen. SP 1778

Ron Hall / Nicholas Tomalin
Die sonderbare Reise des Donald Crowhurst
Aus dem Englischen von Barbara Schaden. 372 Seiten. SP 1925

Tété-Michel Kpomassie
Ein Afrikaner in Grönland
Mit einem Vorwort von Jean Malaurie. Aus dem Französischen von Anna Müther. 313 Seiten. SP 1523

Rüdiger Nehberg
Über den Atlantik und durch den Dschungel
Eine Rettungsaktion für die Yanomami. 352 Seiten mit 18 farbigen Fotos von Christina Haverkamp und Rüdiger Nehberg. SP 1952

Bettina Selby
Ah Agala!
Eine Frau erfährt Afrika. Mit dem Fahrrad durch die Wüste. Aus dem Englischen von Jürg Wahlen. 338 Seiten mit 19 farbigen Abbildungen und 4 Karten. SP 1257

Joe Simpson
Sturz ins Leere
Mit einem Vorwort von Chris Bonington. Aus dem Englischen von Jürg Wahlen. 243 Seiten mit 15 farbigen und 7 Schwarzweißabbildungen. SP 1247

Leosch Schimaneck / Cestmir Sebesta
Durch die Wildnis zum Eismeer
Ein Jahr auf abenteuerlicher Flußfahrt durch Nord-Kanada. 282 Seiten mit 55 Abbildungen, einer Vorsatzkarte und einer Nachsatzkarte. SP 1578